# Georg Brun

# FACKELN DES TEUFELS

# Georg Brun

# Fackeln des Teufels

## Roman

Langen Müller

*Eine Zeittafel und ein ausführliches
Inhaltsverzeichnis finden sich am Ende des Buchs*

Besuchen Sie uns im Internet unter
www.langen-mueller-verlag.de

1. Auflage August 1998
2. Auflage Juli 2000
3. Auflage Juni 2001 – Sonderproduktion
4. Auflage Juli 2001 – Sonderproduktion
5. Auflage November 2001 – Sonderproduktion
6. Auflage Januar 2002 – Sonderproduktion
7. Auflage April 2003 – Sonderproduktion

© 1998 by Langen Müller in der
F. A. Herbig Verlagsbuchhandlung GmbH, München
Alle Rechte vorbehalten
Schutzumschlaggestaltung: Wolfgang Heinzel
Motiv: »Bogenschützen feiern im Garten eines Meisters
von Mecheln oder Antwerpen« (1493)
Satz: Atelier für Typographik H. Numberger, München
Gesetzt aus 10/12,15 Punkt Giovanni, Auszeichnungsschrift Mason
Druck: Jos. C. Huber KG, Dießen
Binden: Oldenbourg Buchmanufaktur
Printed in Germany
ISBN 3-7844-2698-0

Meinem verehrten Doktorvater und lieben Freund,
PROFESSOR DR. HERMANN NEHLSEN,
Ordinarius für Bürgerliches Recht und
Deutsche Rechtsgeschichte an der Ludwig-Maximilians-
Universität in München,
der mich im Verlaufe mehrerer Seminare
zu den frühneuzeitlichen Hexenprozessen zu diesem
Roman anregte und die Arbeit durch vielfache
Literaturhinweise unterstützte.


Besonderer Dank gilt meinem Freund
FRANZ HOLZLEITER
für seine intensive Auseinandersetzung mit dem Text
in seinen unterschiedlichen Fassungen.
Ohne unsere vielen Gespräche
wäre es nicht möglich gewesen, diese Geschichte
so zu erzählen.

# Erstes Buch
## Die Saat geht auf

# ORDO DER WELT

Nein, das war kein gutes Zeichen für die Heimkehr. Johann rappelte sich auf und klopfte den Schnee aus seiner Kutte. Der Aufstieg von der Loisach her war zu steil gewesen, und seinem Körper fehlte die Marschübung früherer Tage. Er war in Schweiß geraten und außer Atem, hatte die Wurzel nicht gesehen und war gestürzt. Ausgerechnet die Wurzel eines Apfelbaumes hatte ihn zu Fall gebracht. Schon Johanns Mutter war der Mahnungen voll gegen die Apfelbäume; und im Buch Genesis spielt dieser Baum auch eine unrühmliche Rolle. Kein gutes Zeichen.

Trotzdem glättete sich sein faltiges Gesicht, als er nun das Hochtal überblickte. Seine braunen Augen glänzten, und es war nicht sicher, ob wegen des Sturzes oder aufgrund einer Träne aus Freude über das Wiedersehen. Er wischte sich die Stirn, die hoch war mit tiefen Ecken im grauen Haar, dann schritt er aus, um bald sein Heimatkloster zu erreichen, das er vor achtundfünfzig Jahren zuletzt gesehen hatte.

Nach der Begrüßung durch Abt und Konvent, die gemessen verlaufen war, saß er auf der Pritsche seiner kargen Zelle, und seine Gedanken schweiften zurück: Zu Hause. Nichts hat sich verändert. Die Zeit steht still. Der Sand rinnt stets in beide Richtungen, das Stundenglas bleibt sich gleich; unten oder oben tut nichts zur Sache. Meine Heimat ist außer der Zeit. – Ich sehe den Novizen, der ich war, sehe ihn staunen und fragen, sehe seine Angst und seine Hoffnung, seinen Glauben und seinen Zweifel. Den Anfang vom Ende sehe ich. Heute ist mir damals, damals heute. – Die Welt war mir ein einziger, wohldurchdachter Ordo; alles hat Gott gesetzt, wir Menschen hatten es nicht zu ändern. Die Kirche war zur Hüterin der Welt wie des Glaubens berufen;

sie kannte die Wahrheit. Das schien mir gut so. – Vieles habe ich gelernt, vieles geschaut. Änderungen. Wie Stürme sind sie über das Land gekommen und haben die stärksten Bäume gefällt. Längst sind die vorgegebenen Wege krumm geworden, und mancher findet sich nach dem Gang durch den Irrgarten nicht mehr an dem ursprünglich vorgezeichneten Platz.

Die Glocke schlug zur Komplet. Langsam erhob er sich. Das Nachtgebet wartete.

»Gott gab sich zu erkennen in Juda ...«

Der Psalm hallte im Kapellengewölbe, und während Johann mitbetete, zogen nochmals die Bilder an ihm vorbei, die sein Leben bestimmten.

»... du bist furchtbar und herrlich ...«

Ja, furchtbar und herrlich waren diese achtundsiebzig Jahre.

»... mehr als die ewigen Berge ...«

Ein Auf und Ab wie bei einer Reise von Ingolstadt nach Rom, einer Reise, die er vor achtundfünfzig Jahren unternommen hatte auf der Suche nach der Wahrheit.

»Vom Himmel her machst du das Urteil bekannt ...«

Wie du, Herr, es gefällt hast über Mechthild und mich. Herr, du bist voll der Gnade und kennst wie kein Mensch die Güte; groß ist deine Verzeihung für den armen Sünder. Du wirst doch dem Liebenden vergeben? Es war genug Leid dabei. – Warum nur, warum hast du mir den Dorn ins Herz gepflanzt, dessen Schmerz mich beinahe zernichtete? Warum hast du mich so heftig versucht? – Ihre Gestalt war gerade, weich ihr Gesicht, sanft ihre Stimme. Fürwahr eine Fürstin ersteht in der Erinnerung, eine Frau, die es wert gewesen wäre, von Minnesängern gepriesen zu werden, geadelt in Geist und Herz, ein unsagbares Du geworden – wer wagt das Wort »Sünde«?

»... Furcht packt die Erde und sie verstummt, wenn Gott sich erhebt zum Gericht ...«

... und mein Leben betrachtet, das mich hier einholt, weil es sich hier vollendet. Das Leben ist ein Kreis. Von Anfang zu Anfang. Herr, ich fürchte mich nicht, denn dein ist die Gnade, und die Schatten der Vergangenheit sind das Licht der Zukunft.

Johann lebte sich zu Ettal rasch ein. Er fühlte sich wohl im benediktinischen Tagesgang, und außer beim unermüdlichen Besuch der Gebetszeiten verkehrte er zurückhaltend mit den Mönchen des Klosters. Er füllte den Tageslauf zwischen den Horen lieber mit der Arbeit an seiner zu Köln begonnenen Welt- und Kirchengeschichte aus.

Zu Ettal kamen alle Nachrichten mit Verzögerung an. Johann verlor schon deshalb die Neugier darauf, weil er den Bayernherzog genug kannte, um zu wissen, daß Wilhelm mit mancher Unterstützung des Papstes und tatkräftiger Hilfe der Gesellschaft Jesu das Bayernland gut katholisch hielt – eine Einschätzung, die durch die Nachrichten aus Hohenwaldeck bestätigt wurde, welche Grafschaft Wilhelm mit Gewalt wieder Rom zuführte. Johanns zunehmende Weltenferne gründete daneben in einer gewissen Lebensmüdigkeit sowie auf manchen körperlichen Umstand: Das Augenlicht trübte sich, so daß ihm Lesen nur bei bestem Lichte und kaum über vier Stunden hinaus möglich war. Hängende Schultern dämpften seine ehemals aufrechte Haltung, die Spannkraft des Körpers ließ insgesamt nach. Die Freude an guter Speise verlor sich allmählich, und seit er zunehmend Schmerzen verspürte beim Wasserabschlagen, hielt er sich beim Meßwein zurück.

Er lebte zurückgezogen, pflegte außerhalb des Klosters kaum Kontakte und empfing nur selten einen vom Landadel. Die Freiherren hatten meist eine rechtliche – oft genug erbrechtliche – Frage, denn eines hatte sich ringsum rasch herumgesprochen: daß zu Ettal ein hochgelehrter Doktor sein Leben beschließe.

Auch der Pfleger von Werdenfels meldete sich bei ihm, um ihm eine Rechtsfrage vorzutragen und Rat einzuholen, wie weiter zu verfahren sei. Hans Paul Herwart von Hohenburg berichtete von aufwallender Unruhe unter den Werdenfelsern, weil etlich Wirte Wein im Keller mißten, vielerorts die Milch sich nicht buttern ließ, allerlei Viechersterben einsetzte und Hagel wüst ins Getreide drosch.

»Jetzt an Georgi trägt mir der Germischgauer Richter vor, die Ursel Klöckin, ein gar seltsam Mensch von Ansehen, sei im Geschrei, die Müllerin krank gehext zu haben. Solcher Bescheid sei von der Els aus Ettringen, einer Wahrsagerischen von der Grafschaft Schwabeck, gehört worden.«

»Und was habt Ihr veranlaßt?« fragte Johann.

»Zuerst nichts. Lediglich erwidert habe ich dem Rösch, es nicht zu unterlassen, gebührend zu handeln, falls mir begründet die Anzeige vorkomme. – Aber nach dem Hagelschlag vor drei Tagen konnte ich mich dem Rösch nicht verwehren, als er mir zwei Zeugen auf die Burg geschleppt. Die waren allesamt nahe bei der Klöckin und brachten vor, das Menscher rühre seltsam Schleim in einem hölzernen Napf, wovon man nicht anders als hexisch denken könne.«

Johann wiegte den Kopf. Er spürte seine Handflächen schwitzig werden. Sein Herz schlug schneller. Heftig schoß ihm die Erinnerung an Saragossa ein: wie rasch es geschehen könne, daß Scheiterhaufen errichtet werden.

»Jetzt ist es so, daß ich kein Rechtsgelehrter bin und Euch bitten möchte, mir Rat zu sagen, wie es richtig ist, mich weiterhin zu halten – denn, ehrlich gesprochen, ich möchte keinen Prozeß, weil mich die Sache recht verblasen dünkt.«

»Laßt mich Euch ein wenig die Lage der Gesetze erläutern: Groß ist die Gefahr für den Anzeigenden, sowohl was die mögliche Schädigung seitens der Hexe angeht, als ebenso im Hinblick auf die Wiedervergeltung, mit der er gebüßt wird, falls er letztlich den Beweis der Hexerei nicht erbringen kann. Daneben ist oft viel Streiterei im Gefolge einer Anzeige. Daher soll man Abstand nehmen von der gewöhnlichen Art des Akkusationsprozesses, wie wir Juristen das Verfahren aufgrund einer Anklage durch einen Geschädigten nennen.«

Während der Erläuterung der Rechtslage beruhigte sich Johanns Puls. Die Handflächen trockneten. Johanns Haltung straffte sich; er saß nun bewegungslos.

»Schon seine Heiligkeit Innozenz III. hat gegen Ketzer zugelassen, daß ein Verfahren wegen der Besagung durch andere eröffnet werde. Dazu muß allerdings, möchte man es rechtens machen, öffentlich bei Androhung der Exkommunikation im Verheimlichensfall zu solchen Enthüllungen aufgerufen werden.«

»Mit einem Aufruf mache ich mir meine Germischgauer erst recht narrisch«, warf Herwart ein.

»Wohl gesprochen. Ich sehe das nicht anders und möchte keinesfalls dazu raten; allein, ich zeige Euch die Möglichkeiten auf, gesetzmäßig zu verfahren. – Ihr könnt einen summarischen Inquisitionsprozeß eröffnen, wenn Ihr entweder ein Gerücht über die Tat oder ein Gerücht über den Täter habt. – Ihr habt zwar ein Gerücht über den Täter, weil Zeugen der Klöckin einen üblen Ruf anhängen. Aber es ist dürftig, und es liegt an Euch, ob Ihr dies für ausreichend erachten wollt. Das Gerücht über die Tat ist fürwahr hanebüchen; nach der Schilderung kann es sich bei der Hexenschmiere auch um einen Spucknapf handeln, und die Sache mit der kranken Müllerin beruht nur auf dem Hörensagen. Also gilt: Wohl kann der Richter ein Verfahren beginnen, muß es aber nicht. Doch seht auf das Ende: Viel Aufwand ist's, im Verfahren die hexische Tat zu beweisen mit etlich Zeugen oder der Aussage der Hexe selbst, und alles liegt am Richter, wie es gelingt.«

»Bin mir nicht sicher, ob das Humbug ist.«

»Vorsicht ist allerweil vonnöten, weil es Hexerei und Zauberei gibt, wo doch der Teufel versucht, die Guten einzufangen mit Hilfe der Schlechten. Aber viel von dem, was manche leicht der Hexerei zuschieben mögen, ist halt bloß ein Wirken widriger Kräfte. Denn wo wären all die Dämonen, um jedes Gewitter zu machen und jeden Sturm anzublasen?«

»Gleichwohl – könnt Ihr mir nicht deutlicher raten?«

»Euer Amt zu Werdenfels ist nicht leicht, da Ihr Pfleger und Landrichter in einem seid. Gebt einen Bericht an Bischof Ernst und erwartet die Antwort der dortigen Räte.«

»Das nenne ich vortrefflich gesprochen.«

Der Pfleger dankte und ging.

Johann blieb allein und stand grübelnd am Fenster. Irgend etwas in dieser Welt war aus den Fugen geraten, denn eines erkannte er deutlich: der Ordo der Welt war zerstört. – Wie sehr habe ich an diesen Ordo geglaubt, sprach Johann zu sich und tauchte in seine Kindheit hinab, als wäre sein Leben eine Gumpe, an deren Grund man Erklärungen wie Steine fand. Oder lag das Wasserloch ruhig und sah er sich selbst im Spiegel der Zeit? Was nur führte ihn um siebzig Jahre zurück? Sehnte er sich nach längst Verlorenem? Wollte er nochmals den Überschwang des Knaben spüren, der das Schachbrett des Abtes umstieß, kaum war er gerufen worden?

Der Abt jedenfalls hatte mild tadelnd gelächelt und langsam die Figuren wieder auf das Brett gestellt. Und eingeschüchtert hatte sich der Knabe gesetzt und die geschnitzten Figuren auf dem Tisch betrachtet – jener übrigens eine Ammergauer Einlegearbeit, schlicht und kunstvoll, starr angeordnet die vierundsechzig Felder, schwarz und weiß.

»Die Welt ist eine gottgewollte Ordnung – hier findest du ihren Spiegel.«

Der Zeigefinger des Abtes deutete auf das Brett.

»Du bist jung, Adrian – das Spiel soll dir die Welt enthüllen.«

Der Abt ergriff den König, stellte ihn ins Zentrum des Schachbrettes und schob den Gekrönten gemächlich auf die umliegenden Felder.

»Der Rex beherrscht jedes benachbarte Feld, er schreitet und schlägt nach allen Seiten, denn alles, was ihm gut dünkt, hat die Kraft eines Gesetzes. Doch tut er stets nur einen Schritt und bewegt sich langsam auf der Heerfahrt mit seinem Troß. Er ist von Gott auf Erden eingesetzt, sein Land zu schirmen, und darf niemals einen Platz einnehmen, der der Macht des Feindes ausgeliefert liegt.«

Ehrfürchtig berührte der Novize die Figur aus gelbem Eichenholz und ahmte die Herrscherschritte nach, ehe der Abt die Königin ergriff.

»Die Regina bewegt sich diagonal und schlägt alles mittelbar, indem sie von ferne droht, denn das Frauengeschlecht ist geizig und bemächtigt sich aller Dinge auf ungerechte und raubgierige Art. Doch schreitet die Dame auch geradlinig ihres Weges, weil das Frauengeschlecht in sich das Böseste und Beste trägt und zu edelsten Taten fähig ist. – Vor der Regina des Feindes nimm dich in acht wie vor ihrem ganzen Geschlechte, denn es steht im Prediger geschrieben: ›Es ist kein schlimmeres Haupt über dem Zorne des Weibes.‹ Wer ihrem bösen Witz verfällt, ist verloren. Deine eigene Regina aber sollst du ehren wie die Gottesmutter und geleitet von dem besten Geiste mit ihr in jungfräulicher Unschuld die Schlacht gewinnen.«

»Ist das Weib fürwahr so schrecklich, ehrwürdiger Vater?«

»Das Weib, mein Sohn, vermag niemand zu durchschauen. Geleitet von einem guten Geist, kann es den Gipfel des Guten erklimmen; verführt von bösen Mächten wird es zur Höllenkluft. Doch ist dies ein ganz besondrer Punkt, des wir später noch gedenken. – Sieh hier das Spiel und lerne den Ordo dieser Welt, die der Rochus als fester Turm in gerader Spur durchzieht, denn alles leitet er gesetzlich und läßt sich weder durch Gaben noch Geschenke vom geraden Weg der Gerechtigkeit abbringen. Ihn nimm als Vorbild dir in deinem unbeirrten Schreiten, und du wirst ein gottgefälliger Mann. – Der Ritter, geharnischt und mit Gold geschmückt, trägt hoch zu Roß die Pracht des Kämpfers stolz zur Schau und übertrifft alle anderen an Edelmut und keuschen Sitten. Sind die Ritter die Kämpfer des Königs, sind die Alphini diejenigen Gottes, und weil die Weisheit der Kirche der Welt manchmal verborgen bleibt, tragen die Bischöfe ihre Predigt quer durchs Land und sind zu zweien stärker als nur zwei. Jeder findet seinen vorgezeichneten Platz, und jeder kommt an die Reihe, auch die Fußsoldaten. Sie schlagen schräg zum Zeichen, daß sie durch Meineid, Lüge oder Bestechung zu Vermögen gelangen, und sie schreiten geradlinig aus, weil in ihrem Busen ein rechtschaffener Glaube zum Guten wirkt. – An erster Stelle steht rechts der Bauer; vor allen anderen Arbeiten ist es notwendig, den Landbau voranzutreiben, denn die Erde ist die Mutter von allem. Den zweiten Rang nimmt der Schmied ein, der besonders dem Ritter dient, gefolgt von dem Notarius, der die Rechte verbrieft. Im vierten Rang gebührt dem Kaufmann die Ehre, sich vor den Rex zu stellen, weil sein Handel dem König notwendige Mittel verschafft, während der Arzt und Apotheker an fünfter Stelle durch die Hebammen und Heilkundigen mit dem Frauengeschlechte verschwistert ist. Dem zweiten Bischof sind die Pilger zugetan, zu denen sich die Schankwirte gesellen, und im siebten Rang sind die Wächter und Amtsleute zu Hause, die uns beschützen vor dem achten, den Dieben, Gauklern, Spielern, Zauberern, Dirnen und Bettlern, die, obwohl liederlich, nicht fehlen dürfen, denn so ist es bestimmt, daß, wer geben will, einen zum Nehmen finde.«

Das war meine Welt, als ich Novize war, dachte Johann und kehrte aus der Erinnerung zurück. Diese Welt ist brüchig geworden. Sie wird getrieben von etwas, das weder mit der leidigen Religionsfrage noch mit den politischen Auseinandersetzungen zu tun hat, sondern in einem anderen Urgrund des Menschlichen nistet. Wie sonst konnte der Mißstand von Zauberei und Hexerei allmählich so überhandnehmen, wie es sich aus den Unterlagen ergab, die man an juristischen Fakultäten erhielt? Allein, was ihm in seiner Ingolstädter Zeit zu Ohren gekommen, ließ sich kaum auf eine Kuhhaut schreiben. Wäre da nicht die ständige Streiterei zwischen den Laien und den Jesuiten gewesen und er als geborener Schlichter stets im Mittelpunkt, hätte er sich manches Prozesses als Gutachter angenommen, um vielleicht ein Ausufern zu vermeiden.

So aber hatte er sich bei jeder Anfrage abgeduckt und nur oberflächlich die Akten gelesen. Immerhin fand er in seinem Gedächtnis noch die Namen Ortenau, Haslach, Wiesensteig, Eßlingen, Hochdorf und Kalmünz, wo gegen Hexen prozessiert wurde und Scheiterhaufen brannten zwischen den Jahren 1557 und 1568, und besonders in Wiesensteig hatte es ein schlimmes Brennen gegeben und hatten die lutherischen Grafen von Helfenstein »aus habendem Recht und evangelischer Frömmigkeit« dreiundsechzig Hexen hinrichten lassen. Das mag mir nicht ganz eingehen, dachte Johann, daß es so viele auf einem Fleck sind; wird der Folterknecht ganze Arbeit geleistet haben, und die Wahrheit bleibt auf der Streckbank. Gebe Gott, daß der Rat zu Freising ein menschlich Urteil fällt.

Johanns Bitte schien beim Bischof angelangt zu sein, denn nachdem der Pfleger durch einen Boten einen Bericht nach Freising geschickt hatte, erhielt er von dort Befehl, kein Verfahren zu eröffnen, allerdings im geheimen weitere Ermittlungen anzustellen, ob sich ein stichhaltiger Verdacht ergebe. Die Germischgauer waren damit nicht zufrieden. Sie blickten zunehmend mit mehr Wut auf die Unwetterschäden. Weil sich in den letzten zwölf Jahren, gerade nach der schlimmen Pest, die Mißernten garstig häuften und die Preise allzusehr gestiegen waren, hatten sie kaum noch Rücklagen, um ein weiteres schlechtes Jahr zu überstehen. Viele mußten bereits zu hohem Zins Schulden eingehen. Sie haderten mit den Hagelschäden und waren auch noch von Hochwassern der Loisach und Partnach geplagt. Die Obrigkeit aber ließ die Übeltäter laufen. Wie konnte man da ein Einsehen haben? Und so verlangten sie mit bösem Grimm, den Befehl aus Freising ganz zu hören. Diesen Willen gestand ihnen Hans Paul Herwart zu und ließ die bischöfliche Order verlesen, wenngleich ohne den letzten Zusatz von wegen heimlicher Nachforschungen.

Allein, es half nicht. Sie gifteten weiter zu Germischgau und Partenkirchen, und nach einem schlimmen Unwetter mit Hagel und Hochwasser im Gefolge bot Sebastian Rösch neue Beweise und sogar einen Ankläger auf, der sich nicht um die Versagensstrafe bekümmerte. Wieder beriet sich der Pfleger mit Johann des langen und breiten, bis sie zu dem Ergebnis gelangten, daß keine vernünftigen Anhaltspunkte für ein Verfahren vorlagen. Deshalb verschloß sich Herwart von Hohenburg gegen das streiterische Verlangen ungeachtet dessen, daß ihm die Germischgauer nachschrien, er wolle nichts gegen die Teufelshuren unternehmen, weil bei den armen Menschern kein Geldbeutel hänge. So aufgebracht gebärdeten sich manche Werdenfelser, daß im Kainzenbad der Jakob Müller sich hinstellte vor alle und verkündete: »I geh als krummer Hund auf Freising und fecht' d' Sach der Gemeinde durch.« Gar viele klatschten, und öfter war der Name des Unterrichters zu hören: der Rösch solle für Ordnung sorgen. Es konnte einem bang werden, wenn man die zornigen Männer so sah. – Allein, Herwart blieb bedächtig, schrieb dem Bischof: »Wann Eure Gunst und Gnaden kein anderes Einsehen und Fürsehung tun, so wird ein großer Unruh folgen«, und erhielt endgültig die Bestätigung, mäßigend zu verfahren.

Johann atmete auf und hoffte, der Weltenbrand, der sich zunehmend durch die Städte deutscher Zunge fraß, könne an seiner Heimat vorüberziehen, als er die Nachricht von der Abberufung des Pflegers erhielt. Anderntags verabschiedete er sich mit leisem Unbehagen von dem besonnenen Landrichter. Wer weiß, ob sein Nachfolger der Hetzerei der Germischgauer standhalten und der Freisinger Rat mäßigend bleiben würde. Und wieder in seiner Zelle, las Johann nachdenklich im Buch Kohelet: »Alles hat seine Stunde. Für jedes Geschehen unter dem Himmel gibt es eine bestimmte Zeit: eine Zeit zum Gebären, eine Zeit zum Sterben, eine Zeit zum Töten, eine Zeit zum Heilen, eine Zeit zum Suchen, eine Zeit zum Verlieren, eine Zeit zum Lieben und eine Zeit zum Hassen.«

Ist nun, dachte er wehmütig, die Zeit zum Hassen gekommen? Werden wir uns selbst zerfleischen, wird mein Traum von der Apokalypse wahr, wenn auch mit anderen Mitteln?

Doch es blieb leidlich ruhig über die Jahre, wenngleich der Richter Rösch in beinahe immergleichen Abständen gegen den neuen Pfleger Caspar Poißl von Atzenzell die Erinnerung an die Klöckin vorbrachte, welche allerweil noch ein vermaledeites Unholdenweib sei. Doch Poißl, der als landadliger Pfründensitzer auf Werdenfels gelangt war und keinerlei Gelehrtheit für das Amt mitbrachte, wußte sich wie schon sein Vorgänger Rat bei dem Doktor Kätzler, wie er Johann stets ehrerbietig ansprach, einzuholen. Da keine besonderen Anschuldigungen auftauchten und der freisingische Befehl der rechten Form halber weiterhin Geltung beanspruchte, hielt er sich an die empfohlene Mäßigung, wie er überhaupt von seiner Erscheinung – kleinwüchsig mit leichtem Rundrücken – eher zur Gemütlichkeit neigte. Seinem Körper fehlte jede Spannkraft, die etwa hätte Tatendurst ausdrücken können. Sein Gesicht zerknitterten etliche Falten, und seine Augen huschten oft unstet über das Gegenüber. Nein, dachte Johann, so sieht kein Hexenjäger aus.

Mannigfache Beratungen, die jedes Gebiet erfaßten, das mit rechtlichen Mitteln verknüpft war, sei es nun eine Änderung der Rottordnung oder die Frage, wer wann das Galgenholz einschlagen mußte, führten sie zusammen und banden Johann auf eine Art in die Pflegergeschäfte, die seine Befürchtungen hinsichtlich eines etwaigen Hexenprozesses vollkommen zerstreute. Neben vielerlei Gespräch drückte sich ihre aufkeimende Freundschaft vor allem am Schachbrett aus, denn wenngleich Poißl weniger von der Taktik verstand als Johann, war er doch ein unterhaltsamer Partner für dieses königliche Spiel und von seiner Art her eine kurzweilige Abwechslung zu Ursinus.

Ursinus war ein engverwandter Seelenfreund geworden, der einzige, mit dem sich Johann einließ auf einen innigen Umgang. Nicht nur, daß Ursinus stets Heiterkeit verbreitete und seine kräftige Statur Johann an seinen Jugendfreund Michael erinnerte; in dem gut Zwanzigjährigen schien Johann zudem seine eigene Jugend zu begegnen. Wie er selbst, so war auch Ursinus als knapp Sechsjähriger in Ettal eingetreten und hatte die Welt des Klosters ehrfürchtig bestaunt. Beiden war die Führung durch einen älteren Pater gemein. Es berührte Johann besonders, daß Pater Kilian, des Ursinus' Förderer, kein anderer war als jener Arsacius Seehofer, dem Johann vor knapp sechzig Jahren den herzoglichen Gnadenbrief überreicht und der sein Versprechen wahrgemacht hatte und zu Ettal ein Benediktiner geworden war. Aus diesem Umstand ergab sich für Johann so etwas wie ein väterliches Band zu Ursinus, das sich über die Jahre hin durch vielfältigste Gespräche verstärkte. Als sie ihre gemeinsame Vorliebe für das Schachspiel entdeckten, saßen sie etliche kurzweilige Stunden vor dem Brett und übten Ausfall und Abwehr, wobei Johann dem jungen Mönch manche Begebenheit aus seinem Leben berichtete. Allerdings hielt er sich zunächst bei den erbaulichen Umständen auf und entbot dem Jüngling nur Geschichten, die dem Lob Gottes wohlgefällig waren.

Ja, wie gern möchte ich Ursinus dieses Auf und Ab ersparen, das meinen Glauben gebeutelt hat, dachte Johann nicht nur einmal. Wenn er auf seine Jahre bis zur Lebensmitte blickte, fand er sich tadellos und bekräftigte das Selbsturteil gottgefälligen Lebenswandels; doch jenseits des vierzigsten Lenzes trübten sich die Jahre ein und wurde sein Leben von weltlichen Dingen überschattet. Konnte er wirklich auf die Absolution vertrauen, die Iñigo ihm einst erteilt? Was für ein Zweifel kroch oft in das alte Herz und bekräftigte die Worte des Psalmes, wonach Furcht die Erde packt, wenn sich Gott zum Gericht erhebt? Dann wurde Johanns Stimme brüchig, und er betete bang: »Wohl dem Mann, der gütig und zum Helfen bereit ist, der das Seine ordnet, wie es recht ist. Niemals gerät er ins Wanken; ewig denkt man an den Gerechten.«

Die Arbeit an seinem Geschichtswerk gestaltete sich zäh. Zwar stand ein aufregender Mann an, in seiner Bedeutung niedergelegt zu werden, und gerade über die Kaiserkrönung am ersten Weihnachtstage des Jahres 800 fand sich in der Bibliothek Mannigfaches an Material, doch vor Johanns innerem Auge verblaßte der große Karl. Da war bloß noch für zwei Bilder wirklich Platz; das eine zeigte das milde Antlitz einer Frau, die auf gut drei Dekaden bewegtes Leben zurückblicken mochte, das andere Bild bestach durch die strenge Klarheit der Linien von den Wangenknochen herunter zu einem spitzen Kinn. Ob Mechthild Stapedius oder Ignatius von Loyola, diese Erinnerungsbilder konnten friedlich nebeneinander stehen und benahmen einander nichts von der Eindringlichkeit, mit der Johann sie in sich spürte. Diese beiden entgegengesetzten Pole gehörten zur gleichen Erde, zwischen ihnen drehte sich die Welt. Eine Welt voller Widersprüche, und den Widersprüchen folgten Zweifel. Nein, furchtlos war Johann noch nicht. Dazu war sein Leben zu unheilig verlaufen, das wußte er. Und als sich seine Zeit mehr und mehr ihrem Ende zuneigte, ohne daß sich die Zweifel ganz aufgelöst hätten, drängte es Johann, wenigstens einem Menschen sein Leben zu berichten, ohne zu beschönigen und die vielleicht anstößigen Begebenheiten wegzulassen. Und wem, wenn nicht Ursinus, der gern an seinen Lippen hing und die Geschichten in sich aufsog wie ein trockener Schwamm das Wasser, sollte er es erzählen? Nur in Ursinus fand Johann noch einmal die Ahnung von einem nahen Du, wie er es in Iñigo und in Mechthild erfahren hatte.

Doch wer weiß, ob er sich wirklich vollkommen dem jungen Freund eröffnet hätte, wenn Johann nicht ein Wasserdurchmarsch in den Gedärmen niedergestreckt und an das Sterben gemahnt hätte. Da überkam ihn ein mächtiger Drang, sich zu rechtfertigen für den Weg, den er zurückgelegt hatte von einem glühenden Papststreiter zu einem abwägenden Jesuiten, der schon vielfach eingetreten war für geschundene Menschen, selbst wenn es Hexen waren. Und ehe er sich versah, setzte seine Erzählung im fernen Spanien ein, wohin er nach den ersten Religionsgesprächen geschickt worden war.

»Wir hatten gerade zu Manresa gebetet, Alphonse, Felipe und ich, als ein bischöflicher Bote erschien und Botschaft aus Toledo überbrachte. Wir sollten uns sputen gen Saragossa, denn die Leichtgläubigkeit und Zauberei nehme dort überhand, und die heilige Inquisition wolle von der Gesellschaft Jesu die Übungen geben lassen gegen nachlassenden Glauben und Ketzerei. – So rief uns, Ursinus, der Bischof zu sich in der Hoffnung, wir Brüder der Gesellschaft Jesu würden der Hexerei Herr werden.«

Noch einmal hielt er inne; weit ging sein Blick in die Vergangenheit, und der junge Zuhörer vermeinte, der alte Mönch werde den richtigen Ton nicht mehr treffen, der der Erzählung Leben einhauchen könne. Da war nur ein gequälter Atem. Ein leises Pfeifen durch die Nase. Ein Röcheln. Schmerz zeichnete das Gesicht. Beide Hände drückten gegen den Unterleib. Tiefes Aufatmen. – Dann hub Johann zu Erzählen an.

## STÄTTE DES GERICHTS

Wir schleppten uns müde durch das weite Tal des Ebro. Im Staubdunst eines von den Bergen herabwehenden Windes verschwammen die Mauern Saragossas. Bauern und Krämer zogen uns über die gepflasterte Straße von der Stadt entgegen, die den Markt besucht hatten und nun zur Siesta zurückstrebten nach Hause in die umliegenden Dörfer. Schon sahen wir das breite Stadttor vor uns, als zur Linken drei aufgebaute Galgen und zwei mächtige Scheiterhaufen unsere Aufmerksamkeit fesselten. Wir hielten inne, traten auf zwei Wachleute zu, die bei der Richtstatt standen, und fragten nach dem Behuf der Galgen und Haufen.

»Wir vernichten das vielfach Geschmeiß«, antwortete einer der Wächter, »das uns mit Zauberei und Hexenkunst bedroht. – Weil voriges Jahr zwei Hexen in der Nacht nach ihrer Verurteilung den Blitz in die Scheiterhaufen geschickt haben und diese ohne die zum Feuer verdammten Leiber abgebrannt sind, wird diesmal die Richtstatt auf das Strengste bewacht. Damals gingen tagelang starke Regengüsse nieder, weshalb es den Hexen möglich war, neun weitere Tage am Leben zu bleiben. Das werden wir diesmal verhindern. Vor unseren Augen wagt es kein Blitz, sich am Werkzeug der Inquisition zu vergehen.«

»Wann wird gerichtet?« fragte Felipe.

»In drei Tagen. Und ich rate Euch, seid früh hier, sonst entgeht euch das Beste.«

Wir hasteten in die Stadt, wo wir direkt im Bischofspalast Unterkunft erhielten und nach kurzem Verharren ein Gespräch mit dem Inquisitor führten, der bestätigte, daß ein Hexenprozeß unmittelbar vor dem Abschluß und der nächste bereits in Vorbereitung sei.

»Erst sechs Jahre liegt es zurück, daß das heilige Officium dieser Stadt mit etlichen Bränden gegen die Hexen vorgegangen ist. Man vermeinte, das Übel bei der Wurzel gepackt und ausgelöscht zu haben. Leider ein Trugschluß. Wieder hat die Paktiererei mit dem Teufel Saragossa heimgesucht und haben sich ein Dutzend Weiber sowie ein bösartiger Zauberer gefunden, dem Ebro das Wasser zu stehlen und die Ernten der Bauern ringsum zu schmälern.«

Das Gesicht Xavier Estebans spannte sich an.

»Wir säumten nicht und haben die ersten dingfest gemacht. Sicher saht Ihr Galgen und Scheiterhaufen. Doch damit nicht genug. Nunmehr haben wir gegen die Estrella Nuños sowie die Mercedes Huesca die peinliche Befragung beschlossen, jedoch Euch auf den ausdrücklichen Wunsch des Bischofs von Toledo die Gelegenheit gegeben, sie in den geistlichen Übungen zu unterweisen und auf den Pfad eines rechtgläubigen Lebens zurückzuführen.«

»Niemand kann in die geistlichen Übungen eingewiesen werden, der nicht von sich aus den Weg zu Gott sucht«, wandte ich ein und war, ohne mir darüber recht bewußt zu werden, nach der langen Reise durch Spanien froh, endlich wieder mit einem fremden Menschen im gewohnten Latein sprechen zu können.

»Wollt Ihr damit sagen«, fragte Esteban zurück, und in seiner Stimme lag eine Spur von Enttäuschung, »daß Ihr den beiden Hexen nicht helfen wollt, auf den rechten Weg zurückzufinden?«

»So Gott will, werden wir versuchen, sie katholisch zu machen, und Euch die Mühen eines weiteren Prozesses ersparen«, beschwichtigte ich. »Wann können wir das erste Mal zu den Weibern?«

»Morgen mit der Dämmerung könnt Ihr uns zum Prozessieren begleiten, denn selbst wenn Ihr Erfolg habt, werden wir den Prozeß nicht auf sich beruhen lassen, sondern ihn zu einem vernünftigen, gesetzlichen Ende führen mitsamt einem gültigen Urteil. Jetzt aber empfehle ich Euch, Siesta zu nehmen für zwei Stunden, ehe Ihr meine Gäste seid beim abschließenden Verhör des Hexenmeisters Ramón Herreras, auf daß Ihr Euch überzeugt von der Gewissenhaftigkeit unseres Tuns.«

Wir bedankten uns gegen den Inquisitor und suchten unsere Zelle auf.

»Ja, es ist ein großes Leid mit der Zauberei in unserer Heimat seit etlichen Jahren«, sprach Felipe, kaum daß wir uns niedergesetzt hatten auf unsere Pritschen. »Bereits vor mehr als dreißig Jahren mußte man in Calhahorra drei Dutzend Weiber dem Feuer übergeben von wegen Schadenszauber und Teufelsbuhlschaft.«

»Da hat man die Hexen wenigstens gleich verbrannt«, warf Alphonse ein. »In Navarra damals, als ich ein kleiner Junge war, da kamen über hundertfünfzig vor den hohen Richter, die allesamt zu erkennen waren an einem kleinen Mal unterhalb des linken Auges. Obwohl diese Werkzeuge des Teufels mit Hingabe den Satanssabbat beschrieben und einige sogar auf Aufforderung der Richter eine Probe des Luftfluges abgaben, wurden sie von der nachsichtigen Inquisition zu Estella nur zu zweihundert Peitschenhieben und Gefängnis verurteilt. Da sie nach wie vor mit dem Bocksbeinigen im Bunde standen, mußte es nicht verwundern, daß gar viele von ihnen die Strafe schadlos überstanden und später wieder ausschwärmten zu neuen Teufelsritten.«

»Ja, man hat gar Übles gehört von der Nachsicht weicher Inquisitoren, die ihrerseits mehr dem Genusse als der Pflicht hingegeben sind«, bestätigte Felipe. »Es ist nicht gut, falsche Gnade zu gewähren. Ich frage mich, ob es nicht sogar schändlich ist, wenn wir versuchen, den beiden als Hexen verschrienen Weibern die geistlichen Übungen zu eröffnen.«

»Meine Brüder«, warf ich leicht aufbrausend ein, »es ist der Wunsch unseres Vaters Ignatius, daß sich an den verwerflichen Geschöpfen erweise, ob unsere Sendung imstande ist, den Satan zu überwinden. Und habt ihr nicht die Erzählung des Don Manuel im Ohr von wegen der Zumutungen, denen sich unser Vater einst selbst ausgesetzt sah? Ist es nicht so, daß die Inquisition, so sie zu sehr von ihrem Standpunkte aus betrieben wird, irren kann?«

»Ja«, entgegnete Felipe nun nachdenklich, »es ist kaum zu glauben, was unserem Vater Ignatius einst widerfahren war. Sein Wirken war damals bis nach Toledo gedrungen. Es stimmt bedenklich, daß sich sofort Inquisitoren aufgemacht hatten, um die Angelegenheit vor Ort zu untersuchen.«

»Selbstverständlich«, warf Alphonse eher gelangweilt ein, »fanden sie keine dringenden Anhaltspunkte und ließen den Generalvikar allein die Sache weiterverfolgen.«

»Der nicht recht zu Rande kam,« ergänzte Felipe.

»Unser Vater Ignatius ist voll der Güte, aber es mag durchaus der Blick auf die eigene Geschichte, der durch die Nähe des Heiligen Vaters verklärt ist, nicht ganz dem entsprechen, was Wirklichkeit ist in unserem Spanien. – Du darfst nicht vergessen, daß wir bis vor fünfzig Jahren in diesem Land mit den ungläubigen Teufeln des Mohammed gekämpft und unter Aufopferung unserer Leben die Mauren vertrieben haben.«

»Wie könnt ihr so hartherzig sprechen, obgleich ihr hier seid, eurem Vater einen Wunsch zu erfüllen?«

»Das Leben«, bemerkte Alphonse und streckte beschwichtigend die Hand nach mir aus, »ist nicht stets heilig, und manches, was uns hier begegnet, ist eine Prüfung für das Jenseits. Morgen aber werden wir, sei unbesorgt, dir beistehen beim Versuch, zwei Hexen katholisch zu machen.«

Es pochte an unsere Zellentür, und wir schraken aus tiefem Mittagsschlaf hoch, um von einem Laienbruder zum Verhör des Ramón Herreras geführt zu werden. Ein weitgespanntes Gewölberund wie von einer Tonne tief im Keller des Bischofspalastes, feucht die grob behauenen Steine, muffig und atemkratzend die Luft, so begegnete uns das Verlies, das von Fackeln erhellt wurde. Neben der Treppe fand sich ein wuchtiges Schreibpult, an dem ein Schreiber über das Protokollblatt gebeugt auf den Beginn des Verfahrens wartete. Längsseits stand ein schmaler Tisch mit mehreren Stühlen, deren drei mittlere von dem Inquisitor und seinen beiden Gehilfen eingenommen waren. Vor ihnen saß auf einem kleinen Holzschemel ein nur mit einem Lendenschurz und einem lediglich bis zum Nabel reichenden ärmellosen Hemd bekleideter Mann mit zerwühltem Haar. Einen Schritt dahinter stand, schwarz gewandet, der Scharfrichter. Er trug eine Kapuze über dem Gesicht. Gegen die andere Wand gelehnt wartete mit gleichgültigem Gesicht ein junger Lümmel, kein anderer wohl als der Henkersgehilfe, auf den Fortgang der Dinge.

Xavier Esteban winkte die Gäste herein, wisperte kurz seinem Gehilfen zur Rechten etwas ins Ohr, so daß sich dieser erhob und seinen Platz an mich gab, der ich der Einladung des Inquisitors, an seiner Seite Platz zu nehmen, ohne äußeres Zögern, aber mit innerem Unbehagen nachkam. Felipe setzte sich rechts neben ihn, während Alphonse links außen den freien Platz einnahm. Der Gehilfe des Inquisitors schritt zu dem Schreiber, nahm eine dort abgelegte Akte, blätterte in den Papieren und verlas sodann in einem dahingehuschten Spanisch die Anklage gegen den Zauberer, wie Felipe nahe meinem Ohr erläuterte. Dann kam der Gehilfe mit einem großen Becher geweihten Wassers gegen die Kräfte des Zauberers und reichte ihn jedem. Wir tranken alle daraus zum Schutz gegen das Böse.

Xavier Esteban erhob sich. »Gestehst du nun deine Taten und schwörst ab vom Satan?«

»Alle Schandtaten dieser Welt«, murmelte der Mann auf dem Hocker, »gestehe ich reumütig und erbitte Gnade und Vergebung. Niemals mehr werde ich mit Satan im Bunde mich gegen die Heiligkeit Gottes vermählen.«

»So nehme ich dieses dein endgültiges Geständnis, Ramón Herreras, über dich das ordnungsgemäße Urteil zu sprechen, und zwar, dir zur Linderung, uns allen zur Sicherung, rasch und ohne Aufhebens. Wie es die Formel gebietet, erkläre ich, daß es nach Johannes Andreä gemäß der Gewohnheit des Ortes rechtens ist, ein Urteil nicht schriftlich vorzutragen. So spreche ich es aus dahier in Saragossa.«

Sodann leierte er die vollständige Urteilsformel, sprach den Armen frei von der Exkommunikation und übergab ihn dem weltlichen Gericht mit der Bitte, kein Blutvergießen anzurichten.

Der Inquisitor blickte hinüber zum Schreiber; dieser hob die Feder wie zur Bestätigung und blickte streng hinab auf seine Papiere.

»So nun das Urteil niedergeschrieben ist«, fuhr Esteban fort, »führt den Ramón Herreras in seine Zelle und sendet den Priester ihm zur Spendung des Sakraments. – Wir hingegen«, wandte er sich an mich, »können gemeinsam die Vesper besuchen und anschließend uns der Güte des hiesigen Weines versichern. Ihr seid meine Gäste.«

»Wie verfahren«, fragte ich im Hinausgehen, »eure weltlichen Gerichte nun mit diesem reumütigen Hexer?«

»Getreu unserer Bitte selbstverständlich«, antwortete der Inquisitor und lächelte. »Die Reue erspart ihm das Feuer, unsere Bitte das Schwert. Man wird ihn zum Tod durch den Strang verurteilen, morgen noch. In drei Tagen wird er nebst zwei bußfertigen Hexen hängen. Die beiden anderen Hexen, die leugneten, gestanden, leugneten und wieder gestanden, die noch im Kerker mit dem Satan buhlten und ihm zu Willen waren, rückfällig und unbußfertig, die werden brennen, weil nur so ihre Seelen gereinigt werden, wie Ihr sicher selbst am besten wißt.«

Ich schwieg. Ja, diese Antwort dünkte mich bereits damals haarspalterisch, und sie widerstrebte meinem Gerechtigkeitsgefühl. Doch das Vorgehen hielt sich im Rahmen der Gesetze und stellte die Kirche frei von jeglicher Blutschuld. Hatte ich nicht selbst als Doktor der Rechte es bis in die kleinsten Einzelheiten gelernt, so mit dem Gesetz umzugehen? Mein Glaube an die Autorität der Kirche und aller ihrer Organe war ungebrochen. So nahm ich es hin, ohne meiner inneren Stimme Laut zu gewähren, und schloß den Verurteilten in mein Abendgebet. Mochte sich der Herr dieser Seele annehmen, das wünschte ich; auf dieser Welt war dem Herreras nicht mehr zu helfen.

Früh am nächsten Morgen wurden Alphonse, Felipe und ich zum Inquisitor gerufen, der uns gemeinsam mit seinem Gehilfen und dem Schreiber in Empfang nahm, ein Morgengebet über uns alle sprach und anschließend vorausging zum Verlies. Im Vorraum machten wir halt und warteten auf den Henker und dessen Gehilfen, welche alsbald mit den beiden der Hexerei angeklagten Frauen sowie zwei Nonnen von der anderen Seite der Gewölbe her kamen. Ehe wir gemeinsam hinabstiegen zum Verhör, entkleideten die beiden Nonnen, wie es im »Malleus maleficarum« vorgeschrieben war, die Angeklagten langsam. Sie untersuchten die zerlumpten Kleider auf etwaig eingenähte Werkzeuge, wie sie häufig von Hexen auf die Belehrung von Dämonen hin hergestellt werden und der Bedrohung aller Rechtschaffenen ebenso wie der Selbstentleibung dienen können, um der peinlichen Befragung zu entkommen. Als die Frauen nackt waren, trat der Henker nah an sie heran und betrachtete vom Kopf bis hinab zu den Füßen die Leiber, ob er nicht ein Mal des

Satans finde. Besonders bei der Estrella Nuños schien die Gegend der Brust erheblich verdächtig, denn mit ernster Miene und unter mehrfachem Kopfwackeln besah sich der Scharfrichter die fest aufragenden Rundungen, bis er letztlich den Kopf schüttelte und laut zu Protokoll gab, es fehle wohl an einem sichtbaren Hexenzeichen.

»Doch schabt ihr morgen die Haare ab, damit ich diejenigen Stellen eingehend untersuchen kann, die sich jetzt dem gründlichen Augenschein entziehen.«

Die Frau, als sie das hörte, stieß einen spitzen Schrei aus und überschüttete den Henker mit einer Sintflut an unverständlichen Worten, die auch nur ungefähr wiederzugeben sich der errötende Felipe weigerte. Der Scharfrichter grinste zum Schreiber hinüber und deutete mit einer verächtlichen Handbewegung an, daß man nun in das Verlies hinunterschreiten könne, woraufhin die beiden Nonnen den Angeklagten Linnenhemden umlegten, die soeben ihre Blöße bedeckten.

Estrella Nuños und Mercedes Huesca wurden auf zwei Schemel befohlen. Der Gehilfe des Scharfrichters schleppte einen schweren Stuhl heran, dessen Sitzfläche mit nach oben weisenden Nägeln gespickt war, und der anstatt einer Armlehne ein Nagelbrett an einem Scharnier befestigt aufwies. Dieses konnte über die Oberschenkel gelegt und auf der anderen Seite durch einen Schraubmechanismus nach unten gedrückt werden. Dann fixierte das Nagelbrett den Körper nicht nur auf dem Nagelsitz, sondern drückte beim entsprechenden Anziehen der Schraube weiter in die Pein hinein und drang seinerseits noch von oben in die Schenkel ein. Es bedarf keiner besonderen Erwähnung, daß der Scharfrichter die gemeine Anwendung dieses Instruments in ausmalenden Worten erläuterte.

»Vor drei Tagen habt ihr«, sprach Esteban die beiden Frauen an, »das Urteil über die peinliche Befragung eröffnet erhalten, weil es genug Beweisanzeichen gibt für euer schandhaftes Tun, nicht nur das Wort von drei anderen Frauen gegen euch, sondern auch das Gerüfte des ehrwürdigen Pfarrers von Montañana, der euch des Nachts ausfliegen sah aus dem Turm seiner Kirche. – So betrachtet nun genau diesen Stuhl der Wahrheit und geht in euch. Wollt ihr nicht, ehe dieser Stuhl euch hilft, eure Seelen erleichtern und gestehen, was ihr verbrochen? Hier zu meinen Seiten sitzen tapfere Brüder, die euch heimführen sollen in die Gemeinschaft der Gläubigen, und wenn ihr nur ein Zeichen von Bußfertigkeit erkennen lasset, werden sie euch den Weg der Barmherzigkeit zeigen.«

Mercedes Huesca fing an zu schluchzen und zu beben, ihr gesamter Körper schüttelte sich und zitterte, als habe man sie minutenlang in Eiswasser getaucht, und sie zeterte mit einer Stimme so hoch, wie ein Schwert klingt, wenn man mit einer schartigen Stahlklinge rasch darüberkratzt, und ihr Hals, der gerade noch von junger Ebenmäßigkeit gewesen war, krampfte zu einem Sehnenstrang wie bei einem alten, abgemagerten Mann. Ihre Augen rollten nach oben. Sie schrie ohne Unterlaß.

Die Not der jungen Frau klirrte in meinen Ohren. Ich wollte sie mir zuhalten, doch das durfte ich nicht; ich mußte Haltung bewahren. In meinem Oberarm zitterte ein Muskel, als flirre ein Pappelblatt im Gegenlicht der Sonne. Mein Gaumen trocknete ein. Ich konnte die Schreie nicht hören. Sie taten mir weh. Die Klage der Ungerechtigkeit schmerzt; wer solches zuläßt, kann der das Recht wirklich auf seiner Seite haben? Da war er: erstmals spürte ich einen Zweifel. Der strahlende Himmel dunkelte ein und senkte sich, bis er nur noch das düstere Gewölbe umfaßte, in dem sich die Klagerufe brachen.

Sogar der Inquisitor erbleichte. Er machte dem Scharfrichter herrisch ein Zeichen, woraufhin dieser der Schreienden in das Gesicht schlug. Es half nicht. Wieder und wieder schlug der Henker zu, doch außer einem leichten Absinken der Tonlage und einem wilden Tanz zwischen zwei neuartigen Tönen erreichten die Schläge nichts.

»Schafft sie hinaus!«

Rasch griffen die beiden Nonnen der Schreienden unter die Achseln, zerrten sie hoch und geschwinden Schrittes davon. Im weltenalten Takt der Not verrann der Verzweiflungsschrei. Mich fror.

Estrella Nuños starrte den Inquisitor stumm an. Er wich diesem Blick aus. Doch nachdem die Huesca hinausgeschafft worden war, fragte er eindringlich und mit schneidender Stimme, ob sie, Estrella, ihre Seele erleichtern und ihren Umgang mit Satan gestehen wolle.

»Gern kehre ich zurück in den Schoß der heiligen Kirche«, entgegnete sie leise.

»So berichte uns über die Art, wie du von Ort zu Ort gefahren bist.«

»Es ist ganz einfach; ich reibe nur die Hexensalbe auf den großen Kochlöffel, den mir der Fürst der Finsternis geschenkt; dann schiebe ich den Stab zwischen meine Beine ganz fest hinein; dann spreche ich den Ort, wonach ich will; schon hebt es mich an, umbraust es mich, bläst es mich fort wie der Wind ein Blatt und setzt mich nieder wie eine herabschwebende Feder an dem Ort, den ich mag.«

»So bist du zu Don Miguel von Montañana geflogen?«

»Ja.«

»Warum?«

»Er hat mich zu sich gerufen. – Schon drei Tage vorher, ich habe die Beichte abgelegt, auch im Hinblick auf das sechste Gebot. Er hieß mich alles ganz genau aufsagen. Und als ich es tat, da wollte er es noch genauer, weil, wie er sagte, nur mit dem Aufsagen jeder Kleinigkeit und dem Bereuen jeder Winzigkeit beim Aufsagen die Vergebung erlangt werden könne. Ich habe nichts ausgelassen und ganz genau erzählt. Er hat schwer atmen müssen wegen meiner Sünde. Es hat seine Seele tief bedrückt, weil er sogar gestöhnt hat über meine Unkeuschheit. So sah er, wie tief ich in Sünde war, und befahl mich zu sich für die Nacht des Vollmondes. Wenn der Mond genau im Kreuz der Kirche stehe, so man von der Villa Calderon gegen den Turm blicke, sollte ich bei ihm sein. Von hinten sollte ich herankommen an den Garten. Dort würde sich eine Tür ohne Schwierigkeit auftun lassen. Dann sollte ich zwischen den Beeten hindurch auf das Haus zuschleichen zu der Pforte gegen den Garten hin und an dieser sachte klopfen, und zwar dreimal. – Also bin ich geflogen, um bereuen zu dürfen. Es war in guter Absicht, Herr.«

»Weiter, was geschah weiter?«

»Auf mein Klopfen hin knarrte die Tür, und der Pfarrer stand vor mir. Er hieß mich eintreten und ihn nach einer kleinen Kammer begleiten, zu der wir uns nach links durch einen geraden Gang wandten. Dort stand ein breites Bett. Der Vollmond leuchtete herein und machte die Kammer hell. Don Miguel hieß mich die Kleider ablegen. Als ich zögerte, beschwor er mich, es sei zu meinem Besten. Also schlüpfte ich aus meinem Kleide, und weil er winkte, auch aus meinem Hemde. Da trat er auf mich vor und betastete mich. Ich fragte ›Wozu?‹. Er brummte, ich solle nicht widerspenstig sein. Dann bedeckte er mich mit Küssen an Hals und Schulter und schnaubte, er werde sich opfern und die Ruchlosigkeit von meiner Haut lecken, damit ich gereinigt werde. So tat er an meinem ganzen Leib, an manchen Stellen besonders, und dann sprach er von meiner endlichen Reinigung, und daß er mir nun Absolution spende durch seinen geheiligten Samen. – Nachdem er mir beigewohnt hatte, dachte ich, jetzt sei ich ohne Sünde.«

»Du lügst«, brauste Esteban auf.

Verwirrt schüttelte die Angeklagte den Kopf.

»Du warst ein Werkzeug des Satans, gesteh es!«

Immer noch stockte die junge Hexe.

»Gefährde nicht dein gefälliges Beginnen«, drohte der Inquisitor, »sonst ist der Stuhl dir sicher.«

»Herr, ich sage Euch freimütig alles.«

»Gut«, knurrte Esteban und fragte weiter: »Ist es nicht so, daß du sofort nach dieser abscheulichen Tat auf deinem Stock davongeflogen bist?«

Die Nuños nickte.

»Daß du zu deinem Seelenverderber geflogen bist?«

»Ja.«

»Und mit ihm Unzucht getrieben hast?«

Die Angeklagte zögerte, und ich sah deutlich, wie sie schluckte, ehe sie bejahte.

»Damit er aus deinem Körper den guten Samen des Don Miguel herausschlürfe, um ihn sodann in Gestalt eines Jünglings der Hebamme weiterzutragen und sie zu schwängern?«

»Ich weiß es nicht, Herr.«

»Also trug es sich so zu! – Und du, verleumde nicht ehrwürdige Kleriker! Satan hat dir befohlen, bei Vollmond in die Schlafkammer Don Miguels einzudringen. Gestehe es!«

»Nein, Herr. Es hat sich zugetragen, wie ich es gesagt habe.«

»Scharfrichter, zeigt die Daumenschrauben!«

Der Gehilfe reichte dem Henker eine hölzerne Verrichtung, die aus zwei übereinanderliegenden Brettern bestand, in die vier Einkerbungen für die vier Finger außer des Daumens eingeschnitzt waren. Die flachen Kerben ließen nicht genug Raum für die Finger. Wenn eine Hand hineingesteckt wurde, schraubte man auf einer Seite mit einer großen Schraube langsam zu und drückte zunächst den kleinen Finger, dann den Ringfinger, den Mittelfinger und zuletzt den Zeigefinger zusammen. Während der letzte Finger gerade ein wenig gedrückt wurde, war der kleine Finger schon heftig gequetscht, so daß über eine weite Strecke sich die Wirkung langsam steigern ließ. Der Scharfrichter wußte auch dies mit bunten Ausschmückungen zu schildern, wie es sich für die erste Stufe der Tortur gehört.

»Ich habe nicht gelogen«, beteuerte die Nuños und blickte aus furchtgeweiteten Augen auf mich. Ich senkte den Kopf.

»So bereust du nichts und bist nicht geständig. Also müssen wir die territio verbalis verlassen, die wir gesetzlich an dir verübt haben durch das geeignete Ausmalen der Qualen. Es wird viel Schmerz geben, bedenke es.«

»Glaubt mir doch«, flehte die Sünderin.

Esteban zeigte keine Regung, sondern wies den Scharfrichter an: »Schreite zur territio realis und lege die Daumenschrauben an.«

Der Henker ergriff Estrellas linke Hand, steckte sie zwischen die beiden Bretter, ließ die Schraube einschnappen und drehte sie ein Viertel herab.

»Ja, Herr, es ist, wie Ihr sagtet«, rief die Gepeinigte da.

»Wie war es?«

»Wie Ihr sagtet.«

»Satan also hat dir befohlen, den ehrwürdigen Don Miguel aufzusuchen, sich bei ihm einzuschleichen und ihn zu behexen, damit er sich dir hingebe, der Wehrlose.«

»Ja.«

»Weil Satan den Samen des Klerikers benötigte.«

Die Angeklagte nickte.

»Um sich damit als Incubus auf den Weg zu machen zur Hebamme?«

»So war es, wie Ihr es sagt, Herr.«

»Hast du Don Miguel einen Zaubertrank eingeflößt?«

»Den Saft von zerriebenen Kindshänden, Stierblut und Spargelsud habe ich ihm eingeflößt. Das richtet das Glied auf und macht den Samen reif. Nur so kann man einen keuschen Kleriker berauben.«

»Und der brave Don Miguel hat sich trotzdem gewehrt?«

»Mit Händen und Füßen hat er um sich geschlagen, ich mußte einen lähmenden Zauberspruch über ihn schicken.«

»Du hast ihm schlimmste Gewalt angetan. Gesteh es freiweg.«

»Ja, allerschlimmste Gewalt. Auch schlagen mußte ich ihn und heftig mit meinen Nägeln kratzen, bis er sich ergab.«

Esteban bedeutete dem Scharfrichter mit einem Zeichen, er solle die Schrauben wieder abnehmen. Dann wandte er sich an mich und bemerkte, er übergebe die Hexe nun dem Versuch, sie einzuweisen in die Übungen, und erwarte seine Gäste später zu einem leichten Mahl vor der Siesta.

Ich trat auf Estrella Nuños zu. Vor ihr blieb ich stehen und blickte auf sie herab. Sie erwiderte meinen Blick mit matten Augen.

»Mit den drei Fähigkeiten sollst du dich besinnen über die erste, zweite und dritte Sünde«, sprach ich in langsamem Latein, doch sie verstand mich nicht. So winkte ich Alphonse herbei, damit er übersetze, und wiederholte den Satz. Nunmehr verstand sie zwar die Worte, nicht aber ihren Sinn, und ich fragte sie, ob sie die erste Sünde kenne, was sie verneinte. Die erste Sünde sei die Sünde der Engel, erläuterte ich in Iñigos Worten. Wie die Engel in der Gnade geschaffen wurden, aber ihrem Schöpfer weder

Ehrfurcht noch Gehorsam erweisen wollten, sondern in Hochmut gerieten, sich aus der Gnade heraus in Bosheit verwandelten und daher in die Hölle geschleudert wurden.

»Wenn schon die Engel sündigen«, antwortete Estrella Nuños, »wie kann man von mir verlangen, es nicht zu tun?«

»Aus deinem freien Willen heraus kannst du dich für Gott entscheiden.«

»Wie soll ich freien Willen haben, wenn ein jeder Herr mir befehlen kann? Der Verwalter des Gutes hat Macht über mich wie der Pfarrer und der Richter, und wenn mich Don Miguel zu sich befiehlt, kann ich nichts außer folgsam sein. Wenn aber der Inquisitor mir befiehlt, es anders als getreu der Wahrheit zu schildern, kann ich nichts außer folgsam sein. Nennt ihr das einen freien Willen?«

»Du hast einen freien Willen zu entscheiden, ob du Gott oder dem Satan dienen möchtest.«

»Herr, o Herr«, beteuerte sie, »niemals bin ich durch die Lüfte geflogen. Auf eigenen Beinen habe ich schleichend den Pfarrer besucht. Niemals habe ich Kindshände verkocht und Salben bereitet oder gar den Pfarrer gezwungen, das zu tun, was er allein wollte, dieser Bock. Aber die Herren zwingen mich, ich soll sagen, daß ich dem Satan gedient habe. Sie zwingen mich zur Lüge und nennen es Hilfe für meine Seele. – Ach, Herr, ich gestehe alles, was immer Ihr wollt, wenn Ihr mich nur rasch erwürgt und mir die Qual des Scheiterhaufens erspart.«

»Unglückliche, verstricke dich nicht in neue Sünde, sondern bitte jetzt mit mir Gott unsern Herrn um die Gnade, daß alle deine Absichten, Handlungen und Beschäftigungen hinfort rein sein mögen im Dienst und in der Verherrlichung Seiner Göttlichen Majestät.«

»Bitte, bitte gebt mir diese Gnade«, schluchzte sie.

Ich wandte mich ab und ging auf und ab in dem Verlies, suchte in mir nach den richtigen Worten, die mir das Herz dieser Verworfenen öffnen könnten, die so offensichtlich festhielt an ihrer lügnerischen Sicht, daß sie nicht wahrhaft bereuen konnte, sondern ableugnen mußte und das arme Opfer in Schuld zu führen suchte. Gern würde ich Don Miguel begegnen und ihn trösten wegen der schmählichen Gewalt, die ihm diese Teufelshure und Milchdiebin angetan hatte. Mußte nicht statt der Satansbraut der übel Mißbrauchte eingeführt werden in die geistlichen Übungen, auf daß er tiefen Trost verspüre und hinwegkomme über diese elende Gewalt? So würde sichergestellt, daß er nie wieder Opfer ruchloser Angriffe werden könnte.

Andererseits – wieso konnte ein Kleriker Opfer werden, wo er doch sicherlich nach gehaltenen und heiligen Bräuchen sich mit Weihwasser besprengt und rechtmäßig und erlaubt die am Palmensonntag geweihten Zweige benutzt? Nimmt Don Miguel kein geheiligtes Salz? Allein durch seinen Priesterdienst müßte er geschützt sein gegen die Hexerei. Die dritte Art schließlich, die von Gott so begnadet ist, daß ihr Hexerei nichts anhaben kann, sind diejenigen Menschen, die durch heilige Engel auf unzählige Arten gefeit werden gegen das Böse. Welcher Schutz hat versagt, daß der brave Don Miguel so heftig in die Gewalt genommen werden konnte?

Ich schüttelte den Kopf und blickte, weil ich Augen auf mir ruhen fühlte, hoch und direkt in das Dunkel der Augenhöhlen des Scharfrichters. Für eine nicht nennbare Zeitspanne durchdrangen sich unsere Blicke, dann wandte ich mich ab, und ich fühlte mich verkühlt in Fleisch und Seele. In der Tat, dem Blick eines Unehrlichen sollte man nicht begegnen, und wer konnte unehrlicher genannt werden als der Henker?

Ohne weiter nachzudenken suchte ich die Augen der angeklagten Striga und fand verschüchterte Traurigkeit, ängstliche Mutlosigkeit und enttäuschte Hoffnung. Konnte so der Teufel blicken? Wie, wenn die Nuños die Wahrheit sprach in bezug auf Don Miguel? War dann nicht sie das Opfer und Don Miguel der Unhold? Wenn sie so blicken konnte, die gedemütigte und niedergedrückte vorgebliche Hexe, dann war sie vielleicht keine, sondern ein bedauernswertes Geschöpf. Klang nicht ihr Beschwören so echt wie ein Wort aus meinem eigenen Munde? Aber, wieder andererseits, konnte dieser um Gnade und Verstehen bittende Blick nicht die nächste Finte des Bocksbeinigen sein, der mehr Versuchung hat, die Guten denn die Schlechten zu täuschen und für sich zu gewinnen? Mag Satan auch in Wahrheit mehr Böse als Gute versuchen, weil, wie bereits Institoris deutlich gemacht und allen verbindlich aufgezeigt hat, sich in den Bösen mehr Geschicklichkeit findet, den Dämon anzunehmen, sind ihm als Opfer doch die Guten wichtiger. Denn da er die Bösen schon besitzt, nicht so aber die Guten, versucht er mehr der Gerechten habhaft zu werden zur Weiterung seiner Macht. So mag denn der fühlend-bettelnde Blick der Nuños nichts weiter sein als eine Versuchung wider mich, daß ich der Hexe mehr Glauben schenke als dem Kleriker.

Nein, so fängt mich kein Dämon, so nicht. Und ich folgte einer plötzlichen Eingebung, in ihrem Blick eine List des Teufels zu erkennen. Da durfte ich nicht wankelmütig werden, und so fragte ich sie scharf: »Freimütig nun und ohne weitere Finte: Wie ist es wirklich gewesen in jener Nacht, bei Don Miguel?«

»Es ist gewesen, wie ich zunächst berichtete. Er hat mich zu sich befohlen und sich meinen Körper erschlichen, weil er sich in geiler Wollust gefallen wollte, wie übrigens auch mit der Mercedes Huesca, der er gar die Jungfräulichkeit gestohlen hat unter böser Gewalt.«

»Du bist voller Lüge. Ich kann dir keine Gnade mehr bieten und werde dem Inquisitor raten, er solle weiter gegen dich prozessieren bis zum gültigen Urteil. Und dir rate ich, endlich freimütig zu gestehen und nicht immer aufs neue abzuleugnen, denn wenn du nicht zu einer tiefen Reue findest, kannst du nur durch das Feuer geläutert werden.«

»Ach, Herr, Ihr sprecht grausam. Warum hört Ihr mir nicht zu? Sicher bin ich sündig, aber nicht so, wie Ihr meint. – Mein Gott, warum glaubt mir denn niemand?«

Sie heulte laut auf und gab sich ihrem hoffnungslosen Weinen hin. Ich wandte mich ab, bedeutete meinen Begleitern mir zu folgen und verließ das düstere Gewölbe.

Oben, im Schatten des Kreuzgangs, stand Xavier Esteban mit verschränkten Armen, wartete auf die Brüder Jesu und trat gegen mich vor, als ich über die Treppe kam.

»Nun, habt Ihr die Hexe katholisch gemacht?«

»Wer nicht freiwillig und mit tiefer innerer Anteilnahme die geistlichen Übungen begehrt, kann ihrer nicht teilhaftig werden. Und der andere Weg, der über das Wort Christi geht, ist diesen Zauberinnen verschlossen, denn sie öffnen ihr Herz nicht für das Evangelium.«

»So steht dem Prozeß nichts mehr im Weg, nehme ich an, und ich kann in wenigen Tagen auch die Estrella Nuños und die Mercedes Huesca ihrer gerechten Strafe zuführen, oder?«

»So sei es«, entgegnete ich müde und wurde erneut von Zweifeln geplagt, ob denn meine Einschätzung die richtige gewesen sei. Heute weiß ich um meine falsche Sicht, heute würde ich nicht so rasch die Sache der Inquisition gutheißen. Doch ist es nicht gerade die Erfahrung, die ich zu Saragossa gemacht habe, derer ich bedurfte, um mehr auf mein eigenes Urteil zu vertrauen und weniger blind der Sichtweise des Amtes zu folgen?

Der Inquisitor jedenfalls lachte damals und tat den Ernst des Vorgangs mit billigen Worten ab.

»Wenn wir es hinter uns gebracht und das Exempel statuiert haben, werden wir die Erfolge unseres Tuns feiern. Und das verspreche ich, selten wurde so guter Wein getrunken zur Ehre des Herrn – vielleicht noch zu Rom, aber dort soll es gering geworden sein im Hinblick auf die Lebensfreude im Vergleich zu früheren Zeiten.«

»Wart Ihr bereits in der Ewigen Stadt?«

»Oh, viel vergnügliche Erinnerungen hege ich daran«, entgegnete er mir und schnalzte mit der Zunge. »Allerdings hielt ich mich zu Zeiten des siebten Clemens dort auf, unmittelbar nach dem Beginn seines Papats. – Der Vater Eurer anwachsenden Gesellschaft«, bemerkte er, wie aus dem Zusammenhang gerissen, und legte seinen Arm auf meine Schulter, »war in jüngeren Jahren ebensowenig ein Kind von Traurigkeit, er war ein stolzer Mann mit viel Geschick, und ich bin guter Dinge, daß sich die wahre Lebenskunst bewahrt, die uns auszeichnet in Kastilien und Aragon.«

»Die Liebe zu den Menschen ist christliche Nächstenliebe; so hat unser Vater Ignatius stets gehandelt und es all seinen Brüdern als Leitschnur aufgetragen«, entgegnete ich und wich dem Blick des Inquisitors aus. Sollte auch er die Strenge der Gelübde lediglich als äußere Haut des Klerikerdaseins betrachten und innerlich so anders denken, daß er sich den weltlichen Genüssen hingab wie ein römischer Kardinal?

»Gut gesprochen«, entgegnete Esteban leichthin. »Kommt nach der Vesper an meine Tafel, mein Koch brät einen Hirsch.«

Kaum hatten wir uns von Esteban getrennt, bat ich Felipe, mich nach Montañana zu begleiten. Ich war aufgewühlt und unschlüssig, in welcher Richtung ich die Wahrheit vermuten sollte. Hätte doch der Inquisitor sich einer besinnlicheren Rede bedient oder die Hexe Nuños weniger mitleidheischend geblickt, ich wäre in mir ruhig und von den vielen Zweifeln, die sich nachher noch auftun sollten, verschont geblieben. So aber wollte ich Don Miguel aufsuchen, um ihm die geistlichen Übungen vorzustellen, woraus ich mir auch Aufschluß über den Zustand seiner Seele erhoffte, denn kein Sünder nimmt die Übungen regungslos. Soweit also nur irgendein wahrer Kern an der Rede der Unglücklichen war, würde sich das aus dem Betragen des Pfarrers erhellen.

Während sich die Menschen in Saragossa vor der sengenden Mittagshitze in ihre Häuser zurückzogen, schritten Felipe und ich zum Stadttor hinaus. Wir überquerten auf einer mächtigen Steinbrücke den Ebro und näherten uns nach einer halben Stunde dem kleinen Städtchen Montañana, das bescheiden in der Ebene lag und keinem Vergleich mit der Residenzstadt standhielt. Immerhin war die Straße gepflastert und lief zwischen zweistöckigen Häusern auf den großen Platz zu, den im Osten die Kirche begrenzte, so daß das Pfarrhaus unschwer zu finden war.

Auf unser Klopfen öffnete niemand. Wir nahmen eine Seitengasse, um hinter die Kirche und von dort in den Pfarrgarten zu gelangen. Ganz so, wie es die Estrella Nuños ausgesagt hatte, fanden wir eine leicht zu öffnende Pforte. Von hier führte ein Weg gegen das Haus, direkt auf eine schmale Tür zu, die offenstand. Wir schauten einander kurz an, dann traten wir ein. Geradeaus traf ein Flur auf die Eingangstür, rechter Hand drehten sich Treppenstufen nach oben, links öffnete sich ein Gang, den wir, vorbei an mehreren Türen, hinunterschritten, schnurstracks auf eine Kammertür zu. Hinter dieser lauteten seltsame Geräusche hervor wie von einem ins Joch gespannten Ochsen, der schnaubend eine Last über einen Berg zog; unter das alles mengte sich ein helles Glucksen, als habe sich jemand beim Lachen verschluckt. Ich lauschte und versuchte, einen Sinn aus dem Gehörten zu ermitteln – da fiel es mir wie Schuppen von den Augen. So gewaltig und jäh sprang mich der Zorn an, daß ich mich aufschreiend gegen die Kammertür warf, diese mit einem Knall gegen die Wand schlug, wie von tausend Furien gehetzt das nackte Mannsbild auf dem Bett, das halb kniend über einem unzüchtigen Weibe lag, im Genick packte, mit spitzen Fingern in den Hals hineindrückte, dann die Gurgel griff und ohne Einhalt den Kerl hochriß, den die Tonsur als Kleriker auswies, aus dem Hurenlager herausriß und auf den Boden schleuderte, wo Don Miguel, der er zweifellos war, tief erbleicht und kaum einer Regung fähig versuchte, mit den Händen sein verdächtiges Geschlecht zu bedecken. Auf dem Bett aber kreischte ein junges Geschöpf durchdringend und hielt sich die Augen zu, ohne sich um ihre schamlose Blöße zu bekümmern, die ein sichtlich um Fassung ringender Felipe starr begaffte.

»Nun? Wie steht's? Alles erlaubt sich ein Weib, und es dünkt ihr unziemlich gar nichts? Hält es ein Don Miguel mit der Weisheit eines Juvenal, oder zieht er es vor, im Lateinischen nicht belesen zu sein?«

»O ja«, entgegnete mir der Nackte, »die Hexen sind in der Tat unwiderstehlich.«

»So steh auf und blicke an dir herab. Ist es nicht so, wie Vergil sagt: Es verzehrt allmählich des Weibes entflammender Anblick jegliche Kraft?«

Don Miguel blickte erschrocken und geistlos wie ein Narr hinab auf ein entblößtes, unansehnliches Gemächt; Felipe zerbrach seine Spannung mit einem klirrenden Lachen, und das Mädchen tat es ihm mit spitzen und irren Schreien gleich.

»Flieg davon, wenn du eine Hexe bist«, herrschte ich die Kreischende an, »ansonsten schweig.«

Da sie mich nicht verstand, quietschte sie weiter, bis Felipe – immer noch lachend – den Befehl übersetzte. Bei dem Wort Hexe aber verstummte sie, erbleichte, bekreuzigte sich und rief fortwährend »nein«.

»Sie soll sich anziehen«, bemerkte ich zu Felipe, ehe ich mich wieder dem Kleriker zuwandte: »Du wirst uns auf der Stelle zum Inquisitor begleiten, damit er sich deiner wirklichen Wahrheiten versichern kann.«

Keinen Augenblick wollte ich missen, der Gerechtigkeit aufzuhelfen, und zur nicht geringen Überraschung Estebans fanden wir uns zu Beginn der weiteren peinlichen Befragung der Angeklagten ein. Unter Mißachtung aller Regeln des Prozesses zwang ich Don Miguel zu einer Aussage. Er konnte nicht anders, als auf meine eindringlichen Mahnungen hin dem Inquisitor bestätigen, daß er vom Beichtstuhl aus die Estrella zu sich befohlen habe. Ebenso sei es sein eigener Antrieb gewesen, der Mercedes die Unschuld zu rauben. Bereits vor einiger Zeit sei der Teufelsmolch in ihn gefahren und zwinge ihn seither, sich der Wollust hinzugeben und möglichst junge und unschuldige Weiber zu sich zu bestellen, um mit ihnen Unzucht zu treiben in Satans Namen. Auch heute habe er sich auf einen Befehl des Nachtfürsten hin die Magd des Nachbarn gefügig gemacht. Deshalb also sei eher er der Hexer als die beiden angeklagten Lamien.

Der Inquisitor schnitt ein bedenkliches Gesicht, ehe er Don Miguel schweigen hieß.

»Es mag sein, daß du voller Schuld bist; doch hierüber kann ich nur in einem neuen Verfahren befinden. Was diese beiden hier anlangt, ändert sich nichts. Denn erstens haben sie, zum Teil beim Zeigen der Instrumente, zum Teil beim Anlegen der Daumenschrauben, Teufelsbuhlschaft und Schadenszauber gestanden und sich tief reumütig gezeigt; zum anderen ist es so, daß selbst für den Fall, daß du vom Satan zur Wollust bestimmt wurdest, er dir, um den Guten wirksam in Versuchung führen zu können, die zu allem bereiten Hexen gesandt hat, die dich in die Unzucht locken sollten und wollten. An ihrer Schuld ändert sich nichts, selbst wenn du wahrhaft Gefallen an dem Schandtreiben gefunden haben solltest.«

Er rieb sich die Hände, blieb eine Weile in sich versunken und stumm, dann wandte er sich an mich: »Es wundert mich, daß du, der du ein Doktor der Rechte bist, den Don Miguel wegen dieser Entdeckung in das Verfahren gegen diese Hexen hereinziehst. Wie könnte sich an der Beurteilung dieser Verworfenen etwas ändern? Selbst wenn Don Miguel der Teufel persönlich wäre, müßten die beiden verurteilt werden, wie ich sie noch heute verurteilen werde, denn dann hätten sie mit Satan gebuhlt, und dies allein ist genug der Hexerei; es kommt, wie du aus der ›Carolina‹ wohl weißt, nicht darauf an, daß bei der Teufelsbuhlschaft jemand zu Schaden kommt. – Darum, Bruder im Herrn, lasse dir raten: Wenn dich der Blick dieser an fleischlichem Liebreiz nicht armen Person angerührt hat und du nun womöglich verboten zu ihr empfindest, richte deine Liebe auf Gott und vergiß diese Unselige. – Zu deiner eigenen Sicherheit werde ich das Verfahren beschleunigen. In zwei Tagen wirst du statt in zwei in vier reinigende Feuer blicken.«

Wieso stechen nicht aus allen Himmeln die Blitze mit rasender Glut und zernichten gemeinsam mit bebender Erde diese feuchten Gewölbe? Hast du, allmächtiger Herr, kein Erbarmen für die Opfer der Wahrheit? Wohin wendet sich dein Kopf, wenn du solche Possen auf Erden siehst, um sie nicht wahrnehmen zu müssen? Herr, willst du die Falschen richten?

Zwei Tage verließ ich die Zelle nicht, sprach kein Wort, verwehrte mich sogar gegen die besorgten Blicke von Alphonse und Felipe. In tiefen Zweifeln verfingen sich meine Gedanken im Innern, wie zum Beispiel, ob es wahrhaftig Hexen, Zauberinnen und Unholde gibt.

Manche mochten hier unterschiedlich denken, doch allzu viele berichteten darüber, ob nun Remigius oder Sprenger und Institoris, ganz abgesehen vom heiligen Thomas, als daß es anderes als Leichtfertigkeit und Torheit wäre, ihr Dasein zu leugnen. Und dann ist ohne Zweifel die Hexerei ein besonders ungeheuerliches, schweres und abscheuliches Verbrechen, denn in ihr treffen die schlimmsten Vergehen zusammen, wie Abfall vom Glauben, Ketzerei, Religionsfrevel und Gotteslästerung, widernatürliche Unzucht und sogar Totschlag und Mord. Kann es da irgendeine Nachsicht geben, ein Ausschlagen zugunsten des Verdächtigen? Oder sollte man nicht diejenigen, die wegen Hexerei gefangen sind, alsbald für unbedingt schuldig halten?

Ist es aber nicht so, daß auch auf ein Sonderverbrechen die allgemeine Regel anzuwenden ist, wonach die günstigere Lösung angenommen werden muß, solange ein Fall noch nicht geklärt ist? Auch steht einem Priester nur christliche Sanftmut und Güte an, und es ist nicht recht für einen Kleriker, einen Eingekerkerten zu bestürmen, endlich zu gestehen, ihn dieserhalb zu drängen, zu überreden und zu gemahnen, bis er endlich im Namen eines im vorhinein festgelegten Seelenfriedens das sagt, was man von ihm erwartet, egal, ob es die Wahrheit ist. Selbst, wenn so eine Gefangene schuldig ist, weiß man es doch nicht wirklich sicher, und würde man so die Findung der Wahrheit beeinflußen, als ob man sozusagen selbst die Wahrheit erfände.

Nein, so darf man nicht umgehen mit Menschen, seien sie nun eines einfachen Vergehens wie des Diebstahls angeklagt oder eines Sonderverbrechens wie der Ketzerei verschrien. Wenn so unbesonnen mit den Angeklagten umgegangen wird, dann steht letztendlich zu fürchten, daß viele von ihnen in der Beichte lügen und so Gott lästern und ihr Seelenheil gefährden. Nein, es darf nicht sein, daß wir, die wir richten, im Bestreben, eines Menschen Seele zu retten, diese erst recht in die Sünde bringen. – Ich haderte und haderte, ohne allerdings zu einem rechten Ergebnis zu kommen, und auch das Studium der Heiligen Schrift zeigte weder Weg noch Versöhnung. Und je tiefer ich in meinem Hader eindrang, desto mutloser wurde ich, bis ich auf ein Kapitel aus dem Prediger Salomo stieß:

»Ich wandte mich zu anderen Dingen und sah die Bedrückung, die unter der Sonne geschehen, die Tränen der Unschuldigen, und wie kein Helfer ist: Wie sie ihrer Gewalt nicht widerstehen können und allerseits der Hilfe beraubt sind. Da pries ich die Toten glücklicher als die Lebendigen und hielt für glücklicher als beide den, der noch nicht geboren ward und die Übeltaten nicht gesehen hat, die unter der Sonne geschehen.«

Da weinte ich, denn ich wußte nun, daß sich die Prüfungen stets wiederholen, die Gott seinem Volk auferlegt.

Dann war die Zeit der Hinrichtung gekommen, und Xavier Esteban erschien persönlich, um mich und meine beiden Brüder abzuholen und uns hinauszubegleiten zur Richtstatt vor den Toren.

Drei Galgen waren aufgestellt wie schon bei unserer Ankunft, daneben aber nunmehr vier Scheiterhaufen aufgetürmt, und ringsum sammelte sich viel Volk unter Jubel, Trubel und Gejohle, um sich Hängen und Brennen nicht entgehen zu lassen. Für die Herren der Stadt war eine kleine Bühne errichtet, auf welcher Bänke genug Sitzgelegenheit mit bestem Blick auf die Richtstatt boten, und in der Mitte der ersten Reihe fand sich der freie Platz für den Inquisitor und seine Gäste. Kaum aber hatten wir uns niedergelassen, kam ein Karren aus dem breiten Stadttor, auf dem die sechs Hexen und der eine Zauberer, begleitet von je sechs bewaffneten Schergen rechts und links, herausgefahren wurden zum Richtplatz, und das Volk beklatschte die Todgeweihten, als seien es die Matadoren, die in die Arena kämen. Und wie dort, so mischten sich auch hier Händler unter das Volk und verkauften Wein und Zuckerstangen, damit es für die Zeit der grauenvollen Vorstellung den Zuschauern an nichts mangle.

Die Gerichtsdiener und die Helfer des Henkers banden die zum Feuertod Verurteilten an die aus den Scheiterhaufen aufragenden Stämme, damit sie allseits gut gesehen wurden, während die für den Galgen Vorgesehenen vorläufig gegen eine Prangerwand gestellt wurden, als warnender Anblick für die übrigen, die sich aber weniger um die Mahnung scherten als dem Spott gegen die Verbrecher frönten, wohl, weil sie so der Angst Herr werden konnten, in die sie die furchtbaren Zaubereien der Ketzer gestürzt hatte. Und aus der Stadt strömte immer noch Volk herbei, um der Bestrafung beizuwohnen.

Ich beobachtete das bunte Treiben teilnahmslos und versuchte, meine ganzen Gedanken hineinzulegen in das Farbenspiel, das die beginnende Dämmerung über die weite Ebene des Ebro legte: hellgolden lag ein Streifen über den Dächern von Saragossa und schnitt eine stolze Zackenlinie aus vom Schatten der Mauer; gegen den Zenit hin spielte das Gold, von einsam ziehenden Wolken zum Ringelreihen eingeladen, in manche Abschattung von Rosa und Silber hinein, bis es sich im Zenit an ein helles Blau verlor, das gegen Osten zu fahl wurde und an der Linie, an der Himmel und Erde im Sonnenuntergang verschmolzen, einen Hauch von Schwarz in sich aufnahm. Manche Dächer, auch das des bischöflichen Palastes, spiegelten den Gleiß der abtauchenden Sonne, manche blitzten nur für einen Augenblick auf. Rechts draußen, jenseits des Ebro, von den Bergen her, stob ein Wind über Montañana und wirbelte Staub auf, der sich als dunstiger Schleier über den Fluß legte, als habe sich das lebensspendende Wasser von der Richtstatt zurückgezogen.

Dann brannten die Haufen. Züngelnde Flammen an den unteren Rändern zunächst, ein harmloses Feuerchen, ein niedliches Brennen, das sich einfügte in von Westen her sich aufbäumendes Gold; die Hexen mochten es kaum spüren, jedenfalls lachten sie schrill über die winzigen aufsteigenden Rauchwölkchen. Aber der Zunder tat seine Wirkung, steckte bald die großen Scheiter an, die sich krachend zum Feuer aufbäumten und beinahe rauchfrei ihre Hitze nach oben schickten, wo die Hexen jetzt schrien – nicht alle; eine starrte mit schmerzverkniffenen Lippen auf die Tribüne der edlen Herren und erfaßte mit ihrem Blick den einen, den sie suchte: mich. Ich spürte ihren Blick und erwiderte ihn. Hoch schlugen die Flammen nun, erfaßten die Leiber der Verdammten und hüllten sie ein in glastende Zitterluft. Viel Volk umher grölte. Manch zorniger Satz begleitete die sich in der Glut krümmenden Körper. Ich aber, als ich die Augen der Nuños verloren hatte, hob den Kopf weit in den Himmel hinauf, bis mein Hinterhaupt gegen die Schulter stieß, und in die Himmelsmitte hinein zitierte ich den Prediger Salomo: »Ich sah unter der Sonne an der Stätte des Gerichts Gottlosigkeit und an der Stätte der Gerechtigkeit Unrecht.«

## DER GLIMMENDE SPAN

Pater Johannes«, flüsterte Ursinus angesichts der beredten Müdigkeit im Gesicht des Älteren, »du mußt Schlaf finden – ruh dich aus.«

Johann nickte. »Die Erzählung hat mich mehr erschöpft, als ich es zugeben möchte.«

Es war kein ruhiger Schlaf, den Ursinus behütete. Der ausgezehrte Körper des alten Mönches warf sich auf der Bettstatt hin und her, und vielfach entrang sich ein Röcheln der eingefallenen Brust, daß Ursinus um Johanns Leben bangte. Mit welchen Zweifeln mochte der Alte ringen, welche Ängste mochten ihn plagen? Noch hatte dieser Mensch seinen Frieden nicht gefunden. Da war eine Rechnung offen. Doch welche? Und wie konnte sie beglichen werden?

Die Antwort biederte sich der jugendlichen Neugier nicht an, denn als Johann am nächsten Morgen die Augen aufschlug und einen dicken Schleimpfropfen abhustete, war die Krankheit abgeklungen, ja, es schien, als habe sie Rücksicht genommen auf das große Fest, das der Pfleger feierte, weil sich seine Amtseinführung zum fünften Mal jährte und dies mit seinem sechzigsten Geburtstag zusammenfiel.

Mit gerötetem Gesicht stand Caspar Poißl von Atzenzell in der Mitte des Saales und empfing seine Gäste. Heute traf sich auf Burg Werdenfels, was Rang und Namen hatte in der Grafschaft. Alle kamen, die er geladen hatte, die siegelmäßigen Geschlechter von Germischgau, Mittenwald und Partenkirchen. Der eine erhoffte sich von Poißl Fürsprache beim Bischof, der andere

glaubte, dem Pfleger die Verlängerung seiner herzoglichen Berg-
bauerlaubnis zu verdanken, der dritte wartete ungeduldig auf
die Erneuerung seines Adelsbriefes, der vierte mochte die Gunst
der Stunde nutzen, um billigen Zins zu feilschen oder was es der
Anliegen mehr gab. Manche kamen auch nur, um zu feiern und
sich an gräflicher Tafel zu laben. Laut schwatzend gingen die
Männer im Saal umher, während der Pfleger nach und nach
seine Gäste begrüßte, prosteten sich mit ihren Holzhumpen zu,
sprachen über den Zustand der Wege, die Einkünfte aus dem
Handel oder die Getreidepreise, die angestiegen waren seit dem
letzten Zusammentreffen, erzählten sich Zoten und Gerüchte
und warteten hungrig auf die Tische.

Johann, gegen die Rückseite des Saales stehend, betrachtete die
Männer seiner Heimat, als seien es Fremde, und in der Tat war
ihm die Art der Germischgauer nicht besser vertraut als die der
Spanier zu Saragossa. Mit einer nachgerade kindlichen Neugier
belauschte er die Gespräche der zechenden Männer und erschrak nach und nach, als er gewahr wurde, daß es schon wieder
um Zauberei und Hexen ging.

»Stell dir vor«, stieß Adam Jocher, der Müller zu Garmisch, den
Conrad Achrainer an, »was mir neulich der Gogl für Teufelszeug
erzählt hat, das im Scharnitzwald sein Unwesen treibt. Die
Schlaucherbrüder waren beim Sebastian Pals ordentlich zechen
und gingen spät zurück durch's Holz. Tief sind die Tannen her-
eingehängt in den Weg. Es war stockdüster. Da springt aus ei-
nem Busch ein zitterndes Licht und tanzt allerweil fuffzg Fuß
vor ihnen her, und wie's der Teufel haben will, rennen sie dem
Licht nach, damit sie rauskommen aus dem Wald. Von wegen.
Sie laufen und laufen, doch es nimmt kein End', und erst in der
Früh, wie sie das Ave-Maria-Läuten hören, kommen sie auf eine
Lichtung und das Irrlicht verschwindet. Da stehen sie wieder
eine Viertelmeile vom Pals weg und sehen, daß sie allerweil im
Kreis geführt worden sind.«

»Ja, ja«, erwiderte der Achrainer nach einem tiefen Schluck aus
seinem Humpen, »der Scharnitzwald ist eine rauhe Gegend und
gerade recht für Kobolde. Wenn die Wichtel nicht wären, täten

die Kaufleute auf unsere Führer verzichten können; da siehst du, daß wir die Irrlichter brauchen. Und die Schlaucherbrüder werden halt zuviel Humpen versoffen haben und deshalb auf den Teufelswitz hereingefallen sein.«

»Tust gar, Achrainer, als ob du keine Angst nicht hättest. Du darfst den Satan nicht versuchen!«

»Na, Jocher, na. Ich tät' mich sauber fürchten, wenn mir Luzifer eine Nasen drehen würde – ich geh' halt nicht hinaus in den Scharnitzwald bei der Nacht, und das Feuermandl hat wohl bloß einen üblen Spaß gemacht – es gibt schlimmere Teufeleien. Denk nur an das rote Weiberl von Eschenloh, das die Purgerin vom Leben zum Tod gebracht hat, weil sie wollte, daß der Bauer nach der Unhuld schau; und itzt geben die Kühe, die auf der verhexten Wiesen grasen, Blut statt Milch.«

»Am ärgsten ist aber schon«, mischte sich jetzt der Untermüller zu Partenkirchen ein, »daß die Obrigkeit nicht vorgehen mag gegen die Klöckin, die sich deppig grinst über die Erfolge ihres Schadenszaubers. – Da ist's nicht verkehrt, daß der Rösch beim Pfleger allerweil wieder Recht und Ordnung fordert.«

»Das schon. Aber er verficht halt auch seine eigene Sach' damit.«

»Wie meinst du das?«

»Seit dem fürchterlichen Hagelschlag im letzten Jahr vom Pfleger Herwart, der dem Rösch sein ganzes Getreide plattgedroschen hat, – und dem Schusternagl sein Feld ist unversehrt geblieben, weil sich der mit der Klöckin verstanden hat – ja, seitdem halt ist der Rösch hinter der Klöckin her wie der Teufel hinter der armen Seel'.«

»Ach geh, ich glaub' eher, daß er sich wichtig machen möcht', weil er hofft, daß er ein geschäftigeres Amt kriegt als bloß die Unterrichterei.«

»Ha ja, er ist schon ein rechter Wadlbeißer, der Rösch, und allerweil hinter jemand her; ein bissiger Stenz.«

»Wenn d' genau hinschaust, dann ist's schon seltsam, daß er auf die Krenweiberl so besonders scharf ist.«

»D'Kräuterhex'n halt, die mag er nicht.«

»Aber warum?«

»Vielleicht, weil bei der Geburt von seinem Buben, dem Damian, was danebengegangen ist; wie sonst kommt es, daß der Damian ein Damischer ist?«

»Ach so«, staunte der Jocher da, »du meinst, die Hebamme hat ein' Wurm 'neibracht?«

»Genau. Wenn du mich fragst, hat die den Damian verhunzt.«

»Sie sind aber auch allerweil recht eigenwillige Weiber, die Hebammen, egal, ob man jetzt die Klöckin anschaut oder die junge Schornin, und bei den Schlampinnen ist's sowieso offensichtlich«, stellte der Achrainer fest und rieb sich die Hände.

»Schaut's her, da werden die Tische gebracht.«

Während die Diener leichtfüßig die Schragen in den Saal trugen und die schweren Kiefernplatten auf die Untergestelle legten, kantige Stühle aufstellten und mit Kissen bedeckten, sann Johann dem belauschten Gespräch nach. Ja, da mochte etwas Wahres sein an diesen Vermutungen; warum sonst sollte der Rösch, ein einfacher Unterrichter und freier Mann, dem kaum jemals ein adeliges Amt zuwachsen würde, so auf einen Hexenprozeß drängen, wenn sich nicht in seinem Leben ein Sachverhalt fand, der als Auslöser genommen werden könnte. Ich müßte versuchen, genauer über die Umstände Bescheid zu wissen, die Damians Geburt begleiteten, überlegte Johann. Da trat eine junge Frau auf ihn zu. Sie war an die fünf Fuß groß und bei aller Schlankheit von jenem weichen Körperbau, wie ihn ein dralles Gesäß und volle Brüste bilden. Ihre Augen flackerten unruhig in dem sonst sanften Gesicht, das dunkles Blond seidig rahmte. Sie stand vor ihm und suchte nach Worten. Johann nickte.

»Ihr seid der Doktor zu Ettal?«

Ihre Stimme klang belegt. Fahrig strich sie mit der rechten Hand durch ihr offenes Haar.

»Ihr sollt gebildet sein, hört man im Dorf.«

»Hört man das?« fragte Johann zurück, und auch in seiner Stimme klang ein leichtes Zittern an. Die Frau erinnerte ihn an eine andere, an eine, die er nie gekannt und die ihm doch die Augen geöffnet hatte. Und schon überfiel ihn das längstvergangene Bild jener Nackten an der Abens, die ihm seine Geschlechtlichkeit spürbar gemacht hatte, damals, auf dem Marsch von Ingolstadt nach Rom, als er am Abend des ersten Tages Schweiß und Staub von sich abgewaschen und dabei über das Reifen seines Körpers sinniert hatte, bis ihm gewahr geworden war, woher der Anstoß für diese Gedanken kam: Unentwegt hatte er auf das gegenüberliegende Ufer der Abens, ein Dutzend Bocksprünge flußauf geblickt, an dem ein heller, verlockend schimmernder Leib stand, der durch eine schmale Taille, eine geschwungene Hüfte und zwei wohlgerundete Brüste ausgezeichnet war. Das liebliche Gesicht erfuhr seine betörende Rahmung durch auf die Schultern herabfallende, mit rötlichem Glanz durchwobene kastanienbraune Locken. Das Mädchen stand seinerseits wie gebannt und blickte auf den jungen Mönch. Ein süßes Lächeln umspielte ihren Mund. Der Liebreiz dieses weiblichen Körpers überraschte ihn beinahe mehr als die Tatsache, daß solches Schauen aus seinem Riemen einen Stock zauberte. Nach allem, was er von Thomas über die Weiber wußte, schien es ihm nicht möglich, daß ein ehrenwerter, gläubiger Mann den Leib einer Frau anmutig finden könne. Aber er mußte ohne Hader anerkennen, daß solche Anmut ohne Arg nur mit tiefster Beselung durch Gott geschaffen sein könne, und so mochte er den Blick nicht von dem Mädchen wenden. Thomas von Aquin mußte bei seinen Überlegungen ein Fehler unterlaufen sein, denn es findet sich nirgends eine Belegstelle über die göttliche Gnade der Schönheit im weiblichen Leib. Ist es nicht so, fragte er sich, daß Gott der Biene den Stachel gegeben hat und sie gleichwohl in ihrem Leben bei normalem Verlaufe nicht zustich, und wenn doch, ihres Lebens verlustig geht? Wer aber möchte die Biene für ihren Stachel strafen?

»Es heißt, Ihr seid ein gütiger Mann.«

Johann zuckte zusammen. War das Leben an dieser da spurlos vorbeigegangen, die nun vor ihm stand, als sei sie gerade der Abens entstiegen? Unsinn! Johann schüttelte den Kopf, als wollte er die Erinnerungen loswerden.

»Sagt nicht nein. Ich brauche Eure Hilfe.«

»Verzeih«, antwortete Johann nun, »das galt nicht dir. – Was kann ich für dich tun?«

»Es gibt manche, die reden mir nach, von wegen, ich wär' eine Hex.«

»Bist du die Klöckin?«

»Nein, die würde sich nicht hierher trauen, die wird doch von fast allen verschrien. Die Schornin bin ich, Maria, ein armes Weib und des Brotausträgers Frau.«

»Wieso bezichtigt man dich als Hexe?«

»Weil ich es mit den Kräutern kann, vielleicht. Vielleicht auch, weil ich mit dem Knilling Georg pussiert hab'. Was weiß ich.«

»Na, dann erzähl es mir genauer.«

»Mein Mann hat mich halt einsam sein lassen. So ist er. Balzt allerweil um die Röck und verschleudert seine Kraft, daß mir bloß wenig bleibt. Trifft beim Brotaustragen manche Magd allein in der Küche an und weiß den Weibern zu gefallen. Auch die junge Schmölzin soll ihm zu Willen gewesen sein. Warum sonst läuft sie so fleißig in die Beicht'? Der Haderlump hat sich nicht geändert. Ist mir selber so 'gangen, daß ich angebissen hab', weil er scherzen konnt' und zupacken. Der Vater lag krank auf den Tod. Ein Mann mußt' im Haus sein. Und der Hans hat ein Haus wollen, wo er doch über etliche Sommer herumgezogen ist, 's Brot ausgetragen hat in guten Zeiten, im Tal und bis hinüber nach Mittenwald. Ein lustiger Brotträger ist allerweil fein. In schlechten Wintern ist er gewandert, weit weg, in Städte, die niemand nicht kennt außer ihm, hat Freitische genommen und sein Würfelglück versucht, wohl manchmal bei einer Magd einen Strohschlupf ergattert und ist trotzdem nicht glücklich geworden, hat gern ein Dach über dem Kopf wollen. Der Vater hat nichts dagegen gehabt. So ist mir wenigstens die Hütte geblieben, hab' ich keinen Vormund gebraucht, obwohl ja die Prechtlin auch keinen bekommen hat. Aber wer weiß schon, was die Herren machen? Besser ist's, wenn ein eigener Mann das Sagen hat. Hab' ich den Hans halt genommen. War beinand' wie ein Stier und lustig und fesch, hat mir gefallen.«

»Aber wieso sagen deswegen welche, du seist eine Hexe?«

»Wegen dem Rockenspringen halt, und weil ich mir den Knilling Georg g'fangt hab'.«

»Du hast die Ehe gebrochen?«

»Das nicht. Nur geküßt hab' ich ihn.«

»Deswegen wird niemand der Hexerei angeklagt.«

»Ich habe aber Angst – und es gibt welche, die sagen, Sie könnten mäßigend eintreten für uns Weiber.«

»Wer sagt so etwas?«

»Der Rösch – er schimpft ganz sakrisch auf Euch, weil Ihr dem Pfleger allerweil den Prozeß ausredet.«

»Hm«, brummte Johann.

»Bitte, laßt nicht nach. Bestimmt kommt er heute wieder, der Rösch, und fordert die Obrigkeit zum Brennen auf. Bitte, denkt an mich! Ich bin keine Hex'!«

Ehe Johann antworten konnte, war Maria Schorn mit zwei weiteren Frauen, die bereits Speisen auftrugen, in der Küche verschwunden. Nachdenklich setzte er sich an den Tisch, während der Rest der Gesellschaft feixend die Plätze einnahm, die herausragenden Männer auf den gemauerten Sitzen an der Längswand des Saales, die anderen auf Stühlen und Bänken ihnen gegenüber. Nach und nach wurden alle Speisen aufgetragen: Rinds-, Kalbs-, Lamm- und Schweinebraten in herzhaften Stükken, gebratene Haselhühner, Wachteln und Fasane, Erbsen, Karotten und Rotkohl, Schweinesülze und in Essig eingelegte Eier, weißes und schwarzes Brot und dazu Bier und Wein in bauchigen Krügen. Poißl ließ sich nicht lumpen, wiewohl ihm die Pflegschaft bisher weniger eingetragen hatte als erwartet. Doch vielleicht ließ sich das durch eine stärkere Verbrüderung mit dem eingesessenen Adel ändern. Da fand sich mancher versteckte Widerwille in Germischgau und Mittenwald gegen die Freisingische Obrigkeit und bei einigen ein heimlicher Vorbehalt gegen den fremden Pfleger, der er, obwohl nun schon fünf Jahre hier, im Grunde geblieben war. Aus dieser Erkenntnis entstammte der Einfall, die Jahrestage von Geburt und Amt zu einem Fest für den angestammten Werdenfelser Adel zu nutzen. Zechkumpane dienen willfähriger und lassen ab von zweifelhaften und teuren Ansinnen, rechnete Poißl, und gewähren vielleicht sogar manchen Einstieg in andere Geschäfte. War es nicht besser, im Amte milde zu sein und dafür auf einträglichen Handel zu hoffen?

Nur der Rösch wollte diese Haltung nicht gutheißen und trat – wie es Maria Schorn vorhergesagt hatte – in der Nacht vor den Pfleger und dessen Gattin hin, um erneut einen Prozeß gegen die Klöckin zu fordern. Und am anderen Morgen, als Johann mit den beiden ein Frühstück nahm, ehe ihn der Karren zurück nach Ettal bringen sollte, graunzte die Benigna von Gummpenberg von wegen einer rechten Ordnung, die man nicht mit Ruhe verwechseln dürfe. Als Poißl seine Gattin mit metrauher Stimme beschwichtigen wollte, da verstieg sich Benigna dazu, den Unterrichter Rösch mehr als gehörig zu unterstützen.

»Die Klöckin, Poißl«, drang sie nachdrücklich auf eine Untersuchung, »die darfst du nicht verschonen.«

Sie blickte grimmig.

»Unrecht, mein Mann«, setzte Benigna ihre Rede fort, »ist alles, was Gott nicht gefällt, und die Hexerei, das laß dir sagen, ist ein nachgewiesenermaßen teuflisch Ding. Du darfst es nicht auf die leichte Schulter nehmen. – Sogar die lutherischen Ketzer im Norden jagen die Hexen, und der Herzog ist sehr daran interessiert, das Unwesen einzudämmen, das sich zum höchsten Verbrechen ausgebildet hat. Der Teufel feiert Sabbat mit seinen Jüngern und schändet den Leib Christi auf unflätigste Weise; bereits eine Sünde ist es, sich dies vorzustellen.«

»Benigna, du bist eine kluge Frau, ohne Zweifel. Du ahntest mein Unglück mit dieser Pflegschaft und rietst, den Gunstbeweis des Bischofs auszuschlagen. Ich hätte auf dich hören sollen. Dein Ratschlag ging selten fehl. Befolgte ich ihn, gelang mir alles, wenn nicht: Frater Hayne und die Erzgrube ist ein böses Exempel. – Aber nein. Es fehlen die Beweise.«

»Beweise, lieber Mann – sind vier gut beleumundete Zeugen, die dir der Rösch angeboten hat, nicht Beweis genug? Das Volk leidet unter der Hexerei. Meinst du, der Bischof will dies länger dulden? Du bist sein Stellvertreter in Werdenfels, du bist für deine Menschen verantwortlich. Hörst du sie nicht murren? Sei achtsam, Poißl, sonst versündigst du dich!«

»Es will mir nicht in den Kopf, daß ein altes Weib soll Macht haben über das Wetter.«

»Poißl, was redest du so ketzerisch? Leugnest du die Existenz der Hexen?« fragte sie angriffslustig und blickte um Zustimmung heischend nach Johann, der sich unentschieden verhielt, weil es sich nach seinem Gutdünken nicht ziemte, in die verschiedenen Meinungen von Eheleuten einzugreifen.

»Was heißt da Hexerei? Das Wettermachen dünkt mich absonderlich, das Durch-die-Lüfte-Fliegen befremdlich, das Sich-in-ein-Tier-Verwandeln unglaublich, eher wie die Einbildung mancher besonders Begabter, die dir jedes Märchen genauso erzählen, als ob es sich gestern zugetragen habe.«

»Poißl, in Herrgotts Namen, schweig! – Hast du den ›Hexenhammer‹ gelesen?«

Poißl antwortete zu Johanns Verwunderung zögernd mit einem Ja.

»Weißt du die erste Frage noch: Ob die Behauptung, es gebe Hexen, so gut katholisch sei, daß die hartnäckige Verteidigung des Gegenteils durchaus für ketzerisch gelten müsse?«

Widerstrebend bejahte Poißl auch dies.

»Also zweifle nicht am Hexenwerk! Poißl, Poißl – du mußt die weisen Bücher lesen, auf daß du nicht irre gehst in deinem Glauben.«

»Frau – wenn wir das als gut katholisch nehmen: Weißt du das Ende? ›Viele arme Weiber werden brennen.‹«

»So laß sie lodern – damit ihre Herzen gereinigt werden!«

»Du sprichst kräftig, Benigna von Gummpenberg«, schaltete sich Johann ein. »Glaube mir, ich habe viele brennen sehen und schon vieles gehört über Hexen, die gar keine waren. Es ist besser, vorsichtig zu sein mit dieserart Vorgehen, um der guten Menschen willen.«

»Die Guten, ehrwürdiger Doktor, gilt es dadurch zu schützen, daß die Obrigkeit mit scharfen Maßregeln das Hexenunwesen ausrottet«, entgegnete Benigna selbstbewußt.

»Ach ja, glaubt mir: Soviel die Richter auch zum Tode verurteilen mögen, sie werden das Übel nicht ausbrennen, und die

Fürsten, die dies veranlassen, verwüsten ihre Länder mehr, als jemals ein Krieg es tun könnte, und richten doch nicht das Allergeringste damit aus. Überhaupt erzielt die Obrigkeit nur dann einen Erfolg, wenn es mit der äußersten Vorsicht, Besonnenheit und Umsicht geschieht.«

»Ihr redet gar, als ob Ihr nicht glaubtet, daß es Hexerei gebe«, entrüstete sich die Pflegersfrau.

»Oh doch. Die Hexerei ist, wie jedermann weiß, ein schäbig verborgenes Verbrechen. Zumeist wird es bei Nacht, in Finsternis und Vermummung begangen. Es braucht deshalb eines hellen Verstandes und gelehrter Weitsicht, es ans Licht zu bringen.«

»Nun gut, das mag geschehen, denn für einen ordentlichen Prozeß steht Ihr gewiß meinem Manne bei.«

»Selbstverständlich, soweit es meine Kräfte erlauben. Aber ich habe mehrfach gesehen, zuletzt sehr klar zu Wiesensteig, wie sich ein einmal begonnener Prozeß über die Jahre hinzieht und die Zahl der Verurteilten derart anwächst, daß ganze Dörfer ausgerottet werden, während nichts weiter geschieht, als daß sich die Protokolle mit den Namen weiterer Verdächtiger anfüllen. Geht das so fort, ist kein Ende abzusehen, bis das gesamte Land menschenleer ist. Deshalb hat noch jede Obrigkeit irgendwann die Verfahren abbrechen müssen, und kaum ein Verfahren fand einen Abschluß aus seinem Stoffe heraus.«

»Dann muß mein Mann eben besonders umsichtig vorgehen.«

»So denke ich auch, doch fängt das mit der Prozeßeröffnung an. Ein unbesonnen begonnener Prozeß, der Unschuldige in Mitleidenschaft zieht, wird unermeßlichen Schaden für die Herrschaft nach sich ziehen.«

»Also«, versuchte Benigna, Johann in ihrer forschen Art auf ihre Seite zu ziehen, »prüfen wir alles doppelt und übereilen nichts. Mit Ihrer Hilfe, Doktor Kätzler, wird es gelingen.«

»Soweit ich den Stoff überblicke, fehlt es an jedem hinreichenden Verdacht, der einen umsichtigen Richter bewegen könnte, ein Verfahren einzuleiten. Deshalb rate ich, ruhig zuzuwarten, ob sich nicht Beweise finden.«

»Wenn Ihr so denkt, vertrödelt Ihr die Zeit, in der sich die Gefahr bannen läßt«, erwiderte Benigna aufgebracht. »Was soll die Klöckin noch anstellen, bis ihr ein Einsehen habt?«

»Alles Hörensagen, wichtigmacherische Geschichten ...«

»Hier geht es nicht um irgendwelche Geschichten, Doktor Kätzler, hier geht es um den Scheitzler, den die Klöckin versucht haben soll.«

»Hat der denn selbst eine Bezichtigung ausgesprochen?« fragte Johann leise.

»Nicht direkt. Aber sie wollte den Pfarrer in Sünde bringen, das genügt.«

Poißl schaute hilfesuchend zu Johann.

»Ach Benigna, von wegen der Keuschheit der Pfarrer habe ich dir manche Geschichte zu erzählen«, sprang Johann dem Freund bei und erinnerte sich schmerzlich an die unschuldige Estrella Nuños. »Darum geht's nicht. Der Rösch sagt ...«

»Der Rösch spricht allerhand, wenn der Tag lang ist«, unterbrach Poißl seine Frau.

»Das ist leider wahr«, pflichtete Johann bei. »Er versorgt die Pflegschaft seit Jahren mit seinen Gerüchten, als ob es ihm eine persönliche Freude wär', irgendwann ein Hexenfeuer brennen zu sehen in Werdenfels.«

Poißl klopfte auf den Tisch. »Nichts als dummes Gerede, das mir nur Unruhe in die Pflegschaft trägt.«

»Ein Hexenprozeß jedenfalls«, betonte Johann, »wäre das Schlimmste, was der Grafschaft widerfahren könnte. Da findet sich keine Gerechtigkeit, nur die Unruhe im Land nimmt rasch überhand.« Und er wischte sich kurz über das linke Auge, um die Erinnerung an die arme Nuños zu vertreiben, der keine Wahrheit hatte helfen können.

»Ihr wollt immer nur eure Ruhe haben«, erwiderte Benigna unwirsch, doch ohne weiteren Kampfesmut. »So laßt die Angelegenheit in Teufels Namen ruhen und uns einen Met trinken. Der tut dem Magen gut.«

So ging auch dieser Versuch des Rösch fehl, einen Hexenprozeß anzuzetteln. Allerdings beruhigte das Johann nur bedingt. Er wußte: wenn der Span erst einmal glomm, dann mußte man mit dem Ausbruch des Feuers rechnen. Meist war es nur eine Frage der Zeit. Und dabei beunruhigte ihn weniger die Beharrlichkeit des Germischgauer Unterrichters als der Umstand, daß nebenan im herzoglichen Sprengel zu Schongau das Gerede von Hexerei immer lauter wurde. Wenn die Feuer, die andernorts längst brannten, nur nah genug an Werdenfels heranrückten, würde es schwierig werden, die Gemüter kühl zu bewahren. Johann aber spürte tief in seinem Herzen, daß er hier, in seiner Werdenfelser Heimat, alles tun würde, was irgend in seiner Macht stand, um unschuldig verfolgten Frauen zu helfen.

Ein anderer ließ seine Gedanken entgegengesetzt laufen und überlegte fieberhaft, wie er den schlechten Einfluß des alten Doktors auf den gutmütigen Pfleger lindern, wenn nicht verhindern könne. Tief in der Seele brannte Röschens Haß auf die Unholden, derer er besonders die Ursula Klöck in den zornigen Blick nahm. Und nachdem er gewahr geworden war, daß Doktor Kätzler wiederum mildernd und besänftigend gewirkt und den Pfleger von amtlichen Ermittlungen abgehalten hatte, er aber gleichfalls verstand, wie wenig derzeit in Freising gegen Poißl zu erreichen war, sann er Schliche gegen den alten Jesuiten selbst. – Waren nicht die Jesuiten zu München aus härterem Holz geschnitzt? Mochte nicht ein Brieflein, mochten nicht einige wenige Zeilen über die Ordensdisziplin bei dem alten Gelehrten eine Zurückhaltung erwirken, die letztendlich des Landrichters Abwehr erlahmen lassen würde? Ja, dachte Rösch grimmig, wenn der Kätzler maultot ist, krieg' ich den Poißl herum!
Lachend schlug sich Rösch mehrfach mit der flachen Hand auf sein rotes, enggeschnürtes Wams, welches im übrigen seine Bauchkugel betonte, dann ging er zum Schreibpult, spitzte den Federkiel und schrieb »an das Collegium derer von der Gesellschaft Jesu zu München in dem Kloster der Augustiner Eremiten mit der Bitte, der wo helfen kann, möge sich der Sache annehmen, die da liegt wie folgt«, wobei er im Anschluß Johann Kätzler als einen halsstarrigen, vor Alter der Wahrheit unzugängli-

chen, gefährlich nah der Ketzerei stehenden Verführer schilderte, welcher den an sich gutwilligen Pfleger bösartig beeinflusse, seiner Pflicht nicht zu genügen.

Dieser Brief verfehlte seine Wirkung nicht. Kaum zwei Wochen später erschien ein Gesandter der Gesellschaft Jesu aus München und trat in ein langes Gespräch mit Johann ein, worin er ihn ermahnte, sich ganz der Kontemplation hinzugeben und weltlichen Dingen zu entraten.

»Ich trete für Wahrheit ein, Bruder«, entgegnete Johann, »und für Gerechtigkeit. Da darf man nicht die Augen schließen.«

»Müde Augen verdienen Schonung«, gab der Münchner Bruder zu bedenken. Er war jung, seine Augen, klar, zeigten, daß er wußte, in welcher Richtung das Heil zu suchen war. »Du hast Dispens des Franz Borgias, um hier dein Leben zu beschließen – nicht, um dich ins Leben einzumischen.«

»Gott habe ich mein Leben geweiht, mit jeder Faser, auch der des scharfen Verstandes. Wie könnte ich den Pfleger ins Unglück laufen lassen?«

»Wer sagt was von Unglück? Du allein bist es doch, der hier Gefahren in einer Richtung sieht, die anderen als Verheißung scheint.«

»Halt, halt«, rief Johann, »da kommen Unschuldige in Bezicht, da steht zu befürchten, daß Brave leiden müssen wegen kranker Einbildungen anderer – da kann ich nicht still sein und so tun, als wäre nichts.«

»Wie kannst du nur an der Gerechtigkeit zweifeln, wo die Obrigkeit die Regeln der Inquisition beachten würde?«

»Weil ich mit unserem seligen Vater Ignatius die Verteidigung geführt habe gegen solch einen Inquisitionsprozeß, in welchem man versucht hat, Ignatius als Ketzer zu verurteilen.«

»Das war ein einmaliger Irrtum zu einer anderen Zeit, die längst vergangen ist. Bruder, du hast hohes Alter und schaust in andere Welten. Bewahre dir die Weisheit und halte dich aus der Sache.«

»Ist es so weit mit der Gesellschaft Jesu gekommen, daß wir die Wahrheit verraten und die Gerechtigkeit mit Füßen treten?«

»Johannes Kätzler, laß dich nicht hineinrutschen in das, was Übelmeinende Altersstarrsinn nennen.«

Er machte eine längere Pause. Johann schwieg.

»Folge dem liebevollen Rat deiner Brüder.«

Beinahe flehentlich trug er diese Bitte vor. Johann schwieg beharrlich.

»Andernfalls –«, und hier hob sich die Stimme des jungen Münchner Jesuiten, »andernfalls wird ein Befehl des Provinzials ergehen, dem du zu unbedingtem Gehorsam unterworfen bist.«

Johann atmete hörbar, ehe er antwortete: »Hörst du nicht von den Greueln in der Welt? Verstehst du dich nicht auf die schlimmen Folgen, die es gerade für uns hat, die wir in apostolischer Gefolgschaft die Liebe Jesu predigen? Siehst du denn nicht, mein Bruder, was Folterei und Inquisition anrichten? Ihr wollt nicht sehen, wollt nur verderben. Das nennt ihr dann Gottesdienst. – O ja, ich sehe den Pharisäer im Tempel. Er trägt ein weißes Gewand und schlägt sich voller Stolz vor die Brust. Seine Augen haben den Ausdruck gerechter Kraft. Er weiß um seine Fehlerfreiheit. Er ist ein wahrer Salomo. Willst du wissen, wie sein Gesicht aussieht?«

Der Bruder blickte verdutzt.

»Sieh ruhig in den Spiegel.«

Jetzt begriff der junge Heißsporn und wurde zornig.

»Du bist nicht mehr bei Trost, dein Alter hat dir die Sinne verwirrt. Gehe in dich, ehe dich der Zorn der Oberen trifft, und kehre um auf den richtigen Weg!«

So sind sie geworden, dachte Johann bei sich, als der Gesandte gegangen war, haben die Liebe verlernt und den Hochmut einziehen lassen in ihre Herzen. Harte Apostel sind die jungen Brüder und sollten Künder der Liebe sein. Das, Martin Luther, hast du erreicht, daß sich die Katholischen strenger gebärden als je zuvor und daß die einen wie die anderen mit dem Tod umgehen, als sei er ein frommer Spießgeselle. Und dabei glaube ich fast, daß du das alles, zumal die Kirchenspaltung, nicht wirklich gewollt, sondern nur aus einer inneren Tiefe heraus die Wahrheit gesucht hast. Denn was, bitte, hättest du zorniger Mönch mit deinen letzten niedergeschriebenen Worten gemeint wenn nicht etwas demütig Suchendes?

»1. Virgil in den Bucolica und Georgica kann keiner verstehen, er sei denn fünf Jahre lang Hirt oder Bauer gewesen. 2. Cicero in seinen Briefen, so denke ich, versteht keiner, der nicht vierzig Jahre in einem großen Staatswesen zugebracht hat. 3. Keiner möge denken, er hätte die Heilige Schrift genügend geschmeckt, wenn er nicht hundert Jahre mit den Propheten, Elia und Elisa, Johannes dem Täufer, Christus und den Aposteln die Kirche regiert hat. Du lege nicht Hand an die göttliche Aeneis, ehre gebeugt ihre Spuren. Wir sind Bettler, das ist wahr.«

Du wärest nicht bei mir erschienen, um mich vom Pfad der Wahrheit und Gerechtigkeit abzubringen, so wenig, wie es Iñigo vermocht hätte, sich gegen das Recht zu versündigen. Von dir, Luther, weiß ich nicht genug, habe dich allerweil für einen Erzketzer und Besessenen gehalten und bin gegen dich so ungerecht gewesen, als es ein Papststreiter nur irgend sein konnte; heute erkenne ich es besser und schelte nicht mehr mit dir. Von Iñigo kann ich's dagegen sicher sagen, daß er das Recht ehrte und seinen Gefährten bei solcherlei Rede übers Maul gefahren wäre, denn er war ein Erleuchteter durch Gottes Gnade und im Besitz des Wissens über die Glaubensgeheimnisse; so ein Heiliger sucht den Pfad der Gerechtigkeit.

Es scheint mir, daß eure Nachfahren weit nicht heranreichten an die Größe eures Geistes; Folgende sind sie allesamt, ohne selbst von der Gnade gekostet zu haben; so wird man streitbar und verlernt es, Nachsicht zu üben. Es ist ein Jammer, und ich muß meine Lehre daraus ziehen. Eher dünkt mir, sie müßten umkehren auf den rechten Weg denn ich, wenigstens den einen Satz von Luther lesen und die Übungen unseres Vaters wieder mit dem Ernst begehen, den ich zu Manresa erlebt habe.

Unruhig ging Johann in seiner Zelle auf und ab. Ihn fror. Dabei wußte er nicht zu sagen, ob die Kälte von außen oder von innen kam. Er spürte ein sanftes Zittern in seinen Muskeln, jenen Tremor, den Angst in ihm auslöste; ja: er hatte Angst. Sein Atem ging schwerer. Ihm schien, die Luft würde dünner, als stünde er oben am Berg. Zumindest, das war wahr, blickte er in tiefe Abgründe. Es graute ihn. Herzlose Gesellen schaute er in schwarzer Nacht, reißende Wölfe im Schafspelz. Schwerter blitzten im dunklen Grund. Gnadenlose Gewalt sollte zum Glauben führen. Er hatte es schon erlebt, damals, zu Saragossa. Auch der »Sacco di Roma« war ihm vertraut, er kannte die blinde Wut der Rächer. Würde sie auch ihn treffen?

Johann verließ seine Zelle und schritt gegen den Kreuzgang vor in der Hoffnung, auf Ursinus zu stoßen. Er suchte Gesellschaft, wollte die Bilder teilen, die in ihm aufstiegen und ihn umfingen; schon sah er sich selbst dem Verhör ausgeliefert, sah sich schwitzen unter strenger Frage. Ja, dachte er bei sich, wenn ich mein Versprechen wahr mache und eintrete für unschuldige Frauen, dann wird es ein Kampf auf Leben und Tod. Mein Leben. Ich werde es einsetzen müssen.

Er atmete hörbar auf, als er Ursinus mit Theophilus plaudern sah, und schlenderte langsam gegen die beiden vor.

»Nun muß ich mich um meine Kräutlein kümmern«, verabschiedete sich der junge Küchengehilfe und verneigte sich gegen Johann, der herantrat und seinen Arm um Ursinus legte.

»Sie sind schon da«, raunte er in das Ohr des Freundes.

»Was meinst du?«

Ursinus blickte Johann mit großen Frageaugen an. Johann schluckte, holte Luft, ja, es schien, als müsse er sich überwinden, die Begegnung mit dem jungen Jesuiten preiszugeben, doch endlich sprach er weiter und erzählte die Begegnung mit dem Münchner Gesandten, von dem er nicht einmal den Namen wußte.

»Ich habe Angst, mein Freund«, endete Johann seinen Bericht. »Wenn geschieht, was ich befürchte, und ich dann eintrete für die armen Geschöpfe, die ein unbarmherziger Rösch vor den Folterknecht führen wird, dann werde ich ihr Feind sein. – Sie werden mich quälen. Ich werde es nicht aushalten.«

Er sprach langsam, beinahe tonlos. Ursinus bemerkte die Schweißtropfen auf Johanns Stirn.

»Zergräme dich jetzt nicht«, beruhigte der Junge den Alten. »Noch ist es ruhig zu Germischen, und der Münchner Hitzkopf wird kaum mehr einflußreiche Freunde haben als du.«

Johann hob hilflos die Achseln.

»Du hast die Tapferkeit, die mir abhandenkam«, lächelte Johann und ging mit Ursinus zu seiner Zelle zurück. »In meinen jungen Jahren besaß auch ich ein großes Kämpferherz.«

Da brachen die Erinnerungen auf, drängten machtvoll nach dem Wort und stachelten Ursinus' Neugierde an. Und da kein Werk den Älteren drängte und keine Pflicht den Jungen gemahnte, knüpfte Johann an seinen Abschied von Ettal an und fuhr fort in der Erzählung seines Lebensweges.

## HERR, SÄUME NICHT

Es war im Mai jenes Jahres, in dem Zwingli sein Wirken in Zürich begann, daß mich Pater Theophrast zu Ingolstadt in einen Schlafsal für acht Personen führte. Ich streckte mich auf mein neues Lager, barg das Gesicht in dem flachen Kissen und näßte es mit meinen Tränen; wie, um alles in der Welt, sollte ich, schmächtig immer noch und dabei nicht voll meiner Stimme versichert, die manchmal nach unten einbrach, manchmal in schrille Höhen kiekste, wie sollte ich allein zurechtkommen? – Wie ich noch mit meinem neuen Geschick haderte, trat ein junger Mann in den Schlafraum, entbot den Abendgruß und stellte sich als Bruder Michael vor, der vor wenigen Wochen seine Gelübde abgelegt habe. Er war hoch von Wuchs bei breiten Schultern. Seine Hände wußten im Handschlag zupackend zu drücken. Er trug sein dunkelblondes Haupthaar in Locken bis auf die Schulter. Sein rund-ovales Gesicht bewucherte rötlicher Flaum, den er offenbar sonnabendlich schabte. Unter buschigen Brauen schmitzten hellblaue Augen, die ohne Arg mitteilten, daß Michael an Gottes Schöpfung mit Freude Anteil nehme. Dies schien sich insbesondere auf das Bier zu beziehen, denn obschon er kaum achtzehn Jahre zählen mochte, wölbte sich seine Kutte unterhalb der Brust.

»Und was soll ich dir sagen, Ursinus«, tauchte Johann kurz aus der Erzählung auf und suchte den Kontakt mit dem jungen Freund, der neben dem Mönchsbett saß und lauschte. »In Michael fand ich einen Freund, wie es nur wenige überhaupt zu finden gibt. Anfangs, ja, da war er mir Freund und Lehrer. Er hatte der weltlichen Anschauung genug und vermittelte mir, der ich das Alltagsleben außerhalb des Klosters nur aus kindlichen Erinnerungsstücken kannte, ein trefflich Bild von dieser fremden Freiheit derer, die kein Gelübde bindet, denn er war erst vor drei Jahren zu den Benediktinern gekommen. Zuvor hatte er von seinem Vater, der Bäcker und zugleich dem Getreideanbau verpflichtet war und daneben eine Schankwirtschaft betrieb, eine gründliche Ausbildung in allen lebenspraktischen Dingen erfahren. Michael gab mir viel weiter, half mir, erwachsen zu werden und das Leben kennenzulernen, und wurde mir darüber ein richtiger Bruder.«

»Wie ist es hier, wie geht das Studieren voran?« fragte ich also wißbegierig an jenem ersten Abend, und Michael antwortete gern.
»Pater Theophrast wird dich eindringlich gemahnt haben, was dir geboten oder verboten ist. Was hofft dieser Tüchtige, daß die anfängliche Belehrung fruchten möge! Leider verlieren wir so manchen Novizen rasch, wenn er sich erst mit den weltlichen Studenten in gemeinsame Sache eingelassen hat. Wenn du mit Ernst bei den Artisten sein willst, nimm Abstand von den weltlichen Studenten, die selten nur das Bakkalaureat erwerben und weit seltener noch das Geld für den Magister ausgeben; meist nehmen die Weltlichen vieles an Vorlesungen und Disputationes wahr, ohne allerdings das ganze sinnfällig miteinander zu verknüpfen und zu einem vernünftigen Abschlusse zu bringen. Du mußt ja vor allem bei den weltlichen Scholaren bedenken, daß sie beliebig studieren dürfen, wenn sie nur irgendwie dem

Unterricht folgen können und über hinreichend Geldmittel verfügen. Es verhält sich nicht so, daß einer, der hier studieren möchte, eine gute Ausbildung in einem Kloster oder einer der immer mehr in Brauch kommenden Lateinschulen erworben haben müßte. Nein, im Gegenteil verhält es sich so, daß die vielen weltlichen Scholaren, die von Adel sind, sich eher durch ihr Gold in der Börse auszeichnen als durch Silber im Kopf.«

Er berichtete noch manches mehr von den Scholaren, ehe er mich nach meinem Woher befragte und ich ihm aufgeregt von meiner Anreise erzählen konnte, besonders der Floßfahrt, die mich in Angst und Schrecken versetzt hatte. Der Frühsommer nämlich begünstigt die Flößer, und da die kleinen Flüsse in den Bergen genug Wasser geführt hatten, um den Holzschlag des letzten Herbstes abzuschwemmen, sparten Bernhard und ich auf unserem Weg nach Ingolstadt einen anstrengenden Tagesmarsch von Wolfratshausen nach Freising.

Leise glitten die miteinander verzurrten Holzstämme zwischen den Kiesbänken dahin. Was für eine angenehme Art der Fortbewegung. Ich ließ meine wund gewordenen Füße im kalten Wasser baumeln und genoß das Treiben. Nachdem uns die Wasser ungefähr bis zur Terz dahingetragen hatten, rückten die Kiesbänke näher zusammen. Der Fluß stob in einer tiefer werdenden Rinne schneller und steiler bergab, wobei sich hier und da Wellen bildeten, an deren Spitze weiße Schaumkronen tanzten. Wenn das Floß eine Welle durchstach, spritzte das Wasser über die eingewühlten Stämme und die nächste Welle schwappte über uns hinweg. Der alte Flößer stand hinten am Ruder, welches er mit Macht hin- und herzog, während vorne der Geselle angestrengt versuchte, die Spitze in der richtigen Fahrtrichtung zu halten. Rechts und links schossen Steinblöcke vorbei, groß wie die kleinen Lehmhütten der Bloßhäusler, an die ich mich aus frühester Kindheit im Germischgau erinnern konnte, und hinter jedem dieser Brocken bildete sich eine kleine Rolle aus weißem Wasser. Aufgeregt rief der Flößer seinem Gesellen zu. Ein fester Stoß krachte wie Donner, und das Floß schob sich auf einen moosig-düsteren Felsen. Es verharrte einen Augenblick mitten im gischtenden Fluß, ehe sich

der hintere Teil weiter bewegte, die schwankende Plattform träge in einem gefährlich wild scheinenden Wasser drehte, dabei immer schneller wurde und rückwärts über die Stromschnellen jagte. Von Welle zu Welle bohrten sich die Stämme tiefer in die Wasserberge hinein, und bald war von den Planken nichts mehr zu sehen. Der Flößer und sein Geselle ruderten mit letzter Kraft. Da tauchte aus dem Nichts ein Felsen auf, hoch wie die Türme von Benediktbeuren, schwarz und bedrohlich, von weißem Wasser umschäumt. Das Floß wurde auf den Felsen zugeschleudert, als ob es sich im freien Fall auf den Boden zu befände. Vor Angst hielt ich mich an Bruder Bernhard fest. Der Steinkoloß kam immer näher. Ich stieß einen Schrei aus und schloß die Augen. Ein harter Ruck. Holz knirschte. Der Flößer fluchte. Wassermassen tosten, Wasserstaub zerwirbelte in der Luft. An der Spitze warf das Wasser unheimlich Blasen. Dann drehte sich das Floß und knirschend und raspelnd kratzte es an dem Felsen vorbei in einen ruhigen Tumpf. – Der Flößer wischte sich die Stirn, sein Geselle bekreuzigte sich. Ich öffnete die Augen, blickte zurück zu dem schwarzen Felsen und dankte mit den Versen eines Psalms.
»Ha«, lachte Michael, »da bist du ja Gefahren gewohnt; da werden dich unsere Artisten morgen nicht schrecken.«

Nach dem Morgenmahl gingen wir über die lange Straße hinunter zum Pfründner-Haus, in dem die Universität seit ihrer Gründung untergebracht war, alles in allem ein bequemer Fußmarsch von weniger als fünf Minuten, den wir schweigend zurücklegten. Da ich unter den Studenten des Benediktinerkonviktes der einzige war, der im ersten Semster der Artisten begann, geleitete mich Michael in den Vorlesungsraum.
»Du mußt dich um nichts über den ganzen Tag hin sorgen, denn du wirst die Stundentafel ausgeplant finden und alles seinen Gang gehen sehen.«
Michael versetzte mir einen freundschaftlichen Klaps auf die Schulter und eilte davon. Zögerlich trat ich über die Schwelle des rechteckigen Raumes, der ungefähr acht Schritte in der Breite und vierzehn Schritte in der Länge maß und in dem im

Geviert Eichentische und Bänke aufgestellt waren, wobei an der Kopfseite auf dem Tisch ein Predigtpult befestigt war, vor dem der Professor stand. Der Raum war halb gefüllt mit jungen Studenten, die mir allerdings an Alter deutlich voraus waren.

»Er schließe die Tür.«

Ich folgte der Aufforderung und nahm den nächstbesten Platz.

»Wir erheben uns zum ›Paternoster‹.«

Danach setzte man sich wortlos und lauschte den Ausführungen des Magisters, der mit monotoner Stimme vortrug, wie denn die Fragen zu stellen seien und welcher Art Aristoteles empfohlen habe, solche Quaestiones gegliedert in das Für und Wider zu beantworten. Nach These und Antithese sollte man, geführt von Gottes Ratschluß, zu einer die Herrlichkeit Gottes anerkennenden Synthese gelangen, welche Antwort nun allgemeingültig und, dem Herrn zum Wohlgefallen, allen als die Wahrheit zu verkünden sei. Und wie der Unterricht so dahinlief, wurde mir rasch klar, daß das Studium in jeder Beziehung festgefügt und genau abgegrenzt war und die Lektionen, Exerzitien und Disputationen in geregelter Abfolge angeordnet wurden.

In der Mittagszeit war es Tradition, daß der Kurs der Artistenneulinge in die Burse der Maria Schwegler direkt neben dem Pfründner-Haus ging, um dort das Mittagsmahl zu nehmen. Die Schweglerin war eine hagere Frau von mittelgroßem Wuchs mit einer leicht verwachsenen Schulter, die sie nicht am kräftigen Zupacken hinderte. Auf ihrer Brust baumelte ein schweres Silberkreuz, der einzige Schmuck an ihrer sonst unscheinbaren, ja grauen Erscheinung. Nicht nur ihre Kleidung mäßigte sich zurück auf alle Abstufungen des Grau, sondern unter ihrem grauen Haar wurde auch die Gesichtshaut fahl und bildeten die graublauen Augen keinen Kontrast. Allerdings blieb von den Augen zu sagen, daß sie sich äußerst flink hin- und herbewegten und durchaus von Wachsein gekennzeichnet waren, und wenn die Schweglerin einen Studenten besonders in ihr Herz geschlossen hatte, dann konnte aus diesen hellwachen Augen Wärme aufscheinen, die der Arm an der Schöpfkelle in Ausnahmefällen zu einem extra Schlag Gemüse ummünzte.

Elf Artisten nahmen in der Burse Platz an einem groben Tisch, wie er kennzeichnend für die einfachen Herbergen des Landes war, und warteten auf die Mahlzeit, die meistens aus einem Stück gekochten Rindfleisches und einem Schlag Gemüse bestand. Ein unbekanntes Gesicht brachte gerade rechte Abwechslung, und so gab es unter den Artisten eine freudig-aufgeregte Begrüßung des neuen Scholaren und ein lautes Durcheinanderfragen nach dem Woher und Wohin des Novizen.

Ein narbengesichtiger Dicker tat sich durch vorlautes Fragen und naßforsche Anspielungen hervor, die nach einer Weile in der Bemerkung gipfelten, er habe nicht gewußt, daß es zu Ingolstadt erlaubt oder gar im Sinne des seligen Herzog Ludwig sei, daß Kinder hier studierten, die offensichtlich über das mehr oder weniger gekonnte Repetieren gelehrter Texte mit ihrem Geiste nicht hinauskämen. Diese Anspielung verwunderte mich um so mehr, als eben jener Christoph in der vormittäglichen Grammatikübung vor allem durch beharrliches Schweigen aufgefallen war; die einzige Frage, der auszuweichen Christoph nicht gelungen war, zeigte sich von der einfachsten Art: lediglich die Grundform zu einem Akkusativ mit Infinitiv sollte er im Satze benennen. Doch er plapperte ein Hauptwort daher. Da fragte ich mich schon, mit welcher Fehlleistung man sein Nichtwissen noch besser sollte unter Beweis stellen können. Trotzdem war ich weit davon entfernt, diese mißglückte Wortsuche als Waffe einzusetzen gegen die Gehässigkeit, entgegnete vielmehr, es sei einzig der Ratschluß der Oberen gewesen, der mich hierher gebracht habe. Christoph aber schien den Rückzug in Bescheidenheit nicht annehmen zu wollen, sondern vielmehr eine weitere Spitze auf der Zunge zu haben, als die Schweglerin das Fleisch auftischte und zu dem Stänkerer bemerkte, es sei gute Sitte für Stipendiaten, beim Essen zu schweigen. Mir aber verpaßte sie einen Doppelschlag Gemüse, und nach Unterbindung dieses Disputes verlief das Mittagessen in schweigsamer Eintracht.

Zur Vesper wurde ich bereits von Michael erwartet, der wißbegierig fragte, wie der erste Tag gelaufen sei, worauf ich eilfertig berichtete.

»Dann hast du dich ja wacker geschlagen«, entgegnete der Ältere. »Du wirst sehen, das Leben an der Universität wird dir gefallen – übrigens werden wir heute nach der Vesper gemeinsam repetieren. Denn es wird für deine Entwicklung wichtig sein, daß du einen Fundus von möglichst vielen Belegen anlegst. Es ist nämlich so, daß stets derjenige das Streitgespräch als Sieger verläßt, der sich mit guten und möglichst vielen Autoritäten wappnen kann gegen die schlechten Behauptungen des Gegners.«

»Aber ist es nicht im Kern der Sache so«, fragte ich erstaunt, »daß der Inhalt des Gedankens entscheidet, ob er schwergewichtig genug ist oder sich bei näherer Betrachtung als zu leicht entpuppt?«

»Der Inhalt des Gedankens wird durch die Anzahl der Argumente gebildet, die man geschrieben findet und zum Beweis des Gewichts des Gedankens anführen kann.«

»Wenn nun aber ein Gelehrter«, entgegnete ich treuherzig, »weil er vieles gelesen hat, aufgrund seiner großen Kenntnis zu einem ganz neuen Gedanken kommt, den vor ihm niemand gedacht hat – ist dieser Gedanke dann nicht gewichtig?«

»Recht betrachtet ist dieser Gedanke von geringem Gewicht, und es bedürfte außergewöhnlicher Umstände, um ihm Schwere und Bedeutung zu verleihen; allerdings ist dies möglich, wenn der Gedanke vom Papst kommt.«

»Ja«, sprach Johann und kehrte aus der Erinnerung in die Gegenwart zurück, »das Leben schien festgefügt und bot dem Scholaren einen sicheren Halt. – In Wahrheit loderte die Flamme des Glaubensstreits und geiferte der Wittenberger Mönch gegen das unverrückbare Rom. Die Klage des Augustiners saß tief, daß dem Weltlichen verhaftete Prediger »durch erlogene Märchen und Versprechungen vom Ablaß das Volk in Sicherheit und Furchtlosigkeit wiegen«. Vehement forderte Martin, das ganze Leben des Christenmenschen müsse Buße sein. Und wenn auch die meisten glaubten, hier mache sich einer kraftvoll an die Reform der Kirche und Rom werde nach dieser Auseinandersetzung um so heller strahlen, so warnte Professor Eck vor dem

Antichrist, der in dem eitlen Bergmannssohne aus Eisleben wohne und den es von Anbeginn an zu bekämpfen gelte. – Und dieser Kampf sollte keinen Einhalt finden bis heute.«

»Traurige Wahrheiten sind es, die du sprichst«, murmelte Ursinus. »Aber ich will dich nicht unterbrechen, und wenn es deine Kraft erlaubt, so laß mich hören, wie es dir mit jenem berühmten Johannes Eck erging, von dem alle in Bayern so rühmlich erzählen.«

In manchen Seminaren kam ich dem großen Lehrer Eck näher und wußte mit der einen oder anderen trefflichen Bemerkung in den Streitgesprächen zu gefallen. Daneben vertiefte sich die Freundschaft zu Michael. Er achtete auf meine Entwicklung als Scholar; ihm verdankte ich, daß ich den richtigen Stoff repetierte und mich nicht in Nebensächlichem verlor, sein Verdienst war es, daß mich aufkeimendes Mannsein nicht verwirrte. Wenn ich von meiner brechenden Stimme in Selbstzweifel gestürzt oder von der sich verbreiternden Brust und einem sich ausprägenden Gemächt meiner Körperlichkeit gemahnt wurde, fand ich bei Michael Trost. Tief in meinem Seelengrund spürte ich eine Bedrohung, für die ich keinen Namen hatte – obwohl mir meine gelehrsame Vernunft klar mitteilte, sie liege im sechsten Gebot. Selbstverständlich war mir jede Fleischlichkeit abhold und fern wie jenes Indien des Kolumbus. Auch stießen mich die Zoten der anderen Scholaren ab. Trotzdem verlor ich das Gefühl dumpfer Bedrohtheit nicht, ja, es war mir nachgerade, als ob mich eine lautlose Seelenstimme darauf hinweisen wolle, ich würde mich in einer fernen Zeit mit Inbrunst meiner Männerwerkzeuge bedienen. Das ängstigte mich, und es war wohltuend, mit Michael darüber sprechen zu können. Er lebte sein junges Mönchsleben so selbstverständlich und lebensnah, wie es wohl nur einer kann, der außerhalb von Klostermauern aufgewachsen ist. Michaels Art, in einer etwas schwerfälligen und bäuerlichen Weise mit vielen Kehllauten und breiten Vokalen zu sprechen, gefiel mir, wie mir überhaupt der Ältere gefiel, der sich mit den Ausgestaltungen des Lebens beschäftigt hatte. In dieser wachsenden Freundschaft geborgen tat ich die ersten Schritte zum Gelehrten. Manchmal vermeinte ich, Augustinus würde mir zum Hals heraushängen, aber die Ehrfurcht verbietet solcherlei Gedanken. Es ist viel Schweiß in diesen Dingen, und erst im nachhinein betrachtet sieht sich das Auswendiglernen so leicht an. Damals aber mußte ich mich oft überwinden, wieder und wieder den Aristoteles herzusagen, und ohne Michael wäre mir manches noch schwerer angekommen. Doch die Zeit ist gnädig; sie verfliegt gerade dem, der sich schindet: Schon stand die Prüfung an, und im Juni des Jahres 1519 war ich frisch gebackener Bakkalaureus.

Doktor Eck, der selbigen Tags von meinem Erfolg erfuhr, lud mich nicht nur zu sich zu einer Abenddisputation mit den Eichstätter Domherren, auf welcher die Argumente gegen Luther sorgsam gewogen und in hochgebildete Abfolge gebracht wurden, sondern er forderte mich zu fortgeschrittener Stunde auf, ihn nach Leipzig zu begleiten.

Welch eine Welt tat sich dort auf. Ich saß als getreuer Zuhörer meines Lehrers hinten im Gestühl und folgte der Disputatio, die zunächst im Streitgespräch Eckens mit Andreas Bodenstein von Karlstadt ihren Anfang nahm. Aber ach, der kleine Karlstadt vermochte zwar mit gallichter Heftigkeit seine Worte zu setzen, allein sie verschafften ihm kein Ansehen. Es mangelte dem ketzerischen Gesellen selbst an der nötigen Geistesschärfe, den großen Eck wenigstens ins Grübeln zu bringen.

Überhaupt der Doktor Eck – was für ein Mann! Wie seine die meisten überragende Größe, in den seidenen Talar gewandet, am Katheter stand! Wenn er mit fester Stimme seine Thesen in den Raum schleuderte, war das gesamte Auditorium in seinen Bann gezogen. Die funkelnden Augen beredten Kampfesmutes wurden von buschigen Brauen und schweren Tränensäcken gefaßt. Von oberhalb der Nasenflügel furchten Falten zu den Mundwinkeln hinab, die auf jeder Seite von tiefen Kerben begrenzt wurden. Wenn Eck ein bedrohliches Argument schmetterte, dann zuckte sein Kinn leicht geschrägt nach oben, wie es Eidechsen zu treiben pflegen, die drohend ihren Sonnenplatz verteidigen. Einzig wenn Eck die Lippen weiter öffnete, kam ein

Makel zum Vorschein, der sich in einem die tiefe Oberlippen-
furche wiedergebenden Spalt zwischen den oberen Schneide-
zähnen verkörperte und ihm späterhin von den Häretikern
manches an Spott eintrug. Doch dessen ungeachtet wußte sich
Ingolstadts berühmtester Professor mit Keckheit und Witz wie
kein zweiter jeden Spottes zu erwehren. Was für ein Mann!

Später, als Luther eingriff und das Streitgespräch zum offenen
Kampf der zwei herausragenden Gelehrten heraufwuchs, da
zündeten die Gedanken und Glaubenssätze im Saal, da knister-
te die Luft, als ob ein Kugelblitz in ständigem Hin und Her
durch die Luft sause und Aufladungen bewirke, wie sie im
schlimmsten Gewitter nicht erfahrbar sind.

Welche Szenerie! Ich erstarrte all die Tage in Ehrfurcht über die
Erhabenheit des Auditorium maximum, in dem sich zwei Red-
nerpulte gegenüberstanden. Auf jeder dieser erhöhten, in nach-
gedunkelter Eiche geschnitzten Kanzeln stand in selbstgewisser
Pose ein Professor der Theologie, dabei zur Rechten Johannes
Eck ganz allein den in Verteidigung befindlichen Abweichlern
gegenüber, denn Luther ließ sich von Karlstadt und Melanchthon assistieren. Bodenstein keifte wie ein altes Weib an den
Haaren herbeigezogene Begründungen in die Debatte hinein
und hinterließ nachgerade ein lächerliches Gefühl, während der
gesichtsfahle Melanchthon in oftmals flüsterndem Tone dozier-
te. Überhaupt war Melanchthon, dieser frühreife Geist, der mit
siebzehn Lenzen den Magister Artium im Titel führte, eine vor-
nehme Erscheinung, wenn er geschliffen und gelehrt in der Tradition der Väter These an These reihte, dabei oft mit gekünstel-
ter Milde in der Stimme als kreidefressender Wolf seine ganze
Schläue in die Überredung legte. Aber man sah es ihm an, wenn
er sich ganz aufs Überreden verlegte, weil er selbst an der Über-
zeugungskraft seiner Argumente zweifelte: aus schiefgesenktem
Halse strömte dann die ketzerische Luft, die seinen Worten
Atem gab. Nur zu bald verstand sich Ecken auf diese Körper-
sprache und wußte durch geschickte Äfferei dem Melanchthon
seine Gelehrtheit in Lächerlichkeit zu wenden – oftmals ging ein
Aufschrei, dann ein Lachen durch das Auditorium, wenn Eck

mit einem derben »Sic!« den Kopf so schief auf seine Schulter legte, daß man fürchten mußte, nun breche der Hals. Luther dagegen verlegte sich ganz auf seine Rolle als »Erleuchteter«. Ein Prophet wollte er sein und alle glauben machen, daß Gott unmittelbar zu ihm gesprochen habe. Er sprach klar und gesetzt, aber er wiederholte sich wieder und wieder; und auch wenn er vorgab, die alten Worte für sich neu entdeckt, ja schmerzlich errungen zu haben, so waren es alte Worte und immer dieselben, die er sagte. Weit blieb sein Wissen hinter demjenigen Eckens zurück. Er redete nur aus seinem entzündeten Herzen heraus, und Bruder Martin wußte wohl selbst um die Gefahr der Niederlage, denn zunehmend wurde seine Taktik schleichender, sträubte er sich gegen die Disputation und wurde sein Reden ein ausweichendes und heuchlerisches. Doktor Eck dagegen trat dem Kampf offen, frei und ohne Hinterlist entgegen und ließ alle spüren, daß er ein Weltpriester sei, der mit Gott und Kirche ein inniges Du zu pflegen wisse. Mit einer verblüffenden Natürlichkeit wußte Eck alles und blieb auf nichts die richtige Belegstelle schuldig. Eck ist frei von dieser weltlichen Last des inneren Glaubensschmerzes, der den bedauerlichen Luther bewegt, der von Tag zu Tag tiefer in die eigene Niederlage blickt. Luthers Kampf also ist ein aussichtsloser, und wenn neben ihm Melanchthon doziert und Karlstadt keifend einfällt in den Unsinn antirömischer Sprache, dann steht der Riese Eck erst richtig auf und tost sie einfach nieder.

Zurück von Leipzig feierten die Freunde im Seminar den von der Universität Paris, die zum Schiedsrichter bestellt worden war, bestätigten Triumph mit etlichen leckeren Tropfen. In geradezu wollüstiger Wiederholung schwelgte Eck in seinem Erfolg.
»Ich habe ihn so müde disputiert, daß er nicht mehr auf dem Stuhl stehen wollte. – Und es war gut, denn die halten dorten ja auch nichts von dem Wittenberger. Für den ankommenden Markgrafen Joachim von Brandenburg jedenfalls haben die Leipziger sowieso den Saal zu dessen Empfange geräumt und mich mit einem feierlichen ›te Deum‹ entlassen.«

Als genug Wein seine Spur über trockene Lippen gefunden hatte, gab Eck die schlechtesten Beweise seiner Gegner zum besten, die sich an seinem Namen festmachten und ihn satirisch beschmutzen wollten.

»Da dichtet doch einer dieser Umnachteten folgenden Satz, meine Freunde: ›Recht wie eine Sau lebt Doktor Eck, wenn er hat Wein und Eselweck‹, als ob es eine Leistung des Geistes wäre, meinen Namen in Bucheckern hineinzulegen und mich darob zum Saufutter zu machen. Alldieweil, glaubt mir, es ist der Neid, weil Ketzer sicher nicht von dem guten Weine trinken wie wir. Ergo bibamus!«

»Ja«, pflichteten alle bei, »Namensschmähungen verdienen feurige Erwiderung.«

»Die gebe ich euch«, fuhr ein ausgelassener Doktor fort, »meinte doch Melanchthon gar, mein Name müsse ihn an Dohlengekrächz erinnern. Immerhin heiße ich zwar von Haus aus Hans Maier als Sohn eines redlichen Bauern in Egg, aber meine Namensänderung fällt nicht in den Fehler der Lutheraner, die ihre deutschen Voreltern verleugnen und sich griechische und callicutische Namen geben. Osiander aber, dessen Vater noch Hosanderle geheißen hat, sieht keiner Hosen gleich, aber ich sag ihm: ›Deiner Heiligkeit halber möchtest des Namens wohl geraten und dich Hosander nennen.‹«

Und ein Schenkelklopfen und Loslachen war es daraufhin, daß ich einen Augenblick dachte, so viel Fröhlichkeit und Frotzelei könne vielleicht nicht gut katholisch sein.

Auf dem Heimweg in den Benediktinerkonvikt war Michael trotz ordentlichen Weingenusses voller Gesprächigkeit wegen meiner bevorstehenden Profeß. Das erste Jahr an der Universität sollte nämlich zugleich mein letztes Jahr als Novize sein, denn nach dem Ratschluß der Ordensoberen hatte ich vor der Aufnahme des Studiums der Theologie und der Jurisprudenz die Gelübde abzulegen.

»Hast du dir gut überlegt, ob du schon in so jungen Jahren die Gelübde ablegen willst?« fragte er mit einem Ton, in dem sich Besorgtheit und Belustigung seltsam mischten. »Wie ist es dir, wenn du einen Rock siehst? Was tut sich an dir, wenn beim Rockenspringen der Rock schneller nach oben schnalzt als die Beine nachkommen? Oder wie ist dir gar, wenn eine Maid beim Vornüberbeugen das Tuch verliert und du nicht umhin kannst, der sanften Schwellung ansichtig zu werden, die unserem Busen fehlt?«

»Ich verstehe dein Insistieren nicht«, entgegnete ich und ergriff den Freund beim Arm.

»Geht es dir nicht wie den Männern, wird dir nicht der Riemen beim verbotenen Bild zum Stock?«

»Aber nein«, lachte ich und verstand erst jetzt, auf was Michael anspielte, »wie soll sich mir eine falsche Regung mitteilen bei solcherlei Zeug, wo ich doch aus mir selbst heraus mit Christus bin?«

Diese Antwort traf Michael so entwaffnend, daß er mit weiterem Fragen einhielt und sich still in den Schlafsaal führen ließ.

Wenige Tage später legte ich meine Gelübde ab und nahm den Ordensnamen Johannes an. Adrian Kätzler war Vergangenheit; mein neues Leben begann. Mehr denn je war ich, der ich nun hieß wie mein Vorbild, angespornt, meinem Lehrer nachzueifern. Mein Wissen wuchs von Nacht auf Tag zu Tag auf Nacht, und der Dekan gestand mir zu Beginn des zweiten Jahres die Position des Cursors zu, welche Stufe der akademischen Bildung bestimmte, daß ich im Auftrag der Fakultät über mir zugewiesene Stellen des Alten und des Neuen Testamentes Vorlesungen halten mußte. Und an meiner mitreißenden, glaubenstiefen Art erkannte jeder in Ingolstadt, daß ich Eckens erfolgreicher Schüler war.

Am Gregorius-Tag, einem der Feiertage während des Semesters, war ich mit Michael und einigen anderen hinausspaziert aus der Stadt. Wir hielten Rast an einer einfachen Herberge, die feines Bier ausschenkte. Die Luft strich lind durchs spätsommerliche Donautal und trug eine erste Ahnung von Herbst mit sich. Die Mägde der umliegenden Gehöfte sprangen mit wehenden Rockschößen und beugten sich in der Nähe der Theologen und Juristen ein ums andere Mal öfter als notwendig, was die Laien unter den Studenten – mit einer Ausnahme alle Legisten – zu deftigen Zoten brachte.

Leopold Bodenzuber, einer der besonders fröhlichen Sorte aus der Laienschar, gab mit vieldeutiger Stimme eine alte Nonnen-anekdote zum Besten: »In einem Kloster unweit von hier lebte eine ergraute Nonne, die in der Zeit ihrer Rosenwangen eine lustige Gesellin gewesen war. Nicht nur, aber auch weil sie aus diesen fernen Jahren gern und oft erzählte, hingen die jungen Nonnen an ihr. Doch als allseits mehr Strenge in die Klöster schlich, bekam das unsrige eine auf Zucht bedachte Äbtissin, die keinen Kleriker mehr in die Klausur und auch sonst niemanden mit den Nonnen verkehren ließ. Wie die Jungen sahen, daß sie eingeschlossen waren, sagten sie zu der guten Alten: ›Heil dir, Rogatha, daß du schon als Mägdlein deine Unschuld verloren hast; denn hättest du sie jetzt noch, dann könntest du ver-zweifeln.‹«

Der Studentenzirkel beklatschte die Geschichte, und nicht nur Leopold fühlte sich angestachelt, die Mägde ringsum näher her-anzulocken. Gerade eine, von draller Geschmeidigkeit und mit flachsblondem Haar, wußte ihre langen Wimpern tanzen zu las-sen, als schlage der Buchfink zur Brautschau die Flügel. Wäh-rend Bodenzuber sein Geschichtchen erzählt hatte, war sie vor-sichtig näher gekommen, aber bei dem Gelächter ein wenig zurückgesprungen, als ob lachende Männer eine größere Unan-ständigkeit in sich trügen als stille. Leopold winkte sie mit ei-nem Finger zu sich und bemerkte laut und vernehmlich, er sei ein besonderer Tänzer, mit flinken Füßen und galanter Hand, und ob sie denn nicht, anmutig wie sie sei, sein Talent erpro-ben wolle.

Ihr Lachen kullerte. Sie warf den Kopf in den Nacken, daß die Haare flogen, lüpfte den Rock und zeigte ebenmäßige Beine, auch den Ansatz eines süßen Schenkels, und trippelte nach Narrenart mit seitversetzten Schrittchen, dabei die Wimpern keck aufschla-gend, langsam auf Leopold zu. Wenige Schritte von ihm entfernt senkte sie ihre blauen Augen tief in des Scholaren Seele.

Leopold öffnete die Arme und ging ihr zum Tanze entgegen, als aus der Hütte neben der Herberge eine verhärmte Frau ins Freie rannte und laut »Weh mir, weh mir!« klagte. Michael sprang dem Weib zu, schüttelte es und fragte nach dem Grund des Gezeters. Sie stammelte nur: »Der Todt hat genumben, der Gevatter ist kumben, der Todt, der Todt, der Schwarze Todt!«

Michael ließ sie stehen, ging auf die Hütte zu und betrat sie vorsichtig. Ein Entsetzensruf, und Michael stürzte ins Licht hervor auf seine Kommilitonen zu.

»Weg, nichts wie weg! Schwarz liegt der Mann in seinen Beulen. Die Pest, die Pest – die Pest stinkt in der Hütte!«

Ohne sich nach dem verwitweten Weibe oder den reschen Mädels umzudrehen, sprangen die Studenten davon und rissen mich widerstrebend mit sich fort in die Stadt zurück.

Zwei Stunden später hing das Geläut der Pestglocken über Ingolstadt, und aus offenen Häusern wurden geschlossene, abweisende Burgen.

Die Universität hatte ihren Lehrbetrieb eingestellt, ins Private zurückgezogen hatte sich die Mehrzahl der Professoren. Lediglich ein Teil der Bursen verzeichnete noch Aktivität, hauptsächlich die der ärmeren Stipendiaten, die sowieso nichts anderes als ausharren konnten, während die Begüterten, die Adligen zumal, gleich mit dem ersten Pestläuten zuhauf die Stadt verließen. Den verbleibenden Unterricht in den Bursen gaben ein paar geringvermögende Lizentiaten, beschränkten sich aber auf Lektionen und Exerzitien, denn Disputationen umging man aus Furcht, fremde, vielleicht schon kranke Menschen zu treffen.

Leergefegte Straßen paßten zu diesem Bild der Angst ebenso wie die schwarzen Kutten der Männer mit den Leichenkarren. Mit Argusaugen bewachten die Küchenmeister das Wasser und alle Lebensmittel, derer es binnen einiger Wochen nur noch wenig zu erhalten gab, weil niemand aus dem Umland in die Stadt hereinliefern wollte. In allen Räumen wurden Kräuter abgebrannt oder die Kerzen mit Duftölen bestrichen, damit die aromatischen Dämpfe die Pestilenz fernhielten. Wer immer eine Reliquie – und sei es die eines wenig bekannten Heiligen – besaß, brannte Weihrauch vor ihr ab oder trug sie unter heftigem Gebet durch die Räume, die er bewohnte. Niemand machte oder empfing Besuche. Was man vom Bäcker oder Fleischer brauchte, nahm man durch kleine Luken in den Türen entgegen. Die Notare kamen nicht zu den Sterbenden, und oftmals blieb ihnen die letzte Ölung versagt, weil sich kein Geistlicher in den Todesgestank wagte, welchem viele die Ansteckung mit der schrecklichen Seuche zuschrieben.

Die meisten Mitstudenten im Benediktinerkonvikt hatten Ingolstadt ebenfalls verlassen. Von den wenigen Laien, die geblieben waren, hatte sich unter Mithilfe seines landgräflichen Onkels Leopold Bodenzuber in die Obhut der Benediktiner gegeben. So hielten Michael, Leopold und ich des Abends vielerlei Resumptiones im römischen Recht, weil Bodenzuber als kundiger Legist ein prächtiger Cursor war. Darüber hinaus erwies sich Leopold als ein ausgezeichneter Erzähler von Geschichten und Geschichtchen und nahm mit seinen leichthin unterbreiteten Plaudereien der Zeit zwischen Komplet und Matutin viel von ihrer Schwere, denn gerade diese Stunden lasteten auf den Gemütern in den Wochen des Sterbens. Und wie es so Brauch ist in Todesnähe, klangen die Geschichten nicht immer fromm, sondern oft derb und fest aus dem Leben gegriffen.

Draußen gebärdete sich der Tod wie ein Allesfresser und wurde von manchen Leuten auch so genannt, die sich bitter über die Grausamkeit des Sterbens beklagten, dabei nachforschten, worin der Grund liege für diese Strafe Gottes, die aus dem Nichts aufgetaucht war. Gräßlich beutelte die Angst alle Menschen. Kaum geleiteten mehr als zehn eine Leiche zur letzten Ruhstatt, und die schwarzgewandeten Leichenträger scherten sich nicht um die Aussegnungswünsche der Verstorbenen, sondern schleppten sie in die nächstgelegene Kirche, wo der Tod ohne zeitraubende Messe, sondern rasch-rasch das Seelengebet mitanhören mußte, und dann karrte man eilig zum Todesacker. In einem ersten verheerenden Ansturm der Menschheitsgeißel türmten sich bald die Leichen am Friedhof und fand nicht mehr jede ihr Einzelgrab, kam man auch gar nicht mit dem Ausheben einzelner Ruhstätten nach. In der Not schaufelte man breite und tiefe Gruben, in die man Leiche neben Leiche warf, bis der Boden bedeckt war. Dann kam eine Erdschicht darüber, und es folgten neue tote Leiber. Schicht auf Schicht. Bis die Grube voll war mit dem Elend einer eben noch blühenden Stadt.

Das Unsagbare an der unerbittlichen schwarzen Sense gipfelte für die Menschen darin, daß dieser Tod so unvorbereitet und rasch kam und die Möglichkeit einschränkte, das Sterben zu erlernen. Erkrankte man zu anderen Zeiten und fühlte sich in Todesnähe, so konnte man sich des engen Beistandes aller in der Familie, der Freunde und der Geistlichkeit sicher sein. Man ließ sich vorlesen über den Tod, und neuerdings, wenn man noch sehend aufnehmen konnte, half auch ein Holzschnittbuch des lateinischen Titels »Ars moriendi« zur Vorbereitung. Und wer von den wahrhaft Gebildeten kannte nicht dieses Gaukelspiel, das im Flandrischen seine Heimat hatte, von dem »Herrn Jedermann«, der seinem Reichtum zum Trotz unverhofft vor Gott treten und Rechenschaft ablegen muß? Da war dann ein Abschiednehmen möglich und konnte man jedem Menschen ein Wort sagen oder ihm den Segen geben. Mit Überlegung ließ sich der Letzte Wille niederlegen und vom Notarius verbriefen. Die Seele konnte die Sachen dieser Welt loslassen und sich auf das Licht des Himmels einstellen oder die Angst bezähmen vor dem Fegefeuer.

Doch der schwarze Gevatter ließ keine Zeit zur Vorbereitung, sondern rasierte sie alle ab.

Michael und ich blieben von den Schrecknissen des schwärenden Todes nicht verschont, denn unsere Christenpflicht gebot uns den Dienst am Nächsten wenigstens in der unmittelbaren Umgebung. Wir begleiteten den Priester mehrfach zu letzten Ölungen Kranker in der Nachbarschaft, weil geschrieben stand, daß zur Ehrung des Sakramentes und zur Vertiefung der Andacht der Geistliche begleitet werde von vier Scholaren, die ein jeder eine brennende Kerze zu tragen hatten. Da blickte ich der Grausamkeit des Todes in die Augen, wenn ein Gebeutelter ohne jede Linderungsmöglichkeit mit dem Sterben rang.

Und dann war da die Angst, an sich selbst die Todesbeulen zu entdecken. Jedes Ziehen in den Schläfen erschreckte mich, und von jedem Jucken am Körper dachte ich das schlimmste – mochte sich die Krankheit schon eingenistet haben? Wuchs die Fäulnis von innen heraus? Wie roch der Harn, wie verhielt es sich mit der Beschaffenheit des Kots? All diese Dinge, die in gesunden Zeiten geringe Aufmerksamkeit erfahren, beschäftigten mich, und wie erleichtert fühlte ich mich, wenn sich ein Hautknötchen als Talgpfropfen entpuppte, der sich mit gegeneinandergepreßten Fingernägeln ausdrücken ließ. Einmal, wir hatten wohl zu ausgiebig Weihrauch abgebrannt, plagte mich stechender Kopfschmerz über den halben Tag hinweg; schon flehte ich um Sündenvergebung und zitterte an meinem schnell schlagenden Herzen; halbstündlich schlug ich mein Wasser ab; ein harter Stuhl zwang mich mehrfach auf die Latrine; ich wähnte mich dem Sterben nah und feierte anderntags, als ich schmerzfrei war und ohne Pestzeichen, beinahe schon ein kleines Wunder.

In diese Stimmung hinein wurden Leopolds Geschichten immer zwiespältiger, zeitvertreibender und anstößiger, und ich hätte nicht zu sagen vermocht, ob ich der Geschichten zum Überleben bedürfe oder ob es nicht besser sei, nie wieder einen Anklang an pestfreies Leben zu vernehmen. Doch ich behielt dieses zerrissene Hin und Wider in meinem Herzen für mich, und so vertrieb Leopold wie eh und je die schlimmsten Stunden mit Erzählerei.

Doch eines Abends saß Leopold nur stumm und mit unruhigem Blick auf dem Bett. Schweiß perlte auf seiner Stirn. Seine Hände fingen zu zittern an. An den Schläfen traten die Adern durch. Die Lippen wurden erst blutleer, dann bebten sie. Und als wir fragten, wie ihm sei, übermannte ein Weinkrampf den immer Fröhlichen.

»Die Blonde«, stammelte Bodenzuber, »hieß Trud. Gleich anderntags, als die Glocken gingen, war ich wieder dort. Dieses Augenaufschlagen hat mich getrieben wie verhext, und Woche um Woche schlich ich hinaus, und dann, fünf Tage liegt's

zurück, stand sie, als sei's nichts, lachte, wimperte, war so natürlich und freundlich, daß ihr die Schönheit gewiß nicht um
Gunst zugewiesen war, sondern aus schlichter Wahrheit, also
nicht verhext, sondern mit Gnad' gesalbt, was Seliges, daß ich
sie sehe und ansehe und sie mich mitnimmt in's Wäldlein und
die Joppe aufblättert – o Sacramentum, welch Anblick! Was
hätt' ich denn machen sollen? Mein Dorn brannte beim Blick
auf ihren Busch, und es war ganz nah und innig, und – so helf'
mir Gott! – mein Vaterhaus, wie es protzig in der Länd steht zu
Landshut unter des Herzogs Trausnitz, mein Vaterhaus hätt' ich
lieber hergeben wollen und arm sein, als sie nicht zu freien und
heimzunehmen in allen Sakramenten.«
Ein Weinen schüttelte den Armen, daß es keine Worte mehr gab.
Hilflos blickten wir uns an und dachten beide, daß weder ver-
wegen noch sonderlich sündig sei, was Leopold mit der Magd
getrieben habe, zumal, wenn er sich mit ihr ins Sakrament begeben wolle. Da riß der Freund in seinem Schmerz das Hemd
sich von der Brust und heulte laut in die Nacht hinein. Ich aber
schrak zurück. Trotz des schwachen Scheins der Öllampe wurde
ich sofort der dicken Schwellung gewahr, die hühnereigroß in
der Achsel saß.
»Teufel, die Pestilenz!«
»Erbarmen, Erbarmen. Der Zorn des Herrn fuhr in unser'n Akt.
Nur dieses eine Mal sah ich sie lachen, mein nächster Besuch
galt einer Leiche.«
Michael stand schreckensstarr.
»Gestern erst schied sie dahin«, greinte Leopold, und ich konn-
te nicht erkennen, ob sich der Freund des furchtbaren Umstan-
des bereits gewärtig war, ebenfalls in den Klauen des Todes zu
stecken.
»Es wird uns auch erwischen.« Die Starre fiel von Michael ab.
»Wir müssen Theophrast verständigen.«
»Nein, noch nicht. Erst benötigt die Seele des Freundes unseren
Zuspruch. Wer weiß, ob die Oberen ihn uns sofort entreißen.«
Während ich dies sprach, trat ich auf Leopold zu und schloß ihn
fest in meine Arme; der kräftige Mann von einundzwanzig Jah-

ren lag schluchzend wie ein Kind an der Brust des Sechzehn-
jährigen und fand nach viel Weinen zur Besinnung.
»Die Beulen stecken schon in mir, nicht wahr?«
Michael nickte.
»Laßt mich hinausschleichen in die Wälder und einsam sterben,
vielleicht verfehlt euch dann der böse Hauch.«
»Nein, Bodenzuber, ich pflege dich, wenn's sein muß bis ans
Ende«, sagte ich leise.
»Ich auch«, setzte Michael hinzu.
Gegen den heftigen Widerstand des Abtes blieben wir mit Leopold in einer separaten Kammer am äußersten Ende des Klo-
stertraktes. Aus der Küche erhielten wir unser Essen auf kleinen
Brettchen mit der Stange über den Boden geschoben. Wir durften unser Verließ nicht verlassen, Tag und Nacht mußten wir in
dichten Rauchschwaden Weihrauch abbrennen und unsere Gesichter mit schwarzen Tüchern verhüllen. In Leopolds Leiste
brüteten dunkle Beulen heran und näßten von Blut und Eiter.
Die Beulen wuchsen und schwärten, und Leopold stöhnte seine
brennenden Schmerzen hinaus in die Welt. Dann brach Beule
nach Beule auf, und häßlich wie Samen schwarzer Erbsen,
spröde und bröckelnd, quollen die Todesperlen aus den Wunden. Wie die Beulen schwanden, kamen schwarze Flecken, die
überall den Körper bedeckten. Aller Geruch war faul, die Wunden, die Schwären, der Schweiß, der Kot, der Harn und sogar der
Atem roch faul. Husten beutelte den Körper, Fieber brannte
ihn auf, Schüttelfrost warf ihn in die ewige Kälte. Leer wurden
die Augen, rissig die Lippen. Schwarzer Saft quoll aus den
Ohren. Michael hielt die Freundeshand. Ich weinte. Leopold
verschied.
Erzählt man, Herr, im Grab von deiner Huld? Werden deine
Wunder in der Finsternis bekannt? Kennt das Land des Vergessens deine Gerechtigkeit? Warum kommt diese Geißel über uns,
mein Gott? – Ich haderte; Michael zweifelte. Beide hatten wir
Angst. Wann? Wann, so fragten wir uns täglich, beult sich unsere Haut, wann zersetzt sich unser Körper? Und warum? Immer
wieder: warum? Und keine Antwort. Wir mußten selbst die ent-

scheidenden Worte finden. Es lag an uns, mit unserem Überleben zurechtzukommen.

Sieben lange Wochen blieben wir abgekapselt von den anderen, ohne Bücher und Ansprache, auf uns und unser gutes Memorieren angewiesen in einer langsam aufbitternden Kälte, die sich vom Fluß her mit Eishauch auflud und in alle Ritzen drang. Wir hielten durch im Rauch unseres kleinen Feuers und führten im Kräuterqualm Dispute über die Weisheit göttlicher Entscheidungen. Wir suchten den Trost, weil wir ihn dringend brauchten. Was ist der Mensch ohne Trost? Ein Verlorener im Jammertal. Ein Zitternder in der Höhle der Furcht. Ein Zerrissener der Gefühle, ein frierendes Opfer der Angst.
Gott gab uns Vernunft, auf daß wir auch dann einen Weg zum Trost finden, wenn uns die Angst die Seele verschnürt. Also disputierten wir.
»Steht nicht geschrieben«, fragte Michael, »daß das, wodurch Gott lobenswert erscheine, nicht gehindert werden dürfe? Wenn aber Thomas recht hat, müßte dann nicht alles, was Gott nicht lobenswert macht, gehindert werden, und wer, wenn nicht Er, kann es hindern? Wenn Er es aber nicht hindert, ist es dann weise von Ihm zu nennen, sich so und nicht dagegen zu entscheiden?«
»Gleichwohl müssen wir es letztlich weise nennen«, entgegnete ich, »denn so wird die Weisheit Gottes offenbar, die es versteht, aus dem Schlechten das Gute hervorzubringen. Gottes Gnade wird nur ersichtlich, wenn er von Schmerz und Krankheit erlöst, was aber ebendiese voraussetzt.«
»Du hast recht. Es ist auch eine Frage der Gerechtigkeit. Nur so wird sie gezeigt, indem den Guten Belohnung, den Schlechten aber Strafe zugeteilt werde.«
Hin und wider drehten wir die Argumente, bis wir folgerten, es sei die Zier des Universums, daß, wie dreifaches Übel gefunden werde, als da sind Schuld, Strafe und Schädigung, auch dreifach Gutes bestehe: Sittlichkeit, Nutzen, Freude. – Nach sieben Wochen erkannten wir beide die Weisheit Gottes, traten gesund in eine warme Dezembersonne und empfanden: Freude.

Zwei weitere Monate dauerte die Angst an, dann war der schwarze Gevatter vom Wind verweht und vom Schnee begraben, und es hatte wie schon so oft des Januars strenges Regiment obsiegt. Zu Anfang Februar kehrte Eck nach Ingolstadt zurück. Die Professoren wurden einberufen, und der Lehrbetrieb ging weiter, heftig begleitet von Eckens Kampf gegen die »geistige Pestilenz«, wie er die Vorstellungen des Luthertums nannte, denn in der Tat breitete sich das ketzerische Gedankengut mindestens so unheimlich aus wie der Schwarze Tod. In billigen, auf ein einziges Blatt beschränkten Drucken überschwemmten Luthers Ideen das Land. Der gemeine Mann las nur allzu gern die deftigen Sachen, die von Kupferstichen oder Holzschnitten untermalt waren und das Wort verdeutlichten, ins Satirische verzerrten oder ins Allgemeine vergröberten. So stieg in Ingolstadt mit Eck und seinen Freunden eine wahre Lutheraner-Hatz.

Bald schickten die bayerischen Herzöge Johannes Eck erneut nach Rom, damit er die nötigen päpstlichen Privilegien erbitte wie Visitations- und Besetzungsrechte über die Bischöfsstühle. Unterdessen wurde ich von den Altersbestimmungen befreit und erwarb mit höchstem Prädikat den Magister. Und während ich bei den Theologen meinen Lehrverpflichtungen, die mir als jungem Magister oblagen, auf das Gewissenhafteste nachkam, trug ich mich in die Fakultät der Juristen ein, um meine Kenntnisse des kanonischen Rechts wie der Leges zu vervollkommnen. Leider befand sich die Juristenfakultät in keinem lobenswerten Zustand und machte sich großer Unfleiß bei den Professoren bemerkbar. Nicht bloß, daß sie die Lesetage oft auf anderweitige Geschäfte verwendeten, in speziellem dem Herzog und vermögendem Landadel in vielerlei Fragen des Erbganges und der Pfründenverschaffung Gutachten erstellten gegen reichlich Dukaten, auch machten sie sonst so häufig Ferien, daß sie kaum an der Hälfte der Tage Vorlesungen erbrachten. Trotz dieser Umstände blieb mein Streben nach Mehrung des Wissens hochlebendig, und konnte Eck, als er seine Rom-Mission beendet hatte, die Fortschritte seines Schülers verfolgen. Und mein Erfolg spiegelte sich im Stolz des berühmten Lehrers, der die

Priesterweihe des nunmehr Achtzehnjährigen vorbereitete und dem Eichstätter Bischof in Sankt Moritz ordinierte. Bald darauf unterbreitete er mir den Vorschlag, ich möge in die Ewige Stadt gehen und dort die Promotion zum Doktor der Theologie verfolgen. Des Ratschlags nicht genug, setzte Eck dessen Verwirklichung einschließlich der Unterstützung durch ein wohldotiertes Ordensstipendium bei meinen Oberen durch. Und da es nicht gern gesehen wurde, wenn sich einer allein auf so eine weite Reise machte, erhielt Michael die Gelegenheit, mich zu begleiten, die er nach einigen Zweifeln ergriff.

An Peter und Paul, als das Semester geendet und ich mein dozierendes Magisterjahr ausgefüllt hatte, schnürte ich mein Ränzlein und erschien ein letztes Mal bei der Schweglerin in der Burse, der ich über die ganzen sieben Jahre treu geblieben war.

»Gehst?« fragte sie nur und drehte sich rasch um, als ich nickte. Schmal, schmaler als je war ihr Gesicht geworden in den letzten Jahren, fahl und durchscheinend die knapp über die Knochen gespannte Gesichthaut, und die inzwischen silbergrauen Haare lichteten sich und ließen eine graue Kopfhaut grindig blicken. Einseitig verschoben hatte sich der Buckel stärker ausgewölbt, die ehedem flinken Beine waren zu Sicheln gekrümmt, die das Gehen zur Plage machten und rasche Schritte ganz unterbanden. Die Augen dämmerten in ein trübes Grau hinein und verloren durch den Star Glanz und Freude. Wer immer sehen konnte, sah: die Schweglerin verging.

Ich nahm an dem kleinen Ecktisch Platz, der seit meinem ersten Bakkalaureat nur für mich bestimmt war, und ich fühlte in mir Trauer aufsteigen. Die Schweglerin hatte zu mir gehalten gegen alle Flegeleien der Älteren. Wer, wenn nicht die Schweglerin, hätte mir ab und zu über den Kopf gefahren mit knochiger Hand und mein volles Haar gefühlt? – Ein tapsig-vertrautes Wangentätscheln holte mich aus diesen Gedanken.

»Geh, iß«, sagte sie tonlos. »Wirst mir fehlen, aber nimmer lang. Hab's Christuskindl g'sehn, hat's mir zug'flüstert, daß es schön sein soll im Jenseits und daß ich die alle seh', die ich mag. –

Bloß daß halt fürs Menscher allerweil 's Valete nehmen, 's Abschied sagen so gach ist!«

»Schweglerin, Schweglerin, du bist mir wie eine Mutter gewesen und hast einen trefflichen Namen deswegen schon vor der Zeit erhalten: Maria. Es ist für mich der Abschied schwer, weil ich noch weit hab' bis dahin, wo du dich bald findest.«

»Ja, Bub, jetzt iß. Wirst es noch sakrisch gach hab'n in dei'm Leb'n; es hat mir so träumt; aber es geht gut 'naus.«

Als ich fertig war, legte ich ihr einen Gulden aufs Küchenbrett. Sie schob den Silberling weg und meinte, sie brauche kein Geld mehr, ich aber, auch wenn ich jetzt Priester sei, bedürfe der Fürsprache und des gütigen Zeichens und solle deshalb ihr Kreuz tragen, das sie über die ganzen Jahre behütet habe.

»Nimm's und trag's, es ist von einem Bischof gesegnet, der vom Heiligen Geist getroffen war.«

Ich schloß die Faust um das Silberkreuz, umarmte die alte Frau und setzte ihr zum Abschied mit dem Daumen das Kreuz auf Stirn, Mund und Brust: »Im Namen des Vaters, des Sohnes und des Heiligen Geistes, du seist frei von Schuld«.

»Schon begann«, Johann atmete heftig durch, »meine weite Reise nach Rom, die mich auch über Ettal führte und deinem Lehrer Kilian näherbrachte. Das aber«, und wie um Entschuldigung bittend legte der Erzähler seinen Arm auf Ursinus' Schulter, »ist schon wieder eine neue Geschichte.«

## Der Sturm bläst in die Glut

Die nächsten Wochen verliefen zu Ettal ruhig, und Johann mühte sich redlich, dem großen Kaiser Karl gerecht zu werden; leicht ging die Welt- und Kirchengeschichte nicht mehr von der Hand, aber immerhin konnte man einen Fortschritt erkennen. Johann freute sich daran und vergaß beinahe auf die unwirschen Geister zu Germischen, als sich Caspar Poißl zu Besuch anmeldete, ganz aufgelöst erschien und ein schier nicht enden wollendes Lamento anhub:

»Was liegt Unglück über mir! Kann ich keine Ruhe finden? Trägt mir der Rösch schon wieder an, ich solle über Hexen richten. Holt mich der Streit aus Herwarts Zeiten ein, oder ist die Glut von Schwaben hergeflogen? Meine Germischgauer sind wie obergäriges Bier, da steigen allerweil die Blasen auf und schäumen allmählich über den Humpen hinaus. Bald werden sie mich zwingen, mit Verhören anzufangen. Auf meine alten Tage soll ich über den Teufel Gericht sitzen. Bis er mich packt im Genick und sich festbeißt wie ein Zeck. Wer sich mit Meister Hämmerle anlegt, wird ihn nicht wieder los. Ich mag keinen Unfrieden im Land, hab' aus Schwaben von dem Brennen gehört, das kein Ende mehr nimmt. Unruh, nichts als Unruh. – Der Rösch läßt nicht locker. – Aufschub, nur ein Aufschub – bald soll ich geheim untersuchen und peinlich verfahren, dabei liegen keine Beweise vor, die stichhaltig wären: Der letzte Sturm sei von der Klöckin zu Obergrainau wettergemacht; es war der fallende Wind, wie er öfter vom garstigen Gebirg herunterfaucht und den Schnee verbrennt. Der Frölichin soll die Ursel Klöck Wasser in die Füße geschossen haben; als ob nicht der Bader genau wüßte, daß die Dickfüße von der Frölichin ihrem vielen Fressen herrühren. – Milch, die sich nicht buttern läßt; Wein, der sich aus Fässern verflüchtigt; Kühe, die sich auf der Alm die Beiner brechen – immer die gleichen Klagen. Wer weiß, wie das Unglück zustande kommt? Vielleicht ist das Futter schlecht, das Faß leck, der Boden mürb, vielleicht sind die Viecher krank und die Knechte Saufbolde. Bin ich sicher, daß hier etwas mit unrechten Dingen zugeht? – Mit so fadenscheinigen Anschuldigungen kann ich kein Verfahren eröffnen. Nein. Und überhaupt mag ich das Prozessieren nicht, steckt mir der Frater Hayne noch in den Fingern. Nichts als Unglück, nichts als Verluste. Wir bohren blauglänzendes Gold aus der Grube! Hochheilig hat er's geschworen, hat Proben vorgelegt und aus weisen Büchern zitiert, bis ich mich eingesetzt hab' für ihn beim Bischof. Dann braucht er einen Sack Gulden und verspricht mir respektierlich Zins; was war ich blöde, ein ganzes Gut in Pfand zu geben für eingebildet Eisenerz. Aus diesem furchtbaren Höllental kommt nie ein Münchner Pfennig zurück. Der Rat zu Freising mault, und ich muß zu Gericht sitzen über den Frater, weil der sich nicht auf die Alchimie versteht. Soll er am Tegernsee verrotten, der Kuttenpfuscher, der schiache! Alles, bloß nicht wieder einen Prozeß! – Die Pflegschaft zahlt sich nicht aus. – War ich kein ordentlicher Diener meines Herrn, war ich nicht treu ergeben durch all die Jahre und hab' nie auf meinen Vorteil gesehen? Da will Bischof Ernst meine Treue lohnen und trägt mir die Pflegschaft an; ein wohlverdienter Alterssitz die kleine Pfründe. Pfeifendeckel – nur Ärger und Verdruß!«

»Jetzt beruhige dich und setz dich auf den Schemel«, sagte Johann mit leiser Stimme. »All die Jahre hat's ein bißchen gegärt und hast du dich ruhig verhalten; wieso solltest du's jetzt anders machen?«

»Weil der Rösch unnachgiebig wird und ich nicht länger dagegen ankämpfen mag. Ich hab' nicht deine Kraft, bin weder gelehrt noch gesalbt.«

»Was hat das damit zu tun? Du bleibst tapfer und standhaft, und alles geht vorbei.«

»Wenn das Schongauer Prozessieren nicht wär', hättest du vielleicht recht. Aber so – der Herzog hat strenges Verfahren angeordnet, und da kann ich allhier keine Ausnahme mehr machen, oder?«

»Du sagst doch selbst, daß die Weisung aus Freising immer noch auf Stillhalten lautet.«

»Ja. Aber wenn in Schongau die Feuer brennen, kann ich dem Bischof nicht meine Untätigkeit entgegenhalten. – Für Amtseifer lobt er mich vielleicht und verschafft mir eine andere Pfründe.«

»Aber Caspar, das kann nicht deine Leitschnur sein.«

»Ja, nein – hast ja recht«, wand sich der so Gescholtene, »aber ich bin bald nicht mehr Herr in meiner eigenen Pflegschaft.«

»Das, mein Freund, liegt an dir.«

»Ach, Doktor Kätzler, ich bin müde, und auch meine Frau spricht eher den Germischgauern als mir das Wort.«

»Verzage nicht«, beschwichtigte Johann und holte das Schachbrett hervor. »Schöpfe Kraft aus dem königlichen Spiel und übe deine Geduld.«

Sie vertieften sich lang und breit in die Stellung ihrer Figuren, bis der Pfleger unabänderlich seinem letzten »Schach dem König« entgegenblickte. Caspar Poißl schüttelte mürrisch den Kopf.

»Meine Germischer wollen mit dem Kopf durch die Wand und werden nicht eher ruhen, bis ich prozessiere.«

»Ach Poißl, bleib ruhig, und bekümmere dich um die Erzgrube und die Winkelzüge am Brett«, beschwichtigte Johann, dessen schwarzer Springer dem weißen König ein Schach entbieten und zugleich den einzig aussichtsreichen Fluchtweg sperren konnte, so daß nach einem hoffnungslosen weißen Zwischenzuge der schwarzen Dame der Todesstoß gelingen mußte. Caspar Poißl sah dies wohl und ergab sich in sein Schicksal.

»Es wird dir schwer, besonders deshalb, weil das Volk von dir ein Einschreiten erwartet.«

»Ach, Doktor Kätzler, du weißt es halt genau. Wenn ich hinüberblicke nach Schongau und sehe, was sie treiben, möchte ich mich um noch viel weniger als sonst gegen mein Volk stellen. Es befriedet sich so leicht, wenn ich willfährig bin.«

»Doch das Volk ist verblendet und wetterwendisch; verlangt mal dies, mal das. Gibst du heute in diese Richtung nach, verlangen sie morgen die andere. – Viel habe ich erlebt, und zumal das Gegenteil schon häufig.«

»Du bist so viel herumgekommen als wie ein rechter Fürst; ich bin nur ein Sitzer auf der Pfründe.«

»Trotzdem – du mußt standhaft bleiben. Solltest du in den Prozeß eintreten, wirst du bald allen Menschen in Werdenfels verhaßt sein, und das bloß, weil du ihnen einmal zu Willen gewesen bist. Bedenke es.«

»Gern will ich's tun. Doch du kennst Benignas Haltung. Auch den Rösch hast du erlebt. Ich folge deinem Rat, so gut ich kann. Doch zähle nicht auf meine Stärke.«

So sprach der Pfleger und ging.

Würde dieser Mann, der nicht einmal die Frage des Holzein-schlags ohne Beratung beantworten mochte, dem zornigen An-stürmen noch lange standhalten? Nein, stellte Johann bei sich fest, der Poißl wankt wie eine halb ausgewurzelte Buche auf of-fenem Feld, wenn der Wind anfaucht mit allen Gewalten. Jetzt braucht's nur noch einen letzten Stoß, dann fällt er.

Wenige Tage später machte Johann dem Pfleger seine Aufwar-tung und bat ihn nochmals eindringlich, sich keinesfalls an-stecken zu lassen von der Schongauer Glut und den Hetzreden des Rösch. »Dein Unterrichter kocht sein eigenes Süppchen.« Poißl zuckte mit den Achseln. »Man munkelt«, setzte Johann nach, »daß der Rösch einen persönlichen Händel mit der Klöckin hat.«
»Du spielst auf den Damian an«, entgegnete der Pfleger und ver-blüffte Johann, der seine Anspielung ins Blaue gesetzt hatte. »Rühr' doch nicht an diesen Schmerz, Doktor Kätzler. Der Rösch ist geschlagen genug, daß sein Sohn nicht recht ist im Kopf.«
»Und er gibt der Klöckin die Schuld!?« – Halb fragte Johann, halb behauptete er es; er stocherte in der Halbwahrheit und ver-suchte den Pfleger zu reizen.
»Geschwätz, nichts als Geschwätz«, entgegnete dieser abweh-rend und gab Johanns Vermutungen keine weitere Nahrung. »Andere sagen, es hätte mit dem Hagelschlag zu tun, ein Jahr be-vor ich die Pflegschaft übernahm. Und das bloß, weil das Feld eines Nachbarn, der sich gut mit der Klöckin verstand, verschont geblieben war. Das ist hanebüchen. – Nein, Doktor; so einfach ist das nicht.«
»Vielleicht doch. – Was wäre mit dem Geschrei, wenn der Rösch nicht immer alle aufstacheln würde? Die Germischgauer sind friedliebend und suchen von sich aus keinen Streit.«
»Nein, die wollen den Prozeß. Erinnerst du dich nicht mehr an den Tumult im Kainzenbad, wegen dem der Herwart sogar nach Freising geschrieben hat? Grad zu Germischen gibt's et-liche Streithansel. – Ich kenne meine Pappenheimer. Die geben keine Ruhe!«

»Du darfst jetzt nicht aufgeben, Pfleger! Seit fünf Jahren hältst du die Glut nieder, und jetzt, auf einmal, willst du den Hetzreden nachgeben, ohne triftigen Grund, einfach so ...?«

Doch Poißl drehte nur matt die Handflächen nach oben.

»Ich bin im einundsechzigsten Jahr und das Streiten nicht gewöhnt. Mein Unterrichter bringt immer dringlichere Anträge vor und droht, selber nach Freising zu schreiben.«

»Läßt sich Caspar Poißl von Atzenzell jetzt schon von einem kleinen Siegelmäßigen ins Boxhorn jagen?« fragte Johann mit gespielter Verblüffung.

»Sie bilden meine Grafschaft und sind hier die Edlen, so wie ich Edler bin zu Freising.«

»Aber du stehst doch weit über ihnen. Was können sie dir anhaben?«

»Wer einmal mit geharnischter Beschwerde Gehör findet beim Bischof, der hat dem Ernst sein Ohr. Und meine Pfründe wackelt schnell.«

»Du hast deinen eigenen Ruhesitz zur Not.«

»Ich bin kein Kämpfer mehr, Doktor Kätzler, und ich stelle mich nicht in den Sturm, wenn mich eine Burg behüten kann.«

»Und die Gerechtigkeit?«

»Wer sagt mir, was gerecht ist? Gibt es da nicht der Anschauungen viele?«

»Das schon, aber ...«

»Siehst du«, unterbrach Poißl rasch, »das mußt sogar du eingestehen. Wie soll ich da entscheiden? Ist's nicht besser, der Fürst zeigt selbst die Richtung auf?«

»Du wirst doch nicht nach Freising berichten wollen?«

»Wenn sich noch ein Anlaß auftut«, sprach Poißl in abschließendem Ton, »möchte es wohl sein.«

Und so geschah es. Nach einigen Wochen, als eine neue, ungeheuerliche Geschichte ruchbar wurde von der Klöckin Ursula, ließ der Pfleger, ohne sich nochmals mit Johann zu besprechen, die Beschuldigte und zwei weitere Frauen ins Germischgauer Amtshaus abführen und eröffnete den Prozeß, welches Vorgehen er dann sogleich nach Freising berichtete: »Eurer Gunst und Gnaden vermeldet Euer getreuester Diener, Caspar Poißl von Atzenzell, jetzo Pfleger zu Werdenfels, untertänigst, daß angegangen wird gegen Teufelsbrut und Hexerei, damit in bischöflicher Herrschaft der Teufel nicht besser lebe als im herzoglichen Bayern.

Nachdem mich der Richter von Germischgau lange Zeit bedrängt, war es an mir, mit betrübtem Herzen und traurigen Gemüts um Gottes willen Verordnung zu tun wie folgt: Allhier sind drei Weibspersonen in Haft genommen, die der Hexerei so sehr verdächtig, daß es nimmermehr war zu verantworten, sie frei gehen zu lassen. In Verwahrung im Amtshause zu Germischgau die Ursula Klöck und die Elisabeth Schlamp nebst ihrer ledigen Tochter Apollonia. Seit langem sind sie in öffentlicher Bezicht, nicht nur Hoch- und Ungewitter verursacht, sondern auch dem Getreid' auf den Feldern, dem Vieh, ja sogar an Leib und Leben sowie anderen zeitlichen Gütern ihrer Mitmenschen viel Schadens angerichtet zu haben.

Die Braven allhier fürchten sich sehr, daß durch der Unhulde Kunst ihre Kinder könnten der Hexerei verfallen, wo die Schlampin schon ihre Tochter zur Ketzerei verführt hat.

So habe ich die Genannten festsetzen und von dem Schongauer Nachrichter, ein Mann von außergewöhnlicher Erfahrung, der allein in Schongau zwanzig Weiber hinweggerichtet und weit mehr auf Male untersucht hat, auf Teufelszeichen inspizieren lassen. Meister Abriel hat sie für Unholde befunden, wes Befund zu glauben ist, wiewohl auf gütlich Befragen alle drei voll leugnen.

Jetzo ist der Meister Abriel wieder zu Schongau zugange, zumal hier noch nicht Befehl vorliegt, peinlich zu verfahren. Wofern solches soll vonstatten gehen, erbitte ich untertänigst selbiges Geheiß.«

Zu Freising wollte der Bischof nicht hinter dem frommen Herzog in München zurückstehen, und umgehend überbrachte ein Bote die Anordnung, die drei Weiber gütlich und streng zu befragen. Nunmehr säumte Caspar Poißl nicht, den Willen des

Bischofs umzusetzen, rief nach dem Scharfrichter Abriel und beraumte einen ersten Verhörtag an.

Als Ursinus diese Nachricht überbrachte, sank Johann auf sein Bett.

»Was habe ich auf ihn eingeredet, sich nicht kopfscheu machen zu lassen von den Hassern und Hetzern. – Es hat nichts genutzt«, sprach er leise. »Jetzt fängt meine Heimat wirklich Feuer und verliert die Unschuld, die sie sich so lang bewahrte. Und ich kann nichts mehr tun.«

»Gibt es keine Möglichkeit?«

»Nein, Ursinus, nein. Es folgt aus dem Verhör die peinliche Befragung und daraus das Geständnis und die Besagung weiterer Frauenspersonen so sicher, wie sich das Wasser von oben durch die Hölltalklamm herunterstürzt. Das hindert keiner.«

»Aber irgendeine Unterstützung muß sich doch finden für die armen Seelen. – Du hast doch schon vor Wochen gesagt, daß du ihnen helfen willst. Hast du den Münchner Gesandten bereits vergessen?«

»Erinnere nur an meine Angst«, entgegnete Johann matt. »Gern würde ich helfen, doch ich sehe den Weg nicht. Zwar gesteht das Gesetz einem Angeklagten einen Verteidiger zu, doch halten sich im Zaubereiprozeß die Gerichte kaum je daran. Außerdem kann der Advokat einer Hexe wenig bewirken.«

»Wieso steht es dann im Gesetz?«

»Das Gesetz ist gut, aber eben nicht für den gemeinen Menschen gemacht. Kaiser Karl hat an die Großen im Lande gedacht, nicht an die Kleinen.«

»Kaiserliche Gesetze sollen befolgt werden, nicht mißachtet«, begehrte Ursinus auf. »Was soll der Verteidiger erreichen?«

»Ein gerechtes Verfahren soll er bewirken, auf daß der Wahrheit gedient werde.«

»Dann kannst du doch helfen, Johannes!«

Johann blickte seinen jungen Freund unsicher an, und um ein Haar mochte man vermeinen, er sitze geistesabwesend da, bis ein Lächeln um die dürren Mönchslippen spielte. Sein Kämpferherz erwachte. Sein Streben nach Gerechtigkeit drängte ihn aus dem Gehorsamsgelübde heraus, wie stark einströmendes Wasser in einen engen Kanal diesen von Sand und Unrat zu säubern vermag. Da rührte eine Zwangsläufigkeit Johanns Seele um, wie er es kaum zuvor je erlebt hatte, allenfalls in Saragossa vor über vierzig Jahren oder damals, als er Iñigo nachfolgte und jenen Bund einging, der bis jetzt sein Leben bestimmte. Und unvermittelt stand er auf und sagte mit fester Stimme: »Ja, Ursinus, du hast recht. Ich kann es nicht einfach geschehen lassen. Ich zeige mich als Verteidiger der Angeklagten an, damit sie, falls unschuldig, Gerechtigkeit erfahren.«

Ursinus legte seine Hand auf Johanns Schulter: »Ich stehe dir bei.«

In die Überlegungen hinein, wie den Germischgauer Frauen zu helfen sei, mengte sich aber auch die Furcht vor der Reaktion der Oberen, und während Johann darüber sprach, wie tief es ihn schmerze, sich nicht mehr im Einklang mit der Gesellschaft Jesu zu wissen, mischten sich mehr und mehr Erinnerungen unter, wie es kam, daß er nach und nach ein Gefolgsmann des Ignatius von Loyola geworden war.

»Sie werden mich vor sich zitieren«, murmelte Johann bedrückt und dachte dabei an die Freude seiner Mutter beim Wiedersehen, als er ihr seinen Traum erzählt hatte, der von Berufung und Erwählung handelte, und unversehens sprach er von damals, als alles noch gut und die Saat am Aufgehen war.

## DER HAUPTMANN DER BERGE

W as klopfte mein Herz, als ich mit Michael in aller Frühe Ettal verließ und wir uns auf den Weg nach Germischgau machten! Schwer fiel es dem Heimkehrer, seinen Schritt zu mäßigen. Schon von den Nachträumen her war ein ganzes Buch an zerstückelten, ausgefransten Erinnerungen aufgestiegen, und je näher wir Germischen kamen, desto klarer wurden die Bilder:

Der betrunkene Jorg torkelte durch das aufscheinende Bild hinter einer mäßig bekleideten Magd zum Stall hinüber. Die blaßgesichtige Erentrud brachte ihrer Tante Bärwurz und Thymian und lächelte zu dem Knaben herüber, der sich in der Sonne wärmte. Die Brüder keilten sich im Sand mit den Fäusten. Der Vater stach ohne Umschweife eine Sau ab, daß das Blut nur so in den Trog spritzte, dessen dicken Inhalt später die Mutter rührte und kochte und würzte, bis sich der Lebenssaft eindickte zu einem zähen Brei, der, in Gedärme verpreßt, pralle Würste abgab. Die Mutter saß unter dem Kruzifix in der Ecke, mit dem Knaben auf dem Schoß, und las die Schöpfungsgeschichte mit eindringlicher Stimme. Der fallende Sturm peitschte den See und beugte die Fichten hinab, rüttelte an Dachschindeln und Türen gleichermaßen und brachte die Häuser zum Wanken, und winters donnerten oben im Höllental die Schneelawinen wie das letzte Gericht.

Wir schritten kräftig aus. Schon baute sich das Wetterstein wuchtig vor uns auf, neigten sich Dom nach Dom die steinernen Riesen der abwärts gleitenden Sonne zu und wurden immer mächtiger und gewaltiger dabei, bis der letzte der menschenabweisenden Waxensteine sich fast anlehnte an den groben Klotz der Zugspitz, die alles überragte mit ihrer majestätischen Wand, die gleichsam den darunterliegenden Eibsee erschlug und die Eibseefischer in steter Furcht hielt. Dabei hatten die genug zu fürchten, vor allem die vermaledeiten Freibeuter vom Tirolerischen herüber, die sich einen Jux daraus machten, die Eibseefischer zu schrecken und auszuräubern. In den Nächten des Föhnsturmes kamen sie besonders gern über die Törlen herüber, die begierigen Ehrwalder und Lermooser. Ebenso vor den Rom-Pilgern hatten die Eibsee-Ostlers Respekt genug, wenn die mit ihren Holzklappern auftauchten; denn wer auf dem Weg nach Rom zum Eibsee kommt, der hat sich verlaufen und ist dieserhalben nicht mit einer kleinen Gabe zufrieden, nein, der möchte ein Dach über den Kopf oder ordentlich Speis und Trank. Oft sind die Rom-Pilger durch Werdenfels mit ihren Klappern gezogen, zwei kleinen hölzernen, an einer

Leiste befestigten Hämmern, die durch Aufheben und Ab-
senken auf ein kleines Brett fallen und das Klapperknattern
hervorbringen, und haben ihren Spruch gerufen: »Gib, gebt!
Für den Himmel gebt! Wer nicht gibt, gebt, daß in der Hölle
bebt! Gib, gebt!« Das alles unter dem hellglänzend-felsigen
Wetterstein, diesem aufgetürmten Gottteslob, welches das
schlimmste aller Täler ringsum in sich barg, das Höllental,
durch dessen ungangbaren Schlund der Bach gischtet mit teuflischer Wucht.

Unversehens hatten sich die Erinnerungsbilder verdichtet und
setzten sich allmählich zu Begebenheiten zusammen. Ich sah,
wie die Mutter sommers stundenlang am tiefblauen Rießersee
saß, die Rinde von den Weidengerten abzog und Körbe flocht;
und wenn die Sonne die Finger wärmte, die vom kalten Wasser
rauh und von den Weidengerten wund wurden, dann summte
Mutter ein Lied und die Magd fiel ein mit heller Stimme. Sie
saßen am steinigen Ufer des Sees und blickten ihren geschickten
Händen zu, zwei Frauen, die eine jung, die andere nicht alt, oftmals mit offenen Haaren, und die Sonne spielte im Kastanien-
braun von Mutters langen Flechten. Kleine Fältchen umringten
ihre Augen, die erstaunlich blau waren, und bewirkten den Eindruck, als würde Mutter stets lächeln.

Als mir dieses Bild vor Augen stand, schoß mir eine Träne ein,
deren salziger Geschmack mich an den Abschied von Germischgau erinnerte, weit zurück, mehr als zwölf Jahre – ach, von heute aus so unvordenklich weit zurück. Für die Geborgenheit war
ich bestimmt gewesen als schmächtiger Fünfjähriger, und nichts
hatte sich Mutter sehnlicher gewünscht, als in mir einen gottgefälligen Menschen heranwachsen zu sehen. Meine ersten Le-
bensjahre waren von einer außergewöhnlichen Fürsorge geprägt, die die Mutter auf mich verwandte. Während meine sieben Geschwister frei und wild aufwuchsen, ohne Ratschlag und
Aufsicht, seit sie gehen und sprechen konnten, hielt mich die
Mutter von den Saufgelagen fern, die sich laut und dröhnend in
Jorgs Stube zutrugen. Von den Raufhändeln der Kinder ringsum blieb ich ebenso unbehelligt wie von deren zwanglosen

Erfahrungen ausgeschlossen, die das natürliche Mitleben der Erwachsenenwelt mit sich brachten. Nein, ich kannte den Beischlaf nicht und nicht das Würfelspiel, als ich den Benediktinern überantwortet wurde und eintrat in die Welt, die mittlerweile so sehr meine eigene und von der der Mutter so verschieden geworden war.

»Viel gäbe ich, wenn ich in dieser kindlichen Unschuld hätte verharren können«, seufzte Johann und schwieg eine Weile. Sein Blick irrte in eine Ecke der Zelle, als tue sich dort ein Fenster in die Ewigkeit auf, wo sich Vergangenheit und Zukunft einträchtig treffen und die Begebenheiten aus verschiedenen Jahrzehnten geschwisterlich nebeneinanderstehen. Ursinus war zu jung, das Ineinander der Erinnerungen zu verstehen; für ihn war die kurze Vergangenheit wie eine Perlenschnur, an der sich Erlebnis nach Erlebnis aufreiht. Johann dagegen sah seine Vergangenheit wie einen Ozean, den Strömung und Sturm aufwühlen, wodurch der frisch eingetragene Tropfen des Flusses unmittelbar neben dem alten Salztropfen zu fließen kommt und nicht selten sich die beiden Tropfen zu einem neuen mischen, der die süße Jugend und das salzige Alter in sich vereint auf wundersame Weise.

»Eine festgefügte Welt, in der vielerlei Gefahren lauerten«, setzte Johann seine Erzählung fort, »war der Urgrund, von dem ich kam, und Mutter beschirmte mich und empfahl mich dem Herrn und der Jungfrau Maria. Daneben verschmähte sie die Hilfe des Aberglaubens nicht. Ach ja«, lachte er auf, »sie kannte manches Ritual und ließ es nicht an Übung fehlen. – Damals, vor beinahe achtzig Jahren, als sie mich den Mönchen gab, vermengte sie alles. – Drei Prisen Salz hatte sie mir über die rechte Schulter geworfen und dabei ein ›Gebenedeit-sei-dein-Leib‹ gestottert, mich heftig an sich gedrückt, minutenlang geherzt, mich dann auf den Karren gehoben und dabei nicht zu mir, sondern hinauf auf die wilde Kramerspitz geschaut. Aber ich, zu jung, um Furcht zu kennen, hatte trotzdem die Tränen gesehen. Wie Mutters Blick noch droben auf der verschneiten Kramerspitz lag, hatte der Knecht Martin mit der Geißel geschnalzt und dem Ochsen eins auf den Arsch gedroschen, dann hatten die Achsen geknarrt und der Karren war losgefahren. Ich hatte mich nicht umgedreht, statt dessen hinaufgeblickt auf den anderen dicken Berg, den kleinsten von den großen ringsum, den sie von Alters her Wank genannt haben, und gemeint, da droben ein brennendes Kreuz zu sehen. Ich rief es Mutter zu, wandte mich zurück zu ihr – doch sie stand mit dem Gesicht in den Händen und hörte mich nicht, wurde schmaler und kleiner, verschmolz allmählich mit der Welt ringsum und entfernte sich in eine unwiederbringbare Vergangenheit, während das Ochsenfuhrwerk hineinkarrte in eine ungewiße Zukunft, von deren Irrungen der Fünfjährige noch keinerlei Vorstellungen hatte.«

Was hatte dieser Abschied weh getan. Wie mag es ihr ergehen, fragte ich mich immer wieder in die Erinnerungen hinein, als ich mit Michael durch die Loisachauen wanderte. Aber ich fand keine Antwort. Das wiederum trieb meinen Schritt voran; voran, nur immer voran wollte ich und war unfähig, mich irgend noch zu bemäßigen. Als wir endlich den Aufstieg zur Rieß fanden, rannte ich den Waldweg bergauf, bis ich außer Atem vor den Kätzlerschen Häusern stand.

Dort wurde ich von einem halbwüchsigen Vetter empfangen, und als Michael, ebenfalls schnaufend, zu uns stieß, führte uns mein Vetter gleich zum Speisplatz am See, der zwischen den Anwesen von Jorg und Linhard lag. Schon wurde nach Mutter gerufen, und während wir uns auf den rauhen Kiefernbänken niederließen, die mit eingerammten Stämmen fest im Erdboden verankert waren, tischten zwei Mädchen Bier in klobigen Humpen auf. Michael trank das Bier in heftigen Zügen ab. Ich dagegen nahm kaum mehr als ein Schlückchen, so zugeschnürt war mir nun die Kehle vor Aufregung im Hinblick auf die Begegnung mit Mutter.

Da lief sie über den steinigen Platz, rannte mit ausgestreckten Armen auf mich zu, bezwang wenige Schritte vor mir ihre Hast, blieb stehen und tat dann den letzten Schritt scheu.

»Da bist du, mein Gottsucher, da bist du: mein Sohn.«
Sie kniete nieder und faßte nach meiner Hand, um sie zu küssen.
»Nicht doch, Mutter.«
Ich stand auf, griff unter ihre knochigen Achseln, zog sie empor und drückte sie heftig. Wie zierlich sie war. Ihr Schluchzen durchzitterte den schmächtigen Körper. Die Haare waren grau geworden, an manchen Stellen sogar schütter; silbrig sah ich die Kopfhaut schimmern. Unwillkürlich fiel mir die Schweglerin ein. Tränen schoßen mir in die Augen. Ich mußte heftig schlucken. Eine Ahnung befiel mich: Das Leben ist ein Kreis – von Anfang zu Anfang. Dazwischen liegen die Abschiede. Und die Wiedersehen. Alles wiederholt sich. Darin liegt das Glück, das uns Gott schenkt. Ich hielt Mutter in Händen. Vermutlich zum letztenmal in diesem Leben. Ein Körper wie eine Feder im Wind. Sie hatte mir ihre ganze Liebe geschenkt. Ich war ihre Hoffnung. Ihr Trost. – Ich konnte wieder klar sehen. Meine Stimme würde mir wieder gehorchen. Langsam löste ich mich aus der langen Umarmung.
»Mutter«, sagte ich laut.
»I bin's«, antwortete sie und wischte sich mehrfach mit dem Handrücken über die Augen. »Und jetzt tragen die Mädels ordentlich z' Essen auf.«
Rasch gestaltete sich der rohe Speisplatz zu einem wirtlichen Ort und zeigten die Kätzler von der Rieß, daß sie stattliche Freibauern waren, die dem kargen Land genug abtrotzten, um sich nicht vor einem Kleriker verstecken zu müssen, obschon die steigenden Preise ihnen nicht zugute kamen, denn die erzielte man zwar in Innsbruck unten oder in München oben, nicht aber mitten in Werdenfels, und mußte gleichwohl, wenn man selbst etlicher Dinge bedurfte, tiefer in den Beutel langen. »Deshalb«, schnalzte Georg, mein zweitältester Bruder, mit der Zunge, »gebe ich auch zwei meiner Buben nach Benediktbeuren und die Afra nach Schwaz, damit sich 's Zeug nicht weiter zerteilt von wegen Erberei und Mitgift.« Georg war der einzige, der wie der Vater viele Kinder in die Welt gesetzt hatte; die anderen Brüder, von denen außer Georg und Johann lediglich noch Hans und

Christoph lebten, beschieden sich mit je zwei Söhnen und regelten das Erbe zugunsten des Erstgeborenen, um den Hof vor dem drohenden Zerfall zu retten; die Kätzler wollten nicht, daß es ihnen gehe wie nebenan den Rießer-Kembschern, die sich ein stattliches Gut zerteilt hatten, bis die Fron sie auffraß und sie alles hergeben mußten wegen aufbäumender Zinsen in des Pflegers Verwaltung. Was bleibt von einem freien Mann, wenn er übers Jahr einem fremden Herrn seinen Acker muß bestellen? Dahin wollten die Kätzler nicht, und daß sie noch ein gut Stück davon entfernt waren, das zeigten sie dem gelehrten Bruder und seinem Freund, und nicht nur ordentlich Bier tranken sie, sondern auch Schnaps von gebrannten Enzianwurzeln, der die Sauschwarte verdauen half und das schwere gesäuerte Kraut.

Die Frauen ließen die trunkenen Mannsbilder laufen und vertrauten den Mönchen an, daß es eine Hexe gebe nicht weit von hier, der man heimleuchten müsse, und ob nicht sie, zwei gebildete, gut katholische Männer, Abhilfe schaffen könnten.

»Die Sagader Therese«, raunte dem Jorg seine Witwe, »hat erst vor Fronleichnam dem Knilling seinem Vieh die Milch gesäuert, daß er alle seine Zuber hat wegschütten müssen in die Loisach hinein, und vor lauter Schmerz hat sich der Fluß rot gefärbt und eine spritzende Stockung vor der Sagaderin ihrer Hütten gemacht, einen Strudel, der erst steht und dann mit einem Schlag 'rausspritzt als wie ein kleiner Wasserfall.«

»Und wie der Knilling keine Milch mehr g'habt hat«, fuhr der Jorg-Witwe ihre Tochter fort, »da hat die Sagaderin gleich zwei Pfennig mehr für's Maß Milch auf dem Markt genommen.«

»Ihr müßt eine Anzeige machen beim Pfarrer oder beim Pfleger«, entgegnete ich. »Aber wenn die Sagaderin genug Eidhelfer hat, müßt ihr die Richter zahlen und kommt vielleicht gar selber ins Geschrei, daß ihr anderen Böses nachsagt.«

»Ist es also so, daß du, mein Sohn, als gelehrter Mann daran glaubst, daß es Hexen gibt?« fragte Mutter mit einem gewissen Erstaunen.

»So ist es, Mutter. – Aber ehe wir versuchen, die Irrgeleitete in einen Prozeß zu ziehen, sollen wir sie dem Pfarrer anheimstellen für ein eindringliches Gebet, denn das seelsorgende Wirken des gut katholischen Mannes mag meist den Dämon im Weib zutiefst erschrecken und stehenden Fusses vertreiben.«

»Ja, so sollst du sprechen, mein Sohn. Von den Hexen will ich nichts mehr hören. Es ist ein Freudentag heute, keiner zum Leute ausfratscheln. – Besser schon, wenn du mir erzählst, wie es dir in all den Jahren ergangen ist, seit du weg bist von mir.«

Ich griff den Wunsch der Mutter auf und sprach von Ettal und Ingolstadt des langen und breiten. Schwer kämpfte sie mit den Tränen bei der Erzählung über den Pestwinter und flüsterte ein Vaterunser für Leopold, sprach der Schweglerin ihr Mitfühlen aus und mütterlichen Dank, daß sie ihren Buben beinahe an Sohnes Statt aufgenommen hatte.

»Wenn du wüßtest – aber ich darf's dir gar nicht erzählen –, wie schwer mir damals der Abschied gefallen ist. Deine Brüder waren doch alles Rabauken, recht wie der Vater, den mir der Herrgott zu früh genommen hat; du warst so anders, fein und zart, als wie ein kleiner Engel. Und dann nimmt dich der Martin mit dem Wagen mit – einfach weg warst du, und ich wieder allein trotz all dem Trubel. Mein geliebter Adrian Kätzler ist von mir gegangen, für immer; und jetzt kommst du als Pater Johannes zurück. – Ist das nicht herrlich?«

»Wie oft habe ich an dich gedacht, Mutter, und manchen Traum gehabt, der eng mit dir verknüpft zum Lebensschlüssel mir wurde. Einen ganz besonders will ich dir gern erzählen, denn er wiederholt sich manchmal in der einen oder anderen Form. Als ich Ettal verließ auf Ingolstadt zu, träumte er mir in seiner ausgeprägtesten Form: Ich lief mit Pater Anselm durch einen dunklen Wald; von links sprang ein Hirsch mit Teufelsfratze auf mich zu. Ich bedeckte vor Schreck die Augen und schickte ein Stoßgebet zum Himmel. Anselm warf sich auf den Boden. Nichts geschah; doch als ich die Augen öffnete, war ich allein. Ringsum hatte sich das Unterholz tief verwachsen, so daß von der Stelle, auf der ich stand, in keine Richtung mehr ein Steig verlief. Hinter dem Unterholz sah ich dicke Stämme von Bäumen aufragen, die ich noch nie in meinem Leben gesehen hatte. Oben, weit oben bildeten die Laubriesen Kronen zu einem dichten grünen Blätterdach, welches das Licht der Sonne fernhielt und den Platz, auf dem ich mich zunehmend kleiner fühlte, vollends verdüsterte. – ›Fürchte dich nicht!‹ Die Stimme klang hell und freundlich. ›Adrian, höre, so sprach Jesus Christus: Wem ist das Reich Gottes ähnlich, womit soll ich es vergleichen? Es ist wie ein Senfkorn, das ein Mann in seinem Garten in die Erde steckte; es wuchs und wurde zu einem Baum, und die Vögel des Himmels nisteten in seinen Zweigen. – Hast du gehört, Adrian?‹ Es war deine Stimme, Mutter, die da gesprochen hatte. Ich suchte dich, und unterdessen füllte sich der Laubhimmel über mir mit dem Gesang von Star und Nachtigall. Ein Eichhörnchen kam über Äste gesprungen, setzte sich vor meine Füße, und während es zu mir hinaufschaute, wuchs sich sein Schädel aus zu dem runden Gesicht eines Kindleins von vielleicht zwölf Wochen mit großen blauen Augen, pausbäckig und kahlköpfig und mit einem zahnlosen zarten Gaumen, der sich beim Lachen zeigte. ›Ich bin das Kind meiner Mutter, die dich rief. Folge mir.‹ Hinter dem Kindsgesicht öffnete sich das Unterholz. Ein schmaler Pfad führte durch die Säulengalerie des mit Vogelstimmen durchfluteten Waldes, und in dem Augenblick, als sich der Weg zur Gänze vor mir öffnete, war die Erscheinung des Kindleins ebenso wie das Eichhörnchen verschwunden. Ich aber erwachte auf eine seltsame Weise erfrischt.«

»Ja, Ursinus, dieser Traum hat mich lange begleitet«, kommentierte Johann seine Erinnerung. »Es war der Leittraum meiner ersten Lebensjahrzehnte. Wer weiß, ob ich ohne diesen Traum je ein Anhänger des Ignatius geworden wäre. Und für meine Mutter bedeutete er besonderen Trost. – Nein, ich habe das damals nicht begriffen, habe mich eher auf die ganz einfache Art darüber gefreut, daß Mutter an mir Anteil nahm und im Herzen ergriffen war, obwohl sie mich über zwölf Jahre nicht gesehen hatte. Heute weiß ich, daß meine Mutter mit der Erfahrung ihres ganzen Lebens den weiten Umgriff in diesem Traum erkannte und sich gewiß fühlen durfte, daß ich ein Beschützter sei. – Damals aber flog die halbe Nacht wie die Funken vom Feuer dahin, und so war es ein bleierner Odem von Müdigkeit, der Michael und mich anderntags auf unserem Weg von Germischgau durch die Scharnitz nach Mittenwald und Seefeld geleitete, wo wir erschöpft vor der Abenddämmerung anlangten. Und vielleicht war es gut so, denn wer weiß, wieviel schmerzende Gedanken ich sonst noch hätte um den Abschied kreisen lassen, der mir schwerer gefallen war, als ich es Michael wissen lassen wollte.«

Erleichterung schwang in seiner Stimme, denn die Vergangenheit half ihm über die Gegenwart hinweg, das Erzählen verdrängte die Zweifel und Ängste, die in seinem Herzen wühlten und seine Hände schwitzig machten. Nein, noch war er keineswegs sicher, ob er am Gerichtstag hinunterfahren würde nach Germischgau und hintreten vor Poißl mit den Worten: Ich zeige mich als den Verteidiger dieser unschuldigen Frauen an. Im Gegenteil: Allein die Vorstellung dieser Situation drehte ihm den Magen um, und rasch flüchtete er in jene glückliche Zeit, in der die Welt noch im Ordo war.


Der Anblick paßte zum Davidstag. Hochgetürmt breiteten sich die Berge von Sonnenaufgang bis Sonnenuntergang, schoben ihre abweisenden Höhen dem Himmel entgegen und glänzten weiß überallhin in der Sonne, als ob dort oben ewiger Winter regierte. In den wunderlichsten Formen bohrte sich die gewaltige Wand in ein dunkles Blau, das die Ferne mit einer Leuchtkraft beseelte, in der ein erstmals dem Anblick Ausgesetzter voller Hoffen und Bangen die Ewige Stadt erahnte.

»Welch ein Bild«, hatte ich gestammelt, als wir frühmorgens das Hochplatt von Seefeld verlassen und den Rand des tiefen Inntals erreicht hatten, wo uns nach einer Waldbiegung gänzlich unversehens die Alpen vor Augen lagen. Beide waren wir mehrere Minuten reglos gestanden und hatten von Ost nach West und wieder zurück die Gipfelreihe betrachtet, die die deutschen Lande von den welschen und uns von unserem Ziel trennte. Wir spürten die Erhabenheit, die der Schöpfer im Bau solch über-

menschlicher Werke zum Ausdruck brachte, viel mehr aber –
und da wußten wir uns mit dem Rest der Menschheit im Einklang – spürten wir den Schauder von Furcht vor diesem Koloß-
gebirge und ahnten die Schrecken, die dem demütigen Wanderer auf seinem Weg durch diese Götterbarriere begegnen
wollten. Wie viele Dämonen mochte Gott verbannt haben auf
die wilden Zacken dort gegenüber? In wie vielen der versteckten
Schluchten mochte der Teufel mit seiner Brut in der ewigen Verdammnis hausen, nie des Lichts gewärtig werden zu dürfen?
»Welch ein Bild in der Tat«, entgegnete Michael, »und ich gäbe
viel, wenn wir es hurtig hinter uns lassen und liebliche Hügel
voll süßen Weines schauen könnten.«
»So laß uns nicht länger in diese Gewaltigkeit hineinblicken,
sondern hinabmarschieren ins Tal, an dessen Grund ich zur Linken eine Stadt ausmache.«
»Fürwahr, das muß Innsbruck sein.«
Michael schritt munter voran. Die Straße führte uns steil hinab
durch dichten Nadelwald, der sich zur Talsohle hin lichtete und
mit Eiben, Eschen und Birken vermischte im Feucht-Flachen,
das die Nähe des Flusses verriet. Alsbald trafen wir auf den grau-
grünen Strom, der mit weißen Wellenkränzen über Steine und
Felsen rollte. Eben noch sumpfig, war das Gelände nun felsig
und trocken, wuchs kräftiger Tann neben dickem Ahorn, und in
der Lichtung standen mannshohe Kerzen von Eisenhut in strah-
lendem Blau.
»Früher«, bemerkte Michael unvermutet, »hat meine Mutter viel
gesucht nach dem Aconitum, den wir bereits seit Dioscorides
kennen als Gift für die Jagd und gegen die Wölfe, die in ihrer
Gier die aconitumgetränkten Fleischbatzen fraßen. Der Eisenhut ist gut zum Hineinreiben in Pestbeulen und soll manchem
Heilung gebracht haben. Aber nur in den Bergen, sagt man, sei
er reichlich zu finden, so wie wir es hier sehen. Er ist die Blume
des Höllenhundes Kerberos, der die Herde gegen die Wölfe
schützt, wenn man ihm aber zu nahe kommt, den Tod verteilt.«
»Wie kommt es, Bruder, daß du dich deiner Mutter erinnerst
beim Anblick einer Schar von blauen Pflanzenkerzen? Nur weil

sie solchen nachspürte in den Wäldern deiner Heimat, wie du sagtest, oder hat deine Rückschau weitere Bewandtnis?«

»Wir verlassen in Bälde den Teil der Erde, den wir Zuhause nennen, weil wir die Sprache verstehen, die der gemeine Mann spricht. Magst du mich für schwach und elend halten, es drückt mich auf die Brust, daß wir nun über diese Berge steigen sollen, um in eine Welt zu gelangen, die mit nichts außer dem Lateinischen uns wird sich verständlich machen. Bis hierher habe ich jeden Schritt gefühlt als eine ehrenvolle Auszeichnung, als ein Höhersteigen in der Leiter der Aufgaben des Lebens – jetzt fühle ich ein Weh und Abschiednehmen, ein Übertreten in etwas anderes, so anders, wie ich es nicht kenne und nicht glauben mag, je kennen zu können.«

Ich legte meinen Arm auf die Schulter des Freundes. »Hast du dich nicht mir angeschlossen auf den Weg nach der Ewigen Stadt, um das Geheimnis des Glaubens zu suchen? – So sei ohne Furcht, denn du wirst behütet sein.«

Michael ergriff meine Hand. Tränen traten aus seinen Augenwinkeln. Ich beachtete sie nicht, achtete den Schmerz des Freundes, der sich, so gut kannte ich ihn in diesen sieben Jahren wohl, immer schwertat mit Veränderung. Nichts mochte Michael im Grunde seiner Seele lieber als ein beschauliches Gleichmaß außen und innen. Aufgeblüht war seine Seele in Ettal, hatte geatmet im Takt der Horen, voll und warm hatte er die Psalmen gesungen, in sich versunken Frater Hatto im Kräutergarten Handdienst versehen und klaglos klösterliches Schweigen gelebt. Und wie wir am Inn entlang unseren Weg nahmen, weg von der heimatlichen Ruhe, hinein in die Wirren dieser sich aufbäumenden Zeit, da erkannte ich, daß Michael im Grunde seines Wesens fürs Einwurzeln bestimmt war. Ich munterte ihn auf: »Es gibt den ruhigen Grund für dich viel bälder, als du ahnst, denn wie spricht Ijob: ›Für den Baum besteht noch Hoffnung, ist er gefällt, so treibt er wieder, sein Sprößling bleibt nicht aus. Wenn in der Erde seine Wurzel altert und sein Stumpf im Boden stirbt, vom Dunst des Wassers sproßt er wieder, und wie ein Setzling treibt er Zweige.‹ – Und du, mein Freund, bist mein

Baum, dem ich vertraue. Schreit aus! Die nächste Stufe auf der Leiter deines Strebens steht dir unmittelbar bevor.«

»Als hätte ich seherische Fähigkeiten besessen, aber von der Güte eines griechischen Orakels. Denn wenn ich gewußt hätte, auf welche Weise sich meine Prophezeiung erfüllt – auf der Stelle hätte ich Michael zurückgeschickt. Doch das Leben verschleiert sich unserem Blick selbst dann, wenn wir vermeintlich die Zukunft schauen, und es mag uns selten gelingen, aus weiser Voraussicht das Richtige zu tun. Es ist gar, als lege einem Gott selbst den verwirrenden Schleier wieder über das Gesicht, damit wir nicht eingreifen in seine Pläne«, wandte sich Johann an Ursinus und suchte den Kontakt mit den Augen des Freundes. Ursinus seinerseits gewahrte ein zartes Glitzern über Johanns Pupillen, und mehr noch als die Erzählung, deren wohlgesetzte Worte die Vergangenheit lebendig machten, rührten ihn die aufsteigenden Tränen an, die ihm zeigten, an welch entscheidende Stelle Johann nur allzubald kommen mochte. Johann aber spürte seinerseits, daß ihn die Erinnerung im Gemüt ergriff; schnell schluckte er den kleinen Kloß im Hals hinunter, wischte sich hastig über die Augen und fuhr mit leiser, aber klarer Stimme fort.

Allein, zunächst gelangten wir unbehelligt an Innsbruck vorbei. Wir wanderten durch abweisende Dörfer, wo finstere Bauern sich bei unserem Anblick abwandten oder gar auf den Boden spuckten und so zeigten, daß hier eine deutliche Verstimmung herrschte gegen den Klerus in Brixen. Da erinnerten wir uns an Pater Bernhard, der uns am Abend vor unserer Abreise über den Brixener Aufstand berichtet und sogar versucht hatte, uns vom Weg über den Brenner abzuhalten und statt dessen auf die weit mühevollere Reise über Landeck und das vordere Engadin zu schicken. Doch der Reschenpaß gilt als beschwerlich, heute noch ist er weit mühsamer als der Brenner, Ursinus, und so ließen wir uns von Bernhard nicht ins Boxhorn jagen. Aber nun, angesichts der düsteren Mienen, wurde uns mulmig zumut.

Denn der Ottokarstag lag noch nicht lang zurück, an dem ein gewisser Päßler wegen seiner Vergehen vom Leben zum Tod befördert werden sollte. Vor dem Brixener Brothaus am Hofplatz hatte ein Dutzend Bauern auf den Bannrichter mit dem gefesselten Päßler gewartet. Als die beiden auf den Platz getreten waren, sprach ein Bauer die Amtsleut an: ›Daß euch Gott schänd', aller Schergen, laßt mich den Päßler auch ein Weil führen‹. Das war das Signal gewesen, den überraschten Wächtern den Gefangenen zu entreißen und über die Rienz-Brücke zu entführen. Aufgebracht und durch die Befreiung ermutigt marschierten am nächsten Tag fünf Tausendschaften unter ihrem Anführer Michael Gaismair, dem ehemaligen Sekretär des Bischofs, nach Brixen. Sie plünderten etliche Klerikerhäuser und verjagten die bischöfliche Regierung. Der Volkshaufen machte nicht viel Federlesens und wütete besonders im Kloster Neustift, was wohl sogar den Gaismair bedenklich stimmte. Jedenfalls schickte er späterhin die meisten Bauern wieder zum Arbeiten und heuerte statt dessen Söldner an, von denen man sagte, sie würden nun durchs Brixener Bistum schwadronieren und es unsicher machen.

Doch trotz grimmiger Bauerngesichter blieben wir von Unbill verschont bis kurz vor Brixen, wo wir in einer kleinen Dorfpfarre freundliche Aufnahme fanden. Dort beschlossen wir, für die Nacht zu bleiben und nicht bis zur Bischofsstadt weiterzugehen, die noch in der Hand der Gaismair'schen war.

Anderntags ersuchten wir den Kaplan unter Auskehrung eines Viertelgulden um Gebethilfe, damit wir auf unserem schwierigen Weg an der von Aufständischen umwimmelten Bischofsstadt vorbei eingebettet seien in die Gemeinschaft Betender. Noch vor dem Morgengrauen brachen wir auf und verließen in der nächsten Flußschleife den Talgrund. Wir wollten langsam an Höhe gewinnen und die Bischofsstadt unten liegen lassen. Abseits der alten Römerstraße, die nach wie vor den Verkehr zwischen Oberitalien und Tirol trug und von daher das Interesse der Söldner genoß, schritten wir einen unscheinbaren Pfad entlang. Mühsam war der Weg im Dunkeln: einmal steil hinauf, dann atemberaubend hinab, durch den Tobel eines Schußbachs, der zum Glück sommers trocken lag, und langgedehnt in ein Nebental hinein. Sträucher schlugen uns ins Gesicht. Steine rollten und brachten uns ins Straucheln. Felsgries schlüpfte in die Schuhe und rieb die Knöchel wund. Im Halbdunkel schlug ich das Schienbein gegen einen abgebrochenen Ast, der seitlich in den Weg ragte, und ich humpelte eine Weile in die Dämmerung hinein. Dann zeigte sich eine Weitung des Tales auf Sonnenaufgang zu und die Einmündung eines breiten Troges, der wohl von der Rienza sein mußte, jenem wilden Fluß, von dem viele Flößer nur in Ehrfurcht reden; folglich mußte unter uns Brixen liegen; ein weniges noch, und wir würden alle Gefahren hinter uns gelassen haben.

Wenn jeder ein Herr wäre, sinnierte ich über die behaupteten Gründe der unruhigen Bauern und schlug einen heranschnellenden Ast, den Michael vor mir wie eine Peitsche aufgezogen und dann freigegeben hatte, zur Seite, wenn jeder ein Herr wäre, wäre ein jeder ein Diener, und die, die jetzt schon Diener sind, hätten nichts gewonnen. Im übrigen ist es ein Faktum der Geschichte, daß geschieden werde zwischen unfrei und frei; nur der freie Germane galt als mannheilig und teilhaftig am Frieden. Es ist die Welt eben ein gottgewollter Ordo, führte ich meine Gedanken weiter und gedachte des alten Ettaler Abtes, als ich fremde Stimmen vernahm und ein Rutschen und Schnauben. Rasch schritt ich aus, um zu Michael aufzuschließen. Die Stimmen wurden deutlicher, steigerten sich zu unterdrückten Rufen. Der Pfad bog um eine scharfe Ecke. Es wurde heller. Die Büsche gaben mehr Raum frei. Pferde schnaubten in irgendeinem Versteck. Ich hatte Michael aus den Augen verloren und hastete vorwärts. Ein wütender Schrei kam von vorn. Schneller. Ein Peitschenknallen. Klatschen. Ich stürzte auf eine Lichtung zu. Da traf mich ein Schlag von schräg seitwärts. Ich knickte ein. Brennend bohrte sich etwas in meine Seite. Schreie ringsum. Viele Beine. Staub wirbelt. Schwerter klingen. Befehle ertönen. Steine knirschen. Ein Hund bellt. Es wird dunkel; es wird Nacht.

Flammen fressen sich in den Himmel, der um seine Mitte kreist und als wirbelnder Schlund die Schnüre der Sterne in sich hineinsaugt wie der Abgrund der Höllentalklamm das Wasser. Alles muß durch diesen rotierenden Trichter, zerlegt in die kleinsten Bestandteile, als ob alles Große eine Beleidigung für die Sinne wäre, zerlegt, zerlegt, zerlegt, ins Kleinste, ins Kleinste, ins Kleinste, und die Töne sirren in Höhen, wo Äolsharfen mit Sirenen wetteifern, den Odysseus ins Verderben zu reißen. Es ist, als ob die Töne selbst zu Sägen würden, die von einem Dutzend Bauern gezogen den Stamm in Scheiben schnitten. Bohrten sich im Hirn fest, diese Töne, und fraßen von innen her den Kopf hohl. Zerlegt, zerlegt, alles zerlegt vom Wirbel des Wahnsinns, der im hohlgefressenen Schädel tobt wie ein Wirbelsturm über dem Toten Meer – Wirbelsturm, Gelobtes Land, Fischer brav und dumm, Sohn Gottes, am Rande der Wüste, See Genezareth, oben am Jordan, wo das Wasser noch süß, ein Boot im Wasser, ein Boot im Sturm, wo ist Jerusalem, habt ihr den Glauben nicht? Glauben! Löscht Flammen. Stopft den Schlund. Gibt Frieden. Heilt.

Ich blinzelte und blickte durch einen dichten Nebelschleier in Michaels besorgte Augen, drang hinein in das fragende Hellblau unter den rotblonden Brauenbüschen, durchdrang die Nebel allmählich, sah klar und spürte einen ziehenden Schmerz in der Seite unterhalb des letzten Rippenbogens.

»Der Herr ist mit dir«, lächelte Michael. »Die Lanze hat dich durchbohrt wie ein Fleischerhaken das Lamm und hat nur Fleisch verletzt und nichts von den Gedärmen und anderen Weichteilen, die ganz in der Nähe liegen. Auch ist dir das Bein zerbrochen, leider der dicke Knochen; es wird dauern, bis dein Schienbein dich wieder trägt.«

»Wie lange liege ich?«

»Vier Tage. Es sind die schlimmsten gewesen für unseren Gastgeber. Der dich pflegt, hat deine Wunden zu verantworten und ist kein Geringerer als der Hauptmann der Aufständischen, der Gaismair ist's, Michael getauft, obgleich ich nicht glaube, daß

›er ist wie Gott‹ oder wenigstens den Teufel besiegt; ist eher selber einer, allerdings mit Herz, denn als er von dem Unfall erfuhr, hat er dich trotz mehrerer Gefahren herüberbringen lassen auf die Rienzer Seiten und herauf in dieses fernab gelegene Tal, um dich zu pflegen. Er vermöcht's nicht, einen deutschen Benediktiner zu töten, hat er mir gesagt, es brächte Unglück, sei genug Unbill jetzt damit, daß du tief getroffen seist. Er zittert vor dem bösen Omen. Stell dir vor, es bröckeln ihm die Freunde weg, und hat der Erzherzog gestrigen tags das gesamte Stift in seine Verwaltung nehmen und dem Bischof Sprenz die geistlichen Belange überlassen können. Und der Gaismair zittert.«

»Mich zittert auch. Es ist wohl Fieber in mir?«

»Und wie, mein Freund. Ich glaubte schon, dich dem Herrn anvertrauen zu müssen. Ein Stöhnen war's und Umeinanderwerfen auf dem Krankenlager, zum schlimmsten Fürchten; und wie du geschwitzt hast allerweil, als ob du eine Salzwasserquelle werden wolltest. Als dein Puls ging wie das Züngeln einer Schlange, rasch und flach, dabei ein Glühen in deinem Körper lag wie im Holzköhler, habe ich dir das Sakrament gespendet, damit du nicht hinscheidest ohne Ölung.«

»Wo ist der Gaismair jetzt?«

»Er ist mit den meisten seiner Männer zurück; denn obwohl der von ihm geleitete Ausschuß beschlossen hatte, Brixen an den Herzog auszuliefern, hält er noch die Brixner Hofburg und will verhandeln mit Landständen und Hofrat, weil es seine Sendung ist, zu mehr Gerechtigkeit zu kommen in dieser Welt.«

»Er ist gegen die gottgesetzte Obrigkeit und hat den Bischof verraten.«

»Das schon.«

»So sorge, daß du dein Verständnis mäßigst, Michael; es ist schlecht, für einen Verräter Partei zu nehmen.«

Darauf antwortete Michael nichts mehr, und ich weiß nicht, ob aus Billigung meines Tadels, den ich sehr ernst gemeint hatte. Es wäre mir gar nicht in den Sinn gekommen, die fürstliche Herrschaft oder gar die Macht des Bischofs in Frage zu stellen. Was von den Herren kam, war gut; hieran gab es nichts zu rütteln. Wie hätte ich auch, bar jeder Erfahrung, aufmüpfig sein sollen? Wenn es die Jungen sind, ist viel Torheit dabei, und bei den Alten paart sich selten die Erfahrung mit Mut. Und ein Tor, das darfst du mir glauben, war ich nicht.

Aber meine Anschauung erhielt eine Spur Nachdenklichkeit, als ich den Gaismair kennenlernte. Es war zwei Wochen später. Meine Genesung war vorangeschritten, ich saß vor der Hütte in der Sonne und betrachtete die zerklüfteten Felsenberge, als ein hagerer Mann mit schwarzbraun-dünnem Vollbart und geschorenem Haupt vor mich hintrat.

»Nicht Verrat war mein Anliegen, gelehrter Herr, als ich mich an die Spitze der Bewegung setzte, sondern ich wollte das Nützlichste tun, was in der Sache getan werden konnte, nämlich den Aufstand unter Kontrolle bringen und den springenden Bach ins rechte Bett geleiten. So habe ich das Volk bald zerstreut und heimgebracht, gut Ordnung und Regiment vorgenommen und männiglich Frieden und Recht erhalten.«

»Du also bist der Gaismair«, sagte ich und blickte in dessen unstete Augen.

»Der bin ich. Und du bist gelehrt und kennst die Welt. Dann schau, ob du Gerechtigkeit findest hier in Tirol. Du wirst aber nicht. Dann mußt du einschlagen in meine Hand zum Zeichen, daß du meine Gedanken für gerecht hältst dagegen, denn ich will nichts, als daß zur Ehre Gottes der ganzen Gemeinde geholfen würde.«

»Wie kannst du gegen die Obrigkeit agieren und das gerecht finden wollen? Gott hat Landesherren und Bischöfe als seine Statthalter eingesetzt, damit sie das irdische Gut verwalten und den gemeinen Mann Maß halten lernen.«

»Ja siehst du nicht, daß ein Mißbrauch ist bei den Statthaltern allüberall? Selber schlemmen's und leben wohl, den Gemeinen aber treibt's die Preise und drückt's die Löhne. Ist es nicht so, daß wir alle Adams Kinder und Christenleut sind und daher gleichmäßig Schwestern und Brüder in der Liebe Gottes?«

»Die Liebe Christi wägt nicht nach Ämtern und Pfründen, auch belohnt Christus den, der gibt; doch er bestraft nicht den, der hat.«

»Ich habe selbst über viele Jahr' versucht, das alles trefflich zu verstehen und getreulich gedient dem Bischof als Sekretär; aber wie soll man der Obrigkeit recht geben, wenn sich alles auf Bauern und Bürger schlägt? Da werden immer neue Abgaben an die Grundherren erfunden und Zölle eingeführt, Steuern und Fron erhöht und durch die Pfründner soviel Wildschaden angerichtet, daß der gemeine Mann gar nicht zum Jagen kommt, auch wenn er dürft'. Ganz schweigen möcht' ich davon, daß uns sogar das Holzschlagen eingeschränkt wurde. Und wenn, wie in den Mißernten vor ein paar Jahren, der Wein mißrät, dann nimmt das Stift seinen Zehnten nicht vom Faß, sondern verlangt ihn in Gulden, die man sich nur gegen Wucher besorgen kann. Und überhaupt ist der Zehnte bei uns seit Jahr und Tag die Hälfte von allem, in schlechten Jahren sogar darüber. Wenn bei alldem die Trientiner ihren überschüssigen Wein halb geschenkt nach Nordtirol schaffen und uns Kundschaft rauben, bringt die ganze tägliche Plackerei kaum noch einen Hirsebrei ein. – Glaub mir, ich hab' lang gesucht nach einem richtigen Weg. Es geht nur mit einer Landordnung, die den gemeinen Mann leben läßt und der Obrigkeit nicht mehr gibt, als sie braucht, die den Zehnten als Zehnten festsetzt und aufteilt zwischen Gemeinde und Regierung.«

»Wieso sagst du das mir, den du hast verwunden und verschleppen lassen?«

»Es war ein Unfall. Meine Söldner haben euch verkannt und für Büttel des Sprenz gehalten; das mit der Lanze war unsanft, doch ohne Tötungsabsicht, aus Eifer eines Unerfahrenen. – Du sollst genesen und dann deines Weges ziehen; Gaismair schädigt keinen Kleriker. Es sollten füran alle Pfaffenpfründen, Kapitel und Stifter, Mönchs- und Nonnenklöster in solcher Gestalt und Meinung verharren, daß man die Geistlichen, so sie jetzt vorhanden sind, an Leib und Leben nicht beleidige, sondern bleiben lasse ihr Leben lang und die selbigen ziemlich erhalte, doch nach ihrem Abgang an derselbigen Statt keine mehr einsetze, sondern sich begnüge mit soviel Priestern je Gemeinde, wie die Pfarre groß ist. Dann wird es das Übermaß nicht mehr geben, sondern ein Gutmaß für alle. – Ich aber will, daß meine Gedanken hinausgehen und gewogen werden von gelehrten Männern wie dir, damit sie nicht verloren gehen, sondern der Welt helfen.«

»Dein Wort klingt nicht so übel, wie man bei deinen Taten meinen könnte, allein, es fehlt deinen Beweisen an der Beiziehung von Autoritäten; wenn du keinen findest, der deine Meinung in guter Tradition niedergelegt hat, wirst du weiterhin leichtgewichtig bleiben.«

»Nennst du das Gelehrtsein, daß man alles schon geschrieben finden muß?«

»So hat es gute Tradition.«

Gaismair antwortete mit einer unwirschen Handbewegung.

»So, wie ich es dir dargelegt habe, ist es längst niedergelegt in meinen Vermerkungen die Ordnung über alle Beschwerungen des Lands betreffend, und werde ich in wenigen Tagen dem Hofrat zu Innsbruck entsprechenden Bericht erstatten.«

»Du willst zu deinem Herrn gehen?«

»Lange habe ich gezögert in diesen Tagen, aber ich glaube wohl, daß es das Beste ist, mit dem Fürsten dem Land eine neue Ordnung zu geben, so, wie ich es immer wollte; Gerechtigkeit, aber keinen Aufruhr. – Und damit ich im Frieden bin mit meinem Glauben, möchte ich deiner Verzeihung sicher sein; es ist allerweil gut, einen Gottesmann als Pfand am Herzen zu tragen.«

»Möge der Herr dich von deinen Irrtümern befreien. Ich bin kein Rächer und kein Zürner; für mein Teil sei dir vergeben.«

Wir blieben bis in den Oktober hinein auf der Einöd fernab vom Eisacktal und sahen Gaismair nicht wieder. Nach unserem Gespräch hatte er die Gegend verlassen und war bald darauf der Einladung des Erzherzogs nach Innsbruck gefolgt, dortselbst aber keineswegs zu seinen Vorstellungen von der neuen Landordnung befragt, sondern verhört worden wegen der Klosterplünderungen und sonstiger Hinterziehung geistlichen Vermögens. Als Gaismair sich anschickte, die vorgeblichen Schäden zu besichtigen, wurde er unter Arrest genommen und in einen Innsbrucker Kerker verschleppt. – Damals gelang dem Aufständischen, der sich so offensichtlich nicht als Aufrührer empfand, noch die Flucht; später faßten ihn die heimlichen Häscher des Herzogs irgendwo in Graubünden und meuchelten ihn hinterrücks. Und wäre ich im Jahr 1525 nicht so unbedarft und brav gegen jede Obrigkeit gewesen, wer weiß, ob ich ihm nicht bessere Unterstützung – wenigstens im Wort – hätte angedeihen lassen. Er war, wenn man's recht bedenkt, ein Menschenfreund und Advokat der Armen und hat in manchen Dingen nur etwas zuviel geträumt.

»Ach was«, brummte Johann beinahe mißmutig, »wenn man ehrlich ist, muß man zugeben, daß der Gaismair mehr Wahrheiten gesagt hat als Herzog und Bischof zusammengenommen. Doch damals galt mir das Amt noch als Adel aus sich selbst. Ich hatte noch nicht begriffen, daß längst der Adel unbesehen seiner Fertigkeiten die Ämter erhielt. Und ich hielt den Ordo der Welt für unantastbar, gleichsam für heilig. Wie, Ursinus, wie hätte ich da dem Gaismair mehr entgegenkommen können, als ich es tat? Immerhin gewährte ich Verzeihung.«
Ursinus legte seine Hand auf Johanns Schulter wie zur Beschwichtigung.
»Du hast dir nichts vorzuwerfen, und es ehrt dich, daß du heute, im Abstand von über sechzig Jahren, dem Gaismair soviel Gerechtigkeit widerfahren läßt, wo doch, recht eigentlich betrachtet, alle diese Bauernführer, nicht nur der Gaismair, sondern auch der Florian Geyer und der Thomas Müntzer, noch heute als Aufständische gelten, die von den Fürsten zu Recht besiegt worden seien.«
»Sie haben sich aufgelehnt gegen die Ordnung in der Herrschaft, und das dulden die Mächtigen zu keiner Zeit. Aber ich weiß heute, daß Gaismair eine wirkliche Not der Menschen geschaut, daß er wahrhaftig nach Wegen gesucht hat, diese Not zu lindern, daß er eine ehrliche Seele gewesen ist. – Damals aber konnte ich

ihm nicht gerecht werden. Ein treuer, braver Streiter für Gott und die Kirche war ich, ein gelehriger Schüler des Doktor Eck.«

»Aber du hast deine Lehren gezogen«, munterte ihn Ursinus auf. »Heute hilftst du den wehrlosen Verfolgten und bist einer, der Hoffnung sät.«

Johann winkte ab.

»Noch, lieber Ursinus, habe ich mich nicht angezeigt als Anwalt der Hexen, und ich weiß wirklich nicht, ob ich den Mut dazu aufbringe. Wenn ich nur daran denke, packt mich die Angst, und es ist mir lieber, dir weiter aus meinem Leben zu erzählen, als über die Zukunft in Germischen zu sprechen.«

»Ich bin begierig auf deine Abenteuer, zumal du so spannend zu erzählen weißt.«

Johann lächelte und setzte gerade an fortzufahren, wie er mit Michael, als die Gerüchte über die Gaismairsche Flucht aus dem Innsbrucker Verlies immer deutlicher wurden, geführt von dem Bergbauern, der sie klaglos bewirtet und versorgt hatte, über steile Pfade hinunter nach Wolkenstein gestiegen war.

Schon wollte Johann die Stimmung in dieser hingeduckten Stadt unter dem großen Berg sowie eine wundersame Begegnung schildern, als es an der Zellentür pochte, und ein schüchterner Novize mit einem Botenpäckchen eintrat.

»Der Postmeister schickt mich, Euch dies zu überbringen.«

Er verneigte sich, reichte Johann die Sendung und ging hinaus.

»Danke«, sagte Johann noch, dann war die Zellentür geschlossen. Es war ein schwerer, in dickes Pergament eingewickelter Brief, den Johann in Händen hielt, gesiegelt zu Ingolstadt an der Universität mit einem etwas abgewandelten Sigillum als früher, aber doch deutlich als das jesuitische Petschaft zu erkennen. Johanns Hand fing an zu zittern.

»Meine Brüder vergessen mich nicht«, murmelte er, doch das Lächeln dazu fror ihm ein. Mühsam brach er das Siegel auf, klappte hastig den Umschlag um, der starrig, aber sicher den Brief verwahrte, den sein Nachfolger auf dem Lehrstuhl für kanonisches Recht unterzeichnet hatte.

»Gesegnet seist Du, Bruder und Freund, der Du unserem großen

Vater, dem heiligen Ignatius, von erster Stund an ein treuer Begleiter warst und uns dahier zu Ingolstadt ein wackerer Kämpfer gegen Unglauben und Nachlässigkeit. Wir wissen Dich alle immer noch als unser Vorbild und unseren unerschütterbaren Verbündeten im Kampf gegen die allenthalben zu beklagende Häresie, und wo immer wir vor schweren Fragen stehen, gedenken wir Deiner und legen, so Du noch die Kraft dazu finden magst, Dir gern das eine oder andere Fragstück vor.«

Es folgten an die drei Seiten gelehrter Ausführungen über dies und das, allesamt durchsetzt mit lobhudelnden Worten gegen Johann, ehe der Ingolstädter Doktor es wagte, auf die Sache zu sprechen zu kommen, die einzig Anliegen des Schreibens war: der Hexenprozeß zu Werdenfels.

»In diesem Zusammenhang ist uns zu Ohren gekommen, daß Du Dich mit der Absicht trägst, Dich als Hexenadvokat zu gerieren. Du weißt, Bruder, wie wenig es üblich ist in solcherlei Verfahren, daß ein Verteidiger auftritt während des heimlichen Prozesses. Du solltest warten bis zur Urteilsverkündigung; da hat es gute Sitte, einen Verteidiger aufzustellen, und sicher bist Du dort der beste, den man sich denken kann.

Jetzt wirst Du vielleicht einwenden, jeder habe Kenntnis von dem Umstand, daß bei Eröffnung des endlichen Rechtstags das Urteil schon feststeht und kein Verteidiger mehr dem Angeklagten helfen kann. Bei so einem Schaustück brauche man sich nicht mehr barmherzig zu zeigen. Gottes Gerechtigkeit verlange den Verteidiger von Anbeginn an, auf daß er Einfluß nehme auf die Verhandlung und zu gerechten Ergebnissen verhelfe. – Wir haben diese Einwände oft erwogen, und aus einer nur weltlichen Sicht haben sie sogar einiges für sich; aber Du weißt selbst mehr als die meisten, wie sehr es auf die Beseelung des Ganzen ankommt. Der beseelte Verteidiger wird noch am Ende des Verfahrens, so es einmal wirklich – und ganz ausnahmsweise! – auf eine fehlerhafte Untersuchung und einen ungerechten Abschlusse zulaufe, rettend eingreifen können. Der Gang der Untersuchung soll aber, so ist es die Einsicht der heiligen Kirche seit unzähligen Jahren, nicht vor der Zeit gestöret werden. Niemals könnte ein Verteidiger, nicht einmal Du, der Du zu den größten Kennern der rechtlichen Materie gehörst, die Inquisition in ihrer Gesamtheit verstehen, und sein Hinterfragen, seine Anträge und Erinnerungen, das alles hielte den Karren der Gerechtigkeit nur unnötig auf und gebärdete sich als eine Behinderung göttlicher Gerechtigkeit, die gerade einem so frommen Manne wie Dir Übelkeit verursachen müßte.

Wir alle wissen um Deine Verstandeskraft, weshalb ich sicher bin, daß Du dem Prozesse fernbleibst, bis gegen die Verkündung hin Dich die Obrigkeit ersucht, den Platz des Verteidigers einzunehmen dergestalt, wie ich es Dir aufgezeigt habe. Zu diesem Behufe schließen wir Dich in unsere Gebete ein und erhoffen von Dir nur beste Nachrichten.

Solltest Du aber, was keiner wünscht, zur Unzeit zu Germischen tätig werden, müßten wir einen Befehl gegen Dich erwirken und Dich unmittelbar auf Deinen Gehorsam verpflichten.«

Johann schleuderte den Brief zornig in die Ecke.

»So also haben sie es sich gedacht! Eine kleine Drohung, und schon zittert der alte Bruder in seiner Zelle und kuscht! – Nein, nicht mit mir!«

Er stand auf und ballte die Faust.

»Jetzt, Ursinus, jetzt können die unschuldigen Weiber auf mich zählen. Nicht mein Mut wird ihnen Hilfe bringen, sondern mein Trotz!«

»Ich stehe dir bei«, bekräftigte Ursinus ein bereits abgegebenes Versprechen und reichte Johann die Hand.

Dann gingen sie zur Vesper, versanken jeder für sich in Gedanken über Vergangenheit und Zukunft, hingen ihren Hoffnungen und Ängsten nach, suchten einander mit den Augen im Dunkel der Kapelle und wußten, sie würden die folgende Nacht im Gespräch zubringen; Johann wollte die Gegenwart vergessen und weitere Kraft aus der Vergangenheit schöpfen, Ursinus wollte endlich den alten Freund ganz und gar kennenlernen. Und kaum war die Andacht vorbei, führte Ursinus Johann in die Zelle zurück und bat, weiter von der Reise nach Rom zu berichten. Er bat nicht vergebens.

# Zweites Buch

# Der Tempel des Herrn

# Von betörender Gaukelei

Das Gerede ging, im ganzen südlichen Tirol, sowohl das Eisack- als auch das Etschtal hinauf und hinab bis zumindest Bozen sei Unruhe wegen der innsbruckischen Flucht des Gaismair und benähmen sich die herzöglichen Söldner ruppig. Verunsichert wegen des langen Aufenthalts bei dem Gaismairfreund oberhalb Wolkenstein wollten wir sicher gehen und mieden das Tal vom Brenner herunter. Allerdings galt der Weg über das Sellajoch, vorbei an gewaltigen Felsblöcken in schwindelnder Höhe und hinunter in beklemmende Täler, in denen reißende Flüsse tosten, als schwierig und anstrengend. Man hieß es vernünftig, den Weg zu mehreren zu machen, auch um gewappnet zu sein gegen mancherlei eingenistetes Raubrittertum in den schmalen Seitentälern des Avisio. Doch es fand sich in dem abseitigen Dorf keine geistliche Wanderbegleitung, im Gegenteil: Das Ansinnen zweier deutscher Mönche, sich auf diesen beschwerlichen Weg zu machen, rief Belustigung hervor und reizte die derben Männer, den jungen Mönchen möglichst vielfältige Gefahren aufzuzeigen, die drohen könnten auf dem Weg, der durch das Revier hungriger Bären führe und bekannt sei für den braunscheckigen Trentiner Wolf, eine beißwütige Bestie, die nicht davor zurückschrecke, Menschen sogar hellichten tags anzufallen. Zu anderen Zeiten wie in anderen Umständen hätten wir uns gleichwohl kaum ins Boxhorn jagen lassen, aber noch schien es nicht ratsam, mein Bein allzu stark zu belasten, und auch die mühsam verheilte Leistenwunde gebot weitere Nachsicht.

So verweilten wir drei Tage in Wolkenstein, ehe wir beschlossen, zur Not auf eigene Faust den Weg zum Sellajoch hinauf zu nehmen, und am Abend unser Ränzlein schnürten, um mit dem Hahnenkrähen aufzubrechen. Da sprach uns ein wildbärtiger Hüne an.

»Ihr wollt den Avisio gehen? Bis Trient?«

»So haben wir vor.«

»Könnt ihr denn ein Schwert halten?«

»Wir fechten passabel mit dem Degen.«

»Es soll nicht verkehrt sein, einen Zugang zu Gott in der Nähe zu wissen. Wir könnten uns zusammentun.«

»Bist du allein?«

»Nein, mein Bruder und meine Schwester werden uns begleiten.«

»Bruder und Schwester?«

»Ja.«

»Was macht ihr?«

»Wir sind die Herzerfreuer für die Menschen, weil wir als wandelnde Kuriosa die Neugierde anstacheln und befriedigen.«

»Was?«

»Wir sind Gaukler. Ein Mißgeschick hat uns hierher verschlagen; jetzt wollen wir zurück in die Ebene des Po und den stolzen Städten das Lachen bringen, Verona, Padua, Pavia, Bologna, Mantua, Cremona, Novara, Mailand, Piacenza, Ferrara, Vicenza, Brescia, Venezia und wie sie alle heißen.«

»Und mit euch sollen wir mitkommen?«

»Wir nehmen euch mit, weil es sonst niemand tut.«

»Er hat recht«, gab ich verunsichert zu. »Wir können es ja versuchen.«

»Gut; wenn ihr mir und meiner Schwester helft, meinen Bruder an schwierigen Stellen zu tragen, verlangen wir kein Wegegeld von euch.«

»Wegegeld?«

»Glaubt ihr, unter normalen Umständen nähme euch jemand umsonst mit?«

»Wir sind bisher gut allein zurechtgekommen.«

»Ja oder nein?«

»In Ordnung, wir helfen deinem Bruder; was fehlt ihm denn?«

»Mit dem zweiten Hahnenschrei treffen wir uns am Friedhofstor.«

Der Hüne schritt davon, ohne meine Frage zu beantworten.

Im Morgendunkel gingen wir auf den Friedhof zu. Kurz vor dem Tor schraken wir zurück von einer Gestalt, die sich keuchend vor uns aufbäumte, beißenden Odem ausspie und mit wildem Fuchteln danach trachtete, uns Ohrfeigen zu verpassen, dabei einen Grunzlaut ausstieß wie von fünf Schweinen und kehlig schnarrte, daß es gar gräßlich anzuhören war. Aber schon hörten wir spöttisches Lachen und sahen den Hünen vom Vorabend auf uns zukommen.

»Es ist in der Tat so, daß ihr jemanden braucht, der sich um euch bekümmert, damit ihr nicht an jeder Ecke die Hosen voll habt.«

»Da war ein Untier«, stammelte ich.

»Wenn er losgelassen, ist er auch eines; aber ich habe meinen Meister Petz gut am Nasenring, und den Fuß hat er in die Fessel geschlagen, auf daß er nur ja nicht davonkomme, denn glaubt mir: ein Tanzbär ist ein kostbar Gut, des jeder sorgsam achtet. – Jetzt nähert euch und begrüßt meine Geschwister.«

Rasso winkte uns heran und überraschte uns erneut, denn der, den er als seinen Bruder vorstellte, war ein gar arger, häßlich anzusehender Krüppel, dem statt Armen nur kleine Stummel aus den Schultern wuchsen und dessen aufgeschwemmten Leib zwei sichelförmige dürre Beine trugen, als sei er eine Spinne und kein Mensch. Der Anblick erbarmte mich heftig und erklärte mir völlig, wieso der Bruder nach Trägern suchte für die arme Kreatur, der ich wortreich mein Mitleid ausdrücken wollte; aber Rasso schnitt mir das Wort ab:

»Onno ist der Glanz unserer Truppe und bedarf keines Mitgefühls; die Menschen geben aus der Gier auf Außergewöhnliches, nicht aus Erbarmen.«

Er hatte noch nicht richtig ausgesprochen, da stieß Michael einen Laut des Entzückens aus. Ein schlankes Mädchen war hinter der Mauer hervorgetreten. Ein Mund von anmutig geformten Lippen; geheimnisvoll schatteten ihre Mandelaugen. Blondes Haar fiel über die Schultern hinab bis auf die Brüste, die sich wölbten unter einer Tunika von nebelleichtem Taft. Es folgte ein verheißungsvoll runder Schwung in die Hüfte hinunter, hinein in Nachtschwärze, denn unterhalb des Nabels war schlicht nichts, aber auch gar nichts zu sehen, so dunkel und eingepaßt in die nächtliche Lichtlosigkeit war der Stoff ihres Rockes.

»Seid empfänglich, ihr Mönche, für Gefion, die Meerjungfrau, das Weib ohne Unterleib, vergeßt euch an sie und dient ihr von nun an immerdar, denn sie ist die Süße und das Licht«, schmeichelte Rasso und juchzte, als er gewahr wurde, in welch verzückter Haltung Michael unentwegt auf das Mädchen starrte.

»Komm zu dir, Mönch, es ist ein Jahrmarkttrick, und das Weib meine Schwester. Faß mit an, damit wir endlich dies elende Wolkenstein hinter uns lassen können.«

Zunächst kamen wir gut voran, und es war erstaunlich anzusehen, wie geschwind Onno auf seinen Sichelbeinen lief. Das Maß gab Rasso vor, der, wenn uns ein kleiner Quellbach allzusehr zum Wasserschlürfen einlud, mit einem herrischen »andiamo« mahnte, nicht zu säumen. Gefion dagegen war eine Augenweide, wie sie schlank und beinahe knabenhaft in ihrer eigens für die Reise gefertigten Kluft dahinhuschte; ein Hemd, wie es sonst nur Männer tragen, verbarg ihre weiblichen Reize und verschmolz mit einer gerade herabfallenden Hose aus gleichem Stoff zu einer fließenden Einheit, geradewegs wie bei unseren Kutten – nur, daß Gefion ihr Gewand viel anmutiger trug. Ihre Bewegung sah stets federleicht aus; das wehende Blondhaar umspielte ihre Körperlinien wie goldener Regen; ihr Lachen perlte, wenn sie wieder etwas entdeckte, das sie erheiterte. Ihre Augen aber, das heitere Blau des morgendlichen Sommerhimmels nach nächtlichem Regen, strahlten im Lachen Michael an, als gelte es, Steine zum Erweichen zu bringen.

Und wir hatten ihre gute Laune nötig, denn als es gegen das berüchtigte Sellajoch hinaufging, zog ein Unwetter auf; viel rascher noch, als die schwarzen Wolken über das Höllental herausjagen können zum Rießersee, sausten sie uns hier von der felsigen Höhe entgegen, als wären sie von den dolomitischen Zacken erst richtig aufgestachelt zu voller Wut und Wucht. Grelle Blitze zuckten. Wie rasende Reiter schoben Wolken nach und zeigten sich bald in giftigem Gelb; kaum war ein Donner verklungen, krachte der nächste. Der Tag ward in Nacht gewendet.

Schon warf der Himmel mit Steinen. – Gräßlich, unvorstellbar gräßlich, Ursinus, was da an Hagelkörnern herabgeschleudert wurde. – Wir rannten um unser Leben bergauf, gegen einen hohen Felsriesen zu, von dem wir uns etwas Schutz an der sturmabgewandten Seite versprachen. Die dünne Luft brannte beim Atmen. Mehrere Hagelschloßen trafen mich an Brust und Bauch. Gefion schrie ängstlich auf. Michael zog sie kraftvoll mit sich. Rasso hatte Onno gepackt und sich auf die Schultern gesetzt, wie manche Leute kleine Kinder tragen. Wenige Meter noch. Ich japste nach Luft. Ein Hühnerei zersprang an meinem Kopf; ich stolperte, ruderte mit den Armen, verspürte kaum den beißenden Schmerz; au, was tat das Atmen weh. Ich fiel nicht. Der Felsenriese war da. An seinem Fuß, wetterabgewandt, fand sich eine leichte Überwölbung. Ich torkelte in die Grotte.
Gefion versorgte Onno, den ein Hagelkorn am Hals getroffen hatte. Michael saß erschöpft auf einem Stein und wandte den Blick nicht von ihr. Bereits hier hätte ich die ersten Anzeichen für den Beginn einer schleichenden Vergiftung erkennen können. Doch bei aller Gelehrtheit war ich unbeleckt von des Lebens fiebernder Zeichnung auf dem Pergament der Geschlechter. Was half da eine traumhafte Begegnung an der abendlichen Abens, wenn einer so jenseits der Fleischlichkeit erwachsen war, daß sich diese in eigenem Erleben nicht annähernd erschließen konnte? Ich hielt das seimige Gallert, das manchmal des Nachts nach heftigen Atemträumen ins Unterkleid floß, nach wie vor nicht für Samen, sondern bloß für die Ausschwitzung des Geschlechts aufgrund einer nahenden Krankheit, die wegen meiner guten Verfassung am Ausbruch gehindert wurde. Mochte ich inzwischen auch wissen, daß ich über einen Dorn verfügte, so verstand es sich gleichwohl als außerhalb jeglichen Tuns für mich, diesen in dem einen Zustand anzufassen. – Wie leichtgläubig, wie unwissend. Im Gegenteil: Weil ich jene Traumbegegnung an der Abens kannte, verwunderten mich Michaels gefangene Blicke nicht. Gefion aber, dieser Hauch von einem Weib, von der Natur mit einem unschuldigen Kindergesicht ausgestattet, tat manchen Handgriff nur, um Michael zu gefallen.

Ihr Lächeln wurde zum Angriff. Ihre Blicke warben. – Heute kann ich das so sagen, lieber Ursinus, aber damals begriff ich es nicht. Und als der schneidende Wind durch unsere kleine Grotte fauchte und die Donner rollten, als wir uns aneinanderschmiegten, um ein wenig Wärme zu erhalten, da ergab es sich wie von selbst, daß Michael Gefion in den Armen hielt.

Am Morgen lud ein heiterer Himmel zum Weitergehen ein. Gefion hüpfte wieder vor uns her wie ein Reh, Onno bewegte sich geschickt auf seinen Sichelbeinen, und Michael und ich folgten Rassos Tempo mit Mühe. Einmal noch hielten wir den Atem an, entlang an einem tiefen Abgrund auf schmalem Pfad, dann nahm uns sanfter Wald auf. Schon war Canazei erreicht, und wir liefen unter dem Hallo der Kinder, die den Tanzbären bestaunten, in das kleine Städtchen am Fuße eines überwältigenden Schneeberges.

»Heute abend Vorstellung, kommt herbei«, rief Rasso mit seiner Baßstimme, und ehe die Dämmerung anbrach, kamen sie alle, die wunderliche Reisegesellschaft zu sehen, die aus einem wildbärtigen Hünen mit Tanzbär, einem zierlichen Mädchen, zwei Mönchen und einem Krüppel bestand. Und ganz so, wie es Rasso behauptet hatte, wurde Onno zum begehrten Mittelpunkt und verblüffte bald alle Neugierigen mit seinen Kunststücken. Seine Füße zeigten eine Geschicklichkeit, die den meisten an den Händen nicht gegeben war. Onno spielte, das war die Einführung in das Ganze, mit den Zehen Schach mit Michael und hielt sich wacker. Ehe die entscheidenden Züge kamen, zwickte sich Onno einen kleinen Löffel zwischen die Zehen und schleuderte durch geschicktes Löffelschnalzen aus einer genau ausgemessenen Entfernung jede gewünschte Figur vom Schachbrett. Wer sich das Abwerfen einer Figur wünschte, mußte dafür einen Pfennig bereitlegen, der nach jedem Treffer an Onno verfiel. Für die Weiber, die sich nun zum Spektakel gesellten, fädelte Onno einen Zwirn in eine Nadel, legte den notwendigen Knoten und heftete irgend eine beliebige Naht. Für die Männer wieder ließ er sich von Rasso einen Humpen Weines auf den Schädel setzen; ohne einen Tropfen zu vergießen, holte er sich mit dem Fuß ein

Glas Wein, führte es geziert wie ein Venezianer an seinen Mund und trank es unter lauten Hallorufen aus. Als Draufgabe warf Onno mehrfach mit dem scharfen Messer nach einem Holzbrett, das Rasso vor ihm hin- und herschwenkte, und traf stets hinein in den kleinen gezeichneten Kreis. Dann ließ Rasso den Bären eine Runde tanzen, ehe er die Männer in das kleine Zelt führte, wo die lüsternen Gaffer auf Gefion trafen mit unverhohlener Freude.

Die Weiber aber schnürten wie Füchsinnen um Michael und mich und fragten, welche Künststücke wir vollbrächten in unserer wundersamen Maskerade, denn daß wir keinesfalls Mönche seien, sei ja wohl eindeutig.

»Doch, doch«, beteuerten wir wie' aus einem Mund und ermahnten die Frauen, sich von allzuviel Lustbarkeit fernzuhalten und lieber zu Hause am Spinnrocken gehörig Fleiß zu zeigen, dem Herrn zu Wohlgefallen.

»Dann seid ihr also Wanderprediger, vielleicht gar von den Wiedertäufern oder wie sich diese Richtung nennt, die nicht gut katholisch gelitten ist«, bohrte eine Neunmalkluge.

Mit Nachdruck verneinten wir dies und erzählten, daß wir uns auf dem Weg nach Rom befänden, um dort unsere Bildung zu vervollkommnen. Das führte nur aufs neue zu Kichern und Keckern bei den Frauen. Schließlich ließen wir es, auf die Wahrheit hinzuweisen, und ergaben uns stumm in unser Schicksal, Weggefährten von Gauklern zu sein.

Überall den Avisio hinab ging es uns wie in Canazei. Da Rasso jedes Geschäft mitnahm, gaben wir in allen größeren Dörfern abends eine Vorstellung und blieben über Nacht. Die Einnahmen stellten die Gaukler zufrieden, die nicht nach der Zeit fragten, welche die Reise in Anspruch nahm. Und auch Michael nahm es ziemlich gleichmütig, daß wir doppelt so lange wie bei anhaltendem Marsch unterwegs waren und Trient erst am Abend des sechzehnten Tages erreichten. Überhaupt Michael: Wie weggeblasen war seine Angst vor der Fremde, ja es bekümmerte ihn kein bißchen, daß es zunehmend schwieriger wurde mit der Verständigung, weil den Avisio hinab kaum jemand

Deutsch verstand und nur die Priester Latein. Er hatte – heute kann ich das so sagen, Ursinus – nur Augen für Gefion. Und sie war bezaubernd. Sie neckte ihn, wenn er still dahinwanderte, sprang absichtsvoll vor ihm hin und her, pflückte Blumen vom Wegrand und hielt sie ihm unter die Nase, lachte und gluckste und benahm sich bei allem so unbekümmert, daß einer wie ich – damals – es nur als ein fröhliches Kinderspiel nehmen konnte. Da war kein aufreizendes Röckehochschlagen, wie es jene Unglückliche getan hatte, die Leopold zum Verhängnis wurde, da war nicht dieses schnell durchschaubare Spiel von Hinschleichen und Weglaufen, mit dem Trud Leopold den Kopf verdreht hatte. Nein, Gefion, die Dame ohne Unterleib, die ihre Apfelbrüste allen lüsternen Männern zur Schau stellte, geizte gegen Michael mit ihren weiblichen Reizen. Sie setzte ihre Unschuld ein.

Man schrieb Allerheiligen. Die Luft roch würzig und mild, schon war Italien spürbar. Die Menschen gebärdeten sich lebhafter, suchten das Zusammensein im Freien. In kleinen Kaschemmen und unter herbstbunten Baldachinen wurde Most getrunken. Lachend stießen die Männer scharfe Messer in geräucherte Schinken und aßen derbes Brot dazu. Die Krüge durften nie leer werden, und an mancher Stelle hatte der Wirt ordentlich zu schaffen, um mit dem Nachfüllen nicht in Verzug zu geraten. In Trento war jede Finsternis verschwunden, die zu Brixen und Tirol geherrscht hatte, und ausgelassen begrüßten Männer und Weiber die Gaukler, stachelten Onno zu neuen Kunststücken an und bewunderten den schnaubenden Bären.
Rasch schwoll Rassos Säckel. Verständlich, daß er keine Eile hatte, die Stadt zu verlassen. Mir stand zwar der Sinn nach Weiterziehen, doch schlich sich mit der zunehmenden morgendlichen Feuchtigkeit Wundschmerz in meine Leiste und pulste bei längerem Gehen das Bein, so daß ich der Schonung bedurfte. Auf diese Weise gelangten wir etwas verbremst das sanfter werdende Tal der Etsch hinunter nach Verona, wo sich nach Rassos Ratschluß endgültig unsere Wege trennen sollten. Den Bärtigen zog es nach Venedig, welche reiche Stadt bekannt für ihre Begierde

nach Unterhaltung war, während wir uns auf Mantua, Modena und Bologna zubewegen mußten, um den Apennin gegen Florenz zu überqueren; und von dort würde der Weg immer noch ein weiter sein.

Rom wartete, und meine Ungeduld wuchs. Michael aber mochte sich nicht von Rassos Truppe trennen, und ich schöpfte keinerlei Verdacht. Zu meiner Verwunderung überzeugte er Rasso, daß es gewinnbringender sei, sich der Stadt der Dogen erst im Februar zu nähern, wenn dort Karneval gefeiert werde – diese zuchtlose Zeit, da sich die Edelleute verkleideten –, denn in diesen Wochen regiere die Gier nach Lustbarkeit die Königin des Adriatischen Meeres und sitze der Dukaten lockerer als jemals sonst. Jetzt aber sei die richtige Zeit für die kleineren der südlichen Stolzen, bringe die Gauklerkunst in Mantua, Modena und Bologna die rechten Silberlinge und lohne vielleicht gar ein Ausflug über die Berge zur Stadt der Medici, die allemal für geil auf Belustigung gehalten werden könnte. Rasso solle nicht ungeschickt sein und zu rasch nach der Meeresbraut im Osten schielen, die sich später viel feiner herausputze für die Künste des unvergleichlichen Onno, sondern geruhsam quer über die Poebene ziehen und sich von Steigerung zu Steigerung die Welt erlaufen, damit im Karneval der Höhepunkt erstehe.

Ach ja, der Rasso war schlau, aber einfach, und wenn man mit dem Speck nach der Wurst warf, fraß er ohne Zweifel beides, ohne nachzudenken.

So glitt unser Troß weiter nach Süden in die Verstrickung zweier Herzen hinein, die sich einander heimlich öffneten, weit öffneten, bis eines Nachts – Guastalla hieß das Städtchen am Ufer des Po, das wir abends mit unseren Kunststückchen erfreut hatten – die spitzen Lustschreie derer, die nach der altnordischen Meeresgöttin »die Spenderin« hieß, uns alle aus dem Schlaf rissen. Alle drei mochten wir nicht glauben, was wir hörten. War nicht Gefion bisher die Sanftmut selbst gewesen? Eine leise, zurückhaltende Elfe, gar nicht von dieser Welt, und deshalb zur Dame ohne Unterleib geboren, weil sie scheinbar wirklich über keinen solchen gebot?

Unglaublich: es war Entzücken, was in abgehackten Stücken aus ihrem Munde drang; Perle an Perle jeweils ein Ton der Freude. Ein schmelzendes Schnaufen. Geraunte Jaworte dazwischen. Dann wieder »Ohs« und »Ahs«, die in ihrer Schrillheit und Unduldsamkeit gegen andere Töne einmalig klangen.

Da röhrte Rasso mit einemmal wie ein brünftiger Platzhirsch gegen einen Sechsender.

»Seid ihr des Teufels!«

Er sprang hinüber an Gefions Lager. Dort riß er das Laken von den ineinander verschlungenen Leibern. Er packte Michael am Schopf und zog ihn halb hoch. Der wehrte sich nicht und fiel, als ihn Rasso losließ, wie leblos zurück. Erschreckt und eingeschüchtert lagen die beiden und hielten sich aneinander fest. Die durchlebte Lust war ihnen anzusehen, die ihre Poren geglättet und sie beide verschönt hatte. Da halfen kein Zorn, kein Wüten, Toben und Schreien: sie hielten sich inniglich, nackt wie sie geschaffen waren, und schwiegen den rasenden Bruder an. Es dauerte eine geraume Weile, bis sich Rassos Stimme sänftigte. Dann saßen sie stumm im Kreis, und Michael bedeckte die Wangen der Holden mit Küssen.

»Gib mir, Rasso, deine Schwester zur Frau! Noch heute lege ich die Kutte ab und suche als einfacher Gelehrter in einem dieser Städtchen mir meinen Unterhalt zu verdingen, auf daß es Gefion niemals am Notwendigen mangle. Und wann immer du des Weges kommst, stehe ein Festmahl bereit. Fürs erste aber will ich dir über den Verlust hinweghelfen, den das Fehlen der ›Frau ohne Unterleib‹ bereitet, und dir von meinen Gulden geben, damit du einen weiteren Höhepunkt in deinen Gauklerreigen wirst einreihen können zur Belustigung der Leute.«

»Bis in den venezianischen Karneval hinein sollt ihr bei mir bleiben«, entgegnete Rasso ernst, »auf daß ich getreu deinen eigenen Worten die Fülle der adriatischen Dukaten spüre; dann mögt ihr frei sein.«

»Und die Oberen?« fragte ich Michael entsetzt.

»Ich werde um Dispens sie bitten lassen durch dich, mein Freund. Willst diesen einen Dienst du mir erweisen?«

»Wie soll ich?« entgegnete ich leise und weinte. »Du weißt doch, daß du nach Erhalt der höheren Weihen niemals aus dem Orden entlassen wirst ohne Aufnahme in einen neuen.«
Michael nickte und schwieg.

Trostlos der Weg, den ich von Guastalla an alleine ging. Brennender Schmerz trieb mich voran. Ich hatte nicht die Kraft zu verweilen oder gar zurückzublicken. Was habe ich die Weiber verwünscht in diesen Tagen. Die lüsterne Brunft ihrer runden Leiber habe ich ebenso verflucht wie die Zartheit ihrer Stimmen. Und wenn ich anschrie gegen den harten Wind im Apennin, dann aus Wut über den Verlust. Oder aus Zorn auf die Hexe Gefion. Ja, Hexe gewiß, denn nur teuflisches Werk konnte es vermocht haben, Michael vom rechten Weg abzubringen. Und alles, was je gegen die Weiber geschrieben stand, kam mir in den Sinn und vermengte sich mit meiner Wut und Enttäuschung. Wie recht hatte Paulus, der sagte: »Ein Mann tut gut, überhaupt kein Weib zu berühren.« Denn die Frau ist der Abglanz des Mannes, um dessentwillen die Frau geschaffen sei, und daher, so sagt es Thomas von Aquin, dem Manne untergeordnet, ja, von Natur aus ein unterwürfiges Wesen. Verteufelt bist du, du verführerisches Geschlecht! Glühende Degen wünschte ich mir, Gefions Leib zu durchbohren, damit dieser stinkende Seidensack sein wahres Ich gegen den Freund offenbare. Und in einer schlimmen Zornesanwandlung schlug ich blind und besinnungslos gegen den Stamm einer Korkeiche, bis meine Fingerknöchel aufplatzten.
»Sei verflucht«, schrie ich wieder und wieder und schwor, im Weibe stets den Feind zu sehen.
Doch mit der Zeit milderte sich meine Wut, und wenngleich ich mehr als einmal aufbegehrte gegen das Eintreten der Frau in die Schöpfung, wandte sich mein Hadern allmählich gegen Michael, der mich so im Stich gelassen hatte. Hatte nicht schon Jesus Sirach gesagt, mancher sei ein Freund je nach der Zeit und halte am Tag der Not nicht stand? Mußte ich Versuchung und Not nicht unbedingt gleichsetzen, weil es das eine wie das andere auszuhalten gilt für Freunde? Wieso mußtest du, Michael,

so maßlos sein? Du hast mich enttäuscht! Abwatschen möchte ich dich, zurückrufen zur Vernunft dein aufgeweichtes Gehirn und dir den Stachel ziehen, mit dem du dich verhaktest in fremdem Busch. Ja, Schellen auf Schellen stünde deinen Backen wohl an, bis du rotgedroschen zur Einsicht kommst.

»Du warst so gemein!« brüllte ich mit der Wut eines Ochsen an der Schlachtbank. Unsinnige Laute plärrte ich gegen den Wind, immer nur weiter mit dem zornigen Geröhre, bis der Sturm alle Töne dieser grantigen Ohnmacht davongerissen hatte über wilden Faltenwurf des Apennin und nur Tränen zurückließ, Tränen, die in der steifen Brise erkalteten und schmerzten, ehe sie davonstoben.

»Meinen innigsten Freund habe ich da verloren, oder beinahe verloren, denn späterhin – aber das gehört jetzt wirklich nicht hierher«, winkte Johann ab und legte seine müde Hand auf die Schulter des Freundes.

»Willst du meine Neugier besonders anstacheln und auf diese Weise prüfen, ob ich mich bemäßigen kann, weil es nicht gute Mönchssitte ist, sich von weltlicher Neugier leiten zu lassen?« neckte Ursinus und wußte wohl, daß dies die Erzähllaune des Alten heben konnte.

»Es ist kein Fehler, wenn ein Redner durch Andeutungen eine Spannung aufrechterhält, um sich der Aufmerksamkeit der Zuhörer zu versichern«, erwiderte Johann lächelnd, »aber über diesen Kunstkniff hinaus ist es geschickter, dir unmittelbar den Anschluß zu erzählen, ehe ich dich mit wilden Sprüngen durch mein angefülltes Leben verwirre. Und da du zu hören begehrst, wie es sich ergeben hat, daß ich den Brüdern Benedikts den Rücken gekehrt und ein Mitglied der Gesellschaft Jesu geworden bin, muß ich weit zurück in die Vergangenheit. Bis zu meinem ersten Aufenthalt in Rom muß ich zurück, denn dort sind die Wurzeln gelegt für meinen späteren Antrieb, dem Iñigo de Loyola zu folgen.«

»So säume nicht«, spornte Ursinus den alten Mönch an, »mir alles zu erzählen.«

# Die Ewige Stadt

Die Via Ostiense zeichnete sich durch eine Umtriebigkeit der Menschen an ihren Seiten aus, wie ich sie noch nicht erlebt hatte; der Weg von Roms Hafen zur Stadt hinauf mutete wie eine stete Steigerung an zur Vorbereitung des Reisenden auf den »Nabel der Welt«, in welcher Metropole jeder Bürger im Bewußtsein seiner einzigartigen Freiheit und des überragenden geschichtlichen Hintergrundes ein kleiner Fürst zu sein schien. Obgleich ich damals auf dem Fußmarsch von Ostia nach Rom hinauf – soweit man »hinauf« bei einem Höhenunterschied von wenigen Metern sagen darf – nur einen sinnlichen Eindruck erhielt von den Menschen, so spiegelte doch, zumindest wenn ich heute meine ersten Eindrücke von der Stadt auf den sieben Hügeln erwäge, das Verhalten der Menschen in einer erstaunlichen Weise den Zustand des Gemeinwesens: Die Fuhrleute nahmen ihren Weg auf der gepflasterten Straße ohne Rücksicht auf Wanderer und Lasttiere, die Reiter trieben ihre Pferde stur dahin, die Ochsentreiber wichen ebensowenig, und die Schwachen mußten auf der Hut sein bis vor die Stadttore und dahinter nicht weniger.

Aber was für ein Stadttor!

Mächtige Türme ragten auf an der Porta Ostiense, die von Gedenktafeln an viele Triumphe beim Aventin geziert wurde, ein prächtiges Stück im aurelianischen Ring von der Art eines antiken Triumphbogens bei manchen Eigenheiten. Was für eine wehrhafte Stadt mußte dies sein, die sich mit einem Ring umgab, der es, wenn man ihn einmal ringsum abschritt, wohl auf ein Dutzend Meilen brachte, und das gut und gern vier Mann hoch an den meisten Stellen. Wie anders als »Unbesiegbare« mußte man die Ewige Stadt nennen bei dieser Verteidigungsstrotzerei, die sich aufbäumte vor jedem Besucher, egal, woher er kommen mochte? Was für eine Weltstadt, dachte ich vor Porta San Paolo, wie das Ostia-Tor neuerdings hieß, und blickte auf die weiße Pyramide, die mich sofort empfing: Eingewoben in den aurelianischen Verteidigungsgürtel glänzte die gut achtzig Fuß hohe Pyramide aus weißem Carraramarmor und bildete einen verirrten Block aus einer fremden Welt, als habe Gott selbst aufzeigen wollen, wie formenreich seine Schöpfung sei.

Als ich endlich mein Domizil, den Camposanto Teutonico, erreichte, erhielt ich aufgrund meiner vortrefflichen Reisepapiere, die mir Eck verschafft hatte, eine zwar karge, aber lichte Zelle, die mir die nötige Ruhe verstattete für Gebet, Meditation und Studium. – Ruhe. Nichts erhoffte ich mir mehr denn ein Gutmaß an Weltferne für die nächsten Wochen, um mit mir und den vielfältigen Erfahrungen meiner Reise hierher ins reine zu kommen.

Fieber fesselte mich zwei Tage nach der Ankunft ans Bett, und statt die Heilige Nacht in gläubiger Gemeinschaft zu verbringen, litt ich verlassen in meiner Zelle. Schüttelfrost quälte meinen von der weiten Reise gezeichneten Leib, auf dessen Rippen sich kein Gramm Polster fand. Aufbrennendes Fieber preßte Schweiß aus allen Poren, einen übelriechenden Schweiß zumal, der Dünstungen von ranzigem Eberfleisch mit den Gerüchen ungewässerter Saunieren verband und die Unterkleider näßte binnen weniger Minuten. Ich stürzte in einen Fieberwahn, in dem ich hilflos unter brennender Sonne auf ölglattem Meer trieb. Von unten zerrten glitschige Wesen an meiner vollgesogenen Kutte. Stärker und stärker rissen sie, bis der Stoff nachgab. Dann bissen sich winzige Fische mit Klauenzähnen in mir fest. Es kitzelte, stach und kratzte am ganzen Körper, benahm mir die Luft zum Atmen, füllte meine Gliedmaßen mit Blei, zog mich hinab in die Dunkelheit, bis mich die Gnade der Ohnmacht umfing. – Ich erwachte, als mich eine Frau vorsichtig zwischen schwarzen Steinen niederlegte. Sand wärmte meinen Rücken. Das tat gut. Ich schnaufte tief ein. Die Frau lächelte verhalten. Ihr Mund formte eine mitfühlende Frage; ein Mund von nicht zu üppigen Lippen, zurückhaltend rot, mit dem Ansatz von winzigen Fältchen an der Oberlippe, der zeigte, daß dieser Mund viel des Lebens schon beweint hatte. Auf ihren Handrücken zeigte sich Geäder und Sehnenstrang. Ihre Augen glänzten milde, und ich spürte eine Wärme ganz anderer Art als jene des Sandes. War ich eben noch von Grauen gepackt im Meer gerudert, fühlte ich mich nun geborgen. Wie zart ihre Hände gewesen waren, auf denen sie mich getragen hatte. Wie weich und freundlich ihr Gesicht aussah. Was für eine Erhabenheit, was für eine Schönheit von innen heraus. Dieses Weib bezauberte mich, aber es bezauberte mich jenseits der weltlichen Prickelei, die Michael bei Gefion oder Leopold bei Trud empfinden mochte. Nein, da tanzte nicht die vom Teufel grellrot angemalte Verführung durch den Fiebertraum des wahrhaft Keuschen, da schlug nicht die Hurerei mit nacktem Fleisch nach der Unschuld, sondern da vermenschlichte sich die Liebe einer Mutter Gottes und gewandete sich in gottgefällige Schönheit.

Das ergriff mich so, daß ich mich aufrichtete zu meiner Retterin und hineinbäumte in eine heftige Umarmung. Wie sie mich so hielt, schoß das Blut in die Adern zurück und fühlte sich mein Körper wieder im Vollbesitz der Kräfte. Ich war voller Dankbarkeit und berührte mit meinem dürren Mönchsmund sachte die Lippen der Retterin. Es wurde ein unendlich langer Kuß samtiger Weichheit, süßer Wonne und wohliger Wärme!

Langsam löste sich meine Verstrickung, und danach fühlte sich meine Zunge pelzig und wundgerieben an. Das erschreckte mich dermaßen, daß ich sogleich den Traum abbrach, aufwachte und beschloß, stante pede fieberfrei zu sein. – Folglich war ich genesen; nur meiner Zunge blieb ein Rest jener Benommenheit.

Als ich so rasch, wie ich ihr verfallen war, der Krankheit entstieg und mich gesund erhob am siebten Tag des Jahres 1526, sprach ich in der Seitenkapelle von Santa Maria dell' Anima ein heftiges Gebet und bat um Läuterung, damit der Traum von mir abfalle und meine Zunge frei werde von dieser Taubheit. Da ich es trotz inständigen Betens für sündhaft hielt, solch einem Traum, und sei's im Fieber, Eingang in meine Gedanken erlaubt zu haben, machte ich mich auf, in den berühmten Kirchen der Ewigen Stadt Ablaß zu sammeln.

Durch das unübersichtliche Treiben Roms schlängelte ich mich vorwärts zu Sankt Johann in Lateran, das bis vor einhundertfünfzig Jahren die eigentliche Kirche des Papstes und davor der Palast des Kaisers Konstantin gewesen war, und durchschritt die drei nebeneinanderliegenden Pforten. Wer dies mit Andacht und Reue tut, dem werden alle Sündenstrafen erlassen. Und weil ich mich so bedürftig fühlte wie die meisten Pilger und Ablaßsucher, ging ich mit einigen von ihnen nach Santa Croce in Gerusalemme, einer der sieben Hauptpilgerkirchen Roms, die für achtundvierzig Jahre Ablaß brachte sowie Vergebung eines Drittels aller Sünden.

Benommen von der Vielzahl heiliger Reliquien trat ich schließlich ins Freie und irrte ziellos durch die Stadt, bis ich das Ufer des Tiber erreichte und mich dort auf einen Marmorblock setzte, der einmal zu einer römischen Villa gehört haben mochte, und hinabblickte auf den winterträgen Fluß. Während sich unten braunes Wasser langsam dahinschob und an dem vorspringenden Pfeiler einer Brücke einen sachten, mannsbreiten Wirbel bildete, der seine Ränder etwas aufwulstete und in der Mitte eine Vertiefung zeigte, sann ich den letzten Stunden nach und begann mich zu wundern über dieses Tun. Soll es wirklich gottgefällig sein, daß die Menschen hier wie von Schweißhunden gehetzt von Sankt Johann in Lateran über Santa Maria Maggiore, die Kirche vom heiligen Kreuz, Sankt Laurentius und Stephanus, Sankt Sebastian und Fabian nach Sankt Anastasius und von dort zur Kirche des Papstes eilen, um durch genau vorbezeichnete Pforten zu schlüpfen, das Kreuz vor genau markierten Altären zu schlagen und bei alledem zumindest ein klein wenig an Andacht und Reue zu denken? Und wenn sie dann in Sankt Johann aller Sündenstrafen enthoben sind und in den anderen Kirchen zu sechs Malen je über fünfzig Jahre und je für ein Drittel Ablaß erhalten haben, dann können sie so gerüstet vor die Caracalla-Thermen treten und sich anlächeln lassen von den Kurzberockten mit den roten Haaren, die bei jeder willfährigen Geste sich die Mieder von den strotzenden Brüsten reißen, weil sie ja für die nächsten dreihundert Jahre dreifach der Folgen ihrer Sünden ledig sind. Wo bleibt die tätige Reue? Findet sich da Läuterung des Geistes und des Fleisches? – Und ich, bin ich geläutert von diesem Traum? Ist meine Zunge nicht länger pelzig? – Als ich den letzten Gedanken gerade gedacht hatte, erschrak ich heftig über diesen Schwall von Aberwitz, und während ich mich des glaubensfesten Gesichts meines verehrten Lehrers Eck erinnerte, schob ich jeden Gedanken, so er vielleicht ketzerisch, weit von mir und beschloß, an die Geschichten mit dem Ablaß zu glauben.

Während des Vorlesungsbetriebes hielt ich mich gegenüber meinen Kommilitonen zurück, zumal sich unter ihnen mehr Laien befanden als in Ingolstadt Juristerei studiert hatten, und davon viele aus nichtadeligen, gleichwohl vermögenden Kreisen stammten, was zu einer Minderung der Qualität der studentischen Disputationen führte. Doch da ich nicht gänzlich ein Eremit sein wollte, pflegte ich wenigstens eingeschränkt die Freundschaft mit einem Mitstudenten, der sich aus der Allgemeinheit heraushob: Giuseppe Braschi entstammte einer bürgerlichen Händlerfamilie, die sich seit vielen Generationen dem Handel mit Spezereien widmete und gute Kontakte nach Venedig und Genua unterhielt, welche sich nach und nach auszahlten und die Familie zu etlichem Wohlstand gelangen ließen. Das weckte den Ehrgeiz, einen der ihren für hohe Ämter auszubilden, weshalb man Giuseppe für das Studium der Rechte bestimmte, welches zunehmend für eine gute Möglichkeit gehalten wurde, in Fürstendiensten ebenso wie im Magistrat angenehme Positionen zu erlangen. In der Vorlesung über das Strafrecht fiel mir Giuseppe durch seine klugen Antworten auf.
Neben dem studentischen Eifer eignete Giuseppe eine angenehme Erscheinung; kleinwüchsig-drahtig mit klassischem »Schneckerlkopf« – wie die Ettaler lockiges Haar zu nennen pflegten –, versprühten seine schwarzen Augen unter dicht-buschigen Brauen eine aufgeweckte Heiterkeit, die selbst eine so komplizierte Frage zu einem Gutteil ihrer notwendigen Schrecklichkeit entkleidete wie diejenige, wie viele gütliche Versuche

zur Erlangung der freiwilligen Aussage notwendig seien, ehe man mit der territio verbalis beginnen, mithin den Delinquenten zur Folterkammer führen durfte, wo ihm der Henker die Anwendung und Wirkung der Instrumente erklärte.

Das Besondere seiner Wesensart war, daß er nie die Ernsthaftigkeit verlor, die mit den Dingen dieser Welt verknüpft sein mußte, und er trotzdem die Genüsse des Lebens als Gottesgabe hinnehmen konnte, was ich bald augenscheinlich erleben durfte, denn er lud mich zu sich nach Hause zu einem feinen Mittagsmahl.

Die Braschi konnte man mit Fug und Recht eine aufstrebende Familie nennen, und sie zeigten dies nach außen durch eine wohlabgewogene Vornehmheit. Gespeist wurde in einem weiten Saal mit Fenstern gegen einen luftigen Innenhof. Zwei Diener trugen die Gänge auf. Nach einer Vorspeise aus dünnen Fleischscheiben, die in würziges Olivenöl eingelegt waren, erschien der Diener und stellte kristallene Kelche auf den Tisch. Er entkorkte eine wohlgeschwungene Flasche und ließ den Rebensaft in die Kelche laufen. Bernsteinfarben lag der Wein, dunkel mit goldenen Reflexen, im Glas, und es stieg ein Duft von Honig und Rosinen auf.

»Essenz des Weines.«

Giuseppes Vater erhob sein Glas, deutete mitsamt dem Kristallkelch eine Verbeugung in meine Richtung an, führte ihn an seine Lippen, sog das Aroma durch sich blähende Nasenflügel einmal, zweimal, dreimal – dann hob er das Glas weiter an, bis die Flüssigkeit seine Lippen benetzte, über die er sanft mit der Zungenspitze fuhr, ehe er den ersten vollen Schluck in den Mund nahm und offensichtlich einmal im Gaumen umdrehte mit rührender Zunge. Er zog etwas Luft ein, schluckte und gab ein kehliges »Ah« von sich. Voller Aufmerksamkeit tat ich es dem Genießer gleich und ließ mich entführen in die sich aufblätternde Welt des Geschmackes eines lang gereiften und mit viel Können zubereiteten Vin Santo.

»Wir besitzen ein Gut nahe Lucca, das uns diesen Tropfen liefert«, erläuterte das Haupt der Familie. »Mein Weinmeister nimmt nur die besten und gesündesten Trauben von den

Stöcken und hängt sie in meinem Weinhaus im Inneren auf, wo sie umweht von herbstlichen Lüften, die durch die großen Fenster zu beiden Seiten des Weinhauses ein- und ausstreichen können, nachreifen, einschrumpeln und aufsüßen. Faulende Beeren werden täglich ausgelesen. In der Adventszeit entrappt man die Beeren, preßt sie vorsichtig aus und gibt den Saft in kleine Caratelli, die man jedoch nicht ganz voll macht, sondern etwas Luft läßt, ehe man das Spundloch mit Siegellack verschließt. Nun darf der Wein den Jahreszeiten folgen, bleibt Frühling, Sommer, Herbst und Winter über mehrere Jahre im Faß, wechselt zwischen Aufhitzung und Durchfrostung, bis er je nach dem Geschick meines Weinmeisters mal nach fünf, mal nach sieben Jahren dem Faß entlockt wird; war Gott mit uns, ist der Wein köstlich – wie dieser hier; doch gelingen von fünf Fässern nie mehr als zwei und nehmen wir den Rest zur Bereitung der Wachteln und Schnepfen. Denn auch der schlechte Wein ist für den Magen gut, wenn man ihm auf die richtige Weise sein Geheimnis entreißt.«

Und so tranken wir langsam und mit überhöhtem Genuß, ehe die nächste Speise kam. Ich mußte heimlich lächeln, als ich bemerkte, daß Giuseppes Vater mich für einen hielt, der sich keinesfalls auf die gepflegte Speise verstehe. – Weit gefehlt. Ich hatte oft genug mit Frater Hatto im Kräutergarten Thymian, Estragon, Oreganum, Petersilie, Salbei, Fenchel, Schnittlauch, Ingwer, Majoran, Kerbel und Sellerie geprüft, um die Verfeinerung der Sinne durch Kräuter, ja überhaupt die Verzauberung der Sinne durch jede Art von Gaumengenuß für mehr als profan und somit durchaus der Exemplifizierung fähig zu halten; nein, nein, es ist Gottes Wille selbst, der sich in einer verfeinerten Küche manifestiert und die Menschen dazu bringt, beim wohligen Gefühl eines perfekt mit Geschmack ausgekleideten Bauches ein äußerst inniges »Lobet den Herren« zu intonieren. – Und um meinerseits etwas eitel Ehre einzulegen bei Giuseppes Eltern, lobte ich Wein und Speise sehr.

»So, wie Gott der Welt die Farben gegeben hat, damit die heilige Kirche den Lauf durch das Kirchenjahr jeweils mit wechselnden

Farben bezeichnen könne, so hat Gott die Erde auch mit einer Vielzahl von Eßbarem überschüttet, damit sich zu jeder Gelegenheit die richtige Speise finde. Es zeigt Weisheit und Verstand, wer dies umsetzt in die Tat.«

»Wohl gesprochen«, erwiderte der Herr Braschi da und ließ wie zur Bestätigung einen in seiner Simplifizierung einzigartigen Salat auftischen von Steinpilzen, die der Länge nach in hauchdünne Scheibchen geschnitten und dachziegelartig auf einer Platte angeordnet waren. Das Ganze war dezent gesalzen und mit Zitronensaft und Olivenöl beträufelt. Die feingehackte Petersilie, die darübergestreut der weißen Kostbarkeit mit ihren braunen Äderungen von den Pilzkappen einen Hauch von Bemoosung wie angewitterte Schieferdächer gab, schmeckte als oberste Verfeinerung delikater, als es die komplizierteste aller Soßen je vermocht hätte.

»Wen Gott liebt, den beschenkt er mit solchen Speisen«, sagte ich nach diesem Genuß und erhob mein Glas auf den Gastgeber.

Von da an verlief der Abend in heiterster Stimmung und hatte ich Giuseppes Freundschaft leichthin gewonnen, und in der vorlesungsfreien Zeit, im heißen, drückenden Sommer des Jahres 1526, sollten wir gar manches erleben in der emsigen Stadt.


»Kommt, ihr Kinder, hört mir zu! Ich will euch in der Furcht des Herrn unterweisen«, beteten wir am vierundzwanzigsten Tage des Juno. »Wer ist der Mensch, der das Leben liebt und gute Tage zu sehen wünscht? Bewahre deine Zunge vor Bösem und deine Lippen vor falscher Rede! Meide das Böse und tu das Gute; suche Frieden und jage ihm nach«, endeten wir mit kräftigem Chor den Psalm und mit dem Psalm das Semester, traditionell zu Sankt Johannes, dem Eingang zum Estate Romana, denn unerträglich brannte die Sonne auf die sieben Hügel und heizte die Täler dazwischen auf, brachte die Stadt zum Kochen und erhitzte die Gemüter. Wer über ausreichend Mittel verfügte, der floh hinaus aus Rom, hinauf zum Lago di Albano oder weiter zum Braccianer, Bolsener oder Trasimener See, hinauf in die Sabiner

Berge oder wenigstens nach Ostia zum Meer hin, jedenfalls aber hinaus aus dem Glutofen. Für viele deutsche und niederländische Scholaren bedeutete der Estate Romana zugleich den Beginn einer Heimreise zu optimalen äußeren Bedingungen, denn zu keiner Zeit reiste es sich besser in den Norden als eben im Sommer. Und bereits wenige Tage später hatten sich die Schlafsäle und Zellen des Camposanto Teutonico um mehr als die Hälfte geleert.

Giuseppe blieb in der ruhiger werdenden Stadt und führte mich durch das Gassengewirr zwischen Tiber und Palatin, zeigte mir die eleganten Hinterhöfe herausragender römischer Familien, aber auch den ärmlichen Zustand der Häuser der gemeinen Menschen; dann wieder bestaunten wir die Reste aus der großen Kaiserzeit im Forum Romanum und erschauderten bei der Vorstellung, welch gigantische Gladiatorenkämpfe im Kolosseum stattgefunden haben mußten unter dem Motto »panem et circenses«, eine Losung, für die Rom im übrigen stand wie keine zweite Stadt, wie Giuseppe mit einer eigenartigen Mischung aus Stolz und Abscheu kundtat und dabei berichtete, daß es gerade einen der neueren Päpste, Alexander VI., nach nichts mehr denn nach Spielen, und zwar lustvollen, gegiert habe.

»Noch vor seiner Zeit als Kanzler im Vatikan schlug Rodrigo Borgia dermaßen über die Stränge, daß ihn der Papst selbst in einem Brief an die hohe Würde seines Kardinalsamtes gemahnte.«

»Aber als Nachfolger Petri wird er sicher der unendlich höheren Würde des neuen Amtes gerecht geworden sein«, warf ich mit überzeugtem Frageton ein.

Giuseppe lachte.

»Noch in Alexanders fortgeschrittenen Jahren hat die opulente, von allen Männern Roms umschwärmte Giulia Farnese dem Papst die letzten einer nicht gezählten Reihe von Kindern geboren.«

»Aber der Zölibat und das Keuschheitsgelübde, diese Regeln gelten doch auch für den Papst«, entgegnete ich ungläubig.

»Für den Unfehlbaren gibt es keine Regeln. Du schwärmst von Idealen. Das ist der Fehler von euch Deutschen, immerzu von der Reinheit zu träumen und dabei auf das Leben zu vergessen. Welcher wenn nicht dieser Haltung habt ihr Luther zu verdanken? Ihr müßt das Leben bejahen und nicht alles zu einer Schicksalsfrage machen.«

»Aber der Papst ist das Schicksal der katholischen Kirche.«

»Nein. Die Kirche hat mit zweien, ja selbst mit drei Päpsten gut überlebt; ob Rom oder Avignon, ob die Knute eines deutschen Kaisers oder die Verführung des französischen Geldes, die Kirche hat es überstanden. Die Kirche ist weit mehr als der Papst, ist weit mehr als die Regeln, die wir Kanoniker lernen – glaube mir, die Kirche ist aus Christus und von daher unsterblich; die Päpste sind Menschen.«

»Vorsicht, du verläßt den Pfad der Dogmatik.«

»Aber nicht den Pfad der Wahrheit, mein Freund, oder willst du das Fleisch und Blut der Kleriker bestreiten?«

»Du bist eben ein Weltlicher«, erwiderte ich.

»Ach was. Vielleicht stimmt nur das üble Sprichwort: Je näher an Rom, je ärger die Christen. – Und ein Christ wird er wohl sein, unser Papst, oder?« spottete Giuseppe, legte jedoch sofort wie zum Trost seinen Arm um mich und forderte mich auf, am späten Nachmittag mitzukommen ins Kolosseum, um den Kapuzinern zuzusehen bei ihrem Passionsspiel, das sie zur Feier des Sommers und in Erinnerung an das zurückliegende heilige Jahr nochmals aufführten.

Römer wie Pilger strömten in reichem Maße zu den Eingängen des Kolosseums, um gegen Entrichtung eines geringen Obulus einzutreten in das gewaltige Oval des Vespasian, dessen Eröffnung achtzig Jahre nach Jesu Geburt mit hunderttägigen Festspielen gefeiert worden war und in dem später die ersten Christen Roms hingerichtet wurden, an welches Martyrium das Passionsspiel unter anderem erinnern sollte. Unter Aufbietung mehrerer Hundertschaften von Darstellern zeigten die Kapuziner in klassischen Gewändern die Passion Christi so lebensecht, daß den Zuschauern die Tränen in die Augen traten und alle, die hinunterblickten auf die grandiose Arena von gut zweihundertdreißig Fuß Länge und hundertvierzig Fuß Breite, tief ergriffen wurden von nachgespielter Erlösertat. Welch ein Mitleiden zerwühlte die innig Schauenden beim Anblick der Standhaftigkeit der frühen Christen, und nicht nur in einem Busen pochte in dreifacher Wiederholung der Schwur, die Kirche ein Leben lang nicht zu verleugnen und für sie einzustehen in jeder Situation. Als zum Abschluß das »Lobet den Herrn« erklang und das weite Oval einstimmte in die hoffnungsfroh gesungene Huldigung, da zitterte die Erde unter der Wucht des Glaubens, und ich fühlte mich derart erhaben fortgetragen in den Himmel hinauf, daß ich nicht sagen kann, wie ich die Arena verlassen habe.

Fünfundzwanzigtausend Kehlen bejubelten den Herrn, und die fünfzig Doppelschritte aufragenden Mauern bündelten den Chor der Gläubigen und gaben dem Halleluja die Richtung vor, nach oben, nach oben, damit sich das Gotteslob am Firmament breche und gedoppelt als Gnade des Herrn auf die Erde zurückfalle. In tiefster Begeisterung fielen sich wildfremde Menschen, ja Brüder und Schwestern fremder Zungen in die Arme und drückten und herzten einander und beschworen die Einheit der katholischen Kirche und die Einzigartigkeit des Papstes.

Wenn es sich nur bewahrheitet hätte; wenn die Schwüre der Ergriffenheit die Schwüre der Politik beeinflußt hätten; wenn wenigstens dies eine Mal die Rührung eines Theaters übergeschwappt wäre auf die Welt – aber nein. Venedig und Florenz sammelten sich seit dem Frühsommer zur »Heiligen Liga« mit Clemens VII. und Franz von Frankreich, um erneut gegen den Kaiser vorzugehen und den mühsam errungenen Frieden nach der Schlacht von Pavia zu revidieren. Die Römer aber fanden es in der Mehrheit einen gelungenen Schachzug des Papstes, aufzustehen gegen den Kaiser, diesen spanisch-strengen Deutschen, der ihnen am Ende noch von seiner Provinz her vorschreiben wollte, wie sie ihr Leben einzurichten hatten, und sie verlachten den »Narr Christi«, der von Siena nach Rom gezogen kam, um »die Hochmütigen zu warnen vor Todt und Verderbnüss«, denn der Teufel werde über die Lasterhaften kommen und ihnen die Haut über die Ohren ziehen; der Bocksbeinige werde die geilen Männer an ihrem Gemächt aufhängen den Geiern zum Fraße

und die wollüstigen Weiber an den Beinen zwischen zwei Ochsenkarren spannen bis zum Zerreißen. Und um seiner Warnung den nötigen Nachdruck zu verleihen, schickte der »Narr Christi« dem Papst und den Purpurträgern im Vatikan Hanfsäckchen, die er mit Knochen und Eingeweiden füllte. Drängender und immer anprangernder wurden die Reden des Unbequemen, und seine Verwünschungen rutschten hinab in eine wüste Gossensprache, die das Ohr jedes Christenmenschen beleidigte, was wiederum die Römer nicht länger hören wollten. So fiel eines Tages zu Anfang des August beim Circus Maximus eine Horde aufgebrachter Burschen über den Lästerer her, und sie schlugen ihn mit Stöcken und Stangen, bis er sich vor Schmerzen im Staub krümmte. Da bäumte sich der Geschundene auf und donnerte mit der Kraft des Vergehenden:
»Hört und merkt auf! Seid nicht hochmütig, denn der Herr redet. Erweist dem Herrn, eurem Gott, die Ehre, bevor es dunkel wird, bevor euere Füße straucheln auf dämmrigen Bergen. Wartet ihr dann auf das Licht – er verwandelt es in Finsternis und macht es zur Dunkelheit. Wenn ihr aber darauf nicht hört, so muß ich im Verborgenen weinen über den Hochmut, und mein Auge muß ohne Unterlaß Tränen vergießen, da die Herde des Herrn weggeführt wird.«
Die Unbarmherzigen lachten und schlugen ihn nochmals, so daß er verschied. Der Himmel aber über Rom dunkelte ein an diesem Nachmittag zu einem düsteren Ocker. Binnen kurzem kam ein gewaltiger Sturm auf und fegte über die Stadt. Donner brüllten den Zorn des Herrn über die sieben Hügel, und die Zacken der Vergeltung blitzten in Bäume und Häuser hinein, auf daß sie niederbrannten. In ein zunehmendes Brausen schoß der Himmel Taubeneier aus Eis herab und erschlug mindestens zwei der Wüstlinge, die nirgends Schutz fanden vor dem unheimlichen Hagel im weiten Oval des Circus Maximus.

Eines Abends, als ich die Abendhore gehalten hatte in Santa Maria dell' Anima, wo ich alle sechs Wochen einmal die Messe las für die bayerischen Benediktiner zur Freude des Weihbischofs, schlenderte ich mit Giuseppe einige Gassen dahin, bis wir auf die Piazza Farnese gelangten, wo Giuseppe eine verschwiegene Trattoria kannte. In der ließ sich für geringes Entgelt hervorragender Montepulciano trinken, einer jener roten Weine der südlichen Toskana, die die Herrlichkeit der Welt Gottes dreifach in sich trugen: in der Farbe, im Duft und im Geschmack.

Während wir unsere Schritte über den freien Platz lenkten, verharrte unsere Aufmerksamkeit kurz bei den Bauarbeiten des Palazzo, den der zu den Ersten Roms zählende Kardinal Alessandro Farnese bei dem großen Baumeister Sangallo vor einem Dutzend Jahren in Auftrag gegeben hatte und dessen Vollendung aufgrund der Pracht, die sich bereits in der gewaltigen Fassade widerspiegelte, noch in weiter Ferne zu stehen schien. Da wurden wir durch an den Fassaden widerhallendes Klirren von Schwertern aufgeschreckt und im nächsten Augenblick eines wild kämpfenden Haufens gewahr, der sich von der Hauptstraße, der Via Giulia her, auf den Platz drängte. Eine Gruppe war deutlich in der Minderzahl. Sie wurde von einer rücksichtslos fechtenden Schar immer weiter in den Platz hineingedrängt, direkt auf uns zu. Wir standen wie gelähmt und unversehens mitten in dem Scharmützel. Schon sauste ein Schwert·knapp an meiner Schulter vorbei, als ich wie von der Tarantel gebissen herumwirbelte, einem Strauchelnden ohne nachzudenken die Stahlklinge entriß, den verdutzten Giuseppe eng an mich zog und mit gewaltigen Hieben eine Gasse durch die unnachgiebig Vordringenden bahnte und laut in einem schier unverständlichen Latein rief, ich sei ein teutonischer Streiter Gottes. »Laude Orsini!« rief ein Entgegenkommender und führte einen tückischen Streich auf mich; doch ich wich geschickt aus, duckte mich unter dem schwingenden Arm des orsinischen Kämpfers durch, riß dabei Giuseppe mit, vollführte eine halbe Drehung und wuchtete das erbeutete Schwert heftig mit der Breitseite auf den Unterarm des Angreifers, daß dieser verdutzt und schmerzverzerrt sein Schwert fallen ließ.

Wenige Minuten später war die Welle der Kämpfer an uns vorbeigerollt. Die Streithähne trieben sich gegenseitig auf die Via

Balestrari zu. Auf der Piazza Farnese aber blieben zwei wie angestochenes Wild blutende Jünglinge zurück, denen wir nun zu Hilfe eilten. Ich band mit einem langen Stück Tuch dem einen, aus dessen Unterarm in pulsenden Stößen das Blut spritzte, unterhalb der Ellenbeuge das Fleisch ab, schob ein Stück Holz in den ersten Knoten und drehte diesen Knebel so lange herum, bis die Blutung stillstand. Giuseppe versorgte den zweiten Verletzten, indem er ihm auf eine klaffende Fleischwunde etwas Stoff von seinem Unterkleid preßte.

Die so Versorgten schleppten wir zu der Trattoria, die von Anfang an unser Ziel gewesen war, wo der Wirt sofort Kräuterblätter auf die Wunden legte und nach dem Bader schickte, der alsbald eintraf und sein Können und seine langjährige Erfahrung als Wundarzt unter Beweis stellte. Noch während der Bader den schwer am Arm Verletzten verarztete, dabei mehrfach bedenklich den Kopf schüttelnd, ob nicht eine Amputation werde unumgänglich sein, verhandelte er mit dem Schmerzgeplagten über die Höhe des Honorars. Unter den kundig die Schmerzstellen betastenden Griffen des praktischen Chirurgus konnte der junge Mann nicht anders denn seine Herkunft preisgeben als ein Halbneffe der berühmten Vittoria Colonna aus der Seitenlinie der Markgrafen von Pescara. Da stieg der Lohn augenblicklich in eine glänzende Dimension, von dessen Höhe mir wiederum der zwanzigste Teil als Provision zustand, weil ich mit der blutstillenden Knebelung treffliche Erste Hilfe geleistet und durch die Benachrichtigung auch die weitere Behandlung eingeleitet hatte. Und da der begüterte Kämpfer einzustehen wußte für den leichter verletzten Freund, wechselten als Trostpflaster auf den Schreck zwei Goldgulden rasch den Besitzer.

»Es ist ein Grundübel unserer Stadt, daß sich die Feindseligkeiten rasch und heftig entzünden, daß es ein Hauen und Stechen ist, als ob uns die Gladiatorenkämpfe so sehr fehlten, daß wir sie selbst austragen«, sprach Giuseppe bedauernd.

»Es ist zutiefst unchristlich.«

»Rom wurde nicht durch Nächstenliebe mächtig. Das gilt leider noch heute«, entgegnete Giuseppe.

Der Wein aber, wenn das überhaupt einer Erwähnung bedarf, mundete uns hernach, als sei er unmittelbar aus dem Kelch des Papstes entsprungen.

Knapp eine Woche später erreichte mich durch einen Boten eine Einladung auf ein Fest der Colonna, welches zur Feier der Aufnahme Mariens in den Himmel gegeben werde im Beisein mehrerer Kleriker des Vatikans und bei dem der Lebensretter vom nächtlichen Platze nicht fehlen dürfe. Zunächst trug ich mich mit dem Gedanken, die Einladung dankend abzulehnen unter Hinweis auf die Regel des heiligen Benedikt, das Leben nicht mit Lustbarkeit zu verderben, doch als ich Giuseppe davon berichtete, entflammte er in eine solche Begeisterung, daß ich nicht verzichten konnte. Überdies regte sich in der Tat in mir ein Weniges von Eitelkeit, Gast sein zu dürfen neben Kardinälen und Vornehmen des Vatikans bei einer der edelsten Familien Roms, die mit Martin V. vor hundert Jahren selbst einen Papst hervorgebracht hatte, sowie Neugier darauf, wie solche Menschen zu feiern verstünden. – Also sagte ich zu, gemeinsam mit Giuseppe an der Feier teilzunehmen.

## DIE FARBE DES LASTERS

Wir trafen uns an der Piazza Navona, wo mich Giuseppe mit der Andeutung einer Verbeugung zum Auftakt des Abends empfing und einlud, auf dem leichten Wagen Platz zu nehmen, den vier feingliedrige Schecken zogen, ganz der gesellschaftlichen Stellung der Braschi gemäß, nämlich bescheiden im Vergleich zu den großen Familien Roms, aber deutlich im Niveau herausgehoben gegenüber lediglich durch einiges Geschick frisch zu etwas Vermögen gekommenen Familien, die auf keinerlei Tradition zurückblicken konnten.
So fuhren wir beim Palazzo Colonna vor, diesem riesenhaften Palast, der sich im Geviert von der Piazza Apostoli und der Via

della Pilotta zwischen der Via del Vaccaro und der Via Battisti erstreckte und eine der bemerkenswerten römischen Kirchen, die Zwölf-Apostel-Kirche, mitumfaßte. Was für ein Palast! Allein die Ausdehnung machte ihn unüberschaubar. Dann erschwerten die verschiedenen Baumaßnahmen den Überblick. Dort erforderte die Aufwerfung von Erde, daß durch ein geschickt gestaltetes Gerüst aus afrikanischem Edelholz ein Übergang geschaffen werde, da versperrte die Steinmetzwerkstatt an einer prunkvollen Fassade den direkten Zugang zum Seitenhof und zwang den Besucher in einen langen Gang, vorbei an Statuen aus feinstem Marmor. Beinahe jeder Innenhof verfügte über einen eigenen, in seiner jeweiligen Besonderheit auffällig gestalteten Brunnen, einer neuen Laune der Reichen folgend, ein prunkvolles Wasserspiel neben das andere zu stellen, damit sich die sommerliche Hitze lindere und man in der Stadt wohltuende Ecken finde, denn offensichtlich wollte nicht mehr jeder, der vermögend war, im Estate Romana zwangsläufig und für den ganzen Hochsommer die Stadt verlassen. Dies bewahrheitete sich beim Blick auf die Besucherströme, die nach und nach die Höfe füllten; gut und gern tausend Menschen mochten der Einladung gefolgt sein und verteilten sich auf die verschiedenen Bereiche. Ich fühlte mich überflüssig und fehl am Platze wie ein moosiger Karpfen, den man unversehens in einen Teich zu herausgeputzten Zierfischen gesteckt hatte, und am liebsten hätte ich die Veranstaltung bereits nach einer Viertelstunde verlassen; es dämmerte und gemahnte zur Vesper; vier Psalmen und ein Hymnus anstatt hier umherzuschlendern und die Augen möglichst in den Boden zu richten, um dem Hochmut derer nicht zu begegnen, die mit Blicken wie »Erkenne-mich-ich-bin-der-bedeutende-Knorz« einherstolzierten und Bewunderung erheischten; vier Psalmen und ein Hymnus anstatt vertändelter Zeit – nein, ich fühlte mich als Mann Gottes, und es erfüllte mich auch die reichhaltige Platte nicht mit Freude, auf die mich Giuseppe behutsam hinschob.

»Oh, mein Freund, erhebe dein Herz zum Herrn und erkenne, welch Freude er deinem Gaumen bereitet. Wachteln und Schnepfen in feinster Marinade, alle Freuden des Meeres, ein

Riesenkrebs und eine herrliche Languste, von den Garnelen ganz zu schweigen, die hier nur Zierat sind für andere Köstlichkeiten. Vergiß das Betbrot deines Camposanto, genieße das Leben und seine Prächtigkeiten.«

Nicht, daß ich den feinen Geschmack der offensichtlich mit Ausdauer und inniger Zuwendung bereiteten Speisen gering geachtet hätte, aber es kam keine der Anstrengung der Speisenbereitung gleichwertige Freude auf. Mein Blick ging tief in die Kleider der Feiernden hinein und versuchte, die Seelen zu ergründen, die sich unter Brokat und Seide versteckten. Aber die Seelen verbargen sich so geschickt hinter dem Pomp, daß ich keine einzige erheischen konnte. Da ließ ich mich forttragen von der Trauer, die mich erfaßte, weil ich vermeinte, das Urübel der Menschheit zu verstehen: sie werfen ihre Seele weg und verleugnen Gott um eines winzigen Augenblickes willen, der ihnen Genuß bringt. Sie verkaufen ihre Seelen dem Teufel, ohne mit der Wimper zu zucken, wenn ihnen als Gegenwert eine halbe Stunde blindwütige Vergnügung geboten wird. Dann verstecken sie ihre Seelenlosigkeit hinter aufgebauschten Röcken und mit Stickereien verzierten Jacken oder stellen Teile ihres Körpers schamlos zur Schau, wie jene junge Edeldame am Brunnen der speienden Delphine. Aus der unendlichen Weite des am Boden schleifenden Rocksaumes hinauf verjüngte sich ihr Kleid zu einer Trichterenge an der Taille, als sei alles Leben dort abgeschnürt, um von da einer Sanduhr gleich nach oben in die Breite zu streben und in geschickter Schürzung des Stoffes die Schultern freizulassen und weißen Brüsten Raum zu gewähren im Übermaß. Wenn sich die Verirrte auch nur ein Weniges nach vorne bückte, zeigte sich die Spitze ihrer Brust in einem rosigen Rot von der Größe eines flandrischen Talers ganz ungeniert allen Umstehenden, und, was das Empörendste war: niemand wandte den Blick ab. Im Gegenteil: Alle Männer hefteten, so sie nur irgend in der Nähe sich befanden, ihre Augen wie Saugnäpfe an das hervorquellende Fleisch, weit prüfender, als es je der beste vatikanische Koch mit irgendeinem Stück Rind auf dem Markt vollbrächte. So etwas gab es im Bayerischen oder Werdenfelsischen beim Rockenspringen nicht, obgleich die jungen Dirnen den Burschen durch möglichstes Hochhüpfen und Röckeaufschlagen den Genuß eines Blickes auf stramme Schenkel gern verschaffen wollten, wie sie auch warben mit dem Holz vor ihren Hütten, dabei aber den Linnenausschnitt bedeckten mit säuberlich geklöppelter Bluse, die gar zu viel Verheißung versteckte; bestimmt durfte man diese deutschen Bräuche nicht für gut katholisch halten, aber immerhin konnte ein Mönch dort zusehen, ohne vollends rot zu werden; aber die Büstenzeigerei der Römerinnen auf diesem Fest der Colonna? Unentschuldbar! Ich schüttelte den Kopf und vertiefte mich in die Betrachtung einer Languste.

»Hier also versteckt sich mein beherzter Lebensretter«, riß mich eine frohgemute Stimme aus meiner mürrischen Insichgezogenheit, »es ist schön, daß du, Bruder aus dem Camposanto, den Weg zu uns gefunden hast, denn neben der Provision, die dir von Rechts wegen zustand nach der Vermittlung des Baders – übrigens verwundert es mich schon, daß du, der du, wie ich hörte, bereits ein Magister bist und hervorragender Gelehrter der Universität, nicht einen gelehrten Medicus gerufen hast, sondern einen Praktiker, wofür ich dir selbstverständlich besonders dankbar bin, denn bei allem Respekt, den ich euch Gelehrten entbiete, so seid ihr mir doch in der Theologie und Jurisprudentia lieber denn in der Medizin, wo es euch meist an den Erfahrungen gebricht, derer der Verwundete weit mehr bedarf als der Kenntnisse über Aristoteles und den heiligen Thomas, zumal beide sich wenig bewandert zeigten in Fragen des Körperbaus, also, um dich nicht gleich zur Begrüßung einzuschüchtern mit einem Schwall von Worten, die dir beweisen sollen, daß ein Colonna, der mehrere Päpste zu seinen Vorfahren rechnet, die Rethorik beherrscht mindestens wie ein Magister, nein, um dich aufzumuntern, in unseren Kreisen einmal wahrhaft zu dir selbst zu kommen, weil du jung an Jahren, gleichsam meines Alters bist, will ich dir weit über deine Provision hinaus, die du dir, ich will es ein letztes Mal betonen, durch Beiziehung eines erfahrenen Wundarztes redlich verdient hast, mit wohlwollender

Führung durch sämtliche dem Fest offenstehende Räumlichkeiten und Vermittlung der entscheidenden Kontakte in geistlicher wie weltlicher Hinsicht eine Belohnung darbringen, wie sie nicht auszuloben, sondern nur zu erleben ist. So sei mir also willkommen«, endete er seinen plappernden Redefluß und atmete nun erst tief ein. Lungen hat er für zwei, dachte ich und lächelte in mich hinein.

»So komm mit mir, damit ich dich mit dem Kanzler unseres Heiligen Vaters bekannt mache.«

Leonardo Colonna faßte mich ohne Umschweife freundschaftlich beim Arm, führte mich quer über den Innnenhof zu einem weitgeöffneten Tor, durch einen reich bemalten Prunkgang zu einem abseits gelegenen Saal, in dem sich mehrere Diwane, wie man sie ab und an auf Zeichnungen venezianischer Künstler, die sich ihrer orientalischen Kenntnisse auf diese Weise berühmten, gesehen hat, im großen Rund aneinanderreihten. Vor jedem Diwan standen flache Schalen aus getriebenem Kupfer von drei Fuß Durchmesser, die auf hölzerne, mit hübschen Schnitzereien verzierte Klappgestelle gelegt und somit etwas vom Erdboden erhöht waren, gerade in einem Maße, wie es notwendig war, um sich vom Diwan unter leichter Vorbeugung bequem aller leckeren Genüsse zu versichern, die wohlfeil auf den Schalen lagen. Auf dem zentralen Diwan unter einem kolossalen Gemälde, das die Gottesmutter Maria mit den Heiligen Sixtus und Barbara zeigte, lag hingestreckt auf der Seite, den Kopf in die linke Hand gestützt, im Purpurbrokat Kardinal Ottavio Farnese, der Kanzler des Papstes, einer der mächtigsten und einflußreichsten Männer des Vatikan, und lauschte den Zoten, die ein halbseidener blondgelockter Jüngling zum besten gab. Als Leonardo mit mir am Arm langsam auf den Kardinal zuschritt, hob dieser leicht den Kopf, deutete huldvoll ein Nicken an und streckte die Rechte aus, damit wir den gewaltigen Ring, dessen schweres Gold einen schlicht geschliffenen, aber mindestens schafsaugengroßen Amethyst dunkler Klarheit faßte, küssen konnten zum Zeichen des Respektes. Mit einer kecken Lässigkeit glitt Leonardo in die kniende Haltung hinein und deutete den Kuß mehr an, als er ihn gab. Ich dagegen entbot meinen Respekt, indem ich eine tiefe Verneigung übergehen ließ in ein starkes Beugen der Knie, die Hand des Kardinals ehrfürchtig ergriff und mit den Lippen den Edelstein berührte. Der Kardinal seinerseits sah es mit wirklichem Wohlwollen, daß sich hier ein Diener des Herrn in Demut verbeugte. Mit einem milden Lächeln richtete er sich auf und bedeutete mir, neben ihm Platz zu nehmen.

»Wer bist du, mein Sohn, daß du als Gast dieses Festes in einem Haus, das den weltlichen Genüssen zugeneigt manchmal die nötige Ehrfurcht vermissen läßt, so offensichtlich ein tiefernster Diener der Kirche bist?«

»Ich bin Johannes, Eminenz, ein Geringer in Eurer Schar, verlobt den Regeln Benedikts und bestimmt zum Gelehrten von den Oberen, Magister der Theologie von der Universität der bayerischen Herzöge, Lizentiat der Jurisprudenz, mit dem Willen, an der Sapienza zum Magister iuris utriusque zu promovieren.«

»Ein Teutone; fürwahr ein seltsames Völkchen, die Deutschen. Viel Verdruß dort mit diesem Luther. Doch macht uns der Nuntius aus Bayern Freude, kennst du ihn?«

»Der Doktor Eccius ist mein hochverehrter Lehrer, auf dessen Fürsprache ich mich in der Ewigen Stadt befinde; er hat meine Liebe für den Heiligen Stuhl gestärkt und mich in meinem Lebensplan vervollkommnet.«

»So sehe ich in dir einen Streiter für uns, wenn es daran geht, im Norden mit den Häretikern aufzuräumen.«

»Bis zum letzten Blutstropfen werde ich Rom verteidigen und einstehen für Primatu Petri, seid dessen versichert, Eminenz.«

»Johannes, sagst du, ein Benediktiner und ein Günstling unseres Nuntius. – Wenn du je ein Anliegen hast an den Heiligen Stuhl, berufe dich auf mich, und du wirst Gehör finden.«

Mit einem gönnerhaften Tätscheln auf die Schulter entließ mich der päpstliche Kanzler, legte sich wieder in seine bequeme Ausgangslage und lieh sein Ohr weiteren Zoten. Leonardo aber führte mich in eine entferntere Ecke und wies mir einen Sitzplatz auf einem Diwan mit mehreren Frauen, die still und züchtig in hochgeschlossenen Kleidern saßen, als warteten sie auf etwas, von dem sie selbst noch nicht wußten, was es war. Aus dem Augenwinkel heraus erkannte ich ein vielsagendes Brauenverziehen des Leonardo, dann verschwand mein Gastgeber in einer halb hinter einer Säule verborgenen Tür.

Ohne mich weiter um die Frauen zu bekümmern, vertiefte ich mich in die Betrachtung des Gemäldes von Raffael zu Häupten des Kardinals und bewunderte die Ausdruckskraft im Antlitz der Madonna. In geheiligter Anmut nahm sie die Grüße des Sixtus entgegen, der sich halb verneigte mit einer Hand auf der Brust und mit der anderen Hand hinauswies auf den Betrachter des Bildes, als wolle der bärtige Heilige die göttliche Jungfrau hinweisen auf die vielen bewundernden und verehrenden Betrachter.

»Wohin geht dein Blick, ehrwürdiger Mönch?« fragte meine Nachbarin mit sacht gesprochenen lateinischen Worten, und ich schwankte, ob sie aus innerer Unsicherheit heraus oder aufgrund mäßiger Kenntnisse des Lateins so verhalten, nachgerade schüchtern sprach.

»Siehst du, Freundin, den weisen, die Zukunft erkennenden Blick des Jesuskindes in den Armen seiner göttlichen Mutter?«

»Eine ergreifende Pose, die der Meister in Öl gefesselt hat zur Verherrlichung Jesu«, erwiderte die Schüchterne nach einer Weile der ruhigen Betrachtung. »Du liebst die Künste, Mönch?«

»Ich liebe Gott.«

»Das weiß ich, braver Mann, denn es steht dir in deine Augen geschrieben, die von liebreizender Klarheit sind.«

Sie neigte sich zu mir und legte ihre Augensterne in meinen Blick hinein, den ich nicht wenden konnte, ohne abweisend zu sein. Ihre Augen erfüllte ein seltsames Blitzen, obwohl über der dunklen Glut ein Schleier von Tränenhauch lag. Aus dem Rund ihrer Pupillen sprang ihr Innerstes hervor, und ein Ergreifenwollen drückte sich in ihrem Geschau aus, das mir eine Gänsehaut auf den Rücken prickelte.

»Dein Schauen durchbohrt mich«, bemerkte ich abwehrend.

»Ja, deine Inbrunst zieht mein Herz magisch an, und ich gäbe viel, könnte ich mich deiner Aufmerksamkeit versichern. – Glaube mir, ich brenne darauf, daß du mich näher kennenlernst. Ist es möglich bei meiner verhaltenen Rede?«

»Weshalb sollte ich dich näher kennenlernen, wo ich doch kein Beichtvater bin noch ständiger Gast in diesen Kreisen?«

»Weil mein Puls sich an deinem Glauben erwärmt und ich arme Seele der Nähe eines, den Gott liebt, bedarf.«

»So besuche täglich die Kirche Sankt Peter, und du wirst dich in der Nähe des Papstes befinden, den Gott über alle Maßen liebt und den er mit dem Primat ausgestattet hat.«

»Das aber ist die Liebe zum Amt; die meine ich nicht. Ich sehne mich nach der Liebe des Herzens, der Regung der Bescheidenheit, der Liebe, die nicht nach Ruhm und Macht strebt. – Ich sehe es in deinen Augen, daß du ein Gesalbter bist. Bleibe bei mir.«

Sie rückte dicht an mich und nestelte an den Knöpfen ihres bis unter das Kinn geschlossenen schmucklosen Kleides aus schwerem Samt. Ihre Finger stellten sich ungeschickt, und ihre Wangen röteten sich, als sie säuselte, sie leide unter der sommerlichen Hitze. Bei allem Verständnis für Keuschheit mußte ich gleichwohl irritiert über soviel unpraktische Kleidung an ihrer Vernunft zweifeln; was die Weiber im Hof zuviel an Freizügigkeit zeigten, wollten diese hier in gegenteiliger Übertreibung wettmachen. Was für ein Unsinn! Und jetzt wurde das Mädchen auch noch rot. Sollte ich die Ungeschickte nun für zurückhaltend und unschuldig halten? Nein, da paßte der Deckel nicht auf den Topf – und als die scheu Lächelnde Knopf nach Knopf aufgenestelt und sich der Bedrückung ihres Kleides bis zu den Hüften entledigt hatte, da benahm es mir in der Bestätigung meiner Bedenken den Atem, denn vor mir wölbte sich, lediglich durch knapp angepreßte, hauchdünne rote Seide mühsam bedeckt – doch was heißt hier »lediglich« und »bedeckt«? Der den Körper eng umschmeichelnde Stoff betonte jede Rundung! –, eine volle, feste Büste, deren aufspitzende Warze sich durch den Stoff drängte wie das gelbe Blütenrund der Margerite sich aus dem weißen Strahlenkranz emporkipfelt.

»Versuchung, dein Name ist Weib«, durchfuhr es mich. »Du hast es richtig erkannt, heiliger Thomas. – Aber nicht mit mir.«

Ich wandte mich grimmig meiner hochgeatmet stillen Nachbarin zu.

»Glaube nicht, du Verirrte, die du mir deinen Namen bisher verschwiegen hast, daß der Anblick dieses nach Kühlung lechzenden Körpers die Temperatur meines Blutes erhöht. Der Teufel hat Jesus dreimal versucht, und Jesus hat dreimal widerstanden.«

»Caritas dei Sabini«, erwiderte sie leise, mit einem Hauch von Vorwurf in der Stimme. »Das bedeutet Nächstenliebe.«

»Möge dir der Herr verzeihen, denn du weißt nicht, was du tust«, raunzte ich und erhob mich. Sie aber griff nach meinem Arm und zog mich mit erstaunlicher Kraft zu sich herab, so daß ich, überrascht und übertölpelt, direkt in ihre Arme fiel und sie mich umschlingen konnte mit schmachtender Hingabe.

Noch ehe ich mir der Situation vollends gewahr wurde, frohlockten ringsum alle mutwillig, und kein geringerer als der Kardinal rief mit hoher Stimme in die Runde: »So ist's recht, es ist viel zu heiß, und bei all der aufgestauten Hitze ein Öffnen vonnöten, wie es jene Caritas dort vollenden vermag.«

Juchzer flogen von Mund zu Mund, im Nu war die weite Flügeltür verschlossen, flogen die Kleidungsstücke auf die Kupferschalen und zu Boden, entblätterten sich Jünglinge und Mädchen zu hellglänzenden Leibern, floh jedes gebildete Wort durch die Fenster ins Freie hinaus und machte Platz für wollüstige Reden, die der Raffaelschen Madonna eine beschämte Zornesröte ins Antlitz trieben.

Die Mädchen girrten und gurrten, lockten und lachten. Grelle Münder neckten mit Wort- und Zungenspiel. Wildes Küssen und Betatschen hub an. Grapschende Hände eroberten zarte Haut und zauberten Weiches hart. Leiber rieben sich aneinander. Ein Raunen, Schnircheln und Keuchen durchtönte den Saal, als hechelten mehrere Eber klauenkratzend über polierte Marmorböden brünftigen Säuen hinterher. Kichern, Stöhnen und Schmatzen beleidigte keusche Ohren. Es war ein Aufeinanderlosgehen und Über-und-untereinander-Liegen hemmungsloser Fleischlichkeit. Während ich mich von Caritas freimachte, um zu der kleinen Tür hinter der Säule zu gelangen, durch welche Leonardo geschlüpft war, erkannte ich zu meinem Entsetzen, daß sich der Kardinal all seiner Würde entkleidet und rittlings einer fülligen Rothaarigen bemächtigt hatte, die den Kleriker mit spitzen Schreien zu immer heftigeren Bewegungen aufstachelte. Schande! Überall verknäuelten sich nackte Leiber. Da bäumte sich auf, da wurde verschlungen; es biß sich fest und saugte sich an; Geheimes stellte sich zur Schau, Geheimstes machte sich öffentlich. Es schnaufte und raunte, zwickte und klatschte, bohrte und stieß, pfiff und blies, stöhnte und kiekste, rumste und summste, keuchte und schrie, kniff und stieß, haha und hoho, oho, jaja, und die mit dem und der mit der und die da und der da, jaja, neinnein, oja, jaja, raschrasch, machmach, oja, herrje, so komm, so geh, oja, oje – oje. Oje! O Schande! O Scham! – Hinaus! Nur hinaus! Fort, nur fort.

Ich sprang zur Tür und entschwand. Ohne auch nur einen Augenblick länger zu verweilen, eilte ich aus dem Palazzo Colonna, ging fehl, traf trotz meines verwirrten Gemüts auf die Via Giulia, rannte zum Tiber und hinauf zur Engelsbrücke, an der mächtigen Burg vorbei gen Sankt Peter und stürzte mich erschöpft, aufgewühlt, empört in meine Zelle.

»Das Klagegeschrei über Sodom und Gomorrha, ja, das ist laut geworden, und ihre Sünde, ja, die ist schwer. – Herr, vergib, daß ich dorten gewesen bin.«

Am nächsten Morgen weckte mich ein besorgter Giuseppe, dessen zerfaltetes Gesicht ebenso wie seine kehlig-belegte Stimme darauf verwiesen, daß er es diese Nacht nicht genau genommen habe mit erquickendem Schlaf. Wann und wohin ich verschwunden sei, fragte er mich, er habe lange nach mir gesucht und sich sogar geängstigt, ich könne mich verirrt haben im Prunk der Colonna.

»Verirrt«, lachte ich bitter, »verirrt hätte ich mich um ein Haar in den Fängen einer ungezügelten Caritas dei Sabini, die mich für ein wohlfeiles Opfer hielt. O Graus! Und stell dir nur vor, der Kardinal Farnese höchstpersönlich, des Papstes Kanzler, hat sich in einer wüsten Orgie der Fleischeslust hingegeben vor meinen Augen.«

»Und du hast nicht von den süßen Früchten genossen?«

»Was denkst du?« entfuhr es mir wütend. »Wie kannst du Derartiges aussprechen?«

Giuseppe wackelte mit dem Kopf.

»Es ist nichts Verwerfliches in Rom, dem Körper zu geben, was dem Körper frommt.«

»Giuseppe, Giuseppe. Jesus Sirach sagt: Ein Wort zur Unzeit ist ein Braten ohne Salz, im Mund des Ungebildeten findet es sich dauernd.«

Sein Adamsapfel hüpfte. Ich sah, daß er beschämt nach einer Antwort suchte. Er fand keine, drehte sich um und ging.

Nein, es ist nicht einzusehen und darf keinesfalls beschwichtigt werden, daß ein so hoher Kirchenmann öffentlich und ungeniert der Unzucht frönt, als sei's etwas Alltägliches, dachte ich aufgebracht. Es kann kein vernünftiger Weg dahin führen, solcherart Verhalten für tolerabel zu halten. Und doch muß ich mir von allen Seiten bestätigen lassen, daß nicht nur die Simonie und Verpfründungsmentalität für allgemein erachtet wird im obersten Klerus, sondern jede Art von Völlerei, ja sogar vor den Todsünden der Lasterhaftigkeit und – man wagt es kaum auszusprechen – vor Totschlag schreckt der Vatikan nicht zurück, und man weiß nicht zu sagen, ob der wilde, machthungrige Borgiapapst Alexander VI. oder der vergnügungssüchtige Mediceer Leo X. das Papsttum weiter hinabgezogen hat in den Sumpf der Unsagbarkeit.

Herr, warum läßt du dies Übermaß an Verweltlichung deiner Kirche zu, warum schreitest du nicht ein mit dem Flammenschwert deines Zornes? Am Ende hat Luther recht mit all seinen Tiraden. Das wäre das Ende. Ein geläuterter Papst muß her, mache uns, Herr, den Vatikan kirchlich und die Kardinäle anheischig, daß sie einen moralischen Papst wählen im nächsten Konklave.

Was für eine Welt, in der du, mein Gott, solches geschehen läßt. Ich möchte daran verzweifeln und alles hinwerfen, als wäre es nichts. Gib mir ein Zeichen, welches Ziel ich nehmen soll mit meinem Leben, bevor ich meiner Erschütterung Lauf lasse und mich in dieser Enttäuschung zerwühle; Sack und Asche werde ich tragen und mich kasteien, als wäre ich ein Geißler, obgleich sie Ketzer sind, wie jeder Katholische weiß. Welch Zeiten, welch Sitten; mir graut vor diesem Zerfall, und ich wünsche dich als strafenden Gott wie den Gott Abrahams, aber dann fürchte ich deinen Zorn und zittere und bebe und flehe dich an: laß mich einen Gerechten suchen zur Errettung dieses Sündenbabels.

Im Anschluß an den Hochsommer ging das Jahr freudlos dahin, gezeichnet von den Zweifeln am Aufbau des Universums, dem ich mich verschworen hatte und das sich Kirche nannte, erschüttert von immer neuen Nachrichten über Ausschweifungen im Vatikan und hohen Klerus, egal ob innerhalb oder außerhalb der Orden, zerrüttet vom Erleben weiterer und heftiger Straßenkämpfe der römischen Familien und verunsichert durch vielfältige Meldungen über die »Heilige Allianz« gegen den Kaiser. Wie wahr hatte Hadrian kurz vor seinem Tod gesprochen, als er in tiefer Enttäuschung eingestand, das Laster habe eine derartige Selbstverständlichkeit erlangt, daß die damit Befleckten weit davon entfernt seien, überhaupt noch den Gestank der Sünde zu riechen. Und dabei stank Rom zum Himmel.
Der Kaiser aber, er roch es. Sein Heer brauste auf wie Ungewitter im Frühling. Ausgezogen mit Knechten, Kürassieren, Spaniern und leichter Reiterei, zerwühlten und plünderten kaiserliche Söldner unter der Führung des Herzogs von Bourbon die Ebene auf Bologna zu, verheerten und verbrannten Städte und Dörfer und walzten sich sechzehntausend Mann stark auf Rom zu, eine apokalyptische Reiterei, der bewaffnete Zorn Gottes, und in einem wilden Ansturm überrannten sie den aurelianischen Ring, zermalmten die Verteidigungsanlagen, die zwar trotzig und abweisend, aber von nicht zu besetzender Länge waren, und nahmen die Ewige Stadt im Sturm. Es gab kein Halten für die Wüteriche. Tausende von Männern wurden im ersten Ansturm erschlagen. Die gesamte Stadt fiel wüsten Plünderungen zum Op-

fer. In allen Kirchen und über der Erde an jedem sonstigen Orte nahmen die Kaiserlichen, was sie fanden. Einen Gutteil der Stadt schlugen sie in Flammen, zerrissen und zerschlugen alle Kopistereien, Register, Briefe und Kurtisaneien. Und der Zorn verlor jede Moral und jedes Mitleid, schlug blindwütig alles und jeden, verschonte selbst Weiber und Kinder nicht, und es erging mancher der Frauen, die gestern noch schamlos und unzüchtig waren, auf eine Weise schmerzhaft und gemein, daß sich selbst der Freund des blindzürnenden Gottes abwandte vor Entsetzen.

Der Papst floh mit seinem Hofstaat, oberflächlich behütet von seinen Guardiknechten, den tapferen Schweizern, hinein in die Engelsburg; dort versammelte sich der wollüstige Purpur und hoffte, im Ausharren der Strafe zu entrinnen. Doch die Deutschen und die Spanier, gelenkt vom Prinzen von Oranien, zogen ihre Stachel nicht ein, noch schonten sie ihr Gift für spätere Gegner, sondern belagerten mit inbrünstiger Wut die Engelsburg Woche über Woche, bis dem Hofstaat und den anderen Schranzen, die nicht erschlagen worden waren, die Vorräte zur Neige gingen und sich beißender Hunger ihrer verwöhnten Mägen bemächtigte, sie, in ihrer verweichlichten Wohllebe tief getroffen, jeden Nerv zum weiteren Aushalten verloren und im Beginn der vierten Woche die Burg räumten. Den Papst aber fanden die Rächerscharen mit zwölf Kardinälen in einem schmalen, düsteren Saal kleinmütig hingekauert, und unter bitteren Tränen, tief gedemütigt, wie es sich für ein Strafgericht gehört, mußte Clemens VII. die Kapitulationsartikel unterschreiben.

Zwei Monate wüteten die Kaiserlichen auf und zwischen den sieben Hügeln, bis die Pest Einzug hielt in die verderbliche Hitze des Sommers; da zog die Truppe des Zornes in die Marken davon, floh die kranke Luft der darniederliegenden Stadt und hinterließ nichts als Heulen und Zähneknirschen.

»Dein Strafgericht war schrecklich, Herr«, bekannte ich, als die Deutschen und Spanier abzogen, und schnürte meinerseits mein Ränzlein, um der abgestraften Stadt den Rücken zu kehren. Noch wußte ich nicht, wohin es mich verschlagen würde, noch fühlte ich mich ziellos getrieben, aber getrieben fühlte ich mich. Es mußte etwas geschehen; ich wußte nicht, was. Doch das würde sich weisen.

## PROPHET DER VÖLKER

**Z**unächst begab ich mich nach Bologna, der berühmten juristischen Fakultät, an der ich den Doktor beider Rechte erwarb. Über drei gelehrte und einsame Jahre an der Universität hin habe ich die Erhöhung der Sinne zur Überhöhung des Gebetes erfahren. Ich bin tief eingedrungen in den Gegenstand des Rechtes, des kanonischen zumal, und habe in der Zurückgezogenheit die bitteren Erinnerungen an Rom abgeschüttelt. Die eher bescheidene Krönung Kaiser Karls im Dom zu Bologna, zunächst mit der Eisernen Krone der Lombardei, zwei Tage später mit der Krone des römischen Kaisers, schien mir ein weiteres Zeichen hin zu einer notwendigen Reform der Kirche an allen Gliedern, hin zu mehr Aufrichtigkeit und Anstand, weg von Luxuria und Völlerei. Trotzdem rollte sich mit der Anwesenheit von Clemens VII. in Bologna die vergessen geglaubte Erinnerung an jenes abstoßende Rom nochmals auf und gab, bei aller Friedensfreude, die mich zugleich beim Anblick der beiden Schwerter der Christenheit überkam, die sich einträchtig in die heilige Zeremonie einfanden, den Ausschlag, daß ich alles daransetzte, einen bisher lediglich traumhaft angedeuteten Gedanken in die Tat umzusetzen: den Gang an die Sorbonne.
Dann war es soweit, und im Frühling des Jahres 1532 war ich in Paris. Welch enges, unüberschaubares Gassengewirr empfing mich innerhalb der Seine-Schleife, und was für ein durcheinanderquirlendes Volk belebte diese Straßen – im Vergleich zu Rom erlebte ich die Hauptstadt Frankreichs wie einen düsterbeengenden Ameisenhaufen, denn hier zwängten sich mehr Menschen als in der Ewigen Stadt durch kaum halb so breite Straßen. Während in Rom prächtige Paläste, gewaltige Kirchen, ausladende Plätze und kolossale Bauten aus alter Zeit die

Straßenzüge auflockerten, klebten die bis auf vier Stockwerke hochgewachsenen Steinhäuser in Paris eintönig aneinander und beherrschten das gleichförmige Bild. In diesen Straßen war ein Schieben und Drücken, ein Schreien und Rufen wie vor der Lateranskirche am Sonntag, daß man kaum an ein Weiterkommen zu glauben wagte. – Wie erhebend empfand ich nach einer halben Stunde des anstrengenden Durchschwimmens dieser Menschenmassen den Anblick der Kathedrale, die sich wuchtig aus dem Kleinklein der umgebenden Häuser erhob und den Platz vor ihrem rosengekrönten Portal wie eine Königin in ihren Bann schlug; ja, so mußte Marias Kirche aussehen! Und noch ehe ich das Kirchenschiff betreten hatte, wußte ich, dies würde auf ewig die Kathedrale sein, die ich am meisten liebe. Und so ist es geblieben.

Wenige Wochen nach meiner Ankunft übernahm ich Vorlesungen in den Leges und legte meine ganze Kraft darein. Ich hatte über die Güte bei Seneca gelesen, als mich am Fuße des Katheders ein Scholar erwartete und nach dem Grund meines Eintretens für Milde, Güte und Verzeihen fragte, wo sich doch gerade die römische Kirche, wie man etwa aus Spanien allenthalben sagen höre, keineswegs gegen den Sünder und Verbrecher der Güte befleißige.

»Das, mein Sohn, ist eine gefährliche Frage«, erwiderte ich und schickte mich an, den Hof der Universität zu betreten, »weil sie mit ihrer zugespitzten These weder der Wirklichkeit gerecht wird noch dich als einen Freund Roms ausweist. Was, so frage ich dich, ist größere Güte als die Vergebung, die jeder Priester dem reuigen Sünder zuteil werden lassen kann mit einem schlichten ›te absolvo‹, wenn der Sünder offen ist für Gott und die von ihm auferlegte Buße.«

Schon im Gehen hatte ich meine Argumente dargelegt und gemeinsam mit dem Scholaren den Saal verlassen, der in der nächsten Stunde den Philosophen gehörte, die sich mit wildem Eifer auf Erasmus und allerweil wieder Erasmus von Rotterdam stürzten, als sei's der alleinseligmachende Gelehrte der Welt, obwohl er manches zu weltlich betrachtet. Doch unterschied sich eben das lebhafte Paris mit seinen tausend engen Gassen in gar vielem von Rom, fand der Scholar wie der Magister an der Sorbonne eine geistige Freiheit eigener Art, die sich in mancher Fakultät keinen Deut mehr darum scherte, was wer wann wie geschrieben hat. Unter Mißachtung aller Autoritäten huldigte man neuen Ideen mit frei erfundenen Beweisen. Leider kam der rechte Glaube dabei manches Mal zu kurz und blühte die Krittelei gegen die Kirche auf, daß es fast wie in Deutschland mit seinen lutherischen Ketzern war. Andererseits konnte ich nicht alles an dieser regelentkleideten Art des Disputierens und Lesens für schlecht befinden, steckte doch in den neuen Gedanken vielfach Kraft und Zuversicht und ein erquickliches Maß an Wahrheitssuche.

»Ihr tut mir Unrecht, wenn Ihr mich für einen Feind Roms haltet«, platzte der Student in meine Gedanken hinein, »auch wenn meine Rede frei ist von frommer Schmeichelei. Es ist die Wahrheit in Gott, die ich suche und die mich Fragen stellen läßt, Fragen, die Ihr mir noch nicht zur Gänze beantwortet habt.«

»Der Mensch, mein Sohn, soll Gott nicht schauen, sondern auch dann, wenn viele Fragen bleiben, Gott lieben von ganzem Herzen. So gehe du hin und besinne dich darüber. Wenn du dies getan, zeige dich in sieben Tagen auf meinem Seminar.«

»Gern will ich tun, wie Ihr mich heißt; doch sagt, darf ein Freund mich dann begleiten?«

»Dein Freund wird mir willkommen sein. – Wie lautet sein Name?«

»Verzeiht, Doktor, meine Gegenfrage, sollte sie unziemlich sein. Weshalb fragt Ihr nach seinem statt nach meinem Namen?«

»Mein Sohn, ich erkenne in dir und der Art deiner Fragen den suchenden Geist und das wirkende Talent, und ich bin geneigt, dir blühende Tage vorherzusagen, aber die Weise deines Eintretens für den Ungenannten enträtselt mir mehr als alle Worte die Klarheit deines Verstandes, der dich erkennen läßt, wo dein Platz und wo sein Platz ist. Du dienst ihm mehr, als du mir je zu dienen bereit wärst. Daher fragte ich nach seinem Namen zuerst. Doch verzeih, es war allemal verletzlich gegen dich gesprochen; darum nenne deinen Namen.«

»Man nennt mich Alfons Salmerón, und ich danke für Ihre Untersuchung meines Vermögens; manches mag mir schmeicheln, weniges nicht, doch habt Ihr mein Verhältnis zu meinem Freunde gut erahnt. Er wird sich selbst vorstellen, denn dessen dürft Ihr gewiß sein: mein Freund taugt gut zu Eurem auch. – Gegrüßt sei Jesus Christus.«

Er ging behenden Schrittes davon. Ich meinerseits schritt über den Innenhof und zum Tor hinaus, wie ich es mir zur Gewohnheit gemacht hatte nach der Vorlesung, um mich in den Gassen mit sprudelndem Leben zu meiner Ablenkung und Erholung treiben zu lassen.

Unter mancherlei Gedanken hatte ich die Märkte auf der Insel erreicht, die sich teils offen am Platze neben der Meierei befanden, teils durch weitgespannte Gewölbe erstreckten, wo vor allem die Fleischer, Käser und Fischer ihre Stände hatten. Ein Gewimmel herrschte hier wie von roten Waldameisen, die auf ihrem genadelten Haufen durcheinanderfegen. Die Stimmen der Käufer und Bieter schrillten kreuz und quer wie von einem aus der Ordnung gefallenen Chor. Es roch nach einer Vielfalt von Spezereien, die vom fernen Indien und Afrika eingeschifft oder aus dem Süden des Landes waren, daß sich der Gaumen wässerte vor lauter Wohlgerüchen. Gleichviel, ob würziges Muskat oder kerniger Pfeffer, trockene Kümmelhörnchen oder frischgrüner Basilikum, silbriger Salbei oder mattblauer Majoran, gelber Senf oder roter Safran, egal, ob nah oder fern, es fand sich alles, was den Gaumen kitzeln, umschmeicheln, anbrennen und besänftigen konnte. Sämtliche Winzigkeiten lagen hier zum Erwerb, die Verantwortung trugen für die Vollkommenheit des Mahls, wie es die Pariser auf eine Weise bereiteten, die ihre Küche weit über diejenige anderer Gegenden erhob. Menschen und Genüsse quirlten hier auf eine wundersame Weise durcheinander und entführten den, der gedankenschwer von Stand zu Stand schlenderte, in die ferne Welt weiter Ozeane, und selbst ich fühlte mich mehr und mehr des Lebens prall, blieb hier und da stehen, zerrieb Pulver zwischen den Fingerkuppen, kaute an einer gelben Rübe oder prüfte eine grüne Schote auf ihren Geschmack.

Dann trödelte ich weiter zum Vogelmarkt, wo Sittich und Fink, Rotkehlchen und Dompfaff, Kohlmeise und Bachstelze in winzigen Käfigen ihre Fiederpracht zeigten und manch kläglichen Pfiff von sich gaben. Dabei sah ich das Bild des den Vögeln predigenden Franz von Assisi. Ich griff mir ein Herz und kaufte einen Dompfaff, der die Flügel hängen ließ, ging mit meiner Erwerbung auf die Seine zu und schenkte dem Vogel die Freiheit.

Danach wanderte ich beschwingt in den engen Gassen umher, blieb angewurzelt vor einem feuerspeienden, dunkelhäutigen Mann stehen, dem die Anstrengung den Augapfel aus den Höhlen trieb und ein gespenstisches Weiß zum Tiefbraun der Wangen in harten Gegensatz trat, betrachtete lang anhaltend mit innerer Zurückhaltung einen zaundürren Asketen, der sich auf einem Nagelbett reckte und streckte, verteilte an mehrere Gebrechliche einige Heller, gemahnte im Vorübergehen eine leichtfertige Dirne mit rotem Kopftuch, sich des Herrn zu erinnern. Dann kam eine Bude, die mit »Dame ohne Unterleib« überschrieben war. Sofort fühlte ich mein Herz schlagen und die Hände schwitzig werden. Ich berappte ohne Zögern den geforderten Eintritt und trat in die Düsternis, wo sich hinter einer fallenden Wand dünnen Stoffes im flackernden Schein einer halb abgeblendeten Lampe der nackte Oberkörper einer fülligen Matrone mit feisten Backen abzeichnete. Enttäuscht verließ ich die Bude und tappte mir mit der flachen Hand auf die Stirn, weil ich wirklich geglaubt hatte, ich könne auf Gefion treffen.

»Du siehst, wie sehr mir der Freund fehlte«, wandte sich Johann unvermittelt an Ursinus. »Wie wahr spricht Jesus Sirach: ›Ein treuer Freund ist wie ein festes Zelt; wer einen solchen findet, hat einen Schatz gefunden. Für einen treuen Freund gibt es keinen Preis, nichts wiegt seinen Wert auf‹. – Die Wahrheit aber ist, daß ich mich einsam und verlassen fühlte in jenem Paris, und nicht nur einmal verzweifelte ich an meiner Bestimmung. – Die Seele ist arm ohne Freund.«

Ursinus legte stumm seine Hand auf Johanns Schulter. Johann fuhr in der Erzählung fort.

Alfons Salmerón trat als letzter in den Seminarraum, begleitet von einem mittelgroßen Mann, der beim Gehen ein Bein um ein weniges nachzog, dieses Mißgeschick jedoch glänzend durch die sichere Art seines Auftretens überspielte. Seine klaren Augen lagen unter schweren Lidern und waren von stark gekrümmten Jochen beschützt. Eine schmalrückige Nase betonte ein ungewöhnliches Antlitz; die breite Stirn lief auf hochstehende Wangenknochen, von wo hinab sich das Gesicht zu einem Grübchenkinn verjüngte.

»Seid mir willkommen und nehmt die Plätze mir gegenüber.« Ich begrüßte die Ankömmlinge und versuchte mit einer ausladenden Geste zu überspielen, daß mich der Fremde befangen machte. Jeder spürte, daß sich hier etwas anbahnte, das sich nicht ohne weiteres in Worte fassen ließ. Diese Spannung aber, die allen die Worte benahm, sie war gut.

»Unser heutiges Seminar soll von Prophetischem handeln. Jeder kennt die Berufung des Jeremias», eröffnete ich schließlich die Sitzung. »Ich frage euch, wo in der Bibel ihr noch Berichte findet, die Jeremiens gleichen.«

Alfons Salmerón ergriff das Wort und wies zum neunten Kapitel der Apostelgeschichte, wo ein Licht den Saulus niederwarf und Jesus sprach: »Saul, Saul, warum verfolgst du mich?« Dessen nicht genug, zitierte Salmerón das sechste Kapitel in Jesaja herbei, erzählte vom Serafim, der Jesaja die glühende Kohle gegen die Lippen drückte: »Deine Schuld ist getilgt, deine Sünde gesühnt.« Der Herr fragte, wen er senden solle; Jesaja bot sich an, und der Herr erwählte ihn.

»Ja, das ist ein treffliches Beispiel, denn bei Jesaja steht auch geschrieben über Jerusalem, als wäre es heute über Rom: ›Ach, sie ist zur Dirne geworden, die treue Stadt. Einst war das Recht dort in voller Geltung, die Gerechtigkeit war dort zu Hause, jetzt aber herrschen die Mörder.‹ – Wir bedürfen eines neuen Propheten und müssen uns hüten vor den vielen Falschen, die sich durch Satans Betrug in unsere Herzen schleichen wollen, uns den wahren Glauben zu rauben.«

»Wahr gesprochen, werter Doktor«, sagte der Fremde. »Wir müssen alle, so auch Rom, wieder begierig sein auf die göttlichen Gnadengaben. Ohne diese sind alle unsere Gedanken, Worte und Werke so flau und faul, wenig oder nichts wert. Darum müssen wir mit viel Kraft und Eifer nach diesen Gnaden greifen oder doch die Sehnsucht haben, sie zu besitzen; denn wenn wir sie haben, die uns so eine Behendigkeit im Wirken geben, sind alle unsere Taten wohlgeraten und angenehm vor Seiner Göttlichen Majestät.«

Seine Worte eröffneten einen sinntiefen Seminarabend, der sich hinzog über die Maßen, bis ich nicht anders konnte, als an alle die Aufforderung zu richten, sich des theologischen Problems der Berufung zum Propheten bis zur nächsten Sitzung anzunehmen. Dabei hielt mein Auge den Blick des Fremden fest, und als die anderen gegangen, trat jener vor mich hin.

»Man nennt mich Iñigo López de Loyola, und mein Herz wird sich öffnen dem Lehrer, der Seneca auf eine katholische Weise dem Evangelium zu verbinden weiß, wenn Ihr mich annehmt als Euren Schüler, Doktor.«

»Ihr seid mein Schüler niemals, edler Ritter, denn wenn nicht ich zu Eurem Gefolgsmann werde, steht die Welt Kopf«, entgegnete ich, denn ich hatte schon gehört von den »Iniguisten«, von denen mehrfach spöttisch getuschelt worden war, da fühle sich einer besonders berufen und schare Leute um sich zu einem sektiererischen Gottesdienst. Doch in dem Spott, so er mir bruchstückhaft zu Ohren gekommen, lag viel Bewunderung für den spanischen Ritter.

»Werter Doktor, ich bedarf der gelehrten Unterweisung, bin gerade ein Bakkalaureus und noch drei Jahre vom Magister entfernt. Wenn um mich her von einem Kreis gesprochen wird, so ist dies eine Übertreibung der spottlustigen Studentengesellen, die sich in ihren Knäbereien gefallen. Ich bin dem jugendlichen Alter fern mit meinen einundvierzig Lenzen und schaue an, was ist. Nehmt mich als Schüler, so sind wir inniglich verbunden.«

»Was haltet Ihr von Erasmus von Rotterdam?«

»Mögt Ihr mir verzeihen, aber ich hege tiefe Abneigung gegen diesen Denker, denn es weht mich ein Eishauch allzu diesseitiger Vernünftigkeit aus seinen Zeilen an.«

»Wohl gesprochen. Es erfaßt diese Charakterisierung ein Gutteil des erasmischen Werkes. Doch wollt Ihr es für alles gelten lassen?«

»Die Sprache ist recht wohlgeformt, und mancher Gedanke ist der Schöpfung würdig. Die besten Stellen seiner Schriften sollte man ohne Nennung des Autors zusammenstellen, damit ein jeder ihrer genießen kann, ohne daß mit dem Honig der Sprache das Gift des kühlen Geistes aufgenommen werde.«

»Ich sehe wohl, daß wir den Gedankengleichklang nicht üben müssen wie fahrende Musikanten das Zusammenspiel ihrer Instrumente. Wir verhalten uns zueinander nicht wie Schüler und Lehrer, sondern wir halten gemeinsam Seminare und Resumptionen im Hinblick auf Euren Magister und können dabei voneinander lernen.«

»Ihr nehmt mich auf?«

»Nein, Loyola, wir nehmen einander an.«

Der Spanier nickte, und ich lud Iñigo nebst seinen engen Freunden zur abendlichen Tafel.

So lernte ich die ersten Gefährten Iñigos kennen: den temperamentvollen Alfons Salmerón, der sich als ausgesprochen bibelkundig erwies, den schwermütig-stillen Simon Rodrigues aus Portugal, den eigenwüchsig unabhängigen Kastilianer Nikolaus Bobadilla, den scharfsinnigen Jakob Laynez und den bereits dem Lehrkörper der Sorbonne angehörenden Magister Franz Xaver. Ein Gleichklang im Denken und Fühlen entstand, getragen von einem starken Band gemeinsamen Glaubens, das wiederum Iñigo uns geflochten hatte, dessen Lebensgeschichte uns in seinen Bann zog. Rasch wuchsen wir zusammen. Wir trafen uns regelmäßig in meinen Räumen, und Iñigo entdeckte meinen Seminarraum für seine Exerzitien. Er leitete uns an, ihm in die Übungen zu folgen, die er bereits in Manresa niedergeschrieben hatte in seinem kleinen Exerzitienbüchlein.

Dies war ihm ein wichtiges Werk, an dessen theologischer Verbesserung er arbeitete je nach dem Fortgang seiner Studien. Welch eine Auszeichnung für mich, als mich Iñigo eines Tages bat, ihn bei der Abfassung einzelner Kapitel zu unterstützen. Ich half nach bestem Vermögen. Stundenlang disputierten wir über das Für und Wider, gegen die Glaubensirrtümer und Ketzereien der Lutheraner innerhalb des Exerzitienbüchleins kämpferisch Stellung zu beziehen. Manchen Tag ging ich auf in der Erinnerung an den streitbaren Eck und verband mich ganz dem kämpferischen Argument. Aber Iñigo blieb versöhnlich und erlag der Versuchung nicht, eine Streitschrift zu verfassen. Sein friedvoller Geist hielt das Büchlein erbaulich.

Als das Werk vollbracht war, mutmaßten einige, Iñigo sei das Buch von Gott selbst und der Mutter Gottes eingegeben worden wie dem Moses die Zehntafelgesetze. Selbst ich vermeinte an der Art, wie Iñigo manchmal mit dem Wort umging, tatsächlich zu erkennen, daß sich manches zutrage, was Iñigo und der Himmel allein wissen. Da fand sich mehr als frommes Denken und Überlegen, da blitzte die Gnade an manchem Orte. Iñigo brachte sein Wissen von dieser Welt mit all seiner Erfahrung im Gebete ein und verachtete auch nicht die theologische Vernunft, so sie nur vom Heiligen Geist geleitet war und nicht in Vernünftelei ausartete. Und in diesem Punkt, das erfüllte stets aufs neue mein Herz mit Freude, waren wir rasch Brüder im Geiste.

Trotzdem war ich voller Zweifel, ob ich recht tat in dieser sich anbahnenden Gefolgschaft. Letztlich bedeutete dies den Austritt aus meinem Orden, dessen Regeln mir verboten, andernwärts Gelübde zu leisten, und seien es vom Inhalte besehen dieselben.

Was mochte die offizielle Kirche dazu sagen, welche Meinung sich die Inquisition bilden? War Iñigo nicht in Spanien aufgefallen als ein wunderlicher Eiferer? In der Zeit der aufbrechenden Unruhe, die auch das Land der Reconquista ergriff, zeigten einige von Iñigos frühen Verehrern seltene Formen der Frömmigkeit. Manche Übertreibung und Absonderlichkeit in seiner Umgebung gab handfesten Verdruß. Iñigo hatte schon im Netz der Inquisition gezappelt und Untersuchungen und Verhöre, sogar Haft erdulden müssen. Sein Gang nach Paris vor nunmehr sechs Jahren war nicht nur studentischem Antrieb gefolgt. Durfte ich den Schoß des Ordens Benedikts verlassen und diesem Begnadeten folgen, der vielleicht ein Sektierer war? Konnte es angehen, daß ich, ein Doktor der Rechte, ein Magister und angehender Doktor der Theologie und ein geweihter Priester zumal, mich unterordnete unter einen Kleriker, dessen niedere Weihen zweifelhaft waren und der gerade erst anstand, seinen Magister zu erwerben? Sprach nicht Rom dem Laien die Möglichkeit ab, Mittler zu Gott zu sein, und genau diese Aufgabe dem Priester zu?

Doch im Zusammensein mit Iñigo wurden meine Zweifel gering. Auf eine schleichende Weise hatte Iñigo begonnen, meine Bilder von Himmel und Hölle zu verändern. Der Gott der frühen Jahre faserte aus. Dieses klare Vaterbild, das einfach und umfassend Zuflucht bot, verlor sich. Aus dem Fürsten des Himmels wurde ein Wesen des Allüberall. Gott wurde zur Majestät über allen Dingen, nicht nur zu einem übermächtigen Mann, und dabei – und das paßte nun wahrlich nicht aufeinander – entwickelte sich diese Göttliche Majestät zu einem Wesen größten Liebreizes, das die Zuwendung und Zuneigung nachgerade herausforderte und vielfach erleichterte, obwohl es in keiner Weise greifbar oder auch nur begreifbar war.

Manchmal hatte ich seltsame Träume deswegen, sichtete in wirren Fetzen öfter ein sich auflösendes Kruzifix mit einem leidenden Christus, der sachte zu einem Knäblein einschrumpfte, während das Kreuz mehr und mehr an Form verlor; beinahe jeder zweite so geartete Traum ging dann in das Bild des winkenden Kindes über und endete mit der Aufforderung: »Folge mir.« Die anderen Träume dagegen zernichteten jede tröstende Regung und warfen in apokalyptischen Wirren den Träumer in

Schlangen- und Löwengruben bis zur Selbstauflösung. Wieso zwirbelten sich Leben und Zukunft nicht simpel auf, daß ich schlicht an das Gute und gnadenreich Vorherbestimmte glauben durfte? Wieso träumte mir von Zweifeln? Wo ging mein Weg hin? Was plante Iñigo?

»Du fällst in Trostlosigkeit und Anfechtung«, sprach Iñigo eines Tages unvermittelt zu mir, »doch ich flöße dir Mut und Kraft für die Zukunft ein und ich werde dir die Trugwerke des Feindes der menschlichen Natur aufdecken und dir den Weg weisen zu kommenden Tröstungen. Vertraue mir.«
»Ich vertraue dir für mein Leben.«
»Das ist gut. Du hast Gelübde abgelegt, hast die Priesterweihen empfangen. Du bist gnadenreicher, als ich es bin – doch du sollst mit mir und meinen Freunden nochmals Gelübde ablegen, strengere, erfülltere. Wir gründen einen Bund, und du bist mein Sekretär.«
Ich begegnete dem ernsten Blick des Freundes und fühlte den Stolz in meiner Brust schwellen, wie dem Pfau das Rad durch den Hinterleib spannt, und vergeblich versuchte ich mich zu bemäßigen, wie es sich gehörte für einen Mönch und Priester, der frei von weltlicher Eitelkeit sein soll; die Auszeichnung wog zu schwer.
»Ich weiß, du bist jetzt stolz. Und du darfst es sein, denn du bist ein Mensch und sollst nicht kasteien deine Gefühle über die Maßen; doch wende nie deinen Stolz gegen irgendeinen anderen Menschen.«
Am liebsten hätte ich den Freund für diese Worte umarmen mögen und unterließ es nur deswegen, weil ich die Zurückhaltung Iñigos in diesem Punkte kannte und achtete.
»Wir werden die Gelübde auf die Armut, die Keuschheit und die Verehrung des Gottessohnes ablegen und einen wesentlichen Bund bilden. Gott hat nämlich Besonderes mit uns vor.«
»Von ganzem Herzen werde ich mit dir sein, wenn es uns nur gelingt, die heilige Kirche so zu erneuern, daß die Lutheraner getilgt werden vom Festgewande.«

»Ja«, lachte Iñigo, »du warst schon je ein alter Papststreiter und wirst noch mancherlei gute Gelegenheit haben, zumal wir in Bälde deinen Doktor der Theologie feiern dürfen; hast genug Jahre auf dem Buckel, wohl an die fünfzehn, oder?«

»Bald sechzehn, werter Freund, und fühle mich doch kein bißchen weise.«

Iñigo schlug die Hand schräg weg in die Luft, schnalzte mit der Zunge und erwiderte: »Das einzige, was dir fehlt, ist das pralle Leben in der Rüstung und die Erfahrung der Wollust. Aber beides solltest du mir nicht neiden. Es zerschmettert Bein und Herz, durchglüht auf eine selbstliebende Weise die Adern und hindert die Nähe zu Gott.«

»Ich habe durchaus schon gefochten.«

»Na ja, du wirst keine schlechte Figur abgegeben haben!«

»Nein«, ergänzte ich, »außerhalb der Keuschheit bin ich mit Blindheit geschlagen.«

Ein Lächeln huschte über sein Gesicht.

»Das ist gut; aber verdamme mir darob die Weiber nicht; sie sind besser, als Paulus denkt, und wenn wir sie schlecht sehen, so meist, weil wir zu schwach sind, sie gut zu schauen. Was geben wir oft den Weibern schuld, weil wir es nicht verheben, in uns selbst aufgestachelt zu sein zur Wollust; weil wir die Sünde in uns ableugnen, tun wir so, als täten's uns die Weiber an. Aber hat nicht Jesus die Magdalena bekehrt, weil sie es vor vielen anderen wert gewesen war?«

»Die Regina bewegt sich schräg und schlägt alles mittelbar, indem sie von ferne droht«, flüsterte ich, »denn das Frauengeschlecht ist geizig und bemächtigt sich aller Dinge auf ungerechte und raubgierige Art. Doch schreitet die Dame auch geradlinig ihres Weges, weil das Frauengeschlecht in sich das Böseste und Beste trägt und zu edelsten Taten fähig ist.«

»Erinnerungen?«

»Ja. Abt Benedikt. Er lehrte mich das Schachspiel.«

Iñigo legte seine Hand auf meine Schulter.

Am Abend traten wir in der Kathedrale Notre Dame zusammen zum Schwur.

»Einst kehrte ich von Jerusalem heim mit dem tiefen Wunsch, ins Gelobte Land zurückzukehren und einzutreten in ein tätiges Werk mit wahren, hilfreichen Freunden. – Wollt ihr diese Freunde sein?« fragte uns Iñigo.

»Ich will«, sprach Bobadilla, schmetterte Salmerón und murmelte Rodrigues.

»So bin ich denn dein Gefährte, Freund und Bruder. Deine Ziele sind meine Ziele, in deinem Werk gehe ich auf zur Ehre der Göttlichen Majestät«, beschwor Magister Xaver den zu schließenden Bund, und Laynez nickte dazu.

»Ja«, antwortete ich.

Iñigo streckte seine Hände aus, die Handflächen nach oben, und alle legten wir unsere rechte Hand hinein.

Wenig später entwarf Iñigo auf das Genaueste den Plan unserer Reise nach Jerusalem. So rasch wie möglich wollte er sich der Magisterprüfung unterziehen und dann gegen Venedig reisen, um dort die Möglichkeiten der Überfahrt zu erkunden. Wir sollten einstweilen in Paris unsere Studien zu einem Abschlusse bringen. Das hieß für einige der Freunde ein hurtiges Resumptiones- und Disputationes-Halten. Doch bei dem Ausblick auf Jerusalem und mit dem tief gegründeten Vertrauen auf die Göttliche Majestät, die wir in der Kirche ohne Unterlaß tätig und lebendig wußten, ging uns die Studiererei leicht vom Gemüt. Und ehe wir uns versahen, erhielt Iñigo am 14. März des Jahres 1535, zwei Wochen, nachdem ich zum Doktor der Theologie promoviert worden war, als »discretus vir Magister Ignatius de Loyola« sein Diplom ausgehändigt. Sofort reiste er nach Venedig. Wir dagegen mühten uns in Paris, unsere Pflichten an der Universität zu erfüllen, ehe auch wir uns auf die Wanderschaft begaben. Und als wir endlich den Freund wieder trafen, da gemahnte er uns, unsere Gelübde umzusetzen in tätiges Leben, und verteilte uns auf zwei Hospitäler. Dort sollten wir den Kranken Dienste tun, die besonders niedrig und aller Sinnlichkeit zuwider waren.

# DIENER DES HERRN

**D**as Spital fand sich am Rand der Stadt an einem Kanal mit faulig riechendem Wasser, rückwärts durch sumpfiges Gelände von den nächsten Bauten abgetrennt, durch seine Lage ausgewiesen als Haus der Ausgestoßenen. Wenngleich sie hier in Venedig neuen Gedanken aufgeschlossen waren – leider auch in Hinblick auf die Protestanten – und nicht mehr in jeder Krankheit oder körperlichen Mißbildung ein äußeres Zeichen der Sünde sahen, mieden die Venezianer die Gebrechlichen und entledigten sich ihrer Christenpflicht lieber durch Geldspenden. So entstand ein stattlicher Bau, der sechs geräumige Schlafsäle umfaßte, in denen bequem jeweils fünfundzwanzig Betten Platz gefunden hätten; allein, das reichte weit nicht hin, denn durch das Anschwellen der Flotte und die aufreibenden Auseinandersetzungen mit allen möglichen Adria-Piraten waren etliche verwundete Soldaten zu versorgen, die sich den Platz mit den Alten, Siechen und Verkrüppelten streitig machten. So lagen in den beiden hinteren Sälen auf schlecht gezimmerten Pritschen jeweils über sechzig Menschen im Gestank ihrer faulenden Leiber und sehnten nichts als den Tod herbei, während die zum Kanal hin gelegenen Säle mit knapp fünfzig Leidenden überschaubar belegt waren. Daneben fanden sich zwei Räume für die Wundärzte, die mit Knochensägen hantierten und dicken Nadeln, Brennmessern und Skalpellen, blutbespritzt von oben bis unten, als wären sie Schlachter. Auch ein Saal für Kostgänger von außerhalb stand ebenerdig zur Verfügung sowie eine halboffene Schlafhalle für Fremde. In einer Küche wurde täglich in kupfernen Kesseln Eintopf verkocht aus Gemüse und Fleischresten sowie Hirsebrei; sonntags gab es Brot. Zum Sumpf hin hatte man vor einigen Jahren eine Latrinengrube ausgehoben und durch einen Bretterverschlag Männer gegen Weiber abgetrennt, die jeweils für sich den langen Balken besaßen, um sich ihres Kots zu versäubern – wenn sie den Weg noch machen konnten; die ganz Siechen und sonst arg Darniederliegenden besudelten ihr Lager – und das waren nicht wenige. Ach, wie bejammernswert lagen die Todgeweihten in den lumpigen Tüchern, und die konnten noch von Glück sagen, die vor Schmerz oder Verfall bereits ihrer Sinne beraubt waren und nichts mehr spürten noch rochen. So blieb ihnen wenigstens die Dreistigkeit der Ratten verborgen, die als wahre Herren der hinteren Säle über die Betten hüpften und alles benagten mit dämonischer Neugier. Schwarz und langschwänzig zeigten sie bereits den Verfall des Hospizes an, dessen äußere Fassade noch den Glanz seiner Errichtung spiegelte, während innen am Gemäuer grüngraue Stockflecken die Feuchtigkeit bewiesen.

Was für ein Gegensatz, mein lieber Ursinus, was für ein Gegensatz zur eigentlichen Stadt! Die »Serenissima«, wie sich Stadt und Republik stolz nannten, wand sich über zwei Meilen an dem doppelt gekrümmten großen Kanal entlang, der beinahe ein Fragezeichen ausbildete. Am Canal Grande überboten sich die Fassaden der Paläste in ihrem Marmorprunk, und wenn man mit einer dieser schmalen Gondeln, die der Rudermann mit einem langen Ruder stehend über das Wasser treibt, an den feingegliederten Fronten der Paläste vorüberschwebte, war man nicht mehr von dieser Welt. Nirgends habe ich jemals so viel Reichtum gesehen, nicht in Rom, nicht in Bologna, auch nicht in Padua, Genua oder Mailand; sie alle schrumpfen ein im Vergleich zu dieser Königin an der Lagune.

Was für ein Auftakt schon, kaum daß man in den Canal Grande einbiegt: da türmt sich auf schlanken Säulen über drei Stockwerke hinweg die schwerelose Schauseite des Ca' d'Oro, und zum Wasser hin öffnen sich gar viele Balkone, auf denen die Herren stehen, aber auch die Damen, um dem Treiben von Schiffen und Gondeln zuzusehen, was besonders an Festtagen, wie ich leider keinen erlebte, der Fall sein soll. Und von dort geht es auf dem grünblauen Wasser entlang zwischen ununterbrochenen Reihen feenhafter weißer und schwarzer Paläste, unter einer wuchtigen hölzernen Brücke hindurch, die an enger Kurvenstelle den Kanal überspannt, vorbei an der Pracht dieser »Königin des Meeres«, bis sich schließlich die Ufer weiten und man hineingleitet in einen ganz breiten Kanal unruhigen Wassers, den auch größere Schiffe befahren. Schon pfeilt sich die Gondel ihren Weg auf einen marmorblendenden Palast zu, der von einer unendlichen Reihe doppelstöckiger Säulen getragen wird und sich so den Anschein völliger Leichtigkeit gibt: im Palast der Dogen war die Macht beheimatet, die über das Adriatische Meer gebot, aber es doch nicht vermochte, mir und den Freunden eine rasche Überfahrt ins Gelobte Land zu ermöglichen.

Prunk und Pracht erfuhren jedoch, entstieg man erst seiner Gondel und wandelte zwischen zwei mächtigen Granitsäulen hindurch, deren eine den Markuslöwen, deren andere den heiligen Theodor trug, über die Piazetta auf die Piazza zu, wo man unvermittelt vor San Marco stand, dem gewaltigen Dom, eine weitere Steigerung. Wenn du eintrittst in die Vorhalle, so sprechen die Wände und Kuppeln zu dir von der Schöpfungsgeschichte, Ursinus, wie du es dir in deinen kühnsten Träumen nicht vorzustellen vermagst, daß Mosaikbilder jemals an Ausdruckskraft in sich vereinigen können; und wenn du dann weiterschreitest in die Kirche hinein, wird dir das Herz voll und quillt dir der Mund über im Lob Gottes, denn die Mosaike an den Wänden bilden einen einzigen riesigen Goldschrein, und du fühlst dich, als säßest du mitten in des Kaisers Schatzkästlein. Voller Ehrfurcht zieht es einen in die Mitte der Kirche vor den hohen Altar zu einer kunstvoll geschmiedeten Goldtafel, die mit kostbarsten Edelsteinen eingefaßt ist und Gott lobpreist in ihrem strahlenden Glanz. Da stehst du dann und bist ohne Worte.

Das allein also setzte die Stadt schon in einen deutlichen Gegensatz zu den Verhältnissen in unserem Spital; um so krasser nahm ich es wahr, als ich aus San Marco wieder heraustrat auf den großen Platz, auf das Portal der gegenüberliegenden Kirche San Giminiano blickte, den kunstvollen Prunk des erst vor knapp fünfundzwanzig Jahren erbauten Prokuratorenpalastes in mich aufnahm und inmitten dieser Marmorvöllerei ein hölzernes Podest gewahrte, das von Menschentrauben umlagert war: ausgelassenes Lachen, juchzende Freudenschreie, stürmische Anfeuerungsrufe schallten von dort zu mir herüber, und ich konnte nicht anders, als auf diese Bühne zugehen und die Spielleute und Gaukler betrachten, die dort ihr seltsames Wesen trieben. – Nein, Ursinus, Rasso und die seinen fand ich dort nicht, auch wenn ich es vielleicht heimlich erhofft haben mochte. Vielmehr machte sich in der Mitte der gut zehn auf zehn Schritte großen Spielfläche ein kleingewachsener, zierlicher Mann mit einer schwarzen Maske und einem bunten Narrengewand an der Laute zu schaffen, doch mißrieten ihm alle Töne, und er fing zu greinen an wie ein altes Weib ob dieses Mißgeschicks. Da sprang aus einer Ecke ein weißgewandeter Diener daher; er trug eine Halbmaske über den Augen mit einer riesigen Nase wie ein gewaltiger Geierschnabel und einen Federhut mit weit nach vorne gezogenen Ecken, die aussahen wie Eselsohren und dem Diener ein dämliches Aussehen gaben; doch damit nicht genug, hatte er sich einen langen Ziegenbart wachsen lassen und ihn mit klebriger Paste zu einem nach oben gerichteten halben Kreis geformt, fast so, als wolle er sich mit der Bartspitze in der eigenen Nase bohren. Die Zuschauer tobten vor Freude, als dieser Zanni mit tapsigen Hüpfern auf den heulenden Arlecchino zustürzte und wie von Zauberhand unter einem bauschigen Tuch eine bauchige Weinflasche hervorzog. Sofort verstummte das Heulen des närrischen Musikers, legte Arlecchino die Laute auf den Boden und streckte beide Hände nach der Flasche aus. Aber der dämliche Diener schüttelte den Kopf und winkte einen weiteren Zanni, dem im Hut grellrote Federn steckten, heran, auf daß er ein Glas bringe. Die Zuschauer grölten vor Vergnügen, als schließlich unter mancherlei Verrenkung ein dunkler Wein in das Glas floß und der Schwarzgesichtige Freudentänze vollführte, als er den Kelch endlich in Händen hielt. Und ehe ich recht wußte, wie mir geschah, schlug dieser schelmische Possenreißer hintüber ein Rad mit dem Weinglas in der Hand und verschüttete keinen einzigen Tropfen. Was hätte Rasso für diese Nummer gegeben! Nicht genug damit, wischte ein Rocksaum im koketten Hüftschwung einer hübschen Zofe den Staub von den Brettern unmittelbar in das Gesicht der gaffenden Männer und begann ein Verwirrspiel voll verworfener Sinnlichkeit, in das sich die verschrobene Kupplerin Rosetta ebenso einbezogen sah wie der pfiffig-boshafte Gauner Brighella in seinem giftgrünen Habit, der gemeinsam mit Arlecchino dem aufgeblasen daherstolzierenden und prahlerisch um Colombina buhlenden Capitano das Leben vergällte, daß sich die Zuschauer vor Häme schüttelten. Was für ein pralles, sattes Leben, mein Freund, was für eine reiche Leichtigkeit zeigte sich da auf dem Markusplatz, und wie elend und gemein ging es Tag für Tag im Krankenhaus zu.

Mit dem Hahnenschrei stand ich täglich auf, versorgte mich in der Küche mit Brei, Gemüse und Tee, erhielt mit Glück ein frisches Ei, mit viel Glück einen Speckstreifen und einen Kanten Brot. Ich nahm es, wie es kam, denn der Krankendienst war Gottesdienst, wie es bereits Gregor von Nyssa vor mehr als tausend Jahren gefordert hatte von wegen der Abbildung des Menschen als Ebenbild Gottes. Aber er stellte die höchsten Anforderungen an Glauben und Nächstenliebe.

Als ich mich zum erstenmal zum »Saal der Todgeweihten« aufmachte, wie der hintere Saal im oberen Stockwerk genannt wurde, denn dort fanden sich die Pocken-Fieberer, Brustkranken und Schlagfluß-Getroffenen, die ganz Ausgezehrten und die fürchterlich Verstümmelten, fühlte sich mein Magen ganz flau und mau an. Mit einem Bottich klaren Wassers und einem Stofflappen schritt ich von Lagerstatt zu Lagerstatt und wischte bei Bedarf den im Fieberwahn Dahindösenden, den in glühenden Schmerzen Winselnden, den mutlos Weinenden und den erschreckt das Ende Erwartenden die Gesichter frei von Erbrochenem, ehe ich auf dem Weg zurück die Bettlägerigen von ihren Ausscheidungen befreite und somit geringe Linderung brachte. Fast hatte ich meinen ersten Rundgang durch diesen schlimmen Saal, aus dem man jeden Tag einen Leichnam hinauszerrte und auf den Schinderkarren warf, beendet und mußte nur noch in die Ecke zu einem röchelnden Mann, der in graues

Tuch eingewickelt war. Zaghaft hob ich den Stoff an einer Ecke hoch und schrak sofort zurück: da grinste mich ein halber Totenschädel an! Leer bleckte die rechte Augenhöhle, und an dem weißen Grund, wo der Knochen durchschimmerte, labte sich eine blauglänzende, fette Schmeißfliege. Darunter klaffte die Wange; das rotbraune Fleisch, durchzogen von grünen Eiterfäden, gab den Blick auf einen Teil des Gebisses frei, und kaum lag die faulende Wunde offen, schwirrten die Fliegen an und setzten sich an den schwärenden Wundrändern nieder, wie es das Geschmeiß sonst nur an den verklebten Augenrändern von in der Sonne dösenden Rindern tut. Daneben war keine Nase mehr, sondern ein breiiges Loch, durch das blasenwerfend die Atemluft dieser geschundenen Kreatur entwich. Ein Würgen befiel mich. Als sich der Kopf mit einem gurgelnden Wehlaut halb zu mir herüberdrehte, mußte ich rasch wegblicken. Mein Magen krampfte zusammen. Trotzdem hob ich das nässende Tuch weiter an, sah die ausgemergelten Rippen und den eingefallenen Bauch, zog das blutgetränkte Leinen zur Seite und starrte auf einen brandigen Oberschenkelstumpf, der in einem braungrünen Brei faulenden Fleisches und stinkender Exkremente lag. Da brach es mit einem Schwall aus mir heraus, da erbrach ich Brei, Gemüse und Speck, da spie ich das soeben Gegessene auf die stinkende Wunde und würgte alles hervor, als wollte ich den Magen nach außen stülpen. Jetzt aber hatte der Sterbende seinen Kopf so weit herumgewandt, daß er mich mit dem erhaltenen Auge ansehen konnte; Entsetzen, blankes Entsetzen las ich da, aber ich fand kein Wort des Trostes oder der Hoffnung, brachte keinen Ton heraus außer dem immer noch anhaltenden Würgen, das sich rülpsend aus meiner Kehle quälte. Dann verschwammen die Bilder vor meinen Augen, es wurde schwarz um mich her, und ich erwachte auf der Pritsche in meiner Zelle, wo mich die Scham darüber beutelte, daß ich meinen Gottesdienst besudelt hatte.

Als ich den Saal der Todgeweihten zwei Tage später wieder betrat, hatte Gott die gequälte Seele des schwerverwundeten Soldaten zu sich genommen; ich aber war etwas gewappnet gegen die Scheußlichkeiten der Wunden, die alle den Tod in sich trugen. Hier gab es kein Heilen mehr. Zu bresthaft war hier alles, als daß es bei einem noch hätte ins Gute hineingehen mögen. Die Heilmittel wurden nicht an die Todgeweihten verschwendet, und auch sonst mißte man hier jede Linderung. Auch fehlte es allenorts an Wechselkleidung, und die Erbärmlichen siechten weiter in ihrer eigenen Feuchte und lagen sich wund dabei. Die Wunden aber eiterten und schwärten und gaben den Sterbenden einen Ausblick auf das Fegefeuer, das ihnen gewiß schien, denn lebend verließ keiner diesen Saal, und wer sich andernorts vielleicht von den Pocken erholt hätte, den packte die Ruhr des Nachbarn und umgekehrt, und wessen Körper sich aufbäumte gegen das Unabänderliche, den raffte irgendwann das Wundfieber dahin. Die Ärzte betraten diesen Saal höchst selten, eigentlich nur dann, wenn sich eine besonders ausgefallene Konstitution besichtigen ließ, selbst die Bader machten um den Saal der Todgeweihten in der Regel einen weiten Bogen.

Ach, wie oft kämpfte ich gegen die immer wieder aufquellende Übelkeit an, wenn ich allzu schlimme Verwundungen sah oder gar beobachten mußte, wie sich die dreisten Ratten an den fauligen Fleischstümpfen derer labten, denen der Medicus mehr zu seiner Übung als der Kranken Linderung zertrümmerte Gliedmaßen abgesägt hatte. Mit Mühe kämpfte ich den Brechreiz nieder, weil ich mich des Schamgefühls erinnerte, das mich geplagt hatte nach jenem peinsamen Vorfall an meinem ersten Tag im Saal der Todgeweihten. Und um diese Schmach zu tilgen, ließ ich nicht nach in meinem Bemühen, den Unglückseligen Körperöffnungen und Wunden zu waschen und zur Minderung des Schmerzes dem einen oder anderen die offenen Schwären mit Lavendelöl zu betupfen, das ich von einer reichen Signora erbettelt hatte mit Hinweis auf die zerschossenen Soldaten. – Diese Signora übrigens, unterbrach Johann die Erzählung und kratzte sich nachdenklich das Kinn, wird späterhin noch eine Rolle spielen, nicht von der feinsten Art, o nein, sondern übel und gefährlich.

Leichter erfüllte sich der Dienst in den anderen Sälen, in welchen man der Freude zuteil wurde, einen Kranken genesen zu sehen. Das Austeilen von Medizin und Speisung ersetzte mehrteils die Waschungen, gefolgt von Wundversorgung, die nachdrücklich betrieben wurde und mir Einblicke gab in den Aufbau des menschlichen Fleisches, dessen tiefe Verletzlichkeit durch die Schnitte und Stiche der Degen und Schwerter ebenso offenbar wurde wie durch die zertrümmernde Wut der Kanonenkugeln, denen oftmals zur Lebensrettung die Amputiersäge des Wundarztes nachfolgte. Von dem kratzenden Geräusch der Säge, die sich durch ein jugendliches Soldatenschienbein frißt, hatte ich nicht nur einmal Alpdrücken.

Während der gesamten zwei Monate dachte ich kein einziges Mal an die Gefahr der Ansteckung mit einer der üblen Menschheitsgeißeln; ob Pocken, Ruhr oder Scharlach, böses Fieber, Wundstarrkrampf oder Schwindsucht, ich bekümmerte mich nicht um die Gefahren, sondern verrichtete meinen Dienst mit allen mir gebotenen Kräften. Allerdings spürte ich diese nach sieben Wochen schwinden, meldete sich abends öfter Schwindel und rasch anfallender Schlaf, der nach drei Stunden einem quälenden Wachsein wich, und dann betete ich leise: »Herr, kraftlos bin ich und ganz zerschlagen, und ich rufe nach dir in der Qual meines Herzens.«

Ich hielt durch, aber ich war unendlich erleichtert und zugleich nicht wenig stolz, als Iñigo uns aus den Spitälern zurückrief und beauftragte, nunmehr nach Rom zu gehen, um dort die päpstliche Erlaubnis zur Jerusalem-Wallfahrt einzuholen.

»Johann«, wandte sich Iñigo an mich, »in Paris schon habe ich dir gesagt: Werde mein Sekretär. Nun soll es sich vollenden, und ich bitte dich, führe die Freunde nach Rom und erhole die Erlaubnis des Papstes. Löse dich und Paschasius aus den Orden und versuche, uns die Gnade des Priestertums zu erwirken. Ich selbst verweile hier, denn es ist mir eine Begegnung mit dem Doktor Ortiz nicht geheuer, dem ich trotz seiner Gelehrsamkeit einst in Paris vehement den Weg weisen mußte. Mehr noch aber möchte ich ein Zusammentreffen mit dem Kardinal Caraffa vermeiden, denn ich setzte ihm coram publico Widerworte von wegen der Gründung seines Theatinerordens. Meine Anwesenheit soll der Sache nicht schaden, die sich, das spüre ich deutlich, dieses Jahr entscheiden muß.«

Zehn Jahre später – es war ein anderes Rom, in das ich die Gefährten am Palmsonntag des Jahres 1537 führte, als jenes im »Sacco di Roma« untergegangene; Bautätigkeit allenthalben, prächtige Bürgerhäuser und Paläste an Stelle der niedergebrannten Straßenzüge. Neue Brunnen entstanden an breit angelegten Straßen und Plätzen, die Kirchen erstrahlten in wiedergewonnenem Glanz, und bei den Menschen straffte eine friedfertige Zuversicht von innen heraus die Haut. Nicht der Camposanto war diesmal unser Ziel, sondern das spanische Hospital Sankt Jakob, dem Iñigo freundschaftlich verbunden war, und wir feierten dort mit den anderen die heilige Messe in der Erwartung der Karwoche und der österlichen Verheißung.

Niemand trägt einem hohen Kleriker in der Karwoche eine Bittschrift vor, und so besuchten wir wie die übrigen Pilger die wichtigen Kirchen eine nach der anderen, San Giovanni in Laterano, Santa Maria Maggiore, die Kirche vom heiligen Kreuz, San Laurentius und Stephanus, Santa Maria in Cosmedin, natürlich auch San Anastasius und zu guter Letzt die Kirche des Papstes, alle verschönert in neugefundener Gottesliebe, besonders auffällig bei der alten Bischofskirche des Papstes, denn nach der Verwüstung hatten sie hier eine der prachtvollsten Kassettendecken aus Holz eingesetzt, die je in der Welt geschnitzt wurden. Und die Gefährten waren tief in ihrem Herzen beseelt von dieser Stadt und gekräftigt in ihrem Glauben. Auch was man von Papst Paul III. hörte, der vor zweieinhalb Jahren den Mediceer Clemens abgelöst hatte, klang ermutigend. Obwohl ein Kind der schlimmsten papistischen Auswüchse, nämlich Bruder der weithin bekannten und begehrten letzten Geliebten Alexanders VI., Bruder von »la bella Giulia« und bald Kardinal von ihren Gnaden, zudem ehrgeizig bestrebt, den Aufstieg der Farnese zu krönen und Kinder wie Enkel vorteilhaft zu verheiraten oder zu belehnen, war Paul III. ein friedliebender Mann und daran interessiert, die Mißstände im Vatikan, ja insgesamt in der Kirche zu reformieren. Kaum vier Monate im Amt, hatte er Gesandte an die europäischen Höfe geschickt, um dort seinen Beschluß mitzuteilen, daß ein allgemeines Konzil einberufen werden solle, das nunmehr in zwei Monaten tatsächlich in Mantua eröffnete. Unter der Führung des Kardinals Contarini beauftragte der Papst daneben eine Kommission mit der Ausarbeitung eines Gutachtens über die Mißstände in der römischen Kirche und die Wurzeln vieler Unbill als Grundlage für eine wahrhafte Erneuerung der Kirche. – Ja, dieser Papst mochte die reinigende Kraft erkennen, die uns Gefährten trieb.

So schritten wir frischen Mutes am Morgen des Osterdienstags nach dem Vatikan und suchten dort um eine Audienz beim Pontifex Maximus nach. Als wir im Büro der entscheidenden Institution auf den Doktor Ortiz aus Paris trafen, der sich in der Franzosenhauptstadt als Iñigos Feind geriert hatte, wollte mir kurz der Mut sinken. Doch wider Erwarten entpuppte sich Ortiz als Gönner und verschaffte uns sofort eine Audienz beim Papst, wenngleich unter ungewöhnlichen Umständen. Wir sollten nämlich eine Disputation halten, während der Heilige Vater mit den um ihn versammelten Purpurträgern zu Mittag speiste, und als Gegner waren drei römische Theologen gesetzt zum Thema des freien Willens. Ich erwählte als Mitdisputanten den bibelfesten Salmerón und den scharfsinnigen Laynez, und zur gesetzten Stunde traten wir in den geräumigen Speisesaal.

An langer Tafel thronte obenauf Paul III., und zur Rechten und Linken saßen, entsprechend ihres Ranges und des Alters ihrer Würde, die Höchstrangigen zunächst des Papstes – bis hinunter zum jüngsten Kardinal an die zwanzig Kirchenfürsten. Auf den freien Platz vor der Tafel, so, daß Paul nur geradeaus zu blicken brauchte, waren zwei große Katheder schräg gegeneinander gestellt, an welchen wir uns aufstellten.

Die Zuschauer wuschen sich die Finger in von Dienern gereichten Schälchen und lobten gegen den Pontifex hin den Einfall, diesen Osterdienstag mit Unterhaltung kurzweilig zu gestalten.

Der Papst gab das Zeichen, und schon legte der römische Magister Puncini los in alter scholastischer Tradition, daß es dringender Quaestion bedürfe zu erfahren, ob von Gott dem Menschen ein freier Wille überlassen sei, wobei es bejahendenfalls weiter einer Quaestion bedürfe, inwiefern dieser freie Wille sich auch gegen Gott selbst richten dürfe. Schon diesen allgemeinen Auftakt beklatschte das Kardinalskollegium, spendete auch den aufgelegten gebratenen Wachteln, die das Mahl eröffneten, gehörigen Beifall, und in die gelehrten Ausführungen der Disputanten hinein knackten nicht nur einmal Knochen.

Ha, wie die Kardinäle schlemmten!

Beflissene Diener trugen auf kunstvoll verzierten Silberplatten die Speisen herein, deren Duft selbst die Sinne der Disputanten betörte. Da lagen feinste Teigstrudel mit grüner und roter Füllung auf einem zartgrünen Spiegel gebundener Soße und rissen den Puncini zu einem Lobgesang auf Crespelle di Fagiolini hin, einer wahren Gnade des Herrn, die beweise, wie wenig weit es mit dem freien Willen des Menschen her sei.

»Wie denn, so frage ich, und mit mir alle Gebildeten, soll der Mensch sich solche Köstlichkeiten ganz allein ausdenken?«

»Gnade und freier Wille wirken zusammen«, hielt ich dagegen und ergötzte meinen Blick bereits an dem verführerisch duftendem Ossobuco, einer in Tomatenmark geschmorten Kalbshaxe, deren Zartheit den hohen Würdenträger zustimmende »Ohs« und »Ahs« entlockte, welche der römische Disputant als Billigung seiner Äußerungen nahm.

»Unfug«, tat er daher meinen Einwand ab und überschüttete mich mit einem Schwall unsinniger und – was die Sache für ihn nachgerade peinlich machte – widersprüchlicher Argumente, die keiner Erwiderung bedurften. Mochte er sich mattreden, der Gute; ich gab nur gelegentlich ein Widerwort und genoß ansonsten den Augenschmauß der delikaten Speisen, wenn ich ihrer schon nicht am Gaumen nachspüren konnte.

Zwischenzeitlich war die Tafelrunde bei ihrem vierten Gange angelangt. Die Purpurnen sprachen dem Wildschweinbraten mit schmatzendem Genuß zu und widmeten der Disputation kaum Aufmerksamkeit. Das kränkte den Puncini sichtlich, zumal er sich im Besitz der besseren rethorischen Gabe vermutete, und ließ seine Rede immer hitziger werden. Nun schien mir der Zeitpunkt gekommen, ihn mit einem hübschen Gleichnis zu verwirren.

»Paulus hat gesagt: Gratia mecum operator«, leitete ich meinen Angriff ein.

»Was kommt er mir jetzt mit Paulus«, schnaubte Magister Puncini und warf den schmatzenden Kardinälen einen haßerfüllten Blick zu.

»Ambrosius, Hieronymus, besonders Augustinus deuten an, daß die Gnade der Reiter ist und der freie Wille das Pferd«, legte ich nüchtern, wie ich es von Ecken einst gelernt hatte, meine Argumente dar. »Ohne die Gnade Gottes besitzt freilich unser Wille keine Aktivität.«

»Augustinus nennt nicht den freien Willen, sondern den verwundeten Menschen als das Wesen, das auf das Pferd gehoben wird«, schleuderte der Römer gereizt in den Raum und schlug mit der Faust auf den Katheder, so daß einige erschrocken aufblickten.

»Wie ungestüm«, lachte ein Jungkardinal. »Ihr seid also jetzt bei den Pferden angelangt.«

»Aber ja doch«, entgegnete ich, »allein es gebricht diesem Römer da an der Kunst des Reitens, denn wenn ihr ihn nur recht betrachtet, zäumt er erstens sein Pferd von hinten auf, setzt er sich zweitens schräg in den Sattel, wie es sicher auf alle Ewigkeit hin niemand tun wird, versucht er drittens seinen Gaul mit falschen Zitaten aus Augustinus dazu zu verleiten, Sprünge wie ein Hase zu machen, und vermeint er gar viertens, wenn er nur lang genug am Schweif des Tieres reiße, gebe der Hengst Milch wie eine Kuh.«

Magister Puncini riß den Mund auf wie eine Fischreuse, brachte aber außer einem »Aaahh« keinen Ton hervor, während die Kardinäle sich bogen vor Lachen. Selbst Paul ließ ein Kichern hören, als sitze er mitten in einer Mädchenrunde und werde unter den Achseln gekitzelt.

»Doch möge wieder die Gelehrsamkeit aus meinem Munde sprechen«, fuhr ich fort. »Augustinus legt unserem Willen wie allen causis secundis eine Aktivität bei, auch bezeichnet er den Willen im Gleichnis von Pferd und Reiter als ein iumentum. Gnade und freier Wille wirken also zusammen.«

»Halt ein, halt ein«, rief ein gelöster, mit dem Leben versöhnter Papst. »Möge der Puncini gehen. Ein braver Mann taugt allein nicht gegen wahre Gelehrsamkeit, die sich den Fürwitz zunutze macht.«

Er hieß mich im Vorraum verweilen, bis er mit den Kardinälen die Tafel geendet hatte, und als dies geschehen war, empfing mich Paul III. in seinem Audienzzimmer und nahm die Bittrede entgegen.

»Heiliger Vater! Doktor Johannes Kätzler, demütiger Bittsteller Eurer Heiligkeit, Priester im Orden der Benediktiner, hat sich unter vielen Mühen hierhergebegeben, Eure Gnade zu erlangen für sich und seine Freunde. Euer Diener trägt das Verlangen, zum Heiligen Grab in Jerusalem zu wallfahren und die anderen heiligen Orte jenseits des Meeres zu besuchen, wie er es schon geraume Zeit früher beschlossen hatte. Und er möchte dort an einem der heiligen Orte eine Zeitlang, soweit es auf ihn ankommt, in frommen Übungen verweilen. – Nun darf man das aber gemäß einer von Papst Clemens V. heiligen Andenkens erlassenen Konstitution ohne ausdrückliche Erlaubnis des Heiligen Stuhls nicht tun. Deshalb bittet Euch Euer Diener um diese Erlaubnis, und daß sie sich miterstrecke auf die zwölf Gefährten, die gleiches tun wollen zur Verherrlichung Jesu Christi. Und wenn Ihr diese Bitte gewährt, so gewährt auch die nächste, Eure Diener Johann Kätzler und Paschasius Broet aus den Orden Benedikts und der Zisterzienser zu entlassen und ihnen zu gestatten, ohne weitere Unterwerfung unter Orden oder Bischof Beichtjurisdiktion ausüben zu dürfen. – Und um Genüge zu tun aller Formalia, erlaubt Eurem Diener, Euch diese Bittschrift zu überreichen.«

»Schüler meines Nuntius, du hast mir viel Freude bereitet mit deiner Disputation, und ich nehme deine Bitte entgegen, sie mit

Wohlwollen zu prüfen. Harre in Geduld meiner Entscheidung.«
Dann gewährte mir der Papst den Ring zum Kuß und entließ
mich zu meinen Gefährten.

Wir mußten bis Ende April warten, ehe wir die Ausfertigung
der Papiere erhielten, doch waren wir dann um so reicher beschenkt. Der Papst entließ mich aus dem Benediktinerorden
und erteilte uns die Wallfahrtserlaubnis. Darüber hinaus erlang-
ten wir die besondere Gnade der Dimissorien; wir durften Priester sein, ohne einen ständigen Bischof zu haben und ohne
einem Orden anzugehören. Nun konnten alle Gefährten, die
noch nicht geweiht waren, die Priesterweihen erhalten, die niederen, die höheren und das Presbyterat; sogar Salmerón bekam
sogleich Altersdispens. Für die Gefährten aber, die bereits Priester waren, stellte der Vatikan einen Tag vor unserer Abreise ein
Dokument für umfangreiche Beichtjurisdiktion aus. Überglück-
lich kehrten wir zurück und erfüllten bei unserer Rückkunft in
Venedig dadurch, daß wir alles, was sich Iñigo je gewünscht,
schriftlich in der Tasche trugen, unserem Meister den Lebens-
traum.
So wohlgesonnen uns aller Purpur begegnete, so abweisend verhielt sich die Welt gegen unsere weiteren Pläne; in weite Ferne
rückte die Pilgerreise wegen des Krieges, den Venedig nunmehr
gegen die Osmanen führte, der die ungehinderte Passage der
Adria verhinderte wie auch das Weitersegeln gegen Palästina. So
schickte Iñigo die Gefährten jeweils zu zweien hinaus auf die
kleinen Städte des venezianischen Gebiets, damit sie Ruhe fän-
den für Zukünftiges. Würde sich eine Gelegenheit zur Überfahrt
ergeben, wären alle rasch zur Stelle. Ehe aber Iñigo und ich nach
Vicenza gehen konnten, woselbst wir uns niederlassen wollten,
galt es noch einige Vorbereitungen zu treffen.
Kaum hatten die Gefährten Venedig verlassen, überkam Iñigo
eine Kolik ungekannter Heftigkeit von seinem üblen Magen her,
daß ich in der Befürchtung des Schlimmsten beinahe verzagte.
Seit langem plagte der böse Magen den geprüften Körper, und
über die Pariser Jahre hin hatte sich die Krankheit verschlimmert,

ohne daß jemand ein Mittel dagegen gefunden hätte. Ein herbeigerufener junger Arzt vermeinte in einer Verkühlung des Übels Wurzel zu erkennen, und trotz der frühsommerlichen Hitze befahl er, den Kranken in dicke Decken zu hüllen und Fenster und Türen dicht zu schließen, damit keine frische Luft hereinströme. Zur inwendigen Erwärmung des Magens verordnete er schweren Wein und verbot jede andere Flüssigkeit. Iñigo verbrannte fast vor Durst und wagte nicht, nach Wasser zu verlangen, so voller Vertrauen war er gegen den Medicus. Jedoch das Fieber stieg.

Aufgewühlt von tiefer Sorge entzündete ich in Sankt Markus eine Opferkerze und schickte ein flehentliches Gebet zur Jungfrau Maria, als sich hinter mir jemand räusperte. Im Halbdunkel erkannte ich jene reiche Signora, die mir einst von ihrem Lavendelöl gegeben hatte, damit ich die Leiden der Kranken lindern könne.

»Was bewegt dich heute, deutscher Mönch? Du scheinst in Sorge.«

»Ich bin es auch, denn mein Freund und Meister liegt darnieder mit üblem Leib.«

»Ist er gut versorgt?«

»Des bin ich nicht gewiß. Ich wäre froh, ich kennte einen fähigen Bader, allein, ich bin nur mit den Ärzten hier vertraut.«

»Sag – ist dein Meister jener Spanier, der mit glühenden Augen nach einer Gelegenheit sucht, Jerusalem zu erreichen.«

»Iñigo López de Loyola«, bestätigte ich.

»Wenn du gestattest, schicke ich euch den besten Bader der Stadt, Tommasse Tornamagno. Er steckt noch jeden Arzt in die Tasche.«

»Ihr seid zu gütig, Signora.«

»Wo findet der Bader deinen Meister?«

»Bei Scalpucci, kennt Ihr die Familie?«

»Wie sollte ich nicht? – Kehrt geschwind um, bald wird der Bader kommen.«

Und wirklich war ich kaum zurück, als der wackere Wundarzt eintraf und sich den Kranken besah.

»Oh Gott«, rief er aus, »wollt ihr den Guten von hinnen bringen? Reißt Fenster und Türen auf. Bringt Wasser, auf daß er viel trinke. Macht Wickel von kaltem Wasser um seinen Bauch und seine Waden. Nehmt den Wein weg, das ist Gift.«

Iñigos Zustand besserte sich über Nacht. Zwei Tage später beruhigte sich auch der Magen, und nach einer Woche fühlte sich Iñigo so tatenkräftig wie in besten Zeiten.

Seiner ritterlichen Herkunft eingedenk bat er Tommasse Tornamagno, er möge der Signora, die ihn herempfohlen habe, seine Dankbarkeit übermitteln und anfragen, ob es sittsam und willkommen sei, wenn er seinen Dank persönlich abstatte. Hochwillkommen war der Signora dies, denn noch selbigen Abends glitt ihre Gondel heran und überbrachte ihr Bote die Einladung zu einem kleinen Abendessen, das, so vergaß die Dame nicht zu betonen, auf die Empfindlichkeit des Magens wohl Rücksicht zu nehmen wisse.

Sein bestes Tuch legte Iñigo an, ehe er sich in die Gondel setzte und davontragen ließ in die dunkle Lautlosigkeit des Kanals.

Die Diener empfingen ihn in dem Palazzo mit zurückhaltender Ehrerbietung und führten ihn in einen kleinen Saal, der angefüllt war von edelsten Pflanzen, erleuchtet vom Schein Hunderter Kerzen. Vor einem rundgeschwungenen Balkon fand sich die Tafel gedeckt für zwei Personen, und als Iñigo darauf zuschritt, trat unter einer Palme die Dame des Hauses hervor.

»Es ist einer Franchetti eine hohe Ehre, dem spanischen Edelmann Iñigo López de Loyola Gastfreundschaft anbieten zu dürfen.«

Iñigo verbeugte sich sanft gegen die Herantretende, deren schlanker Leib von dichtem Seidenstoff bester chinesischer Art umschmeichelt wurde, wie es sich für die Heimat des großen Weltreisenden Marco Polo geziemte. Eng umschloß edles Blau den langen Hals und fiel bis auf die Marmorfliesen hinab. Weitgeschnittene Ärmel gaben, als Giovannina Franchetti den Arm gegen Iñigo zum Handkuß hob, das Weiß eines wohlgeformten Armes preis. Iñigo entbot den Kuß in bester spanischer Weise, nahm den Arm seiner Gastgeberin und ging mit ihr hinaus auf den Balkon, von wo ein herrlicher Blick über den Kanal die Schönheit der Serenissima aufs beste unterstrich. Wie es die Sitte gebot, erzählte Iñigo von seiner Familie und lauschte dann seinerseits den Worten der Signora. Und während sie ein in vielen Gängen aufgetragenes Mahl einnahmen, plauderten sie über ihre Familien und die Politik, auch über manchen Widerspruch, den es zwischen spanischen und venetianischen Anliegen gebe, was sie gleichwohl nicht daran hindern sollte, ihre Freundschaft zu vertiefen. Auf das Angenehmste zeigte sich dabei Giovannina angetan von Iñigos Glaubensmission, und sie versprach, sich für seine Anliegen in der Stadt besonders einzusetzen, wenngleich – wie sie bedauernd einflocht – der langwierige Krieg mit den Osmanen die Aussicht auf baldige Überfahrt nach Jerusalem nicht hebe.

Der Abend schritt voran, und nach einem vorzüglichen grauen Burgunder und einem überragenden Vin Santo waren sie bei einem schmeichelnd-fülligen Rotwein aus Montalcino angelangt, dessen kräftiger Körper sie in eine selten erlebte Nähe von du zu du führte. Sie standen, die Gläser in der Hand, auf dem Balkon, als über der Kuppel von Sankt Markus ein erster Morgenhauch aufdämmerte. Giovannina suchte Iñigos Blick und fand ihn. Mit einer verspielten Bewegung knöpfte sie in ihrem Nacken die Stola auf, die verantwortlich war für die hochgeschlossene Züchtigkeit ihres Kleides. Ein gestreckter Finger hob den Stoff leicht an, auf daß er sachte hinabgleite über die Schultern. Ein Netzgespinst von Seide überspannte ihre Brust. Schwellend lockte die Rundung, heraufgebunden von einem aus Spitze gearbeiteten Mieder. Die Signora lächelte vielsagend und erhob ihr Glas.

»Keine Stadt der Welt wird je dieses Venedig an Schätzen übertreffen«, sagte Iñigo und vollführte eine weitausholende Bewegung ringsum.

»Manche davon könnten dir zu Füßen liegen«, sprach die Franchetti. »Möchtest du mein Begleiter sein, solange dich das Schicksal an diese Stadt bindet?«

»Gern nehme ich deine Gastfreundschaft an, wenngleich ich nicht weiß, ob ich sie je erwidern kann.«

»Das brauchst du nicht. – Als meinem Cicisbeo gehört dir mein Haus so wie mir selbst, und einzig die Gemächer, die meinem Gemahl vorbehalten sind, müssen dir verschlossen bleiben. Alles andere, so gesteht es mir mein Ehevertrag zu, ist so dein, wie es mein ist.«

»Regelt ihr Venezianer die Gastfreundschaft im Ehevertrag?« fragte Iñigo verwundert.

Giovannina lachte und trat unbekümmert neben Iñigo.

»Die Gastfreundschaft nicht. Den Cicisbeo schon, mein Guter.«

Langsam legte sie den Kopf in den Nacken und schloß die Augen.

»Giovannina«, räusperte sich Iñigo. »Ich bin Priester.«

»Ich weiß. Bischöfe und Kardinäle sind die besten Liebhaber.«

Iñigo trat zwei Schritte zurück.

»Du sollst mich nicht mißverstehen. Ich habe Keuschheitsgelübde abgelegt. Ich habe vor, sie zu halten.«

»Zier dich nicht, du edler Ritter«, flötete sie und näherte sich ihm wieder, »warst ja einst kein Kind von Traurigkeit. Die Loyola haben einen Namen.«

In ihre Stimme mengte sich eine Spur Rauhheit, als ihre Hand seinen Nacken griff.

»Du mußt dich nicht fürchten. Ausdrücklich hat mir mein Gemahl im Ehevertrag den Cicisbeo zugestanden. Du darfst mein Liebhaber und Begleiter sein zu jeder Stunde, die nicht zwingend mich an der Seite meines Mannes verlangt. Es geschieht bei vielen ganz offen; doch deinem Stand zuliebe und meinem Gatten zur Freude werden wir darauf verzichten, gemeinsam auf Bälle zu gehen.«

»Aus tiefster Seele bleibe ich keusch, so glaube mir«, entgegnete Iñigo, stellte sein Weinglas ab und wich abermals einen Schritt zurück. »Im übrigen scheint es mir besser, wenn ich dich nach all dem genossenen Wein allein lasse.«

»Willst du einer Franchetti das Angebot ausschlagen, ihr Cicisbeo zu sein? Schau mich an, betrachte diesen Körper, der dir mehr Wonne schenkt als irgendetwas sonst auf dieser Welt! Du darfst ihn dir nehmen, es ist rechtens. – Kein Mann käme auf die Idee, da nein zu sagen.«

»Ich habe bereits nein gesagt.«

»Wie kannst du es wagen ...«, brauste Giovannina auf. Ihre Stimme zerriß beinahe in der Höhe, so singend wurde ihr Ton, als sie ein zornig-fragendes Iñigo rief. Die dunklen Pupillen rutschten nach schräg oben hin weg. Ihre blassen Lippen zitterten. Geballte Fäuste, die langsam wieder aufgingen, pumpende Bewegungen machten. Ihr Blick wurde wieder klar. Ihre Haut rötete sich wieder. Hörbar atmete sie ein. Dann trat sie lächelnd näher, nestelte an der Verknüpfung ihres Kleides unter der Achsel, bis die Seide ins Gleiten geriet. Zupackend riß sie ihr Mieder auf. Weiß prangten feste Brüste. Grellrot sprangen bemalte Brustwarzen vor.

Iñigo erblaßte, wandte sich ab und rannte hinaus.

»Wenn dies dein Ernst ist, so wirst du es bereuen«, rief die Gekränkte, dann fiel die Tür hinter Iñigo ins Schloß. »So entrinnt kein Cicisbeo! Nicht einer Franchetti!«

Ungestüm zerschmetterte sie ihr kostbares Weinglas auf dem Boden.

Tag für Tag schickte von da an Giovannina Franchetti ihren Diener vorbei mit der dringenden Aufforderung, Iñigo möge des Abends in den Palazzo kommen. Iñigo kam diesen Bitten nicht nach, und nachdem wir hinsichtlich einer Überfahrt die letzten Regelungen mit einem Kontor getroffen hatten, zogen wir uns eilig ins Kloster San Pietro in Vivarolo zurück, von welcher Einsiedelei es uns mehr und mehr hinaus zum Predigen zog. Welch ein Auflauf, als wir hüteschwingend in den Gassen standen und Iñigo, Jakob und Johannes in ihrem harten Latein, das sie mit Spanisch und Französisch durchmischten, das Evangelium ausriefen. Neugierig lief das Volk herbei und nach wenigen Minuten spottend wieder auseinander, bis ich mit der Übung meiner Zunge dreinfuhr in die Häme und das Lachen und vom Evangelium donnerte wie ein leibhaftiger Apostel. Ich stand in der Sommerhitze und sammelte die Menschen um mich und sprach das Gleichnis vom Sämann. Die gleichen Menschen, die eben noch die fremden Beter verspottet hatten, jubelten uns nun zu, und ohne daß ich und die Freunde es gewußt hätten, war dies die Geburtsstunde der Gesellschaft Jesu in ihrer Ausrichtung auf das Predigerdasein und die Bekehrung der Welt.

Einige Wochen später erhielten wir Nachricht aus Venedig, der Krieg mit Soliman ziehe sich hin. Da verabredete ich mit Iñigo in vertrauter Beratung, daß etwas Planmäßiges geschehen und gearbeitet werden müsse, daß es nicht getan sei mit planlosen Straßenpredigten, sondern es anstehe, in der gelehrten Welt vorzuschreiten auf dem Weg zu einer wahren Verherrlichung Christi. Daher schickten wir die Gefährten in die wichtigsten Universitätsstädte zwischen Venedig und Rom, woselbst sie dozieren und versuchen sollten, neue Freunde zu gewinnen, um den Kreis schlagkräftig zu erweitern. Bei aller Lehrtätigkeit sollten sie nicht auf eine ordentliche Seelsorge vergessen und auch den Spitaldienst nicht vernachlässigen, damit sich in ihrem Lebenswandel stets das der Welt und Gott zugewandte Dienen in Christo zum Ausdruck bringe.

Alles schien geregelt, und die Gefährten waren drauf und dran, sich auf die Universitäten von Padua, Ferrara, Bologna und Siena zu verteilen, als Iñigo eine Ladung vor die venezianische Inquisition erreichte, die einen aufgrund einer üblen Nachrede anhängig gemachten Ketzerprozeß gegen Magister Ignatius von Loyola zu einem Abschluß zu bringen gedachte.

Hatte sich der Theatinerkardinal gerächt? Standen andere Übelwollende im Weg? Oder war es gar Giovannina Franchettis Rache? Wer konnte es wissen? Der Inquisitionsprozeß erlaubte es nicht, Einblick zu nehmen in die dem Gericht vorgetragenen Beschuldigungen; der Beklagte mußte sich bemühen, die gegen ihn erhobene Anklage zu entkräften, und versah sich dabei teilweise dürftiger Mittel.

Doch Iñigo verzagte nicht, sondern erinnerte sich im Gegenteil seiner ritterlichen Vergangenheit und stürmte zornesmächtig in meiner Begleitung nach Venedig, um dort mit meinem rechtlichen Beistand ruhe- und rastlos den Prozeß voranzutreiben bis zu einem einwandfreien Abschluß, den der Richter Casparo di Dotti in Anerkennung der Sendung des spanischen Ritters in einem lobenswerten Urteil beurkundete:

»Herr P. Ignatius v. Loyola ist vollkommen freizusprechen von allen ihm gemachten Vorwürfen, die uns und unserer Kanzlei ohrenbläserisch zugetragen wurden; wir erklären diese Vorwürfe für eitel, frivol und falsch und sprechen ihn hiermit gänzlich frei. Wir tragen allen, die mit dem Prozeß zu tun hatten, von nun an auf, davon nicht mehr zu sprechen. Und wir erklären, daß besagter Herr P. Ignatius v. Loyola war und ist ein Priester von frommem Lebenswandel und guter wissenschaftlicher Ausbildung, von ausgezeichneter Herkunft und bestem Ruf, der in dieser Stadt Venedig bis auf den heutigen Tag durch Lehre und gutes Beispiel gewirkt hat. Und das sagen, erklären und verkünden wir mit bestem Gewissen, so gut wir können. Gott sei Lob!«

Am Abend des Tages, an dem wir das Urteil erhielten, brachte ein Bote der Franchetti einen langen Brief. Iñigo nahm ihn ärgerlich an sich und begann zu lesen. Langsam glättete sich sein unmutiges Gesicht, und als er geendet hatte, sprach er zu dem Boten: »Überbring deiner Herrin, daß die Güte des Himmels so weit ist wie der große Ozean und daß spanischer Adel diese Weite beherrscht. Ein Loyola bleibt immer ein verzeihender Freund.«

Also war es vollbracht; wir konnten aufbrechen, und innig verbunden wanderten wir zu dritt auf Rom: Iñigo, Jakob und ich. Wir folgten der Via Cassia durch die herbstliche Toskana, zogen durch braungoldene Felder und ließen die mahnenden Finger Gottes entlang der Höhenrücken nie aus dem Blick, die über die Weinberge wachten. Beinahe jede Hangneigung war hier für die edlen Trauben genutzt, während in den Senken Stoppelfelder sich aufheizten oder Olivenhaine Kühlung versprachen. In der Mittagszeit vibrierte die Luft über ausgebrannter Erde, abweisend steinten die Städtchen auf ihren Hügeln. Alle Menschen zogen sich in ihre trutzigen Häuser zurück, und daherwandernde Mönche wurden nicht sonderlich gelitten – »Porta aperta a chi porta«, lachte uns einmal ein junger Weinhändler frech ins Gesicht, als wir um Wasser baten, und schloß seinen Laden getreu seinen Worten, die Tür werde nur dem geöffnet, der etwas mitbringe. Seitdem mieden wir die Städte und bettelten in den Dörfern.

Jeden Tag feierten wir die Messe, die abwechselnd Jakob und ich hielten. In seliger Inbrunst empfing Iñigo die Kommunion, und Abend für Abend bat er uns, das Entscheidende, das sich bald ereignen werde, jederzeit in unsere Gebete aufzunehmen.

Auch ich fühlte mich beseelt von einer unbändigen Glaubenskraft, die alles an bisher gekannter Gottesliebe übertraf, und wußte mich beschenkt mit der Fülle himmlischer Gaben. Und wenn ich mich im Dahinschreiten verglich mit dem Jüngling vor fast zwölf Jahren, der einsam und vom besten Freund verlassen über den Apennin geschritten war, dann mochte ich kaum glauben, daß ich damals und heute ein und dieselbe Person war. – Wie aber mochte es Michael ergehen? Erfreute er sich körperlicher Gesundheit, oder hatte es ihn inzwischen dahingerafft? Bereits in meinem Alter waren etliche Körper ausgezehrt und reif für den Schnitter. Freund Iñigo mit seinen sechsundvierzig Lenzen galt als alter Mann, obgleich er voller Lebenskraft steckte, wenn ihn nicht gerade sein böser Magen in Zermürbung quälte, und die an den einzelnen Universitäten zurückgelassenen Gefährten hatten sich mit »geliebter Vater« von Iñigo verabschiedet. Michael mochte immerhin an die sechsunddreißig Lenze zählen oder gar mehr? Ich wußte es nicht exakt zu sagen und wechselte in meinem Gedankenfluß von der verblassenden Erinnerung an den Freund der frühen Jahre in die Betrachtung der Zukunft mit Iñigo. Welch Zuversicht war es, die ich da verspürte!

Am Morgen hatten wir auf unserer Wanderung den See von Bracciano verlassen und uns in gemäßigtem Tempo auf Rom zubewegt; es ging schon in den späten Nachmittag, als wir weit vor Ponte Molle auf den Flecken La Storta trafen, etwa drei Wegstunden vor Rom. Iñigo verlangte zu rasten. Abseits der Straße stießen wir auf ein halbverfallenes Oratorium, wo wir uns niedersetzten und hineinlauschten in das Konzert der Zikaden.

Nach einiger Muße erhob sich Iñigo und verließ uns nach der Kapelle hin, die in halbzugewachsener Verwittertheit an den Ruheraum anschloß. Vorsichtig schob er die Zweige des wilden Weines beiseite und stieg langsam über wucherndes Wurzel- und Rankenwerk, um die Freunde, die versunken meditierten, nicht zu stören. In der abgeschatteten Kapelle schritt er auf den eingestaubten, mit Flugsand berieselten und von welkem Laub bedeckten Altar zu, schlug das Kreuz, murmelte ein »Gelobt sei Jesus Christus« und putzte mit seinem Arm die Marmorplatte ab, zunächst von grobem Gewerk, dann wischte er gründlich nach. – Dämmerndes Licht durchschmeichelte die Kapelle, als ob die Weichheit von Licht und Schatten in ihrem milden Ineinander Iñigo hineingeleiten wollte in ein besonders inniges Gebet. Sanft stiegen Erinnerungen aus der Vergangenheit auf. Iñigo schaute seine Mutter in weiter Ferne, und während er liebevoll den Altar säuberte, sah er die entscheidenden Stunden, die ihn seinem ritterlichen Leben entrissen; nur noch durch ferne Nebel nahm er den Großschatzmeister der katholischen Könige wahr, dem er einst gedient hatte; eine Kanonenkugel zermalmte sein Bein; ein Traum adelte ihn zum Krieger des Glaubens. Die durchwachte Nacht am Gnadenbild erfüllte ihn mit neuem Lebensmut, und er hängte seine Waffen an die Wand der Gnadenkapelle. Seine Ritterkleidung schenkte er einem Bettler. Danach barg er sich in Manresa und büßte, betete und bettelte fast ein Jahr und schaute Gott. Da war er ein anderer Mensch, da war er Ignatius von Loyola geworden. – Nun, da er den Altar für seine Andacht bereitet hatte, erstrahlte ihm eine so übermächtige Sonne, wie sie keiner Welt leuchten konnte. Geblendet schloß er die Augen. Vergeblich. Das Licht durchgleißte alles und erfaßte ihn tief in der Seele.

»Mein Gott«, stammelte Iñigo.

Er kniete angefüllt von göttlichem Jubel eine lange Weile.

»Wenn auch alle Glaubensquellen versiegten«, sagte er in die Stille der Kapelle hinein, »nie werde ich an einem der christlichen Geheimnisse zweifeln können.«

Dann stand er auf und berichtete den Freunden: »Das ist sicher«, sagte er ohne Vorrede, »daß ich nicht weiß, was mit uns geschehen wird. Aber dessen bin ich gewiß: Jesus Christus wird uns gnädig sein. – Ich bin vom ewigen Vater Christus zugesellt.«

Er ließ die Worte wirken, ehe er erzählte, wie Gottvater mit dem Sohn aus dem Strahlenkranz getreten sei und Jesus sein Kreuz aufgenommen und gesagt habe: »Ego vobis propitius ero«.

Gebannt lauschten wir, und als Iñigo geendet hatte, wußte ich, daß Iñigo diese Gnade für alle seine Gefährten gegeben ward und daß sich die jetzigen und die zukünftigen Gefährten tief mit dem Gedanken vertraut machen mußten, Jesus nachzufolgen, der sein Kreuz immerfort für die streitende Kirche trägt.

Einen Tag später erreichten wir Rom, und der Papst empfing uns gnädig und wies uns Lehrstühle zu an der Sapienza; Jakob erhielt die dogmatische Theologie, ich das Ordinariat über die Heilige Schrift. Iñigo enthielt sich akademischer Würde und widmete sich der Seelsorge in der rasch anwachsenden Stadt, in der sich zunehmend Neuerer und Reformierer der einen Kirche tummelten, seien es nun Caraffas Theatiner oder der neue Franziskanerzweig, genannt »Kapuziner«, oder die Barnabiten.

Es fehlte nicht an Bestrebungen, alle Orden zusammenzuführen zu einer einzigen, weltumspannenden Organisation zum Wohl der Katholiken, und auch Freigeister, wie wir es waren, einzubinden. Iñigo mußte die Stimmungen aufnehmen und der Dinge harren, die da noch kommen würden, um sich und die seinen im richtigen Augenblick einzubringen in Erfüllung des göttlichen Auftrags, der als etwas Wesentliches nicht im Eingehen in einer allgemeinen Organisation bestehen konnte. Und von Woche zu Woche formte sich dieses Ziel deutlicher in seinem Herzen, und wann immer wir darüber beratschlagten, verdichteten sich unsere Gedanken von einem richtigen Bunde, damit das zu Paris gegebene Versprechen verwirklicht werde. Die Geburtsstunde des Ordens rückte näher, je klarer uns die Strukturen wurden. Nicht an einem festen Ort sollten die Gefährten wirken, sondern jederzeit bereit, an jedem Ort der Welt jede Arbeit nach dem Wunsch des Papstes oder des Generals zu verrichten.

So legten wir es nieder in unserem Ordensplan und überreichten diesen an Paul III. Anfang September des Jahres 1539, bemäßigten unsere Ungeduld und warteten auf die Entscheidung des Heiligen Stuhls.

Für mich und die Freunde spannte sich derweil die Seele durch das Warten, bis endlich übers Jahr der Papst seinem Wohlwollen urkundlichen Ausdruck verlieh und die Bulle »Regimini militantis Ecclesiae« erließ; mit dieser Bestätigung war die »Gesellschaft Jesu« geboren. Der Pontifex maximus erkannte die unbändige Kraft, die sich in seinen neuen Streitern sammelte, die sich täglich vermehrten und im Zeitpunkt der Bestätigung bereits auf über dreißig Gefährten angewachsen waren. Er befahl manchen Gefährten der ersten Stunde hinaus in die Welt zur Mehrung des Ruhms des Apostolischen Stuhls, führte Franz und Simon nach Portugal, sandte Johannes nach Parma, Nikolaus nach Neapel und Georg nach Spanien. Ich aber sollte Ortiz gemeinsam mit Peter nach Deutschland begleiten zum Religionsgespräch in Worms, und noch im September des Jahres 1540 feierte ich Abschied von Iñigo.

»Welch Wort soll ich dir sagen«, sprach ich zaghaft, als ich ihn vor meiner Abreise zum letztenmal aufsuchte, und verpreßte die Tränen, die in den Drüsen auf das Herausschießen lauerten wie das aufgestaute Wasser im Becken vor der Mühle. »Du hast mein Leben erfüllt, hast mir den Weg gezeigt, wie ich meine Liebe zum Gottessohn leben kann, hast den Bund gezimmert, der die Kirche dereinst verteidigen wird gegen alles Ungemach, und mich zu einem guten Streiter für diese Sache gemacht. Von den Menschen bist du der Inbegriff geworden für mich als Gefährte, Freund und Vater.«

»Wer könnte uns je trennen, Johann? Hast du mich nicht zum Schüler genommen, auf daß ich dich zum Freund erwähle? Die Welt ist nicht zu groß für unser geistiges Band.«

»Trotzdem fürchte ich mich.«

»Das ist gut so, denn nur wer sich fürchtet, kann den Trost des Herrn erfahren. – Gehe hin in Frieden.«

# Maronen im Bergell

Wir waren damals bis Mailand gelangt, Ortiz, Faber und ich, und hatten gerade einen Rasttag beim dortigen Kardinal eingelegt, als ein reitender Bote die Nachricht überbrachte, daß ich unter Änderung der bisherigen Richtung nach Ingolstadt sollte, um mich mit Doktor Eck wegen des einberufenen Reichstags in Regensburg zu besprechen, ehe Eck seinerseits nach Worms zum Disput mit Melanchthon aufbrechen würde.

Wie jubelte mein Herz bei dieser Nachricht. Die Aussicht, den verehrten Lehrer in Bälde zu treffen, und das im Auftrag des Papstes, verjüngte mich so sehr, daß ich beinahe vermeinte, wieder der Schüler des übermächtigen Luthervernichters zu sein. Aber entgegen früheren Tagen sah ich Schale und Kern wie bei einer Walnuß unterschieden und sank nicht mehr wirklich hinein in die verehrende Schülersicht, sondern machte mir ein Bild meines eigenen Könnens. Trotzdem erkannte ich ohne falschen Arg, daß der Vater stets der Vater und der Lehrer stets der Lehrer bleibt, und es mischte sich in mir eine mehrfache Freude auf das Wiedersehen. Neben der schieren Freude auf den Anblick des alten Lehrers fand sich in mir auch die Eitelkeit auf das Vorzeigen des Erreichten und die Lust auf das Messen der Argumente. Daneben freute ich mich auf das Wägen der vergangenen Zeit als ein Gradmesser für gottesfürchtiges Leben schlechthin, denn im Wiedertreffen eines eng verbundenen Menschen nach langen Jahren der Trennung zwingt man sich selbst zur Lebensbesinnung und kann die Summe des bisher Geschafften ziehen.

Der einfachste Weg, nach Ingolstadt zu gelangen, führte über den Luganer See und die Pässe des Engadins nach dem Fernpaß, und so trennte ich mich in Mailand von den Gefährten und marschierte meines Weges. Das bischöfliche Angebot der Reisebegleitung bis Sankt Moritz schlug ich dankend aus. Allerdings hatte ich das diebische Bergvolk aus der Gegend von Chiavenna nicht eingerechnet. Am vierten Tag kam ich in Verzug und betrat im abdämmernden Sonnenlicht eine düstere Schlucht, welche kaum den tosenden Bach und den schmalen Weg aufnahm. Unheimlich wuchsen die schwarzen Felswände in den Himmel, und als ob sich dieser gegen mich verschworen hätte, sprangen drei mäßig bewaffnete, geklappten Visiers frech auftrumpfende Gottverleugner auf mich ein und hieben ohne weiteres Wort ein Schwert in mein Kreuz, daß mich rascheste Nacht umfing.

Ich blickte in ein Paar ruhige Augen, als ich benommen erwachte, und erst nach mehrmaligem Schütteln mochte ich des Umstandes gewahr werden, mindestens einen Tag ohne Bewußtsein der Welt entrissen gewesen zu sein. Blaue Augen schaute ich und spürte eine leise Unruhe dabei. Ebenmäßig weiße Zähne bildeten Laute, deren kehlige Melodie keinerlei Verwandtschaft zum Italienisch der Ebene aufwies, nein, das klang sogar eher wie die Preßsprache der Tiroler, aber mit einem wesentlich singenderen Oberton, als spräche ein heiserer Hirte langgezogene Sätze, während eine Graugans ihren Balzgesang hineinmengt. Ich wollte lachen über dieses aberwitzige Bild, aber kaum spannte sich die Wangenmuskulatur entsprechend, durchzuckte ein stechender Schmerz meinen Schädel, und ich ließ es. Die Worte mochten ein Willkommen bedeuten, und um nicht für jenseits schicklichen Umgangs zu gelten, nickte ich zaghaft. Das Lächeln wurde breiter, und die zartgliedrige Hand preßte ohne Vorwarnung ein kaltes, nasses Tuch auf meine Stirn. Anstatt aufzuschreien, schlief ich wieder ein.

Ich war in einen mehrtägigen Fieberschlaf gefallen, und die, die mich pflegte, schlug stündlich im lauwarmen Wasser getränkte Lappen um meine Waden. Auf die entzündeten Stellen an Kopf und Rücken, die von der Schwertverletzung herrührten, gab sie mehrfach einen dicken Sud von Frauenmantel, welchen sie auch zu einem Tee verkochte, wovon sie mir morgens und abends eine Tasse einflößte, denn es gehört der Frauenmantel zu den echten Wundkräutern, der die Wunden heilt und löscht und vertreibt die Hitze der Schäden. Bei der Zubereitung achtete

Theodora peinlich darauf, das himmlische Wasser vollständig dem Tee zuzuführen, weshalb sie stets in der Morgendämmerung hinauslief auf die Wiesen unterhalb der Stadt mit Krug und Korb, um viel Tau zu finden. Die glänzenden Tauperlen im Trichtergrund des Faltenblattes – wonach der Frauenmantel eben auch den Namen »Tauschüsselchen« trägt – schüttete sie vorsichtig in den Krug, ehe die Pflanze sorgsam in den Korb gelegt wurde, wie sich Theodora überhaupt mit einer Sorgfalt den Heilpflanzen und Kräutern widmete, die man als sehr lobenswert bezeichnen muß. – Späterhin habe ich darüber viel nachgedacht. Meine Meinung über die Schornin sähe gewiß anders aus, hätte ich damals nicht die Theodora Soglio getroffen, die mir den Weg meiner Genesung auch mit mancher Erzählung ihres Werdeganges erleichterte.

Theodora hatte sich sofort zur Pflege angetragen, als ihr Großonkel Pietro dei Soglio mich in meinem schlimmen Zustand heraufgebracht hatte von der Straße nach Chiavenna. Und heute muß ich es doppelt einen Glücksfall nennen, Theodoras Obhut gefunden zu haben. Sie kannte die Kräuter und ihre Wirkung, sie wußte um die Behandlung der Leiden, sie allein besaß das geheime Wissen um Krankheit und Genesung in Soglio, seit Ludovica Guedorro kinderlos verstorben war. Neun Jahre hatte Theodora die weise Frau begleitet und gelernt, die Wurzel der Alraune bei Neumond von Sonnenaufgang her auszugraben, damit sie den Müttern und Ammen besonders viel Milch beschere, während bei Vollmond ausgegraben von der Nachtseite her die Trollwurz die Frucht abgehen ließ. Jede Eigenheit der Heil- und Hexenkräuter lernte sie von der weisen Frau, erfuhr und behielt für sich die Geheimnisse von Beifuß, Bilsenkraut, Tollkirsche, Immergrün, Teufelszwirn, Löwenschwanz, Salbei und Haselwurz, lernte der Kräuter so viel, wie kaum ein gelehrter Arzt überhaupt wußte, daß es solcherart Pflanzen gab. Die Guedorro zeigte Theodora, wie sich der Wuchs einer Leibesfrucht verhüten ließ und welches Mittel der Empfängnisfaulen doch zu einem Sproß verhalf. Auch wußte sie Mittel für eine erneute Jungfräulichkeit, so solche dem Bräutigam sollte vorge-

gaukelt werden, oder für eine frische Lebenskraft der Mannes-
lenden, falls der Gemahl zu ermüden drohte. Während ihrer
neun Jahre Lehrzeit verstand sich Theodora mehr und mehr auf
die Lage der Knochen zueinander im Leib wie auf das Pulsieren
der Weichteile und die Bahnen der Lebens- und Körpersäfte,
und keine Art des Gebärens blieb ihr fremd, mochte das Kindlein sich kopfüber oder steißig seiner Erdenbestimmung nähern. Ob kropfige Aufblähung des Halses oder schorfiger Grind
böser Haut, gichtige Knoten an den Gelenken oder stinkende
Beulen und Eiterschwären, nichts blieb ihr verborgen, und so
entließ Ludovica ihre Schülerin in die alleinige Wirksamkeit
und zog sich zurück. Als die Alte im reinen war mit sich und
Gott und weil sie wußte, daß Theodora in den letzten zwei Jahren ihr Können noch gesteigert und alles überkommene Wissen
auf das beste bewahrt hatte, entschlief sie, und erstmals seit
vielen Generationen war eine Soglio die weise Frau von Soglio.
Wer also außer Theodora hätte mich pflegen sollen mit Aussicht
auf Heilung?
Theodora widmete sich dieser Aufgabe inbrünstig, und sie litt
mit jedem Fieberschub, der mich quälte, und hoffte mit jeder
Beruhigung des Pulses, die mir Linderung brachte. Als ich am
siebten Morgen in einem lichten Augenblick den Mund zu einem Lächeln öffnete, wußte sie, ich würde genesen, und so kam
es auch: eine Woche später erhob ich mich erstmals auf eid-
genössischem Boden und fragte, welcher Wochentag sei.
Der erste Freitag im Oktober sah einen geschwächten und in der
Bewegungsfähigkeit eingeschränkten, aber nicht länger im Leben
bedrohten Doktor Kätzler, der seiner selbst verunsichert in die
milde Sonne blinzelte. Fast war es mir, als könne ich mich selbst
nicht so recht spüren, als fehle mir das Gefühl für meinen Körper
und die Macht über meinen Geist, denn in einer mir ungewohn-
ten Weise verließ mich oft ein Gedanke mitten im Aussprechen.
»Freitag also, sagtest du, und es scheint, als wäre ich für drei
Tage kaum wach gewesen, denn Dienstag, dessen bin ich mir
sicher, zog ich von Chiavenna fort auf dem Weg ...«
Ich schüttelte verwirrt den Kopf.

»Fremde Frau, was hast du mit mir getan, daß mein Bein taub ist wie ein Eichenstock und mir mein eigener Name entfällt?«

»Ihr seid überfallen worden, Herr, und zwei üble Schwertstreiche haben Euch niedergestreckt, wovon der ins Kreuz das Fieber entfacht, der gegen den Schädel die Lebenssäfte eingedickt hat, daß ein Bein lahmt. Doch eine geduldige Einreibung mit Saft von der Ringelblume, den ich bereits letzte nacht mit zunehmendem Mond bereitet habe, wird vom Kreuz hinab bis zum Knie die Lähmung beheben noch vor der Heiligen Nacht.«

»Bei allen Heiligen«, erschrak ich, »du kannst unmöglich das Weihnachtsfest meinen. Schleunigst zieht es mich nach Ingolstadt hin zur Vorbereitung des Religionsgespräches mit meinem – Ringelblumensaft? Wie kannst du an mir Künste versuchen, die, wenn allein von zunehmendem Mond ich höre, bestenfalls als weiße Magie zu bezeichnen sind. Weißt du nicht, fremde Frau, daß die Peinliche Halsgerichtsordnung des ehrwürdigen Kaisers Karl in ihrem einhundertundneunten Artikel die Strafe der Zauberei – wie sie Gefion an Michael verübt in ätherischer Weltabgeschiedenheit, so sich niemand nicht versah der Möglichkeit eines Abtrünnigwerdens – oh Gott, was redet mein Mund? – Sagt, gute Frau, wie ist mir?«

»Ihr lagt eine Woche und drei Tage in Fieber, das auflodert vom dritten bis zum achten Tag zu einer wilden Glut, daß ich dacht, Ihr zerglüht und zergeht. Und wäre nicht der Frauenmantel und Gottes große Hilfe gewesen, das Wundfeuer hätte Euch verbrannt. Ihr seid müde in Körper und Geist und müßt getrost sein mit der Rettung, nicht bang nach der Zeit fragen.«

»Wer bin ich?«

»Nach den Papieren, die Ihr bei Euch trugt, seid Ihr Doktor Johannes Kätzler, ein Mönch der Gesellschaft Jesu und Gesandter des Bischofs von Rom. Und wir in Soglio entbieten Euch in Verehrung unsere Gastfreundschaft, bis Ihr genesen.«

»Wird es so lange dauern?«

»Wenn der Herr mit Euch ist wie in den letzten Tagen, werdet Ihr in vier Wochen, noch vor dem großen Schnee, die Strapazen des Passes auf Euch nehmen können.«

»Wo aber jemand Zauberei gebraucht und damit niemandem Schaden getan hat, soll sonst gestraft werden nach Gelegenheit der Sache. – Zauberst du?«

»Aber mein Herr«, entgegnete Theodora mit einem sanften Lächeln und schaute mich unverwandt an, »ich lernte die Weisheit der Kräuter, wie Gelehrte dies auch tun an großen Schulen in der Ebene, und bringe mein Wissen, das Gott den Menschen angelegen sein ließ von wegen der Untertanmachung der Erde, an den Kranken, wie es auch der Wundarzt und die Hebamme tun.«

Ihre Stimme schmeichelte sich in mein Ohr und besänftigte meinen Argwohn. Ich entgegnete nichts mehr, sondern betrachtete sie, wie sie dasaß auf ihrem Hocker vor meinem Bett. Ein derb gewirkter Rock warf Falten bis auf die Knöchel, welche wohlgeformt schienen; ein nicht zu hoher Rist wölbte sich in die Riemen der Sandalen, die sie der Annehmlichkeit halber trug. Wenn sie die Beinstellung ab und an wechselte und das linke über das rechte schlug, sah ich kurz den weichen Ansatz ihrer Wade. Von liebreizender Art spielten die Zehen hinter dem Querriemen. Über ihre Schultern fiel ein luftig gewebtes Hemd, das bei mancher Bewegung die Arme durchscheinen und auch das untergezogene Leibchen erahnen ließ. Ihr Körper hatte etwas Fließendes, und da Theodora groß gewachsen war, blieb sie trotz ausgeprägter Rundungen eine schlanke Erscheinung. Je mehr ich mich der Betrachtung ergab, desto deutlicher tauchte aus der Erinnerung ein anderes Bild auf und gaukelte mir den Wunsch vor, meine Pflegerin beim Bade zu sehen.

Gaukelte? Meine Schläfen pochten. Ein Ziehen bemächtigte sich meiner Lenden. Klar und lebensecht trat das Mädchen an der Abens auf mich zu. Ja – ich wollte Theodora beim Bade sehen. Rasch nahm ich den Blick von ihrem Körper und suchte ihre Augen. Ruhige Augen; klare blaue Augen. Sie beunruhigten mich, wenn auch auf eine andere Weise, noch mehr als die weißen Unterschenkel, und sogen mich ein. Ein Taumel befiel mich. Ich hatte den Eindruck, als säße ich in den Augen meiner Pflegerin rittlings auf einem schmalen Balken und könne mit leichter Drehung nach rechts hinausschauen in die Welt und meinem bärtigen Gesicht entgegenblicken. Vollführte ich aber eine leichte Drehung nach links, dann zog es mich förmlich in einen tiefen Abgrund hinab, der sich dem Grunde entgegen immer weiter aufhellte, bis am Boden in strahlender Helligkeit Holunderbüsche blühten und Falter sich in Düften wiegten. Hinter mancherlei Geäst schimmerte eine Badegumpe. – Blickte ich nach rechts, sah ich mich selbst die junge Frau bestarren, nach links gedreht öffnete sich ein Garten Eden, und der Vorhang der Weidengerten verbarg den verlockend schimmernden Leib höchst ungenügend. – Rechts erkannte ich mich kaum wieder, so floh die Bildung mein gaffendes Gesicht, links trat die Blume am Bach Schritt für Schritt näher. Eine helle Stimme lockte hinter silbrigen Blättern: »... ein verschlossener Garten, ein versiegelter Quell. Ein Lustgarten sproßt aus dir, Granatbäume mit köstlichen Früchten, Hennadolden, Nardenblüten ...« Und rechts das Zerrbild mönchischer Keuschheit.

»Was dringt Euer Blick so tief in meine Augen, Herr?«
Als ob ein schwerer Stein in einen Spiegel flöge – mein weltliches Bild zerbarst. Vor Schreck riß ich die Arme nach oben.
»Verzeiht«, sprach Theodora, »ich wollte Euch nicht erschrecken. Ihr solltet Euch wieder aufs Lager betten.«
Was für eine sanfte Stimme! Ich zitterte, als ich in meinem Kopf die Fortsetzung hörte: die Quelle des Gartens bist du, ein Brunnen lebendigen Wassers. Und gefangen von dieser unheimlichen Traumwelt entgegnete ich tonlos: »Zwei Tauben sind deine Augen.«
Dann legte ich mich nieder und schlief ein.

Nach einigen Tagen zeigte ich mich in gestärkter Verfassung und als Herr meines Geistes. Bei gehöriger Anstrengung des Willens konnte ich bereits ein gutes Wegstück zurücklegen, wenn auch unter Nachziehen des linken Beines, das immer noch taub und bewegungsfaul war. Ein sonnendurchfluteter Herbst lockte mich aus dem mächtigen Steinhaus derer von Soglio, die mich mit ihrer Gastfreundschaft auf eine zurückhaltend ehrfürchtige Weise bedachten, welche die Andacht und Meditation wie in einem Kloster ermöglichte und es trotzdem an nichts fehlen ließ.

In stummer Weisheit standen die Kastanienbäume als runde Hünen auf der Wiese und grüßten einander von Ferne. In das vergehende Grün schoß Gelb ein, und an manchen Blattspitzen flammte ein Rotrand auf, manchmal in kleinen Sprenkeln wie von Schwerterrost. Die Frauen von Soglio und ein Teil der Knechte sammelten sich auf den Wiesen der Senken und klaubten aus abfallendem Laub die Kastanien oder holten die großen Stücke vom Baum. Sorgsam brachen sie die Stachelschale und gaben selbst kleinste Maronen liebevoll in die Körbe. Blatt für Blatt wurde auf dem Boden gewendet, damit ihnen keine Frucht entgehe, denn in harten Wintern, wenn der Maloja unpassierbar und die Schlucht auf Chiavenna äußerst beschwerlich wurde, blieb vielfach nichts außer Maronenbrei zum Essen, vielleicht ein Hase dazu bei den Soglios, kaum aber beim einfachen Volk.

Ich saß am Rande und beobachtete das Erntetreiben, als Theodora sich mir zugesellte.

»Die Maronen sind das Gold des Bergell«, sprach sie leichthin, »wir entbieten jeder Respekt. Gottes Weisheit muß unendlich sein, daß er uns so vor dem Hunger schützt. Wir sind voll der Dankbarkeit.«

»Ich habe solches noch nie gesehen.«

»Wißt Ihr, daß ich nie aus dem Umkreis von Soglio hinausgekommen bin? Ich höre nur die Geschichten der Pilger und Reisenden, die von wunderlichen Dingen berichten in der Welt, aus der Ihr kommt. Seid Ihr schon weit gereist?«

»O ja, aber weit weniger als die meisten großen Pilger. Selbst Santiago habe ich noch nicht gesehen.«

»Selbst Chiavenna werde ich nie schauen«, entgegnete Theodora leise. »Es tut mir der Seele keinen Abbruch hierzubleiben. Dort oben der Berg, seht Ihr? Wir nennen ihn Badile, ich weiß auch nicht, warum. Er glänzt morgens und abends. Er ist ein Glaubenslichtlein. Der Herrgott hat es angezündet, ganz für uns. Das genügt.«

Sie schwieg eine Weile, zupfte einen Grashalm und zerknipste ihn mit den Nägeln zu vielen kleinen Stücken.

»Ist es wahr, daß meine Augen wie Tauben sind?« fragte sie schließlich.

Ein inwendiges Körperbrennen schoß mir aus der Brust über den Hals in den Kopf hinauf, wie das Bier aufschäumt in einem Humpen, in den hinein man aus dem geschüttelten Banzen zapft. Starr blickte ich in ihre arglos offenen Augen. Mein Hals war zugeschnürt. Doch sie erwartete wohl keine Antwort, sondern sprach ruhig weiter:

»Ich mag Tauben. Sie kehren immer zurück. – Augen sind das Licht und die Kraft, sie sind von Gott für Gott. Jeden Morgen soll das Augenlicht zurückkehren. – Ich mag Tauben.«

Sie erhob sich und legte dabei die Fingerspitzen von Zeige- und Mittelfinger auf meine Schulter.

»Der Saft der Ringelblume wird Eure Lähmung vertreiben bis zum nächsten Vollmond. Fürchtet Euch nicht, Ihr seid mit Gott, und ich bin keine Zauberin.«

Sie hob ihren Arm und legte ihre Finger sacht auf ihre Lippen. Ohne nach unten zu blicken in mein tief gerötetes Gesicht, schritt sie langsam über die Wiese dahin auf den Weg zu, der hinaufführte in das steinerne Dorf, das von unten in seinem Schiefergrau abweisend trutzig wirkte, eng zusammengerückt die Häuser zum Bild eines Adlerhorstes, stolz und abwehrbereit auf dem Felsen über dem Tal, zum Herrschen geschaffen.

Theodora aber schwebte als Gestalt gewordene Sanftmut über die Gräser wie zum Beweis der Richtigkeit alter Annahmen der Griechen, daß es unbedingt und ohne Zweifel Nymphen geben müsse auf dieser Welt. Sie schritt unverwandt und ohne sich umzuwenden, und es dauerte mehrere Minuten, ehe ich wieder frei atmen konnte.

»Ja«, antwortete ich leise, »deine Augen sind wie Tauben.«

Am folgenden Sonntag rundete sich der Mond zur vollen Scheibe, und auf dem Vespergang vom Haus zur Kirche arbeitete das linke Bein gleich dem rechten, allerhöchstens mit einer leichten

Taubheit noch, mehr Ahnung aus der Vergangenheit denn wirkkräftige Gegenwart. Auch meines Geistes konnte ich mich zu jeder beliebigen Stunde versichern, nicht mehr flüchteten die Gedanken vor der Zeit oder fühlte ich mich wie ein Wurm im fremden Augapfel. Ohne Zweifel, ich war früher als zunächst in Aussicht genommen genesen, und das war gut so. Ich wußte es zwar damals nicht im Wachzustand zu benennen, oder besser: mein aufgeweckter Geist flog so aufgeregt gen Rom in die Erinnerung an den geliebten Bruder und Vater, daß der Name des Umstandes, den es nicht geben durfte, auch von den raschesten Engeln nicht herangetragen werden konnte an die Vernunft des Gelehrten und die Andacht des Gebundenen – aber in den Stunden des Dämmers raunten die Gleichnisse zuhauf von dem Gefühl, das ich nur Gott entgegenbringen durfte. So hätte mir bereits drei Jahre, bevor ich Mechthild kennenlernte, bewußt sein müssen, wie empfänglich ich war für die Nähe des Weibes. Denn wann immer Theodora mir den Saft der Ringelblume brachte und mich hieß, mir nun, da meine Beweglichkeit stetig zunahm, selbst Seite und Schenkel einzureiben, da schob sich ein Druck hinter meine Augäpfel, daß mir Tränen kamen, die ich nur mühsam vor dem Mädchen verbergen konnte. Ein Bedürfnis, das nachgerade an Wahnsinn grenzte, überkam mich bei ihrem Anblick, das Bedürfnis, sie fest in meine Arme zu schließen und meinen Kopf gegen ihre Schulter zu legen, um den Tränen freien Lauf zu lassen. Mit meinen Blicken wollte ich sie umfangen und einbrennen dies Bild in mein Hirn für die Ewigkeit. Über ihr Haar, das dunkel in mäßigen Wellen über ihre Schultern fiel, wollte ich streichen mit der flachen Hand und meine Nase hineindrücken in ihre Locken.
Da war es schon in der rechten Ordnung, daß sich die Vernunft zur Wehr setzen konnte gegen so unbotmäßige Einflüsterungen und die Tränen erst rannen, wenn Theodora meine Kammer wieder verlassen hatte. Das Mädchen aber hatte seine Augen klar wie eh und je auf mir liegen, und nur an der Art, wie sie mit Worten sparte, mochte ein geschulter Inquisitor erkennen, daß auch in diesem Busen etwas gärte und schäumte. Deshalb also kam die

Genesung zur rechten Zeit, und gleich am Montag brach ich auf gen Casáccia, um tags darauf den Maloja zu bezwingen.

Ich drehte mich nicht um, als ich hinausgetreten war auf den Weg ins Tal hinunter, zur Hauptstraße hin, obwohl ich fühlte, wie ihre Augen in meinen Rücken brannten. Die Luft roch mild und würzig nach dem herbstlichen Heu. Die Berge standen klar gezeichnet auf; der Badile glänzte. Eine einsame Wolke segelte nach Norden. Ich war allein; nur von der Kastaniensenke her winkte Umberto, der Knecht der Soglios.

Ich ging langsam, um die Kräfte zu schonen, und mein Blick blieb in unerschütterlichem Glauben nach vorne gerichtet. Erst in der Mittagssonne setzte ich mich auf meinen eigenen Schatten und öffnete mein Ränzlein. Die Maronen hatten einen festen Biß und schmeckten nach Nüssen und einem Hauch von Pilz. Köstlich.

Die Sonne war bereits hinter den Bergspitzen verschwunden, als ich die Paßhöhe erreichte und das Dorf unter mir liegen sah. Frischer, staubiger Schnee knirschte unter meinen Schuhen und stichelte in mein Gesicht von dem Wind, der die harten Eisnadeln wüst vor sich herblies; pfeifend bäumte sich der Wind auf unter der Paßschulter und wuchs sich aus zu einem bösen Sturm, der wie von ungefähr neuen Schnee mit sich führte und beinahe aus heiterem Himmel kalte Flocken herunterjagte. Trotz zunehmender Schmerzen im Kreuz, die sich wie ein Messerschnitt über die Hüfte in den Schenkel zogen, beschleunigte ich meinen Schritt bergab, erreichte Maloja in der Gewitterdämmerung und klopfte an der ersten hingeduckten Hütte. Eine alte, gebückt stehende Frau öffnete und hieß mich eintreten in den schmucklosen Raum, an dessen Stirnseite auf einem nachlässig gemauerten Sims offenes Feuer brannte. Nur ein Teil des Rauchs zog durch das Loch im Dach, genug blieb herinnen, um die Luft stickig und rußig zu halten, als sei hier eine Räucherkammer statt einer menschlichen Behausung. Rechts vom Feuer lagen Bretterbohlen quer übereinander und trennten einen Teil ab, der offensichtlich zum Schlafen diente und etwas gegen den Qualm geschützt war. Ein grob behauener Tisch in der Ecke, mit vier Stühlen ringsum, vervollständigte das Innere, und hätte nicht draußen der Sturm getobt, ich würde der freundlichen Geste der Alten, an dem Tisch Platz zu nehmen, kaum gefolgt sein. So aber legte ich mein Ränzlein ab, setzte mich ächzend nieder und rieb mir gequält die schmerzende Seite. Die Frau betrachtete mich anhaltend, entblößte schließlich fast zahnlose Kiefer zu einem schiefen Lächeln und trug Brot und Käse auf. Hungrig schlug ich die Zähne in die Speisen, durstig trank ich von dem Tee, dessen Geruch mir trotz aller Sinniererei fremd blieb. Als ich fertig gegessen hatte, kam die Alte mit einem Bottich voller Salbe, deren braunschwarze Schmiere ekelerregend aussah, deren Geruch nach Salbei aber immerhin ein beruhigendes Moment ergab, und sie hieß mich ohne Umschweife das Kreuz entblößen, damit sie auf die verletzte Stelle ihre Kräutermischung reiben könne.

»Woher weißt du, daß ich an dieser Stelle wund bin?«

Die Alte ließ ein meckerndes Lachen vernehmen und antwortete nur: »Du bist es, das genügt.« Sie rieb geschwind, daß ich bald ganz nach Salbei roch, brachte mir nochmals einen dampfenden Tee, und in mein Kreuz zog lindernde Wärme wie auch in meinen Magen. Getröstet zog ich mich hinter die Bohlenwand zurück und schlüpfte in das fellbedeckte Lager. »Gott sei uns gnädig und segne uns«, betete ich leise. »Er lasse über uns sein Angesicht leuchten, damit auf Erden sein Weg erkannt wird und unter allen Völkern sein Heil.«

Anderntags schonte der kurze Weg am See entlang die Kräfte. Das sanft geschwungene Hochtal nahm kaum meine Aufmerksamkeit gefangen, die sich vielmehr ganz auf die Rückbesinnung richten konnte, weshalb Theodora aus der Erinnerung aufstand, fast so, als schützte ich sie gegen das Vergessen. Unsinn, dachte ich und lachte laut auf, niemals würde das Lächeln meiner Pflegerin verlorengehen oder gar der geheimnisvolle Glanz ihrer Augen verblassen.

Wie aber, quälte mich dann die Frage, sollte man umgehen mit einer Heilerin, die niemals eine Universität von innen gesehen hatte, die nicht einmal der von Gott gesegneten Methode der

Antiqui aufgeschlossen gegenüberstand, die unbeleckt von jedem vernünftigen Wissen allein durch die Erfahrung einer alten, ebenso ungebildeten Lehrmeisterin in den Stand ihres derzeitigen Vermögens gesetzt wurde? Damals bewegte mich diese Frage sehr und war ich voller Skepsis gegen die heilende weise Frau, denn die »Constitutio Criminalis Carolina« wußte eine klare Antwort in ihrem Artikel einhundertneun. Doch empfahl es sich wirklich, segensreichen Zauber wie Schadenszauber zu bestrafen? Gehören die weisen Frauen, die nur Gutes tun, die nicht verderben und vernichten, sondern retten und bewahren, unter die Hexen gerechnet? Wie steht es dann um den gewitzten Wundarzt, der den jungen Colonna versorgt und vor dem gefährlichen Zugriff eines medizinischen Doktors bewahrt hat? Auch der ein Hexer? Ist dies der rechte Weg, Nächstenliebe zu werten? Andererseits – ein Forschen und Probieren außerhalb der Ordnung der Kirche bringt alles in Gefahr, im Großen wie im Kleinen. Wer an einer Krankheit zweifelt, zweifelt vielleicht auch an Gott. Es ist nicht gut, in menschlicher Sturheit Mittel um Mittel gegen dies und das zu versuchen, bis sich ein Kraut als wirksam erweist; allzuleicht kann es ein Hexenkraut sein. Gott schlägt, wen er liebt, und der Mensch muß die Opfer bringen, die der Herr verlangt; Gott ist Abraham in den Arm gefallen, kein Geringerer. Doch wiederum andererseits sollen die Menschen sich die Welt untertan machen, wozu zweifelsfrei der Sieg über die Feinde des Lebens gehört, des Gerechten zumal. Und während ich noch unschlüssig war, ob nun das Für oder das Wider die Oberhand gewonnen habe, plagte mich die erweiterte Frage, inwieweit eine Frau die Zulassung zum Heilen haben könne. – Wenn Gott, dachte ich und näherte mich dem kleinen Dorf am Ufer des mit Eis überhäuteten Sees, in seiner Allmächtigkeit seinen Sohn durch ein gebenedeites Weib gebären ließ, obwohl es ihm ein leichtes gewesen wäre, Jesus ohne dieses Gefäß in die Welt zu setzen, hat er damit in seiner unermeßlichen Weisheit das Weib vor dem Manne ausgezeichnet: das Weib gibt Leben. Dann sollen die Frauen auch heilen dürfen. So wird denn, schloß sich mein Gedankenkreis auf eine beruhigende Weise, meine Pflegerin, die mich so innig im Innern berührt hat, beseelt sein von der Güte Mariens.

## Drei Begegnungen

Unverdrossen schritt ich drei Tage später den springenden Bach entlang auf Schmölz zu. Von dort führte ein Pfad über die flachen Wiesen gegen den Katzenstein, an dessen Hanglehne man rasch die Höhe von Rieß erklomm. Mit jedem Doppelschritt, den ich meiner Heimat näher kam, schlug mein Herz schneller. Was mochte geschehen sein in den letzten fünfzehn Jahren? Würde ich Mutter nochmals treffen? Wie gern wollte ich ihr mitteilen, daß ein wahrer Papststreiter und Diener Jesu aus mir geworden war, wie es sich angedeutet hatte in meinem Leittraum, den sie bei unserem damaligen Zusammensein sehr wohl verstanden hatte. Und durch die letzten Fichten hindurch lief ich schon und gedachte nicht länger meines verletzten Fußes, um nur ja rasch anzugelangen.

Dann war ich oben. Die Häuser standen hingeduckt wie eh und je. Alles blieb still. Weder bellte ein Hund, noch schnatterten Gänse oder kikerikte ein Gockel. Keine Menschen weit und breit, und das an einem höchst linden Novemberabend. Dies verwunderte mich. Ich trat auf das erste Haus zu, das Jorg gehört hatte und gewiß von den Vettern bewohnt war, und fand es verschlossen. Pochen half ebensowenig wie lautes Rufen. Ich schritt über den offenen Hof hinüber zu den beiden anderen Hütten, die meinen Brüdern gehörten, und es wiederholte sich die Erfolglosigkeit von eben. Schlimmer noch empfand ich die Einsamkeit heroben am Rießersee, als sich auch das eines freien Mannes würdige Haus der Eltern verlassen zeigte. Betrübt schlurfte ich am Ufer des Sees entlang und blickte hinauf auf die Kuppe des Rießerkopfes. In meinem Innersten wühlte die Erregung des Nach-Hause-Kommens. Erster Schmerz mischte sich ahnungsvoll hinein. Nirgends jemand von meiner Familie. Ich traf statt dessen auf die abseits gelegene Hütte einer Base, die ich kaum je gekannt. Auch hier streunte kein Hund und krähte kein Hahn nach dem Fremden, auch hier war die Hütte abweisend verschlossen – doch auf mein Klopfen hin knarrte die Tür in ihren Lederriemen und lugte ein abgehärmtes Gesicht aus einer rauchigen Höhle.

»Wer seid Ihr?« fragte die Frau teilnahmslos. »Hier ist nicht der Ort für Reisende. Da müßt ihr hinab nach Germischgau.«

»Ich bin Johannes, der Mönch.«

Sie erkannte mich nicht.

»Geht in Frieden, Mann Gottes, aber geht. Der Herrgott hat uns sakrisch geschlagen all die Jahre, es wäre nicht gut, wenn ein Pfaffe jetzt schaute, was von den Kätzlern geblieben ist.«

»Gute Frau, so sag, ob dem Linhard sein Weib noch lebt.«

»Tja mei«, schnaufte sie nur, »die hat's längst überstanden. Muß nimmer seh'n, daß es kaum noch Kätzler gibt.«

»War die Pest ...?«

»Freilich die Pestilenz, die verfluchte, und – Herrgott verzeih – die Hexe vom Bach, die Sagaderin, die muß uns das Verderbnis angehext haben, anders gibt's das nicht.«

Sie blickte mich an. Ihre Augen blieben leer und hoffnungslos. Ich war den Tränen nah. Sollte ich mich ihr zu erkennen geben? Schon schloß sie die Tür. Entmutigt sprach ich den Segen über sie und ging.


Wie anders als damals empfing mich die Stadt, die für den Zwölfjährigen eine neue Welt bedeutet hatte. Noch selbigen Abends, nachdem ich in Ingolstadt angekommen war und in der ehemaligen Schweglerburse Quartier genommen hatte, besuchte ich meinen verehrten Lehrer Doktor Eck und wurde mit dröhnendem Überschwang empfangen. Der Lehrer hatte sich, sah man vom schütter ergrauten Haar ab, wenig verändert, wobei er offensichtlich den Freuden des Lebens in höherem Maße als früher zugeneigt schien und edelste Tropfen Weines auftischte zum Willkommensschmaus.

»Lasse uns den Abend nicht durch die Erörterung leidiger Streitfragen trüben, die meine Seele seit mehr als zwanzig Jahren belasten, sondern erzähle von der Welt, wie du sie siehst, von Paris zumal, dessen ehrwürdige Universität mir seinerzeit den Sieg zugesprochen, was gleichwohl nichts geändert hat am Weiterschwären der ketzerischen Verderbnis.«

Ich hub an, von Landshut weg meine Wanderungen zu schildern, doch immer wieder unterbrach mich der Lehrer mit Ausrufen und eigenen Gedanken. Dabei versuchte er entgegen seiner Ankündigung, seine Haltung im Hinblick auf die Gespräche, die demnächst in Worms beginnen sollten, auseinanderzusetzen und verdeutlichte, noch ehe die erste Flasche des Rotweines aus dem Herzogtum Burgund geleert war, daß er von mir nichts weiter als einen getreuen Diener im Streitgespräch erwarte. Ich wurde zunehmend schweigsamer und haderte insgeheim mit der Streitlust Ecks. Wollte man so hartnäckig auf den eigenen Wahrheiten bestehen, müßte man zwangsläufig billigend in Kauf nehmen, daß es nicht mehr zu einer Rückführung der Ketzer in den Schoß der Kirche kommt; das aber konnte unmöglich der Sinn der anstehenden Gespräche sein.

»Jesus sagt: Liebe deine Feinde«, entgegnete ich auf eine besonders üble Spottrede Eckens gegen Melanchthon. »Ihr müßt einen Weg zur Versöhnung finden und damit aufhören, Euch in Triumphe hineinzureden. Euer hervorragender Sieg zu Leipzig hat den Lutherischen nicht Einhalt gebieten können, Eure heutige Streitlust wird es auch nicht tun.«

»Auf wessen Seite stehst du, mein Sohn?« entrüstete sich Eck. »Wir haben klare Vorgaben durch den Herzog. Ich stehe dafür ein, daß die Lutherischen jeden Angriff gegen unsere heiligen Bräuche, noch ehe sie ihn recht ausgesprochen haben, schriftlich widerlegt finden. Es ist kein Gespräch möglich auf der Grundlage von Unwahrheit. Wer vermeint, er könne mit Vorschlägen vermitteln, die Wasser in guten Wein sind, der wird erfahren, daß ich die Vereinbarkeit mit der Kirche sorgfältig prüfe. Keinesfalls werde ich etwas ohne die Zustimmung des Papstes bewilligen. Ist das nicht der Weg, den du für den richtigen hältst?«

»Das allein vermag schon über die Maßen streng zu klingen«, erwiderte ich, »und was sich dahinter verbirgt, ist nichts weiter als der Versuch, ein Gespräch mit der Gegenseite von Anfang an auszuschließen.«

Eck klopfte sich auf den Schenkel und entkorkte eine weitere Flasche des fruchtigen Weines.

»Du wärst nicht mein bester Schüler gewesen, hättest du das Ziel nicht sofort erkannt. – Und läßt sich allem Procedere zum Trotz ein Kolloquium nicht vermeiden, werde ich mit solchen Punkten beginnen, die der Gegenseite jedes Nachgeben unmöglich machen.«

»Ebenso argwöhnte ich und bitte Euch deshalb, diese Haltung zu überdenken. Sie steckt voller zerstörerischer Kraft und ist nicht im wohlverstandenen Dienste Jesu.«

»Vertraue mir, ich führe die heilige Sache wieder zum Sieg«, wischte er meine Bedenken hinweg, und bald reisten wir nach Worms, um an den Gesprächen teilzunehmen, die der kaiserliche Gesandte in Fortsetzung der gescheiterten Gespräche zu Hagenau mit den Vertretern der katholischen und der lutherischen Seite führen wollte. Ach, Ursinus, es war eine vermaledeite Zeit voller Streitlust, Unglauben und Widerwärtigkeit. Allzurasch zerstob der Versuch des Kaisers, die Glaubensparteien zu versöhnen, in nichts als Nebelstaub.

Nachdem das Religionsgespräch gescheitert war, folgte ich einem Ruf aus Rom und machte mich auf nach Spanien, wo ich gemeinsam mit zwei jungen spanischen Brüdern predigen sollte. Meine Wanderung wurde zu einem beschaulichen Durchschreiten der Lande, und wenn ich durch lutherische Städte kam wie Memmingen und Leutkirch, hielt ich mich zurück und bemäßigte den von innen her anklopfenden Antrieb, eine Predigt halten zu wollen. Hinab in die milde Senke des Bodensees, über Bregenz, Sankt Margrethen und Rorschach auf Sankt Gallen zu, das sich rund um das weitberühmte Kloster zu einer trefflichen Stadt entwickelt hatte, führte mich mein Weg gen Zürich, der Stadt Zwinglis, der nachhaltig die neuen Ideen aufgegriffen und in eine romfeindliche Kirchenverfassung gegossen hatte, so daß ich nicht sicher war, ob wirklich die Wittenberger Streiter oder nicht vielleicht ihre eidgenössischen Nachahmer seitens Rom zu fürchten waren. Eines aber wußte ich genau, nämlich, daß ich in Zürich nicht zum Papststreiter berufen war, und weil ich aus einem mir selbst nicht erfindlichen Grund sowohl das Gespräch mit einem Züricher Reformierten scheute als auch ein Greuel davor hatte, mich im Angesicht des Abfalls schweigsam zu geben, mied ich die mächtige Stadt und versuchte, sie im Norden zu umgehen. So nahm ich schmale Wege, die mich meinem Ziel nicht unmittelbar, sondern eher verschlungen näher brachten, und gelangte eines Abends, als ich ein wenig unschlüssig geworden war über den Ort, an dem ich mich befand, nach Regensdorf. Der Nachmittag umschmiegte sich bereits mit mildem Licht, diesem untrüglichen Zeichen auf die bevorstehende Dämmerung, und so fragte ich einen schwitzenden Bauern, der die erste Mahd auf einen Karren warf, nach einer Unterkunft im Dorf.

»Es ist der Pfarrer da für ein gastlich Haus und hat sein Dach gleich neben der Kirch«, schnaubte er kaum verständlich, wandte sich ab und stieß die Heugabel wieder in die Mahd.

»Vergelt's Gott«, murmelte ich und schritt ohne Eile auf die Kirche zu, neben derem schmucklosen Bau ich das Pfarrhaus erkannte, dessen ebenerdiges Geschoß aus Stein gemauert war, auf das ein weiteres Stockwerk aus Holz gesetzt war unter dem weit herabkragenden Dach. Rechts schloß sich ein breiter Garten an das Haus, in dem sich eine Frau mit hellem Kopftuch gebückt dem Gemüse widmete. Langsam trat ich an den Zaun heran.

»Gott mit Euch, werte Frau. Man sagt, bei Euch sei Platz für einen Gast zur Nacht.«

»Gewiß, seid willkommen«, erwiderte die so Angesprochene ohne aufzublicken und verrichtete geschwind noch einige Handgriffe an dem schießenden Salat. Ich stutzte für den Bruchteil eines Augenblicks, als ob mir die Stimme bekannt vorkäme, verwarf jedoch diesen Gedanken, drehte mich halb ab und blickte auf die Kirche, um der Frau nicht mit einem Blick lästig zu fallen. Der Turm war schmucklos wie der sonstige Bau, von einem einfachen Holzkreuz gekrönt, und die Außenfassade wurde durch schmale, halbhohe Fenster gegliedert, die lediglich weißes Glas faßten. Das wird keine katholische Kirche sein, mutmaßte ich, denn die Errichtung kam mir als ein kaum abgeschlossener Akt vor, da das Dach an der der Straße abgewandten Seite noch nicht einmal vollends eingedeckt schien.

»Ihr sucht eine Bleibe zur Nacht«, sprach mich in diesem Moment die Frau an, und als ich mich nach ihr umdrehte, blickte ich in ein vertrautes, wenngleich alt gewordenes Gesicht.

»Jesus-Maria«, entfuhr es Gefion, als sie mich erkannte, »bist du's, Bruder Johannes, der durch mich den Freund verlor?«

»Gefion – wie gleich pries Rasso dich an?«

»Schweig still, ich bitte dich«, bat sie und legte den Finger auf die Lippen, »es ist meine Herkunft nicht Allgemeingut in der Gemeinde. – Tritt ein und sei willkommen. Michael wird sich freuen«, rief sie noch und sprang gegen das Haus, um mir die Tür zu öffnen.

Nachdem sie mir den Weg zum Gästezimmer gewiesen und die Badstube gezeigt hatte, zog sie sich in die Küche zurück.

»Ich erwarte dich nach Sonnenuntergang, im Anschluß an die Abendhore – du kannst teilnehmen, wenn du willst – in der Stube zum Abendessen. Dann wird Michael hier sein.«

Ich setzte mich auf das Bett, stützte den Kopf in die Hände und versuchte, diese Begegnung zu erfassen; da war ich nun sechzehn Jahre durch die Welt gezogen, hatte in Rom, Bologna und Paris studiert, mehrfach das obere Italien durchwandert und dabei mit Gedanken, Augen und Ohren den vergangenen Freund gesucht und längst in anderen Gefilden gewähnt, da tauchte er hier, im zwinglianischen Zürich, in einem Dorf, das keiner kennt, als protestantischer Pfarrer auf, und an seiner Seite das treue Weib Gefion. Sie hatte sich wenig verändert. Wie mochte da Michael aussehen? Noch dunkelblond der Lockenkopf oder weise ergraut, oder mochte vielleicht gar über die Tonsur hinaus die Fallsucht das Haupthaar heimgesucht haben? Was habe ich oft an dich gedacht und deinen Abgang bedauert.

Deinen Verlust habe ich beweint und meine Enttäuschung, gezürnt habe ich dir und dich ob deines Verrats verachtet, um
letztlich doch zu wissen: du bist mein Freund. Und nun werde
ich dich hier treffen, als Pfarrer einer falschen Kirche. Was für
eine Welt. Was für Zeiten.

Zunächst standen wir uns wortlos gegenüber mit unruhig ta-
stenden Augen, als wolle jeder den anderen in einem einzigen
Blick erfassen. Dann lagen wir uns ohne ein Wort in den Armen,
klopften uns gegenseitig wie zur dauernden Bestätigung unseres
Daseins auf die Schultern, kämpften beide mit dem Unter-
drücken des Schluchzens, das aus tiefem Grunde heraufpreßte,
und ließen endlich das Weinen und Lachen zu. Wir schoben uns
wechselseitig voneinander weg, hielten uns mit ausgestreckten
Armen an den Schultern fest und betrachteten einander, wie jedem der Mund zitterte.

»Du lebst«, sagten wir zeitgleich wie im Kanon und verstummten im Ineinanderblicken.

Das Leben hatte uns beide gezeichnet, und Michael, immer
noch hoch von Wuchs und breitschultrig zwar, war gleichwohl
schlanker geworden, schmaler im Gesicht und um die Hüften,
abgeschmolzen der Kugelbauch, der ihn von jung an ausgezeichnet hatte. Auch trug er sein Haar nun kurz und fraßen sich
über den Schläfen die Ecken zum Hinterhaupt, doch schmitzten
wie eh und je seine Augen unter buschigen Brauen und mutete
seine Erscheinung gemütlich und angenehm an wie damals im
Schlafsaal vor mehr als zwanzig Jahren.

»Es ist gerichtet«, bemerkte Gefion nach einer Weile und riß uns
aus unserer Ineinander-Versenkung. Wir nahmen die allzu weltliche Gelegenheit, unserer Ergriffenheit zu entfliehen, gern wahr
und ließen uns unsere Teller aufladen, als ob wir erst gestern
noch gemeinsam zu Trient in der Trattoria das Abendmahl eingenommen hätten. Einige kurze Bemerkungen nur zum Weg,
den ich zurückgelegt und noch vor mir hatte, wenige Worte zu
den beiden Knaben, die in der Ecke saßen, sonst hielten wir ehemaligen Benediktiner uns an das Schweigegebot und lernten
einander wiedererkennen an der Art, wie dieser das Messer führ-

te und jener seine Zähne in den Braten schlug, wie der eine das Bier abtrank und der andere den Schaum verblies, Gewohnheiten, die offensichtlich imstande sind, viele Erlebnisse und weite Zeiträume zu überdauern. Michael packte den Humpen allerweil noch so derb und niederbayerisch-kräftig wie zu Scholarenzeiten, und sein Biß in den Kapaunschlegel wies ihn allemal eher als den Sohn eines Wirts denn als Magister aus.

Nach dem Essen stillten wir wechselseitig den Bedarf an Lebenslauf, wer wo wann gewesen sei und was getan und erreicht habe, welche Angelegenheit bei den vielen Reisedaten, die sowohl ich als auch Michael aufzuweisen hatten, einige Zeit in Anspruch nahm und auch nicht ohne Verwirrung vonstatten ging, bis von den rein äußeren Neuigkeiten so viel versprudelt war, daß das Erzählwasser tiefer gründen und die Rede sich glätten konnte.

Dies war der rechte Zeitpunkt für Gefion, ihre Söhne vorzustellen, die ordentlich heranwuchsen und bereits in einigem Latein bewandert waren, der elfjährige Johann Baptist zumal, aber vielversprechend auch Martin Lukas, dessen neun Lenze von aufgeweckter Heiterkeit zeugten. Nach kurzer Probe von Redegewandtheit und Artigkeit ging Gefion mit den Knaben in die Kinderstube zum Abendgebet und blieb andernorts, wohl mit Frauenarbeit, um die Männer dem Wiedersehen zu überlassen.

»Es war eine Zeit, der Abwechslung übervoll, und die Erlebnisse mit Rasso waren anregend und einträglich. Aber selbst in so bewegten Wochen wie dem Karneval zu Venedig regte sich in mir immer wieder der Wunsch, Gott nahe zu sein und das Verlassen des Ordens nicht als letzten Schritt aufzufassen. Der Herr hat mich nicht in die Wüste geschickt. Immer war der Herr bei mir, und auch wenn er mir anfangs gezürnt hat, hat er mich nicht verstoßen. – Und als wir nach zwei Jahren des unsteten Umherziehens nach Genf kamen und ich die Predigt eines unbekannten, keineswegs bedeutenden, aber im Herzen verklärten Predigers – er hieß Örlistein – hörte, da wußte ich, daß ich dem Herrn weiter zu dienen hatte. Ich nahm Rassos Erlaubnis beim Wort und verließ mit Gefion die kleine Truppe, zu der sich damals noch Arko, der Feuerschlucker, gesellt hatte. Dann diente ich mich dem Örlistein an als Predigergehilfe, und er zeigte mir jenseits der gelehrten Disputationes, wo das Herz der neuen Lehre schlägt, und öffnete mir die Heilige Schrift. Da war Gott nunmehr das Wort, und ich, ich verstand das Wort Gottes. Und sogleich war mein Leben mit Gefion keine Sünde mehr, und der Pfarrer im Sprengel, wo Örlistein predigte, sprach mich feierlich vom Gelübde des Ordens frei, ohne dabei auf irgendwelche Formeln des kanonischen Rechts zu schielen, sondern mit der Kraft des Herzens und der Gewißheit der reinen Seele. Er vermählte mich mit Gefion, auf daß wir für immer ein Paar seien, Mann und Frau, und in Ehre und Anstand leben dürften die Liebe, die wir füreinander empfinden. So wurde ich Prediger. Und ich sage dir: Der Herr blickt mit Wohlgefallen auf mein Werk. Es ist voller Nächstenliebe und frei von jenen menschlichen Lastern, die der Klerus über alle Maßen ausgelebt und das Volk zu erdulden gelehrt hat. Mich dürstet nicht nach eines anderen Hab und Gut noch Weib, kein Amt will ich mir kaufen, keine Pfründe erschleichen, noch lebe in Sünde ich beim sechsten Gebot. Der Herr hat mich von der Einsamkeit befreit, die mich oft nachts in der Zelle beschlich, und er hat den fleischlichen Anfechtungen den Stachel genommen, weil er mir ein Weib zugedacht hat, das ich rechtens begehren darf. Und ich sage dir, wäre die Kirche frei von dem lügenbeladenen Zölibat, es ginge die Wahrheit um unter den Klerikern, und niemand müßte sich ängstigen vor dem Zusammenbruch der Kirche.«

»Allein mich wundert, daß einer, der anders als fleischlich vermählt ist, gleichwohl dem Fleischlichen so huldigen mag«, warf ich einfältig ein, als hätte ich die Anfechtung durch Theodora schon wieder vergessen. Und daß ich in wenigen Jahren selbst mit dem Zölibat hadern würde, konnte ich in Michaels Stube noch nicht wissen.

»Ach, Johann, du bist von einem anderen Stoff. Gewiß ist es so, daß du noch immer nicht deines Dorns versichert bist?«

»In der Weise, die du darunter verstehst, bestimmt nicht. Auch ist es so, daß ich kaum eine Vorstellung davon mir machen kann, wenngleich ich in Rom, und allerweil komme Schande über sie, vom hohen Klerus habe Ausschweifungen sehen müssen, die den Mond erröten lassen.«

»In meinem Herzen ist so viel Liebe zum Herrn, daß ich ohne den Dienst für ihn nicht sein könnte; und doch hat mich der Herr mit Dorn geschaffen: nicht zur Prüfung, nicht um des Lasters willen. Das wahre Wort Gottes zeigt die Weite seiner Güte. Allein, es darf nicht in der Lüge geschehen; es muß gesegnet sein. Das ist der wahre Weg der Kirche.«

»Du mußt dich, mein Freund«, erwiderte ich leise, »nicht rechtfertigen vor mir. Gott allein wird dein Richter sein. – Vieles in der Kirche ist voller Übel, wenngleich es sich sehr gebessert hat in den letzten Jahren. Ob Ablaß, Ruchlosigkeit oder Simonie, alle Übel gilt es auszumerzen. Doch wollte Christus die eine Kirche errichten, damit die Wahrheit befördert werde; die Einheit darf der Mensch nicht gefährden.«

»Geht Einheit vor Wahrheit oder Wahrheit vor Einheit?«

»Wir brauchen Einheit in Wahrheit.«

»Bei diesen Menschen?«

»Verlieren wir nicht die Hoffnung, dann werden wir große Ziele erreichen.«

»Sollen wir gegen das Dogma verstoßen, das dich bindet, und uns über unsere Vorstellungen von Wahrheit auseinandersetzen? Ich denke nein. – In dieser Gemeinde bin ich der Vermittler Gottes, und ich entbiete meinen Laien den Kelch, damit sie die Erfahrung Jesu machen. Ich bringe ihnen das Wort Gottes und ich lehre sie Tugend und Gottesfurcht, Nächstenliebe und Vertrauen in die Gnade des Herrn. Sie sind Christen, mehr denn zu früheren Zeiten. Und bei alledem läßt mir der Herr einen ruhigen Schlaf und beschenkt mich und die meinen mit Gesundheit, Tatkraft und Zufriedenheit. Dies ist mein Weg geworden, und wenn ich ihn betrachte, stelle ich fest: Es ist gut.«

»Du hast recht. Wir sollten nicht versuchen, in deinem Haus die Religionsgespräche fortzusetzen, die eben gescheitert sind«, entgegnete ich, erzählte von meinen Einblicken und hatte so, vielleicht ohne es richtig zu bemerken, die Brücke fertiggestellt zwischen unseren kleinen Welten, die im großen bereits in den Fundamenten eingebrochen war.

»So hast auch du unseren Orden verlassen«, bemerkte Michael, »und dich stärker dem Neuen hingewendet.«

»Du würdest mit mir das gleiche fühlen, träfest du meinen Bruder und Herzensvater Ignatius – und es ist in der Tat so, daß wir der Kirche die Wahrheit geben wollen und den Menschen Jesus Christus bringen, eben im Namen des Papstes und in Treue zum Bischof von Rom. Aber wir werden es mit Liebe tun, mit Verständnis für die Menschen, mit Nachsicht und Geduld, mit den geistlichen Übungen unseres Vaters, nicht mit der Flamme der Dominikaner.«

»Tief in mir spüre ich, daß wir beide, käme es nur darauf an, an der einen Kirche zur Ehre des Herrn bauen könnten im wahren Namen Jesu Christi, und wenn ich auch die Nachrichten aus dem Reich für betrüblich halte, reiche ich dir über den Hader unserer Oberen hinweg die Hand und erbitte deine dauernde Freundschaft.«

Ich ergriff und drückte sie.

»Ist es nicht weise gedacht, bei der Erlangung der Liebe zunächst auf zwei Dinge zu achten, nämlich zuerst, daß die Liebe mehr in die Werke gelegt werden muß als in die Worte, und zum zweiten hin auf den Umstand der Mitteilung der Liebe von beiden Seiten her?«

»Das ist ein wirklich weises Wort. Wer spricht es?«

»Ignatius. Aus seinen Worten heraus wächst der Sinn für die Liebe und die Notwendigkeit beider Teile, einander zu geben und mitzuteilen. Und es steht der Meditierende vor Gott und den Engeln und vor allen Heiligen, die für ihn eintreten, und er bittet um das, was er begehrt, er bittet um die innere Erkenntnis der so großen empfangenen Wohltaten, dazu hin, in dankbarer Anerkennung Seine Göttliche Majestät lieben und Ihr dienen zu können.«

»Ja, du hast dir einen guten Weg erwählt.«

Innerlich dankte ich Gott für diese Begegnung, und während ich immer noch Michaels Hand hielt, sprach ich leise vor mich hin das Wort Gottes aus dem Evangelium: »Richtet nicht, dann werdet auch ihr nicht gerichtet werden. Verurteilt nicht, dann werdet auch ihr nicht verurteilt werden.» Und in diesen Gedanken hinein schlich sich Stimme und tönte den nächsten Satz laut. »Erlaßt einander die Schuld, dann wird auch euch die Schuld erlassen werden.«

»Auch mir«, sprach Michael erregt, »war gerade Lukas im Sinn. – Friede sei mit dir, du wiedergewonnener Bruder.«

Ich war nicht in Eile und verbrachte eine Woche bei Michael, Gefion und ihren beiden Söhnen, saß oftmals allein in der letzten Reihe der schmucklosen kleinen Kirche und suchte das Zwiegespräch mit Gott.

Der Herr aber blieb stumm. Kein Fingerzeig wies den richtigen Weg, ob die Ansicht des Papstes, den Lutheranern mit unnachgiebiger Strenge zu begegnen, die richtige sei, oder gar die Protestanten die Wahrheit auf ihrer Seite hätten in bezug auf den rechten Dienst im Namen Christi, oder ob, was ein recht friedlicher Weg wäre, irgendwo zwischen den widerstreitenden Ansichten die Lösung gefunden werden mußte. Mit jeder Stunde, die ich in Michaels Nähe verbrachte, spürte ich deutlicher die Wahrhaftigkeit in seiner Gottesliebe. Und der Umgang Gefions mit aller Religion sowie das Verhalten der Knaben zeugte von so viel reiner Gottesfurcht, daß in mir der Zweifel aufschoß wie Unkraut nach einem warmen Regen, ob diese Menschen Ketzer seien. Dabei konnte ich zu diesem Zeitpunkt noch nicht ahnen, wie sehr mich diese Frage späterhin selbst berühren, ja aufwühlen und in tiefste Glaubenszweifel führen würde.

Als ich Michael widerstrebend verließ, umarmte ich den verlorenen Freund und segnete ihn. Er nahm dankbar die gesalbten Kreuze entgegen und gab mir den Bruderkuß. Dann erhoben wir die Hände zum Gruß. Unser beider Kehlköpfe hüpften sichtbar. Wir schieden wortlos.

Johann wischte sich eine Träne aus dem Augenwinkel, erhob sich, strich Ursinus kurz über den Kopf, trat an das Zellenfenster und blickte in den heraufdämmernden Morgen hinaus.

# DER HEXENADVOKAT

Ursinus zuckte mit den Schultern und rieb sich die Schläfen. Der Morgen fiel ein; über Johanns Erzählung hatten sie beide die Andacht vergessen und sahen sich nun an mit geränderten Augen.

»Was du für ein Leben gehabt hast.«

»Ja, es war aufregend. Aber manchmal denke ich, so richtig begonnen hat es erst zu Köln, als wir im Stadtfried des abtrünnigen Bischofs siedelten, um die Kirche zu retten. Um der Wahrheit willen.« Johann schüttelte den Kopf. »Was ist schon Wahrheit? Wer wagte eine Antwort? – Der Papst, der General, die Inquisition? – Irren können letztlich alle.«

»Also«, fragte Ursinus und ging zur Tür, »wirst den den Germischer Frauen helfen?«

»Ja.«

Und so geschah es nur drei Tage später: Während der Karren entlang der Loisach gegen Germischen knarzte, lösten sich die Schleier der Morgennebel über den Sumpfwiesen auf. Der erste Gerichtstag brach an. Waxensteine und Zugspitze leuchteten im frühen Gelb der Septembersonne, nur der Talgrund lag dunkel im Schatten. Die Rösser schnaubten, als es auf das Amtshaus zuging.

»D' Viecher riechen d' Hexen«, brummte der Fuhrmann.

Johann kletterte bedächtig vom Bock. Jede Bewegung schmerzte ihn, durchgerüttelt und morgensteif, wie er war, und sein Gang fiel staksig und ungelenk aus. Der Pfleger mochte dies für Unsicherheit nehmen, denn kaum wurde er Johanns ansichtig, trat er mit aufgeblähten Backen auf ihn zu.

»Wie kannst du so einen Schritt gehen?«

»Recht so, Pfleger«, rief der ebenfalls anwesende Rösch, »weise den Zauderer in die Schranken.«

»Er hat nicht unrecht. – An sich sollte ich dein Begehren ablehnen und dich vor dir selber schützen.«

»Du wirst es nicht wagen«, entgegnete Johann.

»Da du ein Doktor der Rechte bist, weißt du, wie weit du gehen kannst.«

»Mögest du die Peinliche Halsgerichtsordnung nur studieren, mein Freund, um zu sehen, daß ein Verteidiger zugelassen werden soll. Und es wäre ein Jammer, wenn du dich gegen mich entscheiden wolltest, zumal bei den einflußreichen Freunden, die ich habe.«

»Du bist spöttisch und garstig gegen mich, dabei konnte ich nicht anders, als das Verfahren eröffnen, und bin nun unter dem Befehl des Bischofs. Was hätte ich tun sollen?«

»Bedächtig bleiben, wie ich es dir viele Male auseinandergesetzt habe. – Aber nun ist es, wie es ist; jetzt ist eben die Zeit des Streitens angebrochen. Laß mich wenigstens dafür sorgen, daß mit Umsicht und Vorsicht verfahren wird, damit keinem Unschuldigen ein Leid geschieht.«

Caspar Poißl nickte und lud Johann gemeinsam mit den beiden Schöffen und dem Gerichtsschreiber in den Verhörraum des Amtshauses ein. Von Rösch aber fing Johann einen galligen Blick auf, der nichts Gutes verhieß.

Zunächst ließen sie sich die beiden Schlampinnen vorführen und befragten sie nach ihrem Tun, das von vielen als hexisch verschrien sei. Doch weder Mutter noch Tochter gaben vernünftige Antworten, und als Poißl erbost blaffte, sie sollten mit der Wahrheit herausrücken, wurden sie ganz verstockt. Poißl blickte hilfeheischend zu Johann, doch ehe dieser etwas sagen konnte, warf Rösch ein, es fehle offensichtlich die rechte Vorbereitung der Weiber auf den Prozeß.

»Wie meinst du das, Rösch?« fragte der Pfleger.

»Habt Ihr den Weibern seit ihrer Festsetzung die gereichten Speisen mit Weihwasser zubereitet?«

Poißl schüttelte den Kopf.

»Da seht Ihr's! – Wie sollen die Weiber denn geöffnet werden für die Wahrheit, wenn Ihr die einfachsten Maßnahmen unterläßt? Sicher habt Ihr auch darauf vergessen, das Salz weihen zu lassen, bevor Ihr es den Hexen ins Essen rührt.«

»Wo steht dergleichen geschrieben?« fragte Poißl etwas hilflos.

»Jedermann weiß, daß sich der Teufel zuerst mit Verstocktheit schützt. Die Weihe kann diesen Bann brechen, wenn Geweihtes die Zunge berührt. Wie geht das besser als mit entsprechend zubereiteter Speise?«

»Wenn du meinst«, entgegnete der Pfleger achselzuckend. »Was sollen wir jetzt tun?«

»Am besten, Ihr verschiebt die Befragung um einige Tage und bereitet die Weiber gescheit vor.«

Poißl wackelte mit dem Kopf. Er ist gar nicht bei der Sache, dachte sich Johann, und schon am Anfang ein Spielball des Rösch. Warum nur, Poißl, hast du meinen Rat nicht befolgt? Du wirst uns alle ins Unglück führen.

»Die Klöckin soll auch noch herein«, sagte Poißl da barsch, und nur Johann bemerkte das leichte Zittern in der Stimme, das des Pflegers Unsicherheit verriet.

Hereingeführt wurde eine kleinwüchsige Frau von knabenhafter Gestalt. Ihr Gesicht war eingeschrumpelt wie ein überwinterter Apfel, die Haut wettergegerbt und spröde; ihre Augen lagen in verschatteten Höhlen, die Augenlider zuckten unbeherrscht. Ihre knotigen Finger zitterten. Die Klöckin hatte Angst, das sah man.

Nachdem man ihr den Vorwurf der Hexerei durch die Anwaltsklage benannt hatte, wurde sie entgegen den üblichen Fragebüchern zunächst aufgefordert, freimütig zu erzählen, was sich in dem fraglichen Zusammenhang alles ereignet habe. Die Klöckin nahm ihr Herz in die Hand und erzählte ihre Geschichte.

»Der Ostler, der Eibseefischer-Hans, das Krummbein von der Einöd am See, verschreit mich als Hex' schon eine lange Zeit. Vom Reselberger Mang hat er d' Weissagung, daß ich eine Hex' bin, und das kam ihm zupaß, und laßt er mich nimmermehr in Ruh deswegen. Er hat mich nie gemocht, weil ich aus dem Tirolischen herübergekommen bin und der Klöck um mich gefreit hat statt um dem Ostler seine Schwester. Und die Truller hat er allemal dick, weil sie ihn über die Törlen herüber ständig piesacken; ja mei, hat er halt von seinem Schwiegervater nicht nur das Fischwasser, sondern auch den Ärger mit den Ehrwaldern und Lermoosern übernommen – braucht nicht nachtragen sein deswegen. – Schon lang geht die Red', ich sei schuld, daß sich dem Ostler seine Milch nicht buttern läßt. Seine Küh' von mir verhext, 's Pulver auf die Stallschwelle g'streut hätt ich ihm – und weil mein Mann das Gerede nicht will, schickt er mich zum Eibsee hinauf, ich soll reden mit dem Ostler und aus der Welt schaffen das Geschrei. Also folge ich und mach den Weg hinauf. Wie mich der Ostler sieht, schreit er laut: ›Ha, bleib mir vom Leib, du Hex! Ganz wie es der Reselberger gesehen hat. Verschwinde, hau ab – das Brennende werde ich dir nachwerfen, daß meine arme Seele wieder Ruhe hat.‹«

Sie schnaufte tief auf und starrte den Pfleger aus schreckweiten Augen an.

»Und warum sagt der Ostler so etwas?« fragte Poißl unwirsch.

»Das kommt von einer Weissagung vom Reselberger. Der Ostler hat nämlich, wie's der Reselberger angeschafft, drei Tage Wasser gesiedet in einem Hafen. Das erste Menscher, hat der Reselberger dem Ostler geweissagt, das sich ihm zugesellt, nachdem der Hafen zerrissen, das Menscher hat sein Unglück auf dem Gewissen, und das Menscher also war ich. Denn wie ich komm, ist der Topf zersprungen. Mehr hab' ich nicht getan. Bloß deswegen soll ich eine Hex' sein.«

»Wieso bist du verschrien, wenn du sonst nichts getan hast?« fragte der Pfleger streng. »Geh in dich und sage die Wahrheit, sonst kommt große Pein über dich.«

Die Klöckin fing zu weinen an und betete laut um Vergebung, ehe sie stockend gestand, von einem Marterl oben am Gschwandtsteg ein Stück Holz abgeschlagen und an die fünf Mal neben ihr Milchkacherl gelegt zu haben, auf daß sich in das Gefäß bei Tag und Nacht die Milch ihrer Nachbarn ergossen hätte, aber jeweils nur, bis das Kacherl voll war. Von einer Witwe Schüsterle hätte sie diese Kunst gelernt vor einigen Jahren, aber nie hätte sie irgendeine andere Kunst gelernt, und mit dem Ostler verhalte es sich, wie sie gesagt habe. Schließlich erstickte ihre Stimme. Dem Pfleger war dies jedoch Beweis genug, um fortzufahren im Prozeß und für den nächsten Gerichtstag die peinliche Befragung anzusetzen.

»Recht gemacht, Pfleger«, lobte der Rösch, der mit breitem Grinsen zum Abschluß des Verhörs auf den Pfleger zutrat. »So wollen die Braven die Obrigkeit: Ordnung muß sein und Schutz vor dem Bösen. – Wie gefährlich der alte Mönch da drüben ist, sieht man an seinem Parteiwerden. Ich sage Euch, paßt auf ihn auf: er steckt am Schluß selbst mit dem Bocksbeinigen im Bund, wie sonst könnte er es wagen, sich für eine Hexe einzusetzen?«

»Ja«, bekräftigte der Schreiber, »in Schongau drüben gibt's koan Advokat für die Höllenbrut.«

Poißl schwieg, schaute hilflos von einem zum anderen und vermied es, Johann zum Abschied die Hand zu geben.

Dies war der Beginn der Unterkühlung in ihrer bisherigen Freundschaft, denn weder tauschte sich Caspar Poißl noch einmal mit Johann über das Verfahren aus, noch trafen sie sich wieder an den vierundsechzig Feldern, und sein weiteres Vorgehen teilte Poißl Johann lediglich durch Abschriften mit. Auf diesem Weg erfuhr Johann, daß Poißl über das erste Verhör nach Freising berichtet und nochmals um Anweisung zur peinlichen Befragung gebeten hatte, welche alsbald erging.

Daraufhin wurde der Henker Abriel ernstlich und dringlich nach Germischgau gerufen, und die Glut, die zuerst Herwart von Hohenburg, dann Caspar Poißl von Atzenzell über lange Jahre niedergehalten hatte, war endgültig entfacht. Nach Schongau brannte auch in Werdenfels die Fackel des Teufels, und sie kannte keine Gnade. Kaum drei Wochen alt, schwoll der Prozeß an wie eine Schneelawine im Frühjahr, die schwer und schwerer werdend von der Alpspitze bricht und alles niederwalzt. Bereits mit den ersten Qualen hatte Meister Abriel der Klöckin manche Besagung entlockt. So wurden die Barbara Achrainer und die Margarethe Gattinger in Fesseln geschlagen und der Folter unterzogen. Schon ergaben sich Hinweise, daß noch etlich mehr Hexen in Werdenfels ihr Unwesen trieben. Je länger sich der Prozeß hinzog und je mehr Verdächtige dem Pergament anvertraut wurden, um so unnachgiebiger wurde Poißl, ja, aus dem langjährigen Zögerer wurde ein Hexenjäger so recht nach dem Geschmack des verbissenen Rösch. Und er hielt die Untergerichte Mittenwald, Partenkirchen und Germischgau in einer Schärfe, die ihresgleichen suchte, an, weiterhin die Verfahrenskosten vorzustrecken, damit dem Willen der Braven entsprochen werde und alle Unholden erfindlich bestraft würden.

Von Verhörtag zu Verhörtag versuchte Johann, die Folter zu vermeiden oder wenigstens abzumildern. Doch es schien, als habe sich die Welt nur darauf zu bewegt, endlich einen Grund zu finden, wehrlose Frauen zu quälen. Gegen die Prozeßtreiber war einfach kein Kraut gewachsen. Johann litt mit den Frauen in der Tortur und schickte Stoßgebet um Stoßgebet in den Himmel. Aber von nirgends kam Linderung. Johanns Mut sank, und er fragte sich bereits, ob es vernünftig sei, sich weiter zum Anwalt in einem Verfahren zu machen, das lediglich auf Menschenfangen aus war und den Gefangenen schnell jeden Willen austrieb.

Die Klöckin war es letztlich, die neben vielen Frauen auch die Maria Schorn bezichtigte, eine Gespielin auf dem Teufelssabbat am Peißenberg zu sein. Zunächst blieb sie bei der Wahrheit und gab an, der Schornin eine Liebessalbe geschenkt zu haben, damit sie den widerstrebenden Knilling verführen könne. Doch solcherart Bezicht genügte Abriel und Rösch schon lange nicht mehr – Hexenflug und Teufelssabbat, Incubus und Succubus wollten sie hören, und damit nicht genug, sollte die Anschuldigung auch einen deftigen Schadenszauber enthalten. Vergeblich erhob Johann Einwände gegen die Art des Verhörs, die so offensichtlich auf das gewünschte Ergebnis hinzielte; annähernd wörtlich legte Rösch der Klöckin die zu gestehenden Scheußlichkeiten in den Mund, und die gequälte Seele sprach dem Peiniger willig alles nach, was ihr Schonung vor weiterer Mißhandlung verhieß. Die Schreiber notierten jeden Vorwurf, und erst, als neben dem Namen »Maria Schorn»« eine ganze Reihe von Untaten aufgelistet war, entließ Rösch die Klöckin und wandte sich der Gattinger zu.

Abriel, über den ganz Schongau voll des Lobes war wegen seiner vortrefflichen Ergebnisse, ging so unnachgiebig und grausam zu Werke, daß die Gattingerin den Tod jeder weiteren Lebensminute unbedingt vorzog und sie sich am Thomastag während des Mittagessens mit einem abgerissenen Rocksaum erhängte.

»Seid ihr des Teufels«, fuhr Poißl die Wachen außer sich an, als sie ihm den Todesfall meldeten. »Wie könnt ihr es zulassen, daß sich die Teufelsbraut dem Verfahren entzieht? Ihr habt diese Seele endgültig dem Teufel geschenkt.«

»Das ist so schnell gegangen«, wandte ein Wächter ein.

»Für euch darf nichts zu schnell gehen«, fauchte Poißl, »oder wollt ihr ganz Werdenfels auf's Spiel setzen? Der Teufel ist listig und versucht jeden Trick, seine Gespielinnen frei zu kriegen.«

»Wer denkt denn dabei an Selbstentleibung?« warf der zweite Wächter ein.

»An alles sollt ihr denken, verdammt noch mal. – Was jetzt? Über die Weihnachtstage habe ich weder Henker noch Nachrichter greifbar, die mir die Leich' verbrennen könnten.«

»Aber Pfleger, verscharrt sie doch einfach.«

»Deine Blödigkeit bringt dir gleich drei Tage Karzer ein«, blaffte Poißl. »Wie soll der Gerechtigkeit Genüge getan sein, wenn nicht durch Verbrennen? Auch an der Selbstentleibten muß ein ordentliches Urteil vollstreckt werden. – Und jetzt geht mir aus den Augen.«

Als die Wachen beschämt von dannen schlichen, trat Rösch ein und legte beschwichtigend seine Hand auf des Pflegers Schulter.

»Einen braven Mann prüft der Herrgott, Pfleger. Weißt's eh. Laß dich darum nicht aus der Ruhe bringen, denn jetzt, wo der Klumpfuß dich als aufrichtigen Hexenjäger erkannt hat, versucht er dich halt mit allerlei Höllenzauber madig zu machen.«

»Brauch keinen Trost von dir, Rösch. – Gegen tatkräftige Hilfe hätte ich aber nichts einzuwenden.«

»So viel du möchtest, Poißl.«

»Sorg mir für einen sicheren Platz, wo die Leiche bleiben kann, bis ich einen Henker bekomme, der mir die Gattingerin verbrennt.«

»Hm. Der einzig wirklich sichere Ort ist dein Verlies, Pfleger. Überall sonst schleicht sich allzuleicht der Teufel ein.«

»Kannst du nicht einen Nebenraum im Amtshaus finden zu diesem Zweck?«

»Es ist viel zu gefährlich, neben den Eingesperrten die Tote liegen zu lassen. Wenn sich die teuflische Kraft überträgt, fliegen am Ende alle aus.«

»Aber es wird doch die Mühle einen Keller haben oder sonst ein Gemäuer sich finden, die Leiche aufzunehmen?«

»Es geht nicht, Pfleger, daß wir den Teufelsleib in die Nähe der Braven bringen. Wie leicht schleicht sich der Satanshauch durch die Ritzen und verführt unsere Frauen und Kinder zu Hexentaten.«

»Bleibt wirklich nur mein Schloß?«

»So ist es.«

»Dann geh hinab in meine Verliese und nimm eigenhändig die Durchsuchung vor, ob sich dort irgendein verdächtiges Werkzeug findet. Wer weiß, vielleicht versucht sich Satanas in meinen Keller einzuschleichen, um von dort den Leichnam zu entführen.«

»Jeden Winkel deines Verlieses werde ich sorgfältig abkämmen und jedes verdächtige Ding ins Feuer werfen, damit du ohne weitere Sorge den Leichnam aufbewahren kannst, bis der Henker eintrifft.«

Poißl blieb keine andere Wahl. Bis Heilig Drei König mußte er die Tote im Schloß verwahren, ehe der Tiroler Scharfrichter kam und die Gattinger Margarethe verbrannte, um so ihrer Schuld und der Gerechtigkeit Genüge zu tun mit dieser Art der Hinrichtung, die der Abdecker Hans Per durch Vergraben der Asche an einem geheimen Ort besiegelte, damit keine der anderen, vor allem der noch frei herumlaufenden Hexen mit den Überresten Zauberei üben konnte.

Dem Pfleger war der Tod der Gattingerin sehr unangenehm, weil er ihn nach Freising melden und die ganzen Umstände rundherum schildern mußte. Da er einen Vorwurf fürchtete, mutmaßte er in deutlichen Worten, es könne der Hexenadvokat dafür gesorgt haben, daß der Gattinger das Erhängen möglich wurde, obwohl Poißl wissen mußte, daß Johann am Thomastag zu Ettal im Kloster weilte. Darüber hinaus führte Poißl Klage über den Nachdruck, den Johann in seine Verteidigung lege, insbesondere in Hinsicht auf die Vermeidung von Qualen für die Hexen, denen durch die Schmerzen nur Recht geschehe, weil sie durch den Teufel zu verstockt seien, sich der Wahrheit gemäß zu offenbaren, und Poißl schreckte nicht davor zurück, die vielfältigen Einwürfe Johanns als eine Begünstigung der Hexen zu bezeichnen.

»Weißt du«, sagte Johann nicht nur einmal zu Ursinus, »es schmerzt mich beinahe soviel wie die Leiden der Frauen, daß mir der Poißl als Freund verlorengegangen ist, und es will mir gar nicht in den Sinn, wieso er dem Rösch so willfährig den Prozeß führt. Da verkehrt sich die rechte Ordnung. Und mich mag er beschimpfen von wegen einer Bevorzugung der Beschuldigten.«

Sie waren gerade eingetreten in die Angelegenheit und grübelten, wie sich Johann zukünftig am besten verhalten solle, um den Zorn der Oberen möglichst nicht zu reizen, als sich Maria Schorn zur Beichte anmelden ließ. Das war mehr als ungewöhnlich, denn gemeinhin fragte niemand nach dem alten Jesuiten, der auch gar keine Zeiten im Stuhl anbot, und daß die Schorn aus Germischen nach ihm verlangte, steigerte jenes Ansinnen ins ganz Außerordentliche – wer unternimmt schon einen Tagesmarsch für die Ohrenbeichte? Dies eingedenk, begab sich Johann rasch in die Klosterkirche, suchte einen freien Beichtplatz und winkte die junge Frau heran.

»Weshalb unternimmst du diesen weiten Weg?«

»Weil ich dem Pfarrer nicht trau' und weil ich Angst hab' vor der Hexenhatz.«

»Hast du denn wirklich Grund?« fragte Johann und hatte Mühe, ihr nicht zu verraten, daß ihr Name bereits mit etlich Missetaten im Verhörbuch des Pflegers stand.

»Freilich. – Erst letzte Nacht hab' ich mich versündigt gegen das sechste Gebot und die Ehe gebrochen mit dem Georg.«

»Um den du schon vor Wochen gescharwenzelt bist?«

»Ja, ich hab' Euch doch davon erzählt auf der Burg.«

»Wie kamst du überhaupt auf die Burg?«

»Hab' bedienen geholfen.«

»Dann sammle dich jetzt und beichte.«

»Mein Mann hat sich nicht ändern können und ist allerweil noch den Röck'n hinterher. Da hat's in mir gebrannt, daß ich auch einmal krieg, was ich will. – Ein schöner Mann, der zärtlich und treu seiner Frau jeden Wunsch erfüllt. Ich, Maria, ein selbständiges Wesen mit eigener Lust, die ich hinausschreien darf in Nacht und Tag, ohne sündig zu sein. Die Zukunft, dieser Tag nach morgen, der die Dienerin zur Herrin macht neben dem Herrn und das Brot alle Tage in die Hütte stellt. Brot. Was wünsche ich Weib schon außer Brot und einen langen Kuß vom Knilling Georg beim nächsten Rockenspringen. Die Ursel soll mir ein Salblein geben, das gut riecht und mir den Georg fängt. Dann sollen die Zungen Schlangennester spielen. – Ja, das war die erste Sünd'. Damit hat es angefangen, und das Unglück war nicht mehr aufzuhalten. Der Herrgott liest die Gedanken, und wenn nur einer aus der Bahn rodelt, prüft er dich streng, ob du noch bei ihm bist.«

Sie schluchzte.

»Mein Leben ist lauter Plag. Gemüht hab' ich mich, es recht zu machen, hab' das Haus sauber gehalten, dem Hans immer was 'kocht. Keine rechte Freude ist nicht aufgekommen, war halt schwierig. Wenn er wenigstens daheim geblieben wär'. Aber immer wieder hinaus zu anderen Weibern. – Und der Knilling ist so ein Pfundsbursch; er hat mir gleich gefallen.«

»Wie hat sich er verhalten?«

»Der Georg? Zunächst wollte er gar nichts von mir wissen. Ich war wie Luft für ihn. Deshalb bin ich ja zur Klöckin um eine Salbe.«

»Was für eine Salbe?«

»Jeder weiß doch, daß die Ursel eine Salbe machen kann, die, wenn man sie nur recht auf sich draufschmiert, jeden Mann dazu bringt, sich nach dem Weib zu verzehren.«

»Das hast du getan?«

»Ja. Zuerst hat's nur wenig geholfen; grad ein bisserl schmusen hat er wollen und den Zungentanz spielen, aber als ich ihm zwischen die Beine g'langt hab', ist er davongelaufen. Da hab' ich schon gedacht, auch dieser Traum platzt. Aber ich bin nicht so leicht aufzuhalten und habe es wieder versucht – gestern dann, gestern ist er mir ins Netz. Beim Rockenspringen war's, daß ich einen ganz weiten Rock angezogen und drunter meine Nackigkeit g'lassen hab'. Wangen, Schenkel und Busen waren mit Salbe bestrichen, und g'hupft bin ich vor dem Georg, daß dem Hören und Sehen verging. – Dann ist er gern mit mir ins Heu geschlichen, und beim Küssen hab' ich ihm meine Sachen gezeigt. Da hat er Schnaufen müssen.«

Sie sprach nicht weiter. Johann beließ ihr die Ruhe und sann seiner eigenen Sünde nach; irgendwann ist der Punkt erreicht, ab dem es kein Zurück gibt. Johann wußte das. Sein Fehltritt war allemal größer als jener der Maria Schorn. Die Schmerzen saßen tief und die Angst. Und die Zweifel. Nein, er war denkbar ungeeignet, dieser Frau ihre Sünde vor Augen zu halten. Er mochte die Pharisäer nicht; schlimm genug, daß er selbst einmal einer war. Tiefer und tiefer versank Johann in seiner eigenen Geschichte und bemerkte kaum, daß sein Beichtkind wieder sprach.

»So is' g'schehn und war schön – aber danach hat mich's Grauen gepackt. – Was, wenn der Georg nicht wollen hat? Es bloß getan hat, weil ich ihn behext? – Überall im Germischer Grund reden's von wegen der Hexerei und verschreien die Klöckin, von der akrat ich ein Salblein nimm. Wo manche doch sowieso auf mich schau'n von wegen meiner Hebammerei. – Herr, ich hab' Angst. – Nie mehr schau' ich den Knilling an, nie mehr will ich unkeusch sein. Ich bereu's doch. – Aber ich bin keine Hex.«

»Das sagt doch niemand.«

»Heute vielleicht noch nicht. – Aber was ist morgen?«

Morgen beginnt der Poißl mit dem Prozeß, dachte Johann da, und ihm wurde heiß und kalt.

»Welcher Art ist deine Hebammenkunst?« fragte er, um sich ein deutlicheres Bild zu machen von dieser jungen Frau, die mit einem unerklärlichen Vertrauen seine Hilfe suchte.

»Was man halt so kann.«

»Und was ist das?«

»Austragen begleiten, Krankheiten kurieren, Gebären helfen, Verletzungen heilen – was ich halt so g'lernt hab von meiner Mutter und von der Schlampin; auch die Ursel Klöck hat mir einiges verraten.«

»Nur die Liebessalbe nicht?«

»Akrat die nicht.«

Johann schwieg. Er sah Theodora aus einer fernen Vergangenheit herüberwinken, und der Geruch alten Holzes, der im Beichtstuhl hing, verstärkte seine Neigung zu Erinnerungen. Das dämmernde Dunkel tat ein übriges; kaum war hinter dem Beichtgitter mehr als eine schemenhafte weiße Fläche auszunehmen – da hätte auch eine andere sein können statt der Schornin. Johann hielt den Atem an, weil er glaubte, er schnaufe zu laut. Seine Handflächen wurden schwitzig, und er schalt sich dafür. Wie einen das Leben necken mag, dachte er, daß es nicht einhält mit Ähnlichkeiten. Diese da ist eine ganz andere. Vergangenes ist längst vergangen.

Trotzdem schoß ihm noch ein Erinnerungsfetzen durch den Kopf, und ehe er darüber nachdenken konnte, sprach er ihn aus:

»Arbeitest du auch mit der Ringelblume?«

»Freilich. Man muß den Saft bei zunehmendem Mond bereiten, dann wirkt er am besten.«

Ohne Zweifel, die Maria Schorn verstand etwas von den Kräutern.

»Erzähl mal genauer, was du so tust«, forderte Johann sie auf. »Erzähl mir eine Krankengeschichte.«

»Einmal war's später Nachmittag, als die Apollonia zur Tür hereinstürzte, heiser ›Hilf, mein Mädel hat's Blaulaufen!‹ keuchte und mir ihr Bündel Mädchen entgegenstreckte. Ich hab' das Mädel geschwind aufs Lager gelegt und aus seiner Decke gewickelt. Große Augen hat's Kind. Die Blaufärbung war gewichen, die Haut fahl und durchscheinend. Ich bückte mich über meine grob gezimmerte Holztruhe und legte eine getrocknete Fliegenpilzkappe und getrocknete Haferhalme auf den Herd. Dann hab' ich das Kind mit geschlossenen Augen in den Armen gewogen. Von wegen der Menge. Ein fingernagelgroßes Stück von dem Fliegenpilzschirm abgebrochen und in einer Holzschale zerrieben. Dann stößt man die Brösel mit einem runden Kiesel langsam zu Pulver, gießt es mit Wasser auf und rührt, bis die Suppe klar wird. Vorsichtig flöß ich dem Mädchen einige Tropfen ein, dann zermörser' ich den strohtrockenen Hafer, gieß ihn auf und geb' dem Mädchen zwei Schlucke zu trinken. – ›Hast gesehen, wie ich das gemacht hab'?‹ fragte ich die Apollonia. ›Ich geb' dir ein Stück von dem Schwammerl, und wenn die Marta wieder das Blaulaufen kriegt, machst du das Gesöff und gibst ihr einen ganz kleinen Schluck. Klein, ganz klein muß er sein, und den Rest schüttest ins Feuer. Dann nimmst den Habern und tust wie ich auch und gibst zwei Maulvoll. Und am Fasnachttag mußt mit deinem Kind ins Schaffel steigen und in heißem Wasser baden; das vertreibt das Fieber und das Weh in den Zähnen gleich mit.‹ – Dafür hab' ich mir dann ein kleines Schaff Bier schenken lassen; und g'holfen hat's gut, ist der Marta nichts mehr geschehen.«

»Hast viel Aberglauben, Schornin, oder?«

»Wieso?«

»Von wegen dem Ins-Schaff-Steigen am Fasnachttag.«

»Das gehört sich halt so.«

»Und dazu muß man keine besonderen Reime sagen?«

»Ein Gebet schadet nie, wissen S' eh?«

»Und sonst?«

»Nix sonst. – Wo ist da was Verboten's? Sieht der Herr da was von Hexerei?«

»Nein«, antwortete Johann und ertappte sich, wie seine Gedanken wieder im Bergell bei jener anderen Heilerin weilten, deren Andenken ihn davor bewahrte, heilkundige Frauen für gefährlich zu halten. Er hörte das schwere Atmen der Schornin gleichsam nur gedämpft, gefiltert durch mehrere Erinnerungsschichten, in jeder eingebettet eine Frau, die Bedeutung hatte für Johanns Leben, und von diesen Erinnerungen schwindelte ihn ein wenig, zumal er nicht zu sagen vermochte, welche der Frauen nun am meisten Anteil daran hatte, daß er sich der Maria Schorn verbunden fühlte. War es nur die Ähnlichkeit mit der Jungfrau an der Abens, oder waren es die flehentlichen Augen der Nuños, oder gab es eine Verwandtschaft mit Theodora im Bergell? Auch war nicht von der Hand zu weisen, daß die Schornin Gemeinsamkeiten mit Mechthild aufwies, wenngleich deutlich weniger als mit dem Abens-Mädchen.

»Steht Ihr mir bei?«

»Der Herr steht dir bei. Gehe in dich und tue Buße, übe eheliche Treue und nimm nicht mehr Zuflucht zu anderen Dingen denn zum Gebet. Wende dich der Gottesmutter zu mit fünfzig Ave-Maria. Von deinen Sünden spreche ich dich frei.«

»Und wenn das Brennen anfängt – helft Ihr mir dann?«

»Ja«, antwortete Johann ohne Zögern, »du kannst auf mich zählen. – Doch ehe du gehst: Bei einer Geburt, kann da die Hebamme einen Fehler begehen, der dazu führt, daß das Kind dumm wird?«

»Freilich, Herr. Wenn man nicht aufpaßt und sich die Nabelschnur um den kleinen Hals wickelt, dabei aber das Kindlein nicht gleich erstickt, sondern nur recht in Luftnot gebracht wird, dann kann's passieren, daß ein Depperl herauskommt.«

»Geschieht so etwas öfter?«

»Oft nicht. Aber ab und zu kommt es vor.«

»Der Rösch, der hat doch einen Sohn – Damian?«

»Der is' damisch, das stimmt«, gluckste die Schornin.

»Ist da auch so ein Fehler unterlaufen?«

»Ich weiß nicht. Die Klöckin hat nie darüber gesprochen.«

»Gut; dann geh jetzt und sündige nicht mehr.«

Was wird mir die Welt schwer, dachte Johann und schlurfte in seine Zelle zurück. Da holt mich die Nuños aus Saragossa ein in einem Körper, der mich an Mechthild gemahnt ... ach was! Johann schüttelte den Kopf. Hirngespinste! Aber sie erbarmt mich. Wieso, Herr, läßt du zu, daß sich die armen Weiber so fürchten müssen? Wie alt muß ich noch werden, bis du aufhörst, mir Leid zu zeigen? Wo ist das Glück der Erde, wo? – Wo bist du, Mechthild? Wo?

Da sprang ihn die Erinnerung an, und kaum war er in seiner Zelle zurück, in der Ursinus treu auf ihn gewartet hatte, sprudelten die Worte aus ihm heraus, unzusammenhängend und wirr, eine Abfolge von Bildern so rasch, als sprengten hundert Ritter auf der Turnierbahn an ihm vorbei und hielte jeder eine Votivtafel, die, kurz nur dem Blick gezeigt, schon wieder verschwamm und einer neuen Platz machte.

# DRITTES BUCH

# DER DORN IM HERZEN

# ZUFALL UND ZEIT

Allmählich beruhigten sich die Bilder, vielleicht auch, weil Ursinus seinen Freund in die Arme genommen hatte. Johann schluckte und dachte an eine Stelle im Buch Kohelet: »Wiederum habe ich unter der Sonne beobachtet: Nicht den Schnellen gehört im Wettlauf der Sieg, nicht den Tapferen der Sieg im Kampf, auch nicht den Gebildeten die Nahrung, auch nicht den Klugen der Reichtum, auch nicht den Könnern der Beifall, sondern jeden treffen Zufall und Zeit.«
Wie es mich getroffen hat, nahm Johann den biblischen Gedanken auf, und seine Erinnerung klarte sich zur Gänze.
»Ich muß dir noch so vieles erzählen, junger Freund«, sprach er leise, aber mit deutlicher Stimme. Er klopfte Ursinus auf die Schulter und löste sich aus der Freundesumarmung. »Nach Saragossa waren wir in den Süden gewandert. Beinahe zwei Jahre haben wir in Sevilla vielen Menschen die geistlichen Übungen gegeben. Und dann wurde ich abberufen.«
Johann lächelte.

Was für eine wahrhaftige Freude verspürte ich, als im Juli des Jahres 1543, nach gut zweijährigem Aufenthalt in Spanien, der Brief des Peter Faber aus Mainz eintraf. Im Einvernehmen mit dem Vater Ignatius zu Rom und getreu den Wünschen des Heiligen Vaters bat er mich, nach Deutschland zu kommen. Einzig die Worte des Bruders und Freundes, die den Ruf an den Rhein begleiteten, stimmten mich nachdenklich, denn es schien in der Tat nicht zum besten zu stehen in meiner Heimat:
»Auch habe ich nachgedacht über jene meine Qual«, schrieb Peter Faber, »die mich nicht verläßt, seitdem ich Deutschland kennengelernt, nämlich über den Abfall einer solchen Nation.

Möge Gott verhüten, daß dies Wirklichkeit werde, wie es mir so oft im Geiste erschien, freilich nicht durch den guten Geist, sondern vielmehr durch den Geist des Kleinmutes, der mich bisher so vielfältig geplagt. Immer wieder führte er mir vor, daß ich an allem Erfolg verzweifeln und fliehen sollte.«

Schon Monate zuvor war mir die Nachricht zu Ohren gekommen, der Bischof zu Köln, den der Kaiser selbst eher für einen Heiden denn einen Christen hielt, habe den Lutheraner Bucer nach Köln gerufen, um das Erzstift dem neuen Glauben zu öffnen. Dem Vernehmen nach sollte die Mehrheit der adligen Mitglieder des Domkapitels ebenfalls der lutherischen Lehre anhängen, und im Stadtrat zu Köln saßen etliche Vertreter reformfreundlicher Stimmungen, die zu Beginn des Jahres 1543 bei einer Neuwahl weitere Verstärkung erfahren hatten. Alle Mahnschreiben des Kaisers aber fruchteten wenig, und so fand sich bei den treuen Kölner Katholiken die Stimmung arg gebeutelt und suchten sie dringend Hilfe zu erhalten in ihrem mühsamen Kampf gegen die Protestanten.

Gebe Gott, daß ich helfen kann, hatte ich gedacht, als ich das rufende Schreiben in Händen hielt, und mit einer Mischung aus Sorge und Freude war ich aufgebrochen, quer durch das hochsommerliche Spanien, entlang des Mittelmeeres in Roussilion und Languedoc, die Rhone hinauf und mit der Saone ins Herzogtum Burgund, dann hinüber zum Rhein und von Basel auf einem leichten Kahn hinab nach Köln, wo ich im Oktober müde und erschöpft ankam und zu meiner großen Enttäuschung Peter Faber nicht mehr antraf, der sich aufgrund einer kurzfristig geäußerten Bitte Iñigos mittlerweile in Löwen befand, von wo aus er nach Spanien weiterreisen sollte.

Ohne Peter fand ich mich in Unkenntnis der örtlichen Gegebenheiten einem papstfeindlichen Erzbischof gegenüber, der den gerade angekommenen Bruder der Gesellschaft Jesu mit aller Schärfe seines Landes verwies, welcher Anweisung ich nicht nachkommen wollte. Immerhin war es der Wunsch des Vaters Ignatius, der mich hierher geführt hatte und den es zu erfüllen galt. Außerdem bestätigte dieses erste Kennenlernen nur die Be-

fürchtungen, die bisher so romtreue Stadt könne vom wahren
Glauben abfallen und vielleicht gar alle umliegenden Ländereien mitreißen in den Strudel der Ketzerei. Aber wie sich verhalten, wo unterkommen, bis sich ein Weg fand, sich mit dem
Bischof besser zu verständigen? Die Nähe von Klerikern jedenfalls schien mir nicht der geeignete Platz, um mich entgegen der
Weisung des Erzbischofs hier umzutun, und so machte ich mich
auf den Weg nach der Universität, in der Hoffnung, dort in einer
Burse unterzukommen oder zumindest ein Gasthaus zu finden,
das mich aufnehmen könnte für einige Tage. Neben dem Dominikanerkloster, an dessen Pforte ich vergeblich geklopft hatte,
fand ich ein gastliches Haus, mußte jedoch vernehmen, daß sich
außer einem Lager im gemeinen Schlafraum kein Platz finde.
Ich wollte gerade weiterziehen, als aus dem Nebenhaus ein leicht
buckliger Mann mit schlohweißem Haar, der schon eine Weile in
der Türleibung gestanden haben mochte, gegen mich vortrat und
geradeweg fragte, ob ich ein Gelehrter sei, was ich bejahte.
»Dann seid Ihr nicht fehl in meinem Haus, und wenn es Euch an
angemessener Unterkunft gebricht, so gewährt mir die Bitte,
Euch mein Heim anzubieten.«
Besser hätte es sich nicht fügen können. Nach kurzem gegeneinander Befragen, wobei sich ergab, daß der gastfreundliche Mann
ein Magister Artium und bis vor zwei Jahren aktiver Professor an
der Artistenfakultät gewesen war, nahm ich das Angebot an und
blieb zur Nacht im Hause des Holger Stapedius. Ich wurde in
die Stube geführt, eine Magd trug deftigen Braten vom Schwein
mit derb geräuchertem Kohl auf, und während wir dem Essen
zusprachen, tauschten wir uns über einige Grundfragen philosophischer Betrachtung aus. Stapedius war begierig nach Neuigkeiten aus dem Süden Europas, den er auf einer Pilgerreise nach
Santiago de Compostela vor dreißig Jahren kennengelernt hatte,
und ich konnte ihm gute Kunde bringen von der Lebensfreude
und Glaubenstiefe der Südspanier.
Nach dem Mahl, kurz nur und um dem Anstand zu gehorchen,
erschien die Hausfrau zum Abendgruß, und da sie ein graues
Kopftuch tief in die Stirn gezogen hatte und in dunkles Tuch bis

unters Kinn verhüllt war, sah ich kaum etwas von ihr außer den Augen, die offen herausblitzten aus der farblichen Kontrastierung blau eingeschimmerter Tränensäcke unter weitgeschwungenen Wimpern.

»Mechthild ist die Freude meines Lebensabends«, bemerkte Stapedius, nachdem seine Frau die Stube verlassen hatte. »Sie hat mich aus der Trauer um meine erste Frau geholt, die viel zu früh von den Pocken dahingerafft wurde, und pflegt mich nun schon seit sieben Jahren; gebe Gott doch allen, die es verdienten, so ein aufopferungsvolles Geschöpf, wir würden friedvoller in den Tod gehen.«

Trotz der warmen Aufnahme bei Holger Stapedius fühlte ich mich anfangs alles andere als wohl in meiner Haut innerhalb der Kölner Mauern. So nachhaltig war der erste Eindruck von den Launen und ketzerischen Anwandlungen des Bischofs, daß ich mich bis heute nicht von der Angst freimachen kann, eines Tages in deutschen Gefilden einen bitteren Religionskrieg erleben zu müssen. Auch blieb mein Verhältnis zu Köln über lange Zeit hinweg gestört, zu Recht, wie sich zeigen sollte: Nachdem ich gemeinsam mit Faber, der aus Löwen zurückgekommen war, ein Haus auf der Burgmauer angemietet und dort ein Kolleg mit acht Gefährten gegründet hatte, denen sich rasch weitere Jünger anschlossen, mußten wir bereits einer ersten Untersuchung des Kölner Rates gewärtig sein. Etliche würden sich einer neuen Religion berühmen, sei einem Ratsherrn zu Ohren gekommen, weshalb fünf Magistratskommissare beauftragt wurden, uns auszuforschen. Soweit es danach den Bericht der Untersucher anging, schien die Sache beigelegt, denn es schrieben die Kommissare an den Magistrat ganz in Peter Fabers Sinn:

»Petrus Faber samt die anderen, welche ein Conventum gemacht hatten, haben lassen vernehmen, daß sie nichts Neues willens wären vorzunehmen, denn sich alter christlicher katholischer Religion gemäß zu halten, und was sie vornehmen, daß solches auf sonderlicher Bewilligung papstlicher Heiligkeit geschehe. Derhalben sie begehrt hatten, sie in ihrem christlichen Vornehmen nicht zu verhindern, sondern ihnen auch zur Förderniß ihres guten Leumunds mitzuteilen.«

Also schien die neuerliche Anfechtung, die von keinem anderen als dem Erzbischof kommen mochte, der die völlige Austreibung der Mitglieder der Gesellschaft Jesu als Anhänger einer teuflischen Sekte verlangte, ausgestanden. Auf dringenden Wunsch des Vaters Ignatius verließ Peter Faber, nachdem er Kenntnis erlangt hatte von dem guten Ausgang des Ausforschungsberichts, die Stadt und machte sich auf nach Portugal. In Anbetracht des Umstandes, daß die Freunde der ersten Stunde allzeit bereit sein mußten, an einem anderen Ort die Botschaft der Gesellschaft zu übermitteln, übertrug Peter Faber bei seiner Abreise die Leitung der Kölner Gruppe nicht mir, sondern dem vor kurzem eingetretenen Bruder Leonhard Kessel, dessen Herz auf das innigste mit dem unbekannten Vater in Rom durch die Übungen verbunden ward.

Niemand versah sich weiterer Unbill, als Ende Juli eine Abordnung des Magistrats in unserer Wohnung erschien und uns aufforderte, innerhalb von acht Tagen die Stadt zu verlassen. Und kaum war der erste Tag der Frist verstrichen, sprach die ganze Stadt von der Vertreibung der Jesuiten, wie wir nunmehr allenthalben genannt wurden, und beinahe alle billigten es und hielten uns für die Urheber einer neuen Sekte.

Schlimmer noch, wagte kaum einer der Freunde, sich für uns einzusetzen, sondern schlossen sich auf jedes Klopfen Türen und Fenster. Lediglich Stapedius empfing mich in gewohnter Gastfreundschaft, hörte geduldig und mitfühlend den Bericht und schickte die Magd nach dem Rektor der Universität, denn in dem letzten halben Jahr hatte sich sein Gesundheitszustand so verschlechtert, daß er selbst das Haus nicht mehr verlassen mochte. Der Rektor erklärte sich auf Holger Stapedius' Bitte hin bereit, sich beim Magistrat für die Gefährten zu verwenden. Allein, es half nichts, und auf dringendes Anraten verließen wir das Haus und zerstreuten uns zunächst über Köln, wobei ich ein zweites Mal des alten Magisters Gastfreundschaft in Anspruch nahm.

Gleichwohl erging Befehl des Stadtrats, ungeachtet der Wohnungsaufgabe die getrennt lebenden Brüder der Gesellschaft Jesu zu verhaften, wo immer man sie finde. Weder die neun Gefährten, die sich zum Studium an der Universität eingeschrieben hatten, noch Peter und ich, die wir der Universität durch die Übernahme von Lesungen verpflichtet waren, wagten uns in den akademischen Betrieb. Alle blieben wir versteckt in unseren Häusern und beteten schicksalsergeben, als seien wir die verfolgten Urchristen Roms.

Ich saß stundenlang am Bette meines geplagten Gastgebers und begann, ihn in die Übungen des Ignatius einzuweisen, und ab und an saß die Stapediusin in ihrem dunklen Kleid, den Kopf bedeckt mit grauem Tuch, auf einem Schemel zu Häupten ihres Gemahls, tupfte ihm den Schweiß von der Stirn und lauschte meinen Ausführungen in schweigsamer Ergriffenheit. Manchmal trafen sich unsere Augen für eine winzige Weile, und ich wurde stets von diesem Blick verwirrt. Lag da eine stumme Sehnsucht im Augengrund? Sah ich dort Hunger und Durst? Versteckte sich gar ein Verlangen nur unzulänglich? – Selbst wenn ich diese Fragen zu stellen vermocht hätte, die ich mir in Wahrheit erst heute stelle, wäre mir keine Antwort in den Sinn gekommen. Zu rasch wandte die Stapediusin ihren Blick wieder ab, zu flüchtig war der Eindruck. Und bei meiner Unerfahrenheit hätte ich niemals begreifen können, daß sich hier ein Schoß entflammte.

Nach einigen Wochen wurde der Makel des Unerwünschtseins von uns genommen und die Ausweisung abgemildert in die Anweisung, nicht mehr gemeinsam zu wohnen. Etliche von uns folgten gleichwohl dem weisen Ratschluß des in Augsburg weilenden Bruders Jajus, Köln ganz zu verlassen, und wandten sich nach Mainz. Der junge Peter Canisius aber, der sich uns erst kürzlich zugesellt hatte, sowie Lambert du Chateau und Leonhard Kessel krankten an einem fiebrigen Leiden, das niemand genau zu benennen wußte, und konnten keinesfalls hinaus aus der Stadt. Ich wollte die Gefährten nicht im Stich lassen, blieb und kümmerte mich gemeinsam mit einem Scholaren um die Versorgung der Kranken.

Als es um Bruder Lambert immer ärger bestellt wurde, nahm Magister Stapedius ihn trotz eigener Pflegebedürftigkeit in sein Haus auf, wo Mechthild den Todkranken mit christlicher Nächstenliebe umsorgte. Während Leonhard allmählich genaß, ging es bei Lambert nicht mehr ins Gute hinein. Oft saßen wir zu dritt an Lamberts Bett, Leonhard, Mechthild und ich, und lasen dem Siechen aus der Bibel vor. Mechthild führte dem Gebeutelten Tee an die wunden Lippen und hielt seine Hand. Dabei suchten ihre Augen vielfach die meinen, doch wenn sich unsere Augenbahnen kreuzten, schlug sie die Lider nieder, als hätten wir einander nicht angesehen. – Ja, das durchzuckte mich, gar war mir, als hätte ich mit jedem Augenhaschen Heißes getrunken. Mein Puls konnte sich unvermittelt beschleunigen. Mein Atem verlor manchmal seine Gleichmäßigkeit, ja, sogar aufschnaufen mußte ich ab und an.

Nein, an ein neckisches Spiel habe ich trotzdem nie gedacht. Allerhöchstens schalt ich mich für die Empfindsamkeit meines Körpers unter ihrem Blick. – Wie auch hätte da ein Necken sein sollen angesichts der Tatsache, daß Lambert sich lag und der Magister Stapedius ebenfalls das Totenbüchlein las? Wir mußten an uns halten, Leonhard und ich, nicht in Tränen es der Stapediusin gleichzutun. Und leider fügte es sich, daß wir binnen einer Woche zwei Freunde zu Grabe trugen.

Als ich nach des Magisters Tod das Haus der Stapedius' verlassen und gemeinsam mit Leonhard eine Wohnung nahe Sankt Christoph genommen hatte, kam bald eine aufgeregte Magd zu mir.

»Die Herrin benötigt dringend Hilfe«, haspelte sie. »Erbarmt Euch und nehmt Euch der Frau an. Sie droht an allem zu zerschmettern, was ihr an Prüfung auferlegt ist.«

Ich eilte und fand die Witwe in einem Anfall ohnmächtiger Verzweiflung vor, wie sie mit den kleinen Fäusten gegen die Wand schlug und nur immer ein klägliches »Warum? Warum?« von sich gab. Meine ruhigen Worte des Trostes nahm sie nicht wahr, geschweige, daß sie ihr Verhalten geändert hätte. Diesen Anblick konnte ich schier nicht ertragen. Ich wußte mir nicht anders zu helfen, als sie mit den Armen zu umfassen und ihren Kopf gegen meine Schulter zu drücken. Dort brachen die Wasser aus ihren Augen, und die Trauer beutelte ihren Körper. Ihre Muskeln zitterten unter meinen Händen, ihre Finger gruben sich in meine Schulter, als greife ein Ertrinkender mit letzter Kraft an die lebensrettende Stange. Welch ein Schmerz plagte dieses Weib! Sie weinte und weinte, und es hielt lang an, so lange, daß ich anschließend meinen rechten Arm und meine linke Schulter vor Taubheit nicht mehr verspürte. Doch es half. Die Stapediusin richtete sich auf, schneuzte nachhaltig in ihre Schürze, blickte mich an und sagte, sie werde nicht mehr mit Gottes Prüfungen hadern, sondern diese annehmen und versuchen, ihr Leben so zu gestalten, daß es Christus gefalle. Ich aber, so bat sie mich, möge sie unterweisen in der Art, die richtige Gestaltung zu finden, denn wer außer mir könne aus eigener Anschauung und in gelehrter Kenntnis raten und dabei sich stets des mutmaßlichen Willens des verstorbenen Gatten versichern?

So kam es, daß wir jede Woche zusammentrafen und in der Stube, während die Magd mit Stopfgarn und Ei die Wäsche hegte, das Gespräch pflegten. Meine Worte folgten mancher Empfehlung des Vaters Ignatius zu den Übungen, und unser Tun erschöpfte sich im Sitzen und Sprechen, wenngleich ... Ja, ich genoß ihre Stimme, die so sanft dahinplauderte, wenn sie etwas erzählte, und die heraussprudeln konnte wie ein quicklebendiger Quelltopf, wenn sie ihre Geschichte aufregte; am meisten mochte ich es, wenn sie ihre Stimme senkte, wenn sie leise, ganz leise wurde und dann nicht flüsterte, nicht wisperte, sondern in heller Ruhe, fast tonlos flisperte, wie ich es nie von einem anderen Menschen gehört hatte. Ja, da traf dann ihr Blick den meinen zunehmend öfter. Was für ein Blick! Und ja: mein Atem wog dann jedesmal schwerer, wenn ich sie ansah. Was lag oft für ein verstecktes Zittern in meinen Fingern, wenn eine Geste meine Worte bekräftigte. Auch blieb meine Stimme nicht ohne Tremor. Doch das mochte an der Luft liegen, vielleicht einem nahenden Gewitter.

Holger Stapedius war von geschickter Sparsamkeit gewesen, und es mangelte der Witwe an nichts. Sie konnte im Gegenteil dem Sohn des Mannesbruders, welcher sich anschickte, eine Apotheke einzurichten, gutes Kapital zuschieben gegen geringen Zins, selbst wenn er nicht bedürftig war. Daraus tat sich ein erster Kreis frommer Betätigung auf, denn sie wollte den Notleidenden spenden; wie dies geschehen sollte auf gerechte Weise, erörterten wir in mancherlei Gesprächen.

Denn es ist so, daß die Liebe, die den Geber bewegt, von oben absteigen muß, dergestalt, daß der Geber zuerst in sich wahrnehme, wie die mehr oder weniger große Liebe, die er zu der beschenkten Person empfinde, um Gottes willen ist, und aus dem Grunde, aus welchem der Geber sie liebend vorzieht, Gott hervorstrahlt.

»Wie aber«, fragte Mechthild eines Abends, »erkenne ich, ob sich in meinem Busen eine Liebe von Gott regt oder etwa eine Liebe von den Menschen, oder, schlimmer noch, eine Liebe, die Dämonen mir einhauchen wie Atemgift?«

»Fürchte dich nicht«, entgegnete ich, »die Liebe, die von Gott kommt, ist anders als jedes andere Gefühl, das nur im ersten Eindruck wie Liebe schlägt, aber in Wahrheit nur ein Begehren und Besitzenwollen ist, das sich ausdrückt im Wollen über einen anderen oder in einem Wollen für sich. Die Liebe aber, die Liebe ist, wie Paulus sagt, langmütig und gütig. Sie ereifert sich nicht, sie prahlt nicht, sie bläht sich nicht auf. Sie handelt nicht ungehörig, sucht nicht ihren Vorteil, läßt sich nicht zum Zorne reizen, trägt das Böse nicht nach. Sie freut sich nicht über das Unrecht, sondern freut sich an der Wahrheit. Sie erträgt alles, glaubt alles, hofft alles, hält allem stand. – So, wie es der heilige Apostel Paulus den Korinthern geschrieben hat, so ist die Liebe von Gott. – Daran wirst du sie erkennen.«

Ich hörte den Windschritt ihrer Seele, als sie schnaufte, während sie meiner Antwort lauschte.

Während dieser Wochen verbesserte sich die Stellung der Gesellschaft Jesu in der Stadt. Wir mühten uns, Kranken und Hilflosen unsere Hilfe angedeihen zu lassen, und brachten die frohe Botschaft an Unwissende und Verzweifelnde. So sicherten wir unseren Stand allmählich ab gegen die Mißgunst des Bischofs und manche Eifersüchtelei von seiten der theologischen Fakultät, die sich bald auf die katholische Seite schlug. Daraufhin konnten wir ohne weitere Beeinträchtigung durch den Magistrat der Stadt im Spätwinter des neuen Jahres eine geräumige Wohnung in der Nähe des Dominikanerklosters, unweit von Stapedius' Haus, nehmen und uns nach Art einer Burse verwalten.

Über all die Monate hinweg, die ich anfüllte mit Vorlesungen über kanonisches Recht, mit Predigten in Sankt Christoph und mit Krankenpflege im Spital in Erinnerung an die Monate in Venedig, hielt ich engen Kontakt zu Mechthild. Es blieb nicht beim Geben der Übungen und Annehmen durch die Gottsucherin. Neben diesen unausgesprochenen Erweiterungen, die unser Zusammensein durch Blicke und Erblicken erfuhr, die von meiner Seite uneingestanden blieben, webte sich mehr und mehr ein Gespräch von weitem Gedankenaustausch in unsere besinnlichen Stunden. Mechthild zeigte sich aufgeschlossen für Fragen der Jurisprudenz ebenso wie für die rechte Glaubenslehre und den Kathechismus, ja bald fand sich kaum noch ein Gebiet, das wir nicht gemeinsam mit Worten zu durchstreifen vermochten. Jetzt erst betrachtete ich wirklich ihr Gesicht, besah den Austrieb von dunkelblondem Haar oberhalb der hohen Stirn, den silbriger Glanz durchzog, nahm die Mulde in ihrem Kinn wahr, das sich beim Abnicken ein wenig doppelte, und erfaßte die Schlankheit ihres Halses, der zu den Grübchen der Schlüsselbeiner hin eine Andeutung von Mürbigkeit und Reife zeigte, ganz anders als bei einem Mädchen, dem eine glatt-glänzende Straffheit an dieser Stelle zu eigen wäre. Aber lag nicht in dieser Haut die Weichheit und Zärtlichkeit eines dem Nächsten und Gott geweihten Lebens, und war nicht diese Haut ein Zeichen des heiligen Geistes für die Güte des Herrn? Doch was für eine Frage, durchglühte es mich. Dies ist Mechthild, die Witwe meines Freundes Holger Stapedius, die ich nicht anders als wie einen Bruder der Gesellschaft Jesu betrachten kann und darf; und wer fragt da nach schön oder nicht schön?

Ich log mir bereits damals in die eigene Tasche. Was saugte sich mein Auge am Schwung ihrer Wange fest, was nagte mein Blick an der Rundung ihrer Ohrmuschel? Hatte ich je anmutigere Formen gesehen? Wie seidig mochte sich die Haut anfühlen, striff man sachte darüber mit den Fingerkuppen. Danach sehnte ich mich. Schlimmer noch! Mit meinen Lippen wollte ich die beflaumten Schläfen berühren, meinen Hauch wollte ich in ihr Ohr senken und ihr Haar dabei riechen. Schlimmer noch! Hungrig zeichnete ich die Linie ihres Halses mit wahren Augenstielen nach und hielt nach unten nicht ein, sondern fühlte mich magisch angezogen von der Wölbung ihrer Brüste. Wenn doch endlich dieser Knopf abfiele, der das Leinen bei den Schlüsselbeinern zusammenhält! Sie hat es gehört! Wie zufällig streift sie den Hals und verschafft sich Atem. Ich sehe ihn wieder, diesen weißen Ansatz. Ihre Augen lachen unter langen Wimpern. Ich achte meiner Worte nicht mehr, sondern starre auf ihre Beine ... Und dann, in der Nacht: kein Stoff verwehrte mehr den Blick auf die hochgeatmete Büste einer Jungfrau am Bach. Weiß und kräftig erstanden ihre Beine wie Säulen, gekrönt von schmucken Kapitellen. Was für ein Leib! Was überfiel mich mein Dorn mit nie gekannter Heftigkeit, und – Scham und Schande über mich! – ich ließ dem Samen nicht mehr seinen natürlichen Lauf, sondern legte Hand an. – Bei Tage aber sank die Erinnerung an dies unkeusche Treiben mit den Sternen den Gedankenhorizont hinab, beinahe war's, als wäre es nie geschehen; unglaublich ist das, aber die Wahrheit, daß ich bei Lichte gar vermeinte, ein keusches, reines Leben zu führen, als wäre tagsüber ein Teil meines Gedächtnisses in einem Sarkophag verschlossen.

Und so geschah es nach außen hin wie von ohngefähr, daß wir immer mehr zusammen unternahmen und uns, von gewissen Augenblicken abgesehen, verhielten wie Bruder und Schwester, denn dem Herrn gefiel es, uns in beinahe allen wachen Stunden glauben zu lassen, wir handelten aus edlem Antrieb. Und so entschlossen wir uns, gemeinsam den Aussätzigen zu Hilfe zu kommen, die an der Aachener Straße beim Friedhof Melaten ihr abgesondertes Siechendasein fristeten, um die miteinander verlebten Stunden weiter auszudehnen.

Während ich das Wort Gottes in meinen Predigten zu den Leprösen trug und, wenn sich das Ende nahte, die Sakramente spendete, pflegte Mechthild die Kranken. Was für Elend fand sich da in der Abgeschlossenheit, die errichtet war, um die überschwärten, zerknoteten und verstümmelten Aussätzigen aufzunehmen und fernzuhalten von der Welt. Eine große Anlage mit Wohnhaus, Scheune, Ställen, Backhaus, Brauhaus, Waschbude und sonstigen Nebengebäulichkeiten war da aufgerichtet worden in vielen dutzend zurückliegenden Jahren, um die Gesunden zu sichern vor den Kranken. Welch eine Geißel Gottes war der Aussatz, der den Betroffenen entrechtete, sein Vermögen an das Leprosorium fallen ließ und die persönlichen Angelegenheiten aus der eigenen Obhut in die eines Provisors legte, der die Kranken in allen rechtlichen und wirtschaftlichen Dingen vertrat. Wenn das verdammende Urteil des Aussatzes über einen Menschen gesprochen wurde, war dies schon ein Stück Sterben, und seine Vorbereitung auf Melaten beging man wie ein Begräbnis. Mit allen Mitteln der guten Kirche, einschließlich Begängnis und Commendation, wurde der Kranke ausgesegnet aus seiner Gemeinde und in die Bruderschaft der Siechen eingeführt unter Verlust seiner Rechte, eingekleidet in Melatens Tracht, das einheitliche Blau der Fratres oder das Grau der Sorores. Von da an war der Aussätzige ausgeschlossen aus der Stadt; er sollte nach Möglichkeit das Hospital nicht verlassen und darbte ohne echte Hilfe dahin. Kaum mochte ein Wundarzt den Weg nach Melaten finden, wenn einen Aussätzigen eine andere Krankheit plagte, und mit größtem Widerwillen versah der Pastor seine geistlichen Pflichten.

Hier mochte sich mehr denn irgendwo sonst die Hochherzigkeit und wahre Liebe eines Christenmenschen weisen. Nicht nur einmal trösteten wir gemeinsam, wenn über einen Verdächtigen nach der Lepraschau das Urteil »so finden wir euch als einen kranken und siechen Mann« gesprochen wurde; welch ein Jammer auch war stets aufs neue die Lepraschau, die die Siechen selbst, so sie von den Provisoren entsprechend als »Prüfmeister« vereidigt waren, je mindestens drei Männer oder drei Frauen vornahmen, um mit größter Sorgfalt am lichten Tag anderthalb Stunden nach Sonnenaufgang gemäß guter altehrsamlicher Form die Nackten auf Zeichen des Aussatzes abzusuchen; mit wieviel Angst begleiteten die des Aussatzes Verdächtigen die Inaugenscheinnahme ihrer Körper, zitterten, bebten, beteten oder suchten mit ihren Blicken einen letzten Halt, und den gab ich manchen Männern und Mechthild manchen Frauen; wenn auch ein schwacher, so war es immerhin Trost. Und mit welcher Freude jubelten sie alle, wenn keine Zeichen gefunden wurden – manchmal war dies wie eine neue Geburt, beinahe ein Wunder.

Oft, wenn ich mit Mechthild abends von Melaten hereinlief nach der Stadt, standen uns die Tränen in den Augen und benahm uns das Leid der Krätzigen die Stimme; oft aber auch hatten wir unsere Freude daran, den gespendeten Trost aus den Augen der Getrösteten zurückerhalten zu haben, und immer wußten wir uns innig in diesem Nächstendienst verbunden. Wechselseitig erzählten wir einander die traurigen Geschichten der Zöglinge und verschafften so unseren mitfühlenden Herzen Linderung, wobei, ich gestehe es offen, der Singsang ihrer Stimme solche Wohligkeit in mir auslöste, daß ich jeden Dienst, selbst den zu Venedig vor langer Zeit, freudig auf mich genommen hätte, wenn ich mich nur mit ihr darüber austauschen durfte. Allein, das war nicht alles. Wir fanden zu einem Gleichklang von Fühlen und Erleben, wie man es sonst nur vom Zusammenspiel der Schwingen eines Vogels kennt. Wie Zinn und Kupfer zu Bronze verschmelzen, wurden wir eins in unserem Wirken für die Leprösen, und so, wie sich das neue Metall nicht mehr trennen mag in die früheren Teile, fiel es uns zunehmend schwerer, Abschied zu nehmen vor ihrem Haus. Doch noch bezähmte ich mich und trat nicht über ihre Schwelle; wer weiß, was geschehen wäre, hätten wir uns in der Nische nur die Hand gegeben oder gar umarmt vor dem Lebewohl. Nicht auszudenken. Es genügte, daß mir die Nächte stets heißer wurden von wilden Bildern, die zu schildern mir die Schamröte ins Gesicht triebe.

Im Frühsommer bannte ein brennendes Fieber Mechthild aufs Krankenlager, und binnen weniger Stunden überwarf ein dunkelroter Ausschlag ihren Leib, daß sich die Magd andauernd bekreuzigte und fürchtete, noch an den Körper der Kranken heranzutreten. Rasch herbeigerufen, sprach ich die »Klage eines Kranken« und überlegte, ob ich nach einem Mediziner von der Universität schicken lassen sollte oder ob es nicht besser sei, mich an einen erfahrenen Wundarzt und Bader zu wenden, der immerhin dahier in Köln auf acht Jahre Lehrzeit zurückblickte. Es wäre mir die Entscheidung nicht gar zu schwergefallen, wenn nicht vor wenigen Wochen erst der Magistrat verordnet hätte, daß zukünftig alle Wundärzte von den Doktoren der Universität examiniert werden müßten, ehe sie den Kranken zu Diensten sein dürften, was sich vor dem Hintergrund etlicher übler Mißstände ganz recht verstand und mich in meinem Entschluß, einen Practicus beizuziehen, verunsicherte. Doch nach einigem Überlegen schickte ich die Magd nach Johann van Gent in der Glockengasse, der als Wundarzt einen guten Ruf genoß und als bewandert galt in der Kunst, die rechten Kräuter gegen innerliche Gebrechen einzuflößen.
Der aber, kaum eingetroffen und der Kranken ansichtig, stieß eine Verwünschung gegen »den Herrn Gelehrten, der mich zu einer Aussätzigen holen möchte« aus und suchte schleunigst das Weite. Die Magd, die selbiges gehört hatte, stand zitternd in der Ecke und wollte ihresteils nicht mehr gegen die Fiebernde vortreten, sondern erbat sich Urlaub auf die nächsten Tage, den ich gegen das Versprechen, nicht über die Krankheit der Herrin zu sprechen, entmutigt gewährte. Dann siedete ich Wasser in der Küche, kochte viele Linnentücher in einem Bottich und machte

der Kranken von diesen Tüchern Wickel um die Waden gegen die brennende Glut. Wie sie es so oft bei ihrem Gatten getan, setzte ich mich neben sie und tupfte den Schweiß von einer tiefroten Stirn. Sanft fing ich an, den Reigen der Psalmen abzusingen, als sei ich zu Hause in Ettal und durchbetete die Woche. Der biblische Gesang beruhigte meine Angst und flößte der Fiebernden Ruhe ein und Trost, welchen ich anders nicht zu spenden wußte. Wann immer ich in der Küche am Bottich stand, der Niedergestreckten nicht mehr ansichtig, würgte aus meiner Brust herauf ein verquältes Schluchzen. Manchmal zog es mir das Herz zusammen, als trampelten hundert Ochsen über mich hinweg, und rasch kehrte ich mit frischen Tüchern an das Krankenbett zurück und sang mit verdoppelter Anstrengung die Psalmen.

Drei Tage ging das so, dann brachen helle Sonnenstrahlen durch die kleinen Fenster in die Krankenstube und zeigten eine kaum noch gerötete Haut an Gesicht und Nacken; der Ausschlag der Füße hatte sich zurückgebildet, und in merklichen Schritten fiel die Temperatur der Haut gegen das Gewöhnliche hin. Schließlich schlug sie die Augen auf. Sie lächelte.

»Du wirst gesund«, sprach ich mit belegter Stimme, noch ehe sie ihre Frage aussprechen konnte. Sie lächelte erneut.

»Bitte«, hauchte sie, »singe mir den Psalm von der Freude am Heiligtum, den du mehrfach gesungen in diesen schweren Stunden.«

»Hast du mich singen gehört?«

»Ohne die heiligen Töne hätte sich womöglich der Vogel meines Lebenshauches erhoben und wäre hinausgeflogen, hinauf in die andere Welt, die wir nicht kennen und nicht kennen dürfen.«

Was für ein Blick traf mich da! Welche Erde bebte tief in meinem Innern, daß ich es nicht vermochte, den Psalm zu finden! Still saß ich neben ihr und fing zu weinen an. Sie sah mich unverwandt an und sprach nach langer Zeit der Wortlosigkeit die erste Strophe des Psalms: »Wie liebenswert ist deine Wohnung, Herr der Heerscharen! Meine Seele verzehrt sich in Sehnsucht nach dem Tempel des Herrn.«

»Ja«, sagte Johann und blickte nachdenklich auf Ursinus, »da war eine unziemliche Unruhe in meinem Herzen, so daß ich nicht anders konnte, als nach der Magd zu schicken und die Genesende in ihre Obhut zu übergeben, denn zum einen braucht die Frau das Weib zur Pflege, und zum anderen wehrte sich mein Innerstes gegen einen Zugriff der besonderen Art, der mich aufwühlte und aus meiner eigenen Mitte zu reißen drohte. Auch wenn ich in Mechthild zuvörderst nicht das Weib, sondern lediglich ein zärtliches Du erblickte, grummelte tief in mir ein besonderer Dämon.«

Johann stockte.

»Meine Lebensberufung war in Gefahr, denn eines war klar: In Mechthild sah ich nicht das gleichnishafte Traumbild an der Abens, und es hauchte keine Caritas dei Sabini ihre Verruchtheit gegen mich, sondern in Mechthild hatte ich ein wahrhaftes Du getroffen, das gleichwohl vom Fleische war.«

Wieder schwieg er einen Augenblick.

»Jetzt konnte ich meine Lüsternheit nicht mehr verbergen und im Tageslichte vor mir selbst verstecken, als liege nächtens ein anderer auf meinem Lager. War es mir bisher gelungen, die sündigen Gedanken bei Tage wegzudrängen, wie ein breiter blauer Strom das muntere Grün eines einmündenden Baches zurückdrängt, daß die schwachen Wasser nur unscheinbar und unter der Oberfläche in den Fluß einströmen können, mußte ich mir jetzt eingestehen, daß es ihr Körper war, der mich anstachelte zur Wollust und in Sünde trieb. Keine Verstellungskunst und kein Kniff der sündigen Seele mochte mir noch länger vorspiegeln, daß nicht geschah, was geschah. – Was konnte ich anders tun denn fliehen? Ich mußte fort aus Köln und versteckte mich wochenlang in Maria Laach, wo ich in mich ging, um dieses Gefühl abzutöten, das tief in mir unheimlich heranwuchs, wo ich meinen Leib kasteite und abließ, Hand anzulegen. Gebete, Gebete, Gebete. Sie reinigten. Langsam gewann ich die Klarheit des Geistes zurück, der sich überlegen gegen das Fleischliche wehrt. Was für ein Glücksgefühl durchströmte mich, als ich erstmals in der Wochenbeichte weder im Fleische noch im Geiste des sechsten Gebotes erwähnen mußte. Der Herr wusch mich in Unschuld. Gelobt sei der Herr. – Und so blieb ich bis in den Winter hinein bei den Benediktinern, ehe mich eine Botschaft dringend zurückrief nach Köln.«

Johann schüttelte den Kopf.

»Ein Lehrstuhl für kanonisches Recht war vakant geworden. Er sollte mit mir besetzt werden. Das konnte ich nicht ausschlagen.«

Johann schwieg. Ursinus aber bewunderte Johann dafür, daß er seine Sünde eingestand, ohne die Innigkeit anzuklagen, die Mechthild und ihn verbunden hatte, und er spürte eine Zuneigung zu dem alten Mönch in sich, die tiefer ging als je zuvor.

## DER GLAUBE IST TOT OHNE WERKE

Feucht und schwer lag der Nebel im Tal am Morgen des nächsten Gerichtstags. Die zähen Schwaden dämpften alle Geräusche und entzogen die Klostermauern jedem Blick, als wolle sich Ettal verstecken vor dem neuen Tag. Grau in grau, paßte die verwaschene Undeutlichkeit, die sich nur auflöste, wenn man ganz nah vor den Dingen stand, zu Johanns Stimmung, als er vom Stall zurückkehrte. Frater Hubert hatte den Kopf geschüttelt, als Johann frühmorgens den Karren einspannen lassen wollte, um den gepeinigten Frauen zu Germischen beizustehen. »Ich darf dich nicht fahren lassen. Geheiß des Abtes«, hatte Hubert mit Mühe gesagt.

Johann rief Ursinus, um zu erfragen, was sich genau abgespielt habe, und bald wußte er, daß der Ingolstädter Jesuit den Abt eingeschüchtert und auf Strenge verpflichtet hatte.

»So wird die Gerechtigkeit geschlagen.«

»Das mußt du dir nicht gefallen lassen.«

»Was soll ich dagegen tun, Ursinus? Ich bin zu alt für diese Welt, kann den Weg nicht per pedes machen, bin froh, wenn ich es mit einem Karren schaffe.«

»Ja, durchaus, ich denke, du sollst einen Wagen haben, und wenn du mich läßt, werde ich dir gleich für morgen einen besorgen.«
»Wie willst du das tun?«
»Ich stehe mich gut mit dem Karl von der Posthalterei; gegen einen Gulden stellt er mir einen und fragt nicht lang nach.«
»Ursinus, es könnte gefährlich sein, mir zu helfen. Man hat mir Starrsinn vorgeworfen und eine falsche Haltung gegen die Maßnahmen der Obrigkeit. Wer mir Beihilfe leistet, macht sich gar selber schuldig.«
»Noch bist du nicht in Acht und Bann. – Gräme dich nicht, morgen fährst du ins Amtshaus.«

Und Johann stand am nächsten Tag im Amtshaus, allerding nur, um sich von Poißl den Beschluß anzuhören, daß fürderhin ein Verteidiger nicht mehr zugelassen sei aus Vernunftgründen und zum Schutz des alten, rechtschaffenen Mannes; allein sei dem Doktor Kätzler verstattet, den Beichtvater für die Hexen abzugeben, doch nur samstags und niemals außer der Reihe. Poißl konnte Johann beim Verlesen des Beschlusses nicht in die Augen sehen, und Johann spürte, daß es dem früheren Freunde unwohl dabei war, die treibende Kraft des Rösch und vieler grimmiger Germischgauer ihn jedoch nicht ausscheren ließ vom einmal eingeschlagenen Weg.
Eine Erinnerung gegen diesen Beschluß war zwecklos, auch keine Beschwerde möglich, und so fügte sich Johann in die Gegebenheit gerade in dem Augenblick, als Gerichtsdiener zwei junge Frauen herbeiführten, die in die Bezicht gekommen waren durch die letzten Aussagen der Klöckin.
Johann erbleichte: mit schreckgeweiteten Augen stand Maria Schorn vor ihm. Also doch, dachte er voller Ingrimm und trat gegen die Verhaftete vor.
»Willst du eine Beichte ablegen vor dem Verhör und dein Gewissen erleichtern?« fragte er sie laut, daß alle Umstehenden – und auch der Poißl – es hörten.
Ihr Blick drückte kurz Verwirrung aus, dann rief sie: »Ja, Herr, steht mir bei, denn es geschieht mir kein Recht durch diese Buben.«

»Du willst beichten?« fragte Johann ein zweites Mal.

»Beichten will ich, beichten«, bekräftigte sie da.

»Führt sie in einen abgeschiedenen Raum«, forderte Johann die Gerichtsdiener auf, »wo sie sich ins Sakrament begeben kann.« Die Schergen zögerten, doch Poißl nickte, und so wurden die beiden in einen kleinen Nebenraum des Amtshauses geführt und dort allein gelassen.

»Also helft Ihr mir, Herr?«

»Ich stehe dir bei, so gut es geht.«

»Was geschieht jetzt mit mir?«

Eine schlimme Frage, wenn ich's recht bedenke, grübelte Johann und wußte nicht, wie er antworten sollte, ehe er sich zur schlichten Wahrheit entschloß.

»Sie werden dich quälen, bis du Schmerz empfindest, wie du noch nie ein Weh gespürt hast.«

»Hat mich die Klöckin als Hexengehilfin bezichtigt?«

»Ja – ganz so, wie du es mir vor wenigen Wochen gesagt hast.«

»Aber ich bin keine Hex'.«

»Ich weiß. – Du darfst niemals, niemals, hörst du, das zugeben, was die Richter und Henker von dir hören wollen. Wenn du soviel Kraft hast, springst du vielleicht aus dem Feuer heraus.«

»Und es tut wirklich so weh?«

»Noch schlimmer. Es ist nicht zum Ausmalen.«

»Wofür, Herr, wofür?«

»Ich weiß es nicht.«

»Wißt Ihr, daß ich meinen Vater gepflegt habe, bevor er starb? Über ein halbes Jahr lag er siech, lag sich wund auf der Bettstatt, die ich ihm aus Stroh und Reisern richtete jede Woche. Salbei und Thymian mischte ich ins Grün, damit die Dämpfe heilend aufsteigen und seine Schmerzen lindern.«

Sie weinte.

Warum trifft mich das Schicksal so, fragte sich Johann, daß sich an den Tränen unschuldiger Menschen wieder mein Gemüt entzündet? Genug Leid habe ich gesehen, bin der Anschauung voll. Herr, ich bin müde. Herr, ich bin deine Ungerechtigkeit leid. Herr, ich mag bald nicht mehr mitansehen, was du zuläßt auf dieser Welt. Warum prüfst du mich so? Und er haderte mit Gott, während seine Finger nach der Hand der weinenden jungen Frau tasteten.

Maria Schorn beruhigte sich. Sie fing zu erzählen an, wie und von was sie lebte all die Jahre, sprach von ihrer Liebe zu den Pflanzen, wie gern sie in den Wald hinausging und Kräuter sammelte, redete von der Freude, wenn ein Kind auf die Welt kam, wenn zuerst der dunkel Haarschopf aus dem schreienden Rot des Muttermundes hervorlugte, ehe der bläulich-weiße Körper herausrutschte, als wäre es das Einfachste der Welt. Von den blassen Erinnerungen an ihre Mutter berichtete sie und von der Not, jeden Tag etwas zum Essen zu bekommen. Wieder und wieder erzählte sie, wie sie ihren Mann kennengelernt hatte, den Brotausträger und Schwerenöter, der gar zu gern in fremde Federn schlüpfte oder es auf der Tenne trieb. Vieles kannte Johann bereits von der Beichte her, die sie vor wenigen Wochen zu Ettal abgelegt hatte, und was sie ihm jetzt erzählte, brachte sie ihm näher. Vielleicht hätte er es so nicht sagen können, aber es war klar: er mochte die Schornin.

»Eia, ich war sündig, Ihr wißt's eh. – Trotzdem. So gach muß man nicht mit uns verfahren. – Hört Ihr den großen schwarzen Vogel, wie er die Luft voll Unheil schlägt? Sein Schnabel ist so gierig spitz. Er will uns Weiber, will uns alle reißen.«

Ihr Mund verzerrte sich, weit zog sie ihre Augenbrauen hinauf in die Stirn, die sie in wilde Falten legte. Ihre Hände fuchtelten durch die Luft, sie warf ihr Haar hin und her, und für die Dauer von mehreren Minuten fürchtete Johann, sie wolle verrückt werden. Doch dann fragte sie bedächtig: »Dagegen wieder: Warum sollen sie uns Weiber brennen wollen?«

Sie hörte mit Weinen auf, erhob sich, ging kokett umher, zeigte ihre Beine, zeichnete mit den Händen ihre Figur nach und warf Johann eine Kußhand zu.

»Mein Bein lockt jeden Mann, mein Haar weiß zu betören, und wenn sie dann die Brüste schaun, sind zur Vernunft sie kaum zu kehren. – Schau nur, du süßer Georg, was sich unter meinem Rock verbirgt. Komm, komm – hier ist das Paradies, du wirst vor

Wonne jaulen. – Aber der giftige Eibsee-Ostler macht alles immer schlimmer. In Dorf und Markt hat er die Ursel als Hex' verschrien, der Gehässige vom Eibsee, des wahren Teufels williger Gesell, und den Hetzern war das Geschrei ein gefunden's Fressen. Die Ursel verkroch sich in ihr Haus und greinte dem Ende entgegen – an das ich nicht glauben wollte: Mit dem Salblein blies ich mit hohen Sprüngen am Rockentanz dem Georg in die Glut und tobte ausgelassen auf dem letzten Fuder in der Tenn'. Hei, war das sündig schön! Freilich Sünde – zu der uns Weiber Gott geschaffen hat, damit sich – oh, ich weiß es zu genau! – die Männerhände in Unschuld waschen können.«

Sie hüpfte herum, und ihre Augen glänzten irre auf, als habe man ihr von der Tollkirsche zu trinken gegeben oder einfach weit über die Maßen Wein, der sie gar seltsam belebte. Wieder beruhigte sie sich nach einer Weile, stellte sich stramm vor Johann, als sei sie ein Ankläger, und gewichtig rief sie aus: »Nie ist ein Mann schuld an seiner Geilheit. Sind ja immer lammfromm. Starren lüstern auf unsre guten Sachen und verteufeln uns dann als Hexen. Hie beten sie an, was sie da brennen – so stellen sie ihre zerrissenen Leiber zur Schau, die armen, erbärmlichen Männer.«

Das junge Weib redete sich in eine unwirkliche Glut, daß Johann der Kopf schwirrte und er letztlich nicht mehr zu sagen wußte, was denn hinter den Worten der Schornin steckte, außer vielleicht eine leise Sehnsucht nach wahrer Zuneigung, nach einem echten liebevollen Du – und da stand Mechthild vor seinem inneren Auge auf, die wahre Mechthild, an die ihn Maria Schorn seit dem ersten Augenblick erinnert hatte.

»Sie müssen mir beistehen«, riß Maria Schorn Johann aus rückwärtsgerichteten Gedanken.

»Ich werde jeden Tag für dich beten, damit du Kraft hast.«

»Braucht's wohl«, flüsterte sie. Ihre Augen standen groß hervor, es sah schreckhaft aus wie das Gesicht der Schleiereule. Johann erschrak. Hoffentlich schreit sie jetzt nicht los wie damals die Mercedes Huesca, dachte er und spürte, wie sich alles in ihm zusammenzog bei dem Gedanken an ein angstzerfressen kreischendes Weib.

»Ich bin unschuldig.«

Es war eine tonlose Stimme, die da sprach. Besser als Heulen, stellte Johann für sich fest und fror zugleich ein wenig. Auf seinem Unterarm, der entblößt war, weil sich der Ärmel emporgeschoben hatte, stellten sich die Haare auf.

»Ich weiß«, antwortete er. Noch während er die beiden Worte sprach, zweifelte er. Es war keine erhebliche Unsicherheit, aber die Überzeugung, die eben noch seine Zunge bewegt hatte, war gewichen. Immerhin hatte sie sich zauberischer Mittel bedient, um sich den Knilling gefügig zu machen. Absichtsvoll hatte sie die Ehe gebrochen. Ihr Vergehen war planmäßig vorbereitet und in die Tat gesetzt worden. Bei der Betrachtung der Tat durfte er keine Milde zulassen. Nur Tatsachen zählten.

»Ihr sagt das ohne Überzeugung«, merkte die Schornin an.

Woher kennt sie meine Gedanken? Das kann nicht mit rechten Dingen zugehen. Sie schaut mir ins Innerste.

»Ich zweifle, das ist wahr.«

»Wie sollt Ihr auch nicht«, entgegnete sie. »Da renn' ich um ein Salblein, damit ich den Georg krieg'. Und wie fest ich hab's hernehmen müssen. Unschuldig ist das nicht. Wollen hab' ich ihn, ganz fest. Wenn ich nur an den Georg denkt hab', bin ich rollig g'worden.«

»Hmm?« fragte Johann begriffsstutzig.

Maria errötete, und als sie den letzten Satz nochmals aussprechen wollte, kratzte ihr Rachen so, daß sie kräftig husten mußte. Johann klopfte ihr auf den Rücken, als habe sie etwas verschluckt.

»Ist ja gut. Das hast du gebeichtet. Dir ist vergeben worden.«

»Danke, Herr. – Seitdem bin ich auch brav. Ist mir ja der Hans ein Lieber geworden; er bleibt besser daheim als früher und strawanzt nicht mehr gar so bei den Weibern herum. So möcht's am besten sein.«

»Bist ihm also gut, deinem Mann?«

»Ja. Ich will nicht raunzen; er ist nicht schlechter wie viele. Tät' jetzt nicht mehr um den Georg springen – trotzdem, Hochwürden, es hat mir gutgetan, daß ich ihn herumgekriegt hab'.«

Es ist eben beides da, sagte sich Johann, und gerade darin liegt das Drama des Menschen, daß er nicht geschaffen ist für das reine Maß. Gut und Böse liegen nah beieinander, und im Herzen des Menschen wirken sie zusammen. – Da nickte er und wußte, daß er sie weiterhin für unschuldig halten durfte.

»Wenn du magst, kann ich jeden Samstag zu dir kommen und dir die Beichte abnehmen.«

»Ich mag.«

»So sollst du hoffen. – Ich komme nächste Woche wieder.»

Dann klopfte er an das Tor, ließ sich hinausführen und ging ohne ein Wort an Rösch vorbei. Beim Pfleger blieb er stehen und stellte mit allem Nachdruck fest, daß er nach der heiligen Beichte die Schornin für unschuldig und eine ehrliche Frau halte, gegen die nicht inquisitorisch vorgegangen werden dürfe. Während Poißl wenigstens zurückhaltend schwieg, brach Rösch in spöttisches Gejauchze aus, zeigte mit dem Finger auf Johann und rief: »Seht euch den Scheinheiligen an, will uns weißmachen, er wüßt' die Wahrheit; dabei ist er selber ein Behufter.«

Johann überhörte den Anwurf und tat seinen Wunsch kund, künftig jeden Samstag zu kommen. Poißl nickte und wich Johanns Blick aus. Dann zogen sie alle in das Amtshaus ein und fuhren fort mit dem Verfahren; Johann jedoch verwiesen sie des Platzes und befahlen ihm, sich außerhalb der Beichttage dem Gerichtsort auf eine halbe Meile nicht zu nähern.

Zurück in Ettal, rief Johann nach Ursinus, berichtete von den weiteren Verhaftungen und davon, wie heftig ihn die Maria Schorn in der Seele erbarme, daß er nicht anders könne, als sie für unschuldig zu halten.

»Aber eines verunsichert mich in meinem Urteil: Sie spricht manchmal gar fahrig, ja sogar in einer Sprache, die kaum zu ihrer Zunge paßt. Einmal rührte es mich so seltsam an, als ob sie in die Zukunft schauen könne.«

»Und das dünkt dich zauberisch?« fragte Ursinus.

»Ich bin mir nicht sicher.«

»Zweifelst du, ob es überhaupt Hexen gibt?«

»Nein. Schon bei Markus steht im dritten Kapitel, daß Christus den Teufel austreibt. Und wir, die wir Gelehrte sind, benennen jemand als eine Hexe, die, obwohl sie Gottes Gesetze kennt, es dennoch unternimmt, durch einen Pakt mit dem Teufel bestimmte Zwecke zu erreichen. Das in die Zukunft sehen gehört da allemal hinein. – Aber nein; sie betreibt aus einer natürlichen Art heraus ihr Geschäft. Es scheint mir so, als ob der Teufel selbst sich des Rösch bemächtigt habe, um als Ankläger aufzutreten.«

»Gibt es solcherlei Tun des Gehörnten?«

»Mannigfach habe ich davon gehört.«

»Woher bloß nimmt er dazu die Berechtigung?«

»Die kommt aus der Zulassung Gottes, der dem Bösen Raum gibt, um die Standhaftigkeit des Menschen zu erproben.«

»So meinst du gar, jenes Predigtmärlein könne stimmen, das mir einst Kilian erzählte, wonach Diabolos selbst die Beweismittel schriftlich niederlegte.«

»Laß hören.«

»Da saß der Satan im Fenster einer Kirche und schrieb auf eine Kuhhaut alle diejenigen Frauen auf, die ›das Vatterunser und Ave-Maria mit vielem unnützen Geschwätz und zerstreutem Hertzen gebettet‹ haben. Darauf verhört die Weiber der Bischof, und alldieweil sie leugnen, zieht er die Haut hervor und ›überwiese sie mit des Teufels eigener Handschrift.‹«

»Das ist so recht nach des Volkes Maul gedacht. Die einfachen Leut nehmen es für bare Münze, daß Aufzeichnungen des Teufels wie alle Urkunden als Beweismittel anerkannt werden, so sie nicht durch die Reue der Gemeinde, genügend Eidhelfer oder höhere Einsicht abgetan werden. – Im ordentlichen Prozeß, zumindest, wo wir ihn nach der Carolina führen, lassen wir zwar Urkunden zu, aber sie müssen einen menschlichen Aussteller erkennen lassen. – Das heißt hinwiederum nicht, daß es dem Satan nicht oftmals gelingt, uns mit Gaukelei zu täuschen und arglistig Unwahres vorzuspiegeln.«

»Weh dem Angeklagten, gegen den so eine geglückte Teufelsfälschung vorliegt.«

Johann nickte nachdenklich.

»Ob Satan bei der Schornin die Finger im Spiel hat?«

»Wenn, dann auf der Anklägerseite«, erwiderte Johann. »Nach meinem Sinnen ist dieses Weib nicht schuldig gegen Gott, wie überhaupt die Hebammen und die weisen Frauen als weit weniger anfällig fürs Hexenwesen gelten sollten, als dies bei manchen den Anschein hat. Fast will mir scheinen, als ob die gelehrten Ärzte eine besondere Eifersucht hegten gegen die wissenden Weiber, wie ich's zu Köln erlebt habe im Hinblick auf die Hebammenprüfung. Mir dünkt, die Ärzte kennen den Bau der Frauen nicht recht und holen ihr Wissen durch geschicktes Fragen aus den Hebmüttern heraus. Und wo sollte der Medicus auch sein Wissen herhaben, wenn es verboten ist, das Weib zwischen den Beinen zu betrachten?«

»Wirklich?« fragte Ursinus überrascht.

»Ja. Keusch und katholisch legen die Ärzte Tücher über die Schwangeren und tasten blind durch ein kleines Loch Bauch und Scheide ab.«

»Das ist wahrhaft absonderlich.«

»So sehe ich das auch. Aus diesen Grund sind mir die, die zu sehr gegen die Hebammen wettern, grad genauso verdächtig wie die weisen Frauen selbst. Oder sogar mehr. Darüber sollten wir nachdenken. – Laß uns zur Nacht ruhen und morgen weitersehen, wie der Schornin zu helfen ist.«

Johann erwachte von einem weit entfernten Klageruf. Stockfinster die Zelle. Kein Mondschein malte Schatten an die Wand, kein Schimmer verhieß den Tag. Wie nur hatten die Gesichter ausgesehen, die ihm gerade im Traum begegnet waren? Hatte dort hinten Leopold gewunken, Arm in Arm mit Trud? Und beim näher Hinsehen – waren da wirklich die schwarzen Pestbeulen an ihren Wangen aufgebrochen und hatten ihren Inhalt wie Mohnsamen ausgegossen? Oh, wie das stank! Und diese Todesschreie! Was für eine Angst ergriff die gepeinigte Kreatur, daß ihre Schreie so durchdringend und klagend wurden. Auf welche grüne Wiese konnte man fliehen, daß die Schreie verstummten?

Es dauerte lang, bis er wach genug war, um den Ruf der Eule als solchen zu erkennen.

»Gemahnt mich nur, ihr Zeichen der Natur«, murmelte Johann. »Es ist ein leichtes, den Schwierigkeiten aus dem Weg zu gehen. Alt bin ich, zolle einem langen Leben Tribut – wer wollte es mir verübeln, wenn ich leiser und leiser spräche und langsam und friedlich mein Leben ausatmete?«

Er rieb sich die Augen und starrte in das Nachtdunkel hinein. Indem er nichts sah, sah er den einfachen Ausweg: Hatte er nicht genug versucht, sich gar zum Hexenanwalt aufgeschwungen? Allein das hatte mehr Mut erfordert, als ein alter Mönch aufbringen kann. Ja, dachte er, mein Einsatz für die Weiber ist aller Ehren wert, ich kann mich reinen Gewissens beugen.

»Bist mir ja ein rechter Poißl«, raunzte sich Johann da selbst an, stand auf und entzündete eine Kerze. In den milden Kranz der Flamme beschrieb sich der Schornin ihr Bild ein. Was für ein Flehen lag in diesem Blick! Und Anklage!

Nochmals sann Johann ihren Worten nach und sah nun manches bestätigt, vor allem hinsichtlich der Schuldzuweisung im Angesicht gelebter Lust. Die war ja recht eigentlich immer sündhaft, und es machte sich allemal besser, das Weibliche im Heiligen denn im Lebendigen zu erkennen. Dieser Gedanke schmerzte Johann sehr, denn er zwang ihn dazu, sich selbst Rechenschaft darüber zu geben, daß er längst die Erinnerung an die erfüllenden Stunden mit Mechthild abgeschüttelt hatte; und wenngleich er glaubte, in der damaligen Gegenwart keine Abspaltung zwischen Seele und Körper gespürt zu haben, mußte er eingestehen, daß er danach dieselbe Neigung entwickelte, die bei anderen Klerikern wohl Allgemeingut war. Er begriff, daß er sich auf diese Art eines Gutteils seines menschlichen Daseins beraubte. Schloß er aber die Geschlechtlichkeit wahrhaftig mit ein, so lag der Schluß auf die Gleichheit der Geschlechter viel näher, weil die ganze Angst vor dem Weibe einschmelzen mußte. Zog man diese Betrachtungsweise heran, stellte sich die Feststellung, das Frauengeschlecht sei geizig und bemächtige sich aller Dinge auf ungerechte und raubgierige Art, als ein Gemeinplatz heraus, dem auch genügend Männer unterfallen mochten. Ebenso trägt das Männergeschlecht in sich das Böseste und Beste und ist zu edelsten Taten fähig. Dann kann die Frau nicht nur der Abglanz des Mannes und um dessentwillen geschaffen sein, wie es Thomas vermeinte, weil genausogut der Mann für die Frau dasein kann. Und daher kann Thomas von Aquin irren, wenn er sagt, die Frau sei dem Manne untergeordnet, ja, von Natur aus ein unterwürfiges Wesen. Immerhin schreibt Augustinus von der natürlichen Gemeinschaft der beiden unterschiedlichen Geschlechter, als ob der alte Weise etwas begriffen hätte, was Thomas abhanden kam. Ja, ich muß eintreten für die Frau gegen eine Welt, die ihr getreu den Paulus-Worten keinen Platz in der Kirche einräumt. Wer weiß, wieviel mir vom Schicksal von früh an vorherbestimmt war? Mochte nicht die erste Bußhandlung für meine Sünde an und mit Mechthild bereits in Saragossa ausgeführt worden sein? Oder ist mein Mitleid auch etwas, wofür ich um Verzeihung zu bitten habe? – Wer weiß es wirklich zu benennen, ob meine Bestimmung im unbedingten Gehorsam gegen die Oberen liegt oder im Aufspüren einer vielleicht nur von mir gefühlten Wahrheit? Mein Leben jedenfalls, wenn ich es recht bedenke, ist ein verschlungener Pfad durch unruhige Zeiten.

Wieder klang der düstere Ruf der Eule durch die Nacht. Johann überkreuzte die Arme, als friere ihn. Seine Augen nahmen das unruhige Gelb der Flamme in die Zange, als könne er dort etwas finden. Mit angehaltenem Atem horchte er in die Nacht hinaus und in sich selbst hinein, ob er den entscheidenden Hinweis vernehme. Stille überall, eine beklemmende Leere. Verhalten blies er die Luft aus. Nichts änderte sich. Auf dem Rücken spürte er eine Gänsehaut.

Da suchte er Trost in der Bibel, blätterte unschlüssig und traf auf eine Stelle bei Jakobus:

»Wenn ein Bruder oder eine Schwester ohne Kleidung ist und ohne das tägliche Brot und einer von euch zu ihnen sagt: Geht in Frieden, wärmt und sättigt euch!, ihr gebt ihnen aber nicht, was sie zum Leben brauchen – was nützt das? – Denn wie der Körper ohne den Geist tot ist, so ist auch der Glaube tot ohne Werke.«

Er schlug das Buch zu und starrte wieder in die Kerze. Was bewegte sich da? Hörte er Worte?

»Sprichst du mit mir, Herr?«

Suchend tastete sein Blick die Zelle ab. Seine rechte Hand griff an sein Herz. Ein lautes Schnaufen entrang sich seiner Brust. Die Augenbrauen hoben sich.

»Ja, Herr, dein Fingerzeig ist weise.«

Johann lächelte.

»Du bestärkst mich darin, nicht den einfachen Weg zu gehen. Du steckst im Dornbusch, ich kann dich sehen; und du willst, daß ich zu dir komme. Herr, dieses Mal folge ich dir.«

Am nächsten Morgen empfing Johann seinen jugendlichen Freund beinahe überschwenglich.

»Ich muß ein Werk einsetzen für die Schornin, damit es allhier noch einmal die Gelegenheit gibt, daß die Gerechtigkeit wiederkehre und nicht immer nur Unrecht geschieht an der Richtstatt. Und wenn sie mich nicht im Prozeß an die Stelle lassen, die der Beistand sollte einnehmen dürfen, so muß es einen anderen Weg für mich geben, einzutreten für die Unterdrückten und anzukämpfen gegen dieses Übel in der Welt, das sie einen gerechten Prozeß nennen und bei dem sie nichts anderes als ihre eigenen Vorstellungen durchsetzen.«

»Ja, das verstehe ich.«

»Aber wie? Ich müßte ein Werk in die Welt setzen, das ein Zeichen sein könnte für jetzt und die Zukunft.«

»Schon dein Eintreten für die Verfolgten war ein starkes Zeichen.«

»Das allein genügt nicht, Ursinus. Du siehst doch: Zu einfach bin ich beiseite geschoben worden.«

»So raffe dich auf und fahre nach Rom. Tritt hin vor den Papst und überzeuge ihn von diesem Frevel.«

»Kein Papst wird die Bulle ›Summis desiderantes‹ zurücknehmen; Innozenz VIII. hat sie in seiner Weisheit der Welt gegeben, damit sie dreinfahre gegen das Teufelswerk. – Und vor welchen Papst sollte ich treten? Kaum folgt Urban dem Sixtus nach, braucht es ein neues Konklave. – Nein, das ist der Weg nicht; zudem bin ich fürs Reisen zu alt.«

»Halte dem Bischof zu Freising eine Predigt.«

»Den drücken andere Sorgen. Auch schenkte er mir kaum Gehör, wo mich doch die eigenen Brüder zurückführen möchten auf den rechten Weg. – Nein, seit Ingolstadt fest in der Hand der Jesuiten ist und diese sich mehr dem Buchstaben denn dem Geist vermählen, erreicht keine Predigt mehr ihr Ziel.«

Johann ließ mutlos die Arme sinken.

»Dann ist es am besten, du schreibst ein Buch, damit die ganze Welt das Unrecht sieht«, schlug Ursinus wie obenhin vor.

Johann erschrak.

»Ursinus, Ursinus – wozu treibst du mich an?«

»Zu deinem Werk. Zu deinem eigenständigen Werk! – Die Terz ruft.«

Johann kniete in der letzten Bank und hatte Mühe, dem Psalmengebet zu folgen. Zu viele weltliche Gedanken durchschwirrten seinen Kopf. Da sah er zum einen die Schornin und das Erschrecken in ihren Augen, daneben den Rösch mit einem dreckigen Grinsen, wie es nur ein erfolgreicher Schurke vermag; zum anderen sah er einen unsicher stotternden Poißl, der keinem Blick mehr standhalten konnte, daneben einen kantigen jungen Jesuiten, dessen straffe Haltung ganz auf das eine Ziel ausgerichtet war, das da hieß: Ehrfurcht vor Rom. – Zwischen diese Pole also spannst du mich, Herr, dachte Johann und betete um einen Ausweg, wie vielleicht Jesus gebetet haben mochte, damit die Versuchung vorübergehe. – Allein, vor seinem inneren Auge stand stets nur ein Buch.

Nach der Terz verließ er das Kloster und wanderte über die schneebedeckten Felder dahin, um ganz allein zu sein mit sich und seinen Gedanken. Die kalte Luft brach in seine Lungen hinein und klarte seinen Geist auf, als sei er nochmals zwanzig Jahre alt, auf dem Gipfel seiner Verstandeskraft und dabei so erfahrungsreich wie der Vierundachtzigjährige.

Alles lag eindeutig auf der Hand, nichts ließ sich wegdeuteln oder herbeikritteln. In das Verfahren konnte er keinesfalls eingreifen, da im Einklang mit einer schändlichen, aber weitverbreiteten Übung der Verteidiger ausgeschlossen war. Daneben hatte sich Poißl längst jedem seiner wohlmeinenden Ratschläge verschlossen. Und der Freisinger Rat, angesteckt von Wilhelms auflodernder Frömmigkeit zu München, wollte nicht nachstehen. So verhieß keinerlei Anrufen einer höheren Gnadenmacht Erfolg, und ein rechtliches Mittel war sowieso nicht einschlägig, weil der Werdenfelser Pfleger trotz der Kleinheit der Grafschaft die Blutgerichtsbarkeit innehatte in diesem Verfahren. Jede Art von gewaltsamer Befreiung der Angeklagten war gesetzlos, weil es keine Urfehde mehr gab gegen obrigkeitlichen Inquisitionsprozeß, sich eben seit Geltung des römischen Vernunftrechts manch althergebrachte Wendung aus den Spiegeln verbot und man auf die Ermittlungen von Amts wegen vertrauen mußte. Der Rückgriff auf den Gottesbeweis war längst versperrt, weil es nicht angeht, Seine Göttliche Majestät quasi zum Zeugen weltlicher Händel zu machen. Auch Kläger und Zeugen ließen sich keinesfalls mit Erfolg beeinflußen, weil das einmal aufgekommene Gerüfte für den Prozeß genügte und mangels erfolgter Akkusation eine Rücknahme der Klage gar nicht möglich war. Der Herr des Verfahrens aber, der Pfleger, ließ sich nicht erweichen, und sein Herr wiederum, der Bischof, schien verbohrt in eine Richtung und würde wohl kaum ein Ohr haben für einen alten Mönch. Was also blieb übrig, um vielleicht Aufmerksamkeit zu erheischen und Hilfe zu bringen? – Eben: ein Buch. Wer hätte denn den Luther gehört ohne die gedruckten Thesen? Es gab nur diese Möglichkeit, und er, Johann, war befähigt, ihr nachzugeben. Er mußte es tun.

Von nun an stand er Tag um Tag in den Mittagsstunden im Skriptorium und arbeitete sich die Finger wund und die Augen müde mit den vielen Fragen, die er aufzustellen und zu beantworten wünschte. Nur samstags fuhr er hinab nach Germischgau und nahm den Frauen die Beichte ab, zu welchem Behufe ihn ein Wächter in den Gefängnisraum des Amtshauses führte.
Was war das jedesmal für ein beweinenswerter Anblick: Inzwischen lagen sieben bezichtigte Frauen zerlumpt auf feuchtem Stroh in dem kaum acht auf acht Schritte großen Raum, in den

lediglich durch drei schmale Scharten dämmriges Licht fiel. Eine Herdstelle gab es ebensowenig wie einen Abtritt, vielmehr mußten die Gefangenen ihre Notdurft in einer Ecke verrichten und die Ausscheidungen mit Stroh abdecken, das ein Wärter alle drei Tage wechselte. Bei der Ursula Klöck und der Els Schlamp, die beide am meisten torquiert worden waren, fanden sich eitrige Wunden an Hand- und Fußgelenken; bei der Klöckin waren darüber hinaus beide Schultern so grausig verschwollen, daß es aussah, als hätte sie übelste Verwachsungen. Alle stierten sie mit ausdruckslosen Augen auf den eintretenden Mönch außer der Maria Schorn, die ihre Freude über den Verbündeten mit einem verhaltenen Lächeln zeigte und sogleich aufstand, um auf ihn zuzugehen und von der zurückliegenden Woche zu erzählen. Die Els Schlamp blieb währenddessen ebenso reglos wie ihre Tochter und die Klöckin. Die Achrainerin dagegen sowie die Katharina Schwarz und die Agnes Plöck warfen ab und an ein zustimmendes Wort in der Schornin ihre Erzählung, und diese drei Frauen waren es auch, welche die Ohrenbeichte ablegten bei Johann und um Bußübungen baten. Oft trug er ihnen das Gebet an Maria auf, wie er es einst in Paris von Iñigo gelernt hatte, und sie sagten es mit solcher Inbrunst her, daß Johann nicht anders konnte, als sie für reinen Herzens halten.

Und so erschütterte es ihn besonders, als er am sechsten Beichtsamstag vorzeitig aus dem Amtshaus gerufen und gemeinsam mit der Ursula Klöck in den Gerichtsraum geführt wurde. Auf einem erhöhten Stuhl saß dort in dunkles Kleid gehüllt Caspar Poißl von Atzenzell mit gewichtiger Miene. Er hatte den Kopf leicht in den Nacken geworfen und die Schultern etwas nach hinten gedrückt, was ihm eine aufrechte, herrische Haltung verlieh. Augen und Mund kniff er zusammen, damit sich die Strenge seines Amtes abbilde in seinem Gesicht, und mit schneidender Stimme begrüßte er den ehemaligen Freund:

»Du bist eingeladen, meiner ersten Urteilsverkündung beizuwohnen, damit du ein Einsehen hast, daß wir redlich und gesetzlich verfahren.«

Rösch, der auf einem einfachen Stuhl neben dem Pfleger saß, zog ein feixendes Gesicht zu dieser Bemerkung.

»Setzen«, befahl der Büttel.

Die Klöckin auf ihrem Büßerschemel erblaßte. Ihre Knie schlotterten. Sie ahnte, was kommen würde. Poißl stand auf und heftete seinen Blick auf das ausgerollte Pergament, welches ihm der eifernde Rösch, der alles getreu dem Hexenhammer vornehmen lassen wollte, vorbereitet hatte.

»Bist du reumütig und kehrst in den Schoß der Kirche zurück?«

»Ja, Herr«, antwortete die Angeklagte auf die scharf vorgetragene Frage des Landrichters.

»Du gestehst alle deine Sünden ein, wie es am letzten Verhörtag niedergelegt worden ist?«

»Ich gestehe, Herr.«

»Nun gut«, räusperte sich Poißl und sprach das Urteil unter Herableiern der vollständigen Urteilsformel, wie sie bei Sprenger und Institoris nachzulesen ist:

»Wir, Caspar Poißl von Atzenzell, Pfleger und Landrichter zu Werdenfels, Sachwalter des Bischofs von Freising, in Beachtung, daß du, Ursula Klöck, von der Stimme der Öffentlichkeit allhier in Germischen wegen ketzerischer Verkehrtheit, zauberischer Umtriebe und hexischer Machenschaften angezeigt worden bist und du von dieserlei seit vielen Jahren zum großen Schaden deiner Seele angesteckt gewesen warst, sind gehalten, der Wahrheit auf den Grund zu gehen. So haben wir gefunden, daß du eine Hexe warst. Aber da der Herr manchmal einige in Irrtümer fallen läßt, damit die vom Glauben abgefallenen danach um so demütiger sind, finden wir nach sorgfältiger Erörterung, daß du zum Schoße der heiligen Mutter Kirche zurückgekehrt bist. Deshalb sprechen wir dich frei von dem Urteil der Exkommunikation und geben dich den kirchlichen Sakramenten wieder. – Freilich, da es sehr unwürdig ist, die Beleidigungen weltlicher Herren zu rächen und die Beleidigungen Gottes gleichmütig zu ertragen, da es viel schlimmer ist, die ewige Majestät zu verletzen als eine zeitliche, und damit du den übrigen ein mahnendes Beispiel bist, übergeben wir dich dem weltlichen Urteil. – Dein Leben hast du verwirkt. Doch wird dir die Gnade gewährt, vor dem Entzünden der Reiser erdrosselt zu werden. – Gefällt ist dieser Spruch.«

Sieben Tage später war der erste Malefizrechtstag anberaumt, und die Werdenfelser begingen ihn so freudig wie sonst höchstens Erntedank. An der Richtstatt, die auf einem freien Feld an der Loisach angelegt war, von den Orten Germischen und Partenkirchen ziemlich gleich weit entfernt, hatten die Wirtsleut von Farchant Fichtenstämme in den moorigen Boden getrieben und darauf Tische und Bänke errichtet. Daneben waren zwei Banzen aufgestellt, damit frischweg gezapft werden konnte, und über einem Feuer briet ein Mastochse. Die ersten Zuschauer trafen schon nach dem Morgenläuten an der Richtstatt ein und besahen sich die jeweils um einen Pfahl aufgetürmten Scheiterhaufen, ein jeder gut mannshoch. Dann belegten sie die besten Plätze auf den Bänken und ließen sich die ersten Humpen schäumenden Bieres vorsetzen. Nach und nach trudelten die Germischgauer und Partenkirchener ein und bevölkerten den Richtplatz, daß es ein vielstimmiges Rufen und Grüßen war und allerhand Gelächter reihum.

Dann wurden von Rösch und einigen Gehilfen die vier Hexen gebracht und unter dem Beifall der Menge auf den Haufen an die Pfähle gebunden, damit sie vor der Urteilsvollstreckung noch gehörig angeprangert sein konnten zur Befriedung und Warnung der anderen.

Nicht wenige traten gegen die zerschundenen Weiber vor und spuckten sie an, warfen ihnen übelste Schimpfworte an den Kopf, verfluchten und verteufelten sie oder übergossen sie mit giftigem Hohn. Die Hexen ließen es ohne sichtbare Regung über sich ergehen, fast schien es, sie seien nicht ganz bei Sinnen. Wer weiß, vielleicht milderte ihnen der Wein die Schärfe der Wahrheit, denn am Abend vorher hatte es für jede Frau einen Freisinger Liter Weines gegeben, und die eine oder andere mochte sich für den heutigen Tag einige Schlucke aufgehoben haben. Diese Reglosigkeit der Verurteilten aber wiederum schürte die Wut der

Umstehenden, und sie beschimpften die Todgeweihten immer wüster. Schließlich fingen die ersten zu singen an, grölten Siegeslieder, die sie von durchmarschierenden Söldnern aufgeschnappt haben mochten, und fühlten sich großartig im Angesicht der gefesselten Frauen.

Erst als der Pfleger in Begleitung des Freisinger Gerichtsprokurators auf den Schrannenplatz ritt, kehrte etwas Ruhe ein im Volk. Der Freisinger Ankläger verlas sodann seinen Gewaltsbrief, der seine Sendung beglaubigte, ehe er die eigentliche Anklage gegen die Hexen vorbrachte, wonach sie alle den Teufelsbund eingegangen seien und in hohem Maße Teufelsbuhlschaft getrieben hätten. Ein letztes Mal mußten die Klöckin, die Achrainerin und die beiden Schlampinnen anhören, daß sie Schadenszauber an Tier, Mensch und Flur getrieben, Hagelschlag, Lawinen und Hochwasser ausgelöst und etliche Menscher vom Leben zum Tod gebracht hätten, und jede der Anschuldigungen begleitete das anwesende Volk mit heftigen Buh- und Pfuirufen. Nach dem Ankläger trat der Pfleger selbst vor, verlas die Urteile und erklärte, daß eine jede der Verurteilten gestanden habe, allerdings nur die Klöckin mit wahrer Reue.

»Gibt es jemanden«, fragte er in die Runde, »der Einwände erheben will gegen dieses Urteil?«

Doch außer etlichen »Recht so! Recht so!« erhob sich keine Stimme, vielmehr klatschten alle in die Hände, als Poißl die vier Frauen dem Scharfrichter Abriel übergab mit den Worten: »Walte er seines Amtes.« Und Abriel schob den glimmenden Zunder in die mit Kienspänen ausgelegten Hohlräume der Scheiterhaufen, wo sich die Glut rasch ausbreitete und entfachte. Schon schoß aus dem ersten Scheiterhaufen eine Stichflamme empor, schon loderte das Holz und bleckten die Flammen zu den Füßen der Verurteilten hin, die rasch herzerweichend zu schreien begannen. Nur die Klöckin schwieg; denn ihr hatte, von den tobenden Zuschauern unbemerkt, der Scharfrichter eine dünne Schnur um den Hals gelegt und blitzschnell zugezogen; so ward ihr die im Urteil ausgesprochene Gnade gewährt. Die drei anderen Frauen aber krümmten sich unter unsagbaren Schmerzen in ihren Tod hinein, während das Volk sich selbst und den Rösch und die Beharrlichkeit feierte, die endlich zum Ziel geführt hatte. Sie soffen und fraßen, ob leibeigen oder frei, ob arm oder reich, und auch an dem Tisch, den die Pfarrer von Mittenwald, Germischgau, Partenkirchen und Eschenlohe gemeinsam mit dem Prälaten von Schlehdorf und dem Probst von Rottenbuch nebst einigen Vikaren besetzten, floß so reichlich Wein, als begieße man eine Kirchweihgans.

Und noch später, als die Scheiterhaufen herabgebrannt waren und die Schergen die Asche in Tröge schaufelten, um sie dann an einen geheimen Ort zu verbringen, fingen die ersten Burschen zu tanzen an: Es war ein werbender Reigen, den sie vor der Bank der jungen Mägde vollführten, und mit kräftigen Schlägen ihrer flachen Hände auf die Oberschenkel und die Schuhsohlen, die sie hüpfend den Händen entgegenstreckten, schnalzten sie einen immer kurzatmigeren Takt, bis sie mit kehligen Rufen gegen die Mädchen vorsprangen und sie an den Händen in die Wiese zogen. Und wie die strammen Madel hüpften! – Bis die Sonne unterging, war aus der Hinrichtung ein richtiges Volksfest geworden.

Aber ach, wie jämmerlich erging es den eingesperrten Weibern, die jetzt die Erbarmungslosigkeit begriffen. Da war kein Ausweg; der Rösch und der Poißl, die kannten keine Gnade. Und seit dem ersten Malefizrechtstag lagen sie vollends in Angst und Schrecken. Was hatte nicht vor der Hinrichtung die Achrainerin in ihrer Todesnot an Namen in die Protokolle diktiert, gleich zwei Dutzend, und fanden sich nun schon neun Frauen und ein Mann im Kerker und auf der Liste für peinliches Verhör, weil sie allesamt zunächst vermeinten, den Richtern etwas von Unschuld vorzulügen. Schon war wieder nach dem Abriel gerufen worden, und sicher würde er seine Kunst nicht verschwenden, sondern viele weitere Namen erpressen.

O sei verflucht, du Satansknecht, brauste es in Johann auf, und schwer mußte er sich bezähmen, diesem Aufbrausen nicht Laut zu geben. Kaum ließen die Gefangenen sich Trost spenden, außer Maria Schorn, die eine solche Zuversicht ausstrahlte, daß es beinahe eine Freude war sie anzusehen, obgleich Johann dann doch wieder mit Tränen schnell bei der Hand war, weil er die kommende Tortur als gewiß voraussah und nicht mitansehen konnte, wie dieses frische Weib da hineingeraten sollte. Und während im Verlies er die Schornin stets heftig ermahnte, nie und nimmer und auf gar keinen Fall den Richtern und Henkern zu Gefallen etwas zu sagen, sprudelte im Skriptorium Satz nach Satz aus ihm heraus. Ja, wie recht hat Salomo, wenn er sagt: »Der Mensch entwirft die Pläne im Herzen, doch vom Herrn kommt die Antwort auf der Zunge.«

Quaestion nach Quaestion flossen all die gescheiten Fragen aus seiner Feder zur Erbauung und Belehrung der Fürsten, denen das Buch zugedacht sein sollte. Ob es wirklich Hexen, Zauberinnen oder Unholde gebe, hub Johann an, und ob es in Deutschland mehr davon gebe als andernorts. Dann wandte er sich der Einordnung der Hexerei in den Reigen der Verbrechen zu, inwieweit sie ein Sonderverbrechen sei und ob dieserhalben nach Gutdünken verfahren werden dürfe. Von der Sorgfalt beim Herangehen an einen Prozeß handelte er und von der Gefahr für Unschuldige, hineingezogen zu werden in die mörderischen Händel.

»Ich muß es noch deutlicher machen, wie dumm und unsinnig, nein, vielmehr niederträchtig es ist, wenn die Leute den Gefangenen bei einem besonders schweren oder Sonderverbrechen einen Rechtsbeistand verweigern wollen.«

Er kratzte sich hinter dem Ohr und schritt im Raum auf und ab. Und wie er sich so seine Argumente zurechtlegte, mit welchen er den Leser überzeugen wollte, schlich sich eine Verwirrung in der klaren Reihenfolge ein, der er damit begegnete, daß er rasch an etwas anderes dachte und sich erinnerte, wie umständlich die Herstellung der braunen Tinte war, die alle Schreiber hier – und so auch er – für die großen Werke, die Bestand haben sollten, verwendet hatten. Wer mag schon die schwarze Rußtinte nehmen für ein Opus, das man der Ewigkeit weiht? Die braune dagegen, gefertigt aus der Rinde von Schlehen, die im April geschnitten und bis in den Mai liegengeblieben sind, bleicht nicht aus und lobt Gott noch in Hunderten von Jahren.

»Dann nimm hölzerne Hämmer, mit denen du über einem anderen harten Holz die Dornenzweige klopfst«, schnarrte Johann leise die Anweisungen des Theophilus, »bis du deren Rinde allenthalben abgeschält hast, welche du sogleich in ein mit Wasser gefülltes Faß schüttest. Lasse sie acht Tage lang stehen, bis das Wasser allen Saft der Rinde herausgezogen hat. Danach gieße dieses Wasser in einen ganz sauberen Topf, stelle es auf ein Feuer und koche es. Von Zeit zu Zeit wirf von der Rinde etwas in den Topf, um auch alles das an Saft herauszukochen, was in ihr noch zurückgeblieben sein könnte. Nachdem du dies eine mäßig lange Zeit gekocht hast, schütte es aus und fülle eine neue Menge ein. Danach koche das verbleibende Wasser bis auf ein Drittel ein und schütte es so aus diesem Topf in einen kleineren und koche dann so lange, bis es sich dunkel färbt und anfängt, dick zu werden.«

»Schreibst du in deine Kirchengeschichte jetzt auch schon die Tintenbereitung?« lästerte Eusebius, der in den letzten Tagen öfter um Johann herumschlich.

»Da uns in der Bibliothek der Theophilus fehlt«, erwiderte Johann, »erhalte ich ihn für die Nachwelt lebendig, denn es ist gewiß, daß der Buchdruck einst vergeht, aber das Schreiben bleibt.«

Kopfschüttelnd trottete Eusebius an seinen Platz. Johann aber wußte nun, wie er eine kluge Gedankenführung bekäme:

»Es klagt mich einer wegen Diebstahls an. Das ist ein arger Schandfleck auf meiner Ehre. Also gestatten mir diese tüchtigen Leute ungesäumt, mich von der Schande reinzuwaschen und notfalls, mir einen Anwalt zu nehmen, der für mich auftritt. – Ein anderer klagt mich des Ehebruchs an. Das ist eine noch größere Schande. Also wird mir abermals erlaubt, mich auch von diesem Schimpf zu reinigen. – Ein Dritter klagt mich der Hexerei an. Das ist die allergrößte Schande. Folglich verbieten sie mir sofort, mich zu verteidigen. – Wer sollte sich nicht über eine derart meisterhafte Beweisführung entrüsten!«

Es sprudelte heraus wie das Wasser aus der Partnachquelle im langen Tal, und manchmal mußte sich Johann bremsen und so tun, als würde er in den vielen Geschichtsbüchern nachlesen, damit die Brüder weiterhin glaubten, er arbeite sich an seiner Kirchengeschichte ab, denn daß sie die Wahrheit erführen, wollte er jedenfalls vermeiden zum Schutze des Werkes.

Die wüßten Mittel und Wege ihn aufzuhalten, dessen war er gewiß. Nur die Umsicht konnte ihn schützen. So bediente er sich ihrer und ließ sich im übrigen oft von Ursinus beschirmen und die fertigen Blätter gut verstecken.

Zu Germischgau liefen derweilen die Untersuchungen immer heftiger und gab Caspar Poißl rein gar nichts mehr auf vernünftige Beweise, sondern verlegte sein ganzes Prozeßglück auf die Geständnisse, die reichlich flossen. Dank Meister Abriel gelang es fast immer, die Protokolle mit Fragestücken zu füllen, wie sie im »Hexenhammer« und in anderen Prozeßbüchern nachzulesen sind. Hatte eine Unglückliche erst Unzucht mit dem Bocksbeinigen gestanden, wurde der Wahrheitsgehalt festgestellt durch Fragen, die kaum falsche Antworten duldeten.

»Wie oft hast du mit dem Teufel Unzucht getrieben?«

»Oft, gar oft. Fast jede Nacht ist er zu mir gekommen und hat mich beglückt mit seiner Geschmeidigkeit.«

»Wie hat er sich angefühlt?«

»Wohlig, und in dem einen Punkte ordentlich hart.«

»War er nicht sehr kalt?« fragte dann der Richter drohend.

»Doch, natürlich, sehr kalt sogar, wie das Wasser der Partnach im Januar.«

»Trotzdem war das für dich wohlig?«

»Wohlig, ja; je kälter, desto wohliger; so ist es doch die Art des Fürsten der Finsternis.«

»Und ist es zur Nacht oder beim Tag geschehen?«

»Meist nachts; aber auch bei Tag, wenn die Wolken tief gehangen sind.«

»Hat er dabei still oder laut geredet?«

»Meistens war er ganz ruhig dabei.«

»Wie hast du ihn erkannt?«

»An seinem einen Bein, das sieht aus wie von einer Ziege.«

So oder so ähnlich verliefen die Verhöre. Gab die Angeklagte unpassende Antworten, wurden die Fragen so lange wiederholt, bis sich die Antworten in das Muster fügten, das Poißl oder Rösch vorlag. Je rascher die Frau in ihrer Auffassung war, desto eher konnte sie die Qual der Marter abkürzen – wenn sie sich erst einmal zu einem Geständnis durchgerungen hatte. Denn Poißl, rechtlich wenig bewandert, hielt sich ganz an den Hexenhammer und scherte sich kaum um das geschriebene Reichsrecht. Nur so kam es, daß er keine Rücksicht auf die Umstände nahm, die vorliegen müssen, wenn man foltern will. Artikel 44 der Peinlichen Halsgerichtsordnung verknüpft nämlich als eine Voraussetzung für die Folter die Bedrohung mit Zauberei und deren Wirkung durchaus sinnvoll, wenn geschrieben steht: »So sich jemand erbeut jemandts zu bezaubern bedrahen und dem bedrahten dergleichen beschicht, das gibt gnugsam ursach zu peinlicher frage«.

Keinesfalls reicht es hin, einem andern nur mit Behexung zu drohen, wenn sich dann gar nichts ereignet. Dem Poißl aber genügte es, wenn eine der Angeklagten unter der Folter angab, die oder die habe den oder die mit einem Übel bedroht, um die so bezichtigte Person ohne jede weitere Überprüfung gefangensetzen und rasch von Meister Abriel torquieren zu lassen.

Und noch begeisterten den Rösch die Erfolge der Hexenhatz so sehr, daß sich niemand bei den Verhören an auftretenden Ungereimtheiten störte, die ein gerechtes Verfahren ad absurdum führten, wie das Beispiel der Marga Puslpöckin zeigte. Eines Tages entfuhr es ihr unter Schmerzen, sie habe an Weihnachten versucht, sich den Partenkirchener Wirt Marquart Deuscherl gefügig zu machen, um seinen Samen dem Ziegenkönig zu schenken, und ihn dabei derart behext, daß er ohne Kleider durch das ganze Dorf gerannt sei unter Anrufung des Herrn der Finsternis.

»Er ist bloß deshalb nicht bis in meine Kammer gelangt«, gab sie ausweislich des Protokolles an, »weil der Mesner ihn aufgehalten und umgehend in die Kirche geführt hat. Da haben sie den Deuscherl mit einem ganzen Eimer Weihwasser übergossen. Das hält kein rechter Liebeszauber aus. So ist er halt von dem Weihwasser genesen.«

Dieses Geständnis wiederum genügte, um die Puslpöckin vom Leben zum Tod zu bringen, obwohl sich noch vor der Hinrichtung zeigte, daß der Deuscherl niemals nackend durch Partenkirchen gelaufen war, keinesfalls je mit einem Kübel Weihwasser übergossen worden war und auch sonst keinerlei Bemerkenswertes sich in den letzten Jahren mit ihm ereignet hatte.

Bald wurden dank dieser oberflächlichen Vorgehensweise an die zwanzig Personen gefangengehalten, weshalb die Germischgauer allmählich ein Unwohlsein befiel, alle im Amtshaus zu halten, und man den Pfleger bedrängte, die Unholden nach der Burg Werdenfels zu bringen und in den dortigen Verliesen zu verwahren. In der Tat war das Amtshaus unsicher, und bei dem zauberischen Vermögen, das sich aus den Verhören herausschälte, konnte ein besonnener Pfleger – wie Poißl nach wie vor von sich vermeinte, es zu sein – nicht umhin, die Befürchtung zu hegen, hier sei ein Ausfliegen und gegen die anderen Braven Anzaubern möglich. Der Umstand dagegen, daß sich zwanzig Menschen in dem kleinen Raum kaum vernünftig aufhalten konnten und allein dieses Einsperren wie Vieh eine Qual war, fand keinen Eingang in die Erwägungen, und so war es für die gepeinigten Frauen ein rechtes Glück, daß Poißl der Sicherheitsfrage wegen auf Ostern in die Verlegung einwilligte.

Das übrigens erregte den Unwillen seiner Gemahlin Benigna von Gummpenberg, die zwar das Prozessieren gern gesehen hatte, jedoch keinesfalls von den Hexen näher behelligt werden oder sie gar auf dem Schloß haben wollte. Als Johann zum ersten Beichttag auf Burg Werdenfels erschien, war ihm, als ob die Benigna gern ein Wort mit ihm gewechselt hätte, ohne dazu Gelegenheit zu finden; wer weiß, ob es am Verlauf des Prozesses etwas geändert hätte. Immerhin wuchs in der Pflegersgattin neben dem Unbehagen ein – zugegeben zartes – Pflänzchen von Mitgefühl, und ein ernster Austausch mit dem welterfahrenen, gutmütigen Mönch hätte womöglich manchen Dung abgegeben und eine Mäßigung bei dem Pfleger bewirkt, die Johann von sich aus nicht mehr erreichen konnte.

Durch die gehässigen Antreibungen des Rösch kam es noch schlimmer für die Pflegersfamilie. Der Flut von peinlichen Verhören konnte ein Nachrichter allein nicht mehr Herr werden. Daher forderte Poißl zwei weitere Henker an, die aus Biberach herüberkamen. Zwar wohnten sie bei einem Gastwirt zu Germischgau, aber an den Verhörstagen speisten allesamt auf der Burg gemeinsam mit Poißl, der sich so in bedrohliche Nähe zu den Unehrlichen brachte und etwas von deren Geruch anzunehmen schien. Jedenfalls muß als sicher gelten, daß die Gesellschaft der Folterer den Poißl abstumpfte gegen das Leid der eingekerkerten Frauen, das sich sowieso nur ertragen ließ, wenn man sich den näheren Blick auf ihre Umstände versagte.

Die Kellerlöcher waren aber letztlich schlimmer als der Haftraum im Amtshaus. Unmenschlich kalt und feucht, zog das Verlies Gelenk- und Kreuzschmerzen an. Das Stroh lag naß in den Burgverliesen, die Luft roch modrig und war voller Pesthauch. Kein Wärter versäuberte die Latrinenecken, wo der Harn nur langsam im Gestein versickerte und der Kot Tage brauchte, ehe er zerfiel. Den Ratten sei Dank, daß sie manche der Haufen wegfraßen; andererseits trugen sie Flöhe und Läuse herein, die wiederum die geschundenen Frauen piesackten; ganz abgesehen von dem Todesschreck, den eine erlitt, wenn in der Dunkelheit wieder ein Ratz über ihr Gesicht huschte. Das mochte für einen Gesunden, der gut im Futter stand, schon hart genug sein; aber für die Beschuldigten, die abgemagert und nicht selten von der Torquierung zerschunden waren, seien es gequetschte Finger von den Daumenschrauben oder Striemen von Peitschenhieben, für die war es entsetzlich.

Wer mochte so etwas mitansehen? Ein Henker, ja, weil es seines Amtes war, Menschen leiden und sterben zu sehen. Ein grausamer oder gefühlloser Ehrlicher vielleicht, weil er die Regung von Güte und Mitgefühl nicht kennt. Jeder andere aber? – Nein. Der mußte wegschauen und so tun, als sähe er nicht. Zuviel ist zuviel, selbst wenn einer die Folter gutheißt. Wenngleich sich der Mensch gewöhnen kann. Man legt sich gleichsam eine dickere Haut zu, damit nicht allzurasch etwas unter sie gehe. Das jedenfalls schien mit dem Pfleger zu geschehen: er stumpfte ab.

Benigna aber wuchs kein dickes Fell. Ihr gingen die Leiden der Hexen unter die Haut, und sei es nur, weil sie die Rache des Teufels fürchtete. Schon wankte sie bedenklich in ihrer ehemals so ordnungsliebenden Haltung. Von den Gelagen mit den Scharfrichtern hielt sie sich fern und jammerte mehr und mehr, wie solche Nähe das Unglück über die Herrschaft beschwöre, daß das Gummpenbergsche Gezeter sogar bis ins Verlies zu hören war und die Schornin Johann nicht ohne Schadenfreude davon berichtete.

Weitere neun Weiber kostete der zweite Malefizrechtstag das Leben, darunter auch die Puslpöckin, allerdings nicht durch den Feuertod, sondern – als wolle der Himmel (wie schon einmal zu Saragossa vor langer Zeit) ein Zeichen setzen, das die Menschen leider nicht verstanden – durch Erdrosseln, weil nämlich in der Nacht auf den Hinrichtungstag ein heftiger Gewitterregen niederschüttete.

Mit so einem nassen Holz sei es unmöglich, eine ordentliche Verbrennung lebendiger Leiber auszurichten, denn es dauere zu lange, bis die Glut die richtige Hitze entwickle. Da sei dann eine Quälerei dabei, die eines ordentlichen Henkers nicht würdig sei, machte Abriel geltend und verwies darauf, daß er noch nie eine Hinrichtung gegen die Henkerskunst vollstreckt habe und hier bedacht sein müsse auf seinen guten Ruf. Nicht nur ein lobenswerter Brennmeister sei er, tat der Scharfrichter kund, sondern auch ein im ganzen Land gerühmter Enthaupter, und er sei stolz, keinerlei Mißrichtung zugeben zu müssen.

So konnte der zunächst arg widerstrebende Poißl nicht anders, denn dem Abriel zu Willen zu sein und das Erdrosseln zu gestatten, wovon er allerdings sofort in einem untertänigen Brief an den Freisinger Rat, der das Lebendigverbrennen befohlen hatte, berichtete und in breit jammernden Worten bat, er möge wegen dieser Milderung nicht in Ungnade fallen.

Poißl blieb unbarmherzig seinen vermeintlichen Pflichten treu. Gleich am nächsten Tag setzte er wieder Verhöre an. Erstmals zeigte Abriel der Maria Schorn die Instrumente, eine eiserne Daumenschraube, in die rechts und links des Drehkranzes ein Finger gesteckt werden konnte, und einen grimmig ausgestachelten Spanischen Stiefel – der lediglich zum Zeigen war, was aber die Angeklagten nicht wußten. Nach der eindrucksvollen Schilderung der Wirkungen ging Poißl zum ersten Fragestück über, das er sich von Abriel hatte überbringen lassen, um nach Möglichkeit und in der Gewohnheit anderer Gaue stets gleich zu fragen und nichts auszulassen.

»Weshalb vermeinst du, hierher geführt worden zu sein? Zauder nicht, sondern gib Laut, sonst lernst du die Werkzeuger kennen.«

»Ich bin die Schornin, Maria, und steh im dreiundzwanzigsten Jahr, bin von Germischen, da ganz am Rand auf Hammerbach zu, und allerweil ein friedlich Weib, g'heirat' mit dem Hans Schorn seit fünf Jahr'.«

»Das wissen wir längst. Weshalb du hier bist, frage ich dich.«

»Wenn der Herr das nicht weiß, wie soll's ich wissen?«

»Ganz genau weißt du's, Lumpin, du«, zischte Poißl und ließ eine Litanei an Drohungen los, damit sich ihre schlimme Verstockung löse; doch die Schornin verstummte nunmehr vollkommen. Zu den Vorhaltungen, die Klöckin habe sie als Hexenlehrling verschrien und die Apollonia sie als Giftmischerin bezichtigt, regte sie sich nicht. Sie blieb auch unbeteiligt, als Poißl sie des Kindsmordes und gar des Einkochens von Kindshändeln in die Salbe beschuldigte. Mit ihrem so ganz und gar Ruhigbleiben brachte sie den Pfleger dermaßen aus der Fassung, daß der Henker selbst die Prozedur nicht länger ansehen mochte und eindringlich bat, die Sitzung abzubrechen, bis in geordneter Weise mit der Torquierung begonnen werden könne. Nach einem weiteren Tobsuchtsanfall stimmte Poißl dem zu, und Maria Schorn blieb durch den ganzen Sommer hindurch unbehelligt, weil Poißl nicht die Kraft fand, sich einer beharrlich leugnenden und schweigenden Angeklagten zu stellen. Statt dessen trieb er lieber den Prozeß voran mit den vielen greinenden und bereitwillig über Teufelsbuhlschaft, Hexensabbat, Wettermachen und Viehvergiften berichtenden anderen Frauen, die darüber hinaus jede gut und gern vier weitere Weiber in die Bezicht brachten, so daß am dritten Malefizrechtstag wieder neun Hexen hinweggefegt werden konnten und gleichwohl der Kerker nicht leer stand. Und während der Henkersmahlzeit soffen die Scharfrichter ordentlich mit dem Pfleger, dem seitens der Germischgauer die ersten zaghaften Stimmen nachsagten, er habe wohl Freude an der Henkerei.

»Teufel noch mal«, entfuhr es Johann, während er am Scheibpult stand und über die gierige Hexenjagd des Poißl nachsann, »manchmal ist mir gar, als hätte jener ferne Gelehrte recht, der über die Rachinburgi, die Gerichtsorgane der alten Franken, schrieb, sie seien selber Hexendiener und trügen den Hexen die Kessel, in denen sie zu brauen pflegten. Es ist doch so, daß der Poißl und der Rösch besser als Beelzebub selbst diesem die Seelen zuführen.«
»Beruhige dich, du bist nicht allein«, beschwichtigte Ursinus hinzutretend Johanns jähen Zorn. »Laß die Feder ruhen für heute, auf daß sich dein Auge erhole zum nächsten Streich.«
»Wie recht du hast. Wenn es nicht gar um alles ging, ich wär' zu müde in der Tat. Das Schreiben bringt allen Gliedern Qual.«
Sie verließen das Skriptorium und setzten sich im Garten unter einen Apfelbaum.
»Welche Gedanken bewegen dich im Augenblick?«
»Mir kommt gerade so richtig das Gemisch der Germischgauer Braven hoch, weil ich mich frage, was es im wesentlichen für Leute sind, die die Obrigkeit gegen die Hexen anspornen.«
»Da wird es verschiedene Gruppen geben«, warf Ursinus ein. »Allein, wenn ich an den Rösch denke, stelle ich mir vor, daß die Juristen das Geschäft der Hexenverfahren für einträglich finden.«
»Zwar ist der Rösch nur Unterrichter und nicht rechtsgelehrt, doch trifft deine Bemerkung wohl. Zuvörderst aber, wenn auch nicht hier bei uns, zähle ich die Theologen und Prälaten dazu,

die gemütlich und zufrieden in ihren Studierstuben sitzen und den Schrecken des Kerkers gar nicht kennen.«

»Auch mag mancher Zauberer selbst besonders eifrig über die Obrigkeit lärmen und sie zum Prozessieren bringen, um von sich abzulenken.«

»So hätten wir schon der Gruppen drei«, bestätigte Johann. »Und als besonders schmachvolle Gruppe sehe ich mit Blick auf einige Germischgauer den unvernünftigen, neidischen und niederträchtigen Pöbel. Ich bin geneigt, dazu auch so einen niederen Herrn wie den Richter des Untergerichts, Rösch, zu zählen, zumal in die niederen Beweggründe die Rachsucht einbegriffen ist; und daß der Rösch an der Klöckin seine eigene Rache ausließ von wegen seinem Buben Damian, dessen bin ich mir sicher.«

»Solcherlei Menschen hast du jetzt also in vier Gruppen. Die können sich ungestraft überall mit Verleumdungen an ihren Feinden rächen und ihrer Schwatzhaftigkeit nur durch Verunglimpfungen anderer Genüge tun. – Pfui!«

»Was«, so fragte Johann mit Nachdruck und schneidender Schärfe, »darf man so einem glauben, solange nicht der öffentlichen Meinung mit harten Strafen die Freiheit, jedem übel nachzureden, beschnitten ist? – So ist es dem Volk schon zur Gewohnheit geworden. Wenn die Obrigkeit nicht sogleich auf jedes noch so haltlose Gerücht hin zugreift, foltert und brennt, dann zetert es alsbald hemmungslos, die Amtsleut hätten für sich selbst, ihre Frauen und Freunde zu fürchten und seien von den Geldigen bestochen. Dann schreitet man ein und brennt manche als Hexe, weil sie einen getötet habe, den man Wochen später kreuzfidel und munter, von einer Reise zurückgekehrt, trifft.«

»Ja«, pflichtete Ursinus bei, »das ist ein rechtes Kreuz.«

»Wir tun gut daran, uns gegen solcherart Verhalten zu stellen, und manchmal möchte ich gar, ich hätte viel eher schon mich auf diese Tat verlegt. Möglich, es wäre etlichen Feuern Einhalt gewesen. – Aber so brennen sie dahin, die Fackeln des Teufels, und wir wissen kaum, wie sie zu löschen seien.«

»Durch deine Tat. Verliere nicht den Glauben.«

»Du redest dich leichter als ich. Hinter mir liegt zu viel des Leids und der Enttäuschung, und wenn ich allerweil die Schornin sehe, steht ein anderes Bild in mir auf, das mich gar grausig schmerzt.«

»Was ist es, das dich bedrückt?« fragte Ursinus besorgt.

Da stürzte die ganze Erinnerung an Mechthild mit einemmal aus Johann heraus, da brachen alle Dämme gegen den Schmerz der Vergangenheit, und Johann fand kein Einhalten mehr in seiner Erzählung.

# DER ZUFALL STEHT AM FÜNDLINGSTOR

ich hatte den Lehrstuhl für kanonisches Recht angenommen. Ins Joch der akademischen Pflicht an der Universität und in der Burse gespannt, mußte ich meinen Predigerdienst einschränken, zumal ich von Eberhard Billick, der mich zu seinem Berater nahm, zunehmend in die Vorbereitung für die wieder anberaumten Religionsgespräche eingebunden wurde. Unterdessen wogte die Stimmung in der bischöflichen Residenz hin und her und blieb die endgültige Hinwendung des Erzbistums zum Lager der Lutheraner oder zurück in den Schoß der Kirche unentschieden. Bei alledem wurden wir in betreff auf die Mittelausstattung im Stich gelassen, denn während überall sonst hinlängliche Stiftungen von Fürsten oder Bischöfen die Regel waren für religiöse Neugründungen, mußten wir solcher Zuwendungen entraten und blieben auf milde Gaben angewiesen.

In diesem Umfeld, das mir meine gesamte Kraft abforderte, war ich drauf und dran, Mechthild ganz zu vergessen – nun ja, nicht im wahrhaftigen Sinne ganz, denn wann immer sich meiner Seele eine irgendgeartete Pein auftat und ich Trost suchte in einem Psalm oder einem anderen Gebet, hörte ich meine eigene

Krankenwachestimme, sprang von dieser in die erinnerten Trostworte der Witwe und fühlte den Wunsch, sie möge mir Mut zusprechen. Doch, bei Gott, ich war frei von Wollust und wieder in jenem Stand der Unschuld, den ich vor Köln als selbstverständlich genommen hatte.

Aber es ist des Menschen Schicksal, getroffen zu werden von Zufall und Zeit.

Eines Morgens standen wir uns unvermittelt am Fündlingstor gegenüber, wo wir beide den Findelkindern, denen dieser Platz vom Stadtrat zum Betteln zugewiesen war, Almosen gaben. Wir wußten keine Worte, doch flog ein so heftiger Rothauch auf unser beider Wangen, daß die Kinder lachten. Rasch wandten wir uns ab und gingen, ohne darüber nachzudenken, gemeinsam zu Mechthilds Haus. Dort zögerte ich, setzte zum Abschiedsgruß an, ließ mich aber hereinbitten in die Stube, wo die Magd hurtig Tee auftrug.

»Ich kenne die Welt von euch Mönchen nicht«, flisperte Mechthild, »aber ich bin sündig genug, mir stets gewünscht zu haben, mein Bruder möge mir ein Wiedersehen verstatten.«

Wir nippten an den Bechern.

»Waren wir nicht ein Gleichklang in Fühlen und Denken? Waren wir nicht einig in der Hilfe gegen die Bedürftigen? Einte uns nicht ein Gefühl, das den Nächsten an den Nächsten bindet ohne Arg? Und du scheust mich, kaum genesen, als hätte ich jetzo die Pest.«

»Es ist nichts«, stotterte ich, »was ich dir erklären könnte, außer der Umstand, den du bedenken mußt, daß, seit ich zurück bin von der Sendung nach Maria Laach, mich das Amt eines Professors über die Maßen gefangennimmt.«

»Nichts begehre noch fordere ich, nur meine Trauer tue ich dir kund über den verlorenen Bruder.«

»Bitte weine nicht.«

»Weißt du, daß sie dich vermissen in Melaten oben? Keiner predigt wie du und macht den Herrn lebendig, keiner bürgt für den göttlichen Trost so wie du.«

»Wenn ich denn könnte, gern käme ich wieder.«

»Wo ein Wille, da ein Weg. Sagtest nicht du selbst dies einst zu mir, als mich die Verzweiflung fraß? – Willst du die Aussätzigen vergessen? Oder bist du nun ein Herr geworden, einer, der weite Bogen schlägt um Aussatz und Notdurft?«

»Aber Mechthild!«

In meiner Stimme lag eine Spur von Entrüstung, zu wenig, um auf mein Gegenüber zu wirken, zu viel, um einfach über diese Worte hinwegzugehen.

»Ich kann es dir nicht sagen«, fuhr ich fort, »weil ich es selbst nicht benennen kann. Doch glaube mir, wenn ich die Kraft in mir finde, werde ich wieder mit dir nach Melaten gehen und fortsetzen, was wir begonnen haben. Jetzt aber, für heute, lebe wohl.«

Ich erhob mich, ohne meinen Becher ganz geleert zu haben, und ging.

Ein wirres Durcheinander rumorte noch in meinem Herzen, als mich am Eingang der Burse ein Bote des Eberhard Billick erwartete. Er überbrachte die Nachricht, der Kaiser persönlich habe Eberhard nebst Cochläus und anderen zum Religionsgespräch nach Regensburg eingeladen, und Eberhard bitte mich, ihn als Berater zu begleiten. Bereits für den morgigen Tag sei die Abreise mit einem leichten Kahn gegen Mainz hinauf geplant.

Ich hieß den Boten, die Berufung zum Religionsgespräch dem Rektor der Universität zu überbringen und den notwendigen Dispens zu erbitten, dann ging ich auf mein Zimmer und sammelte ein, was ich auf die Reise mitzunehmen gedachte. Doch mein Aufmerken war nicht bei den Vorbereitungen, sondern huschte immer wieder wie eine heimlich naschende Katze hinüber in das Stapedius-Haus, und bei dem Gedanken, Mechthild über eine Reihe von Monaten nicht zu sehen und grußlos allein zu lassen, malmten meine Backenzähne knirschend aufeinander. Wie, um Himmmels willen, sollte ich mich verhalten, wenn ein Schweigen nur dazu führen konnte, daß sie vermeinte, ich würde ihr die Freundschaft aufkündigen, mein Erscheinen jedoch leicht als überschießende Geste für mehr genommen werden könnte, als ich zu geben bereit war? Alles, was ich heute sagen

konnte, hatte ich gesagt; es entsprach vollauf meinem augen-
blicklichen Zustand, der einer gewissen Verwirrtheit nicht ent-
riet. Da flogen zu viele Gedanken durcheinander und mischten
sich die unterschiedlichsten Anmutungen, wie sich die vielfäl-
tigsten Gräser einer Oberauer Wiese durchmischen im Heu, und
je nachdem, wie mit der Gabel gewendet wird, kommt einmal
Kammgras oder Wiesenschwingel obenauf, ein andermal liegt
der ausdauernde Lorch an der Sonne oder das Wiesenrispengras,
und beim nächstenmal mag der Wiesenfuchsschwanz oder die
gemeine Quecke die Decke bilden; wer will da ordnen und richten? Das Zerrbild eines wollüstig grinsenden Kardinals durch-
furchte das verklärte Antlitz Iñigos, die milden Gesichtszüge
Theodoras schwebten aus der Gedankentiefe herauf wie die
Luftblasen vom Grund eines moorigen Teiches. Aus dichten Ne-
beln trat die Mutter hervor und rief mich zögernd beim Namen,
ehe ich die verführerische Gestalt aus der Einsamkeit des Bergell
in die Arme schließen konnte.

Dann aber, mit der Wucht eines Sturms auf dem Meer, überkam
mich ein altes Fieberbild aus jüngeren Jahren und zwang mich
nieder auf das Bett. Rechts und links pochten die Schläfenadern
und pulsten zur Stirn hinauf, daß dort die Haarwurzeln Feuer
fingen und mein Hirn versengten. Hilflos war der zu Rom Fiebernde unter einer brennenden Sonne auf feindlichem Ozean
getrieben. Eine Frau von reiner Schönheit hatte mich erlöst, ihr
Kuß mich gerettet. – Nein, da war nicht die grellrot angemalte
Lusthascherei, wie man sie auf dem Berlich trifft, durch den Fiebertraum getanzt, da hatte es kein Wackeln mit den Hüften und
kein Herausatmen der Brüste zur wollüstigen Aufkitzelei gegeben. Verführung in Reinheit hatte da stattgehabt. Die Versuchung hatte sich der Täuschung bedient. Der Irrende hatte sich
in einen gefährlichen Kuß hineingeträumt. Aller Ablaß wollte
letztlich nicht reinigen von dieser überbordenden Macht, und
so konnte es nicht anders sein, als daß das heilig-sündige Bild
nun in aller Deutlichkeit vor mir aufstand und sich die Versuchung laut meldete mit der Bestätigung des längst Gefühlten:
niemand anders als Mechthild war die vor langem geträumte

Retterin. Sie ist die Sendung des Schicksals. Sie ist die schuldlose Versucherin. Schon rührte sich der Dorn, schon brodelte die Wollust. Ohne Zutun erstand die Linie vom straffen Schenkel hinauf in eine dralle Rundung. Dieses weiße Fleisch. Geiles Geheimnis. – Nein!

Da konnte es keine andere Entscheidung geben, denn ohne weiteres Zögern die Reisevorbereitungen abzuschließen, die Abendgebete zu sprechen, mich von den Gefährten zu verabschieden und unter Vermeidung jeder Nachricht gegen die Herzensfreundin nach Regensburg aufzubrechen. Mochte sich das weitere weisen; vielleicht kam ich nie wieder nach Köln zurück, vielleicht brachte zeitlicher Abstand alles ins Lot.

Was für ein beschwichtigendes Bild hätte sich zu Regensburg mit der steinernen Brücke auftun können: die Verbindung zweier weit entfernter Ufer eines breit dahinschießenden Stromes als Gleichnis für das Zusammenführen verschiedenartiger Anschauungen zu dem einen Evangelium. Doch im Gegenteil umwob sich Regensburg mit einem doppelten Mantel aus Trutzhaftigkeit und wurde die Reichsstadt zum Sinnbild eines geharnischten Kaisers, dessen Beteuerungen von Friede und Ausgleich für den, der Ohren hatte, zu bloßen Formeln verkümmerten. Die Lutheraner zeigten sich nicht nur mißtrauisch gegen die Kirchenleute, gegen den kaiserlichen Hofprediger Malvenda vor allem, der eine spanisch-strenge Art zu sprechen an den Tag legte, sondern fühlten sich daneben durchaus ebenbürtig, wenn nicht sogar manchmal überlegen, vor allem, nachdem der Kurfürst der Pfalz offen Partei für die Protestanten ergriffen hatte. Andererseits erschütterte die Nachricht von Luthers Tod in Eisleben die Parteigänger des streitbaren Mönchs für mehrere Tage so, daß sie keiner Auseinandersetzung fähig waren. Bei allem oberflächlichen Bemühen um Verständigung wäre daher ein wirkliches Zusammenfinden, und sei es nur in einem einzigen Punkte, ein Wunder gewesen – und derer, das mußte man bitter zur Kenntnis nehmen, gab es in der katholischen Kirche derzeit ausgesprochen wenige.

So wurde lediglich einer Reihe von Mißerfolgen ein weiterer hinzugefügt, und der Glaubensstreit blieb. Als ich das Angebot erhielt, Cochläus nach Trient auf das erneut einberufene Konzil zu begleiten, schien mir dies im Hinblick auf die unversöhnlichen Standpunkte aller Seiten wenig ersprießlich. Ich lehnte ab und beschloß, sollte aus Köln keine andere Weisung kommen, von Regensburg nach Ingolstadt zu ziehen und dort der Lehre zu dienen, weshalb ich Billick einen entsprechenden Brief an die Gefährten mitgab.

Langsam durchwanderte ich die Donauauen flußauf, sog mich nach dem streitvollen Spätwinter mit der Frühlingsluft voll, deren Weichheit Frieden versprach, und gab mich den Erinnerungen hin. In der Nähe meiner gelehrten Heimat stand mir die Endlichkeit auf mit dem Bild des großen Lehrers, den der Herr vor knapp drei Jahren zu sich gerufen hatte. Ich wurde mir meines Alters gewahr, das ins fünfte Lebensjahrzehnt gerutscht war unversehens. Älter als viele um mich her, sollte also weise sein und von einer über den Dingen stehenden Wesensart.

Während ich dies dachte, zerrieb ich die sechsblättrige Blüte des Bärenlauchs zwischen den Fingern, sog den Knoblauchgeruch ein und lachte herzhaft auf. Was bin ich weise, der ich mich zerrüttet fühle und zerrissen zwischen allen Anschauungen; nichts erträumte ich mir mehr, als ein wahrhaftiger Papststreiter zu werden, und trotzdem ängstigt mich die Friedlosigkeit seiner Vertreter in den Gesprächen mit den Häretikern; wo immer ich mich ergründe, ich stecke voller Widerspruch, viel mehr sogar, wenn ich es recht bedenke, als je zuvor. Und dann lächelt dort drüben aus dem Spindelbaum, zwischen den spitzeiigen Blättern hindurch, das Gesicht einer liebenswerten Freundin, der ich nicht nahekommen darf, und lächelt so lieb und brav, daß es ein besonderer Hohn ist, weil der Spindelbaum doch von vielen Pfaffenhütchen genannt wird. O möchten doch die scharfgesägten Blattränder das Gesicht abtrennen und zu Boden fallen lassen, damit ich nicht erinnert werde!

Wie mag es ihr ergehen? Wird sie mir zürnen? Wenn sie nie wieder ein Wort an mich richtet? Genug, endlich genug! Sie muß fern sein meinen Gedanken, denn der Teufel bedient sich ihrer zu meiner Versuchung, weil Satan um meine Schwachheit weiß, nicht aber Mechthild, so daß wir beide Opfer werden desselben Dämons. Unschuldige Opfer. Ihre Augen sind voll Wärme. Wie sanft ist die Linie ihrer Wangen. Ihr Lächeln ist so süß. Das muß Unschuld sein. – Und ich blickte sinnend entlang der tiefgefurchten, rissigen Borke den schlank-geraden Stamm der Schwarzpappel hinauf bis in die hochverlorene Krone, die locker gegen den Himmel stand. Hatte ich nicht, lang ist's her, jenen Traum von der Waldkathedrale, wo mich Mariens Stimme rief, dem Sohn zu folgen?

Das zumindest hatte sich im guten bewahrheitet, und ich fühlte mich beschirmt, atmete auf, ließ den Blick wieder an dem Pappelstamm heruntergleiten und setzte mich gen Ingolstadt in Bewegung. Langsam zunächst schritt ich über den Treidelpfad, den die Schiffsleute über Jahrzehnte hin breit ausgetreten haben, wenn sie mit der schieren Kraft ihrer Muskeln die Kähne donauauf ziehen, und versank dabei oft in den Anblick der blaukräuselnden Wellen und dunklen Strudel, die den Fluß musterten. Das Wasser murmelte eine getragene Weise, als erzähle der Strom eine alte, lange Geschichte. Von Adam und Eva. Sie aßen von der Frucht der Erkenntnis. Und sie erkannten einander. Ich möchte deine Stimme hören, Mechthild. Sprich nur ein Wort, so wird meinem Herzen warm. Ich möchte dein Haar riechen, deine Hand halten, in deine Augen schauen. Ich beschleunigte meinen Schritt. Lache für mich, bring die Fröhlichkeit in mein strenges Leben, plappere drauflos und gegen die Stille an, daß man mein Herz nicht so pumpern hört. Schneller und schneller griffen meine Beine aus, beinahe wurde ein gehetztes Laufen daraus. Ich sehe die Anmut deiner Bewegungen; es ist Elfentanz, der die Götter bezirzt; du tanzt den Reigen der Jungfrauen zum Wohlgefallen aller Heiliger. Du bist voller Güte, liebe Mechthild, und rein. Ich möchte in deiner Nähe sein. Deine Stimme hören. Ein Wort nur, nur ein Wort.

Und es war mir auf einmal, als müsse ich so rasch als nur irgend möglich zurück nach Köln und ins Haus der Stapedius', um ungesäumt mit Mechthild ein Wort zu wechseln. Mein Atem ging heftig, es trieb den Schweiß mir aus den Poren. In den Waden kniff es, die Brust brannte von keuchenden Lungen. Vorwärts, nur immer voran trieb es mich – und ohne irgendeine Post abzuwarten, wandte ich mich von Ingolstadt weiter auf das Ries zu, durch die Pforte der Alb zur Kocher und diese flußab nach Jagstfeld; dort zeigte sich die Zeit mir günstig, fand ich einen flachrümpfigen Leichter, der mich den Neckar hinabnahm zum Rhein, wo sich unmittelbar Anschluß ergab für die Fahrt nach Köln – und allerweil stand eine Frauengestalt am Ruder. Verheißungsvoll.

Die Gefährten hatten die Kunde vom abermaligen Scheitern der Religionsgespräche bereits vernommen und empfingen mich freudig. Sie hatten meine Rückkunft schon ersehnt, denn in der Auseinandersetzung mit dem zwar zahm gewordenen, jedoch unberechenbar gebliebenen Bischof war hinsichtlich der Frage nach der Priesterweihe für Petrus Canisius ein Streit entbrannt, den ich als Doktor beider Rechte möglichst rasch schlichten sollte.

Später saß ich allein auf meiner Pritsche und erinnerte den Verlauf des Gesprächs. Welch ein Glück, daß ich mir, der ich in Wahrheit seit meiner Ankunft in Köln an nichts anderes dachte als an die Art und Weise, wie ich mit Mechthild in Kontakt treten könnte, solcherart Inwendigkeiten nicht anmerken lasse. Aber es bedrückte mich, daß ich schon den Weg der Sünde beschritt. Denn gemäß den Regeln der Gesellschaft hätte ich mich dem Bruder entdecken müssen, damit dieser mir helfen könne bei der Überwindung der Versuchung, und wenn es durch Meldung nach Rom sei, damit mich der Vater an einen anderen Ort berufen könne. Aber genau davor fürchtete ich mich am allermeisten, auch wenn ich es mir nicht eingestand und statt dessen mit mir selbst und meiner Untreue haderte. Ja, ich schämte mich. So tief erfüllte mich darüber der Gram, daß ich mich auf dem Lager über Stunden wälzte, ehe mich der Schlaf von wirren Gedanken erlöste.

Mit Sonnenaufgang feierte ich in der Kapelle der Dominikaner die Prim, und während wir die Psalmen sangen, rang ich mit mir, ob ich meinen Beichtvater aufsuchen oder bis nächsten Freitag warten sollte. Was, wenn mir Balthasar verbot, noch einen Besuch bei Mechthild abzustatten? Könnte ich die Auflage mißachten und gleichwohl in Herzensfrieden mit meinen Gedanken an Mechthild leben? Es bräche mir das Herz, dürfte ich ihr nicht wenigstens mitteilen, welch tiefe Freundschaft ich zu ihr empfinde. Was aber, wenn sich bei diesem Wiedersehen etwas entzündete, das ich aus gewissen Erlebnissen heraus erahnte? War ich dagegen gefeit? Durfte ich mich auch nur annähernd an den Rand einer möglichen Gefahr bringen, mußte ich nicht jede Maßnahme ergreifen, mich der Versuchung zu entziehen? Was konnte besser denn die Beichte vorsorgen; also unverzüglich nach Bruder Balthasar schauen? Welch Wonne liegt in einem keuschen Leben, das nur Gott geweiht ist und Aussicht bietet auf die Ewigkeit, frei von Verdammnis und Schmerz. – Bin ich alt geworden, um zu wanken?

Also verließ ich die Prim gegen das Kloster der Benediktiner hin, um meinen Beichtvater aufzusuchen. Mein Schritt durch die Gassen hallte sehr zögerlich, oftmals hielt ich ein und war drauf und dran, umzukehren und nach der Burse zu streben, was ich aber wieder verwarf, das Gehen erneut aufnahm, um an der nächsten Ecke wie hilfesuchend um mich zu blicken und zu überlegen, ob ich mich nicht vielleicht gegen den Rhein wenden könne. Doch bei aller Verzögerung und Unsicherheit bewegte ich mich stetig auf das Benediktinerkloster zu und schlug mein Herz bei der Annäherung mit sich aufbauendem Wirbeltakt, weil mich die Preisgabe meines innersten Geheimnisses zugleich ängstigte und beflügelte. Dann würde ich geborgen sein in der Sicherheit des Beichtsakraments und geschützt gegen jede Versuchung.

Mit feuchter Hand ergriff ich den bronzenen Klopfer an der Klosterpforte und schlug dreimal an. Das Tor schwang halb auf.

»Gott mit dir an diesem Morgen, Johannes«, grüßte der Pförtner. »Welcher Grund führt dich zu uns?«

»Zu Pater Balthasar zieht es mich, meinen Beichtvater möchte ich aufsuchen.«

Der Pförtner zog ein schiefes Gesicht, senkte die Augenlider und teilte mit, Gott habe den Pater nach einer hitzigen Aufwallung, die zu einem schweren Schlag geführt habe, zu sich genommen.

Nachdenklich ging ich von dannen und traurig. Ich würde meinen Beichtvater vermissen. Beinahe mehr aber betrübte mich, daß mir der Herr durch diese Fügung die Prüfung immer noch nicht abgenommen hatte. Sollte ich zu irgendeinem Priester gehen, um die Beichte abzulegen, oder sollte ich mir gar Leonhard erwählen, der immerhin die Jesuitenburse leitete und von daher ein geborener Beichtvater sein könnte? Beide Möglichkeiten widerstrebten mir, weil ich es einerseits scheute, mich einem völlig fremden Priester zu offenbaren, und ich andererseits eine brennende Pein empfand bei dem Gedanken, einen Gefährten einblicken zu lassen in die Seelenabgründe, die sich mir auftaten, wo doch gerade ich als ein früher Gefährte Iñigos ein Vorbild abgeben sollte für die anderen.

Kopfschüttelnd schlurfte ich durch die Gassen, ohne mich allzusehr um meinen Weg zu scheren, und haderte mit der Fügung, daß meine Beichte sozusagen auf taube Ohren stieß. Es ist müßig, sich die Frage vorzulegen, wer eines Menschen Wege leitet, wenn er sich in einem besonders argen inneren Widerspruch befindet. Das weiß ich wohl. Aber ich bin auf das äußerste geneigt, den Wegzeiger in einem Dämon, wenn nicht in dem Bocksbeinigen selbst zu vermuten, denn als ich nach langem Umherschlendern aufblickte, sah ich mich vor dem Stapedius-Haus stehen.

Irgendwie schien diese Maßnahme des Versuchers allzu plump. So fängt man einen Kätzler nicht, dachte ich und bewegte mich nach kurzem Innehalten weiter auf den Dom zu, um jedoch an der nächsten Gassenkreuzung unschlüssig zu verharren. Lang stand ich da und beobachtete ein Ferkel beim Durchstöbern der Gosse, das sich quietschend über einige Krautblätter hermachte und beim Einschlingen den Ringelschwanz tanzen ließ. Dann drehte sich das Borstenvieh um und hob seinen Rüssel gegen mich an, als ob es mit mir sprechen wollte, und die kleinen

Schweinsäuglein blitzten so verschmitzt, daß ich vermeinte, darin ein Wesen höherer Geisteskraft zu entdecken. Ich beugte mich gegen das Tier vor, schlug das Kreuz und sprach ein Vaterunser, doch das Ferkel bekümmerte sich nicht darum. Also versteckst du dich doch nicht in einem kleinen Schwein, Beelzebub, dachte ich erleichtert und machte kehrt.

Soll ich oder soll ich nicht, fragte ich mich aufgeregt und ließ mich von den Menschen, die dahinstrebten zum Altermarkt in alltäglicher Geschäftigkeit, vorwärtstreiben, bis ich nochmals vor dem Stapedius-Haus anlangte. Jetzt wird nicht mehr gefackelt. Ich raffte mich auf, trat vor die Tür und pochte. Allein, sehr zu meinem Erschrecken öffnete nicht die Magd, sondern ein gestreng blickender Diener, der gewandt nach meinem Begehr sich erkundigte und mit Bedauern zum Ausdruck brachte, daß die Stapediusin hier seit Februar nicht mehr wohne, vielmehr das Haus überschrieben habe an den Magistratsherrn Heinrich van Reidt, der wiederum den Kaufmann Salomon Leimschleyfer hier wohnen lasse, welcher sein Herr, allerdings nicht zugegen sei.

»Wissen sie, wo sich die Mechthild Stapediusin aufhält?«

»Nein, ehrwürdiger Herr«, erwiderte der Diener, »das ist mir nicht gewärtig.«

Ich dankte und ging langsam davon. Ich spürte das Brennen der Trauer, spürte den Magen gegen das Herz heraufdrücken. Als ich an der nächsten Ecke eine ausladende Kastanie gewahrte, lehnte ich mich gegen ihren beruhigend starken Stamm, schloß die Augen und übergab mich dem sinnenwirren Wirbel meiner Gedanken. So also ist das, wenn man einen Menschen verliert, dachte ich mehrfach und schien vergessen zu haben, daß mir dies vor zwanzig Jahren schon einmal wiederfahren war, als Michael bei Guastalla sein Gelübde gebrochen und mich verlassen hatte. Aber das Fühlen rings um Mechthild war eben von anderer Güte. Dieser Verlust war mit nichts zu vergleichen.

Wieso aufgeben, raffte ich mich nach einiger Zeit auf. So soll eine wahre und aufrichtige Freundschaft nicht zu Ende gehen, und es wird mir ein leichtes sein, die Freundin aufzuspüren in dieser Stadt. Ungesäumt werde ich zu ihrem Neffen, dem Apotheker, eilen; er wird ihren Aufenthalt kennen.

»Sie will sich dienstbar machen«, gab der Apotheker Auskunft, »und erniedrigen für die Bedürftigen, weshalb sie gen Melaten gezogen ist und dort wohnt in einer kleinen Hütte. Es ist steterdings dasselbe mit euch Pfaffensäcken, daß ihr die Bürgerlichen zum Bücken gegen das Leid und euch selber ins Geschmeide bringt. Meine Familie hat sich verwahrt gegen solche niedere Art, weil sich die Onkelsfrau solcherart gar noch in Gefahr bringt, unehrlich oder aussätzig zu werden. Aber das hat man davon, wenn sich im Alter der Witwertrotz eines jungen Dinges annimmt, das nicht hereinpaßt in die gute Art einer Familie, die oft schon im Magistrat gewirkt hat. Gepriesen sei's, daß sie Rat annahm und das Haus an Heinrich van Reidt überschrieb gegen vernünftigen Preis, wovon ihr ein Drittel blieb und zwei Drittel, wie es sich versteht, bei der Familie.«

»Und wie finde ich die Hütte?« fragte ich gleichmütig und überging den Vorwurf gegen mich und meinesgleichen.

»Geradewegs nur auf Melaten zu, an der Ecke mit dem Handwerkerhospiz rechts hinein, dann die vierte oder fünfte Hütte. Ihr braucht nur zu fragen. – Und, wenn Ihr dort seid, macht sie nicht noch frömmer, weil ich ihr Gut nicht ins Kloster möcht wandern sehen.«

Ich lächelte beschwichtigend, dankte und machte mich auf den Weg zur Universität, dort meine Rückkunft aus Regensburg zu vermelden und für die kommende Woche wieder wie gewohnt Vorlesungen und Übungen anzukündigen.

## HÖRT DEN HÖRNERSCHALL

Andernmorgens stand die Prim an, und ich säumte nicht, sie zu feiern und meine ganze Kraft in den Hymnus zu legen. Dann machte ich mich auf den Weg und erreichte nach sechs gemurmelten Vaterunsern eine flach hingeduckte Hütte. Ich klopfte.

Die Tür knarzte in ihren Lederriemen. Ein zerknittertes Gesicht blickte mir entgegen. Ein unterdrücktes Lachen, ein halber Schritt nach vorne, eine schnellende Hand gegen das Gelenk des Mannes, ein Hereinziehen durch den Türstock – und schon fiel mir Mechthild an die Brust und umfing meinen Körper mit ihren Armen. Lang standen wir eng aneinandergeschmiegt hinter der zugefallenen Tür im dunklen Antritt vor der Stube, ehe wir gefaßt auseinandertraten und ich ihrer Einladung in die Stube hinein folgte, während ich den Duft festzuhalten suchte, den ihr Haar verströmte, als ihr Kopf gegen meine Schulter gelehnt war. In diesem Geruch lag eine Spur Himbeere und ein erdiger Einschuß von der Art, wie im Hochsommer der durstige Boden nach einem Platzregen aufdampft.

»Hast du schon gegessen«, fragte sie.

Ich schüttelte den Kopf.

»Ich brate dir Eier mit Speck, habe saftige Streifen.«

»Das mag ich.«

»Es gibt auch Brot dazu, welches ich vor wenigen Tagen selbst gebacken.«

»Darauf freue ich mich.«

»Das Feuer ist geschürt; ich lasse es nie ausgehen.«

»Wie klug du bist«, antwortete ich und betrachtete sie nachhaltig in ihren einfachen Hantierungen.

»Was reden, weiß ich nicht«, gluckste sie leise. »Der Umstand macht mich lachen.«

»Es müssen keine Worte gewechselt werden; Benediktiner schweigen beim Essen.«

»Und Jesuiten?«

»Meistens«, erwiderte ich und lachte nun auch.

»Dann will ich Jesuitin sein und es mir munden lassen im Schweigen mit dir.«

Sie stellte einen großen Teller mit Brot, Speck und Eiern vor mich hin, nahm sich selber einen Teller mit halbem Belag, setzte sich mir gegenüber auf einen zweiten Hocker, aß, sah mich an, immer nur an, ließ ihre Augen über meine Stirn und den Nasenrücken wandern, bergab zu Lippen und Kinn, herab zu sehnigem Hals und hervorgetriebenem Adamsapfel, wieder hinauf zu den gemuschelten Ohren und dann mitten hinein in meine schwarzen Seelenpforten.

»Es ist weit mehr Leids in diesen Mauern, als man denkt«, fing Mechthild zu erzählen an, »und mußt ich vor wenigen Tagen einer Flandrischen beistehen gegen die Stadtbüttel. Die Jenne Stroewe ward des Gelddiebstahls bezichtigt und wußt sich kaum zu wehren, weil das arme Leut in der Salzgasse bei einem Holzbeinigen lebt zusammen mit anderen, die morgens ausgehen zum Bitten und Betteln. Ihr Mann ist ein schwächlicher Borrat-Macher, so geschaffen, daß wenn er einen Tag gearbeitet, er zwei Tage darnach krank ist. Was bleibt der Jenne, als nach dem Heumarkt oder dem Dom gehen und Brosamen einheischen? So allein gegen die Wachleute war sie hilflos, und ich bin dazu und habe gutgesagt für die Frau, auf daß sie mit ihrem Mann noch sieben Tage bleiben darf, ehe man sie der Tore verweist – von wo sie allerweil zurückkommen, weil viele von diesen Elenden mit den Bütteln Katz und Maus spielen: beim einen Tor hinausgeworfen, beim nächsten hereingeschlichen. – Du glaubst gar nicht, wie viele solcher Glücklosen es gibt, und gar, wie viele sich daran wieder goldig verdienen.«

Sie sprudelte die Worte nur so heraus. Ich hörte ruhig zu und wußte, wie sehr sie es nicht nur wegen ihrer Anteilnahme, sondern auch gegen die Verzagtheit tat, die sie ergriffe, wäre es still zwischen uns.

»So ein fremder Schlafgänger zahlt vier bis sieben Heller die Nacht und stets im voraus, was bei dreien die Kost für das ganze Haus ausmacht, so es der Handwerker zur Miete nimmt, ohne daß er mehr als höchstens eine Kammer hergibt von seinem sonstigen Platz.«

»Jeder verdiene nach seiner Weise«, warf ich ein, »denn es mag die Armen die Miete selbst bedrücken, und kaum wird ein solcher jede Nacht das Haus voll haben. Wenn nicht die eine Not da wäre, um sozusagen die andere zu lindern, wäre nicht soviel dieses Unterschleifs, daß man diese Art der Herberge mit einem ganzen Goldgulden unter Strafe stellen müßte.«

»Ja, die Braven und Biederen wollen nichts als Ordnung und keine Fremden in der Stadt, deshalb sollen die Büttel gegen die Armen sein. – Wirklich, Johann, es ist vieles wenig christlich in diesem heiligen Köln; der Bischof zuvörderst.«

Und so kamen wir zu manchen Einzelheiten und verbrachten die Zeit mit munter Schwatzen und Tratschen, bis Mechthild an ihren eigenen Aufbruch gemahnte, weil sie zu Melaten erwartet werde. Auch ich versah mich nun des Tageslaufs und wollte zurück zur Burse, um späterhin beim bischöflichen Amte Hermann von Wieds vorstellig zu werden.

Zum Abschied umarmten wir uns und flüsterten zugleich, als sei's im Chor: »Bleiben wir einander in Freundschaft zugetan.«

Den Tag beschirmte ein gütiges Schicksal, denn sofort nach der Anmeldung im Generalvikariat wurde ich zum Weihbischof geführt, welcher mich mit ausgesuchter Freundlichkeit empfing und sich mit starker Beteiligung nach den Zielen dieser neugeschaffenen Gesellschaft Jesu erkundigte. Ich breitete die Pariser Anfänge sowie die Umstände der fehlgeschlagenen Pilgerfahrt nach Jerusalem aus und schilderte Iñigos Sendung, was den Weihbischof wohl überzeugte, denn er schien mehr als angetan von der Idee dieses Gottesdienstes und versprach, sich unserer Sorgen umgehend anzunehmen.

Vom Bischofssitz spazierte ich ziellos durch die engen Gassen des inneren Köln, wo sich wilde Hunde zuhauf herumtrieben und manches Rudel Schweine schmutzige Gossen durchstöberte. Wenn das Köln dieser Tage auch deutlich kleiner war als Paris, so pulste doch viel lebhaftes Volk durch seine Gassen, trafen sich Händler und Handwerker aller Arten, wimmelte es von Bettlern und Müßiggängern, trieben sich Spielleute, Gaukler und Tierzeiger herum, traf man Seiltänzer und Taschenspieler, und gerade auf den Altermarkt zu fand sich allerweil Unterhaltsames gegen den Trübsinn der Arbeit. Als ich auf meinem Rundgang nahe der Schmierstraße auf einen Verschlag mit einer Dame ohne Unterleib traf, wachte die Erinnerung an Paris auf und regte sich eine wunderliche Neugier. Gefion kam mir wieder in den Sinn. Da berappte ich meinen Heller und schlüpfte hinein.

Düster das Licht, um den Witz gelingen zu lassen und die Neugierde anzustacheln auf das brustfreie Weib, das lächelnd aus dem Nichts hervorwuchs, ein junges Mädchen mit pechschwarzen Haaren und Augen voller dunkler Glut, und als ich es von einer fleischlichen Neugier getrieben wagte, mich gegen die Zigeunerin vorzubeugen, da fletschte sie ihre leuchtenden Zähne, daß ich zurückschreckte. In dem Augenblick packte mich von hinten ein haariger Arm um den Hals und drückte zu. Es benahm mir den Atem, und Angst fraß sich in meine Seele und wisperte mir das Gerücht ein, das die jungen Gefährten bereits vor Tagen weitergegeben hatten, es treibe zu Lövenich ein Werwolf sein Unwesen, der hinterrücks Menschen töte und ihr Hirn auffresse. Bei diesem Gedanken erschauerte ich zutiefst, denn wie, wenn nicht mit behaarter Hand, bemächtigte sich der Mannwolf seiner Opfer? Rückwärts wurde ich von der bleckenden Teufelin in ihrer Dunkelkammer weggerissen, die Atemnot blies mir die Sonne aus. Oh Gott, hatte nicht schon Geiler von Kaisersberg vor dreißig Jahren in seinen Fastenpredigten glaubhaft von Werwölfen berichtet, diesen »Kind- und Menschenfressern aus Hunger, Grimm, Alter, Versuchung, Erfahrung«? Hat er nicht sieben verschiedene Ursachen angeführt zu ihrer Deutung, davon zwar sechs gewöhnliche, wo Tiere aus Tollwut oder Hunger über die Leute herfallen, aber die siebte eben den Bocksbeinigen als Anlaß kennt, der den Männern eingebe, Wölfe zu sein, und sie mit deren Kraft und Blutrunst ausstatte?

Holt mich der Satan jetzt so, bebte ich, als ich drauf und dran war, die Sinne zu verlieren. Da hörte ich einen dumpfen Ton, versah mich auf einen Schlag des grellen Sonnenlichts, taumelte, blickte auf den niedergestreckten Zigeuner hinunter und dem Retter ins Gesicht.

»Der Rat hat längst befohlen«, sagte der Gewaltrichter und steckte des Kurzschwert wieder in die Scheide, »daß die Walen, Schotten und Heyden, die sich in der Menge hereinschleifen, aus der Stadt zu treiben sind und ihnen die Rückkehr untersagt ist bei

Strafe des Turms. Am schlimmsten sind die da«, deutete er auf den bewußtlos am Boden Liegenden, »die Heyden, die man auch Tattern oder Zigeuner nennt, die sich allerweil unterstehen, den Leuten wahrzusagen, sonderlich die Weiber, und nähren sich sonst mit Stehlen, Betrügen, Räubern und sonstigem heimlichen Partieren. Habt Glück, daß wir Euch reingehen sahen, mein Gehilfe und ich, sonst lägt Ihr in der Rinne ohne Börse.«

Diesen Tag beschirmt ein gütiges Schicksal, dachte ich und dankte dem Gewaltrichter für die gute Hilfe. Der aber sistierte bereits den verhinderten Dieb, und ich zog es vor, mich davonzumachen.

Der Vorfall lehrte mich, nicht mehr sorglos durch die Stadt zu streifen und die bedenklichen Gassen, wie vor allem die Schmierstraße, die Thiebolds- und Spielmannsgasse, aber auch die Straße »Auf dem Alten Graben« zu meiden; denn obgleich der Magistrat mit immer mehr Polizeiordnungen versuchte, etliches Gesindel vor die Tore zu bringen und für Ruhe zu sorgen im Stadtbann, gelang dies nicht recht. Besonders bedenklich, ja furchterregend, stimmte im übrigen die Nachricht aus Lövenich, der Werwolf namens Peter Stupe sei auf das Rad gebunden und mit glühender Zange gekniffen worden, ehe ihn die Axt zerschmetterte an den Gliedern und vom Rumpf trennte den Kopf, welchen man auf die Nabe des am Richtplatz aufgestellten Rades steckte, an das der Kadaver eines Wolfes aus den Rheinwäldern gebunden war.

Schlechtigkeit und Teufelei waren überall, und man sollte auf der Hut sein, egal, ob man versuchte, dem Gegenstand der Zauberei mit dem Verstand zu begegnen oder nicht, denn soviel stand fest: der Teufel nutzte jede Schliche, auch die der Magie. Und in einer Zeit, die ketzerischen Einflüsterungen so wohlfeil war wie die jetzige, wo es sich ein katholischer Erzbischof und deutscher Kurfürst wie Hermann von Wied immer noch leisten konnte, sein Herz für die Lutherischen schlagen zu lassen, öffneten sich Satan Tür und Tor. – Ja, im Jahre 1546 glaubte ich in weit größerem Umfang als heute an die dämonische Wirkkräftigkeit des Antichristen. Einen jüngeren Menschen läßt Luzifer leichter daran glauben, das Bild des Zerrspiegels sei lebensecht; dem Alten wird die Welt einfacher, weil er sie aus vielen Richtungen kennengelernt hat. Gott läßt nur selten Untiere und Unholde walten, gleichsam als Gleichnis vom Bösen. Träfe man dauernd auf solche Höllengesellen, stumpfte man gar ab und nähme die Gefahr nicht ernst. Weit teuflischer ist letztlich die unscheinbare Sündhaftigkeit der Menschen, wie sie sich in den Diebereien und Raubsgeschichten zeigt, die Kölns Straßen verunsicherten. Und ein christlich beratener Magistrat versuchte dem löblich mit Polizeiordnungen beizukommen. – Ich für mein Teil jedenfalls ließ mir die Angelegenheit eine Lehre sein und erlebte fortan zu Köln keine Überfälle mehr.

Mein alltägliches Leben ging ruhig dahin. Es war angefüllt vom Unterrichten von der Kanzel und in einem gut besuchten Seminar zum kanonischen Recht und dem seelsorgerischen Pflegen der Bedürftigen zu Melaten in enger Abstimmung mit Mechthild. Oft ging ich mit ihr von Melaten herein nach der Stadt. Dann tranken wir bei ihr einen Becher Tee und tauschten uns über das Tageswerk aus, gleichviel, ob es eine Zuchtmaßnahme gegeben, weil einer der Siechen gegen die Regeln verstoßen hatte, oder eine weitere Krankheit einen in tiefe Betrübnis geführt hatte, die zu trösten es priesterlicher Fürsprache brauchte. Immer besprachen wir die Erlebnisse des Tages, um manches Bedrückende von unseren Seelen zu nehmen durch gemeinsames Tragen, aber auch die wenigen glückhaften Augenblicke nicht einzuschließen, falls eine Lepraschau kein Ergebnis brachte oder ein Kranker genesen aufstand, wenn auch leider nie vom Aussatz, der wohl von Gott als eine lebenslange Geißel gedacht war. Wir fanden aneinander den Trost über gesehenes Leid, so daß mir der Dienst leichter war als damals in Venedig. Unser Umgang war von freundschaftlicher Unschuld; wenn, dann geschah es nur von ungefähr, daß sich unsere Fingerspitzen beim Griff nach der Teekanne berührten (was allerdings, heute kann ich es zugeben, in meinen Fingerkuppen zu einem seltsamen Kitzeln führte).

Ich hätte wirklich gewarnt sein müssen. Aber nein. Jeden Tag redete ich mir ein, ich sei gegen die Anfechtung gefeit, und daß es mir gelang, mir nachts die Unschuld zu bewahren, nahm ich für ein untrügliches Zeichen von Glaubensfestigkeit, Keuschheit und Reife.

Was für einer anderen Sprache bedienten sich dagegen meine Träume! Wie Gott sie geschaffen hatte, entstieg Mechthild dem Badzuber und lächelte mich an, daß ich bis in die Zehenspitzen hinein erzitterte. Mit hurtiger Drehung erhaschte sie meinen Arm, schlenzte mich herum und schubste mich in den vollen Trog – ha, da war sie wieder, die Anknüpfung an meinen Traum zu Rom! Und nach allem, was wir dann trieben, wurde mir mehr als nur die Zunge pelzig.

Aber das waren ja nur Träume. Die ließen sich tagsüber vergessen. Meine neubegonnene Arbeit half mir, die Gedanken an Mechthild wegzudrängen, denn neben dem Melatener Dienst wollte ich für die Gesellschaft Jesu etwas Sichtbares leisten – damals entstand der Plan zu meiner Welt- und Kirchengeschichte, die umfassend die Menschen für die katholische Kirche gewinnen sollte. Alle Reiche und Bistümer, alle Konzilien und Häresien, Geistliches und Weltliches sowie die Lebensgeschichten großer Personen sollten eingeschlossen sein. Dabei schien es mir notwendig, eine vernünftige Auswahl zu treffen und nur das zu berücksichtigen, was sich auf katholische Religion, Tugend und Laster beziehen lasse. Eine angenehme Erzählweise sollte den Leser lehren, fröhlich beim katholischen Glauben zu verharren, Tugend zu üben und vor dem Laster zu weichen.

Rasch verfestigte sich dieser Plan, den ich bald Ignatius anzeigte, und ich bat ihn, in Köln ansässig bleiben zu dürfen, was er mit leiser Enttäuschung gewährte. Ich wühlte mich in die Literatur zu den alten Zeiten und mengte alles, was mir aus der Jurisprudenz und aus der Theologie bekannt, mit hinein in meine Betrachtung, deren erster Abschnitt dem Königreich der Mazedonier galt. Allerdings, wer wie ein Weltverachter am Pult stand und im Altertum wühlte, der konnte leicht für einen Feigling oder Weichling gehalten werden, nicht zu gebrauchen für die heilige Sache, die der Kaiser vor wenigen Tagen mit Nachdruck zu verfechten begonnen hatte, als er über Sachsen und Hessen die Reichsacht verhängte. – Ja, ihr Menschen dort drinnen in Deutschland, vernehmt es laut und deutlich, der Kaiser umschreitet mit den Widderhörnern die ketzerische Wagenburg und läßt die Priester in die Hörner blasen. Schon steht geharnischt das Heer und wartet auf den Marschbefehl gegen Sachsen. Seht die Schwerter blitzen und die Rösser dampfen. Auf, auf, es ist gerüstet zum Krieg gegen den Schmalkaldischen Bund!

»Nicht mit mir«, flehte ich in vielen Gebeten zu Gott. »Ich will das Blutvergießen weder sehen noch hören, will die gute Sache an ihrer Gnade, nicht an ihrer Rache erkennen.«

So blieb ich mehr und mehr für mich, eingeschlossen in meine Kammer oder die Schreibstube der Universität, floh die Gespräche mit den anderen, seien es Jesuiten oder Professoren, und fühlte mich nur noch in Mechthilds Stube geborgen.

Sie war es, die mich tröstete, wenn mich der Weltschmerz packte, weil sich die Oberdeutschen in die Heerstraße der Kaisertruppe warfen und den Krieg entfesselten, noch ehe das zürnende Schwert nach Hessen gelangt war. Als Sachsens Kurfürst und Philipp von Hessen auf dem Kriegsschauplatz erschienen, überfiel mich eine ungekannte Traurigkeit, weil ich fürchtete, die Übermacht der Protestanten werde den Kaiser vernichten. In einem Ansturm von Verzweiflung spielte ich mit dem Gedanken, mich gegen Ulm hin zu wenden und hineinzuwerfen in das Schlachtgetümmel mit einer geharnischten Predigt – aber allein, es fehlten Kraft und Mut für solches Unterfangen. Statt dessen saß ich bei Mechthild in der Stube und beklagte, daß die Welt ihren Ordo verliere.

Sie hörte mir aufmerksam zu – ja, Ursinus, heute, mehr als vierzig Jahre danach, kann ich es sagen: sie hörte mir liebevoll zu. Ich fühlte mich aufgehoben in ihrer Nähe, als beschütze sie mich vor den Wirren der Welt. Hier durfte ich schwach sein und wurde nicht für einen Weichling gehalten. Mechthild war da und forderte nichts. Sie war langmütig und gütig, ereiferte sich nicht und ertrug alles. Sie gab mir Heimat, und ich tauchte zunehmend mehr ein in dieses wohlige Gefühl des vollkommenen Angenommenseins.

Aber wie es mich drängte, sie zu berühren, mich in ihre Arme sinken zu lassen, den Kopf an ihre Brust zu legen, ihren Geruch einzusaugen, ihr Haar zu streicheln. Haut an Haut wollte ich spüren und genoß jeden flüchtigen Händedruck, erschauerte bei jeder zufälligen Berührung unserer Finger, und sei es bloß, daß sie mir einen Becher gab und dabei unsere Daumen aneinanderstießen. Sündig war's bei aller Keuschheit, die wir voreinander zur Schau stellten, ich weiß es wohl, denn ich suchte immer mehr nach Gelegenheiten für solchen »zufälligen« Kontakt. Mechthild ließ es gern geschehen und fädelte ihrerseits Stellungen ein, die unweigerlich zu einer Berührung führen mußten. Wir machten ein Spiel daraus, ohne je ein Wort darüber zu verlieren. Langsam steigerten wir uns in solche Handgreiflichkeit hinein, daß mein Atem jedesmal heftiger ging, wenn ich sie sah. Meine Blicke wurden frecher. Ihre Bewegungen nahmen an Verführung zu, flossen weicher ineinander, rundeten sich – zum Beispiel im Gehen: wie da ihre Hüfte schwang, daß ich von Melaten nach Köln herein nur davon außer Atem kam. Dieser sanfte Anstoß gegen meine Seite bei jedem zweiten Schritt, der kaum körperlich zu nennen war, aber doch eine Botschaft sandte: ich bin da, ich bin bereit. Wie sich Blüten in der Sonne öffnen und die Bienen locken; wer wollte dem Duft des Nektars widerstehen? Da hielt ich meine Hände nicht mehr ruhig, wenn wir uns lang umarmten, sondern streichelte mit den Fingerkuppen ihre Ohrmuschel oder gar den Nacken. Sie schnurrte wohlig dabei.

Noch hielten wir an uns, doch nachts wurden die Träume bildhafter und drängender, gewannen eine Ausdruckskraft, die mir zunehmend den Schlaf raubte. Das durfte nicht sein. Nächtelang lag ich wach und lehnte mich auf gegen die Innigkeit des Austausches mit ihr. Ich plagte mich mit Gedanken an Beichte und Buße. In lichten Momenten wußte ich nur allzu gut, daß ich auf dem Weg zur Sünde war, und statt in meiner Welt- und

Kirchengeschichte den Heereszug des Alexander niederzulegen, verfaßte ich Brief nach Brief an Iñigo und bat ihn, mich wegzuberufen, weg in dieses ferne Amerika, in dem die Heiden auf Bekehrung warteten. Doch keinen der Briefe schickte ich ab, sondern zerriß sie vielmehr nach durchwachten Nächten.

In Köln lief es gut für die katholische Sache. Weil Hermann von Wied sein Amt nicht freiwillig räumte, wurde ein Absetzungsverfahren in Gang gebracht und mit flandrischen Schwertern unterfüttert. Vor deren Blinken schreckte der Erzbischof zurück, und ohne Blutvergießen nahm Adolf von Schaumburg das Amt ein. Am Abend der Übergabe der bischöflichen Insignien weilte ich wie so oft bei Mechthild und sprach meine Aufgewühltheit hinaus, die von der Aussicht auf einen kaiserlichen Sieg in ganz Deutschland herrührte. Mechthild saß still neben mir auf der Bank und lauschte meinen Worten, die manchmal getragen und weit, dann wieder gehetzt und kurzatmig These an These reihten. Da umfing Mechthild mich Hadernden mit ihren Armen und zog meinen Kopf fest gegen ihre Brust, damit ich mich beruhige und geborgen fühle. Bald schlug mein Herz langsamer. Sachte erfüllte mich eine neue Zuversicht und linderte die Schmerzen, die ich um die Welt empfand, mehr und mehr herab, bis ich mir schließlich selbst sagte, daß meine Vorstellungswelt von überzogener Natur gewesen sei und ich mich im übrigen nicht zum Mahner des Herrn berufen fühlen müsse, denn nicht ich hatte die Stimme gehört: »Der Löwe hat sich aus dem Dickicht erhoben, der Völkerwürger ist aufgebrochen.«
Nein, ich bin kein Jeremia. Ich kann die Welt begleiten, ohne sie im Innersten ändern zu müssen; auf meinen Dienst darf ich mich besinnen, meinem Sinn mich hingeben. Und während ich dies dachte, hob ich den Kopf ein wenig und blickte in Mechthilds Augen.
Ein grenzenloses Verstandenwerden fühlte ich da, und aus meinem Herzen quoll all die Sehnsucht heraus, die ich in den zurückliegenden Monaten aufgestaut hatte. Ich legte zärtlich meine Arme um ihre Schultern, drückte sie an mich und näherte mein

Gesicht dem ihren. Wie Atemhauch ließ ich meine Fingerspitzen über ihren Nacken streichen. Sie neigte sich mir zu, und wir berührten uns in einem weichen Kuß. Es geschah, was geschah, ohne Plan und Ziel, doch voller Zartheit und Wärme, daß nämlich Mechthild ihre Lippen öffnete und mit sanfter Zungenspitze gegen meine Lippen streichelte, bis ich sie schließlich behutsam einließ.

Da durchpeitschte ein Schlag meinen Mund. Erschreckt rückte ich fort und wischte mir heftig den Mund.

»Ich möchte ein Glas Wein«, stammelte ich.

Einen Augenblick saß Mechthild starr.

»Es tut mir leid.«

Sie strich mir über den Kopf und holte das Gewünschte. Ich tat einen tiefen Schluck und spülte lange meinen Mund damit aus.

»Es ist Sünde«, klagte ich gepreßt.

Mechthild wackelte mit dem Kopf und ließ ein tadelndes »tsstsstss« hören. Wir schauten uns an. Ich atmete tief ein. Sie beugte sich langsam zu mir vor und tupfte mein Gesicht mit einem Tuch ab.

»Sei ohne Furcht. Dein Gott ist ein gütiger Gott.«

Wenn du nur recht hast, dachte ich und spürte Wärme wie eine Welle von der Körpermitte her meinen ganzen Leib überfluten.

»Mit der Stute an Pharaos Wagen vergleiche ich dich, meine Freundin«, sprach ich langsam und hätte nicht zu sagen gewußt, ob es ein aktives Tun war, das diese Worte aus meinem Halse heraushauchte, oder ob es sozusagen von allein aus mir sprach, wie es manche Propheten berichten, nicht nur Hosea und Maleachi, auch Ezechiel und Jeremia und viele andere.

Und wie zum Beweis des Von-selbst-Dahinlaufens antwortete Mechthild leise: »Mein Geliebter ruht wie ein Beutel mit Myrrhe an meiner Brust. Eine Hennablüte ist mein Geliebter mir.«

Sie beugte sich gegen mich vor. Ich kam ihr entgegen. Unsere Lippen berührten einander. Ich strich mit bebender Fingerkuppe an ihrer Schläfe entlang über den Hals zum Nacken, wo meine Finger den sanften Reigen des Streicheltanzes spielten unter dem vollen Haar, das seidig die Zärtlichkeit überdeckte. Warm pulste es unter meinen suchenden Fingerkuppen. Zart fühlte sich die Haut ihres Halses an. Ihr Körper drängte gegen meinen vor. Grenzen fielen; jede Fremdheit verlor sich. Wir fanden in diesem Kuß zu einem Ineinanderatmen ohne Ende. Welch Weichheit! Welch Wonne! Welch Wärme!

Und es ist wahr: unser Atem ging heftig, unser Puls jagte, unsere Haut übersausten tausend Kugelblitze, unsere Hände zitterten, unsere Lenden bebten. – Und es ist auch wahr, daß wir mit Mühe an uns hielten und einander die Wäsche ließen, daß wir Abschied nahmen in Atemnot, daß wir auseinandergingen mit brennenden Lippen und durstigen Leibern, daß wir uns wirklich trennten ohne weiteres Toben und jeder für sich in seinem Bett einschlief, wenngleich mit unsagbaren Träumen.

Der Morgen danach hing grau über dem Rhein und ich verzweifelte über der Macht meiner Träume, die mich umeinandergewirbelt hatten von Glückseligkeit bis Verdammnis, und trotz aller Verwirrtheit, in die sich ab und an eine wohlige Berückung mischte, spürte ich die Sünde auf mir lasten und suchte nach einem Weg, damit umzugehen. Allein, es half weder das Hadern mit Gott, daß er so etwas zulasse, noch das Zürnen mit allen Teufeln; auch die Wut auf mich selbst verschaffte mir keine Linderung; und als ich es unternahm, an die zauberische Mechthild mit böser Verachtung zu denken, da straften mich ganze Gedankenblitze Lügen: bezaubernd mochte sie sein, aber keine Zauberin, denn redete ich mich auch auf ein Nicht-mein-eigener-Herr-Sein hinaus, so wußte doch der Richter, wer hier auf wen zugegangen war unter Aufbietung von mancherlei Witz.

Das Schlimmste bei der Sache war, daß ich zwar meine Sünde bedauerte und die Strafe fürchtete, aber nicht eigentlich bereute, im Gegenteil. Während ich noch weinerlich und verängstigt mit dem Treubruch haderte, wanderten meine Gedanken in jene bescheidene Hütte und malten sich das reizende Gesicht aus. Da saß ich als ein Häuflein Elend in der Dominikanerkapelle, stotterte ein wirres Vergebungsgebet nach dem anderen und sehnte mich in Wahrheit bereits zurück in die Arme der Geliebten. Mochte am Altar Weihrauch brennen, meine Nasenflügel witterten Himbeere und platzregengetränkte Erde.

Ich kämpfte dagegen, unterdrückte alle Gedanken, Erinnerungen und sinnlichen Betörungen und flehte Gott an um Bewahrung vor der Sünde: »Herr, eile mir zu Hilfe, stelle eine Wache vor meinen Mund, eine Wehr vor das Tor meiner Lippen!« Drei Tage hielt ich mich von ihr fern, warf mich in die Schriften hinein, um an meinem Buch zu schreiben, geißelte mich durch unermüdliche Arbeit und brannte jedes An-sie-Denken aus meinem Hirn. Vergeblich. Wann immer zwischen zwei Sätzen des Aristoteles der – auch das Vergessen – suchende Leser nur die Winzigkeit einer Pause machte, hing sich ein Duft von ihr ein oder wischte die Rundung ihrer Ohrmuschel durchs Bild oder atmete einfach ihr Atem. Mechthild erfüllte den gesamten orbis terrarum, nichts blieb ohne Anhaftung von ihr.

Willenlos fühlte ich mich zu ihr hingezogen. Ich fragte Gott leise, warum er dies so und nicht anders geschehen lasse und jeden meiner Versuche unterbinde, mich zu lösen von einer Seelenverbindung der besonderen Art, die unnachgiebig den Leib ergreife, als heiße es, hier eine Lektion zu erlernen, die keinesfalls fehlen dürfe im Kanon des Wissens.

Trotzdem ging ich nicht von mir aus, nicht in einem wahren Sinne aus freiem Willen, sondern fühlte mich gedrängt und geschoben, und es führten mich meine Schritte im Zickzack durch die Stadt. Vorwärts ging es nach dem Muster der Echternacher Springprozession, die einst in karolingischer Zeit geboren ward zur Feier des Vergehens einer schlimmen Viecherseuche, nach drei Schritten voran zwei Schritte zurück, ein zögerliches Bewegen, verbunden mit Schmerz, aber immerhin voran, tatsächlich auf die Hütte zu nahe des Hospizes, und wie ich mich der Bestimmung schon weit angenähert hatte, da marschierte aus einer breiten Gasse ein Spielmannszug. Als der Bläser, ein Basuner, um genau zu sein, in meine Augen sah, erhob er seine Posaune und blies hinein, als wolle er aller Welt anzeigen, daß hier einer unterwegs zur Sünde sei.

# Duft deiner Salben

Schwer drückte mich mein Bruch des Keuschheitsgelübdes. Einige Wochen würgte mich das Gewissen auf eine unaussprechbare Weise. Wie oft habe ich nach meinem Sündenfall die Verse gebetet: »Denn ich erkenne meine bösen Taten, meine Sünde steht mir immer vor Augen. Gegen dich allein habe ich gesündigt, ich habe getan, was dir mißfällt.« – Aber es war soviel Zwiespalt in mir, daß ich von Tag zu Tag weniger auf meine Verfehlung blicken wollte. Mechthilds Süße zu genießen ging mein ganzes Streben, und über Monate hinweg verschloß sich mein Herz dem Sehen. Mein Kopf öffnete sich weltlichen Dingen, denn nachdem wir Haupt und Glieder zusammengetan hatten, Mechthild und ich, ging es zügig voran mit meiner Welt- und Kirchengeschichte. Dahinein flüchtete ich mich – vielleicht, weil ich damals noch nicht wußte, was sich alles zutragen sollte –, und alsbald wollte ich den Band über die frühe hellenistische Zeit zum Drucker tragen. Nur noch bei den Lebensgeschichten großer Personen wollte ich den Alexander zum Abschluß bringen, und gerade, als dieser bei Issos den Dareios geschlagen hatte, verbreitete sich wie ein Lauffeuer die Kunde vom Sieg der kaiserlichen Sache auf der Lochauer Heide. In prunkvoller Rüstung hatte Karl V. die Schlacht geschlagen und Kurfürst Johann Friedrich in Fesseln geworfen; der Krieg gegen die Schmalkaldener siegreich beendet, die katholische Kirche gegen die Lutheraner verteidigt, der Kaiser Herr in Deutschland – da mußte ich die Feder aus der Hand legen und mich der Frage stellen, wie es zukünftig stehe um die Religionsfrage im Reich. Vor allem aber fiel mir ein Stein vom Herzen, daß das Gemetzel ein Ende gefunden hatte. Wer weiß, vielleicht gelang es nun, ein wahrhaftes »amicum colloquium« zu veranstalten und die auseinanderdriftenden Kirchen ihrer gemeinsamen Wurzel zu gemahnen. Was für Aussichten taten sich da auf – und für den Augenblick wogte in mir die freudige Hoffnung auf eine friedvolle Zukunft. Ich ließ meine hellenistische Handschrift am Schreibpult liegen und machte mich auf zum Melatener Tor, um die Nachricht mit Mechthild zu besprechen.

Mechthild war mir eine wahre Lebensgefährtin geworden. In ihr sah ich ein Du solcher Innigkeit, wie ich bis dahin vermeint hatte, es nur in Iñigo erblicken zu können. Wahrhaftig war die Nähe zwischen uns so ausgeprägt, daß in der Wirklichkeit meiner Gefühle ein Treuebruch gegen Gott geschah. Das schmerzt viel mehr, als man sich nach dem Studium der Dogmen vorstellen kann. Ich spürte, wie durchdrungen ich von Sünde war. Trotzdem beherrschte mich die Welt, suchte und fand ich Trost bei Mechthild. Wo immer in meinem Herzen sich Verzagtheit regte, der bloße Gedanke an Mechthild beschwichtigte mich und flößte mir Vertrauen ein in die kommende Zeit, auf daß jeder Hader schwinde und klein werde in ihrem Angesicht. In ihrer Gegenwart fielen Zauder und Angst von mir ab. Ich ging statt dessen auf in dem wohligen Geruch ihres Haars und der weichen Haut ihres Halses, und dann raunte ich wieder die schönsten Verse der Welt: »Verzaubert hast du mich, meine Schwester Braut. Wieviel süßer ist deine Liebe als Wein, der Duft deiner Salben köstlicher als alle Balsamdüfte. Von deinen Lippen, Braut, tropft Honig; Milch und Honig ist unter deiner Zunge.«
Sie war gerade aus Melaten zurück, als ich bei ihr eintraf. Müde und erschöpft von einem langen Tag mit übler Lepraschau schürte sie den Ofen, um sich Wasser zu kochen und in den Zuber zu steigen. Rasch ging ich ihr zur Hand, damit des Tages Mühsal abgewaschen werde von diesem Leib, den zu liebkosen es mich stets aufs neue drängte. Freudig teilte sie ihre Sorgen mit mir und fand sich dann ein in meine ausgreifende Hoffnung von wegen eines wahren Religionsfriedens, den gerade wir uns aus einem besonderen Grunde wünschten, weil dann vielleicht für alle Kleriker die Priesterehe käme (hatten nicht sogar die bayerischen Herzöge vor kurzem die Priesterehe für die Katholischen gefordert?) und vielleicht die Heimlichkeit vorbei wäre, die wir jetzt, um uns gegen jede Gefährdung zu schützen, sorgsam hüteten.

»Glaubst du wirklich, daß es einen ernsten Frieden geben kann?« fragte sie voller Hoffnung.

»Wer soll diesen Weltenherrscher jemals noch stoppen?« entgegnete ich zuversichtlich. »In wenigen Tagen wird der gefangene Kurfürst einlenken und die Religionsfrage dem Frieden öffnen, und dann werden beide Seiten aufeinander zugehen. Nichts spricht mehr gegen einen Laienkelch, und fürwahr, ich halte auch die Priesterehe für möglich.«

»Willst du, wenn dem so wäre, wirklich dein dem Vater Ignatius gegebenes Gelübde lösen, um es gegen das Sakrament der Ehe zu tauschen?«

»Es wäre ein schwerer Entschluß, und du weißt es; aber wenn ich Gott als Priester vermählt bleiben darf, trenne ich das Band zu Iñigo leichter.«

»Wird dich nicht das Gewissen zwacken? – Vielleicht wirst du eines Tages mit mir hadern, wenn du wegen mir deine Gefährten verläßt.«

»Mag sein, daß ich mit mir hadere; mit dir: niemals!«

»Komme es, wie der Herr es bestimmt. Eines weiß ich: wann immer du willst, werde ich dir Trost spenden.«

Sie lächelte mich an, klapste mir mit Daumen und Zeigefinger auf die Backe und goß Wasser in den Zuber, daß es wohlig aufdampfte. Hurtig sprangen wir wie aufgeregte Kinder aus den Kleidern, tauchten eng aneinandergepreßt in den Trog ein, ließen uns warm umschmeicheln und schrubbten einander die Rücken mit kerniger Seife und Wurzelbürste, ehe meine Hände ihren Nacken liebkosten, über ihre Schultern hinabrutschten, die schweren Brüste umfaßten und sich hineinstreichelten in eine wilde Zärtlichkeit.

»Oh, wenn nur das Versteckspiel bald ein Ende hätte«, flisperte Mechthild in mein Ohr, bevor sie sich aus dem Bottich erhob und daneben auf den Boden kniete, mit dem Mund meinen stöhnenden Kuß suchend, ehe sie mit kundiger Zärtlichkeit kräftiger Finger das vollendete, was die Heimlichkeit nicht zuließ in inniger Durchdringung. Und in den beglückenden Sinnentaumel hinein kamen mir wie schon oft die Tränen, denn ich sah das Bild von Michaels lebhaften Knaben und wünschte nichts mehr, als im Frieden mit Gott Vater werden zu dürfen von einem Geschöpf aus Mechthilds Leib. Im Abflauen der Erregung dann wurde uns beiden überdeutlich, daß es Mechthild nicht mehr allzulange nach Art der Frauen ergehen dürfte, und in enger Umarmung weinten wir dem verschleuderten Samen nach. »Wenn mir die Priesterehe erlaubt wird, werde ich uns ins Sakrament führen«, versprach ich und hielt mich an ihr fest.

Doch die Weltenläufte nahmen keine Rücksicht auf solcherlei Regungen und Wünsche, denn zum einen fügte sich der sächsische Kurfürst trotz verhängter Todesstrafe nicht in religiösen, sondern nur in weltlichen Dingen, zum anderen erfuhr das kaiserliche Heer bei Drakenburg eine so heftige Abreibung, daß der Norden des Reiches unbehelligt blieb in seinem Widerstand gegen den Kaiser. Wenngleich sich Philipp von Hessen unterwarf und damit Karls Stellung in Deutschland festigte, war der Papst nicht für die Rückverlegung des Konzils nach Trient zu gewinnen, und so blieb die Religionsfrage trotz des Kaisers überragender Stellung in Europa offen und ungelöst. Um wenigstens zu einer vorläufigen Regelung zu kommen, hatte Karl bereits vor geraumer Zeit im geheimen eine Kommission eingesetzt aus lauter Katholiken, die auf viele Mißstände in der Kirche hinwies und Vorschläge zu deren Beseitigung unterbreitete, jedoch die vollständige Rückkehr der Lutheraner in den Schoß der heiligen Kirche forderte und keinesfalls daran dachte, die Priesterehe zuzulassen.
Und so hoffte und bangte ich mit jeder neuen Nachricht aus Augsburg, wo sich der Reichstag hinzog über's Jahr, auf versöhnlichere Töne, während wir unsere Liebe weiter streng abschirmten gegen alles, was sie stören könnte. Doch mit der Zeit drängte sich der zweifelnde Dorn in mein Gewissen, als ob mir der Herr selbst einen glühenden Nagel durch den Kopf trieb, und die lange vergrabene Angst vor Gottes Zorn nagte an mir. Unser Leben geriet in zunehmende Heimlichkeit. Nur noch sonntags begleitete ich Mechthild nach Melaten hinaus, nahm dort den Aussätzigen die

Beichte ab und las die Messe. Der Gottesdienst wurde mir dabei immer saurer, weil ich es nicht über mich brachte, mein sündhaftes Tun mit Mechthild zu beichten. Oh, wie brannte es in meinem Herzen, wenn ich in Sünde in die Wandlung eintrat und das Sakrament befleckte. Allein, ich konnte nicht anders, als ich tat; wer die Messe nicht liest, macht sich verdächtig.

Ansonsten verstärkte ich meine Anstrengungen an der Universität, gefiel in der Fakultät der Juristen durch meine Vorlesungen zu Entwicklungen auf dem Gebiet des Rechts und wurde zu einem gesuchten Berichterstatter über die Neuordnung des Kammergerichts, vernachlässigte aber auch die Fakultät der Theologie nicht, wo ich mich durch meine Darstellung der Kirchenväter auszeichnete. Meine Disputationen waren stets gut besucht; vor allem in theologischen Auseinandersetzungen um die Ansichten der Lutheraner wußte ich mich meines Lehrmeisters Eck würdig zu erweisen, und als gar ein Anhänger Calvins aufstand, um ketzerische Thesen zu vertreten, rang ich ihn mit wahrer Eckscher Glut nieder. Mit hohem Einsatz trieb ich meine Kirchengeschichte voran und legte innerhalb eines Jahres drei Bücher vor, die mir viel Anerkennung – auch von seiten der Gefährten – eintrugen. In das Geschäft der Burse mischte ich mich hingegen so wenig wie möglich, überließ das Feld ganz dem eingesetzten Leiter, der dagegen nichts einzuwenden und für meinen gelehrten Einsatz bestes Verständnis hatte.

Auf diese Weise blieben die Besuche bei Mechthild gegen die Brüder verborgen, und um sicherzugehen, beschränkte ich mich auf deren zwei, wobei ich dienstags immer am frühen Morgen gegen das Melatener Tor schritt und donnerstags am Abend, alles wohl eingefügt in einen ausgeklügelten Stundenplan.

Unter dieser Heimlichtuerei litten wir beide. Abend für Abend lag ich auf meiner Pritsche und verzehrte mich nach ihrer Nähe, wünschte nichts mehr, als sie in meinen Armen zu halten, mich tuschelnd mit ihr auszutauschen über die Ereignisse des Tages und dabei den Duft ihres Körpers einzuatmen. Wenn ich mich hineindachte in die Vorstellung ihrer Anwesenheit und sie glücklich umschlungen hielt, stand hinterrücks ein grinsender

Dämon auf und verhöhnte mich ob meines Treubruchs gegen Gott und Iñigo, begrüßte mich im Kreise der Heuchler und Hostienschänder, nannte mich einen Büttel des Bocksbeinigen, der sich durch das Nachgeben gegen die Versuchung teufelsbereit gemacht habe, kanzelte mich verächtlich als einen gottlosen Wollüstling ab, piesakte mich mit tausend feinen Nadeln, würgte mich, trat mir in den Bauch und führte mich dermaßen in Zweifel und Leid, daß ich manche Nacht mein Kissen naßheulte. Denn wie hart stand das Evangelium nach Lukas oft vor mir auf mit seiner Warnung:

»Hütet euch vor dem Sauerteig der Pharisäer, das heißt vor der Heuchelei. Nichts ist verhüllt, was nicht enthüllt wird, und nichts ist verborgen, was nicht bekannt wird. Deshalb wird man alles, was ihr im Dunkeln redet, am hellen Tag hören, und was ihr einander hinter verschlossenen Türen ins Ohr flüstert, das wird man auf den Dächern verkünden.«

Ja, ich muß etwas ändern, dachte ich immer häufiger und beschloß, in der vorlesungsfreien Zeit des kommenden Sommers nach Regensdorf zu reisen, um mir Ratschlag bei dem zu holen, der diesen Schritt vor über zwanzig Jahren getan hatte; Michael sollte mir helfen, vom Ordensband freizukommen. Er sollte mir den Weg der Flucht aufzeigen, den ich ahnte, aber nicht zu denken wagte. Wer, wenn nicht Michael konnte mich überzeugen von der Richtigkeit der lutherischen Rechtfertigungslehre, daß es nicht auf die Werke ankomme, und seien sie auch in einem Gelübde gesetzt, sondern allein auf den Glauben. In der Tat eine verlockende Aussicht, das gesamte Tun dem eigenen Glauben zu unterstellen und stets diesen unabdingbaren und unverbrüchlichen Glauben an den Herrn von sich selbst einzufordern. Doch erlaubt es trotz aller Strenge andererseits den Bruch gegebener Gelöbnisse und stellt die eigene Anschauung über die gesetzten Dinge. – Ja, ich war erst am Anfang solcher Überlegungen. Sie waren zu fremd und ungewohnt für den, dem die Kirche stets die Hüterin der Wahrheit gewesen. Wie gern hätte ich selbst die Wahrheit erkannt! Aber dafür war ich zu gering – und sollte es bleiben bis weit jenseits des schrecklichen Endes.

Gleichwohl nahm ich mir vor, all diese Fragen eingehend mit Michael zu erörtern und einzudringen in den Glaubenszwiespalt, der helfen könnte, meinen eigenen Zwiespalt zu lösen. Der nämlich hatte sich ausgewachsen zu einem wahren Dilemma: Hier stand Mechthild, die ich zutiefst verletzt hätte durch jede Art von Abwendung; dort stand mein Mönchsgelübde, das mir, auch wenn ich es vor allem gegenüber Mechthild verleugnete, nie den Weg frei machen würde zur Priesterehe. Was immer ich wählte, jeder Weg führte mich weiter in Schuld. Und ich war unfähig, diese Entscheidung allein zu treffen. Ich brauchte Michaels Hilfe und wollte sie mir holen.

Davor aber stand eine ehrenvolle Aufgabe, zu der mich Eberhard Billick, der offensichtlich meine Ansichten zu Regensburg zu schätzen gewußt hatte, einlud. Der Kaiser hatte den Karmeliter beauftragt, ein Gutachten über die innerkirchliche Reform anzufertigen, wobei Billick der Zuarbeit bedurfte. Zwiespältig nahm ich diese Ehre an. Der Teil meiner Seele, der nach wie vor der päpstlichen Sache verbunden war, freute sich auf den wichtigen Dienst. Mein weltliches Herz erkannte die Gelegenheit, durch diesen Einsatz die Verbindung zu Mechthild weiterhin gut geheimhalten zu können. In meinem Bauch aber kochte der Zorn des Herrn über soviel Heuchelei und würgte mich Ekel über mein eigenes Tun. Kaum konnte ich manchen Tag das Brot bei mir halten, das ich aß; Eier, Fisch oder Fleisch steigerten den Ekel solcherart, daß ich nicht nur einmal das eben Genossene erbrach. Und während ich nach wohlgesetzten Worten suchte, flehte ich oft inständig: »Gott, sei mir gnädig nach deiner Huld, tilge meine Frevel nach deinem reichen Erbarmen.« Doch wie sollte der Herr tilgen, wenn ich noch in der Zerknirschung schon an den nächsten Frevel dachte?

In diesem unauflöslichen Zweispalt befangen, arbeitete ich mehrere Wochen mit dem wackeren Provinzial Billick an den Formeln zur Reinigung und Besserung des Klerus, damit endlich die Bischöfe selbst die Heilige Schrift studierten und sich der Kunst des Predigens befleißigten und so eine Geistlichkeit in den hohen Klerus komme, die Beispiel sein könne für Niedere und Laien gleichermaßen. Vorsichtig suchte ich daneben, den Billick für die Idee der Priesterehe zu erwärmen, allein der Karmelit lebte tief in seinem Zölibat und wollte in diese Richtung nichts hören. Als wir endlich unsere Gedanken niedergelegt hatten, fand sich darin kein Entgegenkommen an die Lutheraner, sondern nur ein Reinigen der katholischen Kirche und ein Verstärken des Betreuens und Überwachens durch die Bischöfe in strengen, die gesamte Diözese erfassenden Visitationen.

Unser Opus gefiel dem Kaiser sehr wohl, und er schlug's den geistlichen Herren auf dem Reichstag vor ohne weitere Rücksicht auf Papst und Konzil, und als die Kleriker sich widerwillig gebärdeten, da winkte Karl mit gutgerüsteten spanischen und italienischen Söldnern, welche Drohung die Bischöfe vielleicht ernster nahmen, als sie war; jedenfalls unterzeichneten sie einen Tag vor Abschluß des Augsburger Reichstags jeweils für ihre eigene Person die »formula reformationis« und versprachen, die Reinigung der Kirche voranzubringen.

Meine tatkräftige Mithilfe an diesem Werk blieb Ignatius nicht verborgen, welcher nunmehr frische Hoffnung in meine Tatkraft setzte und mir in einem meine Arbeit lobenden Brief ein neues Arbeitsgebiet in Konstanz anwies, welche vom Glauben abgefallene Reichsstadt zurückgewonnen werden sollte für die katholische Kirche.

Als ich das gelesen hatte, zitterten meine Hände. Ich wußte zum einen, daß es nicht anging, sich der Weisung des Ordensgenerals zu widersetzen, zum anderen, wie wenig vorhersehbar sein würde, wie lange sich dieser Einsatz hinziehe und was sich an ihn anschließe, weshalb mein Gehorsam nichts anderes denn eine anhaltende, womöglich immerwährende Trennung von Mechthild zur Folge haben würde. Diese Aussicht benahm mir Atem und Lebensmut, von Trauer leer legte ich mich auf die Pritsche und döste hohl wie ein Narr in die Nacht.

»Zergräme dich nicht in diesem Widerstreit«, tröstete Mechthild am nächsten Abend, als ich in ihren Armen lag und weinte, »son-

dern folge deiner Aufgabe, wie es dich dein Vater heißt. Möglich, die Mission dauert nur kurz, so wirst du gewiß in unser Köln zurückkehren, alldieweil die lutheranischen und calvinistischen Umtriebe hier ein starkes Bollwerk des rechten Glaubens erfordern. Möglich auch, dein Auftrag kostet mehr Weile im Alemannischen, dann entäußere ich mich meiner Habe und verlege mich in deine Nähe, auf daß wir uns, wann immer es dich danach drängt, besprechen können über den Gang der Dinge.«
»Das würdest du auf dich nehmen um meinetwillen?«
Sie nickte und umfing meinen Körper heftig. Mein ganzes Gesicht bedeckte sie mit wilden Küssen und überschüttete mich mit Treueschwüren, daß ich endlich getröstet ward.
»Gebe Gott, daß sich unsere Wünsche zur rechten Zeit erfüllen.«
»Sei getrost, sie werden es, denn ich weiß, daß sich in meinem Busen eine Liebe von Gott regt. Und wir können ohne Furcht sein, denn dein Gott ist ein gütiger Gott.«
»Möge aus deinem Mund die höhere Wahrheit sprechen«, entgegnete ich und mannte mich auf. »Ich folge dem Ruf des Ignatius, weil es tief in meiner Seele die Wahrheit ist, dies zu tun, und wenn mein Verweilen dort länger ist, als bis sich das Jahr zum Ende neigt, werde ich dich rufen.«
Nach einer innig-dauernden Umarmung trennte ich mich und ordnete meine Angelegenheiten an der Universität, packte ein Gutteil meiner Unterlagen für die Kirchengeschichte in eine mit Wachstuch ausgeschlagene Kiste, um je nach Lage der Dinge zu Konstanz fortfahren zu können in meinem schriftstellerischen Wirken, versorgte den Rest in der Bibliothek, nahm Abschied vom Kanzler und schnürte meine Sachen in der Burse. – Wie hätte ich ahnen sollen, daß dieser Abschied mein Leben verändern sollte? Und hätte ich es gewußt, was hätte ich ändern können? Nichts. O ja, wie weise hat einst Seneca geschrieben: »Den Willigen führt das Geschick, den Störrischen schleift es mit.« – Es kam, wie es kommen mußte.

Ein sonnendurchfluteter Sommer empfing mich in diesem Juli des Jahres 1548 am Bodensee. Aber das schien die einzige

Freundlichkeit, die mir auf der vorgereckten Halbinsel zwischen den beiden unteren Seen entgegengebracht wurde. Die Menschen verhielten sich verschlossen gegen mich, und als ich gerade drei Tage bei den Zisterziensern gastete, sprach mich der Stadtschreiber Jörg Vögeli barsch an, ob ich denn meines Lebens sicher oder auf länger den freien Bürgern einer freien Reichsstadt Last sein wolle.

»Welches Ansinnen treibt sie zu solcher Sprache?« entgegnete ich und hatte offensichtlich den Ernst der Lage nicht erfaßt.

»Man weiß hier wohl, daß ihr die schlimmsten Söldner des Papstes seid. Blind müßte man uns heißen, sähen wir nicht, wie es euch drängt, uns gut katholisch zu machen, damit wir wieder zu Knechten werden des Antichristen, der sich in seiner römischen Wohllebe gefällt. – Doch sei du gewarnt: Bei deiner ersten Predigt jagen wir dich zu den Toren hinaus auf bloßen Füßen, und dann kannst du von Glück sagen, wenn der Weg nicht mit scharfen Scherben gespickt ist und keine neunschwänzige Katze hinter dir herpfeift.«

»Wo immer die Wut eurer Worte herkommt, es ist nicht von Gott, der allein meine Wege lenkt. Besinnt euch und kehrt um. Schon einmal habe ich ein fürchterliches Strafgericht erlebt.«

»Wage nicht, uns zu drohen«, herrschte mich Vögeli an und wandte sich grußlos ab.

Ja, man hatte mich vor dem Stadtschreiber gewarnt, und ich war bereits in Köln unterrichtet über die unheilvolle Wirkkraft, welche den Stadtschreibern oft im Dienst der Ketzer zukam. Es würde mich nicht wundern, wenn sich bei genauer Untersuchung der vielen Stadtprotokolle erwiese, wie unwahr und von der eigenen Meinung geprägt die Niederschriften sind. Der Vögeli jedenfalls, und das beobachtete ich aus nächster Nähe, war ein treibender Mann für die Sache der Reformierten und verfaßte sofort ein Flugblatt gegen mich, in dem er sich nicht unterstand, gegen den heiligen Eifer romtreuer Priester mit übelster Verleumdung anzuschreiben. Aber das verfängt bei mir nicht. Ich ließ mich nicht einschüchtern, sondern begann damit, einigen wenigen, die Rom die Treue hielten, die Übungen zu geben, um die guten Kräfte in der Stadt zu stärken. Auch mit öffentlichen Worten hielt ich mich nicht zurück und fühlte mich angestachelt, auf die Menschen einzureden, als sie sonntags das Münster von der Predigt des Lutheraners verließen. Also stand ich bei den dickschädligen Alemannen in der Sommerhitze und sprach das Gleichnis vom Sämann. Doch die Menschen lauschten nicht, sondern fingen an, mir böse Widerworte entgegenzurufen, ja, sogar Flüche schleuderten sie über mich. Dann flog der erste Stein vor meine Füße, und mehrere Männer sprangen auf mich zu, packten mich, verdrehten meine Arme auf den Rücken, knufften mir die Fäuste in den Unterleib und zerrten mich zum Hungerturm, wo sie mich über Stunden eingekerkert ließen, ehe der Stadtrichter vorbeikam und mir die sofortige Ausweisung bei Androhung einer deftigen Leibesstrafe bekanntgab. Aber ich blieb standhaft und erwiderte – selbst erstaunt über meinen Kämpfermut –, daß ich nicht weichen, und, falls man mich mit Gewalt aus der Stadt bringen wolle, bei nächster Gelegenheit zurückkommen würde. Daraufhin warfen mich die Konstanzer drei Tage in den dunklen Turm, und ein stummer Wärter brachte mir lediglich Wasser und einen Kanten Brot.

Am vierten Tag wurde ich in einen großen Raum in den Turmgewölben geführt, wo man mir auf einem Schemel einen Platz zuwies. Ein Gerichtsschreiber verlas mir nochmals die Ausweisungsverfügung, ehe er mich fragte, ob ich den schriftlich niedergelegten Befehl verstanden hätte.

»Ja, denn es gebricht mir nicht an den geistigen Fähigkeit hierzu«, spottete ich.

»Dies ist nicht der Ort zu scherzen, Lumpenhund«, raunzte der Büttel.

»Ach, was muß ich über euch Sündengewürm lachen! Das ist die beste Art, Luzifer unschädlich zu machen.«

»Pestverseuchter Schwätzer, du, willst du dich fügen?«

»Was hast denn, Tintenfink, für eine Kerbe du am Hirn?« fragte ich voller Häme dagegen. Der Schreiber faßte sich unwillkürlich an den Kopf, so daß ich ihn übermütig auslachte, was sogleich den Henkersgehilfen herbeirief.

»Er fügt sich nicht, der Hurenhund«, fluchte der genarrte Schreiber und hieß den Schläger beginnen. Dieser band mich mit den Armgelenken gegen die Wand, indem er einen festgeschlungenen Lederriemen durch eine in der Wand verankerte Eisenöse zog, bis meine Hände weit nach oben gestreckt festhingen. Dann schlitzte er mein Kleid mit einem Messer auf, riß den Stoff auseinander, daß der Rücken bloß lag, fing erst den rechten, dann den linken Fuß in einer Schlinge und verknotete jene links, diese rechts an einem Bodenhaken. Nun traten Schweißperlen auf meine Stirn, und ich spürte ein flaues Gefühl im Magen von einer aufsteigenden Angst, die mir die nächsten Spottworte im Halse erstickte.

»Euch weiche ich nicht«, rief ich noch tapfer, dann traf mich der erste Peitschenhieb auf meinen nackten Rücken. Ein brennender Schmerz fuhr quer von der Schulter über das Kreuz zu den Lenden. Schon klatschte der zweite Schlag und der dritte und vierte, ehe mich das Bewußtsein floh.

Kaum erwacht, fand ich mich in einem dunklen, stickigen Raum. Bei dem Versuch aufzustehen war mir, als bohrten sich hundert glühende Nadeln in meinen Rücken. Ich konnte nicht anders denn meinen Schmerz laut hinauszustöhnen, woraufhin sich eine Tür öffnete und eine alte, verhutzelte Frau hereinblickte.

»Bist du munter?«

»Wo bin ich?«

»In Steckborn. Haben's dich hinausgeworfen zu Konstanz?«

»Und du hast mich aufgenommen, gute Frau?«

»Ha noi, du bist mir hertragen worden.«

»Darf ich bleiben?«

»Zu lang nicht, aber drei Tag schon. – Itzt komm essen.«

Ich erhob mich vorsichtig und folgte der Frau in eine kleine Stube, wo in einer Schüssel Teigspatzen lockten und in einer anderen Kraut dampfte, worauf ich mich mit wahrem Heißhunger stürzte.

Nach dem Essen erbat ich Schreibzeug, denn außer meiner Büchse mit den Reisepapieren und etlichen Dukaten hatten mir die Konstanzer nichts gelassen, hatten mir zumindest nicht meine sonstigen Habseligkeiten mitgegeben, sondern meine Demütigung vollständig gemacht, indem sie mich beinahe ohne alles von der Stadt verbannten. Zunächst schrieb ich lang und breit, übervoll zärtlichen Gefühls, an Mechthild und bat sie, sich nicht zu sorgen. Dann sandte ich einen Bericht nach Rom und einen weiteren an die Gefährten zu Köln, auf daß der Konstanzer Vorfall rasch Gehör finde bei einflußreichen Leuten und ich neue Weisung erhalten konnte, die ich mir nach Regensdorf erbat, denn mein nächster Gedanke galt bereits dem Freunde bei Zürich, und wenn mir augenblicklich das Schicksal zu Konstanz nicht gewogen schien, wollte ich wenigstens die Nähe Michaels nutzen und den Freund um den schon lange erwünschten Rat fragen.

## Die Venus im Krebs

Als ich mich aufgerappelt hatte, wanderte ich gegen Zürich hin, wenngleich zögerlichen Schrittes aufgrund des brennenden Rückens. In den Gleichtakt meiner Füße hinein tropften meine Gedanken, die angefüllt von Zweifeln waren. Sollte ich mich ungeachtet der Entwicklungen in der einzigen Kirche zur Ehe entschließen? Oder wäre es die bessere Wahl, mich der Entscheidung des Konzils zu beugen? Aber selbst die Abschaffung des Zölibats hätte mir, wenn ich es streng nach dem Codex Canonici besah, die Ehe nicht eröffnet, denn ich kam nicht über die Gelübde hinweg. Allein meine Liebe zu Mechthild war wie ein Ehebruch gegen meine mönchische Ehe mit Gott. Da gab es kein Entrinnen, denn wie heißt es im Buch Kohelet: »Hast du Gott ein Gelübde gemacht, säume nicht, es zu erfüllen! Denn an Toren hat Gott nicht Gefallen. Was du gelobt, das halte! Besser, du gelobst nicht, als daß du gelobst, ohne es zu halten.«
So schmerzhaft es war, ich mußte es mir eingestehen: Im Schoß der Kirche gab es keine erlaubte Verbindung mit Mechthild. Also mußte ich auf ein Offenlegen meiner Liebe verzichten, und

wenn ich den Stand tödlicher Sünde verlassen wollte, mußte ich die Bindung zu Mechthild dem Treueschwur zuliebe lösen. Und ich haderte und haderte mit mir, meinem Schicksal und meinem Herrn, vergaß auf meinen schmerzenden Rücken und steigerte mich hinein in die Rechtfertigung meines Tuns, dessen Richtigkeit mir der Freund längst vergangener Tage nunmehr bestätigen sollte.

Doch dem Herrn schien es nicht zu gefallen, daß ich auf der Suche nach einem Verbündeten war, denn zwei Tage, ehe der langsam Wandernde Regensdorf erreichen konnte, traf ich auf einen reitenden Boten von Bologna, der mir die Anweisung überbrachte, ungesäumt nach Konstanz zurückzukehren. Der Kaiser drohe der aufmüpfigen Stadt mit Truppen und werde es nicht zulassen, daß einem katholischen Streiter ein zweites Mal ein Haar gekrümmt werde.

Zwar setzte ich mich mit dem gesiegelten Pergament ungefähr eine halbe Stunde auf einen am Wegrand liegenden Eichenstamm und überlegte, welchen Schaden ich nähme, wenn ich der Weisung mit einiger zeitlicher Verzögerung nachkäme, doch hatte letztendlich die Gehorsamspflicht Oberhand. So machte ich kehrt, um meinen eigenen Fußspuren zu folgen bis Steckborn, wo ich wieder einkehrte bei der Tremmel Rogathe, welche mich verwundert, aber freundlich empfing.


Anderntags trat ich nichtsahnend in die Stube, und mein Herz blieb fast stehen vor Freude: Vor mir stand Mechthild und breitete die Arme aus. Sie hatte meinen Brief erhalten und sich sofort mit einem Leichter aufgemacht nach Basel herauf, mit Glück ein Boot gen Schaffhausen erhalten und sich von dort weiter hochziehen lassen.

Die Alte mußte vielfach laut husten, ehe wir uns aus unserer Umschlingung lösten und mit geröteten Augen an den Tisch traten.

»Seltsame Gschwister seid ihr schon«, kicherte die Tremmelin und entblößte einen alleinstehenden Schneidezahn im Oberkiefer, »sollt wohl besser Liebsleut sagen, odr?«

Mechthild zwang der Alten lange ihren Blick auf, wobei es schien, als finde hier ein Kampf statt zwischen den beiden Frauen, den ich nicht verstehen konnte. Und in der Tat rangen sie um die Macht der einen über die andere, bis die Tremmelin ein angedeutetes Lächeln zeigte und aus einer tiefen Tasche ihrer Schürze einen abgewetzten, speckigen Stapel Karten zog, den sie sachte auf den Tisch legte. Mechthilds Blick folgte den Karten, gab mithin der Alten Augen frei und dieser die Erlaubnis zum Wort.

»Ich bin euch gut, aber ich weiß, daß euch was zwickt. Laßt mich für euch die Karten befragen.«

»Das geht nicht«, wandte ich ein, »das ist Magie und verbotener Aberglaube, nur der Teufel liest aus Karten oder die Tattern ab und an.«

»Ich bin keine Hex und auch sonst nix Ketzerisches, bewahr' nur eine alte Kunst.«

»Laß sie die Karten für mich legen, ich bitte dich. Die Weisheit dieser Frau hat nichts Böses.«

Unwirsch winkte ich ab und fing an, Argument an Argument zu reihen, weshalb dies Wahrsagerei und verboten, letztlich eine Auflehnung gegen Gottes Ordnung, Zauberei und damit Ketzerei sei. Doch Mechthild blieb von dem gelehrten Sermon ungerührt und erwiderte spitz, als sei sie selbst eine gelehrte Person, es verhalte sich wohl nicht so deutlich mit dem Verbotensein des guten Kartenlegens, denn habe nicht er selbst, Johann, vor knapp einem Jahr sich entrüstet über einen bayerischen Gelehrten, der in einem wichtigen Buch den guten Zauber für unstrafbar erklärt hatte?

»Wie kannst du mir mit dem Perneder seinem Opus kommen?«

»Spreche ich die Wahrheit, ja oder nein?«

»Ja, aber ...«

»Dann soll die Tremmelin mir jetzt die Karten legen, und wenn du mich liebst, wirst du dabeisein.«

»Mechthild«, beschwor ich sie und wandte mich kopfschüttelnd ab. Wieso wollte sie ihr Glück erzwingen, wieso konnte sie Gottes Fügung nicht nehmen, wie sie kommen mochte? Der Blick in die Zukunft ist uns Menschen zu Recht verwehrt, damit wir einen wirklichen Glauben entwickeln können; wie leicht wäre es, Gott zu preisen, wenn man wüßte, daß er einem wohlgesonnen ist? Glauben verlangt unsicher sein, wer wahrhaft glauben will, muß die Ungewißheit ertragen und trotzdem voller Zuversicht sein. Sie tritt meinen Glauben mit Füßen, wenn sie auf diesem Hokuspokus besteht.

»Mechthild, tu's nicht.«

»Ist das deine Liebe, mich stets zu vertrösten auf eine ferne Zeit, von der niemand weiß, ob sie kommt? Laß mich einen Hinweis erhalten, nur einen Fingerzeig. Bitte! -- Klopfst du nicht dreimal auf Holz vor einem schweren Gang? Wirfst du dir nicht auch Salz über die Schulter vor einer weiten Reise? Hat es dir je geschadet?«

»Das sind alte Gesten, die nichts gemein haben mit Aberglauben und Wahrsagerei.«

»Es sind dies Dinge, tief verwurzelt in uns Menschen, und es wäre eine gänzlich neue Kirchenstrenge, wollte man uns solcherlei verbieten. – Was dir das Salz, seien mir die Karten, wenngleich nur dies eine Mal. – Bitte, erlaube es mir.«

Sie schmeichelte sich an mich Wange an Wange. Ich roch ihren süßen Atem.

»Bitte«, hauchte sie.

Ich konnte nicht mehr nein sagen.

»Setz dich«, bat die Alte und schob Mechthild den Kartenstapel zu. »Misch.«

Vorsichtig ließ Mechthild die Karten durch ihre Finger gleiten, wobei sie ständig ihre Ordnung veränderten und das Unterste zuoberst und das Oben nach unten gekehrt wurde, bis die Tremmelin mit einem Wink ihres Zeigefingers Einhalt gebot.

»Itzt sprich deine Frag!«

Mechthild zögerte, drehte sich zu mir um und schaute mich fragend an.

»Ob denn die Priesterehe statthaft wird und ich eines Pastors Frau werden kann – das sei meine Frage.«

»Zieh die erste Karte, die dir sagt, wo die Aussichten und die Gefahren liegen.«

Scheu faßte Mechthild nach dem Stapel, zog eine Karte und legte sie auf den Platz, den Rogathes Zeigefinger wies. Es war ein düsteres Bild aus blauen und lila Tönen, zeigte sieben runde Scheiben auf geäderten Blättern, in den Scheiben Sternzeichensymbole.

»Die Sieben der Scheiben zeigt Saturn im Stier«, murmelte die Alte und hieß Mechthild die nächste Karte ziehen.

Als Mechthild diese auf den zugewiesenen Platz legte, schrak sie zurück: Vor ihr lag der Tod als schwarzgerippiger Sensenmann mit Eisenkrone, umringt von Geisterwesen und Gewürm.

»Ist kein Grund zum Flennen, liegt der Gevatter doch auf der vergangenen Seiten. – Zieh weiter, wird sich weisen!«

Mit zitternder Hand griff Mechthild nach der nächsten Karte, legte sie vorsichtig unter den Tod und lächelte ein wenig, denn die Karte strahlte Frieden und Zuversicht aus durch die sanft fallenden Wasser aus einer Seerose, die von zwei verschlungenen Fischen getragen wurde, hinein in zwei güldene Kelche.

»Venus im Krebs, die besondre Liebe«, murmelte die Alte und forderte die nächste Karte, die Mechthild zaghaft unter die Liebe legte: In sanftem Gelb stand der Magier auf seinem geflügelten Stab mit schlangengekröntem Haupt und lächelte.

»Mercurius, der geflügelte Bote. – Leg die nächste Karte gegenüber dem Magier.«

Eine Hand trug eine strahlende Laterne, deren Strahlenkränze die ganze Karte bedeckten und selbst den dreiköpfigen Hund im rechten unteren Eck erhellten, während sich von den Rändern her Getreideähren gegen das Licht neigten.

»Der Eremit, und Kerberos behütet deine Vergangenheit. – Leg die nächste Karte gegenüber der Liebe.«

Mechthild erbleichte, denn was sie sah, empfand sie als ekelerregend und abstoßend: aus sieben nach unten hängenden Blütenkelchen tropfte grüner Schleim in eine häßliche Brühe.

»Verderbnis und Völlerei. – Leg die letzte Karte neben den Tod.«

In blauen Schwingen gefangen standen zwei Türme, davor fuchsgesichtige Wächter mit Speeren und schwarzen Hunden, die zu ihren Häuptern die Sichel des Mondes und zu ihren Füßen die von Käferfühlern behütete Sonne bewachten.

»Du stellst dem Tod den Mond gegenüber – oh, voll der Veränderungen wird dein Leben sein, und es wird dir kein leichter Gang, wirst erdulden müssen und ausharren. Aber du kannst es wenden ins Gute, wenn du viel Kraft hast. Deine Leitkarte fordert dich auf, dich mit deinen Schattenseiten zu beschäftigen, auf daß es dir gelinge, etwas Neues zu beginnen. Aber wenn du diese Kraft nicht hast, wirst du mit bleierner Ohnmacht zusehen müssen, wie es mit dir geschieht.«

»Was geschieht, um Himmels willen?«

»Das weiß ich nicht.«

»Und was bedeutet der Tod?«

»Es ist das Feld der Vernunft, so wir sie bisher gelebt, und die Karte mit dem Gevatter deutet dir an, daß du hier ein Ende erreicht hast und etwas Altes loslassen mußt, um das neu Erstrebte zu erreichen. Du hast mit dem Verwandlungsgott im Mond die richtige Handlungsweise für die Zukunft gegenübergestellt, denn der Mond zeigt dir die Möglichkeit auf zum Erkennen: du mußt in deine eigene Tiefe fahren und die Brut der Nacht besiegen, dann wirst du gestärkt hervorgehen; gelingt es dir aber nicht, wirst du die Welt fliehen und den Sieg verschenken. – Es wird dir schwer, ich weiß es wohl, aber du sollst es versuchen.«

»Wie wird es meiner Liebe ergehen?«

»In der Tat hast du für deine Wünsche, Sehnsüchte und Gefühle, so wie du sie hast und in letzter Zeit hattest, die Liebe hingelegt, die dich erfüllt und belebt, über der aber, wie du deutlich siehst, der Tod schwebt in seiner Bedeutung nach Weltveränderung. Dies ist auch deine Frage, denn du möchtest eines Pfarrers Frau werden, und der Pfarrer unterliegt dem Zölibat. Also muß es sich ändern, wenn es gelingen soll, und du hast für die Zukunft die weinenden Kelche gegenübergestellt, die uns sagen, daß man nicht in der Wollust oder in einem anderen hochfliegenden Gefühl ertrinken darf. Du mußt dich von deinen Schwärmereien befreien und leidenschaftliche Verstrickungen lösen, mußt hinfinden zu einer klaren, aus dem Geiste wachsenden Liebe, dann wird sich dir dein Herzenswunsch erfüllen können.«

»Du sprichst in vielen Rätseln, als ob du ein griechisches Orakel wärst. Doch sag: was haben der Magier und der Laternenhalter zu bedeuten?«

»Sie stehen auf der Ebene der äußeren Welt, und Hermes, der Götterbote, zeigt, mit welcher entschiedenen Kraft du bisher dein Leben gestaltet und dein eigenes Glück geschmiedet hast. Das ist der Wille zu Gestaltung und Veränderung, der dich angetrieben hat in allem deinem Tun. Du wußtest, was du wolltest, und das ließ dich alle Ziele erreichen – bis du an jenes kaum erreichbare Ziel zu denken wagtest, das sich in deiner Frage findet. Die unwiderstehliche Anziehungskraft zu diesem einen Mann hat deinem Mercurio die Flügel gestutzt, und du mußt dich in der Zukunft anders verhalten, mußt deine Lage neu überdenken und dich aus dem machtvoll gestalteten Alltag zurückziehen. Werde demütig, werde bescheiden.«

»Aber ich bin es doch, habe allzeit mein Leben am Dienst am Nächsten ausgerichtet.«

»Unterbrich mich nicht! – Möglich, daß dein Streben nach Macht über die Nächstenfürsorge ging, wie ja auch die Kirche zu Rom im Namen des ewig Guten Macht und Reichtum anhäuft über die Maßen – aber du sollst stets an den Zöllner im Evangelium denken, der dem Pharisäer vorgezogen wurde. Nimm deine eigene Vergänglichkeit an und sieh deine Kleinheit im Angesicht Gottes, denn bei Mose steht: Staub bist du, zum Staub mußt du zurück. Und glaube mir, daß der, der sich ein Bild von der Wahrheit macht, selten zum Diener der Wahrheit, sondern meist zum Opfer einer inneren Leere wird. Wenn du es schaffst, aus alten Verstrickungen befreit neue Wege zu gehen, zeigt dir der Eremit vielleicht den Weg in eine zufriedene Selbstbeschränkung für eine tiefe Zweisamkeit. Andernfalls ist es nicht außerhalb alles Möglichen, daß du dich zurückziehst aus einer Verbindung, der oberster Segen versagt bleibt.«

»Und meine Frage? Wird die Priesterehe statthaft? Werde ich eines Pastors Frau?«

»Das habe ich dir gesagt: Du kannst es wenden ins Gute, aber du brauchst viel Kraft. Beschäftige dich mit deinen Schattenseiten, dann kann dir Neues gelingen. Fehlt dir aber diese Kraft, wirst du mit bleierner Ohnmacht dem Weltenlauf zusehen müssen. – Das ist meine Antwort auf deine Frage. Denk drüber nach.«

Mit diesen Worten schob die Alte die Karten zusammen, verstaute sie in der tiefen Tasche ihrer Schürze und ging hinaus. Mechthild fiel weinend in meine Arme und konnte sich lange nicht mehr beruhigen.

»Ich habe dir gesagt, laß es sein. Altweibergeschwätz. Du mußt dich nicht darum bekümmern.«

»Es sind meine Karten, ich habe sie gezogen, und sie verheißen allesamt kaum Gutes. – Wirst du mich noch lieben können?«

»Hast du den leisesten Zweifel? – Deine verbotene Neugier habe ich dir bereits vergeben. – Es wird alles gut, glaube mir.«

»Ich fürchte mich vor dieser Ohnmacht, die Zukunft ängstigt mich.«

Ich schloß sie fest in meine Arme und streichelte ihren Hinterkopf.

»Gibt es etwas, das du mir offenbaren müßtest?« fragte ich sanft. Mechthild schluchzte und schwieg.


»Ursinus, Ursinus, da wußte ich noch nicht, welchen Dorn mir der Herr ins Herz getrieben hat«, beendete Johann seine Erzählung. »Die Tremmlin aber, die Wahrsagerische, die hat es alles recht gesehen und gesagt auf ihre seltsame Art, die ich heute nicht anders als weise nennen kann.«

»Was ist weiter geschehen? Du hast doch – oder sollte es anders sich verhalten – nie den Ehebund geschlossen?«

»Es betrübt mich zu sehr, als daß ich es dir jetzt erzählen wollte, lieber Freund«, wehrte Johann die Nachfrage ab und schlurfte wortlos in die Kapelle. Dort saß er in sich versunken und spürte seinem Herzschlag nach, der sich beschleunigt hatte. – Endlich riß Johann sich gewaltsam aus der Vergangenheit, wandte seine Gedanken wieder dem Hexenprozeß zu und stapfte in das Skriptorium, um die diesbezüglich gestellten Fragen und die darauf erfolgenden Antworten zu prüfen.

# Das Gewicht
## geschriebener Worte

a« murmelte Johann, »das Werk, es wird gut.«
Er blätterte in den flüssig beschriebenen Bogen und wog die
Gründe, die er bereits niedergelegt hatte gegen die Folter. Dabei
sah er Caspar Poißl vor sich aufstehen: ein kleinwüchsiger Mann
mit Rundrücken, das Gesicht zerknittert vor Knauserigkeit, und
darin bösblitzende Augen, die unstet über die Opfer huschten.
Seht nur, wie beflissen er sich die Hände reibt, wenn er leicht gebeugt auf den Rösch zugeht. Beinahe gerade wächst sein Buckel
sich aus, wenn ihn der Unterrichter umschmeichelt und mit
Lobhudelei übergießt, was doch der Pfleger für ein rechtschaffener Mann sei und so weiter. Daheim dann, beim Stöbern in den
Büchern, zwickt's den Pfleger und fällt ihn der Gram an, weil
das Prozessieren immer teurer wird und ihn manche Begebenheiten immer noch wunderlich dünken, obwohl er sie schon
von so vielen Weibern zugestanden bekommen hat.
»Das ist das Gewissen, Poißl«, brummte Johann, »dazu läßt sich
auch manches sagen.«
Er griff nach dem Gänsekiel und setzte eine weitere Frage auf:
Wie ein ängstlicher Richter, der nicht ohne neue Indizien zu foltern wagt, leicht welche finden kann? Und er schrieb wild darauf los mit einer bissigen Sprache, die ihm das letzte Hilfsmittel
wurde gegen die Tortur allüberall:
»Hat eine Angeklagte bei der ersten, zweiten, dritten oder
gar vierten Folterung den Mund gehalten, dann laß sie ins
Gefängnis zurückführen. Tu sie dann dort in drückendere
Fesseln, in Kälte und Schmutz und laß sie in der Verlassenheit
eine Weile über ihren Jammer und Schmerz, den sie als Andenken an die Tortur mitgebracht hat, nachdenken und allmählich
ganz von Kräften kommen. Es macht auch gar nichts, wenn sie
so einen ganzen Sommer und Winter lang mürbe gemacht
wird«,

schrieb Johann geharnischt und dachte daran, daß die Schornin nun schon über ein halbes Jahr im Kerker schmachtete und mehrfach der territio verbalis unterzogen worden war. Auch die Daumenschrauben hatte sie bis jetzt bereits zweimal ertragen. Wie giftig konnte der Poißl die Menschen quälen, als sei er gefeit gegen jedes Leid und so der Gefahr des Mitleidens auf immer enthoben.

Johann hielt es nicht mehr an seinem Stehpult. Unruhig streifte er durch das Skriptorium, um seine Gedanken zu ordnen. Hohe Fensterbögen, nach Südwesten ausgerichtet, ließen die Lichtfülle in den langgestreckten Raum und warfen Lichtstreifen wie Honigdecken auf jedes der Schreibpulte. Nur drei der sieben verbliebenen Pulte waren besetzt, und kurz erinnerte sich Johann, daß in seinen Novizentagen nicht weniger als dreißig Pulte im Raum gestanden hatten. Damals war an jedem Platz gearbeitet worden von früh bis spät; heute blieb nur noch wenig Arbeit für die Schreiber durch den Buchdruck, der sich überall breitgemacht hatte. Johann schüttelte den Kopf, als wolle er sich so lösen von der Vergangenheit, und schlurfte in die entlegene Ecke des Skriptoriums. Vom Fenster abgewandt stand Frater Konrad am rohen Eichentisch neben dem Wasserzuber und schabte mit einem Messer Haare von Kalbshäuten. Bedächtig zog er das Messer mehrfach über eine Stelle, näßte das Fell, um die Haut zu schonen, und grunzte zufrieden, wenn er wieder eine handtellergroße Fläche gesäubert hatte. Das leise Murmeln von Psalmen begleitete sein monotones Tun, und erst, als eine Haut gereinigt und bereit zum Wässern war, entfuhr ihm als Seufzer ein »Gelobt sei der Herr«, ehe er die Haut ins Wasser legte. Aus einem bereitstehenden Faß mischte er eine Handvoll Kalk dazu, der alles Rohe wegfressen und die Haut reinigen und von den letzten Haarresten befreien half. Was für ein mühsames Geschäft, dachte Johann, während er die bedächtigen Bewegungen Konrads verfolgte, bis ein gutes Stück Pergament geschaffen ist, und wandte sich langsam wieder seinem Schreibpult zu. Und wie er so an der Säulenreihe entlangschritt, tanzte schemenartig der Maria Schorn ihr Gesicht in den

Lichtfächern, welche die Sonne warf, und drückte ihn wieder das Mitleid mit der geschundenen Kreatur auf die Brust. Was ist der Caspar für ein Mensch geworden, fragte sich Johann, daß er sich über alle Gerechtigkeitsregeln hinwegsetzen mag, als seien sie nichts. Und es war nachgerade Wut, die Johann ans Papier trieb, um weiter gegen Folter und ungerechten Prozeß zu kämpfen.

»Fahr nur fort und inquiriere gegen andere Hexen, greif sie und foltere. Und wenn sie die Schmerzen nicht mehr aushalten können, dann frag sie nach jener ersten, die du noch im Gefängnis verwahrst, ob sie sie nicht irgendwo beim Hexensabbat gesehen haben? Sicher wirst du welche finden, aus denen du herauspressen kannst, was du willst. Dann aber, sobald du eine solche neue Denunziation gegen deine Gefangene erreicht hast, dann hast du ja alles erreicht, was ich dich zu erreichen lehren wollte: ein neues Indiz. Nur munter! Halte ihr das wieder vor; laß nicht ab, sie zu drängen, ermahne sie selbst und durch den Beichtiger, sich endlich schuldig zu bekennen. Und wenn sie nicht nachgibt, so laß sie ruhig wieder foltern.«

Als hätte Poißl diese Worte gelesen, aber für eine ernstgemeinte Aufforderung gehalten, gingen die Verhöre unvermindert weiter, gütlich zunächst bei den frisch Verhafteten und peinlich nach erstem Leugnen. Fast konnte man den Eindruck gewinnen, Caspar Poißl von Atzenzell habe jetzt erst wirklich Gefallen gefunden an dem Prozeß, mit solcher Unnachgiebigkeit ging er zu Werke.

Bei den Werdenfelsern selbst änderte sich die Stimmung in den Herbst hinein allmählich und schlupfte bei einigen eine gewisse Zwiespältigkeit durch. War der dritte Malefizrechtstag noch von einer ausgelassenen Stimmung begleitet und beinahe so ein Fest wie das erste Brennen gewesen, so nahmen an der vierten Hinrichtung kaum halb so viele Zuschauer teil, blieb ein Gutteil der Bänke des Farchanter Wirtes leer und drehte sich ein halber Ochse sinnlos am Spieß, und den fünften Blutgerichtstag verfolgten bloß noch an die vierzig Schaulustige. Lediglich die

Kleriker, um diese beschämende Tatsache nicht zu verschweigen, kamen zu jeder Hinrichtung mit gleicher Ausdauer – und gleichem Appetit! Die Pfarrer von Eschenlohe, Germischen und Mittenwald zechten mit Poißl und Rösch für sieben Gulden und sieben Kreuzer, als hätte die Feier einer Hochzeit gegolten oder zumindest der Taufe eines Siegelmäßigen. Vielleicht aber mußten sie den Schreck darüber hinunterspülen, daß die Anna Widemann, eine Bettlerin von 84 Jahren, vom Scheiterhaufen herunter mit brechender Stimme geschrien hatte: »Ihr frommen Weiber, fliegt über alle Berge! Jede von euch, die dem Züchtiger in die Finger fällt und an die strenge Marter kommt, die muß sterben!«

Das hatte nicht wenige erschreckt, und mancher, der noch im Sommer fleißig mitgefordert hatte, daß das Gericht ohne Nachsicht vorgehen solle, sprach sich, wenn auch vorläufig hinter vorgehaltener Hand, nun dafür aus, die Strenge etwas zu mildern.

Während er nach außen immer noch unnachsichtige Strenge obwalten ließ, überlegte Poißl heimlich, wie er den Prozeß begrenzen, wenn nicht gar allmählich beenden könne. Schließlich schrieb er sogar nach Freising, daß sich die Sache arg in die Länge ziehe und es keinem Aufhören gleichsehe. Allerdings barmte es ihn vor allem, wie Johann wohl wußte, um die Kosten, die ihn immer mehr drückten; ja, er bettelte gar um bischöfliches Geld, alldieweil er sich über die Maßen in Schulden gestürzt habe, von denen er sich ohne freisingische Hilfe nicht mehr zu erholen wisse. Auch liege ihm, schrieb er jammernd an den Bischof, die Gummpenbergische, seine Gemahlin, recht in den Ohren von wegen der ganzen Zauberschen im Keller des Schlosses, das sei grad unheimlich genug, und er beantrage dringlich den Bau eines anderen Gefängnisses, um die teuflischen Läuse nicht so nah an seinem Pelz zu haben. Und mehr, als Caspar Poißl nach außen zugeben wollte, beunruhigte ihn der Prozeß. Nicht nur, daß Benigna auf dem Fortschaffen der Weiber von der Burg beharrte, auch ihre anschwellenden bresthaften Schmerzen in den Gliedern mochten mit der Teufelsbrut in Zusammenhang stehen.

Als er hörte, die Els von Ettringen sei in der Nähe, die Wahrsagerische aus der Grafschaft Schwabeck, ließ er nach dieser rufen und sich die Zukunft deuten aus der linken Hand.

»Das soll ein fürchterlicher Schlag für den Poißl gewesen sein«,
berichtete Johann, der von der Maria Schorn verläßlich die Geschichte gehört hatte, eines Abends dem Ursinus, »denn die Els
hat zuerst gar nichts sagen wollen und dann nur mitleidvoll geschaut, trotzdem aber zwei Gulden eingestrichen mit der Be-
gründung, wollte sie ihm ihre Kenntnisse wirklich mitteilen,
wäre er, Poißl, seines Lebens nicht mehr sicher. Und mit zwei
Gulden wäre er gewiß billig aufgewogen.«

Johann beobachtete das schaurige Treiben auf der Feste Werdenfels, ließ sich in der samstäglichen Beichte haarklein berichten und schrieb ansonsten mit einer schier unglaublichen
Ausdauer an seinem Buch, das bald schon vor dem Abschluß
stehen mochte. Und leider fanden sich alle Gedanken, die er
formuliert hatte, auf eine leidvolle Weise unten zu Germischgau
bestätigt.


In seine zu Ende gehende Arbeit hinein erschütterte ihn die
Nachricht der Schornin, die über die Herbstwochen hin tapfer
den Daumenschrauben getrotzt und schweigend das erste Aufziehen überstanden hatte, daß sie beim nochmaligen Aufziehen, als ihr die Arme hinter dem Rücken wieder hochgebun-
den worden und beim Hochziehen aus ihren von der ersten
Tortur aufgeschwollenen Schulterkapseln gesprungen waren,
zugegeben hatte, der Klöckin ihr Zauberlehrling gewesen zu
sein.

Wie hinterlistig und gemein ging der Poißl vor, daß er ohne
weitere triftige Gründe eine bereits Gemarterte, die geschwiegen
hatte, nochmals aufziehen ließ, was gegen alle vernünftigen
Rechtsgelehrten und letztlich auch ungesetzlich war.

»Jetzt ist's aus, oder?« fragte die Gepeinigte und schluchzte ohne
Ende.

»Schornin, Schornin«, murmelte Johann. Seine Zuversicht
schwand.

»Es tut einfach so weh«, und es hörte sich beinahe so an, als wollte sie sich für ihre Schwäche entschuldigen.

»Ich weiß. Es ist eine himmelschreiende Gemeinheit. Die allenthalben angewandte Tortur ist ungeheuerlich und verursacht übermäßig furchtbare Schmerzen. Selbst wahrhaft starke Männer haben mehrfach betont, sie könnten sich kein noch so übles Verbrechen vorstellen, dessen sie sich nicht ohne Umschweife, beinahe mit Freude, bezichtigen würden, wenn sie sich mit so einem Geständnis für eine Weile vor der aberwitzigen Qual retten könnten.«

»Und da soll ich schwaches Weib aushalten. Ja, wie soll denn das gehen?«

»Ich weiß es nicht, Schornin. Aber gräme dich nicht. Es ist keinesfalls eine Sünde, wenn man höllisch gemartert irgend etwas gesteht, gleichviel, welch grauenvollen Inhalts.«

»Was redet Ihr da? Grämen soll ich mich nicht von wegen einer Sünd', weil ich lüg' – so ein Humbug mag bloß einem Pfaffen einfallen. Verzeiht, Herr, aber ich werd' krumm in den Schmerzen, da denke ich nicht an Sünden.«

Johann kratzte sich am Hinterkopf.

»Hast recht«, brummte er dann, »ich rede so schlau, als ich Bücher schreibe, aber selbst hat mich auch noch niemand aufgezogen, als daß ich eine eigene Anschauung hätte.«

»Es tut gar sakrisch weh, Hochwürden. Weiß es nicht zu beschreiben.«

»Ich glaub's dir ja. Mir genügt das Zusehen, daß es mich bis ins Innerste zwickt und brennt.«

»Man kann's nicht erzählen. – Es tut so weh. Da möchte ich vielleicht doch lieber sterben.«

»Aber Schornin!«

Sie blickte ihn mit großen Augen an.

»Gibt es denn nichts, was dich am Leben noch freuen könnte?«

»Kinder vielleicht«, antwortete sie nach einer Weile.

»Na also. Das würde doch lohnen, oder?«

»Kann sein. Aber jetzt? – Geht's auf den Scheiterhaufen mit mir?«

»Wenn nicht ein kleines Wunder geschieht – ach, Schornin, ich hab' so auf dich gesetzt und um deine Kraft so heftig gebetet – soll das umsonst sein?«

»Ja mei, ich bin halt schwach.«

»Auch, wenn es dir wirklich ans Leben geht?«

Ihre Augen weiteten sich.

»Ja, Schornin, wenn du nicht sofort am nächsten Verhörtag widerrufst, gilt dein Widerruf nichts mehr. Und wenn du gar gütlich zugibst, die erfolterte Aussage sei wahr, dann gehörst du dem Feuer.«

»Muß ich widerrufen?«

»Ja.«

»Dann quält mich der Poißl doch wieder.«

Johann wandte sich halb ab, ehe er nickte.

»Aber nur mit dem Widerruf kannst du dir vielleicht das Leben retten. Und danach schweigst du still. Du darfst nie wieder etwas sagen, hörst du.«

»Was Ihr da verlangt ...«

»Trotzdem. Es ist leichter möglich, durch Schweigen nicht mehr aufgezogen zu werden als durch Eingeständnisse, denn ehe nicht von einer Geständigen ganz viele Namen besagt werden, gibt kein Henker auf, zumal wenn ein angestachelter Landrichter wie der Poißl das Verfahren leitet. – Also schweig!«

»Ob's hilft?«

»Willst du am Leben bleiben?«

»Ja.«

»Dann versuch es. Meine Gebete werden kraftvoll sein.«

»Gut – ich widerruf'.«


Wenige Tage nach dem Widerruf der Schornin versuchte Poißl einen gar üblen Trick, um diese widerborstige Person endlich überführen zu können. Er bestellte den Partenkirchener Pfarrer ein, er solle in einer Gegenüberstellung eine Geschichte darstellen, die der Poißl schlichtweg aus dem Hexenhammer herausgelesen hatte: Der Pfarrer mußte die Schornin bezichtigen, dem Knilling Georg das Männliche weggezaubert zu haben.

»An einem Tage, als ich die Beichte abnahm«, behauptete der Pfarrer, und bis in die Wortwahl hinein konnte man diese Anschuldigung bei Sprenger und Institoris finden, »kam der Knilling Georg und klagte laut, daß er sein Gemächt verloren habe. Ich überzeugte mich durch meine Augen, indem ich nichts sah, als er die Kleider abtat und die Stelle zeigte. Daher fragte ich, ganz bei mir und mit vollem Verstande, ob er keine im Verdacht hätte, die ihn so behext, worauf der Knilling erwiderte, er habe eine im Verdacht, die sei einem anderen sein Weib. Die versuche dauernd, ihm mehr als nur Küsse abzuluchsen, doch er verweigere sich. Er suche sie auf und bemühe sich, sie durch Versprechungen und freundliche Worte nach Kräften zu erweichen, riet ich ihm. Das tat er denn auch und kam nach wenigen Tagen wieder, dankte mir und erzählte, er sei gesundet und habe alles zurück. Ich vergewisserte mich durch meine Augen. – Die da, die Schornin war's, die in ihrer eifernden Glut den braven Mann bestrafen wollt'.«

»Einen schlimmeren Beweis kann es doch nicht geben«, sprach Poißl mit Nachdruck. »Also gesteh endlich, sonst holt Abriel den Bock, damit du zuerst aufgezogen werdest und danach auf den Bock gesetzt mit Gewichten an den Füßen. Der Bock wird dir die ruchlose Scham zerreißen und deine Zunge lösen. – Sei nicht dumm, Weib, rede sofort.«

»Ich bin ohne Schuld«, nuschelte die Schornin, und Poißl befahl für die kommende Woche wiederum ein peinliches Verhör.

Johann erfuhr am nächsten Beichttag von diesem Vorgehen. Er ließ, bevor er die Burg verließ, nach der Gummpenbergschen rufen, und die, von all der Prozessiererei und den Hexen in ihrem Keller sehr mitgenommen, empfing ihn bei sich.

»Dein Wort brennt in meinem Herzen«, begrüßte sie Johann mit matter Stimme.

»Wie soll ich das verstehen? Hast nicht du für das Brennen gesprochen?«

»Das ist lange her. Ich bereue es sehr.«

»Wenn es wahrhaft Reue ist, was du zu spüren vermeinst, so teile dem Poißl mit, daß beim nächsten peinlichen Verhör der Schornin mein geistlicher Beistand gestattet werde. – Er torquiert ungesetzlich wieder und wieder. Wenn er schon keinen Anwalt gestattet für die Bemitleidenswerte, soll sie in der nächsten Tortur wenigstens des Priesters versichert sein.«

»Kannst du der Sache Einhalt gebieten?« fragte Benigna besorgt. Johann lachte bitter.

»Ich bete um Frieden. – Bruder Johannes, bitte vergib mir.«

Johann segnete sie und verließ das düstere Schloß. Gegen Caspar Poißl aber war er so aufgebracht, daß er tief in seinem Herzen überlegte, wie er es bewerkstelligen könnte, den Pfleger aus seinem Amte zu treiben. Der Volksmund hatte wohl recht, der nach dem vierten Feuerbrennen, das weitere zehn Weiber und den Simon Kembscher in den Tod schickte, raunte, die Züchtiger würden mit ihrer unleidlichen Marter viel mehr Unholde machen, als sie im Lande hätten, und den Poißl sollte man selber mal auf die Streckbank zerren, damit sich weise, ob seine Art vom heiligen oder vom bösen Geist komme. So sehr sie bisher den Pfleger bestürmt hatten, Ordnung zu schaffen – nun wurde aus aufkeimender Zwiespältigkeit Unbehagen und sogar Furcht, denn wer wollte vorhersehen, was in den Qualen noch an Besagungen geschehen mochte, und vielleicht verschrie einer als nächstes die eigene Frau?

Doch die Werdenfelser Prozeßhetzer erbarmten Johann nicht, nur um die Schornin und die höhere Gerechtigkeit war es ihm zu tun, und mit einer von Gott geschenkten Wortgewalt schrieb er gegen die Marter an: Die Gefahr, durchweg falsche Geständnisse zu erpressen, übertreffe die Möglichkeit, auf die Wahrheit zu stoßen, bei weitem, und überhaupt sei es vollkommener Unsinn, ohne vernünftige Prüfung der Tat oder, wie es auch sehr häufig geschehe, sogar entgegen den bewiesenen Ergebnissen, daß es die Tat gar nicht habe geben können (lebendige Mordopfer und ähnliches mehr), gleichwohl zur Folter zu schreiten und sich Unwahrheiten gestehen zu lassen, auf die man Todesurteile stütze.

Allerdings gab Johann in seinen Ausführungen zu bedenken, daß jener rheinische Medicus Johannes Weyer mit seinem vor knapp dreißig Jahren erschienenen Traktat »De Praestigiis Daemonum« falsch liege, denn wenn jener über die Verlockungen der Dämonen meinte dergestalt berichten zu können, daß Hexen ein schweres Gemüt, Geistesschwäche oder Fallsucht hätten, allenfalls vielleicht sich unter dem Einfluß rauschmachender Pflanzen befänden und sich der Ausritt und der Satanssabbat nur in ihrer Einbildung abspiele, so hatte er die Gelehrten der neuen Zeit nicht richtig gelesen und sich einlullen lassen von abartigen Entschuldigungen, die seit dem Werk des Institoris nicht mehr durchgreifen können. Das, so beteuerte Johann mit Nachdruck, habe er ja dargetan, daß es Hexen ohne Zweifel gebe, allerdings recht selten, und niemals sei die Folter das richtige Werkzeug, ihrer Herr zu werden. Und mit der geballten Kraft seines gelehrten Spottes schob er in seine die Tortur betreffende Frage noch einen Absatz ein, der ihn späterhin berühmt machen sollte:

»Was suchen wir so mühsam nach Zauberern? Hört auf mich, ihr Richter, ich will euch gleich zeigen, wo sie stecken. Auf, greift Kapuziner, Jesuiten, alle Ordenspersonen und foltert sie, sie werden gestehen. Leugnen welche, so foltert sie drei-, viermal, sie werden schon bekennen. Bleiben sie immer noch verstockt, dann exorziert, schert ihnen die Haare vom Leib, sie schützen sich durch Zauberei, der Teufel macht sie gefühllos. Fahrt nur fort, sie werden sich endlich doch ergeben müssen. Wollt ihr dann noch mehr, so packt Prälaten, Kanoniker, Kirchenlehrer, sie werden gestehen, denn wie sollen diese zarten, feinen Herren etwas aushalten können? Wollt ihr immer noch mehr, dann will ich euch selbst foltern lassen und ihr dann mich. Ich werde nicht in Abrede stellen, was ihr gestanden habt. So sind wir schließlich alle Zauberer, denn wir natürlich werden tapfer und standhaft trotz so vielfach wiederholter furchtbarer Qualen zu schweigen wissen!«

Das war es dann; das Opus war vollbracht. Beinahe zitterte Johann ein wenig die rechte Hand, als er das Deckblatt mit einem einfachen Titel beschrieb – »Rechtliches Bedenken wegen der Hexenprozesse« sollte die Schrift heißen und so ihren Weg finden zu sachverständigen Geistern. Gebe Gott, daß es hilft, murmelte Johann und dachte wieder an die Schornin, wie sie zerlumpt und geschunden auf dem nassen Stroh des Kellerloches saß und auf das Wunder hoffte. Würde es geschehen?

»Ja«, lobte Ursinus das Werk, als es vollendet war, »du wirst die Welt wachrütteln. Nun laß uns nach einem Drucker schauen.«
»Besser ist's, wir lassen es in Oberitalien drucken und dann hereinbringen nach Deutschland«, sinnierte Johannn, »denn hier ist allzuleicht jemand mit einem Druckverbot zur Hand, vor allem im Bayerischen, wo der Herzog die Druckstuben trefflich überwachen läßt.«
»Es mag Innsbruck schon genügen, denn die Tiroler sind flau und wenig streng. – Laß mir ein paar Tage, dann habe ich verläßliche Nachricht.«
Und so geschah es, daß das gut behütete Manuskript zu Anfang des Dezember 1590 in Innsbruck bei einem Drucker und Buchbinder anlangte, der bereits neun Wochen später die ersten hundert Stück einschmuggeln ließ nach Bayern und Freising.
Während Johann das druckfrische Stück seiner Streitschrift in Händen hielt und darin hin und wieder blätterte, da und dort in eine Frage hineinlas und jedesmal die gesetzten Worte für gut befand, schob sich aus tiefem Erinnern Mechthilds Bild und schien es ihm fast, als wollten noch einmal der große Hader und die bodenlose Trauer über ihn kommen, die ihn an den Bieler See und kreuz und quer durch Frankreich bis hin nach Lautrec geführt hatten. Und weil die Erinnerung immer deutlicher, ja greifbarer wurde, schossen Johann die Tränen ein, und er barg sein Gesicht an der Schulter des jugendlichen Freundes.
»Was ist dir?« sorgte sich Ursinus.
»Es schmerzt immer noch«, antwortete Johann gepreßt. »Doch heute will ich dich wissen lassen, welches Schicksal Mechthild und mir beschieden war, nachdem die Tremmlin die Karten gelegt hatte.«

# Die Dinge haben ihre Tränen

Mechthild war zurückgefahren nach Köln und hatte versprochen, so lange zu warten, bis sich eine Entscheidung über meinen nächsten Einsatzort ergebe. Derweil hielt ich Einzug in Konstanz wie ehedem höchstens römische Imperatoren nach triumphalen Siegen. Der Kaiser, voll der Ungnade über die ungehorsame Stadt, hatte nachgeholfen, die Konstanzer wieder gut katholisch zu machen, ihnen das Reichsstadtprivileg genommen und sie zur österreichischen Landstadt erklärt mit der nachdrücklichen Verpflichtung, den Glauben des Herrn anzunehmen. Mit Hilfe von Habsburger Söldnern wurden die lutherischen Prediger aus der Stadt getrieben, und auch der boshafte Stadtschreiber Vögeli floh vor den Kaiserlichen. Jeden aber, dessen die Soldaten habhaft werden konnten, warfen sie in den Karzer, und nicht nur ein Ketzer fand sich im selben Hungerturm wieder, den ich im Sommer so schmachvoll und schmerzensreich kennengelernt hatte.

Ein neuerwachter Glaubenseifer trieb mich an, doch blieb er auf eine seltsame Art papieren. Keine Predigt wollte mir gelingen, und jeder Versuch, einen Empfänglichen in die geistlichen Übungen einzuweisen, schlug kläglich fehl. Erst mußte mein eigenes Sinnen und Trachten erfaßt werden von meinen Predigten, ehe ich wahrhaft anderen Menschen ein Mittler sein konnte zu Gott. Und dann war da noch dieser tief sitzende Zweifel, ob es sich mit Luthers Anschauung von der Rechtfertigung Gott gemäß verhalte oder nicht. Wie sollte ich da wahrhaft katholisch predigen?

Doch waren meine Worte nach außen hin auch formelhaft und nachgerade heuchlerisch, so verfehlten sie bei vielen trotzdem ihre Wirkung nicht und halfen mit, Konstanz besser katholisch zu machen. Ich selbst aber nutzte die langen Wochen, über mich und meine Liebe zu Mechthild nachzudenken. Ich dankte Gott für diese Trennungszeit, denn ohne das körperliche Aufbeben in ihrer Nähe konnte sich mein Gefühl klären und ich unbeeindruckt von meines Dornes Kraft die Innigkeit erspüren, die mich wahrhaftig mit meinem geliebten Du verband. Es war nicht der Reiz ihres lustspendenden Körpers, der mich fesselte, und auch nicht das zitternde Sehnen meiner Lenden nach der Erlösung aus höchster Anspannung. Ich konnte der Lust entraten und keusch mit ihr sein – aber ihre weiche Nähe konnte ich nicht missen. Das geflüsterte Wort, die einfühlsame Zuhörerin, ihr Mitweinen und ihr Mitlachen, ihr Einssein mit mir in den gewöhnlichen und den hohen Dingen, ihr schlichtes Dasein – diese Innigkeit durchglühte mich, diese Geborgenheit ersehnte ich. Mochte sie mir auch Freuden der Wollust bereiten, so konnte sie doch nicht damit, sondern mit ihrer Seele mich betören, und einzig dem folgte sodann, gleichwie ein Zugvogel dem anderen, die Lust der Berührung nach. Das darf man nicht Sünde nennen – zumal es meinem Glauben an den Herrn nichts von seiner Stärke nahm.

Wirklich?

Manchmal, wenn mich wieder dieser unsagbare Ekel anfiel über mein Tun und Sein, spürte ich die Nähe des Todes. Da überwarf der Schauer der ewigen Verdammnis meine Haut und machte mich frieren. Und nicht Trost fand ich im Buch Kohelet, sondern Verstärkung solcher Furcht: »So finde ich bitterer als den Tod das Weib, das ist eine Schlinge, sein Herz ein Netz, Fesseln sind seine Arme. Wer Gott gefällt, entkommt ihm, aber der Sünder fängt sich darin.«

Ich fand keine wirkliche Erklärung in mir außer dieser Stimme tief innen, die allerweil wieder schmeichelte: Mechthild. Nicht ein vernünftiger Grund führte mich zu ihr, nur immer dieses Zittern und Herzklopfen, wenn ich an sie dachte. Nichts hinderte mich, das Band zu ihr zu kappen, außer dieser beklemmenden Angst, sie nie mehr wieder zu sehen.

Elend und schwach fühlte ich mich und war unfähig, eine Entscheidung zu treffen. Was hätte ich darum gegeben, einen verläßlichen Ratschlag erhalten zu können. Aber Michael war unerreichbar fern, denn gerade wieder hatte ich einen Brief Iñigos erhalten, mich weiterhin für die verlorenen Seelen zu Konstanz einzusetzen, bis aus dem römischen Kollegium Gefährten zur Unterstützung entsendet würden. Ein Glück, daß kein Braver meine nächtlichen Gebete hörte, in denen ich Gott um eine vernünftige Entscheidung des Konzils zur Priesterehe bat. Da würde sich manches weisen. Allein, er hörte mich nicht, denn das Konzil wurde auf unbestimmte Zeit vertagt.

Mechthild fehlte mir mehr und mehr. Meine Sehnsucht verbrüderte mich mit den Bäumen der spanischen Hochebene, die ich vor langer Zeit durchschritten hatte, denn jetzt konnte ich das Nach-Wasser-Lechzen der weitverzweigten und tiefgebohrten Wurzeln spüren und hören den Schrei der Blätter nach Regen. Mein Herz war am Verdursten ohne Mechthild, mein Körper aber hungerte, weil mir die Sünde den Magen verschloß. Wie soll eine Menschenseele bestehen, wenn von zwei Seiten so an ihr gezerrt wird? Ich jedenfalls war zu keiner Antwort fähig und hätte vielleicht noch Jahre so zugebracht, wenn nicht der Durst so unstillbar gewesen wäre. Bald stand ich nämlich auf der Kanzel und fand keine Worte mehr, weil in meinem Hirn nur noch ein einziges Bild loderte: Mechthild. – Da fackelte ich nicht länger und schrieb ihr, sie solle ihre Habe veräußern und samt Erlös nach Konstanz kommen, hier werde sich unsere gemeinsame Zukunft entscheiden. Die Versuchung hatte zunächst gewonnen, und es schien so, als hätte Kohelet recht: »Krummes kann nicht gerade werden.« Kaum aber hatte mein Schreiben Konstanz gen Köln verlassen, fand ich mich schon wieder in einem Für und Wider der Gedanken als wie in einem teuflischen Kreis, der nie ein Ende hat.

»Nein, Ursinus, ich weiß nicht, was ich getan hätte, wenn sie gekommen wäre. Wahrscheinlich wäre ich schwach geworden, wäre vielleicht nach Lindau gegangen, um mich als protestantischer Prediger anzudienen, nur um Mechthild heiraten zu können. Vielleicht hätte mir dann der Verrat an meinem Gelübde die Gedärme verdreht und den Magen zerdrückt und ich wäre längst im Hader mit dem Herrn verschieden. Möglich aber auch, daß wir die Lust in uns abgetötet hätten, um eine reine Liebe zu leben, wie viele Ritter sie in der Minne besungen haben, und ich

hätte von Iñigo Dispens erhalten für die Übernahme einer Pfarre im Kampf gegen die Lutheraner. Sie hätte das Pfarrhaus geleitet, wir wären in Treue zu unseren Lebensschwüren gemeinsam alt geworden. – Ich weiß es nicht.«
Lang saß Johann stumm.
Endlich fuhr er fort mit leiser Stimme.

Sie kam nicht. Das Jahr verging, ohne daß ich eine Antwort erhielt, und in tiefer Sorge beauftragte ich einen Wollmatinger Burschen, sich hinab nach Köln zu begeben und erneut eine gesiegelte Nachricht an die Stapediusin in der Schmalen Gasse am Melatener Tor zu überbringen. Auf jeden Fall sollte er mit einer Antwort zurückkehren.
Dann harrte ich ungeduldig der Rückkunft des Boten, die sich hinauszögerte Woche um Woche. Aus den hintersten Winkeln meines Herzens krochen die ärgsten Ängste und raubten mir den Schlaf. Gefährlich war diese Welt, voller Krankheiten und böser Menschen. Allzeit war der Tod auf dem Sprung, mit dem man auf Du stehen mußte, um stets bereit zu sein für das Sündengericht. Befand sich nicht die mildtätige Mechthild in dauernder Gefahr der Ansteckung? Was, wenn sie sich den Aussatz gefangen hatte und jetzt ihrerseits im Leprosorium saß? Aber vielleicht hatte sie lediglich meine Nachricht nicht erhalten und ging nun gemeinsam mit dem Boten daran, ihre Habe zu verkaufen und sofort rheinauf zu segeln, auf daß wir uns wiederfänden wie verlorene Herzen. Gewiß konnte ich es bei einer simplen Erklärung belassen, ängstigte mich grundlos und sollte statt dessen ins Kommende schauen, damit sich weise, was wir unternehmen würden, wenn erst vereint.
Dann stand der Bote in der Tür und überreichte einen dicken gesiegelten Umschlag, den ich hastig erbrach. Auf vielen Seiten verbreitete sich eine gestochen scharfe Schrift. Das war nicht Mechthilds Hand. Von dem Apotheker Bartholomäus Stapedius stammten Siegel und Unterschrift. Ich spürte ein leichtes Unwohlsein und den unabweisbaren Drang, mein Wasser abzuschlagen, dem ich nachgab, ehe ich zur Lektüre ansetzte:

»Eure schändliche Absicht ist uns zu Ohren gekommen, meines Onkels zweite Frau, diese Tochter einer vermaledeiten Hure, die sicher nicht gesäumt hat, nach der Verführung des Onkels auch an Euch ihre Künste zu proben, zu Euch zu holen mitsamt ihrer Habe, die sie allein meiner Familie verdankt.

Gewiß haben wir nach Eurem Geheiß gehandelt und die Hütte am Melatener Tor veräußert, allerdings den Erlös eingezogen für das Familiengut, wie es sich gehört, und auch den Schuldbrief von dem wucherischen Darlehn verbrannt, alldieweil vom Onkel her mir diese Börse zustand zur Errichtung der Apotheke. Wir gedenken weder das Vermögen der Familie zu schmälern durch Pfaffenhurerei, noch unser Ansehen zu beflecken, zumal die besten Aussichten geplant werden für meinen Sohn Nicolaus.

Allein, mag sein, Ihr wollt unseren Anschuldigungen nicht Glauben schenken und vielleicht gar – gelehrter Mann der Rechte, der Ihr seid – gegen uns zu Gericht ziehen. So ziemt sich, ehe wir Anzeige gegen Euch schreien bei der Universität, Euch darzutun das Vergangene, das nun der Buttgenin – denn so heißt sie von ihrer Mutter her, von einem Vater ist nirgendwo etwas bekannt – aufgekocht ist, weil sich kein Mensch verleugnen soll gegen sein Herkommen. Wenn auch viel frommes Tun zu vermelden sein mag, ist es doch Menschen Art, daß sich der Trieb nicht ganz von der Wurzel entfernt, weshalb nur ein bescheidenes Leben Gewähr bietet für Läuterung, nicht aber ein Gieren nach weltlichen Werten, wie es die Buttgenin mit dem Aufangeln meines Onkels versucht hat.

Die Mechthild Buttgenin also ist die Tochter der Sybilla Buttgen, die als junges Ding nach dem Tod ihrer Eltern von einer barmherzigen Frau nach Köln gebracht und zum Ratsherrn Peter Rietberg als Dienstmagd empfohlen wurde, wo sie sich hätte einiges an Bürgerlichkeit erdienen und vielleicht sogar ganz ehrbar hätte heiraten können.

Doch die Sybilla Buttgen gab einem Uhrmachergesellen aus Basel nach, vielleicht der schönen Jahruhr wegen, die er ihr schenkte – wer weiß. Jedenfalls genaß sie ein Jahr später von einem kleinen Knaben, wovon der Uhrmacher aber nichts wissen wollte, und die Sybilla landete bei der Scherkens Gret, die einen Stoffhandel betrieb mit niederländischem Tuch zur Tarnung der Kupplerei. So gelangte die Buttgenin schnell ins Hurenfach, wenn auch heimlich und gut behütet, denn die Scherkens verstand ihr Geschäft.

Der Junge allerdings störte allerweil, und so fand man ihn eines Tags an der Findelpforte des Doms und ward nichts mehr von ihm gehört.

Mehrere Jahre mag das gut hingegangen sein, bis sie das erste Mal vor den Rat gezerrt wurde, weil sie es auf Männer angelegt und denen so vorkommend pussiert habe, daß alle gern wiedergekommen seien, weshalb der Rat beschloß, sie im Loch zu verwahren, bis sie züchtig sei.

Sprach aber ein Kaufmann mit fettem Säckel für sie gut, und kam sie ohne Loch davon.

Zu der alten Kupplerin Scherkens zog es sie nimmer, machte vielmehr heimlich ihr Geschäft, wechselte oft ihre Bleibe und bahnte auch für andere Weiber den Verkehr an, was im nächsten Verhör aufflog, als man die Sybilla wieder aufgegriffen hatte. Machte sich propper an ihren Mädchen, die die Hälfte allen Lohns abführen und bis zu fünf Männern willens sein mußten am Tag – pfoe, pfoe, kann man da nur sagen, aber die Buttgenin behauptet, der Palenker Trine habe es schieren Spaß gemacht.

Allerdings ist sie wieder davongekommen ohne gerechte Strafe und hat sich durchgedrückt über die Jahre, ist schwanger worden und hat ein klein Mägden geboren, das sie bei sich behielt und das eben die Mechthild ist, meines Onkels zweite Frau.

Ein paar Jahre später krachte es mit Nachbarn, weil sie ein Haus kaufen wollte in einer ehrbaren Gegend, die Anwohner aber ihren schlechten Ruf kannten und sich der Dirne verwehrten. Der Rat hat schließlich in die Lösung eingewilligt, das Haus auf die Mechthild ins Schreinsbuch zu schreiben und der Sybilla nur ein Leibgeding einzutragen bei Ermahnung zu braver Führung.

Trotzdem änderte sich die Mutter nicht, und so erging Urteil, sie auf den Berlich in das gemeine Hurenhaus der Stadt zu führen, wessen sie sich durch Krankheit entzog, ehe sie den Tischlergesellen Jakob Keltzen heiratete und ehrbar wurde. Die Berlichanordnung konnte nicht mehr durchgesetzt werden gegen eine Handwerkersfrau, und sie hatte den Kopf aus der Schlinge, bis sie sich nach etlich Jahren mit der Knooflerschen Els in die Haare kriegte von wegen, jene rüste sich aus wie ein jung Ding und mache den Burschen den Hals, welcher Dirnenneid beide vor den Richter brachte.

Gnade vor Recht ging da, als sie mit Ermahnungen fortgeschickt wurden.

Ist nicht sonderlich alt geworden, die Sybilla Buttgen, und als sie starb, mochte die Mechthild an die vierzehn Lenze messen und hatte nichts außer dem Haus und dem, was sie von der Mutter gelernt. Mag sein, daß der Keltzen sie noch ein Weil durchgebracht hat, doch auch der starb bald.

Wir wissen nicht, was der Onkel tat, als er an seiner Trauer über die erste Frau – eine Weinsbergin, sic! – bald narrig krankte. Wohl aber wissen wir, daß er eines Tages beglückt daherschritt und von einer neuen Ehe träumte, in die Mechthild nur allzurasch einwilligte.

Wir wissen nichts über das Gemunkel, aber gehört haben wir es und uns gesorgt, denn sie soll eine Meisterin gewesen sein.

Ihr aber, wenn Ihr Euch redlich prüft, werdet schon wissen, welcher Art ihre Künste sind, die dem Mann manchen Schwur entlocken. Wenn Ihr den rechten Entschluß gefaßt, so werdet Ihr sehen, daß wir unser Familiengut nicht an diese Person gehen lassen dürfen.

Das ist der Beschluß meiner Familie, und ich bring' ihn Euch zu Gehör im guten, wie ich es bereits getan habe wider die Mechthild; macht nun, was Ihr wollt, aber laßt uns unsere Habe, sonst bringen wir Meldung von Eurer Leidenschaft vor Rektor und Bischof.

Geschrieben an Caspar, Melchior und Balthasar im Jahre fünfzehnhundertneunundvierzig des Herrn.«

Ich legte den Brief fassungslos zur Seite, und vor lauter Leere in meinem Hirn wußte ich weder etwas zu sagen noch zu denken, saß nur da und starrte in den Raum hinein. Es dauerte gewiß eine Stunde, ehe ich zu mir kam und bei mir dachte, das also sind die Schattenseiten, mit welchen zu beschäftigen die Kartenlegerin empfohlen hatte, wenn es Mechthild gelingen sollte, etwas Neues zu beginnen. Aber wenn ihr diese Kraft fehle, hatte die Tremmelin geweissagt, werde sie mit bleierner Ohnmacht zusehen müssen, wie es mit ihr geschehe. – Und sie brachte diese Kraft nicht auf, war voll der Scham und konnte mir ihre Herkunft nicht eröffnen. Arme Mechthild. Du hattest kein Zutrauen in die Gnade des Herrn, auf meine Vergebung mochtest du nicht vertrauen. Dabei vergebe ich dir leicht. Auch glaube ich nicht, daß du je dem Dirnengeschäft nachgegangen bist. Hätte dich sonst mein Freund – dein Mann, der weise Magister – so gepriesen, wie er's tat? »Freude meines Lebensabends« hat er dich genannt, und ich höre es noch wie heute, daß er aufrichtigen Herzens sprach: »Gebe Gott doch allen, die es verdienten, so ein aufopferungsvolles Geschöpf, wir würden friedvoller in den Tod gehen.« – Nein, du bist ohne Schuld. Ich weiß, du bist gut.
In dieser Nacht floh mich der Schlaf, und ein stechender Schmerz durchzog bis in den Morgen meine Brust, bis mir im halben Dämmer der Sonne wie meiner Sinne von unsichtbarer Hand die Siegel erbrochen wurden: das erste, und ich sah das weiße Pferd nebst dem Bogenschützen; das zweite, und ich sah das rote Pferd und den Schwertschwinger, das dritte, und ich sah das schwarze Pferd und den Waagehalter; das vierte, und ich sah das fahle Pferd und den Tod; das fünfte, und ich sah die Seelenschar; das sechste, und ich sah, wie die Sonne schwarz wurde und der Mond wie Blut. Ein Schwindel ergriff mich und wirbelte mich durch glühende Schmerzen, bis ich krachend auf felsigem Grund landete und hinabblickte in ein tiefes Tal, unten ein weiter See von grünlicher Farbe, ringsum Ödnis und Hitze, und ich vermochte nicht mehr zu schlucken, weil mein Gaumen so trocken war, wie das seichte Bett eines kleinen Baches ausgedörrt ist nach einem langen, heißen Sommer ohne Regen und

Gewitter, rissig der spröde Grund. Da, endlich, erbrach in die flirrende Hitze hinein die unsichtbare Hand das siebte Siegel und brachte den Himmel zum Verstummen. Ich schlief ein. Noch sah ich sie nicht, die Engel mit ihren Posaunen.

Johanns Stimme versagte. Er weinte. Ursinus hielt den zitternden Körper in seinen Armen und sprach kein Wort. Wie auch sollte er Worte finden im Angesicht der Offenbarung des Johannes? Stand nicht geschrieben: »Als das Lamm das siebte Siegel öffnete, trat im Himmel Stille ein, etwa eine halbe Stunde lang.«?

Ich mußte noch zwei Wochen vorübergehen lassen, ehe ich freikam von Konstanz und auf den Brief des Stapedius' hin beschloß, selbst nach Köln zu reisen. Niemand ermißt die Qualen, die ich auf dem Kahn durchlitt, der mich binnen sechs Tagen von Schaffhausen rheinabwärts trug. Hin und her wendete ich meine Gedanken und war bereit, mein ganzes bisheriges Leben hinzuwerfen, nur um mit Mechthild an irgendeinem Ort der Welt leben zu dürfen. Schlaflos plagte ich mich durch die Nächte und hörte die Posaunen der Engel: da fielen Hagel und Feuer und verbrannten das Land. Ein Drittel des Meeres wurde zu Blut, ein Drittel des Wassers wurde bitter, und der Tag wurde um ein Drittel dunkler.
Dann war Köln erreicht, und ich eilte ungesäumt zu dem Apotheker Stapedius, welcher mich in ein Hinterzimmer bat und mit gesenktem Kopf zu sprechen anhub:
»Wir Stapedius haben einen guten Namen zu verteidigen. – Wir sind keine Kirchenleute, aber stets fromm und treu zu Rom, leisten einen herb abgesparten Zehnten für die Gemeinde, lassen mehrere Messen lesen übers Jahr, feiern das Abendmahl jeden Sonntag und dienen schon durch unseren Beruf dem Nächsten.«
»Was ist mit Mechthild? Wo ist sie?«
»Plant Ihr, gegen uns vorzugehen, oder habt Ihr meine Argumente wohl gewogen?«
»Wo ist Mechthild?«

»Sie gehört nicht zu unserer Familie. Wir haben ihr den Weg gewiesen.«

»Was für einen Weg? So sprechen Sie nicht in Rätseln!«

»Ich riet ihr, die Stadt zu verlassen. – Kam sie nicht zu Euch?«

»Nein, nein. – Wissen Sie nicht, wohin sie ging?«

»Selbst wenn ich's wüßte, würde es mich nicht bekümmern. Die wahre Gerechtigkeit muß ihren Lauf nehmen, und Ihr – Ihr solltet Euch schämen, daß Ihr es wagt, vor mir gar Tränen zu vergießen für ein Hurenkind.«

Ich sprang auf ihn vor, und um ein Haar hätte ich ihn an der Gurgel erwischt, doch er wich gerade noch zur Seite aus und erhob die Faust. Beschämt hielt ich inne, wandte mich ab und trat zur Tür hinaus.

Der Menschenstrom riß mich Richtung Altermarkt. Ich ließ mich treiben, unfähig, einen Plan zu fassen. Doch dann, während ich zwischen den Verkaufsstellen der Gärtner und Bauern mehr geschoben wurde denn ging, fiel mir die Magd wieder ein, die bis zum Umzug ans Melatener Tor bei Mechthild Dienst getan hatte. Diese mußte ich ausfindig machen, vielleicht konnte sie mir weiterhelfen. Hastig lief ich nach dem Amtshaus des Magistrats, um dort den Namen der Magd und mit etwas Glück gar ihre neue Bleibe zu erfragen.

»Zu welchem Zweck wollt Ihr Einblick in das Register?« fragte der Magistratsschreiber.

»Es geht um ein Rechtsgutachten betreffs einer Bezichtigung – Sneidt heißt das Weib, das zu Erftstadt in Untersuchung steckt. In mannigfach Verhör hat sie gütlich ausgesagt, einst einer Mechthild Buttgen Gutes getan zu haben auf christlich Art. Diese kann also für die Sneidtin sprechen. – Ein braver Mann, Stapedius von Namen und Apotheker allhier, hat mir berichtet, sein Onkel, der vor Jahren dahingeschieden sei, ein gewisser Magister Holger Stapedius, habe nach seiner Witwerschaft die Mechthild Buttgenin gefreit. Jetzt aber verliert sich die Spur, und es könnte sein, daß die Magd etwas weiß.«

»Wir vermerken nicht alle Dienstleut in unserer Urbare«, entgegnete der Schreiber, »aber die junge Stapediusin kenne ich wohl. Die ist all die Jahre ihrer Witwenschaft zu Melaten gewesen. Dort solltet Ihr nachfragen.«

»Und die Magd? Wissen Sie nichts über die Magd?«

Der Schreiber zog ein dickes Buch hervor und blätterte durch viele Pergamente, dann schüttelte er den Kopf.

Also ging ich nach Melaten hinaus, doch der Provisor wußte nichts über Mechthilds Verbleib zu sagen, außer, daß sie seit mehr als fünf Wochen nicht mehr hier gewesen sei und von vielen vermißt werde. Da sah ich den Stern auf die Erde fallen und den Schacht schlagen, aus dem die Heuschrecken quollen mit der Kraft der Skorpione, denen aufgegeben war, nur den Menschen zu schaden, die das Siegel Gottes nicht auf der Stirn hatten. Mechthilds Stirn aber sah ich nicht.

Die Brüder nahmen mich auf und wähnten mich fieberkrank, denn mein Herz raste und meine Augen glänzten, und des Nachts schrie ich im Schlaf.

Dann ging ich zum Berlich hinauf und fragte vorsichtig, ob jemand sie gesehen habe. Eine Rothaarige lockte mich in ihre Kammer, und als sie die Tür geschlossen hatte, riß sie ihr Mieder auf und buhlte mit ihren strotzenden Brüsten. Abwehrend streckte ich die Hände von mir.

»Das ist es nicht, was ich will.«

»Was dann? Kennst du mein Gewerbe nicht, Pfaffe?«

»Ich kenne es wohl. Gott vergib dir. – Kennst du eine Mechthild Buttgen?«

Sie zuckte die Achseln und schloß ihr Mieder wieder.

»Wenn sie wirklich so heißt, trägt sie hier einen anderen Namen.«

»Ihr Alter liegt bei gut dreißig Jahren. Sie mißt fünf Fuß und trägt dunkelblondes Haar, mit silbrigen Fäden durchwirkt. Sie ist von schlanker Gestalt, ohne schwächlich zu sein, und ihr Gesicht ist mild.«

»Ja, so eine war hier. Ist aber schon einige Wochen her. – Die Frauke Malötje kann da vielleicht was sagen. Die vermietet Zimmer.«

»Und wo finde ich sie?«

»Gleich in der übernächsten Gasse, das hingeduckte Haus neben dem Scherrer-Wirt. – Und du willst wirklich meine Sachen nicht?« fragte sie ungläubig und deutete auf ihr schwellendes Mieder.

»Nein.«

Ich gab ihr fünf Pfennige und suchte die Malötje auf.

»Ja, kann mich gut an die erinnern. Hat zwei Wochen bei mir gewohnt. Hat immer nur geheult. Hätte sie wegschicken müssen, kam dann aber nicht mehr. – Ihre Sachen sind noch da; außer dem Geld, das mußte ich für Miete nehmen. Es war nicht viel, allemal bloß dreißig Heller, so daß mir noch ordentlich was fehlt, weil ich sonst sieben Heller nehme für den Tag.«

»Wo ist sie hingegangen?«

»Was weiß ich. – Ging weg und kam nicht mehr.«

»Hat sie irgend etwas gesagt?«

»Nur immer geheult hat sie, es war herzzerreißend. Bald hätte ich sie verjagt – kann doch keiner Ruhe haben bei so was.«

»Irgend etwas muß sie doch gesagt haben!«

»Allerweil von Weggehen hat sie geflennt, auch von Aus-dem-Leben-Gehen oder so, was weiß ich. – Ehrlich, ich weiß nicht mehr.«

Ich wollte schon gehen, als ein junges Mädchen durch die Gasse auf uns zukam und mich mit großen Augen anstarrte.

»Bist du der Doktor?«

»Ich bin Doktor. Wieso frägst du?«

»Dann bist du der, wegen dem die Mechthild so viel geweint hat.«

Ich packte das Kind an den Armen und schüttelte es.

»Was weißt du?«

Die Kleine brach in Tränen aus.

»Klein-Wiebgen, komm«, nahm die Malötje das Mädchen in den Arm. »Mußt nicht weinen. Was hast du denn?«

»Hab sie gemocht«, schluchzte das Mädchen, »hätt' meine Freundin bleiben sollen.«

»Was ist denn geschehen?« bohrte ich ungeduldig nach. Doch das Mädchen jammerte nur unverständlich. Die Malötje führte

das Kind ins Haus und ließ mich mit einem zweifelnden Blick mit hinein. Die Stube war eng, es roch nach ranzigem Fett. In der Ecke lagen Abfälle auf dem Boden, und ab und an sprang hinter einer Truhe eine Maus hervor und machte sich an dem Kehricht zu schaffen. Allmählich beruhigte sich das Mädchen.
»Weißt du, wo die Flennerin abgeblieben ist, die deiner Mutter noch soviel Geld schuldet?«
Wiebke nickte.
»Dann sprich.«
»Sie hat sich dem Rhein vermählt.«
»Was sagst du da? Was sind denn das für Worte, mein Kind?«
»Sie hat es so gesagt: Ich vermähle mich dem Rhein, hat sie gesagt.«
»Was soll das heißen?« fragte die Mutter nochmals.
»Sie lebt nicht mehr«, fispelte das Kind und fing erneut zu weinen an.
Ich mochte es nicht glauben, stürzte davon, rannte zum Fluß und suchte den Hafenmeister.
»Wie findet man jemanden, der sich in den Rhein gestürzt hat?«
»Guter Herr, was fragt Ihr mich? Legt Eure Frage Gott vor, vielleicht erhaltet Ihr Antwort.«
»Wird denn nicht ab und an jemand angetrieben?«
»Das schon, aber es ist Zufall, wo solche Leiber hingelangen. Der Fluß ist mächtig, er hat seinen eigenen Willen.«

Acht Tage später wußte ich: Mechthild war tot. – Nachdem ich nochmals zurückgegangen war zu Frauke Malötje und von ihrer Tochter Wiebke die Art von Mechthilds Kleidung erfahren hatte, wanderte ich mit diesen Angaben rheinabwärts und fragte an jeder Anlegestelle und in jedem Dorf, ob eine Frau angetrieben worden sei, und kurz hinter der alten Reichsstadt Duisburg traf ich den Pastor, der in Unkenntnis der Umstände die Frauenleiche bestattet hatte, die unterhalb der Ruhrmündung von einem Fischer aus dem Fluß gezogen worden war. Er zeigte mir Mechthilds Kleid, und ich erkannte es.
Das war, als hätte mich ein schwere Keule in den Nacken ge-

troffen. Die Gegenstände verschwammen vor meinen Augen, die Stimme des Pastors, der auf mein Erschrecken hin auf mich einredete, konnte ich nicht mehr enträtseln. Es war mir gar, als sauge mir jemand alle Luft vor dem Munde weg, so daß ich nichts atmete und meine Lungen statt mit Luft mit Leere füllte. Kalt, kalt fühlte sich das an. Es wurde schwarz um mich her. Und still.

Als ich aufwachte – und ich vermeinte, es müsse eine Ewigkeit vergangen sein, dabei stand der Pastor noch so vor mir, wie ich es in Erinnerung hatte –, fühlte sich mein Mund ausgetrocknet an. In der Schläfe pochte es, als schlüge ein Schmied seinen schwersten Fäustel auf den Amboß. Meine Hand zitterte, als ich nach dem hilfreich ausgestreckten Arm griff, der mich hochzog. Das Danke, das ich dem Pastor entbieten wollte, entrang sich meiner Kehle nicht; nur ein knurriger Kratzlaut war zu hören. Abermals wollten mir die Beine wegbrechen, doch der geistesgegenwärtige Priester unterfing mich an den Achseln. Jetzt sog ich wieder Luft in meine Lungen, aber die Leere blieb. – Nein, Ursinus, da war keine Hoffnung in mir, da war der Tod nicht die Fortsetzung des Lebens, da sah ich keine Auferstehung und keine Himmelfahrt; es war Karfreitag und es war das Ende; Ostern wurde ausgelöscht. – Ich war leer. Und tränenlos.

Ich weiß nicht, wie ich den Rhein wieder heraufkam, doch noch von Köln aus schrieb ich an Iñigo um Freistellung von allen Pflichten und Erlaubnis zum Rückzug an einen einsamen Ort, denn lediglich eine Besinnungszeit, wie Iñigo sie zu Manresa verbrachte hatte, mochte vielleicht meine Erschütterung beruhigen. Dann machte ich mich auf den Weg nach Konstanz zurück, um dort auf die Antwort meines Generals nebst möglichem Ersatz für meine Person zu warten und die Dinge zu ordnen.

Ich erledigte alles wie in Nebel eingehüllt, geschäftsmäßig anzusehen von außen, gänzlich unbeteiligt von innen, in einer Art von Taubheit gegen jedes Gefühl, und fast vermeinte ich, jetzt könne ein Henker jedes Instrument gegen mich verwenden, ich bliebe fühllos wie Stein.

Zwei Brüder händigten mir den Dispens ein, übernahmen meine Aufgaben vor Ort und entließen mich in eine einsame Welt. Selbigen Tages noch wanderte ich auf Zürich zu, den dumpfen Gedanken im Hinterhaupt, Michael und Gefion zu besuchen. Ich mied gerade Wege, ließ mich treiben von Dorf zu Dorf, suchte um Nachtlager nach bei den Landpfarrern, die mich selten abwiesen, und wenn ja, dann fand sich meist eine Herberge für wenige Pfennige. Je näher ich auf Regensdorf zukam, desto weniger verspürte ich die Neigung, mich einem Menschen zu offenbaren und durch die Erzählung die Vergangenheit lebendig werden zu lassen. Wann immer sich die Erinnerung an Mechthild aus dem Schattendunkel meines Sinnes hervorkämpfte, wischte ich den Gedanken davon, damit mich kein Gramm von ihr plage. Fühllos wollte ich bleiben, nichts tun außer gehen.

Inmitten eines Schneesturmes änderte ich meine Richtung, bog scharf ab gegen Westen, schlug mich durch zum See von Biel und traf dort auf ein Benediktinerkloster, wo ich Unterschlupf fand.

Der Abt stellte wenig Fragen, und auf meinen Hinweis, schön schreiben zu können, gab er mir den Auftrag zu einem kleinen Evangeliar, welches ich Pinselstrich für Pinselstrich auf gut vorbereitetes Pergament malte, denn dies war nun mein Gottesdienst: kunstvoll schreiben das heilige Wort, den Schlaf meiden in vielen Horen, den Tagesreigen ausfüllen wie schon als fünfjähriger Knabe und schweigen. Und weil ich meine Aufgabe auf das beste erfüllen wollte, suchte ich mir ein Werkstattbuch und dort die Anweisung, wie ich reine Goldtinte herstellen und auf welche Weise ich sie verlängern könne, um nach ihr zu handeln und alle Anfangsbuchstaben der Kapitel besonders herrlich in Gold zu malen. Also nahm ich Blättchen von Gold und Silber, die mir der Aufseher des Skriptoriums aushändigte, und brach sie in einem Mörser gemeinsam mit griechischem Salz. Konnte ich das Pulver nicht mehr unterscheiden, goß ich Wasser in das Zerriebene, streute nochmals Salz darüber, wusch es fort und behielt das reine Gold zurück. Dann fügte ich Kupferblüte zu und etwas Ochsengalle, durchmischte es und mengte Geriebenes von

Auripigment und Schöllkraut unter, von jenem ein Teil, von diesem vier Teile. Von dieser Mischung trug ich mit dem Pinsel auf, schrieb und polierte, und es wurden wunderbar goldglänzende Buchstaben zu Ehren des Anhebens bei heiligen Worten, zumal ich nicht nur, wie es die meisten taten, den Buchstaben zweimal malte, sondern ihn gar viermal überschrieb von wegen der vollen Wirkung. Und all die Monate, die ich mich wundschrieb an dem Evangeliar zur Freude des Abtes, sprach ich kaum mehr als die notwendigsten Worte, ja, recht eigentlich übte ich meine Sprache nur in der Kapelle beim Absagen der Psalmen.

Ein hoher Sommer stand über dem Land, als ich, meine Arbeit geendet, den Abt bat, von seiner Gastfreundschaft Abstand nehmen zu dürfen. Mit Bedauern entließ mich jener, gab mir aber zum Dank zwei Goldgulden mit auf den Weg, damit ich nicht genötigt sei, Almosen zu erheischen, und versprach, seine Pforte stets für diesen begnadeten Schreiber zu öffnen. Ich meinerseits dankte bescheiden und schlug mich in die dichten Wälder des alten Gebirges, das die Eidgenossenschaft gegen Burgund abgrenzte.

Wieder wanderte ich ohne Weg und Ziel, lagerte in milden Nächten im Freien, oftmals unter Büschen, der Schnaken ungeachtet, die mich heftig stachen und juckten, mied die Menschen, so gut ich konnte, und übte wie im Kloster die Sprache nur durch Psalmensingen. Die Einsamkeit sog mich in sich auf, wie der Ozean das Wasser eines Flusses aufnimmt, ohne Veränderung in rascher Durchmischung der Elemente hin zu einer wellenschlagenden Gleichförmigkeit, denn wenn auch ein Sturm an der Oberfläche ein Kräuseln und Schäumen zustande brachte, lag darunter alles ruhig und unbekümmert, und in Bezug zur Tiefe des Weltenwassers mochten die höchsten Flutwellen nichts weiter sein als winzige Unebenheiten, des Wortes Welle unwürdig. Dieser Zustand war ohne Schmerz. Nur so konnte ich leben.

Meine Wanderung führte mich durch das Herzogtum Burgund, vorbei an schmucken Winzerstädtchen, hinein in die endlosen Wälder von Autun, und wo immer ich Ortschaften umgehen konnte, umging ich sie und fing an, ein rechter Waldmensch zu werden, der sich von Beeren und Pilzen ernährte und tagelang kein Brot zu sich nahm oder gar warme Speise. Meines Weges achtete ich kaum, lediglich die versteckte Furcht vor dem kalten Winter bestimmte auf heimliche Weise, daß sich meine Richtung mehr und mehr auf Süden einstellte, was mich den Bergen im Herzen Frankreichs näher brachte. Nicht nur einmal traf ich unvermittelt auf eine große Schlucht und mußte weite Querwege nehmen, ehe der Flußlauf überwunden ward, und ein tief eingegrabenes Tal klüftete sich wie ein riesiges Höllental, an dessen engster Stelle der Fluß wie ein tosender Acheron der Unterwelt sich zwischen gewaltigen Felsbrocken und gefährlichen Klippen in die Tiefe stürzte, daß ich vermeinte, das Ende der Welt erreicht zu haben.

Aber das Schicksal schmiedete noch Pläne mit dem Menschenscheuen und wies mir den Weg an dem Felssturz vorbei, woraufhin sich die Schlucht in ihrem Grund weitete und lieblicher gebärdete. Der Fluß gefiel mir, und ich folgte dem Tarn, bis ich nach Albi gelangte, welche Stadt von einer sagenhaften, wie einer Burg aufragenden Kathedrale beherrscht wurde, als hätte hier Gott selbst aufgezeigt, wie sich der Mensch wahre Macht vorzustellen habe.

Das überwältigende Bild dieses Doms zog mich unwiderstehlich an, und erstmals, seit ich Konstanz verlassen hatte, durchschritt ich wieder das Tor einer Stadt, wandte mich zielstrebig nach der Kathedrale, betrat die hohe Säulenhalle scheu, kniete seitab vom Altar nieder und begann zu beten:

»Meine Seele ist gesättigt mit Leid, mein Leben ist dem Totenreich nahe. Du hast mich ins tiefste Grab gebracht, tief hinab in finstere Nacht. Schwer lastet dein Grimm auf mir, all deine Wogen stürzen über mir zusammen. Meine Tage sind wie Rauch geschwunden, meine Glieder wie von Feuer verbrannt. Versengt wie Gras und verdorrt ist mein Herz.«

Die Wucht der Kathedrale schleuderte aus dem Schlund des Vergessens Einzelheiten hervor, die sich rasch zu einem vollen und lebenskräftigen Bild Mechthilds zusammensetzten. Ihr Lächeln blitzte im Lichtvorhang, den die Sonnenstrahlen durch hohe Fenster ins Kirchenschiff warfen. Ihre Augen leuchteten über dem Chorgestühl wie ein undurchdringbares Mysterium. Ihre Stimme hallte von einer Seitenkapelle herüber, als stehe sie dort pausbäckig für einen kurzen Psalter. Des Lebens übervoll entstand ihr Bild in der Erhabenheit dieses Gotteshauses, und das hauchfeine Antlitz versöhnte mich ein wenig mit dem eingefressenen Schmerz über den tatsächlich erlebten Verlust. Bald wandelte Mechthild in ihrer ganzen Erscheinung vom Altar her zu mir, als sei sie lebendig und aus Fleisch und Blut. Die Zeit der Wortlosigkeit zerplatzte wie die Gasblase eines brodelnden Sumpfloches; die Vergangenheit schickte sich an, lebendig zu werden.

Und um nicht weinen zu müssen, stand ich hastig auf und verließ die Kirche, machte mich aus Albi davon über schmale Wege, bis ich zu einer kleinen Stadt kam, die, von einer niedrigen Mauer umgeben, durch ein schmales Tor betreten werden konnte. Geradewegs ging ich auf die gedrungene Kirche zu und bat den Priester um ein Nachtlager, das dieser freundlich gewährte. Nach der Abendandacht, der ich in stiller Meditation beiwohnte, lud mich der Pfarrer von Lautrec – wie das Städtchen hieß – in die Stube zum Essen ein, und ausgehungert, wie ich vom vielen Waldlaufen war, folgte ich dieser Einladung gern. Ich betrat die Stube und näherte mich dem mir angezeigten Platz, als mir an der Wand ein Gemälde von einer Frau in die Augen sprang, ein weiches Antlitz mit verständigen Augen, Silberfäden im Haar und ein Grübchen im Kinn, als ob da Mechthild dem Meister gesessen wäre, wenngleich in der Tracht des Midi. Mit einem Mal schoß alle meine aufgestaute Trauer dahin, und es erging mir wie dem Aeneas bei Dido, als er das Wandbild vom brennenden Troja sah: eine Tränenflut stürzte schimmernd aus meinen Augen. Dem besorgt fragenden Pfarrer aber antwortete ich mit Vergils Worten: »Sunt lacrimae rerum.« Und in der Tat: Die Dinge haben ihre Tränen.

Auguste besaß eine mitfühlende Seele und verstand es, mir die Tränen zu lassen, ehe er sorgsam näher trat und mit beschützendem Arm Trost spendete ohne Worte, bis ich bereit war, mich niederzusetzen an die schlichte Tafel. Unbestreitbar hungerte es mich und empfand ich einen Hauch von Sinnenfreude beim Essen, als ob die Tränen das Tor zum Leben auf eine geheimnisvolle Art geöffnet hätten. Von weit her sickerte mir die Erkenntnis ein, daß den Dingen wesentlich das Leid zugehört, als sei manches im Dasein nicht anders als durch Tränen erfaßbar und als müsse der Mensch die Tatsache annehmen, auf gewisse Umstände mit nichts denn mit Tränen antworten zu können. Dann aber bedarf es keiner Scham über das Weinen, sondern im Gegenteil heißt man die Tränen gut, weil sie ein besonderes Gewicht sind, das auf der Waagschale zu liegen kommt, wenn außergewöhnlich zu Wägendes dem Ausgleich harrt.

»Mein Bruder im Herrn«, sprach Auguste, als das Mahl beendet war, »sei mir mehr als bloß ein einfacher Gast, sei mir ein Herr, dem ich diene, um gleichsam Christus zu dienen, und sei zuallererst an das Wort des heiligen Paulus gemahnt: ›Denn wir wissen, daß die ganze Schöpfung seufzt und in Wehen liegt bis jetzt.‹ Zwischen uns Menschen und unserer Fügung tobt ein Ozean voll Tränen, und eine jede, die vergossen wird, ist wertvoller als pures Gold, denn sie steht für das Fühlen der Menschen, und dieses Fühlen ist gut. – All unser Trost komme dir zu, du brauchst nur ein Wort zu sprechen.«

»Gewähre mir die Beichte.«

»So folge mir in meine Kammer.«

Ich verschwieg nichts. Und während ich alles, aber auch gar alles, was mir nur irgend in den Sinn kam von den Begebnissen und meinem Fühlen zur jeweiligen Zeit, in meine Beichte hineingab, erkannte ich, daß ich niemals hätte einen Ausweg finden können aus meiner Zwangslage. Da war ich zu kraftlos gewesen, zu sehr hin- und hergerissen zwischen meiner Gottesliebe und dem Gefühl für Mechthild. Immer hätte mir der Gedanke an Iñigo ein schlechtes Gewissen bereitet. Keine Priesterehe, keine Lossagung von der Gesellschaft Jesu, keine Flucht in die Arme der Zwinglianer hätte meiner Seele Frieden gebracht. Aber ebensowenig hätte ich die Trennung von Mechthild ertragen; die Nächte wären voller Qual gewesen, zerwacht in schmerzender Schlaflosigkeit. Ein Gedanke nur an sie, und mein Blut kreiste schneller im Körper, mein Atem ging anders, mein Gemächt pochte. Jedes Härchen stellte sich auf, wenn ich ihre zärtliche Stimme hörte und die Weichheit ihrer Haut spürte. Meine Sinne drängte es nach ihrer Haut, meine Seele nach ihrer Nähe. Wie hätte ich eine Wahl treffen sollen? Ich konnte nicht, hätte es nie gekonnt. Ja, ich hatte die Entscheidung wahrhaftig Gott überlassen.

Aber warum mußtest du so grausam sein? Du hast doch alles gewußt, von Anfang an! Wie viele Träume hast du mir geschickt! Du wolltest mich nicht in der Unbekümmertheit meines frühen Glaubens lassen. Du hast es so gewollt! Du hast mir das angetan. – Und ich haderte mit Gott, wie es Jakob getan haben mag nach dem Verlust des geliebten Joseph.

Aber dann spürte ich den Zorn auf mich selbst, spürte meine Unfähigkeit, Roß und Reiter zu nennen. Mein Streiten mit dem Herrn fiel auf mich selbst zurück; einzig mein Fehlen wurde der Prüfung unterzogen. Unser Leben ist nicht frei von einem freien Willen. Ich mußte mich dem stellen. Hier mußte meine Flucht enden.

Ja, ich war vor mir selbst davongelaufen, wollte nicht hinsehen müssen, wie die Wahrheit aussah, die mich schmerzte. Und auch, wenn sich der Schmerz gelindert und das versteckte Leben im Kloster ebenso wie die menschenscheue Wanderung durch Frankreich meine Trauer abgeschwächt hatte, blieb es letztlich eine Weltabwendung und Verleugnung des Seins. Und heute stellst du mich, Herr, indem du mir diesen gütigen Priester schickst. Reichst du mir die Hand? Wirst du die Schmerzen lindern? Wirst du voller Gnade sein?

Während ich hoffte und bangte und alles bedachte, wendete und wieder bedachte, mit langsamen Worten, die von Tränen naß waren, und während Auguste mit Augen voller Nachsicht zuhörte, erkannte ich, daß ich dem Herrn nicht zürnen durfte für seine Art der Entscheidung. Du mußtest so tun, Herr, dachte ich, und ich spürte, daß es die Wahrheit war. Und ich? Mußte ich nicht auch noch einen Schritt weitergehen, mußte ich nicht mit Ijob zu einem tieferen Punkte gelangen? Du hast mich aus der Sünde geführt, Herr. Du hast gegeben, du hast genommen.

Es kostete Tränen, eine lange Weile der Wortlosigkeit und wieder Tränen, aber schließlich gelangte ich zu Ijobs Worten: Gelobt sei der Name des Herrn!

Als der Morgen dämmerte, lag die schrundige Hand des Pfarrers von Lautrec auf meinem Kopf und es wehten die ersehnten Worte durch die Kammer: »Te absolvo.«

In Lautrec erlebte ich beinahe eine zweite Geburt, denn ich lebte von Stund an so befreit auf, als sei ich zuvor von bleierner Müdigkeit niedergestreckt in einem marmornen Sarkophagus gelegen, und wenngleich mich noch häufig die Erinnerung an Mechthild überfiel mit einem schmerzenden Trauermantel, konnte ich doch mein Leben wieder annehmen und eine neue Erfüllung finden im Gottesdienst, den ich als Augustes Gehilfe leistete in den abgeschiedenen Dörfern der Ebene von Castres.

Ich nahm die Erkenntnis an, in Gott das einzige Ziel der Schöpfung und Erlösung zu sehen, und mit dem innig gespürten Bedürfnis, mich Iñigo zu offenbaren und seinem Spruch zu beugen, verließ ich im Frühjahr Lautrec und wanderte ein drittes Mal in meinem Leben nach Rom. Ich verzichtete darauf, mir eine rasche Überfahrtsmöglichkeit zu suchen, sondern schritt die Strecke bewußt ab, kämpfte mit aufkommenden Ängsten vor der Strenge des Ordensstifters, rang das Zaudern nieder und die Verzagtheit, die mich im Hinblick auf die Zukunft packte, besänftigte die Freude auf das Wiedersehen mit dem begnadeten Freund auf ein demütiges Maß und begann mich auf der langen Reise allmählich loszuschälen von weltlicher Verbundenheit. Ich söhnte mich mit der Fügung aus und bejahte meine Gelübde. Je näher ich der Ewigen Stadt kam, desto gelöster fühlte ich mich, bis schließlich auf dem Weg von Ostia herauf über die nach wie vor quirlig-umtriebige Straße alle Ängstlichkeit vergangen und ich voller Wiedersehensfreude war.

Iñigo war alt geworden, viel geplagt von seinem Magen und den Pflichten gegen Papst und Gefährten. Seine stete Suche nach Demut gegen die Göttliche Majestät im Gleichschritt mit seinem Bestreben nach soldatischer Pflichterfüllung, gerade in der Arbeit an den Konstitutionen, die immer noch keinen Abschluß gefunden hatte, prägten seinem Gesicht eine Kargheit ein, die ein anderer, der ihn nicht kannte, für asketische Strenge halten mochte. Doch er war weit mehr, als seine Feinde – und derer hatte er als einer der bedeutendsten Männer in Rom viele – wahrnehmen mochten, ein von der Nächstenliebe durchglühter Mann, und er empfing mich mit einer ernsten Herzlichkeit, die sofort die Erinnerung an unsere erste Begegnung im Seminar zu Paris weckte.

»Gerade in den letzten Wochen habe ich viel an dich gedacht, und ich freue mich, daß du zurückgefunden hast in die Gemeinschaft«, sagte er warmherzig und fuhr beinahe hellseherisch fort: »Du möchtest die Beichte ablegen, und es sind bewegende Dinge, die dich zerwühlt haben im letzten Jahr. – So sprich denn, mein Bruder, sprich.«

Nichts ließ ich aus, und als ich geendet, sprach Iñigo mich frei.

»Es ist gut, daß du dich mit dieser Beichte befreit hast von der Last der Vergangenheit«, bemerkte Iñigo und legte seinen Arm auf meine Schulter, »denn so wirst du frei für die Zukunft und ein gütiger Streiter Jesu, denn das warst du immer schon: eine milde Seele. Jetzt aber zweifle und hadere nicht länger, denn du hast längst bereut, was es zu bereuen gibt, und bist im Herrn. Wo aber es noch deiner Taten bedarf, hast du genug Zeit, das Richtige zu erkennen.«

Er setzte sich auf seinen Schemel, trank vorsichtig von dem schweren Wein und erzählte mit sanfter Stimme aus dem Buch Kohelet:

»Das ist das Schlimme an allem, was unter der Sonne getan wurde, daß alle dann ein und dasselbe Geschick trifft und daß in den Menschen überdies die Lust zum Bösen wächst und Verblendung ihren Geist erfaßt, während sie leben und danach, wenn sie zu den Toten müssen – ja, wer würde da ausgenommen? Für jeden Lebenden gibt es noch Zuversicht.«

Denn: Ein lebender Hund ist besser als ein toter Löwe.
Und: Die Lebenden erkennen, daß sie sterben werden; die Toten
aber erkennen überhaupt nichts mehr.«
Wir erkannten einander und lächelten, und ich wußte, daß ich
in Lautrec zu Recht mich wie wiedergeboren gefühlt hatte, denn
ich durfte nochmals beginnen.

## Die Gerechtigkeit blühe auf

Anfang Februar, Johanns Streitschrift war kaum erschienen,
mußte Maria Schorn erneut Abriels Kunstfertigkeit erlei-
den, die sich nun am Aufsitzenlassen auf einen Holzblock wies,
der nach oben hin spitz zugeschlagen war zu einer scharfen
Schneide. Johann, als geistlicher Beistand zugelassen von einem
unsicheren und aufgewühlten Pfleger, der dem früheren Freund
kaum in die Augen sehen konnte, mußte sich zwingen, sich
nicht abzuwenden von der unmenschlichen Tortur, denn die
Schornin suchte immer seine Augen und schöpfte daraus Kraft,
während sie sich auf den üblen Holzblock setzen mußte mit ge-
spreizten Beinen, auf daß sie ihr eigenes Gewicht immer weiter
hineindrücke in das Holz, welches einschnitt in das empfind-
same Fleisch. Und weil die Schornin verstockt blieb, beschwerte
der Henker ihre Beine mit Gewichten, und als auch das nicht
half, ihr irgendeine Rede abzupressen, hieß Abriel seinen Gehilfen, der bockigen Teufelsbrut den Rücken auszupeitschen.
Was quält man einen Menschen im Namen der Gerechtigkeit?
Zu welchem Frevel leiht die Kirche hier ihre Hand? Was soll
man da noch beten? Mußte nicht jeder Glaube herausfallen
aus diesem Herzen? Konnte da überhaupt Lebensmut erhalten
bleiben?
Er blieb. Weinend, schreiend, wimmernd und flehend ertrug
Maria Schorn die Qualen, ohne je ein geständiges Wort zu sprechen, bis ein wütender Pfleger ihr höchstselbst die Faust ins Gesicht schlug.

Johann sprang hoch und schrie.

»Das ist ungesetzlich«, brauste der Henker auf und brach die Torquierung ungeachtet der pflegerischen Einwände ab. »Wenn Ihr noch einmal einpfuscht in meine Sache, komme ich nicht mehr zu Euch und melde es weiter an den Bischof. Und für heute ist Schluß.«

Tiefe Röte schoß in des Pflegers Kopf ein. Ohne nach rechts oder links zu blicken, stürmte Poißl aus dem Verlies. Abriel indes nahm der Schornin sämtliche Gewichte ab, hob sie von dem quälenden Block, hieß den Gehilfen, die Rückenwunden zu pflegen, und bekräftigte nochmals gegen Johann hin: »Mein Amt ist gesetzlich, und ich tue gesetzlich, was meines Amtes ist. – Niemand quält in meinem Beisein ungesetzlich die Delinquenten!«

Dann wurde die Schornin hinausgeführt, und im Vorübergehen traf Johann ihr tiefer, dankbarer Blick.

Von nun an verschonte Poißl die Schornin, ohne sie allerdings freizugeben, und wandte sich am nächsten peinlichen Verhörtag der Irma Windegger zu, die angesichts der Instrumente, derer sie bereits genossen, ohne viel Federlesens eine Reihe weiterer Frauen als Gespielinnen angab, darunter die Rosina Rösch, die Frau des Prozeßtreibers Sebastian Rösch, der dagegen sofort aufschrie und Lüge giftete, was aber bei der beharrlichen Art, die Poißl an den Tag legte, wenig fruchtete; auch die Röschin wurde in Fesseln geschlagen.

Der Rösch mochte es nicht fassen und versteckte sich zwei Tage in seinem Haus. Am Ende war seine Frau wirklich eine Hexe, und der Satan war jahrelang bei ihm ein- und ausgegangen. Was würden die Nachbarn sagen? Würden sie ihn für mitschuldig halten, einen Hexer gar, der nur dadurch von sich abgelenkt habe, daß er viel ärger als alle anderen auf die Hexen geschimpft habe? Eine lange Nacht packte die Angst den Rösch und beutelte ihn durch, bis er nicht mehr wußte, ob er Männlein oder Weiblein war. Sie werden auch mich ins Verlies werfen, sagte er sich immer wieder, und jedesmal klang es noch schrecklicher als das

Mal davor. Nein, es war nicht richtig, ich hätte behutsamer sein müssen, mit weniger Haß – aber wie, wenn mir die Klöckin, diese Hex – und das war eine, eine verteufelt verfluchte Hexe, Sakrament! – erst den Damian zum Deppen macht und dann den Hagelschlag ins Getreide schickt! Und auch die Achrainerin, die beiden Schlampinnen, und manche andere – alles Hexen, ganz ohne Zweifel! Ja, kratzte er sich hinter dem Ohr, schon bei der Gattingerin bin ich mir heute nicht mehr ganz sicher, und die Puslpöckin? Ob die am Peißenberg war? Aber die Weiber haben alle ein Geständnis abgelegt. Warum? Kein Unschuldiger gesteht so teuflische Schandtaten, oder? Oder? – Fragen standen auf, Fragen, die Johann längst gestellt hatte, Fragen, die dem Rösch neu waren, zumindest als wahrhaft gestellte Fragen, als solche, die eine Antwort zuließen, und zwar eine Antwort der Vernunft. Sie quälten ihn, diese Rätsel der Menschlichkeit, die sein Verstand noch nicht zu lösen wußte, weil ihm Gefühle verboten, allzusehr die Dinge zu denken, die nicht nur das Ergebnis, sondern auch sein bisheriges Fehlverhalten an den Tag gebracht hätten; er selbst vermochte es nicht auszudrücken, aber er spürte, daß er überzogen hatte in seiner Hetzerei gegen die Frauen, egal, ob schuldig oder nicht. Er war nicht kühl geblieben, sondern hatte sich ereifert. Nun forderte das Schicksal den Lohn dafür ein. – Ja, es ist wahr, daß sich der Rösch plagte, daß ihn diese Fragen quälten und die erahnten Antworten peinigten. Und wenn es auch nicht der gute Geist war, der vor ihn hintrat wie einst Christus vor Saulus, so ging doch eine Wandlung mit ihm vonstatten, die zu einer bisher unbekannten Milde führte.

Getrieben aber wurde Rösch immer noch von der Angst um seine Frau und um sich selbst. Er durfte nicht zulassen, daß Rosina im Karzer blieb. So sprach er bei Poißl vor und versicherte ihn seiner Freundschaft, lobte ihn auch dafür, sich für die Ordnung in der Grafschaft so selbstlos eingesetzt zu haben und sich nicht kleinkriegen zu lassen von den wahren Satansbräuten, doch solle er bei aller Ernsthaftigkeit versuchen, die rechte Unterscheidung zu treffen zwischen schuldig und unschuldig, und einsehen, daß seine Gattin, die Rosina, nun wirklich keine

Gespielin des Tausendkünstlers sei. Bezicht sei Bezicht, hielt Poißl dagegen, und als er Wind davon bekam, daß nicht nur der Rösch, sondern noch mehrere andere Ehemänner Bittgesuche nach Freising aufsetzten, um ihre Frauen wieder freizubekommen, schrieb Poißl umgehend an den Bischof, er brauche gnädig Schutz und Schirm, damit nicht weiter Aufruhr entstehe, denn schließlich könne er nicht jedem Bauern zu Willen sein. In einer ersten Antwort vertrat der Freisinger Rat weiterhin die harte Richtung und gab den Bittgesuchen der Ehegatten nicht nach.

Aber der Rösch blieb hartnäckig und scharte Germischens hervorragende Männer um sich, die allesamt dafür eintraten, dem Prozeß ein Ende zu machen, denn die wesentliche Aufgabe sei erfüllt. Mit der Klöckin und ihren engen Gespielinnen seien die Weiber, von denen man seit Aberjahren wußte, daß sie der Schwarzen Magie sich verschrieben hätten, weggeputzt. Ebenso sei Werdenfels von den bedenklichen Hebammen gesäubert – wenn man einmal von der Maria Schorn absehe, die sich dem Urteil bisher entziehe. Wichtig sei doch vor allem, den Weibern aufzuzeigen, daß es Männersache sei, die Herrschaft im Land auszuüben, alldieweil nur über die Priester die Zulassung zum Gewerbe Gottes gegeben sei. Und wie die Pfarrer zu Germischen, Partenkirchen und Mittenwald bestätigen könnten, sei die Frömmigkeit auch wieder auf dem Stand, den sie zu den guten alten Zeiten gehabt habe, als von sonstigen Ketzern und Bauernunruhen nichts zu hören gewesen war. Jetzo, wo die Werdenfelser wieder wüßten, welchen Weg eine vernünftige Herrschaft zu nehmen habe, könne der Freisinger Rat mit vernünftigen Urteilen das Verfahren abschließen.

Diese Gründe und noch etliche mehr formulierte der Rösch in ein geharnischtes Schreiben nach Freising. Besonderes Gewicht brachten die Argumente auf die Waagschale, wonach der Poißl »… prozessiert als wie ein wildgewordener Wucherer gegen ehrbare Leut und freie Herren, weil sich es für sein Säckel endlich rechnen muß, denn es wissen zu Germischen alle Guten, daß die Pfleger dort lieber nach dem Recht schauen, wo etwas zu holen ist. Schon der Herwart, Gott hab ihn selig, der sonst ein gar pfundiger Landrichter gewesen ist, hat allzuviel Zurückhaltung geübt gegen die bösen Weiber, die nichts haben. Und von dem Caspar Poißl von Atzenzell weiß man ja, daß er notig ist in seinen Einnahmen, seit er viel Vermögen drangeben müssen wegen dem Frater Hayne seiner Erzgrube. Wenn ein gelehrter Spruch zu Recht umgeht von der blinden Justitia, dann muß der Poißl nicht danach unterscheiden, ob eine Bezichtigte einen Mann mit Gut hat oder nicht, sondern einzig nach Schuld oder Unschuld. Denn wo eine falsch Verschriene dem Abriel in die Hände fällt, legt der Teufel manchmal seine ganze Kraft in falsche Geständnisse bloß zur Vermeidung von Weh.«

Dieses Schreiben blieb in Freising nicht ungehört, und eine umständliche und lange Anweisung erging, wonach Poißl dafür Sorge zu tragen hatte, daß

»... Frauen vor falschen Angaben geschützt, die bösen aber ihres Verdienens nach ernstlich bestraft werden. Da dem gemeinen Sprichwort nach des Menschen Blut heiß ist und eine Obrigkeit sich wohl vorzusehen hat, passe er acht, daß er niemanden an die strenge Frage werfe oder zum Tod kondemniere und daß nicht etwa Unschuldige auf die Aussage von Hexen hin aus teuflischem Haß oder Neid gestöckt, geplöckt, gemartert und durch die Peinigung dahin gebracht werden, daß sie etwas getan zu haben bekennen, was ihnen vielleicht niemals in den Sinn gekommen. Darnach habt Ihr Euch zu richten, und wir sind Euch wohlgesinnt.«

Hatte etwa gar jemand im Freisinger Rat die Streitschrift des Doktor Kätzler in Händen?

Immerhin hörte man erste Gerüchte über ein mutiges Buch, das sich gegen die weitverbreitete Art, Hexenprozesse zu halten, wende, und der Innsbrucker Drucker berichtete, daß er kaum die Nachfrage befriedigen könne, die wegen des Werkes an ihn herangetragen werde. Allerdings sei auch ein Jesuitenpater bereits hier gewesen und habe dringend ausforschen wollen, wer der eigentliche Verfasser dieses bedenklichen Opus sei, denn selbstverständlich hatte Johann einer alten Sitte gehorchend ein Pseudonym gewählt und – auch in Anspielung auf die vielen Tränen, die er vergossen hatte – den Urheber »Thomasius Lacrima, incerto theologo romano« benannt. Für einen besonders findigen Geist mochte so eine Spur gelegt sein, von welcher Johann allerdings – bestärkt durch Ursinus – hoffte, sie möge alle Nachforscher noch eine Weile in die Irre führen.

Es ging in den Frühsommer hinein, der Prozeß in Werdenfels stockte, und dem Pfleger schlug zunehmend Haß entgegen, als Poißl unvermutet zu Ettal erschien und Johann zu sprechen wünschte.

»Gar viel Unglück liegt über mir«, hub der Pfleger an, doch Johann entgegnete sofort: »Das hast du schon einmal bejammert.«

»Es tut mir leid, wenn ich gefehlt habe.«

»Du machst es dir leicht. – Gib die Unschuldigen frei und beweise so deine Reue.«

»Wie kann ich die Weiber freilassen, wenn sie in der Bezicht sind und mich der Bischof mahnt, die Bösen ihrer Strafe zuzuführen?«

»Du bist unbarmherzig in der Tortur und hast dich gegen die Schornin sogar vergessen. Wieso sollten andere nachsichtig gegen dich sein?«

»Meine Frau liegt auf Leben und Tod, ich bin verschuldet und wage mich kaum noch in mein eigenes Schloß.«

»Wenn du mich fragst, Caspar Poißl, so gehörtest du einmal aufgezogen, damit dir klar wird, was du Monat für Monat auf deiner Burg unternimmst.«

»Doktor Kätzler, ich komme als Freund und erbitte deinen Rat.«

»So lasse dir sagen: ›Treu gemeint sind die Schläge eines Freundes, doch trügerisch die Küsse eines Feindes.‹ – Wie anders soll ich dir die Augen öffnen für deinen Frevel?«

»Früher dachte ich, im Alter ist Milde und Weisheit – du aber hast eine scharfe Zunge, ganz so wie in dem Buch gegen den Hexereiprozeß.«

»Hast du es gelesen?«

»Nur in Teilen, aber ich kenne deinen Witz. – Bitte, hilf mir und meiner Frau.«

»Wo du keine vernünftigen Anhaltspunkte hast, lasse die peinliche Frage nicht zu; wo eine nach der Folter nicht gesteht, lasse sie frei; wo eine gesteht und widerruft und nach der zweiten Folter nimmer gesteht, lasse sie frei. Schon hast du rasch dein Verlies leer und dein Verfahren am Ende.«

»Ich vermag es nicht, und der Freisinger Befehl steht dagegen.«

»Dann gehe hin und verharre in deiner Schwäche. Dir ist nicht zu helfen.«

Johann wandte sich schroff ab.

Abends saß er mit Ursinus im Garten unter dem Apfelbaum und spielte eine Eröffnung, die er noch nie vorher versucht hatte, indem er den Bauern vor dem Damenritter eins vorschob und dann den Bischof auf die lange Diagonale setzte. Mochte sich von nun an Ursinus stets der Bedrohung gewärtig sein, die auf dem weiten Weg über das Feld dem Bauern vor dem Königsritter drohte, welche Art vor allem dann, wenn der König mit dem Rochus den Doppelsprung zog, vielleicht dermaleinst Gefahr heraufbeschwören mochte. Bald schon gelang es Johann, den zweiten Bischof hinter den Damenbauern zu bekommen und mit dem königlichen Ritter Unruhe zu stiften auf der kurzen Flanke von Schwarz. Ich wollte, dachte Johann dabei, ich könnte über dem Spiel die Welt vergessen.

Es gelang nicht, sondern das tränenverquollene Gesicht der Maria Schorn drängte sich vielmals ein, und Johann sinnierte, ob er ihr mit seiner Schroffheit gegen den Pfleger geschadet habe. Die Lage schien hoffnungslos, und bei dem Zustand, in welchem er die Schornin letzten Samstag getroffen hatte, konnte sie eine weitere Torquierung kaum überstehen. Herr, lehre sie, den Degen zu führen, flehte Johann, denn womöglich ist in dem weiten Tal sie die einzige Gerechte.

Und weiterhin, Herr, lasse die Frauenhasser verstummen und gib der Mutter deines Sohnes die Kraft, uns Menschen vom Wert der Weiber zu überzeugen, fuhr er in seiner Bitte fort und schob zugleich seine Königin in einen fürchterlichen Angriff auf die schwarze Bastion hinein. Verzweifelt opferte Ursinus einen Turm, um das Unheil zu wenden, doch gelang ihm nur geringer Aufschub, ehe aus der linken unteren Ecke der Bischof dem König den Garaus machte.

»Was wollte der Poißl?« fragte Ursinus nach dem Matt.

»Meine Hilfe – und auch wieder nicht. Das Gewissen drückt ihn, und seine Frau liegt im Sterben.«

»Nimmt er Rat an?«

»Nein, das ist ja das Schlimme; solche Menschen lassen sich nicht raten. Aber er hat mein Werk gelesen und mich als Verfasser erkannt.«

»O Gott, hast du es zugegeben?«

»Mittelbar schon, wenngleich nicht ausdrücklich.«

»Wirst sehen, damit macht er sich nochmals lieb Kind bei Ernst von Freising.«

»Und wenn – ich bin fertig mit dieser Welt.«

»Sei nicht mutlos. Die Schornin braucht deinen Beistand.«

»Wie soll ich Mut haben, wo Gott soviel Unrecht zuläßt?«

»Weil du die Liebe hast.«

»Wieso soll ich lieben?«

»Um Gottes willen.«

»Und wieso dieses?« fragte Johann, nunmehr beinahe neckisch, weiter.

Ursinus erkannte es und lächelte.

»Du prüfst mich. – ›Der Grund, Gott zu lieben, ist Gott, das Maß, ohne Maß zu lieben‹, sagt der heilige Bernhard bei Dante. Und du handelst danach.«

»Dafür liebe ich dich am meisten, Ursinus, daß du von solch gelehrter Schlagfertigkeit bist. Aber auch, daß du mir immer noch Mut machst, obwohl meine Lebensflamme flackert.«

Johann blickte lange Minuten stumm in den sich abdunkelnden Sommerhimmel, ehe er Ursinus wieder anschaute.

»Ja, mein junger Freund, ich werde ausharren, denn dies sei mein letzter Dienst gemäß dem Wahlspruch meiner Gesellschaft: Alles zur größeren Ehre Gottes.«

Drei Wochen später wurde Johann vor den Abt gerufen, in dessen Zelle ein streng blickender Jesuit den alten Bruder musterte, kaum daß Johann durch die Tür getreten kam.

»Die Welt ist der Irrtümer voll«, begann der Gesandte der Gesellschaft, »und ich, Lukas Rethius, bin der letzte, der dies nicht verstünde, denn es ist viel Wandel in diesen Tagen, und wenige nur haben den rechten Blick auf alles. So ist es gute Sitte, daß man, so einem ein Irrtum im Eifer unterlaufen, Gelegenheit erhält, diesem freimütig abzuschwören. Bist du, Johannes Kätzler, insofern meiner Ansicht?«

»Durchaus, werter Rethius, doch bist du sicher nicht hier, um dich hierüber meiner Zustimmung zu versichern.«

Rethius deutete auf das Pult des Abtes, woselbst ein Opus des Thomasius Lacrima lag. Johann trat langsam näher, befaßte das Buch, schlug es auf, las laut den Titel vor: »Rechtliches Bedenken wegen der Hexenprozesse«, überflog das Inhaltsverzeichnis, schlug eine der angeführten Quaestionen auf, was von der Folter zu halten sei, erwog die dargelegten Gründe, als läse er dies alles zum erstenmal, blickte schließlich auf und bemerkte, was da geschrieben stehe, klinge recht vernünftig, und gern wolle er den Thomasius Lacrima kennenlernen.

»Das möchten wir auch, und, ganz ohne Scherz, ich glaube, ihn bereits zu kennen.«

»Oh, was für eine spannende Geschichte. Da möchte ich Näheres hören.«

»Ein römischer Theologe soll er sein, also kaum ein Protestant. Die Schreibweise höchst gelehrt, also kein einfacher Scholar. Der Witz auf das höchste geschult, wie man nur wenige kennt – der Doktor Eck vermochte so zu schreiben, doch der ist längst verschieden.«

»Lukas Rethius, du glänzest geistreich, fast ist mir, als möchte ich dich bewundern.«

»Bleibt nur ein Schüler des Doktor Eck.«

»Wirklich vortrefflich, dein Spürsinn, als wärst du eine Sau, die Trüffel sucht.«

»Siehst du, nur du kannst so schreiben.«

»Sprechen, lieber Bruder, schreiben lasse ich längst andere.«

»Der Abt berichtet mir's besser: Du sollst sehr fleißig gewesen sein in letzter Zeit.«

»Ach ja, meine Kirchengeschichte; wird aber nichts Rechtes mehr.«

»Du sollst ein ordentliches Manuskript erarbeitet haben. Das bezeugen alle Brüder im Skriptorium.«

»Viele Worte habe ich wohl gemacht, allein sie hielten gründlicher Prüfung nicht stand, weshalb ich Bogen für Bogen verworfen habe.«

»Wieso gibst du dann gegenüber dem Pfleger von Werdenfels zu, jener geheimnisvolle Thomasius Lacrima zu sein?«

»Tat ich das?«

»Das tatest du und solltest jetzt dein Versteckspiel beenden. Der Provinzial weiß schließlich, daß du dich aufgeschwungen hast zum Anwalt der Hexen und man dich nur schützen konnte, indem man die Zulassung eines Verteidigers widerrief.«

»Gegen Recht und Gesetz.«

»In gewohnter Übung, also rechtens.«

»Es herrscht Unrecht an der Stätte des Gerichts.«

»Du bist Thomasius Lacrima, gesteh es ein.«

»Und wenn?«

»So schwörst du deinen Irrtümern ab und bleibst in der Gnade des Herrn.«

»Worüber du befindest?«

»Der Provinzial, dem du zu unbedingtem Gehorsam verpflichtet bist.«

»Ich bin Doktor Johannes Kätzler, Rechtsgelehrter und Theologe, fünfundachtzig Jahre alt und des Lebens müde. Eine Träne bin ich nicht.«

»Ich soll dich warnen: Wenn du dich nicht bekennst und nicht abschwörst, wird man ein Verfahren gegen dich einleiten und dich exkommunizieren.«

»Oder freisprechen, weil du dich täuschst. – Es läutet zur Non. Betest du mit?«

Sie ließen ihn gehen, der Abt und der Jesuit, und als die Gebetszeit geendet, hatte Lukas Rethius Ettal verlassen.

»So danken sie mir meine Arbeit, die Nachgeborenen eines Ignatius von Loyola«, bemerkte Johann resigniert zu Ursinus, als sie allein in der Küche standen und Benno beim Krautschneiden zusahen. »Wo ist Iñigos Milde geblieben? Nur Papststreiter sein, das ist zu wenig, um den ignatianischen Geist zu erfüllen. – Für solche Nachfolger also diente ich fünf Jahre als Professor an der Sapienza und als Seelsorger bei den Aussätzigen, unterstützte von Anbeginn an die Ausbildung des Priesternachwuchses im Collegium Germanicum, das auf Wunsch Iñigos gegründet worden war und die Pflanzstätte wahrhaftiger Pfarrer werden sollte, nicht solcher, wie dieser Rethius einer ist. Mit echter Glaubensbeseeltheit sollte sich der Nachwuchs dereinst aufmachen zur Rückbekehrung der Lutheraner, nicht versteinert in Unbarmherzigkeit.«
Johann machte eine wegwerfende Handbewegung, als er anhub, erzählend seinen Lebenskreis zu schließen.

Ich wünschte damals nichts mehr für mein Leben, das gleichförmig dahinlief und mich von allen Aufregungen verschonte, damit ich mich wirklich dem Wesentlichen widmen konnte, dem Aufgehen in Gott. Gleichwohl war mir die Kunstfertigkeit des Disputierens nicht ganz verlorengegangen und hielt ich meine Kenntnisse in der Jurisprudenz frisch. Und als sich bei Ignatius der Eindruck gefestigt hatte, ich stünde wieder mit beiden Beinen fest auf dem Boden der Gesellschaft Jesu, da schickte er mich zurück nach Bayern, um Herzog Albrecht bei seinem Bemühen, der katholischen Sache zum Sieg zu verhelfen, beizustehen und je nach Bedarf den herzöglichen Assessoren dienstbar zu sein auf dem Reichstag zu Augsburg im Hinblick auf die Verhandlungen rund um den in Aussicht genommenen Religionsfrieden.
Der Frühling sprang übermütig in einen jungen Sommer hinein, als ich Ende Mai des Jahres 1555 in München anlangte und erfahren mußte, daß man meiner zu Augsburg nicht bedurfte. Zu schwierig gestalteten sich die Bemühungen um eine wahrhafte Annäherung, und so strebten die Parteien lediglich eine welt-

liche Friedensordnung an und keinerlei Ausgleich im Glaubensstreit selbst; mit solcherlei Formelwerk hatten die herzöglichen
Assessoren hinlänglich Erfahrung, die »Pax Augustana« gelang
auch ohne mich. Statt dessen äußerte der Herzog den Wunsch,
ich möge in Ingolstadt die Verlotterung der bayerischen Landesuniversität ein für allemal beenden. Doch der Herzog trug
seinen Beinamen »der Großmütige« zu Recht; nachlässig verfolgte er seine Ziele, und so hing ich über ein Jahr in München,
ohne recht etwas gestalten zu können, und die einzige wahrhaft
erhellende Begegnung hatte ich mit dem großartigen Musikmei-
ster Orlando di Lasso, mit dem der Herzog wie mit seinesglei-
chen verkehrte.

Erst im Sommer des Jahres 1556 konnte ich endlich nach Ingolstadt reisen und den Lehrstuhl für kanonisches Recht besetzen.
Bald nach dem Eintreffen in Ingolstadt erfuhr ich, Ignatius sei in
aller Einsamkeit und ohne den Empfang der Sterbesakramente
verschieden, da die Arbeit für den Orden seinen Sekretär so in
Anspruch genommen habe, daß er nicht rechtzeitig zum Papst
hatte gehen können. Diese traurige Nachricht riß in mir noch
einmal den Schmerz um die verlorenen Menschen auf und führte mich drei Tage in eine weltabgeschiedene Rückbesinnung, in
der ich tiefe Dankbarkeit gegen den begnadeten Freund aus
Paris empfand, der mir ein Weiterleben in der anwachsenden
Gemeinschaft ermöglicht und mir in den letzten Monaten sein
Vertrauen geschenkt hatte. In diesen Stunden des stillen Ab-
schieds habe ich geschworen, nie wieder die Wahrhaftigkeit zu
verraten und hinfort auf jedes Geheimnis zu verzichten.

Lange Jahre der Auseinandersetzung mit den weltlichen Professoren begannen, weil die Laien eine laue Glaubenshaltung einzunehmen gewohnt und im übrigen auf die geisteskräftigen
Jesuiten voller Eifersucht waren. Immer schärfer wurden die
Gegensätze zwischen den Laien und den Jesuiten, und Simon
Thaddäus Eck, der Stiefbruder meines früher verehrten, jetzt
immer noch geachteten Lehrers, tat sich besonders hervor in
Eckscher Schärfe und erfuhr rasch Hohn und Spott; ein Spott-
wort machte in ganz Bayern die Runde und hieß: »Zu München

hat's ein scharpfes Eck, davon stürzt man Gott's Wort hinweg.« –
Luther hätte es kaum besser dichten können.

Binnen weniger Jahre artete der Streit in ein verbissenes Fechten
aus, bis ein herzogliches Dekret den weltlichen Professoren verbot, gegen die Jesuiten zu insistieren. Andererseits zeigte sich
die zunehmende Hartherzigkeit meiner Brüder, wenn ich es
recht bedenke, bereits in den Jahren ab 1559. Schon damals er-
statteten die weltlichen Rechtsgelehrten einige Gutachten über
Zauberei und Hexerei, und ein junger Magister verfaßte gar ein
kurz darauf verbotenes Traktat gegen das Vorgehen der Obrigkeit im Eichstätter Liebeszauberprozeß. Im Hochstift hatte man
im Jahr 1551 einen Mann geköpft, weil er mit sieben Frauen ge-
schlechtlich verkehrt war, von denen er mehrere sollte mit einer
Wurz bezaubert haben, auf daß sie ihm gefügig seien. Glaubt
man der Abhandlung des jungen Magisters, wies das Verfahren
so viele Fehler gegen die Carolina auf, daß es schlechterdings
untragbar war; meine Brüder aber erwirkten nicht nur ein Verbot dieses Heftleins, sondern setzten auch die Verbrennung aller
verfügbaren Exemplare durch, so daß, fürchte ich, heute kein
einziges mehr zu finden ist. Doch damit nicht genug, verbot
man den jesuitischen Zöglingen, Vorlesungen bei Nichtjesuiten
zu hören, und wenig später wurde den Laien in einer Flugschrift
vorgeworfen, »... warum die doctores zu Ingolstadt nicht an den
Hexenprozeß wollen, seye die Ursache quia timent sibi de suis
uxoribus« – als ob jeder verheiratete Mann allerweil bloß Angst
hätte vor seiner eigenen Frau!

So also sind sie geworden; und ich stand mittendrin. Meiner
Ingolstädter Magisterpromotion und meines Schülerseins von
Johannes Eck wegen genoß ich Anerkennung bei den weltlichen
Gelehrten, die auch mein besonnenes Urteil schätzten. Meine
Gefährten wiederum wünschten sich mich zwar kämpferischer
und zweifelten oft an meinem abwägenden Geist, doch umgab
mich der Odem des frühen Begleiters Ignatius' und somit gleichsam eine Aura von Unberührbarkeit. – Immerhin! Von den heutigen Gefährten läßt sich dies nicht mehr sagen. Beinahe
zwangsläufig versuchte ich mich also in der Mittlerrolle, nahm

mich über Jahre hin der zerrissenen Fakultäten an und errang immer wieder mit Mühe auf beiden Seiten die Zustimmung zu einem schlichtenden Vorschlag, bis mir der Streit allzu leidig wurde und ich gegen den Ordensgeneral um Befreiung von meinen Lehrverpflichtungen zu Ingolstadt nachkam. Denn fürwahr, ich war kein streitbarer Löwe mehr, sondern allenfalls ein treuer Hund, und fand daran – wie schon damals, als Iñigo aus dem Buch Kohelet gesprochen hatte – nichts Arges.

Mit Rücksicht auf mein Alter wurde ich Anfang des Jahres 1568 von meinen Pflichten in Ingolstadt entbunden. Der Ordensgeneral Franz Borgias schickte mich nach München, auf daß ich am dortigen Kolleg in angemessener Weise die Schüler in Latein unterrichte und daneben, so ich noch genug Schaffenskraft verspüre, mich wieder an meiner Welt- und Kirchengeschichte versuche, die ich seit meiner Berufung nach Konstanz nicht fortgeführt hatte.

Froh, den Ingolstädter Streitereien entkommen zu sein, folgte ich dem Ratschluß des Borgias und bezog eine Zelle in dem Kloster der Augustiner-Eremiten, deren nur noch drei hier wohnten, weshalb etlicher Platz für die Jesuiten zur Verfügung stand. Doch auch hier war ich nicht gefeit vor der Müdigkeit, die mich ergriff. Und während seit Jahren im ganzen Land Missionen stattfanden, um die Menschen zurückzuführen in den Schoß der einzigen Kirche, zog ich mich zurück. Mit stiller Freude nahm ich die Arbeit an meiner Welt- und Kirchengeschichte wieder auf, die sich inzwischen auf die ersten Gemeinden bezog und nunmehr so richtig zur Kirchengeschichte gestaltete. Unter den Verfolgungen, die zu schildern mich die bittere Wahrheit nötigte, litt ich, als sei ich selbst mittenmang und müsse die Wahrhaftigkeit verteidigen gegen das aufgezwungene Weihrauchopfer vor einem Götzenbild. Allerdings ging die Arbeit weit nicht so rasch vonstatten wie damals in Köln, und wenngleich die Sammelleidenschaft Albrechts eine stattliche Bibliothek zuwege gebracht hatte, konnte sich diese nicht mit den Reichtümern der Kölner Universität messen und mußte ich manchen Umstand mühsam ausforschen, dessen ich mich in Köln ohne Umschweife hätte vergegenwärtigen können.

Schlimmer noch, und das ließ sich leider nicht mehr abstreiten, nahm meine Spannkraft von Jahr zu Jahr ab, kosteten die Schüler im Kolleg mich bald mein gesamtes körperliches und geistiges Vermögen und versiegte nach und nach der Antrieb für wissenschaftliches Arbeiten. Ich wurde immer lustloser, und auch das Leben in der Stadt ödete mich zusehends an. Ja, es zog mich mehr und mehr an meine Wurzeln zurück. In meinem Herzen bäumte sich eine Sehnsucht nach den Bergen auf, die von Sommer zu Sommer an Heftigkeit zunahm, bis ich nach inständiger Prüfung beschloß, um endgültigen Dispens und Gastaufnahme zu Ettal nachzusuchen.

Es dauerte vom Spätsommmer bis in den März hinein, ehe Everard Mercurian, bereits der dritte Ordensgeneral in der Nachfolge von Iñigo, mit den Oberen der Benediktiner alles geklärt und sich entschlossen hatte, den alten Gefährten aller Aufgaben zu entbinden. Als ich das doppelt gesiegelte Schreiben gelesen hatte, schnürte ich ungeachtet der noch nicht günstigen Reisezeit mein Ränzlein. Der Abschied von den Münchner Gefährten war kurz und lebenskarg, ganz so, wie es Ignatius sich wünschte von seinen Jüngern, daß sie umgehen sollten mit irdischen Gefühlen, und ich empfand nicht das leiseste Weh, als ich die Stadt verließ, die mir letztlich fremd geblieben war.

»So schließt sich mein Lebenskreis, Ursinus, und bald neige ich mein Haupt vor der Ewigkeit. Gebe Gott, daß ich zuvor noch eine Unschuldige rette.«

»Dein Gebet wird erhört werden, denn einst muß man sagen können, daß Recht geschah an der Stätte des Gerichts.«

»Die Zeit wird kommen für die Gerechtigkeit, das glaube ich auch. Aber nicht jedem ist es gegeben, so lange warten zu können – und was hätte die Schornin davon, wenn den Poißl ein zweites Gericht aus seinem Grab risse, damit über den Leichnam des Richters Gericht gesessen werde wie vor vielen Jahren einmal über den Kadaver eines Papstes?«

»Das hat man getan?«

»Ja, in grauer Vorzeit hat man das getan. – Aber es wäre doch zu wünschen, daß der Poißl zu Lebzeiten zur Besinnung kommt.«

Als ob der Herr Johanns Wunsch erhört hätte, traf er am nächsten Samstag, den er wie gewohnt zum Beichtgang nach Werdenfels nutzte, einen niedergeschlagenen Caspar Poißl, der weinend seine Frau betrauerte, die unter heftigen Schmerzen in der Donnerstagnacht von ihm gegangen war. Johann berührte sanft seine Schulter.

»Jeden trifft es, das Schicksal läßt keinen aus. Auch du bist nicht ewig von dieser Welt und solltest beizeiten deinen Frieden machen. Ich halte es mit Jesus und verzeihe auch dem Judas.«

»Wo immer es die Wahl gab zwischen richtig und falsch in den letzten Jahren, ich habe falsch gewählt«, stammelte Poißl. »Gebe Gott, daß es noch einmal anders kommt.«

»Ja, das gebe Gott«, bekräftigte Johann und stieg zur Schornin ins Verlies hinab.

»Da seid Ihr, das ist gut. Ich habe wilde Träume, die mir Angst einblasen. Allerweil wieder sehe ich Feuersäulen vom Himmel fallen und die Wälder verwüsten, dabei versengt's mir das Haar, daß ich plattert bin.«

»Sei ohne Furcht, denn ich habe den Herrn geschaut«, tröstete Johann. »Gib mir Seelen, habe ich ihn gebeten, alles andere nimm. Und er hat mich verstanden.«

»Was meint Ihr jetzt damit?«

»Deine Seele ist auch dabei; sie wird gerettet werden. Das allein zählt.«

»Muß ich noch viel dafür leiden?«

»Das Maß kenne ich nicht; aber sei tapfer, dann geht es rasch vorbei.«

»Ach, harmlos sind Daumenschrauben und spanischer Stiefel gegen das Aufziehen: Hände auf den Rücken gebunden, das Seil daran befestigt. Langsam zieht der Folterknecht an, zwingt die Arme über den Kopf, hängt den Körper an den verkrumpten Armen auf, daß die Gelenke springen. Dann lassen's dich ab und bohren: Gibst's jetzt zu? Nein? Martermeister, ein weiteres Mal. – Und Ihr sagt nur: Sei tapfer, dann geht es rasch vorbei.«

»Was gäbe ich, könnte besser ich helfen.«

»Ja mei, leicht ist's am ersten Tag, die Wahrheit nicht zu verraten, aber grauslig schwer am zweiten, wenn die Gelenke schwellen. Wer mag da nicht die Antwort finden, die sie hören woll'n?« Sie schluchzte.

»Wofür, hochwürdiger Herr, soll ich denn tapfer sein?«

»Für's Leben, Schornin, weil es ein Geschenk des Herrn ist, und wenn du dich einläßt auf Gott, wird er's dir mit Freude vergelten.«

»Komisch, daß ich keinem glaub' außer Euch.«

»Du brauchst niemandem zu glauben; an Gott sollst du glauben und ein ordentliches Leben führen, das genügt.«

»Da darf dann Freud dabei sein?«

»Ja, viel Freude sogar.«

»Gut, Euch z'lieb bleib' ich tapfer.«

Er stieg mühsam aus dem Keller empor, denn die stickig-feuchte Luft im Verlies griff ihn von Mal zu Mal stärker an und saugte ihm die Kraft aus den Lungen, auch fuhr ihm die Kälte, die sogar im Sommer in dem Gemäuer hing, in die Glieder und schmerzte ihn im Hochgehen jeder Schritt.

Oben im Burghof traf er den Pfleger wieder, der sich in ein sonniges Eck gestellt und offensichtlich auf Johann gewartet hatte. Grau geworden war der Poißl, sowohl von der Gesichts- wie von der Haarfarbe her, und die silbrigen Bartstoppeln, die seine Wangen säumten, unterstrichen den Eindruck, so daß Johann unwillkürlich die Schweglerin einfiel, die einzige Person, die er je gekannt hatte, die sozusagen die Menschwerdung des Grau war (und bei dem Gedanken an die Schweglerin faßte er sich nach der Brust, wo unter dem Kleid ihr Kreuz baumelte).

»Sie haben mich zum Prozessieren gezwungen, und jetzt bin ich der Teufel für sie. – Bald habe ich mit diesen Hexen alles verloren, meine Frau, meine Habe, einen Freund; es kommt zu spät, ich weiß, daß ich dich jetzt um Verzeihung bitte.«

»Poißl, ich habe dir bereits verziehen.«

»Ach, hätte ich dir nur gefolgt. – Was soll ich tun?«

»Sei weise und gerecht.«

Poißl schlug die Augen nieder.

»Nimm das Gotteswort in dich auf, Caspar, und höre den Psalm: ›Verleih dein Richteramt, o Gott, dem König, dem Königssohn gib dein gerechtes Walten! Er regiere dein Volk in Gerechtigkeit, und deine Armen durch rechtes Urteil. Die Gerechtigkeit blühe auf in seinen Tagen und großer Friede, bis der Mond nicht mehr da ist.‹

Wenn du dein Seelenheil finden willst, dann führe den Prozeß gerecht zu Ende. Ich rate dir nochmals: Wo du keine vernünftigen Anhaltspunkte hast, lasse die peinliche Frage nicht zu; wo eine nach der Folter nicht gesteht, lasse sie frei; wo eine gesteht und widerruft und nach der zweiten Folter nimmer gesteht, lasse sie frei. Das ist ein gerechtes Verfahren.«

»Wenn ich so tu, find' ich dann meine Ruh?«

»Ich bin dein Beichtvater nicht und kann dich nicht freisprechen; aber wenn du so vorgehst, werde ich für dich beten. – Und sei gerecht gegen die Schornin.«

»Der Rat hat nochmaliges peinliches Verhör angeordnet, weil sie eine besonders Verstockte ist. Ich kann nicht an gegen die Befehle aus Freising.«

»Ich weiß, dazu bist du zu schwach, wenngleich ich sicher bin, sie würden es dir nicht verübeln. – Ich überlasse dich deinem Gewissen. Bedenke dabei: Wenn sie nicht gesteht, gib sie frei.«

Kraftlos nickte der Pfleger zu Johanns Abschied.


# Ein Hauch nur ist jeder Mensch

Vor dem Burgtor bat Johann den Kärrner, er möge ihn hinüber nach Germischgau und von dort hinauf zur Rieß fahren, damit er noch einmal den Ort schaue, an dem er geboren wurde. Zuerst führte der Weg den Wald hinab mit manchem Ausblick auf die mächtige Wand des Wettersteins, dann fuhren sie durch die Wiesen und Felder der breiten Talebene auf die Berg-riesen zu, vorweg das helle Dreieck der Alpspitz und gegen Westen die hintere Mauer des Höllentals mit ihren drohenden Felsabstürzen, nach vorne beschirmt von den wuchtigen Waxen-steinen, diesen Eckzähnen eines Riesengebisses. Was für eine ab-weisende Welt, dachte Johann, und mir doch auf ihre eigene Art vertraut und lieb, obwohl ich so wenige Jahre hier verbracht ha-be. Es erklärt sich schwer, warum der Mensch den Flecken Erde, der ihm das Leben schenkte, besonders schätzt, zumal wenn er so viel anderes gesehen hat wie ich; aber es ist das Land meiner Mutter gewesen, und letztlich bin ich weit mehr, als ich es je be-griffen habe, das Geschöpf meiner Mutter, die mich der Him-melsmutter anvertraut hat. Summa summarum, heilige Maria, Mutter Gottes, hast du mich gut behütet und es mir leicht ge-macht, dir treu zu bleiben. Wenn du dich halt jetzt um die armen Weiber auf dieser Welt kümmern wolltest, damit dieses Brennen ein Ende hat und ich getröstet bin, wenn ich Lebewohl sage.

Als der Karren den Rießersee erreicht hatte, ließ Johann halten und stieg aus. Langsam schritt er auf den dunkelblauen See zu, der friedlich in seiner steilwandigen Waldsenke lag, ein Hort der Besinnung und Weltentrückung, an dessen Ende eine Handvoll Häuser standen, die einst alle den Kätzlern gehört hatten. Die steil stehende Sonne spiegelte sich in der Seemitte und schenk-te den Tannen und Fichten, den Felsen und Schrofen kräftige Farben, an denen sich das altersmüde Auge satt sehen konnte. Ein wuchtiger Felsen, an dessen Bruchkante sich der Stamm einer Fichte anlehnte, ragte schräg ins Wasser hinein und entbot Johann einen Platz zum Sitzen. Von hier konnte er das klare Wasser bis in die Tiefe ergründen. Sah er zunächst nur Schemen, gewöhnten sich seine Augen allmählich an den Blick und nahm er zumindest die größeren der dahinpfeilenden Forellen wahr, wenngleich nur als Körper und ohne die kreisförmige Zeich-nung, die er früher oft an den Fischen bestaunt hatte, weil er die darin gefangenen Farben des Regenbogens anmutig fand wie sonst kaum etwas im Tierreich. Es hat etwas für sich, dachte er, wie Antonius zu den Fischen zu predigen oder wie Franz zu den

Vögeln, denn Gott ist in jeder Kreatur, und es stünde uns Menschen gut an, stets darauf zu achten. Er hob einen kleinen Stein auf, warf ihn ins Wasser und beobachtete die Ringe, die von der Einschlagstelle hinausliefen in den See, bis sie sich im Nichts verloren. So ist der Mensch nichts weiter als ein kleiner Stein, sinnierte er, der in den See des Lebens fällt, ein paar Kreise zieht und sich in der Weite der Schöpfung verliert. Dieses Bild des Rießersees versuchte Johann tief in sich aufzunehmen, denn er wußte, daß dies der Abschied war, und als seine Brust vollgesogen war mit dem würzigen Duft von Wasser und Harz, da sprach er laut einen Psalm:

»Herr, tu mir mein Ende kund und die Zahl meiner Tage! Laß mich erkennen, wie sehr ich vergänglich bin! Du machtest meine Tage nur eine Spanne lang, meine Lebenszeit ist vor dir wie ein Nichts. Ein Hauch nur ist jeder Mensch.

Nur wie ein Schatten geht der Mensch einher, um ein Nichts macht er Lärm. Er rafft zusammen und weiß nicht, wer es einheimst. Und nun, Herr, worauf soll ich hoffen? Auf dich allein will ich harren. Entreiß mich allen, die mir Unrecht tun, und überlaß mich nicht dem Spott der Toren! Ich bin verstummt, ich tue den Mund nicht mehr auf. Denn so hast du es gefügt. Ein Hauch nur ist jeder Mensch.«

Dann erhob er sich, ging einige Schritte am Ufer entlang, kniete sich auf den Nadelkissen zwischen den Wurzeln einer Tanne nieder, beugte sich vor und küßte die Erde. Anschließend brachte ihn der Wagen, ohne daß er bei seinem Urgroßneffen, Linhard dem Kätzler, vorbeigeschaut hätte, zurück nach Ettal, wo ihm der Abt, kaum hatte er das Kloster betreten, einen doppelt gesiegelten Brief übergab, als dessen Absender Johann den Petrus Canisius erkannte.

»Geliebter Bruder Johannes«, schrieb der frühere Gefährte, »von meiner Kindheit an hat Gott nicht aufgehört, mich mit dem Brote seines Wortes zu ernähren und mein Herz zu stärken. Damit ich nicht umherschweifte mit den verirrten, hirtenlosen Schafen, hat mich der Herr in das Haus seiner Kirche aufgenommen, und Du, lieber Bruder, warst darin ein treuer Begleiter, denn eines weiß ich wohl, daß es ohne Deine Hilfe nicht gelungen wäre, in der schwierigen Kölner Zeit so hurtig die Primiz zu feiern. Was für ein leuchtendes Beispiel hast Du, lieber Johannes, lange Zeit für mich abgegeben und mich bestärkt in meinem Streben, bei dem Glauben und der Lehre zu bleiben, in der ich als Knabe unterrichtet und als Jüngling gekräftigt wurde. Wie nah ist Dein großes Herz unserem Vater Ignatius gewesen, der auf Dich vertraute wie nur auf wenige Menschen, und mit welchem Edelmut hast Du Dich eingesetzt für das Entstehen unserer Gesellschaft Jesu.

So glaube ich, daß Du nicht um eines zeitlichen Vorteils willen Dich zum Anwalt machst von bedauernswerten Geschöpfen, die den Versuchungen des Teufels erlegen sind. Ich weiß, Du suchst nicht irgendeines Menschen Gunst und Du handelst nicht wider Dein Gewissen.

Gern achte ich Deine Regungen und bin Dir immer verbunden im Glauben und in unserer Gemeinschaft, allein betrübt es mich, daß Du in Deinen späten Tagen Dein Gewissen über die Weisheit des ganzen Ordens zu setzen suchst. Denn so, wie es der Lukas Rethius Dir geschildert, so ist fürwahr die Haltung aller Brüder in Deutschland, die ja die Zustände allesamt bestens kennen, daß wie eine große Seuche aufgestiegen ist das Hexenunwesen, welches mit Stumpf und Stiel ausgerottet werden muß.

Wenngleich ich die Zustände in der Grafschaft Werdenfels nicht kenne und sogar leise befürchte, daß dort im einzelnen manche Ungerechtigkeit unterlaufe, so ist im großen und ganzen Dein Anwurf gegen den Inquisitionsprozeß wenig weise, und ich wollte dringend, Du hättest ihn unterlassen. Da er aber nun in der Welt ist, solltest Du, wie es jedem einmal unterkommen kann, Deinen Irrtum bekennen und widerrufen. Ich bitte Dich um Deiner selbst willen und für die Gesellschaft Jesu. Es wäre ein Jammer, sollte über Dich die Exkommunikation verhängt werden, was leider – Du selbst kennst die Gesetze am besten – erfolgen muß, wenn Du nicht binnen dreier Monate öffentlich widerrufst.

Wahrlich, ich wollte, Du hättest die Welt mit Deiner Kirchengeschichte erfreut, deren Anfänge so vielversprechend waren, daß
gar viele längst darauf warten, wie Du den Augustinus in seiner
Zeit darstellst.

Wer soll denn – außer einem guten Freunde, und der mit größtem Bedauern – Dein verirrtes Traktat über die Hexenprozesse
lesen? Der Welt fehlt nichts, wenn man dies Buch verbrennt, und
da Du nie nach irdischem Lohn geschielt, solltest Du diesen Verlust rasch verwinden.

Wirklich, ich bete zu Gott, daß Du ein Einsehen hast mit der
höheren Wahrheit, wie sie ja auch in dem umfassenden Gutachten unserer Ingolstädter Gefährten zum Ausdruck kommt und
wie sie der Trierer Weihbischof Peter Binsfeld, der an unserem
Collegium Germanicum erzogen worden ist, eindrucksvoll allen
kundtut.

Lasse dich vor allem nicht dadurch berücken, daß Cornelius
Loos, dieser verblendete Irrgänger, die gleiche Richtung ein-
schlägt, wie aus Trierer Kreisen zu hören ist; er wird es nicht
wagen, sein entartetes Gedankengut zu drucken, und wenn, werden wir rasch zur Hand sein mit den gerechten Folgerungen.
Du lebst abgeschieden, geliebter Bruder, in einem kleinen
Winkel dieser Welt, der kaum Ausblicke ins Weite zuläßt, und
kannst die Zusammenhänge nicht erkennen. Glaube mir, Du
gehst fehl, wenn Du auf Deinem Traktat beharrst. Doch um Deiner Gewissensnöte willen gewährt Dir der Provinzial die vollen
drei Monate zum Bedenken. Ich bitte dich inständig, nutze die
Zeit und gelange zu einem guten Ergebnis.

Gegeben zu Freiburg am vierten August im Jahre des Herrn fünf-
zehnhunderteinundneunzig. Petrus Canisius.«

Immerhin, dachte Johann, als er den Brief aus der Hand legte,
wählen sie mir gegenüber die sanfteste Form, wenngleich ich
den Inhalt letztlich als so hart erkenne wie in jeder anderen
Androhung der Exkommunikation. Wie möchte ich den Umstand beweinen, daß meine Gefährten sich aufgeschwungen haben zu den obersten Hexenjägern in Deutschland – allein, ich
habe die Tränen nicht.

Unterdessen nahm das Werdenfelser Verfahren einen ruhigeren Fortgang und kamen die ersten Gefangenen sogar frei gemäß dem Freisinger Befehl, die Angesehenen nicht in Verruf zu bringen; doch konnte die Freiheit seiner Gattin den Rösch nicht besänftigen und hielt auch bei den anderen der Unmut an, weil nach wie vor neu in die Bezicht gekommene Frauen in Fesseln geschlagen und verhört wurden. Poißl seinerseits mochte nicht länger mit den Unholden unter einem Dach leben und versetzte alle Gefangenen wieder ins Germischgauer Amtshaus, woselbst die weiteren Verhöre stattfanden, auf die der Pfleger aber offensichtlich weniger Nachdruck legte wie früher, so daß es zu einer weiteren Beruhigung kam und Ende Oktober lediglich für zwei Frauen ein endlicher Rechtstag angesetzt wurde. Unterdessen befand sich die Maria Schorn immer noch in Haft und wartete auf ihre letzte Tortur, die eine Woche vor dem nächsten Richttag gehalten werden sollte, um endgültig über ihre Schuld oder Unschuld zu befinden. Poißl aber paßte Johann am Samstag vor dem Verhör nach der Beichte ab.

»So gut es geht versuch ich nach deinem Rat zu handeln, Doktor Kätzler, und es scheint, es wird weniger. Trotzdem muß ich auf freisingisches Geheiß die Schornin in drei Tagen nochmals torquieren. Ich bitte dich, ihr als Beistand zur Seite zu sein; das Gericht läßt einen Verteidiger zu.«

Johann blickte ungläubig.

»Woher, Poißl, dieser löbliche Sinneswandel?«

»Ich bin in mich gegangen und habe viel nachgedacht«, antwortete der Pfleger und nestelte mit den Händen an den Knöpfen seiner Joppe. »Ich habe es hin- und widergedreht und versucht, zu einem vernünftigen Schluß zu kommen. – Du weißt, daß ich den Prozeß eigentlich nie wollte. Die Umstände haben mich getrieben, der Rösch hat mich gezwungen. – Es ist Zeit für ein Ende.«

Poißl schaute Johann in die Augen. Sein Blick flehte um Verständnis.

»Ja, und dann hatte ich einen Traum: Ein heller Tag war's, der Himmel blau, und ich stand auf einer weiten Wiese. Viel Volk war um mich her. In einem langen Zug kamen Weiber daher und schleppten sich matt an mir vorbei zum Schrannenplatz, geschirmt von Schergen. Sie würden brennen, das wußte ich. Die Weiberaugen waren groß und schrecklich leer; es tat mir weh, sie anzuseh'n. Da kam ein Weib, gar alt und grau, das trug ein Kätzlein tot in seinen Armen und heulte fürchterlich und achtete des Weges nicht. Da war ein Loch im Gras, und das Weib trat hinein und stürzte. Wie die Alte niederstürzte, ließ sie die Katze aus, und der tote Körper fiel seitab. Mühsam rappelte das Weib sich hoch, tappte mit trauerschweren Augen weiter und bejammerte den Verlust des Kätzleins. Still stand viel Volk um mich. Da trat ich vor und hob die Katzenleiche auf. Zwölf Schritte weg war schon das Weib. Langsam zog der Troß zur Richtstatt hin. Ich blickte auf den pelzigen Kadaver und hörte das Greinen der Alten inwendig in meinem Kopf. Da eilte ich dem Weib hinterdrein und wußte gleich schon, daß es schierer Unsinn ist, so zu tun, denn gleich würde die Alte den Scheiterhaufen besteigen und brennen. Alles war besiegelt, nichts war zu ändern. Trotzdem rannte ich wie um mein Leben, um die Alte zu erreichen. Dann gab ich ihr das Kätzlein. – Sie nahm's und lächelte, und ich wußte nicht, wie mir geschah. Nie habe ich solche Dankbarkeit aus Menschenaugen geschaut, und während alle ringsum auf mich mit den Fingern deuteten, fühlte ich mich von innen her ausgesöhnt mit dem Leben.«

»Das ist die Wirkweise der Barmherzigkeit«, entgegnete Johann leise.

»Deshalb will ich den Verteidiger zulassen.«

Die Pferde dampften. Karl schirrte sie vom Postwagen ab und führte sie in den Stall, als Johann und Ursinus über den morastigen Weg stapften. Bis vor wenige Minuten hatte es heftig geregnet. Grau hing der Himmel über dem Tal, tief zogen die Wolken und verdeckten die aufragenden Berge. Vor den Mündern hingen Nebelfahnen. Eine Ahnung von Winter lag in der Luft. Karl und Ursinus halfen Johann auf den Wagen hinauf, dann gab der Posthalter dem Kutscher einen schmalen Packen Briefe, allesamt aus dem Kloster und für Innsbruck, Brixen und Rom bestimmt. Wie segensreich zeigte sich das Wirken von Leonhard von Taxis: Von Ettal aus lief die Post seit der engen Knüpfung der Posthaltereien in weniger als acht Tagen bis in die Ewige Stadt. Die Postwagen waren leidlich bequem, weit angenehmer als die Karren, die man sonst in Ammergau und Werdenfels fuhr, weil sie von einem gekrümmten Stahlblatt nahe jedem Rad gefedert wurden. Ursinus hatte darauf bestanden, Johann solle mit dem Postwagen fahren, denn allzusehr hatte dieser über Schmerzen im Kreuz geklagt. Der Gerichtstag war um die Mittagszeit angesetzt, da konnte Johann in den Nachmittagsstunden mit dem Wagen aus Innsbruck wieder zurückfahren und sich auf diese Weise schonen.

Kaum saß Johann auf dem Bock, waren auch schon die frischen Pferde eingespannt, schnalzte der Fuhrmann mit der Zunge und rollte das Gefährt an. Der Weg war aufgeweicht, die Tiere zogen schwer. Düster dräute der Himmel. Die Landschaft versteckte sich im Nebelgrau, das sich zäh ins Loisachtal legte. Johann schloß die Augen. So wollte er den Weg in seine Heimat nicht in Erinnerung behalten. Da sann er lieber seiner letzten Fahrt an den Rießersee nach, vielleicht ließ sich daraus Zuversicht schöpfen. Mehr verlangte er nicht, nur etwas Hoffnung für die Maria Schorn, daß sie die Folter überstehe. Aber kein Sonnenstrahl fand den Weg ins Tal, und Johann fror bis auf die Knochen. Er schlang die Arme um sich und wickelte sich in die grobe Pferdedecke, deren scharfer Geruch ihn daran gemahnte, daß sich der Teufel noch immer in Werdenfels herumtrieb. Würde er diese eine Seele, an der Johanns Herz hing, würde der Teufel die Schornin freigeben? Oder blieb alle Mühe vergebens und fiel in wenigen Stunden die tödliche Entscheidung? Johann erschauderte. Nein, dachte er, ich habe keine Tränen mehr. Gib, Herr, daß ich diese Frau nicht beweinen muß!

Kurz bevor der Wagen auf das Amtshaus zurollte, flog aus einer dürren Fichte am Wegrand eine Taube auf. Als Johann sie sah, huschte ein Lächeln über seinen Mund.

»Danke«, sagte er laut. Der Kutscher brummte zufrieden zurück und hielt an. Poißl wartete schon und geleitete Johann in den

Gerichtsraum, wo der Schreiber bereits auf seinem Platz saß und auch Sebastian Rösch zugegen war.

»Gott zum Gruß, Hochwürden«, grüßte der Unterrichter und stotterte dabei ein wenig. Johann nickte und reichte ihm die Hand, ehe er sich auf einen bereitgestellten Stuhl setzte.

Dann führte Abriel die Schornin herein. Schmal war sie geworden an Gesicht und Leib, ausgemergelt von der schlimmen Haft, die sie seit mehr als eineinhalb Jahren erdulden mußte, ausgezehrt von der steten Angst vor dem Morgen und Übermorgen. Ihre Augen, die vor Jahr und Tag noch vor Lebenswitz gefunkelt hatten, lagen matt in dunklen Höhlen. Blaß und schmal waren die Lippen geworden, die ehedem den Knilling verführt hatten, und statt auf hübschen Beinen, die Neugier und Lust anstacheln konnten, zitterte sie auf Haut und Knochen herein, fast als hätte sie Ziegenläufe. Kantig stachen die Schlüsselbeine unter dem schmutzigen Linnenhemd hervor, sehnig und mager stand der Hals. Da war nichts Weiches mehr und nichts Rundes, verloren schienen dralles Gesäß und volle Brüste. Auf der Anklagebank saß ein zusammengesunkenes Häuflein Elend, eine Feder von Mensch, gepeinigt und zerschunden. Doch als die Schornin Johann sah, da hellte sich ihr angsterfülltes Gesicht auf, und als gebe er ihr ein Übermaß an Kraft, ging ein Ruck durch ihren Körper und straffte sich ihr ganzer Leib.

Poißl verlas zum wiederholten Male die Anschuldigung und beschwor sie, die Wahrheit zu gestehen – allein, die Schornin schwieg. Weder das Zeigen noch das Erklären der Instrumente half, und so ging der Scharfrichter daran, ihr wieder die Hände auf den Rücken zu fesseln und mit dem Aufziehen zu beginnen.

»Aufgrund der Vielheit an Torquierung ist es rechtens«, warf Johann ein, »das Aufziehen nur so weit zu treiben, bis die Angeklagte auf Zehenspitzen steht. Der Nachrichter möge also dafür sorgen, daß die Schornin nicht den Boden unter den Füßen verliere.«

»Der Nachrichter wird diese Bitte befolgen«, bestätigte Poißl und willigte damit in eine so außergewöhnliche Linderung, daß kaum zu erwarten war, die Schornin würde nunmehr noch etwas gestehen. Diese wiederum suchte Johanns Blick und bezeigte ihm so, daß sie tapfer sein würde.

Nach drei Minuten, die keinen Laut von der Schornin vernahmen, ließ der Nachrichter sie wieder herab, befreite ihre Hände und führte sie auf den Schemel vor dem Gericht.

»Ich beschwöre dich«, sprach Poißl nun eindringlich, »bei den bittersten Tränen, die unser Heiland und Herr, Jesus Christus, am Kreuze zum Heile der Welt vergossen hat, und bei den brennendsten Tränen der glorreichsten Jungfrau, seiner Mutter selbst, die sie über seine Wunden zur Abendstunde hat fließen lassen, daß du, sofern du unschuldig bist, Tränen vergießt; wenn schuldig, keinesfalls. Im Namen des Vaters und des Sohnes und des Heiligen Geistes. Amen.«

Sichtlich verwirrt suchte Maria zu verstehen. Sie rang mühsam nach Tränen, doch konnte sie nicht weinen und wünschte nichts sehnlicher denn eine frisch aufgeschnittene Zwiebel herbei. Konnte nicht der Henker helfen und ihr die gequälten Arme verdrehen? Ein Schmerz, irgendein Schmerz, damit die Drüsen Anstoß bekämen, ihren Dienst zu verrichten. Nichts. Trocken das Auge wie ein Bachbett im höchsten Sommer. In ihrer Verzweiflung stammelte sie: »Mein Herrgott, gib mir Tränen.«

Die Zeit verrann scheinbar im Sturmschritt, ohne daß sich nur der geringste Tropfen ausbildete; ja, beinahe schien es, als sei der Augapfel ganz verdörrt.

»Du weinst nicht«, stellte Poißl verzagt fest und haderte selbst mit diesem fadenscheinigen Mittel der Schuldermittlung, bis ihn eine ohnmächtige Wut über das widrige Schicksal übermannte und er voller gereizten Jähzorns fragte: »Warum weinst du nicht?«

Was erschrak die Schornin da, und mit einem Mal rannen Tränen über ihre Wangen. Poißl erstarrte, trat einige Schritte zurück, sprach bestürzt: »Mein Gott, sie weint«, griff nach dem Hexenhammer, der aufgeschlagen auf der Richterbank lag, und las laut vor mit innerer Bewegung: »Die Erfahrung hat gelehrt, je mehr die Hexen beschworen wurden, desto weniger konnten sie weinen. – Fragt man nach der Ursache der Verhinderung des Weinens bei den Hexen, so kann man sagen: Weil die Gnade der Tränen bei Bußfertigen den hervorragenden Gaben zugezählt wird, ist es niemandem zweifelhaft, daß sie dem Feinde des Heiles ersichtlich gar sehr mißfällt.«

Der Pfleger schlug das Buch zu und sprach leise vor sich hin: »Wer könnte in dieser Lage ehrlich weinen? – Ich nicht. – Sie muß unschuldig sein.«

Sebastian Rösch nickte. Poißl stellte das Verhör ein.

»Nun?« fragte Johann.

»Ich werde nach Freising berichten und um Bestätigung der Freilassung bitten.«

»So trage ihr denn in Gottes Namen die Katze nach«, antwortete Johann, ging auf die Maria Schorn zu, legte ihr seine Hand auf das Haupt und betete ein Vaterunser.

»Nimm meinen Segen in ein neues Leben hinein. Ich glaube, es wird gut. Leb wohl.«

In der darauffolgenden Nacht streckte ihn ein fiebriger Husten nieder, der seine Lungen so rasch verbrannte, daß er vermeinte, nicht mehr atmen zu können. Ursinus, der ihn pflegte, lief nach den Vigilien zum Abt, auf daß er das letzte Sakrament spende. Johann legte die Beichte ab (in welcher er es allerdings vermied, auf sein Traktat anzusprechen), empfing Absolution und Ölung in einer beinahe heiteren Stimmung und betete leise einen Rosenkranz. Der Abt aber, in seinem Wesen ein friedvoller Mann, unterließ es, Johann nach dem Widerruf zu fragen, zu dem er sich seit des Canisius' Brief verschwiegen hatte. Im Gegenzug dankte Johann für die warme Aufnahme und bat um drei Seelenmessen. Sie wurden gewährt.

Als sie wieder allein waren, richtete sich Johann halb auf, ergriff Ursinus' Hände und sagte: »Ich empfehle dich dem Herrn, auf daß du die Welt schauen möchtest und in ihr niemals irre gehst. Sei ein Narr und ein Tor zugleich, doch umsichtig und mit Fürwitz, denn nur so wirst du dein Gewissen schützen. Und wenn der Glaubenskrieg kommt, vor dem ich mich seit langem fürchte, lasse dir kein Schwert in die Hand drücken, sondern ziehe dich zurück, denn wahrlich, ich sage dir, so ein Gemetzel ist nicht von Gott.«

Zwei Tage noch lag er im Fieber, doch erlebte er die Ankunft des Lukas Rethius, welcher seinen Widerruf entgegennehmen oder ihn in Fesseln schlagen sollte, nicht mehr bei Bewußtsein. Und ehe die gesetzte Dreimonatsfrist verstrichen war, ging Johann zum Herrn.

Am folgenden Samstag wurden auf einem hölzernen Wagen die letzten drei Frauen der Richtstatt zu Germischgau zugeführt; sie erhielten jede ein volles Maß Wein auf dem Weg und wurden dann bei lebendigem Leib verbrannt. Wenig Volk wohnte der Hinrichtung bei. Poißl wandte sein Gesicht ab, als der Henker die Scheiterhaufen abfackelte.

# ORDO DER WELT

Unversehens und frostig hat der Winter Einzug gehalten, und das Feuer im Kamin wärmt kaum das Refektorium, in dem sich alle Patres versammelt haben, um auf Wunsch des Jesuiten darüber zu befinden, ob der verstorbene Johannes Kätzler in geweihter Erde beigesetzt werden dürfe oder nicht.

»Sein unsagbares Werk ist verworfen worden von Bischof Ernst und allen anderen katholischen Bischöfen in Süd- und Oberdeutschland. Mit Urkunde vom dritten August wurde er aufgefordert zu widerrufen binnen dreier Monate bei Androhung der Exkommunikation. Ein Widerruf ist nicht erfolgt. Item ist er störrisch geblieben und hat in ketzerischem Denken verharrt.«

»Er starb vor Ablauf der Frist, und in der Urkunde des hochverehrten Petrus Canisius steht«, wendet Ursinus ein und zitiert: ›Um Deiner Gewissensnöte willen gewährt Dir der Provinzial die vollen drei Monate zum Bedenken. Ich bitte dich inständig, nutze die Zeit und gelange zu einem guten Ergebnis.‹ – Es kann nicht zu seinen Lasten gehen, daß er die Ankunft des ehrenwerten Lukas Rethius nicht mehr bei Sinnen erlebte.«

»Zum Sterbesakrament hätte er den Widerruf erklären müssen«, erwidert der Jesuit.

»Dies Sakrament«, widerspricht der Abt, »ist frei von weltlichen Dingen, und zuvor nahm ich eine reumütige Beichte. Wer aber die Ölung erhalten hat, dem gebührt geweihte Erde.«

»Habt ihr, ehrwürdiger Abt, in der Beichte nach dem Widerruf gefragt?«

»Lukas, kennst du das Beichtgeheimnis nicht?«

Der Jesuit errötet leicht.

»Ich habe ihn freigesprochen«, bemerkt der Abt, »und ich schlage vor, diesen Disput zu beenden. Wer dem Bruder Johannes die geweihte Erde versagen will, erhebe sich.«

Rethius steht allein in der Runde; die Entscheidung ist gefallen. Zur Beisetzung versammeln sich die Mönche in der Kapelle, gedenken zunächst stumm ihres verschiedenen Bruders, ehe der Abt aufsteht und Zeugnis ablegt für den, den sie einst selbst hinausgeschickt hatten in die Weite von Land, Menschen, Wis-

sen und Glauben, auf daß er Ruhm bringe über die Bruderschaft.

»Die Welt war ihm ein einziger, wohldurchdachter Ordo; alles
hat Gott gesetzt, die Menschen hatten es nicht zu ändern. Die
Kirche war zur Hüterin der Welt wie des Glaubens berufen; sie
kannte die Wahrheit. Das schien ihm gut so. – Vieles hat er gelernt, vieles geschaut. Änderungen. Wie Stürme sind sie über das
Land gekommen und haben die stärksten Bäume gefällt. – Doch
er hat nicht gewankt in seinem Glauben.«

Der Abt endet das Totengedenken, die Mönche sprechen das
Glaubensbekenntnis und singen anschließend den Psalm des
Weltenrichters auf dem Zion.

»Gott gab sich zu erkennen in Juda, sein Name ist groß in Israel.
Du bist furchtbar und herrlich, mehr als die ewigen Berge. Vom
Himmel her machst du das Urteil bekannt; Furcht packt die Erde und sie verstummt, wenn Gott sich erhebt zum Gericht, um
allen Gebeugten auf der Erde zu helfen.«

So fand Johann nur wenige Gräber von Anselm entfernt seine
letzte Ruhestätte, und ein schlichter Granitstein trug die einfache Inschrift: »Hic jacet Johannes Kätzler«.

Zu Weihnachten des Jahres 1591 öffnete sich die Tür des Gar-
mischer Amtshauses für Maria Schorn, die heimging zu ihrem
Mann, der das Brotaustragen aufgab, Bloßhäusler wurde und
der Schornin ein leidlich treuer Gatte. Maria gebar zwei Knaben,
brachte sie durch, lehrte sie glauben und erzählte ihnen, als sie
aufgewachsen waren, ihre Geschichte. Das letzte Wort dabei
überließ sie Jesus Sirach:

»Die Wurzel der Pläne ist das Herz.
Vier Reiser wachsen daraus hervor:
Gutes und Böses, Leben und Tod.
Doch die Zunge hat Gewalt über sie alle.«

# ZEITTAFEL

1472    Ludwig der Reiche von Bayern-Landshut gründet die bayerische Landesuniversität Ingolstadt (heute: Ludwig-Maximilians-Universität München).

1483    Geburt Martin Luthers.

1484    Papst Innozenz VIII. erläßt die Bulle »Summis desiderantes« zur Hexenverfolgung.

1486    Geburt von Johannes Eck, eigentlich Johann Maier aus Egg.

1487    Erstmals erscheint der »Hexenhammer« (Malleus maleficarum) der Dominikaner Heinrich Institoris und Jakob Sprenger.

1491    Geburt von Iñigo Lopez de Loyola.

1492    Entdeckung Amerikas. Wahl Alexanders VI. (Borgia) zum Papst. Die Renconquista erobert Granada.

1493    Wahl Maximilians I. zum deutschen Kaiser.

1497    Leonardo da Vinci malt »Das letzte Abendmahl«.

1503    Auf das kurze Papat von Pius III. folgt Julius II.; Herzog Albrecht IV. der Weise vereinigt Bayern-Landshut und Bayern-München.

1505    Martin Luther tritt in das Kloster der Augustiner-Eremiten zu Erfurt ein.

1506    Leonardo da Vinci vollendet die »Mona Lisa«.

1507    Die Bamberger Halsgerichtsordnung wird erlassen. Ximenez wird Großinquisitor in Spanien.

1508    Herzog Wilhelm IV. übernimmt die Bayerische Regentschaft; sein Bruder Ludwig behält die Verwaltung von Bayern-Landshut.

1511    Die »Heilige Liga zur Befreiung Italiens« gegen Frankreich wird gegründet.

1513    Bundschuh-Verschwörung im Breisgau. Machiavelli vollendet »Il Principe«. Leo X. (Medici) wird Papst.

1515    Franz I. wird König von Frankreich. Hermann von Wied übernimmt das Erzbistum Köln.

1517    Luther schlägt in Wittenberg seine 95 Thesen an.

1518    Ulrich Zwingli beginnt seine reformatorische Tätigkeit in Zürich.

1519    Kaiser Maximilian I. stirbt. Karl V. wird deutscher Kaiser. Die Leipziger Disputation zwischen Dr. Johannes Eck aus Ingolstadt einerseits und Andreas Karlstadt und Martin Luther andererseits findet vom 27. 6. bis 16. 7. statt.

1520    Kaiserkrönung Karls V. in Aachen. Päpstliche Bulle gegen Martin Luther. Luther verbrennt sie in Wittenberg.

1521    Reichstag zu Worms; Luther wird exkommuniziert und mit dem Wormser Edikt geächtet. Er übersetzt die Bibel auf der Wartburg. Iñigo de Loyola wird in Pamplona schwer verwundet.

1522    Die Türken besetzen Rhodos. Waffenwache von Iñigo de Loyola auf dem Montserrat. Das kurze Papat Hadrians VI. beginnt.

1523    Giuglio di Medici wird zum Papst Clemens VII. gewählt.

1524    Beginn der Bauernunruhen. Franz I. von Frankreich besetzt Mailand und verbündet sich mit dem Papst gegen Karl V. Carafas Theatinerorden wird bestätigt.

1525    Karl V. besiegt Franz I. von Frankreich und nimmt ihn gefangen. Bauernkrieg in Schwaben, Elsaß, Tirol, Salzburg, Franken und Thüringen. Aufstand der Tiroler unter Michael Gaismair. Zwingli erläßt die Kirchenordnung für Zürich.

1526    Friede zu Madrid. Heilige Liga von Cocgnac zwischen Franz I. und Clemens VII. wird gegründet. Die Türken gewinnen die Schlacht bei Mohácz. Reichstag zu Speyer: Stellung zum Wormser Edikt wird den Reichsstämmen überlassen. Albrecht Dürer vollendet »Die vier Apostel«.

1527    Sacco di Roma: Rom wird vom kaiserlichen Heer erobert und geplündert.

1528    Der Kapuzinerorden wird bestätigt.

1529    Erste türkische Belagerung Wiens bleibt erfolglos.

1530    Kaiserkrönung Karls V. durch Clemens VII. in Bologna ist zugleich die letzte Kaiserkrönung durch einen Papst. Reichstag zu Augsburg; Confessio Augustana. Schmalkaldischer Bund der protestantischen Reichsfürsten wird gegründet.

1531    Ferdinand I. wird auf Betreiben seines Bruders Karl V. zum römischen König gewählt. Zwingli fällt bei Kapell.

1532    Religionsfriede zu Nürnberg (»Nürnberger Anstand«). Die peinliche Halsgerichtsordnung Karls V. (Constitutio Criminalis Carolina) wird als einheitliches Strafgesetzbuch des Reiches erlassen.

| 1534 | Luthers gesamte deutsche Bibelübersetzung erscheint. Iñigo von Loyola gründet den Kern »Der Gesellschaft Jesu« in Paris; die Gefährten legen auf Montmartre ihre ersten Gelübde ab. Alessandro Varnese wird Papst Paul III. Heinrich VIII. von England fällt vom katholischen Glauben ab. |
|------|------|
| 1536 | Franz I. von Frankreich schließt ein Bündnis mit den Osmanen gegen Karl V. Wittenberger Konkordie bringt den Ausgleich in der Abendmahlslehre. Papst Paul III. beruft eine Kommission zur Erarbeitung eines Reformentwurfs. |
| 1537 | Venedig im Krieg gegen die Türken; Angriff auf Korfu wird abgewehrt. Iñigo de Loyola wartet mit seinen Gefährten in Venedig auf eine Gelegenheit zur Überfahrt nach Jerusalem; eine Abordnung spricht bei Paul III. vor und erbittet Beichtjurisdiktion, die gewährt wird (erste formelle Anerkennung des Zusammenschlusses um Iñigo de Loyola). In Venedig wird ein Ketzerprozeß gegen Iñigo de Loyola durchgeführt, der mit einem Freispruch endet. |
| 1538 | Bündnis zwischen Karl V., Papst Paul III. und Venedig gegen die Türken. Calvin wird aus Genf ausgewiesen. |
| 1539 | »Nürnberger Anstand« wird in Frankfurt auf alle gegenwärtigen Anhänger des Nürnberger Religionsfriedens ausgedehnt. Sachsen und Brandenburg führen die Reformation ein. |
| 1540 | Friedensschluß zwischen Venedig und dem Osmanischen Reich. Papst Paul III. bestätigt den Jesuitenorden. Das Speyerer Religionsgespräch findet in Hagenau statt und wird in Worms fortgesetzt. |
| 1541 | Wormser Religionsgespräch zwischen Johannes Eck und Melanchthon wird nach Regensburg vertagt; eine Einigung wird nicht erzielt. Der Regensburger Reichstag verlängert den »Nürnberger Anstand«. Iñigo von Loyola wird erster Ordensgeneral der Gesellschaft Jesu. Michelangelo vollendet »Das Jüngste Gericht« in der Sixtinischen Kapelle. |
| 1542 | Paul III. ordnet die römische Inquisition (Sanctum Officium) neu. Franz Xaver beginnt die Jesuitenmission in Goa / Indien. |
| 1543 | Nikolaus Kopernikus veröffentlicht sein Buch über das Sonnensystem. Petrus Canisius tritt dem Jesuitenorden bei. Die ersten Jesuiten lassen sich in Deutschland in Köln nieder und werden rasch angefeindet. Johannes Eck stirbt. |
| 1544 | Die Kölner Jesuiten gründen das erste deutsche Jesuitenkolleg. |
| 1545 | Eröffnung des Konzils von Trient; es dauert in drei Abschnitten bis 1563. |

| 1546 | Religionsgespräch in Regensburg zwischen v.a. Billick und Brenz scheitert. Martin Luther stirbt. Ausbruch des Schmalkaldischen Krieges. |
|---|---|
| 1547 | Karl V. besiegt Kurfürst Johann Friedrich von Sachsen; Ende des Schmalkaldischen Krieges. Franz I. von Frankreich stirbt. Hermann von Wied wird als Erzbischof von Köln abgesetzt; Adolf III. von Schauenburg folgt ihm nach. Jacopo Tintoretto vollendet »Das Abendmahl«. Michelangelo übernimmt die Bauleitung des Petersdoms zu Rom. |
| 1548 | »Geharnischter« Reichstag in Augsburg führt zum Augsburger Interim. Iñigo von Loyola veröffentlicht die endgültige Fassung der »Exerzitia Spiritualia«. Das Jesuitenkolleg von Messina wird gegründet. Eberhard Billick legt Karl V. die »Formula reformationis« mit einigen konkreten Reformvorschlägen vor; eine Einigung mit dem Papst hierüber gelingt jedoch nicht. Die protestantisch gewordene Reichsstadt Konstanz wird rekatholisiert und von Karl V. zur österreichischen Landstadt herabgestuft. |
| 1549 | Herzog Wilhelm IV. von Bayern beruft die Jesuiten an die Universität Ingolstadt. |
| 1550 | Giovanni del Monte wird Papst Julius III.; Albrecht V. der Großmütige übernimmt das Herzogtum Bayern. |
| 1551 | Habsburger Familienvertrag regelt die Nachfolge Karls V.; Ferdinand I. beruft die Jesuiten nach Wien. Iñigo von Loyola gründet das Kollegium Romanum. |
| 1552 | Iñigo gründet das Germanicum in Rom. |
| 1555 | Religionsfriede von Augsburg. Gian Pietro Carafa treibt als Papst Paul IV. eine unversöhnlich antispanische Politik. |
| 1556 | Karl V. dankt ab. Philipp II. wird König von Spanien. Ferdinand I. übernimmt das Kaisertum. Orlando di Lasso wird nach München berufen. Iñigo von Loyola stirbt in Rom. |
| 1557 | Wormser Religionsgespräch. |
| 1558 | Karl V. stirbt. Der Jesuitenorden erhält seine endgültige Verfassung. Jacob Laynez wird zweiter Ordensgeneral der Jesuiten. |
| 1559 | Heinrich II. von Frankreich stirbt. Johann Calvin gründet die Hochschule zu Genf. Ferdinand I. erläßt die Reichsmünzordnung. Die Jesuiten gründen das Kolleg in München. Beginn des Papats von Pius IV. (Medici). |
| 1560 | Katharina von Medici übernimmt für ihren Sohn Karl IX. die Regentschaft in Frankreich. Philipp Melanchton stirbt. |

| 1562 | Ferdinand I. schließt Waffenstillstand mit den Türken. Auftakt zur dritten Periode des Trienter Konzils. Beginn der Hugenottenkriege in Frankreich. |
|---|---|
| 1563 | Der Arzt Johannes Weyer veröffentlicht mit »De praestigiis daemonum« das erste vielbeachtete Werk gegen die Hexenverfolgung. |
| 1564 | Ferdinand I. stirbt. Maximilian II. wird deutscher Kaiser. Calvin stirbt. Philippo Neri gründet das Oratorium in Rom. Michelangelo stirbt. |
| 1565 | Beginn der Inquisition in den Niederlanden. |
| 1566 | Papst Pius IV. stirbt. Der Dominikaner Michele Gislieri wird zum Papst Pius V. gewählt. |
| 1567 | Der niederländische Freiheitskrieg beginnt. |
| 1571 | Seeschlacht von Lepanto; die türkische Flotte wird vernichtet. |
| 1572 | Pius V. stirbt. Neuer Papst wird Gregor XIII.; Bartholomäusnacht in Paris. |
| 1573 | Julius Echter von Mespelbrunn wird Fürstbischof von Würzburg und Herzog von Franken. |
| 1576 | Maximilian II. stirbt; Rudolf II. wird deutscher Kaiser. |
| 1579 | Wilhelm V. der Fromme wird bayerischer Herzog. |
| 1580 | Die rasch zunehmende Gesellschaft Jesu zählt zwischenzeitlich 5165 Mitglieder. |
| 1581 | »Über die Teufelsverfallenheit der Hexen« des Hexenrichters Johannes Bodinus (Jean Bodin) erscheint in Paris; die »Dämonomania« wird zum wichtigsten Werk des Hexenwahns um 1600. |
| 1582 | Julius Echter von Mespelbrunn gründet die gegenreformatorische Universität Würzburg. Papst Gregor XIII. reformiert den Kalender. |
| 1583 | Ernst von Bayern wird Erzbischof zu Köln; damit beginnt die Wittelsbacher Regentschaft in Köln und die Kurwürde für das Haus Wittelsbach. |
| 1584 | Die zwangsweise Rekatholisierung von Hohenwaldeck durch Herzog Wilhelm von Bayern wird erfolgreich abgeschlossen. |
| 1585 | Tod von Papst Gregor XIII.; Felice Peretti wird Papst Sixtus V. |
| 1587 | Der Hexenprozeß in Schongau beginnt. |
| 1588 | Vernichtung der spanischen Armada. |

1589    Katharina von Medici stirbt. Heinrich von Navarra wird französischer König. Peter Binsfeld gibt mit dem »Tractat vom Bekenntnis der Zauberer und Hexen« ein neues Standardwerk zur Hexenverfolgung heraus. Der Hexenprozeß in Werdenfels beginnt.

1590    Urban VII. folgt auf Papst Sixtus V.; das Papat dauert zwölf Tage. Gregor XIV. wird sein Nachfolger.

1591    Innozenz IX. wird Papst. Geburt des späteren Jesuiten Friedrich von Spee. Beendigung des Werdenfelser Hexenprozesses; 50 Frauen und ein Mann fanden bei insgesamt neun »Malefizrechtstagen« den Tod.

1592    Innozenz IX. stirbt. Sein Nachfolger Clemens VIII. veröffentlicht die revidierte Ausgabe der Vulgata von Sixtus V.

1599    Der Jesuit Martin Del Rio veröffentlicht sein Werk »Untersuchungen über Zauberinnen« und verteidigt den Hexenglauben.

1618    Mit dem Aufstand in Böhmen beginnt der Dreißigjährige Krieg.

1631    Die großartige Streitschrift gegen Hexenverfolgung und Folter »Cautio Criminalis« oder »Rechtliches Bedenken wegen der Hexenprozesse« von Friedrich von Spee erscheint anonym – »Auctore: incerto theologo Romano«.

1635    Friedrich von Spee stirbt; sein Sarg liegt in der Gruft der Jesuitenkirche zu Trier und trägt die Aufschrift: »Hic jacet Fridericus Spee«.

# Inhalt

# Richard Dübell
## *Der Jahrtausendkaiser*

*Eine atemberaubende Kriminalgeschichte
aus dem Mittelalter*

Kurz vor der Jahrtausendwende verkünden Propheten das Ende der Welt. Philipp, ehemaliger Klosterkopist, soll für einen heruntergekommenen Ritter eine Dokumentenfälschung vornehmen. Was als simple Manipulation scheinbar unbedeutender Daten beginnt, entpuppt sich als Teil einer ungeheuerlichen Intrige, die nicht nur Philipps Leben, sondern den Lauf der Geschichte selbst aus der Bahn zu werfen droht.

576 Seiten, ISBN 3-485-00793-5
nymphenburger

**Lesetipp**

BUCHVERLAGE
LANGEN MÜLLER HERBIG
WWW.HERBIG.NET